I0597874

DE L'UNION

DES

ARTS ET DE L'INDUSTRIE.

2035

R 252397
M*

15543

DE L'UNION

DES

ARTS ET DE L'INDUSTRIE

PAR

M. LE Cte DE LABORDE,

MEMBRE DE L'INSTITUT.

———

TOME SECOND.

L'AVENIR.

PARIS.

IMPRIMERIE IMPÉRIALE.

———

M DCCC LVI.
1857

COMMISSION FRANÇAISE

DE L'EXPOSITION UNIVERSELLE DE LONDRES.

RAPPORT

SUR LES BEAUX-ARTS

ET

SUR LES INDUSTRIES

QUI SE RATTACHENT AUX BEAUX-ARTS.

L'ART EST UN; IL EST LA SOURCE DE TOUS LES PROGRÈS.

Cherchons au milieu de ces circonstances quelle doit être la conduite d'un gouvernement qui veut à la fois le progrès des arts et celui de l'industrie.

L'art a ses bornes, comme l'Océan a ses limites, et cependant l'un et l'autre ont leur grandeur. Dieu a donné à l'homme une âme et la nature, c'est-à-dire le don de création et le modèle de la perfection, la liberté et la règle. Phidias et Raphaël gravissant les plus hauts sommets de l'art ont-ils entendu résonner la parole céleste : *Tu n'iras pas plus loin*, et de ces hauteurs ont-ils entrevu des horizons et des perspectives réservés aux génies plus puissants et plus purs que Dieu créera un jour pour la gloire de l'humanité? Nous l'ignorons, mais nous devons le croire pour lutter avec courage, comme nos devanciers, dans les mêmes sentiers âpres, escarpés, difficiles et charmants.

L'art n'est ni aristocratique ni populaire, il n'est ni industriel ni d'essence supérieure; l'art est un. L'industrie de l'homme, c'est la réunion de ses facultés actives, mise au service de ses besoins; activité intellectuelle pour la satisfaction de ses besoins intellectuels, activité corporelle pour la satisfaction de ses besoins physiques. Les arts, les lettres, les sciences, le vêtement de son corps, l'ameublement de sa demeure, sont autant de branches de son industrie, considérées dans la juste extension du mot.

L'art embrasse donc toute l'activité de l'homme; mais de même que chaque espèce a ses bâtards et ses monstres, l'art devait avoir ses *artistes industriels*. Vous les entendez se plaindre d'être exclus des expositions des beaux-arts, se plaindre aussi d'être *confondus*, dans les expositions de l'industrie, avec des fabricants; ce sont des talents humiliés, des génies sacrifiés, des dévouements méconnus, que sais-je encore? Ah! j'oubliais: des gens médiocres très-vaniteux. Ils demandent des écoles industrielles, des musées industriels, une classe industrielle dans l'Académie des beaux-arts. Ne demandent-ils pas en outre un monument à Chenavard, l'artiste industriel, auquel ils associent d'excellents artistes qui, s'ils n'étaient morts, demanderaient à passer à la postérité par une porte moins étroite.

Ce malaise est momentané, comme l'idée elle-même de parquer l'art en spécialités industrielles, religieuses, militaires, etc., est passagère. Mais, en attendant que ce malentendu soit expliqué, les artistes entrent dans l'industrie comme des victimes couronnées de fleurs, comme des martyrs triomphants, mais en pleurs. Ils se plaignent, et c'est avec raison quand ils ont du talent, d'être repoussés par l'Académie, d'être exclus des honneurs de l'Exposition des beaux-arts; ils se croient, très à tort, même avec du talent, méconnus ou spoliés dans le travail de l'industrie et dans ses expositions. Écoutons-

les; ce sont, parmi les plus estimables, les plus sensés qui
parlent :

« Les artistes industriels sont plus que méconnus : ils sont
« exclus, exclus de l'Exposition des beaux-arts; les portes du
« Louvre leur ont été systématiquement fermées de par l'au-
« torité des traditions d'écoles, qui datent d'une époque où
« la société avait sans doute des métiers, des corporations
« d'artisans, mais non cette chose immense qui embrasse le
monde, l'industrie.

« Le sort de ces laborieux missionnaires de l'art est-il meil-
« leur à l'Exposition de l'industrie? Leurs œuvres y entrent,
« sans doute; mais elles ont changé de nature, elles sont ma-
« nufacturées : l'artiste y perd son individualité, et l'œuvre ne
« s'appelle plus de son nom. Il en résulte pour l'artiste une
« position qui le livre à la spoliation des droits les plus légi-
« times : il doit perdre, nous ne dirons pas l'espoir de la fortune
« et des encouragements honorables, mais jusqu'à la réputa-
« tion des œuvres qu'il sait faire. Cette réputation, seule for-
« tune de l'artiste, et qui doit être son patrimoine le plus saint
« et le plus sacré, est absorbée et comptée au nombre des mé-
« rites de l'industrie. Ainsi méconnu dans la république des
« arts, où les règlements académiques lui ont refusé le droit
« de cité et le diplôme de capacité (quoique pourtant le sen-
« timent qui façonne l'œuvre d'un statuaire et celui qui ins-
« pire celle d'un artiste industriel s'échauffent au même souf-
« fle, s'éclairent au même rayon), notre art se trouve placé,
« dans ses rapports avec l'industrie, à l'état de matière pre-
« mière, lui appartenant corps et pensée; l'industrie fait la
« baisse sur nos œuvres comme sur toute matière première
« laissée à sa discrétion. »

Ces artistes s'exagéraient leur importance et leur infortune.
L'art industriel, nouvelle religion dont ils auraient voulu être
les grands prêtres, n'existe pas; mais, en même temps qu'ils
tentaient de lui donner le jour, le clergé et les fidèles com-
mençaient à ouvrir les yeux, les uns sur le délabrement de
leurs églises, c'étaient les plus heureux; les autres sur le

mauvais emploi des sommes considérables qu'ils avaient consacrées à la restauration de la maison de Dieu. Ils sentaient,
les uns et les autres, que les hommes réellement habiles leur
faisaient défaut, et, persuadés que l'État lui-même manquait
de cette assistance, puisqu'il avait pu dépenser en pure
perte 1,200,000 francs à la restauration, je dirai mieux, au
déshonneur de Saint-Denis, ils se persuadèrent qu'il y avait
un *art religieux*, que cet art, n'étant pas enseigné, n'était pas
pratiqué, et ils proposèrent la création, dans les bâtiments
de l'ancien Temple, d'un institut et d'un musée des arts catholiques. Ils disaient : « En créant un institut spécial pour
« les arts religieux, ne serait-il pas possible de former, par
« de nouvelles études bien dirigées, une génération d'archi-
« tectes, de peintres, de statuaires, de compositeurs, de con-
« tre-maîtres, d'ouvriers de tous genres, de toutes spécialités,
« dans les plus hautes régions des beaux-arts, comme dans
« celles bien plus modestes de l'art industriel, ayant pour des-
« tinée de perpétuer en France les traditions des siècles passés?
« Pourquoi ne fonderait-on pas à côté de cet institut spécial
« des arts catholiques, au milieu de tous ces musées qui font
« la gloire de la France et celle de sa capitale, un musée pu-
« rement religieux, où seraient rassemblés tous les chefs-d'œu-
« vre des arts appliqués à la religion? Ce serait là, sans con-
« tredit, l'une des plus belles pages de notre histoire artistique
« et industrielle. »

Il y a plus de calme dans le langage, il y a autant de désordre dans les idées. Les artistes voués aux travaux de l'industrie se figurent qu'il existe un art industriel, ou, comme
les Anglais le nomment, un *ornamental art;* les membres du
clergé sont persuadés que leurs admirables églises, leurs tableaux, leurs sculptures, tout le mobilier de la maison de
Dieu, sont le produit d'un art religieux, et, de même que
les artistes industriels demandent des musées industriels, ils
réclament des musées religieux. Nous avons essayé de montrer plus haut, dans l'esquisse que nous avons tracée de la
marche des arts et de la transformation des styles, comment,

à toutes les époques qui ont compté dans l'histoire, l'art a
été un et a puisé dans cette unité sa force et sa splendeur. Il
s'est mis au service de la religion en même temps qu'il obéis-
sait à l'amour du luxe le plus profane; il a fabriqué des
ustensiles de paix et des armes de guerre; il a été et il doit
rester une langue que tous parlent et dans laquelle chacun
exprime son sentiment, sa passion, ses besoins. Je ne connais
pas, depuis les plaies de l'Égypte, de fléau plus malfaisant
que cette malheureuse et fausse opinion qui prétend trouver
deux arts, que dis-je, un art particulier pour chaque chose,
quand le bon Dieu n'en a employé qu'un seul dans toute sa
création, quand les nations les plus heureusement douées
n'en ont connu qu'un.

L'étude, en vue d'une spécialité, dessèche et atrophie le
talent; l'art, dans ses données supérieures, rend apte à toutes
les spécialités. Qui dit spécialité dans l'art ne dit pas un art
différent, et si l'on peut distinguer des genres distincts, suivant des aptitudes particulières, comme l'histoire et le paysage
dans la peinture, comme l'art monumental et l'art appliqué
à l'industrie, cela ne constitue pas des divisions dans l'art. Je
sais que, suivant l'opinion vulgaire, le grand mur de la Chine
élevé entre l'art et l'industrie est l'utilité, l'emploi, la destination pratique des œuvres. Ce qui n'est d'aucun usage, ce
qui n'a aucune application possible, en peu de mots, ce qu'on
range dans les inutilités, est de l'art, et comme tel devrait
prendre le premier rang dans l'estime publique; tout au contraire, ce qui a sa destination, son but, son emploi, sa raison
d'être, est de l'industrie et, à ce compte, placé vis-à-vis de l'art
à un rang inférieur : ainsi la cime des monts, qui plane dans le
pur azur du ciel, domine le fond bourbeux de la vallée où s'agitent nos misères. C'est là une erreur, un contre-sens, qu'il
faut combattre et détruire à tout prix. Si je suivais le même
ordre de comparaison, je dirais que l'art est le torrent qui
prend sa source dans l'atmosphère radieuse des plus sublimes
hauteurs, que l'industrie est ce même torrent devenu calme,
large et navigable, portant à la mer les vaisseaux du commerce.

Bizarrerie inattendue ! cette distinction de l'art et de l'industrie n'a de force et d'autorité que parce qu'elle est maintenue par les artistes supérieurs, parce qu'elle a pour appui les hommes de lettres. Ils ont dit : Vous n'avez d'autre préoccupation que de gagner de l'argent, vous n'êtes pas des nôtres. Nous sommes des hommes d'imagination, vous êtes des gens d'affaires; nous sommes des artistes, vous êtes des marchands. Ce désintéressement est-il bien vrai ? N'ai-je pas entendu parler d'une loi de la propriété intellectuelle qui tarife les opéras : tant pour siffler un de vos airs; qui taxe les produits de l'imagination : tant pour reproduire une page de votre prose et de vos vers au bas d'un journal; qui défend vos tableaux : tant pour les copier et les graver; qui s'assoit à côté du château construit sur la hauteur et réclame un droit proportionné à la place qu'il occupe dans le paysage que j'ai dessiné. Vous tenez boutique d'œuvres de génie, et vous dédaignez Fourdinois, parce qu'il vend son dressoir, Morel, parce qu'il vend ses bijoux. Ah ! j'admets, jusqu'à un certain point, la fierté de l'artiste de l'antiquité et du moyen âge qui, pauvre et désintéressé, portait la tête haute en voyant les métiers exploiter ses compositions, s'enrichir de ses idées. Il se disait avec un juste orgueil : Ce qui me distingue de cette foule, ce n'est pas l'art, nous sommes tous artistes, moi en tableaux et en statues, eux en bahuts sculptés et en orfévrerie ciselée; ce qui me distingue, c'est le désintéressement, c'est la préoccupation unique de ma création, et, quand elle est parfaite, son abandon à la grâce de Dieu et au profit de tous, sans réserve de droits et arrière-pensée de lucre.

Reléguons donc ces classifications puériles dans l'antre des vieux préjugés; mais il est une distinction qui subsistera toujours, en dépit de la vulgarisation générale de la science et des arts que je prêche, en dépit de ces lois fiscales de la propriété artiste et littéraire que je réprouve, la distinction du génie et du talent élevé.

Si l'on veut bien se reporter à l'exposé que j'ai fait de la création successive des anciennes institutions protectrices des arts et des résultats qu'elles ont donnés, on arrivera à cette conclusion : 1° L'art a sa vie propre en dehors de la nécessité de ses applications; mais, en s'appliquant à l'industrie humaine, loin de rabaisser sa mission, il l'agrandit. La théorie du beau, que Platon a développée dans son *Hippias*, paraît convenir mieux à l'industrie qu'à l'art, et cela seul prouverait combien l'un et l'autre se confondaient dans l'antiquité. Platon définissait le beau : *la complète convenance des moyens relativement à leur fin*. La fin, le but, devaient donc rester toujours présents à l'esprit de l'artiste, comme nous le conseillons à l'industriel, afin qu'une parfaite harmonie se voie, se sente même, entre les matières qu'il a employées, la forme qu'il a donnée, le genre de travail qu'il a adopté et l'usage auquel il destine son œuvre. Mais l'objet d'art n'ayant pas de destination, sa mission étant d'éveiller des sentiments, je voudrais ajouter quelque chose à cette condition subalterne du but, et c'est pour cela que j'indiquerais dans l'article suivant la mission de l'État. 2° C'est l'art dans sa pureté, et non pas l'art appliqué, qu'un gouvernement sage doit enseigner et encourager, parce que c'est à la source qu'une bonne ménagère va chercher l'eau pour l'avoir dans toute sa limpidité. 3° Il n'y a que deux modèles : la nature et l'art grec, l'un et l'autre se prêtant à l'interprétation de tous les sentiments, l'un et l'autre se pliant à toutes les conditions de nos besoins : la nature, image de la perfection; les œuvres grecques, interprètes inappréciables de la nature, modèles à suivre pour l'imiter.

L'art grec, c'est l'esprit raffiné des vieilles sociétés, la grâce étudiée des habitants de la ville, associés à la naïveté d'un enfant, à la simplicité de l'homme des champs. C'est un nouveau sens qui, une fois qu'il s'est emparé de nous, une fois qu'il s'est incorporé dans notre nature, et la séduction est telle que cette assimilation se fait rapidement, nous accompagne en tout, se trahit à travers toutes nos idées. Il importe peu que vous traitiez un sujet mythologique ou historique, que vous traduisiez les scènes les plus ordinaires de la vie et ses occupations les plus vulgaires; il est indifférent que vous fassiez un tableau ou une statue, un pied de lampe, un support de pendule ou un vase de jardin : si vous avez pactisé avec l'art grec, compris dans sa pure perfection et non pas dans ses imitations, une simplicité charmante, une grâce vivante, une réalité gracieuse percera dans toutes vos œuvres.

L'art n'est pas, comme la vapeur ou l'électricité, comme l'aluminium ou la gutta-percha, une invention de nos jours, un élément ou une matière nouvelle; l'art, c'est le sentiment de l'homme qui prend une forme, et il est venu au monde avec l'homme. D'innombrables générations s'y sont employées, et ces générations, préoccupées en même temps de la fragilité des choses humaines et d'un commun désir de transmettre après elles leurs pensées, se sont efforcées de rendre durable ce qu'il y a de plus fugitif : leur goût et leur inspiration. C'est ainsi que se sont élevés les monuments, en formant à travers les siècles l'enchaînement continu d'une même pensée qui grandit en s'épurant, d'une même pensée exprimée de mille manières différentes, si l'on s'en tient aux modifications superficielles, rendue de la même manière si l'on pénètre au cœur. En se plaçant au sommet de l'Acropole d'Athènes, au siècle de Périclès, et en regardant du haut de ce musée de l'art grec, à cette époque de civilisation suprême, on voit les siècles et les générations antérieures s'acheminer, avec de légères déviations, vers ce sommet de l'art élevé à sa perfection. Qu'imitaient-elles? que cherchaient-elles? Elles imitaient la nature; elles suivaient les proportions dont la mesure est dans notre instinct; elles allégeaient des formes trop lourdes, assouplissaient des contours trop roides; elles excluaient ici le colossal, qui n'est pas la vraie grandeur, là le fantastique, association monstrueuse des différents êtres de la création; elles parvenaient enfin, d'épuration en épuration, à une perfection idéale, qui est l'art grec dans sa pureté. Si de cette même Acropole, regardant à travers les deux mille ans qui s'écoulent après Périclès, Phidias et Apelle, l'œil suit l'art et ses monuments, il voit ce même principe conservé, je ne dirai pas re-

ligieusement, mais instinctivement, sans suite, il est vrai, et
avec de violentes secousses, mais avec persévérance aussi et
une singulière constance.

Cette thèse n'a pas besoin de développements pour tous
ceux qui réfléchissent sur ces questions, qui ont étudié ces
matières; pour les autres, la démonstration serait longue, et
l'espace me manque. Ma conclusion est celle-ci : voir la nature dans l'art grec, voir l'art grec dans la nature; se former
aux mêmes enseignements qui ont guidé Giotto, Mantègne,
Pérugin, Léonard de Vinci, Donatello, Michel-Ange, Raphaël,
Jean Goujon, le Poussin, Lesueur, Prud'hon, Ingres.

Voilà donc vos nouveautés! dira la routine; mais c'est vieux
comme le monde. La voie que vous nous donnez pour nouvelle, je l'ai déjà parcourue; longtemps avant David, à qui
j'en ai montré le chemin, j'étais allé chercher l'antique à
Rome, à Herculanum, à Pompéi. Oui, et c'est justement là
où il ne fallait pas l'aller chercher. L'étude de tout art à sa
décadence est mauvaise; c'est seulement lorsqu'on est maître
des ressources qu'il développa dans son premier essor et à sa
fleur qu'on peut tirer avec sobriété et discernement quelques
ressources utiles des monuments de sa décadence, parce qu'ils
nous transmettent, même au milieu de l'altération des formes
et de la corruption des moyens d'exécution, des réminiscences du bon temps, rendues précieuses par la ruine des monuments antérieurs. Je ne propose pas en modèle toute l'antiquité; je distingue soigneusement dans ses productions ce qui
appartient à sa grande époque et ce qui date de sa décadence
ou ce qui provient de ses imitateurs. D'ailleurs, j'en conviens,
je ne propose rien d'excentrique, rien de très-nouveau. Le
bien n'est pas toujours dans l'innovation; l'expérience et l'é-
tude de l'histoire des arts apprennent au contraire que l'ensemble des générations en sait plus que l'individu, même le
mieux inspiré, et qu'il y a à prendre dans les vieilles institutions plus encore qu'à retrancher. C'est prétention vaine que
de vouloir faire quelque chose de rien. Dieu seul a ce pouvoir. Pour l'homme, il lui faut reprendre patiemment la voie

de la tradition. Malheur à lui quand il la perd ! des siècles se passent avant qu'il s'en forme une autre, et la plupart du temps elle est d'importation ; c'est une invasion étrangère. Le médecin habile renonce à créer un nouvel homme ; il se contente de renouveler le sang de son malade.

Pour bien juger de l'avenir des arts, placez-vous donc au haut de leur passé : c'est un observatoire infaillible, car ce qui a été sera, ce que la fantaisie, la mode, le caprice, ont chassé, revient au gîte par la route déjà parcourue ; il ne s'agit que de l'y attendre. Le gîte dans les arts, c'est le bon sens, l'instinct du beau, l'amour du vrai, c'est en un mot la nature. Ce que je propose n'a rien de neuf, et que dirait donc la routine si je parlais de littérature ? Là aussi je présenterais le tableau d'un certain abaissement, je montrerais la poésie essoufflée, le théâtre abusant de ses dernières ressources, le roman tellement à bout d'ordure qu'il est supplanté par les traductions des romans anglais et américains ; et prenant texte de cette décadence, j'offrirais les classiques anciens et modernes comme les vrais modèles. Je dirais : Venez au monde au milieu de ce monde ; grandissez avec Homère et Virgile, avec Corneille, Racine et Molière, et quand votre cœur aura battu à l'unisson de ces nobles cœurs, quand votre style sera formé à l'école de ces grands écrivains, cherchez autour de vous la poésie, les sentiments et les situations qui sont comme l'écho émouvant de votre époque et de votre propre cœur.

Ma mission de parler des arts me donne le droit d'intervenir aussi en faveur d'une réforme littéraire, car comment séparer les progrès des lettres du développement des arts ? comment refuser de reconnaître qu'ils marchent de front ? La littérature et son expression la plus élevée, la poésie, exercent sur les arts un empire incontestable, et qui depuis cinquante ans aurait pu leur être plus utile. Si vous cherchez dans les *Bergeries* de Fontenelle, vous trouvez Watteau ; des ouvrages de Winckelmann surgissent David et Flaxman ; le style gothique et les tableaux mystiques sont dans le *Génie du christianisme ;* les batailles et les anecdotes militaires d'Horace Vernet et de

Charlet avaient été chantées par Béranger; Paul Delaroche a rencontré dans Walter Scott sa veine historique, et Ary Scheffer dans Gœthe ses inspirations poétiques; Courbet enfin, le réaliste, n'a consacré un véritable talent à représenter les plus insipides vulgarités de la vie qu'après les avoir lues, longuement décrites dans les livres, devenus populaires, de Balzac et de M. Champfleury.

Si le Gouvernement enseigne et encourage dans ses écoles un art dégagé de toute application, ce n'est pas pour favoriser un art abstrait, indéfini, nuageux, insaisissable. On a dit, il est vrai, que l'artiste n'a toute sa puissance, toute sa force, que lorsque, dégagé des liens qui le retiennent à la terre, il s'élève dans les régions supérieures; mais c'est une erreur à l'usage de la littérature: elle n'est partagée par aucun artiste sérieux, par aucun de ceux qui ont étudié pratiquement les arts et leurs moyens d'action. Tout au contraire, l'art, pour croître et s'élever, a besoin, comme la plante, de plonger ses racines dans le sol. Le terrain, ou la base de l'art, c'est sa raison d'être, sa destination, son utilité. L'architecte dresse son plan et arrête le caractère de l'édifice quand il en connaît l'usage; le peintre fera sa composition après avoir vu la salle qu'il est appelé à décorer et avoir étudié le caractère de l'édifice, l'esprit qui l'habite, la foule qui y circule; le statuaire sait qu'il dépend de l'architecte, il s'associe à sa pensée en s'harmonisant avec la place et le monument qui recevra sa statue; l'orfévre se rend compte des métaux et des matières qu'il met en œuvre, et de ces conditions elles-mêmes surgit dans la pensée des artistes la meilleure part de leurs inspirations. Quand l'art n'est que le luxe d'une nation, il se ressent du caractère superficiel et conventionnel de tous les luxes; quand il satisfait des besoins religieux ou civils, militaires ou domestiques, il acquiert une physionomie, il prend une consistance, un aplomb, une fermeté qui n'est pas le moindre caractère de sa beauté.

D'ailleurs, où finit l'art, où commence l'industrie? Y a-t-il des natures autrement douées, des études différentes pour former les artistes selon leur destination ; et dites-moi, dans la liste sommaire que vous allez lire, où commencera la bifurcation industrielle? Ghiberti était un bronzier, Benvenuto Cellini un orfévre, Bernard Palissy un potier, Penicaud un émailleur, Pinaigrier un verrier, Briot un fondeur d'étain, Boulle un ébéniste, Gouttières un faiseur de meubles. Voyez où cela nous mène : le trépied offert par les Grecs dans le temple d'Apollon ne pourra être considéré comme un objet d'art, parce que c'est un trépied, et la *Joueuse d'osselets* des anciens, l'*Amiral Chabot* de Jean Cousin, la *Sapho* de Pradier, perdront leur caractère et leur mérite d'objets d'art parce qu'ils ornent une pendule.

Point de distinctions sottes et puériles ; l'État n'en fera aucune, il enseignera l'art dans toute sa pureté, en mettant sur la voie de toutes les applications qu'il est susceptible de recevoir. Une question plus importante surgit ici : l'État doit-il restreindre ou étendre cet enseignement?

On s'est étonné, effrayé même de l'accroissement continu du nombre des artistes et de la multitude de leurs tableaux, statues, aquarelles et dessins, à chaque nouvelle exposition ; je m'en suis réjoui. Depuis cinquante ans on entend une foule de niais répéter à l'envi : A quoi bon une Académie des beaux-arts? à quoi bon une école à Paris et à Rome, des écoles dans les départements? N'avons-nous pas assez de tableaux et de statues dont on ne sait que faire? N'avons-nous pas assez d'artistes qui meurent de faim? Je leur ai répondu : Depuis cinquante ans l'industrie française tout entière doit à ces statues inutiles, à ces artistes affamés, d'avoir lutté victorieusement contre la puissance des capitaux, la force des machines, et, plus que tout, contre l'instabilité de nos Gouvernements et les désordres de la rue. Dans cette Académie, dans ces écoles, se renouvellent, comme dans une source intarissable, les principes et les règles du bon goût, qui restent notre arme ; et je mets cet intérêt en première ligne, comme étant le plus palpable, car je pourrais aussi parler de la gloire que fait rejaillir sur la France la supériorité de ses artistes, de ses savants,

de ses hommes de lettres; leurs œuvres partout estimées, pro-
pageant au loin son nom et son influence.

Laisserons-nous cet héritage se dissiper entre nos mains,
cette force s'épuiser dans notre inertie? Aux époques où l'a-
venir était séparé du présent par des siècles de distance, les
sages conseillaient de s'en préoccuper; dédaignerons-nous
aujourd'hui ce conseil, quand l'avenir c'est demain? Où tend
le progrès général? A répandre dans toutes les classes, avec le
bien-être, l'instruction et le sentiment des arts. Cette tendance,
rien n'en peut arrêter le développement; le suivre ne serait
pas assez, le devancer est votre loi. La protection divine a
permis que vous fussiez en avance sur toutes les nations, main-
tenez-vous à ce rang. La partie la plus intelligente, la plus
éclairée de la nation est déjà artiste, faites que la nation
tout entière le devienne; si l'on vous dit que l'art ne s'élève
qu'emporté par l'inspiration, et qu'il n'y a pas de procédé pour
créer des hommes de génie, pas plus dans les arts que dans
les lettres, vous conviendrez de cette vérité; mais l'extension de l'étude des arts à tous établit une immense base qui
empêche qu'un homme de génie puisse rester inconnu, in-
compris ou négligé. Et d'ailleurs, immédiatement au-dessous
du génie règne le talent, et quand le public sera composé
d'habiles praticiens, les talents seront d'autant plus distingués
qu'ils auront de meilleurs juges. Semez donc partout les bons
et féconds enseignements : ce n'est pas la graine d'où naissent
les génies, celle-là vient de Dieu; elle est jetée par ses anges,
vrais oiseaux du ciel, sans que nous sachions pour quelle
cause, dans tel sillon plutôt que dans tel autre, au printemps
plutôt qu'en automne; mais l'enseignement des arts, répandu
partout, formera comme une atmosphère favorable à l'éclosion du génie, à son développement, à ses admirables fruits.
Le génie sera le sommet, le talent et le goût la base; plus
loin vous étendez la base de la pyramide, plus haut s'élève
son sommet. Le génie, c'est aussi l'élite, et pour avoir une
élite, il faut créer une foule. L'élite est l'inconnue exceptionnelle dégagée de la foule; c'est le génie qui sommeille,

et que cet appel général va réveiller partout où il est en germe.

Qu'appelons-nous génie, talent, goût des arts? Je veux le dire, pour éviter la confusion dans la grande fusion que je prêche. Voir, sentir, comprendre les beautés de la forme et les expressions de l'âme et avoir la faculté de les reproduire, c'est l'artiste complet, c'est l'homme de génie; voir, sentir, comprendre les beautés de la forme et les expressions de l'âme sans avoir la faculté de les reproduire, c'est le fait des artistes de talent, cœurs généreux qui luttent héroïquement avec la conscience de leur impuissance, qui font des œuvres applaudies de tous, excepté d'eux-mêmes; c'est aussi le fait des amateurs, gens de goût, qui reculent devant la lutte, et se contentent de jouir des beautés de la nature et de l'art avec les heureuses facultés que Dieu leur a départies. Ne rien voir par ses yeux, ne rien sentir au fond de son cœur, ne rien comprendre de soi-même, mais par l'éducation première, par l'habitude de voir les chefs-d'œuvre de l'art, et à l'aide de toutes les ressources d'une intelligence sagace et vive, avoir acquis la faculté imitative des singes, l'agilité des écureuils et des mains de fées ; produire sans relâche en copiant indifféremment tout ce qui est à la mode; gagner ainsi le pain quotidien, comme l'ouvrier remplit sa tâche de chaque jour : tels sont les artistes, ceux qu'au moyen âge on appelait si justement *gens de métier,* et qui pullulent, sans faire tort à l'art, en devenant les plus solides appuis d'une industrie supérieure à celle de tous les autres pays. Les 5,000 exposants de 1848, qui doivent être augmentés de quelques centaines de collègues aujourd'hui, et se monter à bien près de 6,000 artistes, peuvent être ainsi répartis dans ces trois classes : 5 hommes de génie, 100 artistes de talent, 5,895 ouvriers plus ou moins habiles, en architecture, peinture, sculpture et gravure. Dans le monde lettré, ferai-je tort à quelqu'un en comptant aussi 5 hommes de génie, 100 écrivains de talent, 5,895 ouvriers de littérature, n'écrivant ni mieux ni plus mal que ceux qui ne se font pas imprimer, écrivant pour vivre?

Des esprits moroses s'effrayent de cette extension et de ces
chiffres; ce qui m'effrayerait plutôt serait l'impossibilité de
les centupler, car je ne connais pas pour les arts et les lettres
de plus noble stimulant, de plus nerveux encouragement,
qu'un public délicat, éclairé dans son enthousiasme, compétent dans ses jugements. Pour l'industrie, l'avenir du progrès
sera atteint quand des artistes supérieurs se feront industriels,
quand des industriels intelligents seront artistes : une fusion
intime de l'inspiration et de l'application, une association
étroite entre l'imagination de celui qui invente et la main de
celui qui exécute; association qui seule peut calmer la fougue
de l'esprit, seule ennoblir et relever le travail de l'outil; association qui surtout maintient dans une juste proportion la
part que l'industrie doit faire à l'art, la part que l'art doit
faire à l'industrie pour que le meuble reste un meuble, en
devenant un chef-d'œuvre.

De sinistres projets ont été conçus à diverses époques, de
lugubres menaces ont été prononcées bien souvent; on répétait tout bas : « Le Gouvernement veut diminuer le nombre des
artistes; il découragera cette jeunesse qui se jette aveuglément
dans la carrière des arts; il ne veut plus de médiocrités; il res-
treindra les expositions; il réservera ses commandes aux grands
talents. » Je n'accuse les intentions de personne; on se trompe,
et voilà tout, mais cette erreur d'appréciation crée une tendance déplorable. Si vous n'admettez pas l'heureuse influence
des arts, protégez les familles contre les entraînements de
leurs enfants; fermez vos écoles, ou du moins n'en entr'ouvrez
la porte que juste assez pour qu'il n'y entre que le nombre
d'architectes, de sculpteurs et de peintres dont vous avez besoin, comme vous n'admettez à l'École polytechnique et dans
la maison militaire de Saint-Cyr que le nombre d'élèves qui
pourront obtenir leurs brevets d'officier. Il est vrai que dans
les sciences exactes il est facile, au moyen de programmes
précis et de boules noires et rouges, de trier avec certitude les
supériorités, tandis que les facultés artistes ne se marquent
pas au front, à jour et heure fixes, mais surgissent par mille

voies, au hasard et du milieu d'une foule de tentatives avortées. Si vous n'abordez pas franchement ce grand projet de
faire des artistes de tout le monde, en réservant les grands
travaux aux talents éminents, les travaux de l'industrie aux
talents moins heureux, les artistes médiocres que vous aurez
formés nous demanderont compte d'une carrière qui n'a pas
d'issue; vous serez condamné à l'art officiel, aux expositions
sans vie ni raison d'être, et aux travaux forcés des monuments
perpétuels qui ne s'élèveront à la gloire de personne.

Est-il raisonnable de refuser à l'art cette extension, quand
les lettres et les sciences s'y sont prêtées? l'art prétend-il à plus
de dignité?

J'entends bien que, pour devenir féconde, cette transformation de l'art devra être modérée et lente. L'esprit de l'individu
est novateur, la raison de la société est conservatrice : de là
une lutte continuelle, qui fait, de concessions mutuelles péniblement arrachées, les progrès tant vantés de chaque époque.
Concessions minimes, progrès lents. Se figurer qu'une invention, une idée, un homme, changent tout d'un coup la société, c'est n'avoir étudié ni la marche lente du christianisme,
ni l'influence bornée de l'imprimerie, ni la résistance aux
principes de 89, ni les effets lents de la vapeur et de l'électricité sur la condition humaine. Toute modification sociale,
pour ne pas produire une réaction, doit procéder lentement;
mais c'est déjà beaucoup si plus de foi produit à la longue
moins d'intolérance, si le goût des arts et leur pratique, répandus comme le goût des lettres et l'instruction, procurent
des jouissances générales et élèvent plus haut la pensée de
l'homme et les aspirations de son âme.

QUELLES SONT LES CONDITIONS DU PROGRÈS? ÉLEVER L'ART, MULTIPLIER
LES ARTISTES, FORMER LE PUBLIC.

Je ne compose pas une mélodie nouvelle, je transpose de
la musique ancienne; ce que les esprits libéraux ont obtenu
pour l'éducation littéraire de la nation, ce que les esprits re-

belles aux innovations ont fini par trouver utile pour les sciences, je demande qu'on l'applique aux beaux-arts; ce n'est pas une nouveauté, un système: c'est l'extension d'institutions reconnues bonnes, et qui fonctionnent pratiquement sur toute l'étendue de la France.

Longtemps on s'est passé de l'écriture, et la société humaine n'en marchait pas plus mal. Homère a composé ses chants immortels sans les écrire, et, s'il les avait écrits, le public qui les applaudissait n'aurait pas pu les lire. Pendant tout le moyen âge l'écriture, comme le dessin de nos jours, a été un talent d'agrément pour ceux dont ce n'était pas le métier d'écrire. Les clercs seuls se chargeaient de ce soin, c'était leur fonction, et, comme en Orient de nos jours, ils écrivaient et lisaient pour les besoins de chacun. Dans notre jeunesse, la classe des écrivains publics, dont les échoppes en plein vent, alors si nombreuses, sont devenues si rares, remplaçait encore les anciens clercs. Aujourd'hui la lecture et l'écriture sont devenues universelles; un homme rougit de ne savoir pas écrire, comme si un acte déshonorant pesait sur sa conscience. Chacun fait soi-même sa correspondance et ses comptes, lit son journal et les manuels de sa profession.

Les sciences ont été pendant l'antiquité et le moyen âge un arcane. Aujourd'hui l'enseignement théorique des professeurs du Conservatoire des arts et métiers a pour auditoire 1,200 praticiens; chaque notion nouvelle acquise à la science, comme si elle se reflétait dans des miroirs intellectuels, va faire surgir de nouvelles idées dans d'innombrables esprits, préoccupés des mêmes recherches, soit par l'intermédiaire des journaux spéciaux, des comptes rendus académiques, soit par la rapidité des communications, les facilités et la multiplicité des rapports, qui mettent chaque jour davantage en contact les hommes de théorie et les hommes d'application, les inventeurs et les praticiens. Aussi les progrès de la science, mis en œuvre dans les grands centres intellectuels comme Paris, Londres et New-York, marchent-ils dans une progression dont la chute des corps peut offrir la règle. En calculant les conquêtes faites depuis cinquante ans, et la puissance qu'elles apportent à l'homme pour faire d'autres conquêtes, on est effrayé de la marche rapide, prodigieuse, étourdissante, de la civilisation matérielle. Les uns acceptent cet avenir avec effroi, les autres avec reconnaissance : je suis de ceux-ci ; et, considérant l'état de barbarie de nos campagnes, les lents progrès qu'elles ont faits, le chemin qu'il leur reste à faire, je vois avec bonheur le progrès marcher, et je compte avec regret les années qui s'écouleront avant que nos paysans soient assez éclairés pour comprendre et pour utiliser les conquêtes faites dans les centres.

Si l'instruction littéraire, si la participation aux secrets des sciences sont ainsi tombées dans le domaine de tous, pourquoi en exclut-on les arts, qui assouplissent et ornent l'intelligence, qui rendent plus facile la compréhension de certaines beautés des lettres et de certains rapports des éléments de la science les uns avec les autres, qui offrent en même temps un moyen commode d'en conserver le souvenir. L'objection ne peut venir ni de la difficulté de les enseigner, ni du peu d'intérêt qu'il y a à les répandre. Quant au premier point, on dira que le dessin n'est pas plus difficile à apprendre que l'écriture ; qu'il l'est moins, puisqu'il n'est pas conventionnel comme les caractères, et qu'il répond à la faculté imitative, innée dans tous les hommes. Quant au second point, l'intérêt est de premier ordre, la perfection des arts et les progrès de l'industrie en dépendent, et le pays qui le premier sera bien convaincu de la portée de cet intérêt fondera les institutions nécessaires pour devancer ses rivaux dans la carrière des arts, moyen assuré de les battre sur le marché industriel.

Le goût des arts s'est étendu dans le monde entier, mais particulièrement en France ; et cela tient à une qualité que nous devons à notre vieille éducation artiste : cette qualité est l'atticisme français ; ajoutez-y encore un heureux défaut : la vanité du luxe, le besoin de briller. L'homme qui couche dans une soupente a un cabinet meublé de mille superfluités élégantes ; la femme qui se dépouille de ses vêtements pour

savonner son unique jupon sortira avec un bonnet orné de
fleurs, une robe de soie et des bottines vernies. Cet amour
du luxe qui se montre et qui se voit est répandu dans toutes
les classes de la nation et se trahit en toutes choses. Inutile
d'en dérouler le tableau. Tandis qu'un Allemand met sa simplicité solide et cossue partout, un Anglais et un Américain
son confort en toutes choses, un Espagnol, un Italien, un
Oriental, Turc, Arabe ou Indien, sa soif de faire effet, dans
un riche châle, dans de belles armes, de précieux bijoux,
toutes fantaisies pour ainsi dire spéciales et réservées au
petit nombre, le Français, bien mieux tous les Français,
sacrifieront leur dernier écu au luxe voyant et aussi au luxe
élégant. Sous l'influence de ces dispositions, la nation entière
s'est éprise du goût des arts, de l'amour des monuments, de
la passion pour les images, autant de symptômes d'une renaissance populaire à laquelle je voudrais voir l'État concourir de tous ses efforts. Je dis renaissance populaire, car il ne
s'agit plus, comme au viiie siècle, sous Charlemagne, comme
au xiiie siècle, sous saint Louis, comme au xvie, sous François Ier, comme au xviie, sous Louis XIV, de la renaissance des
arts à la cour de France, mais d'une renaissance aussi belle,
aussi forte et plus féconde, parce qu'en descendant dans la
rue elle s'étend à tout le pays.

Si vous consultez la librairie, j'entends les libraires instruits
(la consultation ne sera pas longue) et les libraires commerçants qui jugent des tendances littéraires par l'écoulement de
leur marchandise, ils vous diront tous, les uns avec un certain dépit, les autres sans se rendre compte de la cruauté de
leur aveu, que les hautes classes ont abdiqué dans le domaine
de l'intelligence, qu'elles n'achètent plus les bons livres faits
pour elles et tirés à 1,000 exemplaires seulement, tandis que
le peuple enlève, arrache et absorbe par centaines de mille les
livres médiocres faits pour lui. Toute spéculation de librairie
s'adressant au peuple réussit, toute entreprise à l'adresse de
l'aristocratie languit, végète et meurt; almanachs de toutes
sortes, romans à deux sous, journaux à cinq centimes, vo-

lumes de 500 pages à 1 franc qui ne couvrent leurs frais qu'au-
dessus de 10,000 exemplaires, tout cela enrichit les auteurs,
les imprimeurs et les libraires, tandis que j'aurais honte de
citer les noms respectables, les talents éminents dont les manuscrits attendent un éditeur. J'ai pris la librairie en exemple;
il en est de même de toutes les autres industries, et c'est un
fait manifeste en toutes choses. N'avons-nous pas des cabinets
de tableaux, de gravures, de médailles, d'objets d'art du plus
grand intérêt, et dont les catalogues de vente font autorité, qui
ont été formés par des dentistes, des tailleurs, des droguistes,
des acteurs et de petits employés?

Si un enseignement sérieux avait précédé l'invasion de ce
goût, si la connaissance du dessin et l'étude des grands modèles avait patroné cette passion, l'influence eût été bonne;
mais c'est dans le désordre des idées, dans la confusion des
principes qu'on a procédé et que l'on continue à marcher.
L'initiation incomplète et fautive de ce public, qui désormais
se croit capable de décider dans toutes les questions, nous a
donné les juges les plus pitoyables des productions de l'art;
son ignorance est fabuleuse, l'autorité qu'il s'arroge dans la
critique des œuvres les plus remarquables vraiment extrava-
gante. Des hommes qui ne sauraient pas dessiner une oreille
sans lui donner la figure d'une huître, qui ne feraient pas un
champignon à le distinguer d'un parapluie, qui ne pourraient
pas dire combien ils ont de côtes, ces hommes déclarent im-
perturbablement que M. Ingres a mal dessiné tel bras, que
M. Horace Vernet n'a pas su ajuster telle jambe. Et ce ne
sont pas seulement les collectionneurs qui jugent, c'est tout
le monde; chacun dans la spécialité de ses affaires ou de ses
études ne reconnaissant de compétent que lui et les hommes
spéciaux, mais admettant sur le terrain des arts une libre discussion et la compétence universelle.

C'est en cela, plus qu'en toutes choses, que nous différons
de la Grèce des beaux temps. On vante ses grands artistes;
j'admire surtout son grand public, qui comprenait ses artistes,
en même temps que par la fixité et la pureté de son goût il

les maintenait dans la recherche exclusive de l'idéal et de la beauté.

Aussi est-il grand temps de s'occuper des consommateurs, après avoir accordé toute l'attention, tous les encouragements aux producteurs. Dans cette question délicate des arts, quand on a formé le talent du peintre et du sculpteur, il n'y a que moitié de la besogne faite, il faut encore former le goût du public qui est le consommateur; car c'est de l'action réciproque de l'un sur l'autre, de celui qui produit sur celui qui juge ou achète, de celui qui juge sur celui qui crée, que résultera le progrès vrai, fécond, durable. Le public acheteur, tel qu'il se compose aujourd'hui, pervertit l'école en l'entraînant dans les déviations les plus fausses, dans les exagérations les plus perverses. Aujourd'hui il applaudira le tableau esquissé et jamais assez lâché; demain il lui faudra de la couleur, mais de la couleur à tout prix; une autre fois il ne demandera que des empâtements, mais des empâtements à tant la livre. La peinture de genre est seule patronnée par lui, y compris le paysage, et il impose partout la réalité dans sa plus grande trivialité, les scènes de la vie quotidienne avec les vêtements du jour et toutes les mignardises que la mode fait valoir.

Quoi qu'on fasse, l'artiste devra toujours compter avec le public; plus ce public sera initié aux beautés de l'art, plus l'artiste pourra s'abandonner sans arrière-pensée à l'étude de la nature et à sa manière originale de la comprendre et de la rendre. Dans l'état actuel des choses, c'est une concession continue, un compromis déplorable. Les neuf dixièmes des artistes regardent le public avant d'étudier la nature, et ils ne la voient qu'avec ses yeux, j'entends toutes sortes de combinaisons factices, de malentendus, de partis pris, de coloris conventionnels, de factures à la mode. Reste un dixième d'artistes fervents adorateurs du vrai et du beau. Mais malheureusement ces esprits convaincus sont le plus souvent des talents médiocres, ou au moins pénibles, qui ne produisent rien d'assez remarquable pour faire rougir ceux qui les laissent mourir de misère. Les gens de talent, d'imagination et d'esprit

encensent le pouvoir, c'est-à-dire le public, et, s'ils font moins
de concessions pour lui plaire que le gros des artistes, ils en
font tout ce qu'il faut pour abaisser leur élan et atténuer les
plus précieuses de leurs qualités.

De là ce grand rideau monotone, parce qu'il est populaire,
tiré sur l'ensemble des productions de l'art moderne, rideau
changeant de couleur, de dessin, de mode, suivant chaque
pays, mais qui bientôt, comme le chapeau dans les costumes
des peuples, exercera son empire trivial sur tout le monde
tout à la fois.

Il est donc bien nécessaire qu'une meilleure éducation artiste, en s'emparant du public, guide les amateurs hors des
voies de la médiocrité banale par les mille petits sentiers de
l'appréciation personnelle, et les conduise au vrai talent, à la
bonne originalité, à l'art consciencieux et senti, dans ces ateliers paisibles et trop solitaires où la pensée s'épure et s'élève,
où se font les vrais progrès, où réside l'avenir. C'est nécessaire, parce que le riche étant lui-même connaisseur, appréciant lui-même l'art à un point de vue particulier, sacrifiera
ses habitudes de spéculation à son goût personnel, peut-être
même à l'ambition de conquérir le renom de protecteur désintéressé des arts. N'oublions pas qu'un changement s'est fait
parmi les élus de la richesse. Il y avait autrefois deux natures
de richesses : la révolution ou nos révolutions ont détruit la
richesse de naissance; il ne reste plus que la richesse acquise.
Entre les deux se creuse un abîme. Le riche qui n'a fait aucun
calcul pour le devenir n'a pas la conscience de la valeur de
l'argent; pour lui sa fortune est une obligation, rien de plus,
l'obligation de soutenir dignement son rang. L'emploi d'une
grande fortune de naissance n'a jamais été de spéculer pour
l'augmenter, mais de la dépenser noblement. Au moyen âge,
un seigneur répandait l'argent autour de lui, distribuait à tous
les magnifiques pièces d'orfévrerie et les riches vêtements aux
cris mille fois répétés de : Largesse! et ces sacrifices il les
faisait afin d'obtenir le renom de libéralité, de tous le meilleur.
Ces fières traditions faisaient encore, en 1789, le premier

article du code aristocratique : on trouvait dans les châteaux
la plus franche hospitalité; dans les hôtels de Paris, qui semblaient des palais, on rencontrait, au milieu d'une existence
magnifique, des bibliothèques remplies de tous les beaux livres
nouvellement publiés, des appartements décorés de peintures
par les artistes vivants et des galeries remplies de tableaux des
grands maîtres de l'art; poëtes, artistes, gens de lettres, étaient
attachés au seigneur et faisaient partie de sa domesticité, c'est-
à-dire de sa famille, alors, comme chez les anciens, une et
même chose. Les calamités financières qui frappèrent l'aristocratie depuis le système de Law jusqu'au règne de Louis XVI,
les iniques spoliations de la Révolution, et, plus que tout,
l'abolition du droit d'aînesse, ont détruit les grandes fortunes
transmises par héritage; il n'est plus resté que la seconde classe
de la richesse, la richesse acquise. Je n'en voudrais dire aucun
mal; ailleurs, et partout dans ce travail, je montre le besoin
que les arts ont de son appui, et je développerai même avec
complaisance toutes les espérances qu'ils doivent fonder sur son
concours quand il sera plus éclairé; mais il est impossible,
dans l'état actuel des choses, de ne pas remarquer que son
intervention dans les arts n'est que calcul et spéculation, de
ne pas être effrayé de l'influence désastreuse de cette impulsion. Sans être très-vieux, je me rappelle encore avoir vu des
amateurs commander des tableaux comme on les commande
quand on pense plus à l'art qu'à soi-même; ils mettaient à la
disposition d'un artiste une somme d'argent et lui disaient :
Faites-moi un tableau, une statue, un meuble ou un bijou.
J'ai entendu aussi depuis lors bien des plaintes, soit que les
artistes n'aient pas apporté dans leur travail toute la conscience
que ces nobles procédés avaient droit d'attendre, soit que, conformément au cours naturel des choses, ils aient moins bien
réussi pour l'objet auquel ils appliquaient tout leur zèle que
pour les œuvres créées selon la fantaisie du moment et vendues au hasard; tant y a que si les rares amateurs désintéressés ont supporté sans regret cette conséquence de leur
générosité, la génération qui les a suivis s'est instruite à leur

expérience et n'a plus voulu d'une protection qui faisait partager au protecteur les chances de non-réussite supportées par l'artiste lui-même. En effet, la fortune acquise ne connaît aucune obligation : elle a bien entendu vaguement parler de ces traditions de grand seigneur qui ouvrait sa bourse aux jeunes artistes dont le talent avait à peine vu le jour, aux jeunes poëtes dont les vers n'avaient encore aucun écho, qui jetait en un mot son argent par toutes les fenêtres des nobles dépenses; mais elle ferme l'oreille à ces vieilles histoires de sa nourrice, elle veut du luxe voyant et des acquisitions d'objets d'art dont la valeur soit aussi bien garantie que toute autre valeur industrielle et participe de leur hausse et plus-value.

Y a-t-il un moyen de faire dévier ces tendances ? Auronsnous la prétention de rendre l'homme meilleur et d'épurer son cœur uniquement pour que les arts soient mieux protégés ? Nous n'entretenons pas de si folles espérances, mais nous croyons que la sagesse consiste à tirer parti des positions et qu'on peut pousser la richesse à de bonnes acquisitions et faire tourner ses achats en utile influence, en lui prouvant seulement que, de même qu'un homme bien informé gagne à la Bourse immanquablement, un amateur éclairé doit forcément gagner s'il porte sa spéculation sur les objets d'art. De là une nécessité de se faire une éducation artiste, afin de pouvoir mépriser la mode ou la cote du jour pour écouter les conseils sages et suivre les bons principes qui sont la cote du lendemain. En effet, si, comme tout le fait espérer, le public se forme, les gens qui aujourd'hui remplissent leurs salons de médiocres tableaux, parce qu'ils sont en vogue, seront considérés comme aussi mal inspirés que ceux qui chargent leurs portefeuilles d'actions véreuses, parce qu'elles sont en hausse; il doit arriver et il arrive un moment où ces tableaux et ces actions n'auront pas la moindre valeur, tandis que l'amateur exercé achète les tableaux et le spéculateur les actions auxquels un avenir de vogue est indubitablement réservé. Ce n'est donc pas un rêve que la possibilité non-seulement de modifier le goût du public influent, mais même de l'intéresser à cette modification, à ce perfectionnement, qui sera le ressort de la nouvelle renaissance de nos arts et de notre industrie. On ne saurait trop insister sur ce point.

Dans ma manie de propagande du bon goût et de ce que j'appelle les notions du vrai beau, j'ai causé avec nos fabricants et je les ai trouvés plus avancés, mieux préparés que le public; ils me comprenaient, acceptaient mes conseils, reconnaissaient que mes principes étaient aussi fondés qu'ils pourraient devenir féconds; ils me montraient même, sur leurs propres cheminées, dans leur ameublement particulier, des objets d'art d'un goût plus pur et tout différent de ce qu'ils fabriquaient, et puis ils confondaient toute mon argumentation avec cette horrible remarque qui retentit à mes oreilles, comme un anathème jeté sur notre génération : « Si je suivais vos conseils, ma clientèle m'abandonnerait, les marchandises s'accumuleraient dans mes magasins, je serais ruiné avant un an. » Et ces appréhensions avaient leur fondement; l'industrie a souvent poussé le public plus vivement et dans un meilleur sens qu'elle n'a été stimulée ou même suivie par lui. Des fabricants, hommes de goût, se sont avancés, et, comme ces généreux officiers que leurs troupes ne suivent pas au feu, ils se sont trouvés isolés, abandonnés, avec les huissiers à leur poursuite.

En fait, l'industrie est dépendante du public : ce n'est pas elle qui achète, c'est elle qui vend; ce n'est pas elle qui peut faire la loi, car elle sollicite la faveur de tout le monde; c'est elle qui obéit à la loi imposée par tous. Je prendrai en exemple l'ébénisterie de laque et de nacre de perle. On exécute avec ce procédé des peintures flamboyantes, et on obtient des effets de final d'opéra imitant ces feux de Bengale qui viennent éclairer les décorations au moment où la toile se baisse. Des panneaux entiers de ce genre de peinture sont destinés à tapisser les murs des appartements. Irez-vous conseiller au commerçant, qui gagne honorablement sa vie dans cette industrie, de la supprimer, parce qu'elle est d'un goût détestable dans sa donnée première comme dans ses applications ? Lui direz-vous que M. Ingres, fût-il coupable des plus grands crimes, ne mériterait pas d'être condamné à habiter entre quatre parois ainsi décorées? Il ne vous croira pas, et ses livres lui prouveront que vous êtes dans l'erreur, puisqu'une foule de gens haut placés payent très-cher pour se donner le plaisir que vous appelez un supplice. Adressez-vous à sa clientèle. En effet, le fabricant est un écho qui répond au bon goût ou au mauvais goût des acheteurs par des productions de bon ou de mauvais goût. Faire du bon goût, sans y être sollicité par la demande, serait sublime; mais, industriellement parlant, ce serait d'un niais, et l'envie en a vite passé à ceux qui l'ont tenté.

Un Gouvernement peut et doit prendre cette initiative. De sa part, suivre les mauvaises tendances serait aussi coupable, au point de vue élevé de sa mission, que d'empoisonner les puits et les fontaines, car ce serait empoisonner le goût; mais donner l'impulsion au bon goût, au prix de grands sacrifices, facilement supportés par la caisse commune, c'est de la sage et prévoyante administration.

Ainsi point de doute, point d'hésitation; avant de former le goût des fabricants, occupons-nous de l'éducation du public. Là est la planche de salut. L'industrie ne doit connaître qu'une chose, la demande de celui qui achète. La terre du bon Dieu produit suivant ce qu'on sème dans les sillons, et rend le blé dont le laboureur a répandu la semence; si le public sème de l'ivraie et des chardons, pourquoi exiger que l'industrie rende du froment et du plus beau et du meilleur? Encore une fois, faites l'éducation du public, les artistes surgiront du sein même de l'industrie ainsi sollicitée, et les industriels seront en mesure de répondre à de nouvelles et plus judicieuses exigences.

Au demeurant, l'intelligence des choses de goût n'est plus un arcane, un saint des saints, où se tiennent barricadés les grands prêtres d'impénétrables mystères. La religion, les lettres, les sciences, les arts, ont bien été successivement escamotés par quelques gens adroits qui ont maintenu le

peuple dans l'ignorance, sous prétexte qu'il était incapable de
profiter de l'initiation et trop disposé à en faire un mauvais
usage; mais les progrès de l'humanité, avec l'assistance de
Dieu, ont eu raison de ces entraves. Le christianisme a vulgarisé le culte de Dieu, l'imprimerie a vulgarisé les lettres, les
vrais savants ont vulgarisé la science; l'industrie, c'est-à-dire
le génie des arts appliqué, s'apprête à populariser les arts.

En est-on moins sincèrement religieux, pour l'être en
communauté avec son prochain; moins profondément lettré,
parce qu'on lit son Cicéron et son Virgile imprimés, en même
temps que cent mille autres lecteurs, au lieu de le posséder
manuscrit avec dix ou douze collègues; moins profondément
savant, pour l'être plus pratiquement? Les arts, enfin, per-
dront-ils quelque chose de leur élévation pour avoir abaissé
leurs regards sur la foule, auront-ils amoindri leur sommet
en étendant leur base? Certes non.

La piété dans certaine direction, l'étude chez certaines natures, ont besoin de recueillement et de silence; tel ne peut
prier que dans la sombre crypte, tel autre n'élève son âme à
Dieu que dans la nef, à ce moment du jour où le soleil,
comme une émanation divine, inonde l'église de flots de
lumière, transformés par les vitraux en rivières de pierres
précieuses. Ainsi des savants : tel n'est maître de sa pensée
qu'en se recueillant dans son cabinet, au milieu de ses livres;
à tel autre il faut la chaire, le bruit des applaudissements, la
foule des élèves réunie dans le laboratoire. Ainsi des artistes :
à l'un l'atelier aux portes verrouillées, où le chef-d'œuvre
s'enfante dans le silence et s'accomplit en cachette; à l'autre,
les portes grandes ouvertes, le projet annoncé tout haut et
discuté avec le premier venu, l'idée conçue dans le bruit,
ébauchée devant la foule et terminée au milieu de ses applaudissements; le grand artiste puisant la vie et la chaleur dans
cette communication libérale, dans ces retours sympathiques.
Vous ouvrez l'église catholique, non pas seulement aux heures
du prêche comme les protestants, mais comme dans toutes
les religions orientales, qui sont nées du sentiment autant que

des combinaisons de l'esprit, vous les ouvrez à toute heure pour qu'elles accueillent toutes les dispositions pieuses. L'art est une religion : laissez ses portes ouvertes à tous. Popularisez-le, et cependant respectez les tendances : la piété de Fra-Angelico, de Lesueur, de MM. Overbeck et Orsel, la sombre conviction de Michel-Ange et du Poussin, le mystère de M. Ingres, le besoin de jour et de popularité de Raphaël, de Rubens et de M. H. Vernet, sont autant de caractères différents convergeant vers un but semblable. Soyez certain que votre action généralisatrice éveillera le génie partout et ne l'entravera nulle part; car le génie suit sa voie, et, dans la grande armée de la civilisation, il est plus discipliné qu'on ne le croit à première vue. Les uns se font chefs, les autres simples soldats, et tous les grades se remplissent par l'ordre d'en haut qui retentit dans la conviction de chacun. Ne craignez donc rien pour les études sérieuses, pour les entreprises désintéressées. Il y a et il y aura toujours, dans la science et dans les arts, des sentiments cupides, des aspirations prosaïques et ambitieuses; il y aura en même temps des prodiges de dévouement et d'abnégation.

L'éducation artiste de la population entière est devenue plus indispensable, au point de vue industriel, depuis que la capitale chasse chaque année de sa grande ruche des branches entières de fabrication. Paris n'aura bientôt plus que la direction d'une vaste industrie dont les usines actives seront répandues dans toute la France. Du centre partiront les modèles, le goût et l'impulsion générale; dans la circonférence on demandera des populations intelligentes et déjà préparées aux choses de goût pour pousser l'œuvre jusqu'à sa perfection.

Le pays est préparé à admettre la nécessité de cette éducation artiste; il comprendra bientôt que, si lire, écrire et compter sont aujourd'hui une condition obligée de tout avenir, de tout établissement, demain dessiner sera une garantie de succès dans plusieurs carrières honorables, une facilité immense dans tous les métiers, le germe et le ressort d'une brillante fortune et d'une position enviable.

Ce qui s'est fait jusqu'à nos jours de conspirations sourdes, adroites, persévérantes, contre les dispositions artistes d'enfants heureusement doués, est vraiment prodigieux, et on s'étonne qu'en dépit de ces menées qui appellent à elles toutes les ressources, depuis le dédain général professé pour tout ce qui tient à la carrière d'artiste jusqu'à la porte fermée à tous ceux qui s'y dévouent, depuis le bonbon donné à condition qu'on ne dessinera pas sur son cahier ou sur sa table jusqu'à la malédiction paternelle qui menace le jeune homme à son entrée dans l'atelier du maître, on s'étonne, dis-je, que des vocations aient osé se faire jour. Si l'on étudie cette situation, on remarque combien elle est fausse et funeste, car ce ne sont pas les vocations les plus vraies, les plus fécondes, les vocations d'avenir qui persistent, mais des vocations de gagne-pain, d'esprits dissipés, de natures incapables d'études suivies. La carrière des arts se remplit ainsi de jeunes gens partis des derniers rangs de la société, et qui se sont formés à grand'peine des dehors de distinction. Sans instruction première, car ils n'ont pas fait leurs classes; sans éducation, car dès l'enfance ils ont échangé leur famille contre la Bohême des ateliers; sans études suivies, car toutes sortes d'obstacles financiers les ont entravées; sans conviction, car ils l'ont vendue pour vivre, ils se traînent dans les banalités du jour et rabaissent l'art au lieu de l'élever. Les vocations réfléchies, nées au milieu de l'aisance et dans toutes les conditions favorables à l'étude et à la réflexion, cèdent aux sollicitations d'une mère, aux volontés d'un père, et transportent avec regret et résolution de hautes facultés artistes dans d'autres voies. Ces jeunes gens deviennent notaires, avoués, commerçants; ils sont perdus pour l'art, et ce n'est pas une compensation si, toute leur vie, ils sont distraits et comme dégoûtés de leurs monotones occupations par les rêves de leur jeunesse et la conviction que de grands succès les attendaient dans la voie qu'ils n'ont pas suivie.

La carrière des arts doit être réhabilitée par la conviction générale de sa valeur et de son importance, valeur morale aux yeux des hommes d'imagination, importance politique et commerciale aux yeux des gens positifs. Que cette carrière s'ouvre

désormais aux jeunes gens que l'aisance de leurs parents peut
conduire, dans l'atelier du maître, après de bonnes études
classiques qui meublent la tête, après une éducation morale
qui ennoblit le cœur, après de fortes études du dessin qui
forment le goût, et la carrière de l'artiste sera, au lieu d'une
existence vagabonde, une noble profession, côtoyée par ce qu'il
y a de plus moral dans la vie et de plus distingué dans l'esprit; carrière qui se continuera dans le bien-être, qui facilite
l'étude, qui repousse les concessions faites par les convictions
les plus fortes au besoin de plaire au public, et qui permet
de suivre librement sa voie en gardant son originalité. Cette
carrière des arts, ainsi ouverte à tous, même aux jeunes gens
riches, instruits, nourris aux enseignements de la morale, de
l'honneur et des bonnes manières, me semble étendre l'horizon de l'avenir et fortifier nos espérances.

Ce qui n'est pas encore dans les faits pour ainsi dire plane
dans l'air; il est indispensable que le Gouvernement prenne
en main cet intérêt et active le mouvement qui se ferait de
lui-même, mais trop lentement. J'en vois la nécessité dans
toutes les manifestations des arts et de l'industrie, et je ne
crois pas me tromper, car, dans mes hésitations sur l'avenir
que nous prépare le courant des idées, j'ai l'habitude de me
tourner vers l'Amérique pour deviner où il nous mène,
bien persuadé que, quelle que soit la répulsion instinctive
des esprits d'élite pour l'entraînement populaire, la force des
choses le fera triompher. Là-bas, à l'ouest, la spéculation
s'empare de toutes choses. Avec l'augmentation de la population et du bien-être, avec le principe fécond de l'association,
avec l'intervention de la mécanique, avec la force puisée
dans les grandes compagnies financières, des ateliers spéciaux
pour chaque industrie vont exécuter en grand, pour la consommation de tous et sur des modèles uniformes, ce qu'il y
aurait duperie à faire isolément et avec l'originalité propre à
une individualité. Pourrons-nous lutter en France contre ce
courant industriel? En aucune façon, si ce n'est par l'éducation artiste de la nation entière, qui obligera la spéculation à

se faire elle-même artiste, parce que le bon goût est d'une
exécution plus rapide et moins coûteuse que le mauvais, et
parce qu'il y va de notre honneur et de la domination que
nous sommes menacés de perdre.

Tant que l'industrie sera à la remorque du public, elle sera
aussi à sa merci. Quand le public sera réformé, l'industrie
française repoussera l'axiome banal : *Il faut travailler pour tous
les goûts;* elle ne travaillera que pour le bon goût et ne propagera que celui-là. Je n'entends pas qu'on refroidisse la verve
de nos dessinateurs de tissus, de meubles et d'orfévrerie; au
milieu du besoin incessant de changements imposés par la
mode, ils font merveille; mais, de même que dans l'art j'offre
une règle, des principes, un idéal et une direction dominante
qui ne souffre pas de déviation, quoiqu'elle laisse à chacun le
libre essor de son originalité et de son imagination, de même
aussi dans nos industries je voudrais la variété, qui est l'âme
de la nouveauté, avec un idéal fixe, pur, élevé, qui serait la
règle inébranlable du goût dans toutes les transformations de
la mode.

Pour atteindre cet immense public, pour élever les arts
dans leur sphère la plus pure, pour donner aux industries diverses le degré de perfection dont elles sont susceptibles, il y
a trois voies ouvertes à l'action légitime et obligée de l'État :

L'enseignement pratique des arts imposé à toute la nation,
comme l'enseignement littéraire, avec les conditions qui sont
spéciales à sa nature;

L'enseignement supérieur des arts, réservé à ceux qui consacrent leur vie à cette carrière et ramené aux règles données
par les maîtres, dans la voie de l'idéal le plus élevé;

Le maintien du goût public, et qui dit maintien entend
une épuration continue.

Réformer tout ensemble le jugement du public, la direction des arts et leur application à l'industrie, c'est une grande
tâche; celui qui l'accomplira fera briller dans notre vie un
nouveau soleil, et ouvrira une grande ère d'activité sociale et
de prospérité industrielle. Le moment est propice pour exercer

une salutaire domination. Aucune individualité puissante n'entraîne les artistes, aucune mode exclusive ne s'est emparée des goûts du public; chacun flotte au gré du caprice. Le bien-être et la tranquillité publique facilitent le luxe, qui se répand dans toutes les classes et partout; mais ce luxe, qui ne cherche qu'à bien placer sa richesse, manque d'idées et d'invention: il croit avoir tout épuisé, quand il n'a pas même essayé de la grâce alliée à la beauté, de la simplicité animée, souple, élégante, mise au service d'un style sévère.

HABITUDE EN FRANCE DE COMPTER SUR LE GOUVERNEMENT;
NÉCESSITÉ DE SON INTERVENTION.

Au moment d'une redoutable concurrence étrangère, quand l'union des arts et de l'industrie peut provoquer une de ces renaissances qui marquent dans l'histoire de l'art, le Gouvernement abdiquera-t-il, laissera-t-il s'égarer et se perdre de si généreuses et fécondes tendances? ou bien, sentant sa force et l'utilité de son concours, se mettra-t-il résolûment à la tête du mouvement, en employant pour le diriger toutes les leçons de l'expérience et les ressources de sa puissance? Tel est, au fond, le sens de tout mon travail.

Abandonnés à eux-mêmes, les arts, au lieu de s'épurer et de s'élever, se corrompent et se précipitent dans les bas-fonds du mauvais goût; tous les petits genres de peinture pullulent, tous les abus de la sculpture de décoration prennent leur essor, la vulgarité envahit l'industrie entière: les lieux publics les plus en vogue, les théâtres ou les jardins dansants les plus courus, ne montrent que pauvreté d'imagination, abus de dorures, négligence d'exécution; tout cela associé aux amalgames des styles les plus discordants, aux formes contournées les moins bien proportionnées, défauts d'autant plus choquants que l'éclat des lumières les fait valoir davantage. En sommes-nous arrivés à compter l'éclat pour le sublime de l'art? Au jardin Mabille, au jardin des Fleurs, au parc d'Asnières, dans tous ces lieux publics, on dirait des fêtes entreprises chez les

Peaux-Rouges par l'administration du gaz; et la comparaison est d'autant plus juste qu'il y a dans la monotone extravagance de la danse, à ces deux extrémités de la civilisation, plus d'une triste analogie. Non, il m'est impossible de voir dans les directions diverses de la spéculation particulière les indices d'une civilisation avancée; il m'est impossible de placer là mes espérances de régénération du goût, de me reposer sur ces tendances de bas étage pour redresser le public et les artistes. Y a-t-il plus à compter sur l'aristocratie? Sans aucun doute, ses idées ne sont pas perverties de la même manière, elle a conservé certaines traditions d'élégance, de mesure et de distinction; mais elle est pauvre, et elle ne se mêle plus à la vie publique; eût-elle sa générosité proverbiale d'autrefois, usât-elle de nouveau de cette prodigalité insouciante qui est restée son honneur, il lui manque l'influence qui domine, qui trace la ligne et impose la suite. Comme protectrice des arts, c'en est fait de l'aristocratie. Aussi la France se reconnaît-elle mineure; elle demande à son Gouvernement de lui servir de conseil de famille pour la guider, lui éviter les dépenses inutiles, lui faciliter les progrès qu'elle désire faire. Lui seul, en effet, peut arborer un drapeau et le tenir élevé assez longtemps pour qu'il soit suivi. On citera, il est vrai, quelques exceptions d'une initiative partie de la foule; mais est-il sage d'attendre ces rares apparitions? Nous avons vu, de nos jours, cette influence dominante s'exercer non pas par un souverain puissant, par un seigneur haut placé, par un amateur que la richesse rendait influent, mais par un simple artiste, fils de ses œuvres, qui, timide de caractère, dépourvu d'éloquence et n'ayant ni la vigueur d'un Michel-Ange, ni la puissance officielle d'un Lebrun, ni l'autorité magnétique d'un David, a dominé sa génération et a relevé la dignité de l'art par le seul empire d'une conviction profonde, d'un ferme dévouement à l'art, d'un inébranlable attachement aux mêmes principes, qui sont la recherche du beau et le mépris des succès faciles. Nous avons vu en même temps un autre homme se substituer à toute une institution, et, à force de sacrifices, de démarches, de dévouement, devenir lui-même la véritable institution, l'institution vivante. Tel fut cet élève de l'École polytechnique qui, avec un goût musical très-prononcé et une passion de propagande qui allait jusqu'à sacrifier sa fortune, sa santé, sa vie, créa à la fois une méthode, un vaste enseignement organisé et un public musical.

La routine osera-t-elle dire : Vous voyez bien, à quoi bon fonder des institutions? quand l'homme de la chose se lève, l'institution surgit avec lui. Un tel langage est une cruauté, car M. Ingres a vécu trente ans dans la lutte et les mécomptes, car Choron est mort à la peine, et son institution est morte avec lui. Si vous supposez, au contraire, l'enseignement des arts bien organisé et fortement constitué avec l'aide du Gouvernement, ces grands artistes prennent leur place, et, loin d'user dans des luttes énervantes les plus précieuses qualités, ils les emploient à faire faire à la France les plus manifestes progrès. Dans l'industrie, je citerai aussi M. A. Lefebure, qui, faute d'une initiative plus puissante, telle que pouvait être celle de l'État, et quand déjà nos dentelles étaient menacées de tous côtés, a transformé le mode de fabrication de toute la Normandie, a régénéré cette industrie et étendu sa réforme à toute la France.

Des hommes de la trempe des Ingres, des Choron, des Lefebure, sont toujours de rares exceptions; ils apparaissent et ils meurent, emportant leur œuvre avec eux, car ils sont l'œuvre tout entière. Un Gouvernement est d'une autre essence; il ne dure pas toujours, il est vrai, mais ses institutions, quand elles sont bonnes, lui survivent à lui-même, et alors calculez leur portée, prolongeant à travers les générations les mêmes principes fixes et la même action fécondante. D'ailleurs, l'État ne fait pas tout : il est le protecteur de l'art à sa base et à son sommet; l'industrie se charge des étages intermédiaires. En répandant de bonnes notions dans le peuple, en donnant partout l'exemple, il oblige l'industrie à monter les degrés de l'art; et, comme sans aide elle ne parviendrait pas au haut de ce bel édifice, du sommet il lui tend la main. Ainsi, en même temps qu'il encouragera de splendides publications à deux sous et qu'il poussera l'art à ses applications les plus diverses dans un vaste établissement entretenu à grands frais, il se préoccupera des plus belles théories de l'art et des aspirations les plus élevées, entièrement dégagées de préoccupations industrielles. Quand il prendra en main ces graves intérêts dans toute leur étendue, la foule moutonnière le suivra aveuglément, apportant aux arts et à l'industrie le tribut magnifique de sa richesse inépuisable, de ses caprices coûteux, de son luxe insensé. L'aristocratie de la fortune sera en tête de cette foule, car on lui persuadera facilement que l'acquisition des chefs-d'œuvre est une bonne affaire, qu'il y a toujours hausse sur le bon goût, que le mauvais goût seul est ruineux.

On s'étonnera alors, en regardant en arrière, de voir que, depuis soixante ans, il n'y a pas un intérêt du pays qui n'ait pris des développements considérables, qui n'ait été le sujet des réflexions de l'homme d'État, l'occasion de graves délibérations, de rapports de commissions, de créations de cours publics, d'institutions nouvelles, d'une réorganisation presque radicale, les arts exceptés. Ils ont même moins de protection qu'avant 1789. L'Académie de peinture et sculpture était plus nombreuse; il y avait une Académie spéciale d'architecture qui donnait de l'ensemble au corps des architectes; l'École académique des beaux-arts n'était que le centre d'un rayonnement d'écoles pratiques tenues par tous les maîtres en renom; le nombre des élèves envoyés à Rome n'était pas limité comme aujourd'hui, et seulement la conséquence d'un concours : les libéralités du roi, plus judicieuses, allaient s'augmentant suivant les progrès de la jeunesse. Les écoles de province, qui comptent à peine de nos jours, avaient une véritable autorité, et leurs meilleurs élèves étaient envoyés à Paris et à Rome aux frais des États; les commandes du Gouvernement, comparées au nombre des artistes, étaient plus considérables, sans compter que l'art rencontrait dans une aristocratie riche, éclairée, des ressources abondantes et des encouragements

3.

flatteurs. Je ne parle pas de l'esprit judicieux, de la suite raisonnée, de la saine raison qui présidaient à toute cette activité;
je m'en tiens aux éléments matériels. Ce tableau provoquera une
comparaison attristante; il fera dire que, depuis soixante ans,
les arts ont été menés comme des parias. Loin de là, on les a
traités comme des enfants gâtés, et c'est bien plus fâcheux. Dans
un abandon complet, ils se fussent peut-être suffi à eux-mêmes:
si on avait voulu les tuer, ils eussent appris à vivre de leur
propre vie; mais on les a entourés de soins maladroits et
énervants; un jour on leur a donné des indigestions de commandes, le lendemain ils recevaient des réprimandes et on
leur refusait même du pain. D'abord, on leur avait assigné
pour précepteur un ministre; on le leur a ôté, et d'intendants
en directeurs ils en sont arrivés au simple chef de division;
chacun croit qu'on a au moins choisi pour occuper cet emploi
les plus capables de diriger les arts, les mieux instruits de ce
qu'ils devaient enseigner; prenez-en la liste! Il est vrai que
chaque nouveau titulaire, au lieu de l'éducation des arts, faisait la sienne; mais aussitôt qu'aux dépens du budget, et après
mille écoles, il arrivait à savoir distinguer à peu près les artistes vrais des artistes intrigants, les bonnes méthodes du charlatanisme, les projets féconds des projets creux, un nouveau
ministre arrivait et mettait le directeur à la porte. Il serait
vraiment original de montrer une France artiste, non pas,
comme on le croit à l'étranger, par le fait de ses institutions
intelligentes, mais en dépit d'une négligence complète de la
grande cause de l'art. Entrons à la Sorbonne ou au collége
de France: cinquante professeurs du haut de leurs chaires
tonnent du grec et du latin, de la physique et de la chimie,
de l'éloquence de tous les genres et de la littérature de tous
les peuples; cherchez celui qui décrit les chefs-d'œuvre des
écoles, écoutez la parole sympathique qui analyse les beautés, qui fait comprendre le but élevé, les jouissances délicieuses de cette puissance créatrice qui s'appelle l'art; demandez la chaire d'archéologie, la chaire d'esthétique et d'histoire
de l'art moderne: vous entendrez le silence, vous verrez le

néant, et ce n'est pas faute d'auditeurs désireux de s'instruire, faute d'hommes capables de parler éloquemment sur ces belles matières; c'est oubli, c'est indifférence.

En dépit de cette déplorable éducation, l'art français, comme un vigoureux garçon, a grandi; il y a bien du désordre dans ses idées, les aspirations les plus incohérentes agitent son âme, des projets discordants remplissent son cerveau, mais il a de la vie et du bon vouloir; toute ressource n'est donc pas perdue, si vous refaites cette éducation avec amour et avec suite, en traitant l'art comme un être sérieux et en le jugeant digne de quelques sacrifices.

LA PROSPÉRITÉ DES ARTS EST UNE FORCE POUR L'ÉTAT, UNE GLOIRE
POUR LE PRINCE.

Les arts en valent-ils la peine? Au point de vue commercial et matériel nous avons mis la question hors de cause; existe-t-il quelque doute sur la gloire qu'ils donnent au prince, à la nation, aux individus? Je me demande ce qu'il resterait de Côme Iᵉʳ de Médicis et de Léon X, s'ils étaient abandonnés par les poëtes et les artistes à la froide logique de l'histoire. Je ne passerai pas en revue toutes les têtes couronnées. Je n'étends pas mes regards hors de France; mais je lis Rœderer. Ce fanatique de haine a écrit contre François Iᵉʳ un livre abominable. Le libelle est habile, et il rabaisserait le noble souverain au-dessous de ses petits-fils, si les arts et les lettres ne le protégeaient pas contre tous les pamphlets. Avec l'épée de Marignan et de Pavie, avec le cortége de Ronsard et de Clouet, de Léonard de Vinci, d'Andréa del Sarto et de la pléiade entière, François Iᵉʳ reste à tout jamais un grand roi. Louis XIV a traversé son règne de bien des faiblesses; l'histoire, non pas celle qui s'écrit, mais celle qui se sait par cœur, les lui pardonne toutes en raison de la plus grande, sa faiblesse pour la beauté, les lettres, les arts et la magnificence. C'est que le temps efface la trace des détresses financières, il cicatrise les blessures des défaites militaires, et la postérité ne conserve le souvenir que de ce qui laisse sa trace sur la voie publique et une trace digne de respect. Elle dédaigne les apothéoses les mieux justifiées, quand elles sont médiocrement peintes ou pauvrement sculptées ; elle applaudit les monuments commémoratifs de gloires, même suspectes, quand le mérite de l'œuvre est manifeste.

Il appartient aux époques mémorables, aux souverains habiles, aux grandes nations, de marquer par les œuvres d'art, mais seulement par des œuvres parfaites ; car la perfection, d'essence divine, est seule immortelle. Croire qu'on s'impose au temps par l'ampleur des monuments, par la rapidité de leur construction, par la richesse des sculptures et l'éclat des dorures, c'est une erreur. Les pyramides d'Égypte sont restées anonymes, tandis qu'un petit temple redit le nom éternel de Périclès, et une façade du Louvre, de la largeur de trois fenêtres, suffira, à travers tous les siècles, à la gloire de François Ier.

Le luxe des arts coûte bien peu à une nation. On en est étonné, quand on le compare aux dépenses que lui imposent son armée, sa marine et la guerre, cette gloire ruineuse. L'argent dépensé à Versailles, à Trianon, à Marly, est considérable sans doute ; mais il passe inaperçu quand on en compare le chiffre aux trésors dévorés par les guerres de Louis XIV.

Si les arts sont glorieux, s'ils coûtent peu, quelle bonne influence n'ont-ils pas ! S'agit-il d'un peuple neuf, ils sont les grands civilisateurs, et je ne connais pas de pionnier plus hardi, plus séduisant, plus patiemment actif. Sans doute la religion et la morale, l'écriture et la lecture dégrossissent l'homme ; mais il est réservé à l'art d'assouplir sa nature et de développer ses instincts les plus élevés. S'agit-il d'un peuple vieilli dans la civilisation, c'est dans les lettres et les arts qu'il trouvera ses plus purs enthousiasmes, ici pour ennoblir sa liberté et voiler ses fautes, là pour le consoler de son oppression et l'aider à attendre des temps meilleurs.

Une France transformée, un Paris renouvelé, c'est un immense événement ; car l'Europe est la poitrine où respire le

monde, la France en est le poumon, Paris en est le cœur, et
lorsque le pouls lui bat, l'humanité a la fièvre. Faisons que
ce pouls ne s'anime qu'au contact innocent des lettres, que
sous l'inspiration protectrice des arts, et confions-nous dans
nos efforts, puisque le progrès n'a pas de limites. Construisons
pour ce progrès indéfini : que notre édifice ne ressemble pas
à ces encyclopédies des sciences qu'il faut refaire tous les
vingt-cinq ans; étendons sa base, c'est le moyen de le mieux
asseoir et de l'élever davantage.

LA VULGARISATION DES ARTS EST-ELLE LA RUINE DE L'ART?

On ne change pas de direction, dans quelque route que ce
soit, sans rencontrer des gens qui vous conseillent de prendre
à gauche, de prendre à droite, d'éviter les marais, les fleuves,
les montagnes; selon eux, il n'y a qu'obstacles et impossibi-
lités. Si vous écoutez tous ces avis, le découragement vous
saisit et vous rebroussez chemin; si, au contraire, confiant
dans la direction que vous suivez et dans votre étoile, vous
marchez de l'avant, la grande voie des innovations s'ouvre
devant vous, large, facile et déjà aplanie par les bons esprits.
Ne nous disait-on pas que la pisciculture était un passe-temps
du membre de l'Institut qui étudie la nature entière dans la
cour du collége de France? M. Coste a laissé dire, et il a enrichi
notre génération d'un prodigieux auxiliaire. Aux premiers pas
de toutes les grandes découvertes, nous avons vu hausser les
épaules, hocher les têtes. Hier, c'était la vapeur et les chemins de fer; aujourd'hui, c'est l'électricité; demain, ce sera
la locomotion aérienne; et ainsi chaque jour voit s'élever une
idée en face d'une masse d'objections. L'idée perce les nuages
et les brouillards; elle resplendit sur l'humanité entière; et
les myopes de dire aux incrédules : Il faut avouer qu'il fait
jour. Il en sera de même de la vulgarisation de l'art.

Je pourrais donc dédaigner ces objections, après en avoir
déjà prévenu plusieurs; mais, au risque de me répéter, je les
passerai toutes en revue et les combattrai avant de m'engager
dans des propositions d'innovation.

On dit d'abord : Pourquoi l'État prendrait-il ainsi l'initia-tive? Quelle nécessité de se mettre à la place de tout le monde? Le Gouvernement n'est pas une vache à lait chargée de la sub-sistance de tous sur la caisse commune. Qu'il dise aux arts, comme à toute autre branche de l'activité sociale : Aide-toi toi-même; ou tout au plus : Aide-toi, le Gouvernement t'ai-dera. Les arts vous demandent de ne pas les fausser sous pré-texte de les diriger, l'industrie vous prie de ne pas l'entraver avec la bonne intention de la protéger.

Je proteste contre cette objection par vingt-cinq années d'étude et d'observation dans les ateliers de nos artistes, dans les usines de nos industriels et dans les expositions pério-diques des uns et des autres. J'admets qu'une part soit faite à la liberté dans l'intervention de l'État, part large et suffisante pour donner jour à toutes les grandes qualités. Quant à cette liberté, qui est l'abandon, le laisser-faire, je ne sais pas de tyrannie plus odieuse, car elle met l'artiste entièrement à la merci du public, et c'est un maître intolérant : de grande pein-ture, il n'en veut pas; en fait de portrait, il ne connaît que les poupées souriantes dans la gaze proprette et le satin lui-sant; en fait de tableaux, il n'apprécie que ce qu'il comprend, c'est-à-dire les scènes de la vie quotidienne et la reproduc-tion d'une nature conventionnelle. A ceux qui réalisent pour lui ces données de l'art, il distribue la renommée, les distinc-tions flatteuses; à ceux qui s'en écartent pour suivre la voie de leur originalité, il n'accorde pas même le dédain, il leur octroie son indifférence. Sous ce régime de liberté, trouvez-moi un homme qui consente à faire de laborieuses études pour peindre des tableaux d'histoire qu'on n'achètera pas, ou des portraits consciencieusement rendus dans leur personna-lité caractéristique, et qu'on trouvera enlaidis; ce métier de dupe ne tentera personne.

Un jour le public sera plus clairvoyant, parce qu'il sera lui-même artiste : alors vous abandonnerez à ses encourage-ments la direction des arts; jusque-là les laisser entre ses mains, c'est les tuer. J'ai donné un exemple récent des consé-

quences de cet abandon. On sépare la Hollande de la Belgique :
dans l'une de ces monarchies, on laisse l'art à lui-même; dans
l'autre, on l'encourage par les honneurs qui stimulent l'a-
mour-propre, par les commandes qui soutiennent des débuts
difficiles ou des tentatives hardies; l'école hollandaise végète
et s'efface, l'école belge prospère, ou plutôt, à peine née, elle
a grandi jusqu'à nous égaler.

Ah ! nous y voilà, dira la routine, c'est l'absolutisme dans
les arts, la personnalité des artistes sacrifiée à la domination
de quelques chefs qui absorbent leur initiative. Si l'école
française a, de nos jours, des talents admirés de l'Europe, elle
les doit à la liberté dont elle jouit depuis quarante ans, et
vous allez de nouveau faire passer sur elle le niveau de l'autorité. N'avez-vous pas assez des enseignements de l'histoire, de
l'influence de Michel-Ange et de Lebrun, de l'expérience faite,
sous nos yeux, par l'omnipotence de David, qui a passé sur
l'école comme un vent desséchant, laissant derrière lui la stérilité et le vide? Et s'il s'agit d'industrie, n'est-ce pas par l'esprit d'invention, par le charme des nouveautés, par la séduction des changements incessants de la mode, que nous luttons
avec le monde? Tous les peuples pouvant conquérir à la longue la pureté du style, ils sont assurés, avec le temps, de
nous atteindre, tandis qu'avec la mobilité de nos inventions,
évolutions, révolutions, personne ne nous devancera jamais.

La réponse n'est pas difficile. S'agit-il des arts, je deman-
derai pourquoi l'originalité des jeunes élèves serait opprimée
par des études sérieuses, par des modèles bien choisis, par
les conseils de l'expérience. Quand la population artiste formait une petite colonie, on pouvait exercer sur elle cette domination que vous redoutez; aujourd'hui, le nombre des
artistes est si grand, l'esprit d'indépendance qui les anime si
turbulent, que vous n'aurez jamais la moindre influence
sur les natures insoumises, fantasques et rebelles à toute direction. La domination s'exercera sur les talents réfléchis qui
acceptent l'autorité des maîtres, sur les esprits indécis qui
sentent le besoin d'un guide; et, comme cette domination

s'imposera avec sagesse, elle deviendra féconde. Je veux des règles absolues et un enseignement uniforme, parce que ces règles seront déduites de principes consacrés par l'expérience du temps et des grands maîtres, parce que cet enseignement sera la conséquence même de l'étude approfondie du caractère et des dispositions de l'élève. Des règles et un enseignement qui s'adaptent à tous les arts, qui conviennent à tous les artistes, ne sont pas comme ces habits *confectionnés*, qui, parce qu'ils vont à toutes les tailles, font de fort vilains habits; ces règles et cet enseignement n'enveloppent pas le cerveau, ils n'étreignent pas le cœur et l'âme, mais ils s'y insinuent, ils s'y incorporent, et voilà pourquoi ils peuvent être absolus et pourtant se prêter à tout et à tous.

En ce qui concerne l'industrie, l'objection nous place dans un dilemme trompeur dont il est urgent de sortir. Voici comment raisonne la routine : L'ignorance et le mauvais goût du public sont favorables à notre industrie, car qui dit ignorance dit instabilité de goût et besoin incessant, insatiable, de nouveautés; or, comme l'industrie française et ses artistes sont, par caractère, par la nature du talent et par la tournure de l'imagination, les plus propres à toujours inventer avec une souplesse et une grâce qui devancent et écrasent toutes les autres industries, il s'ensuit que, dans cette roue d'écureuil, la France tournera toujours plus vite et plus adroitement que les autres pays; tandis que, si vous parvenez, avec les progrès de l'instruction, à créer un type immuable du bon goût, vous entravez aussitôt le mouvement de cette roue; votre type, une fois admis par les arbitres du goût, reste le même, comme dans l'antiquité et comme au moyen âge, pendant des années; la puissance mécanique et l'avantage des bas salaires reprennent le dessus, la puissance du goût et de l'invention particulière à la France perd toute valeur.

Ce raisonnement est spécieux; il n'a aucune force. La pureté du style étant l'idéal du beau, sa poursuite est incessante, et ce noble but reste toujours hors de la portée humaine; pour y atteindre, on traverse mille phases charmantes, et l'imagination, guidée par ce type insaisissable, crée, dans des données toujours plus épurées, d'innombrables inventions inattendues et séduisantes. Dans cette marche du vrai progrès, vous serez toujours en avance, tandis que cette tendance, devenant générale, inspirera partout dégoût et pitié pour cette mobilité de singe qui grimace mille pauvretés réduites à néant par le plus superficiel examen.

Il n'est pas question, comme on voit, de ralentir ce mouvement d'innovations continu qui est le caractère, le mérite et la supériorité de l'industrie parisienne. Déjà, en 1711, la chambre de commerce de Lyon disait, dans une délibération du 11 avril, en parlant de la mercerie, qui comprenait alors, en grande partie, *l'article de Paris* : « Comme il y a apparence « que le génie des François, en ces sortes de gentillesses, n'est « pas épuisé, et que plus de cinquante mille familles, ou pour « mieux dire la moitié de Paris, ne vivent que de cette indus- « trie, laquelle deviendroit sans fruit, s'ils n'innovoient pas « tous les jours, » c'était reconnaître dès lors ce caractère déjà bien ancien d'invention incessante. Nous devons le conserver à tout prix; seulement nous croyons lui assurer permanence et durée, lui éviter de fâcheux écarts et de pénibles mécomptes, en arrêtant quelques principes de goût, en fixant quelques règles salutaires; et c'est en donnant à l'art une direction sage que nous atteindrons ce but.

Une objection plus décourageante est celle-ci : la facilité et la rapidité des communications, la grande fraternité des peuples, une tendance générale au cosmopolitisme, ont changé complétement les dispositions morales et les conditions matérielles de l'humanité; les arts et l'industrie en subissent le contre-coup et vont s'effacer dans une vaste uniformité qui engloutit les efforts individuels et les originalités nationales. On passe les Pyrénées, et on trouve au centre de l'Espagne M. Madrazzo, qui peint comme M. Édouard Dubufe; on traverse la Meuse ou le Rhin, et on rencontre vingt peintres qui semblent sortir de l'atelier auquel nous devons M. Paul Delaroche; on s'élance en Italie, et on s'aperçoit que les Alpes

n'empêchent pas l'imitation de nos peintres en renom. La
Manche est un fossé plus profond que les fleuves, une barrière moins débonnaire que les Alpes : aussi remarque-t-on
de l'autre côté de son canal plus d'originalité ; mais laissez faire
deux ou trois expositions universelles, et le niveau qui égalise
tout se rira de l'Océan : il passera sur l'Angleterre et l'Amérique
sa monotone uniformité.

C'est parce que je tiens un grand compte de cette situation
nouvelle, que je me préoccupe autant de la nécessité de diriger les arts et l'industrie dans un sens nouveau ; toutefois,
je l'envisage froidement, étant persuadé que l'homme change
bien peu quand tout change autour de lui. Sa nature perfec-
tible est au-dessus de ces modifications, et, comme l'arche qui
s'élève quand les eaux montent, son âme, dont les arts, les
lettres et les sciences sont l'expression, dominera toujours les
grands progrès matériels. Loin donc de croire à la ruine des
arts et des lettres, je compte sur eux pour maintenir les
traits dominants du caractère et de l'originalité des nations,
pour guérir, ou au moins pour rendre moins douloureuse, la
triste plaie de notre matérialisme. Quand tous les peuples
communiqueront facilement par les voies ferrées, quand ils
se parleront d'antipode à antipode avec le fil électrique,
quand leurs frontières se seront effacées, leurs douanes confondues, quand on ne pourra plus emprisonner Shakespeare
dans son île, enchaîner le Tasse en Italie, Camoens à Lis-
bonne, et arrêter Schiller sur le Rhin, il résultera, j'en suis
certain, non pas de la fusion des esprits vulgaires, mais du
contact des intelligences supérieures et des expériences longuement accumulées dans chaque pays par son activité nationale, une force nouvelle pour les arts, les lettres et les sciences, qui combineront cette multiplicité d'efforts impuissants
dans l'isolement, formidables en faisceau.

Il n'y a pas de danger pour l'avenir général de l'art ; y a-t-il
une diminution sensible dans nos jouissances ?

La paix générale, la circulation rapide de la pensée par
l'imprimerie, aidée par la rapidité des chemins de fer, une

langue et une littérature universelles, les poids, mesures et monnaies uniformes, un même costume et des mœurs semblables, seraient certainement l'intronisation de la plus triste monotonie, si les arts ne restaient fermes à leur poste pour consoler les humains, pour les réjouir dans l'intimité et leur conserver les jouissances les plus élevées de l'âme et de l'esprit. Faites-en l'épreuve : quand la vapeur vous aura promené à travers les espaces sans laisser une trace de quoi que ce soit dans votre mémoire surchargée; quand l'électricité, en roulant son fil autour de la terre, vous apportera les révolutions du globe de chaque jour et de chaque heure; quand mille autres inventions prodigieuses, accablant votre intelligence, vous auront donné le vertige, les arts deviendront le plus doux, le plus calme, le plus assuré des refuges au milieu de cette tourmente. Vous sentirez le besoin de repos naître de l'immense activité, la soif de se recueillir surgir du sentiment pénible de l'éparpillement. Il y a de la sensitive dans le cœur et dans l'intelligence, la grande fraternité rapproche de la famille et fait goûter les joies du foyer; il semble que plus le monde appartient à tous, plus on est avide de ramasser autour de soi ce qui n'appartient qu'à soi seul. Il se dégagera ainsi de ce vaste public, préparé par une éducation mieux appropriée au progrès, une élite d'âmes qui se mettront en communication sympathique avec les artistes de tous les pays, comme le sont déjà les musiciens avec leur auditoire ubiquiste, les poëtes avec leurs lecteurs partout répandus; comme eux, architectes, peintres, statuaires, aidés par la photographie, qui répand instantanément leurs créations dans toutes les mains, rencontreront partout, et dans les réduits les plus éloignés, des âmes émues qui seront l'écho de leur âme, des amateurs éclairés qui apprécieront leurs inventions avec la connaissance de toutes les difficultés vaincues, avec l'intelligence de toutes les beautés conquises, avec la sympathie inhérente aux mêmes études, sinon aux mêmes succès. M. Cogniet recevra du fond de la Russie des lettres anonymes après *la Fille du Tintoret,* comme M. de Lamartine en recevait après *le Lac;* des âmes tendres voudront épancher le trop-plein de leur émotion dans l'âme qui vient de les électriser; on dira : Avez-vous vu *la Malaria* de M. Hébert? comme on dit : Avez-vous lu *la Résignation* de Mme d'Arbouville? Loin donc de tuer les arts en les répandant partout, cette large diffusion sera comme la cloche qui appelle à l'église le monde croyant; les sons du timbre béni frappent les oreilles de chacun : entendus de tous, ils réveillent chez tous un même sentiment de piété, mais ils ne persuadent qu'un petit nombre de cœurs portés naturellement à la prière et qui répondent à son appel. Tel sera aussi le résultat de cette grande communauté des artistes du monde entier, quand la culture des arts sera étendue à tous.

Je passe à côté d'une objection déjà débattue. La routine dit : N'inspirez pas la passion des arts à des gens qui ne sont destinés ni à avoir du talent, ni à pouvoir l'exercer, s'ils en avaient; enseignez-leur le dessin industriel, le dessin linéaire, cela suffit au peuple; en lui apprenant davantage, vous faites de mauvais artistes, vous détournez de bons ouvriers de leur carrière naturelle.

Je n'ai pas le courage de lutter avec l'entêtement : j'ai dit ce que je pensais de cette niaiserie qui se nomme le dessin industriel; j'ai exposé l'utilité de faire des artistes de tous les ouvriers, de tout le monde; je laisse faire la routine. Où irons-nous, s'écriera-t-elle, si nous créons tant d'artistes, tant de bras inutiles? Insensée! le monde ne suit-il pas la marche envahissante du progrès de la civilisation? L'Europe fait fonction de pionnier dans les contrées incultes du globe; préparez des bras à cette grande œuvre. D'ailleurs, jetez un coup d'œil sur la carte, marquez avec les teintes de notre honorable président, M. le baron Charles Dupin, les pays que les jouissances élevées des arts n'ont pas encore atteints, et vous verrez quelle étendue de contrées nous avons encore à fertiliser. Sans nous perdre dans la terre entière, ne trouvons-nous pas dans l'Europe assez de besogne, et dans la France même combien reste-t-il encore à faire! Vous craignez d'augmenter le nombre des artistes dé-pourvus de talent, leurs prétentions vous effrayent; faites-en

qui aient du talent, les passions turbulentes de ceux-là ne sont
pas à craindre. Occupés de leurs beaux rêves, dans leurs ateliers, ils ne vont pas chercher dans la rue une triste réalité;
et d'ailleurs, parce qu'un bandit a tué un voyageur avec son
couteau, cela fera-t-il interdire la fabrication des couteaux?
parce qu'un fripon et un faussaire auront profité de ce qu'ils
avaient appris de mathématiques ou de dessin pour mieux
combiner l'effraction et contrefaire plus habilement le billet
de banque, cela deviendra-t-il un argument contre les sciences
et les arts?

Quand on comprendra qu'il est aussi utile de dessiner que
d'écrire, on demandera des classes de dessin comme on a
demandé des classes de lecture; c'est une affaire de temps, et
l'habileté consisterait à ne pas se laisser devancer par les autres.
On objecte que la foule est indifférente aux arts, qu'elle n'a ni
le temps de les cultiver ni la faculté de les sentir, et que dans
le public qui sort de la Comédie-Française il y aura toujours
quelqu'un qui se demandera après *Athalie* : Qu'est-ce que cela
prouve? A notre tour, nous demanderons : Que prouve cette
minorité de sottise? Le goût des arts est un bienfait du Ciel
qui vaut toutes les autres jouissances, car seul il les remplace;
associé à elles, il les double. Être artiste, c'est sentir ce qu'il y
a de beau, ce qu'il y a de noble, c'est la clef d'or qui ouvre
les portes de tous les plaisirs et les portes même du ciel, où
plane le génie; être artiste, c'est vivre de la vie réelle et de
la vie de tous, c'est vivre en outre d'une autre vie qui réside dans l'imagination et qui est réservée à l'art seul. La
beauté frappe et étonne tout être bien doué; mais l'artiste
seul la comprend et sait, par des déductions infinies, en faire
jaillir mille sources d'admiration qui resteront toujours inconnues au vulgaire. Une femme, un site de la nature, l'animal
dans sa liberté, les effets variés du jour, aurore ou coucher
de soleil, tout cela est la mine inépuisable des jouissances de
l'artiste: car pour lui une femme n'est pas seulement la femme,
c'est un résumé de tendresse et de passion, de grâce et d'élégance, de poses distinguées, de mouvements assouplis, de dé-

marche noble; le choix de ses vêtements, jusqu'aux plis des étoffes qu'elle porte, tout en elle répond à quelque pensée d'art, à quelque étude, à une création en germe. Pour lui la nature ne se réduit pas à des arbres, ses animaux à des bœufs et à des moutons qu'on mène à la boucherie; il entend des accents dans les bois, il trouve dans toutes les créations du bon Dieu des beautés ignorées des pauvres humains; Athènes n'est pas, à ses yeux, seulement une petite ville poudreuse; l'Attique a pour son esprit le charme rêvé par l'imagination des poëtes; il se plaît dans la campagne de Rome avec le grave historien, au milieu de la tempête avec le marin. Les lugubres désastres qui affaissent l'esprit du vulgaire élèvent son âme par le grandiose, par l'horreur, autant de faces particulières du beau. Un incendie, des inondations, une scène de carnage, la violence des passions, les terreurs du crime, lui sont sujets d'étude et de réflexion. Si Dieu est inépuisable dans sa puissance créatrice, depuis le cèdre jusqu'à l'hysope, depuis le mastodonte antédiluvien jusqu'aux animalcules microscopiques qui vivent dans l'air que nous respirons, l'artiste seul possède la faculté de comprendre cette puissance, de saisir dans une admiration également inépuisable toute l'organisation divine.

La routine n'est pas à bout d'objections décourageantes; elle répétera sur tous les tons que l'anéantissement des aristocraties a tué l'art, sans songer qu'il y a quelqu'un de plus riche que les seigneurs d'autrefois: ce sera tout le monde d'aujourd'hui, du moment où tout ce monde deviendra par l'éducation artiste un monde d'élite. Alors l'industrie, ce qu'on appelle l'esprit d'association, c'est-à-dire les capitaux de tous réunis au profit de chacun, décorera les salles de café, les salons de concerts publics, les appartements des clubs et les théâtres avec une richesse que l'aristocratie n'a jamais atteinte en y employant vingt fois plus d'artistes qu'elle n'en protégeait. Seulement, et voici l'écueil ou au moins l'objection: quels artistes choisira-t-elle? quel art encouragera-t-elle? Ici, sans doute, je diffère de l'opinion commune : je crois qu'en prenant soin de former le goût de cette aristocratie nouvelle qui s'appelle tout le monde, Ingres, Delaroche, Delacroix et Scheffer ne seront pas de trop grands artistes pour les entrepreneurs de cafés et les directeurs de spectacles. Entre 10,000 francs qu'il faudra donner à un barbouilleur et 50,000 francs que réclamera un artiste en réputation, ils n'hésiteront pas. La première dépense n'aurait aucun retentissement, avec la seconde ils se feront immédiatement une clientèle; l'une exige des annonces ruineuses sur les murs et dans les journaux, l'autre sera la plus bruyante des annonces. On ira au *Café Delaroche*, à la salle de *Concert Ingres*, au *Théâtre Delacroix*, et du premier jour ces lieux publics réuniront une foule de curieux que n'auraient point attirés et que ne feraient pas revenir les plus riches dorures, le gaz le plus éclatant. Si les *Frères Provençaux* avaient demandé, dans le temps, à Papety de leur peindre *le Rêve du Bonheur* sur la paroi de leur principal salon, il ne se serait pas fait une noce à Paris qui n'eût voulu débuter sous la protection de cette promesse poétique; ce beau tableau n'aurait pas été enterré dans une salle basse de l'hôtel de ville de Compiègne, et cinquante autres restaurants auraient rivalisé d'idées gracieuses rendues par nos plus illustres peintres.

Mais on va dire : Comment obligerez-vous ces grands artistes à aller s'installer dans un café pour peindre des panneaux? D'abord, je crois que le temps n'est pas éloigné où les artistes auront secoué toutes les miévreries modernes, tous ces haut-le-cœur des aristocrates de l'école; où ils trouveront que, pour le développement des splendeurs de l'art, tout théâtre est bon quand il a un public intelligent, et que le plaisir de parler à une foule innombrable et incessamment renouvelée, curieuse et avide d'émotions, vaut bien le triste honneur de se montrer à des habits brodés, de poser devant des gens blasés, qui bâillent d'ennui et ne vous regardent même pas, sous prétexte qu'ils vous ont vu quelque part. Ensuite, n'a-t-on pas inventé mille moyens ingénieux pour laisser à l'artiste la jouissance de l'étude tranquille, la protection du calme de l'atelier? Les panneaux de bois, montés à coulisses, s'introduisent après coup dans la boiserie; les toiles peuvent être marouflées; on a même inventé un enduit gélatineux qui permet de peindre sur une toile, d'où l'on détache toute la peinture, comme un linge, pour l'appliquer, selon sa destination, sur le mur ou sur le plafond.

Quatremère de Quincy, aveuglé par les préventions de son temps, n'aurait voulu, à aucun prix, fondre les arts avec l'industrie dans une commune action; mais, à son insu, il travaillait à opérer cette fusion désirable, car il comprenait l'absolue nécessité de faire sortir les arts du cercle étroit où ils végètent et de les raviver dans l'atmosphère populaire. Cette page exprime très-bien ce besoin: « La science doit « exister dans les productions de l'art, mais sans chercher à « y paraître; elle peut y paraître, mais ne doit pas se montrer. « Malheur à l'artiste dont le travail n'est pas de nature à plaire « à tout le monde! Les belles choses sont celles qui plaisent « aux savants par le savoir, et, indépendamment du savoir, à « ceux qui ne le sont pas, ce qui signifie que le vrai talent « est un composé de science et de sentiment.

« C'est fausser la destination morale des arts et de leurs « ouvrages que de leur donner pour but unique celui de satis- « faire les savants, ce qui, en définitive, signifie exclusivement « les artistes eux-mêmes. Mais les ouvrages des arts ne sont « point faits pour les artistes. J'irai jusqu'à dire que, si ceux-ci « pouvaient être seuls juges de leurs travaux, seuls arbitres de « la bonté des productions, seuls organes de l'opinion en ce « genre, les arts et le goût y perdraient plus qu'on ne pense.

« Ceci a besoin d'explication. Rien ne semble effectivement « plus désirable aux artistes que de travailler pour ceux qui « sont le plus en état d'apprécier leur talent. J'en conviens, et « j'avoue encore que le suffrage des artistes serait le seul équi- « table, le seul digne d'envie, si tous réunissaient le mérite « de la science et le don du sentiment; malheureusement, « l'expérience prouve que la réunion des deux qualités est le « partage du petit nombre. Bien plus, il faut dire qu'il est dans

« la nature des artistes de juger en artiste, c'est-à-dire de faire
« prévaloir dans leurs jugements, comme dans leurs ouvrages,
« le mérite du savoir et de l'exécution. Au contraire, il est
« dans la nature du public ou des hommes étrangers à la pra-
« tique des arts d'y considérer et d'y applaudir par-dessus tout
« les qualités qui correspondent au sentiment.

« S'il devait donc arriver que les artistes fussent obligés de
« ne travailler que pour les artistes et dans la seule vue de
« plaire aux savants, ou je me trompe fort, ou la partie de la
« science et de l'exécution serait bientôt la seule en considé-
« ration. L'obligation de satisfaire des juges si habiles à dis-
« cerner les fautes ferait qu'on n'oserait point s'exposer à en
« commettre; que, renfermé dans une timide circonspection,
« on redouterait de se livrer à ce sentiment, qui souvent ne
« produit les grandes beautés qu'aux dépens de grands défauts;
« qu'on dirigerait ses efforts vers la pratique d'une exécution
« péniblement étudiée; qu'on perdrait de vue peu à peu et
« le but moral des arts et les routes qui y conduisent; qu'en-
« fin on ne ferait plus que des morceaux d'étude.

« A tout prendre, il me semble plus avantageux à l'art que
« l'artiste soit obligé de travailler pour ce qu'il appelle les igno-
« rants (ou le public), c'est-à-dire pour des juges qui veulent,
« avant tout, être affectés moralement. Ne pouvant plus alors
« regarder l'étude et la science comme l'objet unique de son
« ouvrage, il apprend à les employer ainsi qu'ils doivent l'être,
« comme des moyens dont la valeur dépend de l'effet qu'ils
« produisent. Alors, il ne borne plus l'emploi de la science et
« de l'étude à faire montre d'étude et de science; mais elles
« deviennent pour lui ce qu'elles sont réellement, un des
« ressorts de cette puissance imitative dont le triomphe est
« d'émouvoir le cœur et de satisfaire l'esprit. Les deux principes
« de l'art retrouvent ainsi leur équilibre et rentrent dans l'ordre
« qui convient à chacun. La destination morale de l'art a repris
« l'empire. »

Ces observations paraîtront justes, même de nos jours, où
l'abus de l'étude et de la science n'est pas à craindre; mais

4.

aujourd'hui, comme alors, si les gens de goût désignent à la
foule les talents supérieurs, la foule s'acquitte envers eux en
signalant à leur admiration des qualités de sentiment et de
sympathie populaire qu'ils ne comprennent pas, ou qu'ils sont
trop disposés à dédaigner.

Une autre objection s'élèvera, car toute situation nouvelle
en inspire par milliers aux gens intéressés à ne rien changer :
elle consiste à nous reprocher de soumettre les artistes aux
caprices de la mode, aux fantaisies de la nouveauté, qui sont
le guide impérieux de tous les industriels, parce qu'ils sont
l'essence même du luxe. C'est là une grande erreur, et je
compte, au contraire, sur ces entrepreneurs de cafés, sur ces
directeurs de spectacles et de lieux publics, pour former, dans
l'avenir, les plus forts appuis, les meilleurs auxiliaires du
maintien du bon goût. Qu'est-ce qui ruine d'ordinaire ces entreprises ? la nécessité de renouveler des décorations passées
de mode. Quel est leur intérêt ? de choisir dans les différents
styles et parmi les talents celui qui, goûté aujourd'hui, le
sera encore demain. On pourra bien céder accidentellement
à un courant de mode, comme les médecins usent des nouveaux remèdes pendant qu'ils guérissent; mais ce sera momentané et superficiel, le fond restera fidèle aux données sévères
et persistantes de l'art. Si donc votre école a des principes, si
le public, formé par l'éducation artiste, a adopté ces principes, soyez certain que l'industrie des cafés, comme toutes
les autres industries, aura intérêt à s'y tenir le plus longtemps possible.

Voilà donc où vous poussez les arts ! dira la routine : à se
transformer en marchandise, à devenir une branche de commerce, sous l'influence de Mécènes industriels ! L'art ne vit
que d'encouragements désintéressés, ne prospère que dans
les mains de protecteurs distingués, ne s'élève que sous une
direction supérieure; l'artiste doit rester pauvre, et n'avoir
en vue que la gloire.

Ces sornettes résonnent creux, et avec le retentissement de
l'histoire on les fait taire. Dans toutes les époques de grande

prospérité, l'art a répondu aux nécessités sociales; il a été le collaborateur et l'associé du bien-être et de la richesse. Sans doute les nouveaux enrichis ont des entraînements faciles et des engouements fâcheux; mais j'ai fait déjà, à cet endroit, mes réserves : aussi n'irai-je pas reprendre une à une les vieilles diatribes à l'adresse des gens de finance et des hommes d'argent, c'est peine inutile. Je préfère rappeler l'influence heureuse qu'exercèrent sur les artistes de l'antiquité les marchands d'Athènes et les commerçants de toutes les délicieuses colonies de l'Asie mineure, ainsi que ceux de Cyrène, de Palmyre et de Pétra : partout l'art le plus pur associé au luxe le plus somptueux, la perfection du détail, la recherche des matières les plus précieuses, et en même temps la grandeur des conceptions, l'immensité des monuments. Faudra-t-il descendre au moyen âge? Visitons Venise et son église de Saint-Marc, ses palais et son école d'architectes, de peintres et de sculpteurs; allons à Gênes voir les palais de marbre; à Pise, les monuments religieux; à Florence, la ville entière, marquant chacun de ses souvenirs par un chef-d'œuvre : tout cela est dû à l'esprit d'entreprise et au génie commercial d'hommes de finance; appelez-les Médicis, Mocenigo ou d'un nom ignoré, tous sont occupés à gagner de l'argent pour se procurer les plus nobles jouissances. Cette direction d'idées, ces sentiments élevés dans une carrière qu'on a trop rabaissée, ne se trouvaient pas, à cette époque, en Italie seulement; ils inspiraient les négociants de tous les pays : parcourez les Flandres, voyez comment ces communes industrielles et ces corps de métiers puissants comprennent l'art et savent l'encourager, en le mettant en toutes choses; visitez la France, allez à Bourges évoquer le souvenir de Jacques Cœur, et dans vingt autres villes recherchez l'influence heureuse des gens de finance; de nos jours même, ne pouvons-nous pas donner en exemple Londres et Liverpool, citer Marseille, Hambourg et les villes commerciales des États-Unis? Nulle part les bons tableaux et les belles statues ne sont payés plus cher. A Paris, est-ce l'aristocratie du faubourg Saint-Germain qui protége les arts? Ne sont-ce pas les Delessert, Selières, Benoît et Louis Fould, Pourtalès, Eynard, Moreau, tous banquiers, agents de change, gens d'argent et gens de goût?

Acceptons cette protection libérale quand elle est éclairée, et ne croyons pas, avec quelques esprits arriérés, que l'art, dans ses conditions élevées de style et d'idéal, doive être absolument sérieux, sévère, lugubre même, et le produit exclusif de quelque société compassée, vertueuse par excellence, profondément religieuse et parfaitement méthodiste. Pour détruire ces illusions, il n'y a qu'à séjourner un peu de temps en Écosse, dans quelques villes de l'Amérique ou dans la partie haute de Genève. L'inspiration, l'invention, l'art dans ses conditions vivantes, ont fui ces antres d'ennui, si par quelque méprise ils y sont jamais entrés; ils sont les compagnons des passions éveillées, des élégances distinguées, des enthousiasmes populaires, et ils s'accommodent très-bien du confortable et du bien-être. Quand les Athéniens votèrent à Minerve, leur déesse protectrice, une statue colossale d'or et d'ivoire, ils avaient entouré leur vie intime et publique de toutes les recherches du luxe.

Dans ce développement naturel et rationnel des arts, dans ce concours de la richesse et du génie, la carrière de l'artiste devient lucrative, sa vie s'embellit de tout le charme du bien-être. A ces mots, je vois des Aristarques prendre leur tête à deux mains, s'arracher les cheveux et dire que l'art est perdu. Pétrone aussi, en vidant sa coupe ciselée, s'élevait contre l'amour de l'or et lui attribuait la décadence de l'art. Je ne veux pas faire de recherches rétrospectives sur la magnificence de Zeuxis, sur le luxe de vingt artistes de la Renaissance, sur l'état de grand seigneur de Rubens et de Vandyck. Je ne sache pas que le talent de ces artistes célèbres ait rien perdu de son élévation, de sa chaleur fécondante, de sa vitalité incessamment renouvelée, parce que des loisirs étaient faits à leur vie laborieuse, parce que le charme d'une délicieuse musique accompagnait le cours heureux de leurs inspirations, parce que les ressources des étoffes les plus magni-

fiques, des modèles les mieux choisis, des accessoires les plus
variés, se trouvaient à leur disposition. Il en sera de même de
nos jours, aussitôt que l'ensemble de la nation aura reçu une
éducation artiste; la valeur vénale des objets d'art, le prix des
dessins de fabrique, et par suite la position grande et honorable des artistes, sera un stimulant pour tous les hommes de
talent.

On sait les prix que les tableaux de Prud'hon ont acquis
dans ces derniers temps; celui que les Anglais donnent aux
productions de Reynolds est fabuleux; mais le résultat des
enchères de la collection d'Orléans et de plusieurs ventes récentes a prouvé qu'il n'était pas besoin d'être dédaigné pendant sa vie et de mourir de misère pour voir ses œuvres grandir
dans l'estime des amateurs : on a payé sans difficulté et on
paye tous les jours de 25 à 50,000 francs des tableaux de
MM. Ingres, Landseer, Leys, P. Delaroche, Scheffer, Decamps,
Willems, Knauss; et quand l'artiste fait appel à l'industrie, il
ne rencontre pas moins de générosité : Cavelier a vendu à
Barbedienne, pour 3,000 francs, le modèle de sa *Pénélope*,
que le duc de Luynes a payée 30,000 francs, et il prélève
250 francs sur chaque épreuve; or, il s'en vend une trentaine
tous les ans. Pradier se serait grassement enrichi dans l'industrie, si la mort ne l'avait pas arrêté dans sa carrière, et ses
œuvres font la fortune de Susse et de vingt bronziers. Le dessinateur Henry a fait pour la maison Mieg, de l'Alsace, un
dessin qui a servi à fabriquer pour 750,000 francs d'étoffes,
et, dans une seule campagne, il a vendu à une seule maison
anglaise pour 50,000 francs de dessins.

Cette vogue financière est-elle le fait d'un caprice et l'affaire
d'un moment? En aucune manière. Le protecteur, ce tout le
monde qu'inspirent les idées de la spéculation, a vu que les
objets d'art choisis avec goût gagnaient tous en valeur, et qu'il
n'est pas de placement dont le capital soit plus sûr, s'augmente
davantage et paye en jouissances de tous les moments des intérêts aussi agréables. Cette garantie offerte aux gens positifs
et si bien comprise par les hommes de finance n'a eu qu'un

tort : elle s'est attachée de préférence à une petite peinture réaliste et coquette ; mais elle s'étendra bientôt à tous les genres, et deviendra plus forte en raison de la supériorité de l'œuvre : elle atteindra ainsi tous les objets qui devront leur charme et leur élégance à la main de l'artiste, autant dire à toutes choses. Par exemple, croit-on que les amateurs formés à l'étude des grands modèles de l'art refuseront, d'ici à bien peu de temps, de payer un collier ciselé et émaillé par un Benvenuto Cellini moderne, encadrant des camées gravés par Robert ou Simart, le même prix qu'un collier de diamants? Non, sans doute; car l'art aura plus de valeur, et une valeur plus positive, que les perles et les pierres précieuses, quand les Ebelmen et les Deprez futurs menaceront de faire des diamants comme on fait des bouchons de carafes et des émeraudes avec la même facilité que nos verres de couleur. On peut donc prévoir dès à présent la bonne chance des gens de goût qui auront payé cher l'œuvre de génie, vis-à-vis des infortunés propriétaires de verroteries sans beauté comme sans valeur; ils seront heureux d'avoir acquis ce que le génie seul est capable de faire, et qui ne sera atteint, sans être déprécié, que par le génie lui-même.

On s'inquiète à tort de la direction que ces succès financiers peuvent donner aux tendances de l'artiste, on s'effraye sans raison des productions mercantiles que va provoquer l'amour du lucre. Ces préoccupations s'évanouissent dès qu'on se rend bien compte de la nature des créations de l'art, dès qu'on accepte l'association de l'art avec l'industrie, en reconnaissant à l'un et à l'autre des limites. En effet, si les productions de l'art sont devenues une marchandise, si les artistes deviennent des fabricants, que vous importe? Soyez donc certain qu'il surnagera sur ce grand courant d'œuvres banales quelques rares chefs-d'œuvre, qu'il s'élèvera sur cette foule mercantile un petit nombre d'artistes supérieurs. Le niveau général se sera élevé; les sommités de l'art, loin de s'amoindrir, auront participé à cette élévation. Il se fait en France, en un siècle, quatre ou cinq portraits dignes de ce nom, j'entends de véritables œuvres d'art qui préoccupent le spectateur

en dehors de tout retour sur l'histoire, la politique et les affections de la famille; je compterai dans ce nombre le *Wille* de
Greuze, le *Marat* de David, le *Bertin* de M. Ingres, la *princesse de
Crillon* de M. Cogniet, le *frère Philippe* d'Horace Vernet. A côté
de ces chefs-d'œuvre il s'est fait environ 500,000 portraits, sans
compter 2 ou 3,000,000 de portraits daguerréotypés (depuis
vingt ans seulement). On expose tous les ans des milliers de
tableaux ; combien en reste-t-il qui méritent d'être cités, qui
conservent, après quelques années, une qualité, une valeur
quelconque? Y a-t-il lieu, devant cette proportion toute naturelle, de s'étonner si les productions de l'art prennent rang
parmi les produits de l'industrie, si on trompe sur la marchandise livrée dans ce commerce comme dans les autres; de
s'émerveiller du langage des amateurs qui parlent, dans le
même argot, des objets d'art et des actions industrielles? On
se rend à la salle des commissaires-priseurs comme on va au
marché; pourquoi les œuvres des artistes ne seraient-elles pas
jugées, appréciées, cotées, d'après des règles qui les confondent avec les raies et les turbots de la halle voisine? Il
serait fou de s'en plaindre, il ne serait pas juste que l'objet
d'art échappât à ce contact; c'est le sort de toute marchandise : les tableaux de nos plus illustres artistes le partagent
avec les livres, les manuscrits et les autographes de nos plus
grands poëtes, qui sont ainsi adjugés au plus offrant, suivant
des règles et des principes parfaitement étrangers au domaine
élevé de l'inspiration.

Au-dessous d'une certaine limite de supériorité, art, science
et littérature, tout est de l'industrie. Faites que ce soit de la
bonne et la meilleure possible, mais ne prétendez pas maintenir
des distinctions puériles. Comment! les théâtres de Paris donnent en moyenne 350 pièces par année, une par jour; nos
romanciers produisent en même temps autant de romans disséminés dans les revues, feuilletons de journaux et journaux
à un sou, et vous appellerez cela des productions de l'art, et
vous m'obligerez à ranger les meubles sculptés du faubourg
Saint-Antoine dans les produits de l'industrie? Moi je tiens

tout cela pour de la fabrique, et si bien fabrique que je vous
mets au défi, après un mois, de citer les titres de ces pièces
et de ces romans, de retenir les noms de leurs auteurs; on
écoute et on lit cela sans s'informer qui l'a fait; on y pleure,
on en rit, et la toile tombée ou le dernier feuillet tourné, on
n'en sait plus rien. Je me trompe, dans cette immense production il y a l'immense banalité et puis l'élite; l'œuvre du
génie, le chef-d'œuvre, *rari nantes.* Que ce soient des tableaux
ou des poésies, des meubles ou des statues, des vaudevilles
ou des romans, il y a le grand nombre qui se perd dans la
foule; il y a le choix mis à part et en réserve par les natures
d'élite qui lui sont sympathiques. Sur le flot poétique nage-
ront quelques pages de beaux vers et les noms de Lamartine, Hugo, Musset, Barbier; on relira les récits d'Augustin
Thierry, les nouvelles de Mérimée, les proverbes d'Octave
Feuillet; on mettra sur l'étagère le marbre de Pradier et le
bronze de Barye; on placera sur le pupitre le sévère dessin de
M. Ingres, le fin tableau de Meissonnier, l'aquarelle de Decamps, l'esquisse poétique d'A. Scheffer, et ainsi de beaucoup
d'autres, suivant son goût et sa sympathie, puis on laissera le
reste suivre son cours de production périodique, nécessaire,
banale, immense; immensité pareille à la production de la
nature, qui n'a jamais compromis une belle rose parce qu'à
côté de la plus belle elle en produit des milliers d'espèces
inférieures.

Acceptons les faits tels qu'ils sont; réjouissons-nous de ce
qu'ils sont. La carrière de l'artiste de talent sera toujours une
existence vouée aux rudes labeurs, aux angoisses de l'amour-
propre, mais ce ne sera plus une vie d'abnégation et de misère. Le talent sera une carrière lucrative. Le métier de protecteur des arts, aussi, n'est plus ce métier de dupe qui
conduisait à l'hôpital : c'est la meilleure des spéculations; on
encourage les débuts des talents ignorés en achetant à bas prix
leurs premiers tableaux, qu'on revend cher quand la réputation
conquise a relevé leur valeur; ne parle-t-on pas de gens de
rien qui ont sournoisement fait fortune à ce jeu de grand sei-

gneur, comme on citait autrefois tel duc et pair qui s'y était
généreusement ruiné? Il y a dans ce revirement des choses le
bien à côté du mal; il y a aussi la nécessité, plus forte que
nos regrets. A quoi bon pleurer ce temps où l'artiste, stimulé
par le besoin, fortifié par l'obligation de se replier sur lui-
même, s'élevait vers l'inspiration comme une plante empri-
sonnée qui s'élance vers le jour du ciel; à quoi bon! cherchons
quels sont nos avantages, et ici ils sont évidents. Jamais la
médiocrité ne fut plus délaissée; jamais le talent ne trouva
plus facilement des appuis; jamais l'originalité vraie et puissante, qui est le génie, ne fut plus en honneur. Noble encouragement s'il est accepté noblement; si l'idée d'accaparer
la fortune, la gloire, le bien-être, donne aux jeunes gens du
courage pour les fortes études et pour les travaux prépara-
toires pénibles et consciencieux; si elle leur inspire le respect
pour l'expérience acquise et la soumission pour les maîtres
illustres!

On dit aussi, mais nous abordons ici le domaine de la
haute morale, on dit que l'art est un dissolvant, les artistes
des artisans de luxe et de luxure, apportant la corruption
du sentiment moral chez l'individu et un mobile d'asservissement pour les peuples. J.-J. Rousseau a écrit de belles
pages, il a fondé sa célébrité sur ce paradoxe. Inutile, aujourd'hui, de discuter une opinion qui était pour lui un jeu
d'esprit, j'entends une thèse académique. Condorcet, dès
1791, y répondait par de nobles accents.

C'est en effet avec la croix que les premiers évêques ont
chassé la barbarie, cette enfance des peuples; c'est avec l'art
que nous détruirons le matérialisme, cette autre barbarie des
peuples et la plaie de leur vieillesse. L'art rend l'homme supérieur à la tyrannie, à l'infortune; il ne dore pas seulement
ses chaînes, il les transforme, à tel point que le tyran séduit
par tant de beautés devient l'esclave de sa victime.

Si, ramenant nos regards sur la France, nous considérons
ce qu'elle doit aux arts, nous dirons à ceux qui les calom-
nient : Vous êtes des ingrats. Que vous envient donc vos ad-

versaires, les nations rivales? Est-ce votre climat? chacun se fait au sien; sont-ce les produits de vos manufactures? dans plus d'un genre ils vous sont supérieurs; est-ce votre intelligence? chaque nation se croit au moins votre égale; vos victoires? pas une qui ne se vante de vous avoir battus à son tour. Quelle est donc votre supériorité, reconnue et enviée? c'est votre goût pour les arts, cette distinction que vous y avez puisée, ce sentiment supérieur que vous leur devez, et ces formes agréables, faciles, séduisantes, que vous avez prises à leur source.

Mais j'entends un grand fracas: c'est la grosse objection qui fait son entrée. Elle ne m'est pas adressée par la routine seulement, elle m'est opposée par les esprits réfléchis qui étudient les arts en lisant leur histoire pour proposer les mesures les plus profitables à leur développement; elle m'est faite, pour ainsi dire en corps, par tous les artistes, et plus vivement, plus violemment, suivant que ces artistes ont acquis, par leurs travaux et leur réputation, plus d'autorité. Cette objection, la voici dans toute sa force : La vulgarisation de l'art, ou sa popularité, est la mort de l'art; le génie est une exception, le talent est rare, le goût lui-même est une faculté restreinte dans un cercle peu étendu; si vous dépassez les bornes de ce cercle vous trouvez le néant, et non-seulement vous faites une tentative inutile, mais vous dégoûtez le public, vous découragez les artistes, vous compromettez l'art.

Rien ne m'a autant préoccupé que cette objection; si elle avait pour elle le moindre fondement, toutes mes idées seraient fausses, et l'ensemble du travail que je soumets aux esprits éclairés n'aurait plus de signification et présenterait le plus flagrant contre-sens. J'ai souvent abordé la question avec les hommes appelés à la résoudre; je n'ai trouvé qu'arguments faibles dans leurs réponses, que préventions aveugles dans leur esprit. Cet effroi, cette horreur de la vulgarisation de l'art repose, comme tout ce qui tient à la peur, sur un fantôme, sur une erreur.

On semble croire qu'apprendre à dessiner, savoir peindre

et modeler, connaître les règles de l'architecture, s'être formé le goût en s'habituant à voir les plus beaux modèles, sont autant d'obligations de se vouer pour toute la vie à la carrière d'artiste, de faire des tableaux immenses, des statues colossales et des temples grecs. Alors, et partant de là, on ne tarit pas sur le danger d'encombrer la France d'artistes médiocres, autant d'intelligences déclassées, de prétentions vaniteuses, de piliers de clubs, d'aliment des émeutes, car vous voyez le fantôme grandir peu à peu et devenir à chaque pas plus effrayant.

Ce n'est heureusement qu'un fantôme, et un fantôme avec lequel on a déjà fait connaissance, quand il s'agissait d'introduire l'instruction dans le peuple, et plus tard d'étendre à tous le bienfait des découvertes de la science. Ce qui fut dit alors contre l'écriture, la lecture, le calcul, les cours scientifiques, les classes de mécanique et de chimie élémentaires à l'usage des ouvriers, les résumés écrits par les savants pour les gens du monde, la publicité des séances de l'Académie des sciences, tout cela se reproduira aujourd'hui contre l'extension générale donnée à la culture des arts, et rien n'est plus naturel; il y a une parenté si étroite entre les lettres, les sciences et les arts, que les uns ne se meuvent pas sans que les autres soient impressionnés. Cependant, puisque l'expérience est acquise pour ceux-là, pourquoi n'en ferions-nous pas profiter ceux-ci, sans en attendre pour eux les effets? Je crois aller au devant des désirs de tout lecteur sérieux en démontrant le peu de fondement de ces objections, et comment elles ont cédé devant l'évidence des faits. Il est impossible qu'une épreuve aussi complète, faite successivement par les lettres et par les sciences, ne soit pas un titre acquis d'avance aux arts.

Une nation ne compte pas aujourd'hui dans la civilisation, quand du milieu d'une ignorance générale s'élèvent quelques génies sublimes dans les arts et dans les lettres; elle ne compte pas dans la prospérité, quand, au milieu de la misère de tous, quelques privilégiés de la fortune affichent un luxe effréné; elle compte, quand l'instruction et le bien-être, répandus proportionnellement, donnent à chacun, suivant sa position et ses besoins, les connaissances qui font le citoyen utile, les jouissances modérées qui sont les conditions raisonnables de la vie matérielle.

On a contesté l'utilité de l'instruction, on a exagéré ses dangers. Que ferons-nous, disait-on, de ces hommes de lettres en sabots? qui voudra désormais charrier le fumier et conduire la charrue? On répondait : Mais pourquoi ne pas labourer, parce qu'on saura écrire les observations que l'expérience nous donne et que la mémoire ne conserve pas? pourquoi abandonner la ferme, parce qu'on sait calculer sa dépense et faire ses comptes? pourquoi enfin cesser la culture des champs, parce qu'on aura lu dans des manuels spéciaux de bonnes notions théoriques d'agriculture, quelques aperçus d'histoire et des pensées morales? On a dit encore mille étrangetés sur ce sujet; les faits et l'expérience plus complète chaque jour ont répondu victorieusement.

En premier lieu, personne n'était resté indifférent à ce grand intérêt. Les gouvernements n'ont reculé devant aucun sacrifice pour étendre l'instruction à tous; les hommes les plus distingués ont usé leur vie à la recherche des méthodes d'enseignement les plus sûres, et des lois longuement étudiées ont érigé les écoles publiques en institutions nationales. On avait reconnu qu'il y allait du sort de la nation, et que l'intérêt était trop grave pour l'abandonner à la responsabilité des parents. De même que l'État pourvoit à la défense du pays en veillant au recrutement de ses armées, de même aussi l'État fut chargé de répandre l'instruction, afin de maintenir la France au rang qu'elle doit occuper dans la civilisation; il en fut chargé avec les moyens financiers qui assuraient la construction de maisons d'école dans nos 37,040 communes et la rétribution d'une armée de fonctionnaires lettrés. Si on n'alla pas jusqu'à la gratuité complète, jusqu'aux moyens coercitifs, jusqu'à emprisonner le père qui refusait d'envoyer son fils à l'école, latitude donnée au Gouvernement dans quelques pays, c'est qu'en mettant l'instruction à la portée de tous, on ne comptait pas sans raison pouvoir faire comprendre à chacun qu'il y allait de son propre intérêt d'ouvrir à ses enfants toutes les carrières.

Depuis un demi-siècle on apprend ainsi au peuple à lire, écrire et calculer, on répand partout les notions de la science, et déjà l'expérience est acquise sur tous les points. Nos campagnes ne sont pas dépeuplées, et les départements qui ont le moins bien réussi dans l'enseignement sont aussi les plus arriérés en agriculture, partant les moins heureux dans leur intérêt, les moins utiles dans l'action commune du pays. Dans les autres, au contraire, on voit, avec l'instruction, entrer dans les fermes un cortége de progrès en toutes choses, depuis les jouissances intellectuelles jusqu'à la propreté, qui est un principe d'ordre et un élément de la santé. Dans les agglomérations, villages, bourgs et villes, l'instruction a transformé toutes les classes. Les procès-verbaux des brigadiers de gendarmerie, le journal des employés de chemin de fer, les rapports des gardes champêtres, sont rédigés avec un ordre et une clarté, écrits dans un style excellent et avec une orthographe qui ne pousse pas leurs auteurs à prétendre au fauteuil académique et qui facilite singulièrement l'administration de la justice, de la guerre et de l'intérieur. Dans toutes les entreprises industrielles, ces mêmes progrès ont des résultats aussi satisfaisants, et l'instruction élémentaire est désormais reconnue, même dans nos campagnes, comme le patrimoine le plus utile pour les garçons, comme la dot la plus avantageuse pour les filles.

Avant la Révolution, le curé, le seigneur et le notaire étaient les hommes instruits dans la petite ville, le curé seul savait lire dans le village. Écrire suivant les règles de l'orthographe, faire imprimer une brochure, un livre, étaient, il y a un siècle, chose exceptionnelle, qui classait un homme parmi les érudits; aujourd'hui les enfants sont consultés par leurs parents sur les difficultés les plus ardues des participes, et il faudrait être bien abandonné du Ciel pour mourir sans avoir eu l'occasion de se faire imprimer. De cette facilité les trembleurs tirent un argument menaçant. Ils disent : Voyez quelle déplorable littérature on nous fait partout! Je regarde attentivement, et je vois la masse des écrivains qui rédigent pour les journaux et pour les revues la conversation spirituelle, animée, hâtive, conduite au jour le jour, où la critique des arts prend sa place avec la critique de toutes choses; je vois aussi la masse du public qui ne lit que le journal, masse éveillée, intelligente. Mais ces deux grandes classes d'écrivains et de lecteurs, que vous êtes disposé à déprécier au point de vue littéraire, ne publiaient et ne lisaient rien autrefois; c'est autant d'acquis à une littérature quelconque, ce n'est pas une perte. Ce n'est pas même une transformation, c'est la conversation spirituelle de Paris qui s'évanouissait aux portes des salons, et qui de nos jours s'étend partout et va aux quatre coins du monde chercher des auditeurs. A cette lecture de chaque matin s'offre l'ébauche, l'esquisse, l'improvisation, le griffonnage, toutes choses qui ne songeaient pas à se faire imprimer autrefois et qui valent bien une demi-heure d'attention, surtout quand on est assuré de retrouver imprimé en volumes tout ce qu'on ne remettait autrefois à son libraire qu'après l'avoir recopié, remanié, fait lire à ses amis, qu'après tous les conseils et mûre réflexion. Quant au public érudit, sérieux, travailleur, il n'a jamais été si nombreux, si profond dans ses travaux, si riche de connaissances solides et variées, si bien pourvu de livres surtout, les cherchant avec tant d'ardeur, les payant à si haut prix.

En tout cela il y a eu dans le premier moment du trop-plein, de l'excès et du débordement. L'extension de l'enseignement a donné le jour à une pléiade d'ouvriers poëtes et à une immensité de petits romanciers; mais cette bouffée de prétentions vaines a fait bientôt place à la réserve modeste, à la retenue prudente conseillée par Molière. Chaque chose a repris son rang : la calligraphie, l'orthographe et l'arithmétique sont devenues des ustensiles familiers et usuels pour tous, des instruments de publicité pour le talent seul.

Il en a été de même pour les sciences. Ceux qui ont appris

quelque chose en savent assez pour avoir acquis la certitude qu'ils ne savent rien, qu'ils possèdent tout au plus la faculté de comprendre et le talent d'appliquer aux besoins quotidiens les hautes leçons des maîtres. Ceux-ci continuent à planer dans le domaine idéal de la théorie, et ils y sont d'autant plus à l'aise, d'autant mieux affranchis de toute préoccupation pratique, qu'ils se savent entourés d'esprits portés vers ces directions. Et cependant, que d'objections se sont élevées contre cette grande vulgarisation des sciences libéralement entreprise par les savants illustres du règne de Louis XVI, et continuée jusqu'à nos jours avec entraînement!

Je ne veux rien dissimuler; autant je méprise les fantômes des trembleurs, autant je prends en grande considération les appréhensions des esprits éclairés. Je pèse le bien et le mal de la situation : le bien, c'est la vulgarisation avec ses avantages inappréciables et son avenir de progrès sans limites; le mal, c'est une tendance trop générale à l'application, et une assistance incomplète, mesquine, indigne de son but, offerte par l'État aux grandes intelligences qui cultivent les théories de la science, improductives pour eux et si fécondes pour ceux qui déduisent de leurs travaux des applications fructueuses.

Je reprendrai cette question sous ses différents aspects. La science, comme l'instruction, comme les arts, a été une aristocratie; elle avait une cour et des immunités de toutes sortes. L'invasion des principes démocratiques et la destruction de tous les priviléges offusquent les vieux savants, qui se sentent mal à l'aise au milieu de cette nouvelle activité, dans le frottement continuel et obligé avec gens de toutes sortes. Quoi de plus naturel! La science vivait si commodément, si tranquillement chez nos pères! Étudiait-on une théorie, on avait le temps de suivre la série complète des déductions de tous les faits avant que personne songeât à vous en ravir le moindre détail. Une vie entière se consacrait ainsi à l'étude d'une seule des forces secrètes de la nature, et en accaparait, comme par un monopole sacré, tout l'honneur. Il n'en est plus de même aujourd'hui. Entreprenez-vous une recherche, vous y êtes suivi, harcelé par vingt concurrents qui transforment en course furibonde la marche paisible des travaux ; annoncez-vous un germe de découverte, vingt esprits hasardeux en tirent immédiatement les conséquences réelles ou hypothétiques ; et, dans ce tohu-bohu, la réflexion de l'observateur est distraite de son but, le créateur de la doctrine dépaysé dans son propre système.

Autant je dédaigne les regrets puérils d'une aristocratie scientifique détrônée sans retour, autant je m'inquiète avec les esprits sages du trouble porté dans les recherches sérieuses, patientes et consciencieuses. Je crois avec eux que, semblable au gentilhomme qui hérite de ses pères une fortune accumulée depuis des siècles, et dissipe rapidement tant d'excellentes valeurs amassées à grand'peine et qu'on n'avait jamais songé à faire fructifier, la science moderne fait des prodiges d'applications avec les théories, aussi sublimes que désintéressées, des maîtres du temps passé. La question inquiétante est celle-ci : Ne dissipe-t-elle pas son patrimoine? ne néglige-t-elle pas d'amasser pour l'avenir les germes inaperçus que le temps couve avec sollicitude, que les besoins des générations font éclore?

Oui, elle le dissipe. Non, elle ne l'enrichit pas, parce que les grands esprits seuls sont capables de découvrir les lois souveraines, mères des inventions les plus grandes comme les plus minimes, parce qu'eux seuls ils ont la puissance d'investigation, la fixité d'observation, la persévérance des poursuites qui arrachent à la nature ses secrets intimes. Ce qu'on appelle des découvertes dues au hasard, ou conquises par les ignorants, n'est pas autre chose que des applications pratiques, usuelles et plus ou moins adroites, des principes supérieurs fondés par les théoriciens. Longtemps avant Newcomen, Watt, Fulton, des années avant Niepce et Daguerre, avant Ruolz et Elkington, avant Taylor, Davidson et Froment, avant Deville, les savants Davy, Jacobi, Ampère, Arago, Wöhler, tous théoriciens désintéressés dans les questions d'application, avaient entrevu la puissance de la

vapeur, la faculté des rayons solaires d'agir comme un pinceau, les ressources incommensurables de l'électricité, la richesse des argiles en métaux nouveaux. Ils n'avaient point fait
d'application de leurs théories, ils dédaignaient cet emploi de
leur esprit; ils n'étaient peut-être pas capables de construire
des bateaux à vapeur, de faire des photographies, des appa-
reils d'éclairage au gaz, des télégraphes électriques, des bains
animés par la pile, mais ils entrevoyaient ces applications,
ils en fournissaient les éléments, et le hasard, ce dieu de
l'ignorance, n'eût rien fait sans eux; les hommes d'application, sans leur boussole, eussent tourné dans le vide, eussent
nagé dans l'immensité des tentatives vagues et aveugles, sans
savoir quelle direction prendre, à quelle branche s'accrocher.

Quelle sera la conduite d'un Gouvernement qui tient à maintenir la France à la tête du mouvement scientifique, ou bien
seulement au courant des progrès? Il propagera l'enseignement général des sciences et leur diffusion par toutes les voies,
dans toutes les veines du corps social, un enseignement gratuitement offert aux masses, mis à la portée des loisirs de
l'ouvrier; il construira de vastes amphithéâtres où des milliers
d'auditeurs recueilleront les leçons des savants les plus illustres, et une salle des séances de l'Institut dix fois plus grande
que la salle actuelle, et qui ne se fermera devant aucun esprit éveillé; il ramènera à leur but et à l'esprit de leur fondation les écoles savantes, comme l'École polytechnique,
en reléguant à Metz l'élément militaire; en un mot, il organi-
sera une diffusion sans réserve et sans limites; mais, en même
temps, il entourera de soins pieux la théorie, cet idéal des
sciences, théorie chimique, physique, mathématique, qui
portent en elles l'avenir. Dans ce but, il créera pour les savants théoriciens des positions honorables, magnifiques même,
qui compenseront le tort que leur fait un désintéressement
absolu, et qui les délivrera des soucis et des préoccupations
de la vie matérielle. Que seraient pour l'État vingt pensions à
vie de 15,000 francs, pour les hommes de la science qui
sèment les millions et les laissent récolter par le pays tout en-

tier, qui consentent à mourir pauvres dans le laboratoire d'où s'épanchent les richesses de l'industrie ?

L'instruction répandue dans le peuple, les sciences mises à la portée de tout le monde, n'ont pas été les seules objections; le bien-être lui-même, devenant plus général, a servi de thème aux pronostics les plus fâcheux. Déjà Condorcet allait au devant de cette objection dans son rapport sur l'instruction publique présenté à l'Assemblée nationale en 1791; il disait : « Dans un pays où les arts fleurissent, le « pauvre est mieux logé, mieux chaussé, mieux vêtu que « dans ceux où ils sont encore dans l'enfance. Cette augmen- « tation de jouissances est-elle un véritable bien? n'est-elle « pas plus que compensée par l'existence des nouveaux be- « soins, suite nécessaire de l'habitude du bien-être? C'est une « question de philosophie que je ne chercherai pas à ré- « soudre; mais il est certain, du moins, que l'accroissement « successif des jouissances est un bien, tant que cet accrois- « sement peut se soutenir et remplacer par de nouveaux « avantages ceux dont le temps a émoussé le sentiment. Je « connais un pays où les pauvres n'avaient pas de fenêtres il « y a quarante ans, et ne recevaient le jour que par la moitié « supérieure de la porte que l'on était obligé de laisser ouverte. « J'ai vu l'usage des fenêtres y devenir général. Ce change- « ment sera peut-être très-indifférent au bonheur de la géné- « ration suivante, mais il a été un véritable bien pour ceux qui « en ont joui les premiers. Or, c'est précisément une augmen- « tation toujours progressive de jouissances pour les pau- « vres que l'on doit attendre de ce progrès général des arts « mécaniques, résultat nécessaire d'une instruction bien com- « binée. »

La jouissance du bien-être, comme la participation à l'instruction, a été aussi une prérogative aristocratique; quand tout le monde y a pris part, les privilégiés se sont écriés que c'en était fait de la poésie des campagnes, du pittoresque des villes, de l'intérêt des voyages. Les chemins de fer, il est vrai, avaient supprimé les postillons, et on pleurait ces excellents

postillons; mais quand on s'aperçut que le waggon, avec tout
le monde, était plus commode que la voiture la plus commode; qu'on traversait rapidement l'ennuyeuse Champagne
pouilleuse pour voir plus à l'aise et admirer plus à loisir les
beaux sites de la Lorraine et de la Franche-Comté; alors, en
dépit de la communauté, les plus dédaigneux se sont bravement installés dans le waggon. On nous disait aussi qu'avec
les chemins de fer, c'en était fait du foyer domestique et de
la vie de famille : les voies ferrées sillonnent l'Europe, et, à
part quelques esprits inquiets qui en profitent pour s'éviter
eux-mêmes, la locomotive n'entraîne que ceux qu'emmenaient
leurs affaires. Le mouvement des étrangers et des passants
crée, autour de la vie de famille, un bourdonnement et
comme un nuage de poussière qui en circonscrit mieux les
limites; autrefois on n'excluait personne de l'intimité, maintenant on élimine résolûment tous ceux qui n'y appartien
nent pas. Il y a donc avantage même pour la vie intime. De
proche en proche, on s'apercevra que le progrès de la civil.
sation enrichit notre vie de jouissances nouvelles sans exclure
les anciennes, comme les acquisitions de nouveaux livres
s'ajoutent aux anciens et se classent au milieu d'eux sans les
expulser. Notre nature n'est pas un local restreint, meublé
d'un petit nombre de plaisirs; le bien-être général fait mieux
goûter les raffinements d'un luxe distingué: d'un côté, parce
que, la séparation étant moins tranchée, il y a plus de délicatesse dans la nuance; de l'autre côté, parce que la différence
en est mieux sentie par la foule, qui, tout en l'appréciant,
ne le partage pas.

Les mêmes gens qui disent que l'instruction généralement
répandue a tué l'amour de l'étude dans la classe des érudits,
que les prodiges réalisés par l'application des sciences rendent
impossibles les progrès de la théorie, disent aussi que les arts
s'en vont; ils le voient ainsi, mais c'est un effet d'optique; ils
croient que les arts s'abaissent, parce qu'ils s'étendent.

La littérature et la science se sont bien trouvées de leur
popularité; les deux bonnes muses n'ont pas écouté les fausses

prédictions de leurs adorateurs cachottiers; elles ont relevé leurs robes, elles sont bravement descendues dans la rue, et bien leur en a pris; elles échangent quelques hommages intéressés contre l'adoration généreuse de la foule, et, au lieu d'être reléguées au fond du cabinet noir de l'érudition, au lieu d'être réservées au harem ennuyeux de quelque théoricien impuissant, elles sont portées en triomphe par le monde entier et passent de mains en mains, abordables à tous et électrisant les cœurs. Lamartine, Hugo, Musset, ne sont pas plus lus que Humboldt, Arago, Pouillet, Babinet, Figuier; les uns et les autres rencontrent des échos dans le monde entier. Ajoutons le bien-être qui, lui aussi, est descendu dans les masses, est entré dans la ferme, s'est assis au foyer modeste de l'ouvrier, et a donné à chacun du goût pour les créations de l'esprit et du loisir pour en jouir.

Et les arts seraient seuls déshérités de cette noble part de popularité! les arts qui sont faits pour la foule comme pour l'élite, qui sont l'expression la plus séduisante des sentiments du cœur humain et des beautés de la nature, craindraient, en se vulgarisant, de devenir vulgaires, en se popularisant, de s'identifier aux masses! car c'est là la grosse objection; et on ose la faire à une époque où les plus habiles physiciens s'occupent du chauffage des fourneaux de nos cuisines et de la ventilation de nos égouts; où les plus profonds chimistes font de la bougie avec du suif, analysent des fumiers et recherchent les meilleurs procédés de conservation de nos aliments; où les plus forts mathématiciens, après avoir étudié les forces secrètes de la nature, appliquent leurs calculs aux locomotives et aux turbines; où des mécaniciens, comme Robert Houdin, montent sur des théâtres de prestidigitation et étonnent la foule par des illusions fondées sur des lois nouvelles de physique et de mécanique; où des savants voyageurs, comme les frères Verreaux, se font simplement empailleurs d'oiseaux : à une époque où l'instruction, répandue dans toutes les classes, crée dans tous les lieux des appréciateurs de la bonne littérature; où nos plus grands écrivains travaillent

pour les journaux à cinq centimes et pour les petits théâtres
des boulevards ; où nos plus charmants compositeurs mettent
en musique les farces des théâtres en plein vent et les ro-
mances des cafés-concerts ! et c'est au milieu même de cette
époque de diffusion générale que les arts plastiques préten-
draient se retirer de la fraternité universelle ! Ils ne le pourraient pas, si même, mal conseillés, ils tentaient de le faire ;
car, de tous côtés, se prépare le rapprochement définitif.

Les sociétés ont leur courant : ni les gouvernements attardés, ni les littérateurs en manchettes, ni les savants et les
artistes dédaigneux, ne le leur feront remonter. Le courant,
depuis un demi-siècle, a rompu assez de barrières pour qu'on
soit convaincu de l'inutilité des barrières : construire des di-
gues pour éviter les débordements, soit ; creuser un lit dans
la bonne direction, c'est encore bien ; faire dévier peu à peu
les institutions et les lois, comme on fait plier les arbres pour
qu'ils ne rompent pas, j'admets ces précautions ; quant au
reste, voguons toutes voiles déployées, et arrivons des premiers au port.

Le mouvement de la société tend à faire participer le plus
grand nombre au partage des jouissances réservées à quelques-
uns ; le lit de la propriété creusé et mis à l'abri de l'entraînement, faisons la part large à tous. Demandons aux mamelles
inépuisables de l'imagination poétique, de la science théorique,
des sublimités de l'art, ces jouissances variées qui, si elles ne
sont pas une nourriture substantielle, forment dans la vie l'illusion du bien-être, élèvent les intelligences les plus vulgaires,
et rendent accessibles aux nobles sentiments les cœurs les
plus simples.

J'accepterais les objections s'il s'agissait d'une tendance
superficielle, d'un mouvement factice ; mais cette transformation des arts se produit avec le caractère d'à-propos de toutes
les grandes découvertes : pas une qui ne vienne à son rang
satisfaire un besoin signalé et développer une jouissance cherchée ; pas une qui, par son caractère de nouveauté, ne bou-
leverse ou n'inquiète l'ordre établi ; l'écriture après la parole,

l'imprimerie après l'écriture, la rapidité des communications après l'imprimerie, qu'elle soit obtenue par les relais de poste, les chemins de fer, l'électricité ou la locomotion aérienne; toutes concourent au grand fait de l'extension à tous des conquêtes intellectuelles ou matérielles, d'accord avec la marche démocratique de la fraternisation générale, qui s'établit en tous lieux par l'égalité des poids et mesures, par l'uniformité des monnaies, par la suppression des douanes, par une législation et des formes administratives mises partout en rapport, par une sympathie générale accueillant l'homme de génie, quelle que soit sa nationalité, le chef-d'œuvre, quelle que soit son origine, et bientôt peut-être par une écriture pittoresque, comprise de tous comme les notes de la musique, et menant à une langue universelle, qui sera la dernière et sublime combinaison d'une fusion complète.

Dans ce grand mouvement libéral, l'art réservé au petit nombre, à l'élite, aux intelligences supérieures, est une de ces fatuités qui ne peuvent plus se reproduire en public; elle ressemble trop à toutes ces prétentions que la suppression des priviléges a renversées. L'art a été donné par Dieu à tous, quand il a placé les plus beaux modèles de l'art, c'est-à-dire toutes ses créations, à la portée de tous. Quelques-uns ont le don de reproduire ces beautés sublimes; tous devront acquérir la faculté de les comprendre, et, dans leur mesure vraie, de les appliquer aux besoins de la vie. L'art ne sera plus une plante rare cultivée artificiellement en serre chaude et qui mourrait en plein air; l'art sera l'arbre vigoureux et vivace qui s'épanouit au soleil, s'abreuve de la rosée des nuits, et, suivant les saisons, se couvre de verdure, de fleurs ou de fruits.

Avant d'examiner ce qu'on dit et ce qu'on peut dire contre la diffusion des arts, voyons comment le cours naturel du progrès de la civilisation, la force des choses et le développement régulier de l'humanité ont créé d'eux-mêmes cette popularité des arts, irrégulièrement, il est vrai, sans contre-poids et sans mesure. J'ai d'autant plus d'intérêt à établir nettement quelles ont été ces modifications, qu'elles expliquent et excu-

sent une contradiction qu'on remarquera dans ce travail et
qui n'est qu'apparente : d'un côté, de grands éloges donnés à
l'organisation des arts et métiers telle qu'elle a existé avant
la révolution de 1789, telle qu'elle a admirablement fonctionné
pendant huit siècles; de l'autre côté, toutes les espérances que
je fonde sur un nouvel ordre de choses, si on sait en activer
les éléments féconds. Ici, une société aristocratique développant les arts, les sciences et les métiers, au profit du peuple,
il est vrai, mais dans un cercle privilégié et restreint; là, une
société démocratique organisant les arts, les sciences et l'industrie de manière à en vulgariser la pratique dans les masses
et au profit de tous. J'ai recherché ce que la cour et l'aristocratie nous ont laissé, et j'ai admiré leur influence; je regarde
maintenant ce que les Grecs, à la plus grande époque de leur
histoire, qui est le plus beau moment de l'art, ont produit, et
je n'oublie pas que leurs artistes, embrassant tout le domaine
de l'industrie humaine, ont trouvé leurs plus belles inspirations, et ce sentiment d'amour-propre qui met en jeu les plus
grandes facultés de l'âme, dans la jouissance de toutes les
libertés et dans le ressort énergique du principe démocratique.
Seulement, cette démocratie était tout entière artiste, et ma
préoccupation est de donner cette même base à notre art
moderne, car, pour les principes, ils resteront les mêmes :
ils sont immuables.

Le point de départ de l'art moderne, dans ses conditions
nouvelles d'extension indéfinie, se trouve dans le renouvellement de la société par la révolution de 1789. La reconnaissance des principes démocratiques entraînait avec elle l'égalité
à tous les rangs et en toutes choses. L'instruction répandue
généralement, les sciences devenues accessibles à tous, faisaient pressentir la venue prochaine des arts, comme accompagnement obligé et naturel de l'éducation. On a fait très-peu,
trop peu, pour activer et diriger ce développement indispensable. Prévoyait-on des difficultés insurmontables? s'est-on
créé des obstacles imaginaires? je le crois, et j'avoue que, si je
supposais avoir affaire à une nature rebelle, indolente et enta-

chée d'indifférence, je ne m'occuperais pas ainsi de l'éducation artiste du peuple; mais l'indifférence, la répulsion, l'in-
dolence, sont dans les salons; la curiosité vive, intelligente,
qui grave dans sa mémoire une image durable du spectacle qui
l'a frappé, se trouve dans les masses. Le peuple est artiste de
fond par la naïveté, par la facile crédulité, par l'enthousiasme
rapide, par la passion résistante. Annoncez un spectacle, qui
accourt? une revue, qui se met en place des heures à l'avance?
une entrée princière, qui attendra patiemment sur le pavé,
au vent, à la pluie? Et dans la vie de tous les jours, voyez
ce peuple, quoique dépourvu de toute éducation préparatoire,
courir aux musées, aux résidences du souverain, aux expériences de la science, aux expositions publiques, se coller
aux devantures des marchands d'estampes, et payer un sou
pour voir Saturne dans le télescope d'un astronome en plein
vent. Aux théâtres, qui rit de bon cœur? qui pleure avec
abandon? qui s'indigne contre le tyran et prend le parti de
l'innocence opprimée? le peuple; et la stupide claque a été
inventée pour éveiller les gens du monde, car aux théâtres
des boulevards, c'est le peuple qui applaudit, et toujours à
propos. Non, jamais élève mieux disposé pour les arts n'aura
été plus injustement disgracié de toute éducation artiste.

Si de ces dispositions, qu'on pourrait appeler primitives,
nous nous élevons aux goûts de l'élégance, avec quel étonnement, quelle satisfaction ne les avons-nous pas vus pénétrer
partout, et s'étendre de la toilette des basses classes jusqu'à
l'ameublement de la mansarde. Voyez les montres de tous
nos marchands. Avec quelle habileté, quelle entente de l'art,
quel sentiment du goût, les tableaux, les aquarelles, les gravures, les bijoux, les châles, les étoffes de toute nature, les
effets d'habillement *confectionnés,* sont disposés, associés, groupés. Les mains qui ont formé les plis brisés de ces étoffes,
qui ont créé l'harmonie de ces nuances, le rapprochement
de ces dessins, ne sont-elles pas instinctivement artistes, et
n'aurait-il pas suffi de quelques leçons pour faire de ces garçons de boutique des peintres coloristes? Quels procédés ingé-

nieux, pris dans le vrai sentiment des arts, sont mis en œuvre pour vous séduire! Avez-vous besoin de crayons, c'est un peintre qui vous prouve leur excellente qualité en dessinant sous vos yeux, bien autrement que Mengin, de charmants croquis; cherchez-vous un châle ou un mantelet qui aille à votre taille, on se gardera bien de les étaler sur le sec mannequin d'osier ou de carton qui suffisait à nos grand'mères; aujourd'hui de souples jeunes personnes font les fonctions du mannequin : se promenant, se cambrant, se drapant avec art, elles font valoir ces étoffes moelleuses ou légères, amples ou serrées, dans leur mouvement naturel, dans la vie qui leur est propre.

L'intervention des machines a été, dans cette propagande de l'art, une époque et l'équivalent d'une révolution; les moyens reproducteurs sont l'auxiliaire démocratique par excellence. Contester cette action est d'un aveugle; dédaigner cette influence serait d'un insensé; ne pas prévoir l'avenir de cette association du génie des arts avec la puissance des nouveaux moyens de reproduction à bon marché, c'est d'un esprit borné. La fonte du bronze, qui multiplia les chefs-d'œuvre de Phidias et des grands sculpteurs de l'antiquité, avait été accueillie par la Grèce avec reconnaissance; le moyen âge reçut comme un don du Ciel l'imprimerie, qui est l'écriture mécanique; hier la vapeur, cette éloquente expression de la société moderne, donnait ses bras puissants en aide à tous les produits de l'industrie imprégnés de l'influence des arts; aujourd'hui la photographie, ou l'art mécanique dans une perfection idéale, initie le monde aux beautés des créations divines et humaines. Tous ces moyens réunis répandent jusque dans la cabane du paysan la copie habilement reproduite de l'objet d'art unique et de l'étoffe brodée à la main que le riche avait seul possédés.

Une fois dans cette voie, aucun progrès ne doit étonner; et, si l'on me disait qu'après le métier Jacquart marchant par la vapeur et par l'électricité, après la machine qui sculpte et la machine qui coud, on a trouvé une mécanique qui peint, je n'en serais pas surpris et j'y applaudirais, car cette machine aurait toujours besoin d'une âme pour l'animer, second moteur aussi indispensable que celui qui se développe sous l'action du combustible enflammé.

Au nombre de ces perfectionnements d'un ordre positif, il faut compter les facilités offertes à l'étude par l'étonnant bon marché du matériel des arts : papier, crayons, pinceaux, couleurs, instruments de mathématiques, tout, en un mot, est de cent pour cent meilleur marché qu'il y a cinquante ans. Cette proportion est même insuffisante : les meilleurs crayons anglais, à 2 shillings, sont remplacés aujourd'hui par d'excellents crayons français à 5 centimes, et M. Guimet, de Lyon, fabrique 3,000,000 de kilogrammes d'outremer à 5 francs le kilogramme, plus parfaits que les 30 kilogrammes qu'on produisait avant 1834 à 4,000 francs. Je ne m'étendrai pas dans cet ordre de faits, ces indications suffiront.

Les artistes tendaient eux-mêmes à suivre ce mouvement. Dès avant la Révolution et jusqu'à nos jours, mais sans discontinuer pendant cinquante ans, L.-L. Boilly a peint à l'huile des portraits fort ressemblants, en une séance et au prix de 20 francs; il en comptait en 1845, lorsqu'il mourut, plus de 5,000, et sans doute il se trompait à son désavantage. Une pareille facilité, une si immense production, un art mis tellement à la portée de tous ne fut pas exceptionnel; Boilly eut des imitateurs dans Thompson pour l'aquarelle, et dans vingt autres émules qui, avec plus ou moins de talent, donnaient, c'est le mot, portraits, vues et paysages dessinés au pastel ou peints à l'huile pour quelques francs. Était-ce de l'art? Je suis tenté de répondre affirmativement, quand je compare ces productions à la moyenne des œuvres du temps passé ou de l'étranger; mais je dirai : Non, ce n'est pas de l'art; ce sont les produits courants d'une industrie qui préludait par ces précurseurs faciles à l'admirable découverte du daguerréotype.

Mais avant d'avoir obtenu du Ciel cette merveilleuse faveur qui s'appelle le dessin par le soleil, ou l'héliographie, n'avions-

nous pas des ressources déjà surprenantes? Dès le début de ce
siècle, l'invention de Sennefelder mit dans toutes les mains
les dessins originaux des Vernet, Géricault, Bonnington, et les
copies des meilleurs tableaux de l'école par des dessinateurs
de talent; la gravure en bois, qui est aussi une reproduction
artificielle des dessins de l'artiste, a atteint, par les améliorations de la presse, une perfection étonnante. Les moulages
en plâtre ont été perfectionnés; les mouleurs ont choisi d'excellents modèles, et chaque épreuve est revenue à si bon marché, que j'entendais ce matin même un marchand offrir aux
passants les beaux médaillons des Pisans, les admirables fragments de J. Goujon, en s'écriant : « A un sou, messieurs! cela
« les vaut bien, quand ce ne serait que pour boucher le trou
« d'un tuyau de poêle! » Que dire enfin de ces photographies,
qui sont des perfections de l'art aux yeux des artistes eux-
mêmes, et que le bon marché répand dans toutes les mains,
tandis que leur multiplicité les place sous tous les yeux? Déjà
la gravure s'est emparée de ses productions pour en rendre
les épreuves moins chères et plus égales; en même temps de
nouveaux procédés de transport sur pierre permettent aux
artistes de dessiner sur papier, sans aucune étude préparatoire,
dans l'indépendance de l'inspiration, avec toute la liberté de
la main, et ces dessins de maîtres sont imprimés en épreuves
innombrables. Ce n'est pas tout : Desjardin reproduit en couleur, dans toutes les conditions de l'art, les plus vigoureuses
aquarelles de nos meilleurs peintres. Musée admirable, chaque
jour renouvelé pour le peuple qui passe devant les boutiques,
éléments délicieux des collections de l'amateur, ressources
précieuses pour l'artiste, ensemble favorable qui remplace
jusqu'à un certain point ce qu'était dans l'antiquité la vue
continuelle et l'entourage des monuments de l'art! Nos murs
en sont tapissés, nos portefeuilles remplis, et nous abandonnons aux instincts destructeurs de nos enfants des quantités
de reproductions bien supérieures aux gravures à la roulette
et au pointillé que nous eussions encadrées, il y a cinquante ans,
avec tant de soin.

Mais cette grande propagande, se faisant d'elle-même, s'est faite sans méthode et contrairement aux vrais principes conseillés par l'expérience. Elle a été plus favorable tout d'abord aux productions de mauvais goût qu'aux œuvres éminentes, à la mignardise qu'au style; et cependant elle a eu pour résultat de mettre bien des choses à leur place. Elle a appris aux artistes à faire deux grandes parts dans les arts : ce qui est création originale, invention, inspiration, et ce qui, à différents degrés, peut se ranger parmi les produits de diverses industries. L'espace me manque pour développer ce point de vue, mais quelques faits en montreront la justesse; et, si l'on est mêlé à la vie des artistes, ils en feront comprendre toute l'importance. Si Pujet revenait au monde, personne n'hésiterait à placer au nombre des créations de l'art ses figures sculptées dans le bois pour la proue des navires; et la même génération qui fera cette part à des ouvrages brutalement taillés dans des masses de bois passera devant des fleurs peintes avec talent, devant des fruits rendus avec art, en considérant ces effets d'imitation comme une industrie patiente et estimable à la portée de toute adresse qui dessine. De cette appréciation, qui s'étend à tout le domaine de l'art et de l'industrie, découle déjà un apaisement sensible dans tous les amours-propres. Il y a dix ans, chaque graveur sur bois inscrivait son nom en toutes lettres au bas d'une œuvre sans importance; aujourd'hui, feuilletez les journaux et les livres illustrés, *le Magasin pittoresque*, *l'Illustration*, le *Musée des Familles*, et autres publications *pittoresques* à bon marché, vous ne trouverez plus un nom au bas des gravures remarquables de toutes ces publications. La gravure en bois est toujours un art; mais chacun sent qu'une interprétation, même parfaite, un *fac-simile*, même exact, de l'œuvre d'autrui, n'est pas plus méritoire que de bien copier une lettre; et l'expéditionnaire du ministère ne met pas son nom au bas de sa copie. Il en sera bientôt ainsi des ouvriers de MM. Fourdinois, Delacroix, Tahan, Ingres, Denière, Simart, Delicourt, ouvriers en sculptures de meubles ou en mise au point de statues, en peintures d'accessoires dans un tableau ou de nature morte pour les papiers peints. La soumission, l'abnégation sera l'accompagnement du talent, et, excepté le créateur de l'œuvre, tous mettront leur ambition, non pas dans leur propre illustration, mais dans la réputation du maître et la réussite de l'entreprise.

Cette popularité de l'art, produit naturel de la marche du progrès, est donc étonnante, si nous la comparons à l'état des arts à quelques années en arrière; mais elle est incomplète et nous paraîtra engagée dans une bien fausse voie, si nous la rapprochons des grandes époques de l'art comme l'antiquité grecque au ive siècle avant notre ère, comme le moyen âge au xiiie siècle. Nous n'avons plus aucune idée de ce sentiment élevé régnant généralement, sentiment délicat et exclusif, appuyé sur les plus beaux modèles de l'art le plus pur et se manifestant en magnificences éclatantes. Les productions de l'art et de l'industrie étaient marquées alors à un cachet de pureté si distinguée, que nous sommes autorisés aujourd'hui à attribuer à d'autres époques toutes les œuvres qui ne sont pas empreintes de cette marque supérieure; et quant à la magnificence, qu'avons-nous à comparer à cette Minerve du Parthénon, haute de quarante-cinq pieds, en or et en ivoire, et à la pieuse générosité du roi Dagobert, qui couvre le sanctuaire de Saint-Denis en plaques d'argent par dehors et par dedans? Une si grande perfection nous est inconnue, de telles splendeurs dépassent jusqu'à nos rêves. Cette vulgarisation est d'ailleurs incomplète, parce que ses efforts se produisent au centre seulement, dans la capitale, et ils n'ont qu'un faible retentissement aux extrémités, au milieu de nos provinces; elle est enfin dans une mauvaise direction, puisque les mesquineries du faux goût, bien plus que les hautes délicatesses de l'art, font la loi dans cette diffusion générale.

Il semble, sur toute la surface de notre activité, que nous exploitions en petites pièces et en gros sous les nobles largesses des temps passés. Nous semblons nous consoler de l'infériorité de nos qualités en supputant la supériorité de la quantité : on

pourrait croire que nous estimons autant la multiplication
obtenue par mille procédés reproducteurs que les créations
originales. Encore si nous reproduisions seulement les œuvres
de premier ordre ; mais les artistes les mieux doués sont les
moins bien disposés à descendre dans cette arène populaire.
Agatharque peignait les décorations des pièces d'Eschyle ;
Brunelleschi, Balthazar Peruzzi et Servandoni ont renouvelé
dans leur temps les illusions des spectacles publics ; mais de
nos jours, à l'exception de Stanfield, qui a fait les décorations de *Drury-Lane,* un théâtre secondaire de Londres, on
ne citerait pas un peintre de talent qui voulût accepter ce
rôle. Nous avons sans doute de bons graveurs, dont les
planches vendues à haut prix sont bien connues ; mais qui
oserait tapisser sa chambre avec les thèses de nos avocats et
les calendriers de l'année, comme Toinette voulait et pouvait très-décemment le faire avec la thèse du fils Diafoirus,
comme chacun le faisait alors que les premiers peintres et les
meilleurs graveurs se chargeaient d'orner ces publications ?

L'art est entré de nos jours partout, mais ce n'est plus l'art
inspiré d'en haut ; c'est un petit art qui passe par une fausse
porte. Les savonneries de Marseille envoient aux Expositions des statues en savon ; les fabricants d'allumettes chimiques composent avec leurs produits des tableaux de l'érup-
tion du Vésuve, les marchands de Niort des paysages en
angélique, les chocolatiers des temples en chocolat, les passementiers des pendules monumentales, les fabriques de bougies des bustes de M. Chevreul en stéarine ; le chaudronnier
Desprats néglige ses chaudrons, qui auraient été parfaits,
pour exposer un médiocre buste de Voltaire en cuivre repoussé, et enfin, pour terminer cette liste, si facile à allonger,
le vannier Desvignes dédaigne ses excellents paniers pour
tresser en osier un Napoléon passant les Alpes, comme Ben-
nati, de Gênes, avait tissé en filigrane un Christophe Colomb,
qui, n'en déplaise à nos collègues du XXIIIᵉ Jury, était un
enfantillage de la pire espèce : partout, comme on voit, les
contre-sens d'un art rendu vulgaire par sa vulgarisation.

D'un autre côté, si nous entrons dans les lieux publics, dans les édifices municipaux, dans les hôtels des ministres, dans les résidences du souverain, nous trouvons l'excès des dorures, l'entassement de la décoration, l'amalgame de tous les styles, la collection complète de toutes les redites, et en chaque chose une apparence trompeuse de l'art plutôt que l'art lui-même, des surmoulés faits sans choix et sans soins, au lieu de créations suivies dans la perfection de leur exécution. Cet abus général, qui est pour les esprits moroses un signe de décadence irréparable, une sorte de glas funèbre de l'art, c'est pour moi comme le cri douloureux d'un enfantement pénible, c'est l'indication certaine d'un besoin senti d'introduire l'art en toutes choses, c'est un appel au talent, appel auquel on a mal répondu faute de le comprendre, mais qui va trouver son écho.

Ces fausses directions expliqueraient, à elles seules, la répulsion aveugle que les artistes éminents et les esprits distingués manifestent pour la vulgarisation des arts; et il y a, en outre, dans leur aversion pour cette populaire diffusion, des sentiments respectables qui méritent un examen.

Toute passion est exclusive et jalouse; vouloir qu'on aime les arts libéralement et en communauté avec tous, c'est peut-être une utopie. Voyez ce coteau verdoyant d'où la vue s'étend au loin sur la vallée de la Seine : on l'a vendu en détail. Chaque acquéreur pouvait construire son habitation au milieu de son lot et entourer sa propriété de haies vives, de manière à jouir tous ensemble du coteau entier, avec ses échappées de vue et ses horizons éloignés. Qu'a fait l'amour de la campagne associé à l'amour de la propriété? il a élevé des murs, il a transformé chaque parcelle de terrain en un enclos cerné, muré, sans jour et sans vue, et ces amateurs des champs de vivre heureux dans la case qui compose leur échiquier de maçons. Les amis des arts sont trop disposés à en agir ainsi, à enceindre l'art dans une froide limite, à parquer dans ce domaine exigu des genres et des procédés, et à vivre petitement dans cette nécropole. Les artistes, en travaillant pour ces morts, partagent leurs tendances ; ils se serrent, ils tendent à former une confrérie exclusive, ils la restreignent le plus possible. L'initiation mystérieuse des anciens cultes et de la francmaçonnerie leur semblerait de mise pour les arts au xix° siècle ; ils se sentiraient mieux à l'aise dans une aristocratie très-bornée que dans la démocratie, dont le bruit et le mouvement les effrayent ; ils préfèrent tout à la communauté. Dans leur opinion, la décadence des arts se produit en raison directe de leur extension. Ne voyez-vous pas, diront-ils, la facilité, cette fée banale, répandre ses dons à qui se donne la peine de les ramasser et cette foule bruyamment habile étourdir, effacer, étouffer les vrais mérites ? Il n'existe qu'une dose de talent dans le monde ; plus vous la divisez, moins il en reste pour chacun. Récapitulez les expositions des beaux-arts depuis un siècle et demi : qu'elles comptent 300 exposants ou 5,000 comme de nos jours, c'est la même somme de talents remarquables.

Telle est la manière assez générale d'envisager les arts parmi les artistes, c'est la part des sentiments respectables ; celle des idées fausses et des craintes intéressées est plus passionnée, mais je ne prétends pas répondre à toutes les objections. Il suffira d'exposer quelques idées générales en faveur de la vulgarisation des arts, et ensuite de présenter l'ensemble d'une organisation nouvelle.

Entreprendre de former le public à la jouissance de l'art, de l'initier à ses beautés, ce n'est nullement rêver de faire de tous nos paysans des artistes et des discoureurs sur l'art. Il y aura dans cette éducation, comme dans toutes les autres, des degrés et des sommités. Ainsi que dans une salle de concert, une symphonie de Beethoven est sentie de mille manières distinctes, à mille échelons différents, selon que le sentiment naturel ou des études spéciales et approfondies viennent en aide à l'auditeur ; ainsi, dans la nouvelle génération, l'art sera compris avec mille nuances, depuis l'artiste créateur, qui juge avec son sentiment et avec la connaissance de toutes les difficultés de l'art, jusqu'à la foule, qui jouira de la vue d'un chef-d'œuvre en se contentant de le distinguer de l'œuvre médiocre et banale.

Mon rêve, pour les arts du dessin, sera d'ailleurs b'entôt réalisé par la musique. Romance, que me veux-tu? est devenu un dicton populaire, et on n'écoute plus les petites filles qui ont vaincu les difficultés des plus difficiles sonates. Tout le monde étant un peu musicien, chacun jouant de quelque instrument, on ne prête l'oreille qu'aux vrais talents. Des amateurs qui pourraient passer pour des musiciens consommés dans leur art ont le bon goût de ne pas publier leurs compositions, de ne pas faire jouer leurs opéras; ils se contentent de se servir de cette faculté précieuse pour faire d'excellente musique en famille, entre amis également bien doués, ou chez les autres, quand ils sentent que l'auditoire a le goût d'entendre et le temps d'écouter : alors vous voyez le prince de la Moskowa diriger habilement un excellent orchestre, le prince Poniatowski chanter Gluck, Mme Kalergis jouer Chopin, la marquise de Chimay, la comtesse de Tournèse, la princesse Czartoryska, charmer l'auditoire par une exécution inspirée, qui est l'éloquence du sentiment musical. Il en sera de même pour les arts du dessin. Savoir modeler une figurine avec quelque adresse sera l'affaire de tout le monde, et personne, pour cela, ne songera à faire de mauvaises statues équestres; savoir peindre ses souvenirs, des portraits d'amis et des vues de son parc, n'obligera aucun amateur à exposer de grands tableaux médiocres et à solliciter des travaux du Gouvernement; mais ce talent sera la joie des intérieurs et ajoutera au bonheur des familles en donnant de l'occupation aux désœuvrés et des loisirs charmants aux gens occupés.

L'art cessant d'être un mystère, un privilége, sera pratiqué par tous indifféremment, et alors il se rencontrera une même somme de talent, de génie même, chez les riches comme chez les pauvres. La seule différence qui existe aujourd'hui entre de rares amateurs et les artistes, et qui se maintiendra, c'est que, le talent supérieur ne se développant qu'à la suite d'études longues et pénibles, les hommes que stimule le be-

soin de parvenir seront toujours sur la brèche et enlèveront
la place, pendant que les autres emploieront mollement,
capricieusement, les loisirs que leur fait la fortune. Je crois
donc que les grandes créations et les bons portraits seront toujours l'œuvre des artistes, des hommes pour lesquels l'art est
une carrière; mais je crois aussi que, dans tous les genres secondaires, le paysage, l'étude des fleurs et de la nature
morte, les croquis piquants des mœurs du temps et des anecdotes du jour, le vaporeux pastel et l'aquarelle pimpante, les
amateurs battront les artistes; je crois surtout que le nombre
de personnes capables de mettre un dragon à cheval, un âne
sur son pré, une chèvre au bord du ravin, ou un chaudron
et un paquet de carottes au milieu d'une cuisine, sera si grand,
que les artistes trouveront plutôt à acheter de ces vulgaires
merveilles qu'à en vendre.

Arrivons maintenant aux conséquences pratiques et au résultat très-heureux de cet avenir prochain : ici des artistes, là
des amateurs; l'art monumental, l'art sérieux, réservé à quelques hommes de génie, qu'ils soient amateurs artistes ou artistes vivant de leur talent; l'art moyen, celui qui se résume
dans les tableaux de genre, dans une besogne courante, sorte
de passe-temps de jeune fille et d'amusement des gens oisifs,
cet art vulgaire, à force d'être généralement pratiqué, devenant la proie des amateurs. Ces deux parts ainsi faites, que
reste-t-il aux artistes qui, privés de ce gagne-pain quotidien,
sentent qu'ils n'ont ni le génie ni le style des hautes inspirations exigées par l'art monumental? Il reste le vaste champ de
l'industrie, qu'ils féconderont de leur talent facile.

La vulgarisation de l'art, ainsi envisagée, est-elle donc un
si grand mal? Elle maintient le génie sur les sommités de
l'art pur, appelé à exercer sur l'humanité un grand empire;
elle donne à l'activité des hommes de talent les ressources
multiples de l'art appliqué; elle procure aux amateurs des
occupations élégantes, des études pleines d'intérêt et l'occasion de s'exercer le goût; enfin, elle forme un vaste public
compétent en matière d'art.

Arrêtons un instant notre attention sur ces amateurs et sur ce public. L'avenir des arts est là désormais. Ce n'est point un rêve de croire que la génération prochaine tout entière saura dessiner comme la génération présente sait écrire, que chacun aura du talent pour peindre et sculpter comme il a du style, fera des tableaux d'histoire contemporaine comme il écrit les descriptions de ce qu'il a vu. Peindre et sculpter étaient autrefois et sont encore aujourd'hui des talents exceptionnels auxquels on doit, dans la société, une place hors ligne; dans peu de temps, toute personne bien élevée sera en état de faire des portraits de famille, de dessiner des sites pittoresques en voyage, de modeler un christ ou une vierge pour son église de village. Vous aurez des Charlet et des Bellangé par douzaine dans les états-majors, des Ziem et des Gudin en masse à bord de nos flottes; vingt chasseurs peindront leurs chiens et les animaux qu'ils forcent aussi bien que Jadin, les membres du Jockey-Club représenteront leurs courses comme pourrait le faire Dedreux, et les agriculteurs auront des chambres tapissées de leurs études de bœufs, de cochons et de brebis. Ce ne sera pas de l'art, mais une écriture pittoresque, bien autrement exacte, précise, vraie, saisissante, que la peinture des artistes que je viens de citer; car, avec autant de talent, il y aura plus d'observation, de réalité, de science du détail, de minutie de l'exactitude, et, en outre, il sortira de loin en loin de cette foule d'amateurs les hommes de génie dans chacun de ces genres : les Vander-Meulen des batailles, les Backhuysen des marines, les Sneyder des chasses, les Géricault des courses, les Cuyp de toutes les beautés de la nature. A part ces apparitions rares, on citera la monnaie courante des talents ordinaires, comme on parle des lettres spirituelles d'un homme du monde; seulement vous entendrez parfois une jeune femme s'écrier: « Concevez-vous M*** qui n'a pas su me dessiner la coiffure que sa femme portait au bal : c'est inconcevable; où donc a-t-il été élevé ? »

Dans cet avenir, on se fera réciproquement ses portraits, de famille à famille : « Vous m'avez peint, merci; je vous sculpterai. » Au xviie siècle, les portraits se faisaient dans le monde par écrit. Pas une femme, tant soit peu à la mode, qui ne se crût obligée de tracer quelques portraits, qu'on lisait le matin dans la ruelle ou le soir dans la salle; aujourd'hui, au xixe siècle, l'ébauchoir et le pinceau détrôneront la plume; ou plutôt non, ils s'associeront à elle, et les portraits se multiplieront à l'infini. Si les caricatures les suivent, comme le fou suivait le triomphateur en l'insultant, qu'y faire? c'est le revers de toutes ces belles médailles. Et voyez l'avantage pour l'art, ces portraits seront enfin de vrais portraits. Tous les artistes peignent avec succès les deux personnes qui leur sont le plus chères : la femme qu'ils aiment et eux-mêmes; les deux personnes en tout cas qu'ils voient le plus souvent et qu'ils connaissent le mieux. Tout au contraire, les portraits de leur clientèle réussissent rarement : c'est qu'ils ne vivent pas avec leurs modèles, qu'ils ne les étudient pas aux divers moments de la journée. Un être humain, avec sa figure, a cent visages, et il y a beaucoup à parier qu'il ne portera au peintre que le moins agréable de tous, tandis que vingt fois dans le jour l'amateur aura confidence du visage pensif ou souriant, illuminé par la passion ou par le bonheur, inspiré, presque divinisé par les lueurs fugitives de tous les enthousiasmes. Un portrait, pour être vrai et naturel, exige d'un peintre à qui vous amenez un modèle gêné par l'obligation de poser, contraint par l'ennui des séances, des prodiges de talent, tandis que l'amateur n'aura qu'à saisir la ressemblance dans les moments d'expansion heureuse.

Je ne refuse pas aux amateurs le génie qui aborde les grandes difficultés de l'art: Châteaubriand, Byron, Lamartine, Mme de Staël, Benj. Constant et tant d'autres ont prouvé ce qu'une grande naissance et une éducation distinguée ajoutent à la hauteur du style, à la noblesse des sentiments, à l'élévation des pensées; les Humboldt, de Luynes, Séguier, Benj. Delessert, ont témoigné de la même manière pour les sciences. Il en sera ainsi dans les arts avec une génération sérieusement préparée; seulement, si la richesse rend facile leur culture,

comme elle donne des loisirs pour l'étude des sciences, des
facilités pour les voyages archéologiques, pour les acquisitions des chefs-d'œuvre, pour faire des fouilles et des expériences, cette même richesse imposera aux amateurs une certaine réserve. A moins d'un talent hors ligne, ils ne feront
que des portraits de famille par affection, des tableaux de
salle à manger par passe-temps, ils décoreront les maisons de
leurs amis par complaisance; jamais ils ne prendront la place
des artistes supérieurs, ni le pain des artistes qui vivent de
leur métier. Le plus grand nombre même n'aura appris le
dessin que pour l'oublier, et comme on se fait coiffer par un
perruquier pour se décoiffer avec sa brosse, comme on apprend
les pas de la danse pour danser sans faire de pas, comme on
va au manége pour monter à cheval autrement qu'au manége : ainsi les gens du monde sauront dessiner et peindre
pour négliger leur talent, et, loin d'en faire parade, ils s'effor-
ceront de le cacher. Que de femmes charmantes écrivent
aujourd'hui aussi bien que madame de Sévigné, sans permettre qu'on lise leurs lettres dans les cercles, qu'on les copie et les fasse circuler! Il en sera du talent de dessiner comme
du talent d'écrire : il restera ignoré, mais il existera, et pour
le bonheur de ceux qui cultivent les arts et pour l'agrément
des cercles intimes, petits cercles qui tendront à se resserrer
à mesure que les talents grandiront.

Dans cette génération nouvelle, tout entière artiste, les
amateurs prendront une autre place qui leur convient mieux,
celle de juges du camp. Ils formeront les jurys des concours et
des expositions, ils entreront dans les commissions, ils écri-
ront la critique de l'art : fonctions difficiles et délicates pour
l'artiste engagé dans la lutte, fonctions faciles et pleines d'intérêt pour l'homme de goût et de loisir qui achète de bons
tableaux après avoir cessé d'en faire de mauvais; qui apprécie
les œuvres modernes avec une sévérité puisée dans l'étude
des chefs-d'œuvre, avec une indulgence conquise dans la
connaissance des difficultés de l'art; qui possède, en un mot,
toutes les qualités du juge, puisqu'il a toutes les conditions de

l'impartialité. Rien ne me représente mieux ces artistes-amateurs de l'avenir que les hommes d'esprit que j'ai connus autrefois dans le monde. En entendant la conversation du comte de Montrond, de Martin, de Joubert, du prince de Talleyrand, de lord Alwenley en Angleterre, de vingt autres encore, je me disais qu'un sténographe ferait fortune s'il lui était permis de mettre en volumes tout l'esprit que ces hommes du monde jetaient en fugitives paroles. Il y avait des jugements littéraires si piquants, des aperçus politiques si ingénieux, des manières de voir en toutes choses si indépendantes de l'opinion commune, et, par le fait même de ce dégagement des préoccupations littéraires et de toute arrière-pensée de publicité, si originales, qu'on songeait involontairement à un aréopage littéraire tel que le formeront un jour les amateurs dans toutes les questions où les intérêts de l'art seront engagés.

Il est un autre résultat important à attendre de cette nouvelle éducation de tous : c'est une meilleure entente du public et des artistes; désormais, ils parleront dans une même langue de choses qu'ils ont apprises en commun. Quand on vit dans le monde, soit comme artiste et célèbre par ses œuvres, soit comme amateur des arts et connu par quelques travaux, la conversation tourne, par pénurie de sujets, ou par complaisante bienveillance, sur les questions d'art. Tout d'un coup vous entendez soutenir par des hommes supérieurs, par des femmes intelligentes, des thèses banales de la plus plate vulgarité. L'A B C des principes de l'art leur est évidemment étranger. Tandis qu'ils débitent les théories les moins fondées, des opinions aussi tranchées, aussi absolues qu'elles sont opposées les unes aux autres, ils émettent sur la politique, la religion, la littérature, des idées distinguées, hors ligne, toutes frappées au coin d'une noble supériorité. D'où vient donc que sur des sujets d'un ordre élevé et abstrait, qui devrait être moins familier, on s'entend ou à peu près, et que sur les arts, qui sont à la portée de tous, on divague sans se comprendre? Cela tient uniquement à l'absence complète d'éducation artiste depuis l'enfance, où le crayon aurait dû être aussi familier que la plume, jusqu'à l'âge mûr, où les cours publics, les publications sur les arts, devraient avoir pour auditeurs et lecteurs tous les gens du monde.

Je suis loin de prétendre épuiser la discussion soulevée par cette grave matière; mais, si je ne me trompe, la vulgarisation des arts ainsi envisagée, loin de présenter le tableau de leur ruine, en fera pressentir la plus énergique, la plus fé-conde renaissance.

En ce qui concerne l'industrie, les objections n'ont pas été les mêmes; mais, tout en prétendant favoriser son développement, on l'entrave. Chacun trouve bon en soi, utile au pays et glorieux pour la France, que l'industrie conserve sa supériorité sur le marché européen, qu'elle s'améliore, s'épure, fasse des progrès; mais on interdit aux artistes toute intervention dans l'industrie, et, quand je propose de donner aux industriels le moyen de devenir artistes, ce n'est plus la vulgarisation de l'art qui est en jeu : on m'objecte que je vais créer des pré-tentions, exalter les amours-propres, rendre intolérables les ouvriers, déjà trop disposés à se croire supérieurs à leur vé-ritable capacité. C'est la plus profonde des erreurs. Rien n'inspire plus la modestie que le savoir : rien ne fera rentrer plus sûrement l'ouvrier à la fabrique, rien ne le ramènera à son travail manuel qu'il exécute en maître, comme la con-naissance des chefs-d'œuvre dont il aura compris les beautés qu'il renoncera d'atteindre. L'ignorance dans l'isolement crée les illusions de l'amour-propre; l'instruction, au contact des grandes productions de l'art, remet les talents à leur rang et les prétentions à leur place.

Je veux former des artistes pour en faire des ouvriers; n'agissez-vous pas de même dans l'enseignement public, quand vous livrez toute la jeunesse à l'étude des lettres? Vous essayez ces fraîches intelligences au style, à la poésie, aux problèmes les plus ardus comme les plus élevés de l'esprit, et chacun sort de cette arène supérieure pour monter, courir ou descendre dans les voies que les dispositions naturelles ou les circonstances leur ont tracées. Parmi ces nourrissons des Muses, les lèvres encore humides de Virgile et d'Horace, les uns deviennent Victor Hugo ou Alexandre Dumas, Cousin ou Augustin Thierry, c'est-à-dire des poëtes ou des conteurs, des philosophes ou des historiens; les autres se sentent peintres comme Eugène Delacroix, comédiens comme Got, qui est peintre aussi, ou comme Mélingue, un sculpteur habile, et qui, à ses moments perdus, joue *Benvenuto Cellini* comme l'orfèvre batailleur aurait voulu être représenté : en homme de cœur et de talent.

Une nation lettrée, qui élève ainsi sa jeunesse, voit le génie déborder dans ses mille ramifications; j'en voudrais faire aussi, et ce sera plus facile, une nation artiste, pour qu'elle ait une industrie dont le dernier ouvrier, celui qui dégrossit la matière à la première opération, ait déjà le sentiment de ce qu'elle deviendra, et lui apporte son concours intelligent dans sa petite participation à l'accomplissement de l'œuvre entière.

Une nation formée d'hommes de talent, dira la routine, mais qu'en ferez-vous, quelle pâture donnerez-vous à cette soif insatiable? Je me préoccupe médiocrement de ce soin. Je voudrais mettre du talent partout, de la pureté de goût, de la noblesse de style, et je n'en vois presque nulle part. Quand notre industrie sera artiste, soyez sans crainte : le talent sera réclamé en toutes choses. Achille Devéria m'a donné hier une boîte à cigares de la Havane, une simple boîte en bois, comme celle qu'on jette à la porte des débits de tabac; seulement il a peint à la sépia, sur les cinq faces, l'histoire de Psyché, et cette simple boîte a été transformée par quelques coups de pinceau en un merveilleux écrin. Je n'ai pas l'habitude d'accumuler les arguments : un fait pareil vaut, pour toute intelligence ouverte, la plus évidente des démonstrations. D'ailleurs, n'ai-je pas démontré qu'à toutes les époques illustrées par de grands génies, le nombre des artistes était innombrable? Une population entière de sculpteurs et de peintres a travaillé sous Phidias aux monuments de l'acropole d'Athènes. Ce qu'il a fallu d'artistes, et des plus excellents, pour construire, sculpter, peindre, orner de vitraux et meubler délicieusement la Sainte-Chapelle de Paris, de manière à la terminer en huit années, est vraiment prodigieux. Nous avons la liste des artistes employés par les ducs de Bourgogne au xv⁰ siècle, par François I⁰ʳ au xvi⁰ siècle, par Louis XIV au xvii⁰ siècle : elle est sans fin.

Le bronze, les meubles, les tissus, les tapis, la céramique, depuis son emploi dans l'architecture jusqu'à la pipe d'un sou du fumeur, toute l'industrie, en un mot, a intérêt à suivre les errements des talents les plus distingués et de l'art le plus pur; deux cents artistes de premier ordre ne seraient pas de trop pour composer sur le papier, pour modeler en cire, pour graver dans les matrices les mille ornements de la bijouterie, de l'orfévrerie et des bronzes. Remarquez bien le changement qui s'est opéré parmi les acheteurs; c'était autrefois l'élite d'une société restreinte, c'est aujourd'hui tout le monde, et je prétends que ce changement bien dirigé peut être favorable aux arts, s'il sollicite plus vivement les créations du génie.

L'art s'est toujours attaché de prédilection aux belles matières, aux métaux rares, aux pierres précieuses; dans toutes les époques florissantes, un chef-d'œuvre était la réunion de la matière du plus grand prix et de la conception du plus habile artiste. Les copies et les répétitions revêtaient un moins riche habillement. Trop de révolutions nous ont appris ce qu'il en arrive de ces nobles façons de procéder pour que nous nous laissions entraîner par notre propre goût; nous serons plus sages. Nous nous garderons d'oublier que l'orfévrerie, la bijouterie, la joaillerie, ont contre elles, comme le cerf de la fable, ce qui les embellit, et que le creuset du fondeur est la roche Tarpéienne de ces industries triomphantes. Aussi, sans faire le tableau de tous les trésors de l'art qui ont été anéantis parce qu'ils étaient des trésors de matières coûteuses, sans rappeler les monuments parvenus jusqu'à nous sous la couverte modeste d'humbles métaux, je dirai : Évitez l'or, l'argent et les pierres précieuses ; choisissez les métaux comme le cuivre, qui, dans ses divers alliages, dans la facilité avec laquelle on l'argente, on le dore, se prête aux procédés anciens du travail manuel et aux procédés nouveaux, qui empruntent de si utiles secours à la chimie et à la mécanique. Ne vous effrayez pas des noms modernes qui portent avec eux comme un stigmate de vulgarité ; voyez le fond et le vrai des choses, c'est-à-dire l'œuvre d'art et l'apparence de richesse, qui est l'illusion de la richesse. Et remarquez bien que, dans cette direction, ce n'est pas l'objet riche, ce n'est pas l'œuvre d'une exécution difficile qui trouve avantage à prendre pour modèle les créations les plus originales et les meilleures de nos artistes ; c'est le bon marché, l'industrie courante, dont les débouchés sont infinis, comme les moyens d'exécution, aidés par les procédés multiplicateurs, sont inépuisables. Tandis qu'un industriel peut hésiter à exécuter un meuble dont le modèle, composé par l'architecte le plus habile, lui coûte 3,000 francs, parce que, n'en faisant qu'un seul, il est obligé de le vendre 20,000 francs, le fabricant de bronzes payera sans hésitation à notre meilleur statuaire 10,000 francs pour un modèle de pendule, parce qu'il calculera qu'en vendant 1,000 répétitions de cette pendule à 100 francs, il ne grèvera chacune que de 10 francs pour frais de modèle.

De ce principe, dont il serait facile de multiplier les exemples frappants, découle une des conditions essentielles de l'industrie française : aucune économie pour le modèle, l'artiste faisant le succès de l'œuvre, le nombre des répétitions s'augmentant en raison de ce succès, et pouvant, par conséquent, compenser le prix du modèle, fût-il de Phidias, si Phidias revenait parmi nous. On se tromperait, du reste, si l'on croyait que ces procédés reproducteurs travaillent au détriment des artistes, qu'ils multiplient leurs œuvres sans en réclamer de nouvelles. Bien loin de là, ils étendent et propagent partout le désir de posséder à côté de ces répétitions quelque pièce originale, production unique de l'artiste. Vous

craignez l'influence de ce débordement de l'industrie artiste
sur l'artiste lui-même; détrompez-vous : la beauté, le mérite
supérieur de ces reproductions d'œuvres de mérite, découra-
geront les faibles, enhardiront les forts. L'abus des ornements
en carton-pâte, en cuir estampé à froid et en gutta-percha
moulée au feu, a son bon côté : les sculpteurs en bois, en
pierres, en modèles destinés à la fonte, sentent facilement
qu'en exagérant l'ornementation ils ne font que ressembler
à leurs imitateurs; ils deviennent simples et perfectionnent
leur exécution, au lieu de la prodiguer, afin de se mieux distinguer de l'imitation.

Où n'entre pas d'ailleurs l'élégance de la forme, la distinction des accessoires? Je sais des sabots adorables de gentillesse : il est vrai que les pieds qui devaient s'y caser étaient
bien mignons; mais tout en était si coquet, et leur caparaçon
de cuir verni, et leur garniture de drap rouge dentelée!
Quand la fabrique de sabots réclame des ouvriers-artistes qui
sachent sculpter le bois à la forme du pied, vous étonnerez-
vous que l'imprimerie de M. Claye possède un contre-maître
artiste comme Joseph Wintersinger, qui donne à la gravure
en bois les demi-teintes qui manquaient à ses noirs vigoureux,
à ses lumières éclatantes; que Bertaut et Bry transportent, dans
toute leur fraîcheur, de la pierre au papier les délicieux dessins de Mouilleron, Nanteuil, Français et Sirouy; que des
imprimeurs d'étoffes, à la fois artistes et chimistes, parvien-
nent à transmettre les dessins les plus fins, les nuances les
plus délicates, aux étoffes variées, depuis la forte toile calan-
drée jusqu'à la gaze vaporeuse?

Vous vous plaignez, il est vrai, qu'abusant de cette intervention de l'art en toutes choses, les coiffeurs et les perru-
quiers s'intitulent artistes en cheveux, les tailleurs artistes en
vêtements, les modistes artistes de la toilette : mes contemporains ont ri de ces prétentions; je les ai prises très au sérieux, et je n'ai trouvé d'autres torts à ces nouveaux artistes
que de n'être pas assez artistes. Ils le seront désormais. Dans
bien peu de temps, tel fabricant de fleurs artificielles s'inti-

tulera élève de Saint-Jean et de Mlle Rosa Bonheur, tel tailleur vous prouvera qu'il a étudié dans l'atelier de Paul Delaroche, c'est-à-dire qu'en homme d'esprit, après quelque temps d'étude du dessin, ne s'étant reconnu ni le génie qui donne la gloire et la fortune, ni le talent qui fait vivre honorablement, il s'est mis dans l'industrie, choisissant, selon les circonstances, celle-ci ou celle-là, considérant qu'il n'en est qu'une mauvaise et dégradante : celle où l'on meurt de faim.

Ainsi stimulée par les amateurs, soutenue par les artistes, l'industrie rendra la vie à des métiers que, faute d'art, elle laissait dépérir. C'est un de nos grands regrets d'avoir vu la broderie, cette peinture à l'aiguille, abandonnée aux passementiers et aux tailleurs; un art cultivé avec tant d'habileté par les anciens, que le moyen âge et la renaissance ont appliqué avec un talent parfait, dont les Orientaux savent encore faire un délicieux usage, est devenu dans nos mains une ornementation bête ou insensée : bête, quand elle suit servilement, mécaniquement, les mailles d'un canevas; insensée, quand elle oublie toutes les règles dictées par le bon sens ou conseillées par le bon goût, méconnaissant la nature même de l'étoffe et de son usage en rendant les rideaux opaques, les gazes pesantes et les garnitures de meubles saillantes : autant de contre-sens.

Un autre regret, --- mais à quoi bon les énumérer tous? N'avons-nous pas un meilleur avenir devant nous. La culture des arts, générale et commune à tous, rapprochera le producteur du consommateur, le protecteur des arts de l'artiste, l'homme de goût du fabricant. Personne n'achètera plus au hasard, personne aussi ne fabriquera banalement; l'amateur expliquera ses projets et ses désirs le crayon à la main, et l'industriel, lui même artiste, non-seulement saura comprendre ce fugitif croquis, mais il le corrigera suivant les modifications que son expérience lui conseille, que sa pratique des moyens d'exécution lui impose.

Quand on a vécu avec les chefs de l'industrie, on sait les regrets qu'ils éprouvent de n'avoir pas appris à dessiner, de quelle utilité serait pour eux cette faculté de s'exprimer aux yeux, cette seconde éloquence bien autrement communicative que la parole. Un client vient chez un bijoutier, chez un orfévre, chez un ébéniste; il y vient pour commander une parure, un surtout de table, un ameublement. Il ne peut pas dire exactement ce qu'il veut, parce qu'il s'en rend imparfaitement compte à lui-même, et vous voyez en face l'un de l'autre, semblables à des gens qui, ayant à se parler, ne parlent pas la même langue, un homme qui, plein de son projet, a le désir de le faire naître et l'argent pour en payer le prix, puis un autre homme qui désire exécuter ce projet sans avoir aucune ressource pour retenir le client et l'empêcher d'aller s'adresser ailleurs. Si tous les deux, ou l'un des deux, savait dessiner, il suffirait de quelques minutes pour se comprendre et s'engager. Aucoc, Christophe, Tahan, et d'autres fabricants ingénieux, ont bien vite senti ce qui leur manquait, et comme, passé un certain âge, on n'apprend plus rien, ils ont pris à leur solde un artiste complaisant, qui venait s'interposer entre eux et le client, sorte de truchement qui, avec une merveilleuse adresse, faisait naître des désirs qu'il était censé interpréter, enchaînait des velléités et développait, au profit de la maison, par la séduction de son talent, de petites idées modestes qui avaient peine à se produire et dont il faisait des projets magnifiques et de la plus grande importance commerciale. Mais ces artistes, très-coûteux, n'étaient pas tous honnêtes : voyant le profit qu'ils attiraient à la maison et dont ils ne recevaient qu'une faible part, ils la trahissaient, la quittaient, allaient sur ses brisées, et, sans réussir eux-mêmes, parvenaient, au moyen de révélations indiscrètes et mensongères, à faire le plus grand tort à l'industrie elle-même; c'est alors que les vieux industriels résolurent de garantir leurs enfants de semblables dangers, de les affranchir de si fâcheuse tutelle et d'en faire des industriels complets, tête et mains. Fossin, Denière, Froment-Meurice, héritèrent des maisons de leurs pères, ainsi préparés : ce sont encore des exceptions, elles doivent devenir la règle.

Désormais le capital, la première mise, le fonds de l'établissement de l'industriel consistera, pour qu'il ait chance de fructifier, d'une part d'écus et d'une part de connaissances scientifiques et de talents artistes, et si un commanditaire n'est pas aveugle, il ne confiera sa fortune qu'à l'homme qui réunira ces qualités indispensables au véritable industriel. Remarquez qu'il ne s'agit pas d'être membre ni de l'Académie des sciences ni de l'Académie des beaux-arts, mais d'avoir assez étudié, assez suivi de cours, assez pratiqué soi-même pour comprendre et juger, pour choisir et surveiller. Un chef de maison, pourrait-il tout faire, devrait distribuer les travaux pour ne conserver que la surveillance; c'est dire assez que la position des artistes est assurée près de lui. Ces artistes ont besoin d'une direction, car ce sont des hommes de talent qu'une imagination exubérante, une main trop facile, poussent hors de la carrière des études réfléchies et des travaux sérieux. Devant une toile ils feraient de la peinture lâchée, dans un bloc de marbre de la sculpture boursouflée; vous leur donnez de la faïence à peindre ou du carton-pâte à modeler, et ils feront merveille, parce que ce sont des talents naturellement spéculatifs et instinctivement industriels, mais à la condition d'être dirigés, maintenus par un chef habile, dont le sentiment vif des arts et le talent acquis prennent sur eux assez d'autorité pour imposer à leur imagination, à leur facilité, les règles du bon sens, qui sont les obligations et les lois industrielles.

Ce que je rêve pour féconder l'industrie, c'est, dans le passé, un homme comme Charles Boulle; dans le présent, un artiste comme Auguste Debay; dans l'avenir, toute une génération semblable à ces deux hommes. Mariette, avec lequel nous avons déjà fait connaissance, comme le plus fin amateur de son temps, disait de Charles Boulle : « Le goût de cet homme « remarquable l'entraînait vers la peinture, mais son père, « ouvrier ébéniste, lui fit apprendre son métier. Bientôt il fut « en état de l'éclairer de ses lumières, de l'aider de ses dessins, « de diriger son goût, en sorte qu'il arriva à une perfection

« inconnue à son père et à tous ceux qui l'avaient précédé.
« La grande collection qu'il avait rassemblée de toute espèce
« de dessins de peintres anciens et modernes lui fut toujours
« fort utile, et il appelait cette collection admirable : la source
« délicieuse. » Vous voyez, comme moi, ce jeune homme qui
se sent artiste, qui dessine assez bien pour se croire peintre, mais qui cède aux bonnes paroles de son père et à l'idée
de faire de l'art en meubles tout aussi bien qu'il aurait pu en
faire en peinture; vous le voyez, au milieu de ses bois débités,
de son écaille et de ses cuivres, faisant collection des meilleures gravures et des plus beaux dessins, mêlant ainsi à
doses égales, ou au moins proportionnées, le goût des arts et
les progrès de son métier. Quel autre exemple meilleur de
l'association de l'art et de l'industrie pourrai-je donner pour
le temps présent que celui-ci : Auguste Debay étudie la peinture dans l'atelier de l'illustre Gros, et il devient son élève favori; il concourt à l'école des beaux-arts et l'emporte sur tous
ses concurrents : le premier prix de peinture le conduit à la
villa Médicis, dans la ville éternelle; là, en face des monuments de l'antiquité, en admiration devant les productions du
grand siècle de la renaissance, il lui prend une sorte de dédain
michelangelesque pour son art, qui n'est qu'un trompe-l'œil et
un attirail de petites ressources; il voit dans la statuaire le
grand art, l'art puissant et vrai; il devient sculpteur, et de
retour à Paris il remporte, dans un nouveau concours, la
palme pour l'exécution du monument de l'archevêque de
Paris, cette sainte victime de nos discordes civiles. Jusqu'à
présent, on le voit, c'est une carrière d'artiste remplie à la
façon des grands maîtres des temps passés; il lui manquait
cependant quelque chose pour être entier comme eux: Debay
l'a senti, et il s'est complété en se plaçant à la tête d'une fabrique d'objets d'art et de figures en terre cuite pour l'ornement
des édifices et des jardins. Il avait compris que, pour être un
grand artiste, il fallait être aussi un industriel de premier
ordre.

D'après ce qui précède, la difficulté qui nous occupe, l'objection qu'on nous oppose, se réduit à ceci : les arts s'étant vulgarisés d'eux-mêmes et cette vulgarisation s'étant produite par une fausse voie, les résultats n'ont pas été à l'avantage du bon goût, du grand style et de l'élévation du sens artiste. S'ensuit-il que, si une direction habile, une organisation méthodique, avait présidé d'abord à l'éducation de tous, puis à l'éducation spéciale des hommes doués de talents exceptionnels, enfin au maintien du goût public dans ses voies les meilleures, la vulgarisation générale de l'art n'aurait pas produit de nos jours ce qu'elle a obtenu dans l'antiquité et au moyen âge? C'est là le point où toutes ces objections manquent de base solide et où nous sommes autorisé à nous prévaloir de l'expérience du passé pour prôner une réforme et garantir son succès.

Je vais donc développer en trois chapitres les trois parties essentielles de l'enseignement des arts, qui sont : l'enseignement de tous, l'enseignement supérieur réservé aux artistes, le maintien du goût public par l'État ; et dans un quatrième chapitre, qui servira de conclusion, j'exposerai ce que doit être l'art appliqué, c'est-à-dire l'art mis en œuvre, soit par les édifices de l'architecture, soit par la peinture murale et la statuaire monumentale, soit enfin par des produits variés de l'immense champ industriel.

L'ART DANS L'ENSEIGNEMENT PUBLIC.

POURQUOI LE DESSIN ET LA MUSIQUE NE SONT PAS ENTRÉS DANS LES DIFFÉRENTES LOIS DE L'ENSEIGNEMENT PUBLIC.

Rigoureusement parlant, il n'y a pas d'innovation ; mais dans la pratique des faits il arrive un moment où ce qui flottait se fixe, où ce qui végétait prend racine et pousse ses vigoureuses branches, où l'idée devient un fait. De même que la puissance de la vapeur avant le mécanisme imaginé par Fulton, l'électricité avant ses applications récentes, avaient toute leur valeur théorique, de même aussi l'instruction publique, avant 1830, était constituée dans tous ses éléments de libérale propagande, et c'est cependant seulement alors qu'elle est devenue viable, qu'elle a conquis sa puissance et son action.

Pourquoi le dessin n'a-t-il pas été compris dans le programme des études de l'instruction primaire par les auteurs si nombreux de projets de loi et par les orateurs parlementaires plus nombreux encore qui en ont discuté, amendé et voté les articles? Cette question demande une réponse, car, si ces longs débats, souvent renouvelés, avaient prouvé que la pratique du dessin est inutile dans la vie et que son enseignement est impraticable à cet âge, il serait inutile d'insister: la raison commanderait de se soumettre.

Le dessin inutile, mais à qui donc? Riche ou pauvre, travailleur ou désœuvré, homme savant, être futile, tous en ont besoin, les uns pour ajouter au charme d'une vie facile, les autres pour donner un emploi mieux assuré à une existence laborieuse. A combien de personnes n'est-il pas arrivé, et cela plus d'une fois dans la vie, au milieu de la conversation, en face d'un auditoire attentif, ou bien dans un pays dont elles ne comprenaient pas la langue, ou bien encore au retour d'un voyage intéressant, de s'être senties humiliées, parce qu'elles ne savaient pas dessiner: il s'agissait de décrire un objet, d'exposer le détail d'un mécanisme, de demander quoi que ce soit, de faire comprendre la forme d'une plante nouvelle, d'un animal inconnu ou d'un monument de style étrange; et vous, le savant, l'homme de ressource, d'esprit, de génie même, vous étiez là à vous perdre en paroles, à suer sang et eau pour décrire ce que personne ne comprenait, tandis que deux coups de crayon vous auraient tirés d'embarras, vous et votre auditoire. S'agit-il de fabricants, de marchands, d'ouvriers, à quoi bon insister? Chaque jour et chaque heure renouvellent le supplice et les regrets de ces hommes intelligents qui voudraient s'exprimer dans cette admirable langue et s'aider de ce langage facile. Il y a plus, le dessin n'est pas seulement un talent accessoire, il va devenir la planche de salut de l'ouvrier, car il n'est pas besoin d'avoir fait de profondes études, de longues observations, pour découvrir que la mécanique est un agent qui va peu à peu se substituer à la force manuelle et remplacer partout les bras qui agissent sans intelligence. Un ouvrier qui n'a que sa vigueur et son bon vouloir risque désormais d'être supplanté par une machine, et le meilleur moyen de lui assurer du pain, c'est de développer son intelligence, de former son goût, d'exercer ses mains aux travaux délicats. Le dessin est un agent de développement excellent, et la meilleure parade aux empiétements de la machine. Bizarre conséquence des révolutions de l'industrie! Lors de l'introduction de la première machine à vapeur dans une fabrique, on avait dit que l'homme allait être condamné au rôle honteux d'un rouage hébété, et il se trouve, au contraire, que cette force artificielle se charge du gros de la besogne, des travaux mécaniques, de cette part qui avilit l'ouvrier par la fatigue et la répétition monotone, tandis qu'elle élève l'homme, en lui réservant toute la part intelligente dont elle ne peut s'acquitter, en faisant de lui le directeur habile et le maître exercé d'une force immense et obéissante. Ces insidieuses machines ont pris déjà bien des rôles : marins, elles rament; fabricants, elles tissent, brodent et cousent; laboureurs, elles préparent la terre, la draguent et l'ensemencent; moissonneurs, elles fauchent et fanent; forgerons, elles se réparent elles-mêmes : l'homme ordonne et regarde faire.

Oui, le dessin est utile à chacun, et, dans la société à venir, je conçois plutôt un homme ne sachant pas écrire que ne sachant pas dessiner. Son écriture le mènera à peu de chose, le dessin le conduira à tout. Savoir lire et dessiner, c'est là l'éducation élémentaire; celui qui dessine écrit dès qu'il le veut; celui qui écrit n'est pas plus avancé pour dessiner que le perroquet le mieux instruit pour parler. Est-il si difficile de dessiner? Bien moins que d'écrire. Pourquoi donc le dessin ne fut-il pas compris dans le programme des études élémentaires de l'instruction primaire, et ne fut-il admis dans les classes de l'instruction secondaire, c'est-à-dire dans les lycées et les colléges, qu'à titre de talent d'agrément?

Dès le début de la Constituante, l'organisation de l'instruction publique fut un sujet de préoccupation pour cette célèbre assemblée. On sait dans quel esprit fut rédigé le « rapport
au nom du comité de constitution, par M. de Talleyrand-
Périgord, ancien évêque d'Autun, administrateur du département de Paris. » Je cite l'intitulé du mémoire imprimé; ce
qu'on n'a peut-être pas remarqué, c'est le langage du descendant de tant de fidèles serviteurs de la royauté, en parlant
des arts sous l'ancienne monarchie, ou plutôt sous la monarchie, puisqu'il ne l'avait pas encore détruite : « Les arts n'ont
« que trop souvent été prostitués aux intérêts de la tyrannie;
« elle les employoit à détremper le caractère des peuples, à
« leur inspirer les molles affections qui les préparent à rece-
« voir ou à souffrir la servitude; mais les arts eux-mêmes
« étoient esclaves lorsqu'on corrompoit ainsi la noblesse de
« leur destination : les arts aussi doivent rompre leurs fers
« chez un peuple qui devient libre. Il est vrai que, même sous
« l'empire des maîtres les plus absolus, on les a vus créer des
« chefs-d'œuvre; mais c'est qu'alors, trompant la tyrannie, ils
« savoient se réfugier dans une terre étrangère : ils se trans-
« portoient, ils s'élançoient à Athènes, à Rome, jusque dans
« l'Olympe, et c'est là qu'ils trouvoient cette liberté et ce cou-
« rage de conception dont ils ont conservé l'empreinte. » Ce
marivaudage révolutionnaire devient plus clair et plus concluant quand, quittant l'allusion, le rapporteur aborde la
réalité des faits : « La nation, loin de redouter l'influence des
« arts, voudra se couvrir de leur gloire; elle les encouragera,
« elle les honorera, elle leur confiera ses intérêts; enfin elle
« les placera dans l'éducation comme un moyen de plus pour
« faire chérir la morale. » Mais, en fin de compte, ces belles
phrases aboutissent à l'introduction de l'étude des *éléments du
toisé* dans les écoles primaires : « *Article IV.* On enseignera
« aux enfants : 1° à lire, tant dans les livres imprimés que
« dans les manuscrits; 2° à écrire, et les exemples d'écriture
« rappelleront leurs droits et leurs devoirs; 3° les premiers
« éléments de la langue françoise, soit parlée, soit écrite;

« 4° les règles de l'arithmétique simple ; 5° les éléments du
« toisé ; 6° les éléments de la géographie. — *Article VI*. Dans
« les villes et bourgs au-dessus de mille âmes, on enseignera
« aux enfants les principes du dessin géométral. »

La lecture du rapport de M. de Talleyrand se fit dans les
séances du 10 et du 11 septembre 1791 : l'assemblée était sur
le point de se séparer ; elle ne pouvait engager la discussion
d'une partie aussi importante de la constitution ; elle la ren-
voya à la prochaine législature, en déclarant, dans son acte
solennel du 12 septembre de la même année, que *l'instruction serait gratuite à l'égard des parties d'enseignement indispensables pour tous les hommes.*

Les 20 et 21 avril de l'année suivante, Condorcet fit, à
l'Assemblée législative, un nouveau rapport sur l'organisation
générale de l'instruction publique. L'esprit réfléchi, quoique
systématique, du géomètre, aurait dû lui ouvrir les vraies
perspectives sur le rôle important des arts ; elles lui restèrent
fermées, et, dans son méthodique travail sur l'instruction
publique, on voit qu'il n'attribuait aux arts qu'un rôle spécial, dont l'action devait être réservée aux carrières profession-
nelles. Nous examinerons d'abord la part qu'il leur fait dans
son enseignement général. On sait qu'il avait composé un
long travail sur l'instruction publique avant de présenter à
l'Assemblée nationale un rapport sur son organisation. Dans
ces deux ouvrages la même pensée domine. Il divisait l'enseignement en cinq degrés d'instruction : 1° les écoles primaires,
2° les écoles secondaires, 3° les instituts, 4° les lycées, 5° la
Société nationale des sciences et des arts. Dans les écoles de
premier degré ou primaires, il partageait l'enseignement en
quatre années, commençant à l'âge de neuf ans, se terminant
à treize. Dans les deux premières années, la lecture, l'écriture, le calcul, quelques éléments des sciences, occupaient
tous les moments, et c'est seulement dans la troisième année,
quand l'enfant avait déjà atteint l'âge de douze ans, qu'on lui
enseignait l'arpentage sur le terrain, « et, ajoutait Condorcet,
« cette habitude leur donnerait un usage de l'art du dessin

« suffisant pour la généralité des individus, qui n'ont besoin
« que de savoir faire des plans et rendre les objets avec une
« exactitude grossière. » On associait à ce *grossier* enseignement, dans la quatrième année, quelques notions de mécanique, des principes de physique et un tableau très-abrégé
du système général du monde.

Après avoir pourvu à l'enseignement général, Condorcet
aborde l'instruction destinée aux professions, qu'il divise en
deux classes, les unes ayant pour objet principal de satisfaire
les besoins, d'augmenter le bien-être, de multiplier les jouissances des hommes isolés ; les autres, dont l'utilité commune paraît être le premier objet; puis il s'exprime ainsi :
« On doit placer dans la première classe tous les métiers, tou-
« tes les professions mécaniques et même les arts libéraux,
« quand ils ne sont véritablement exercés que comme des
« métiers. La peinture, la sculpture, sont des arts dans un
« homme qui sait exprimer les passions et les caractères,
« émouvoir l'âme ou l'attendrir, réaliser enfin ce beau idéal
« dont l'observation de la nature et l'étude des grands modèles
« lui a révélé le secret; mais un peintre, un sculpteur, qui dé-
« core les appartements d'ornements ou de figures qu'il copie,
« n'exerce réellement qu'un métier : l'un crée de nouveaux
« plaisirs pour les hommes éclairés et sensibles, l'autre sert le
« goût ou la vanité des hommes riches. » Il reconnaît toutefois que le dessin est utile dans toutes les carrières : « Le
« dessin est indispensable dans tous les arts employés par le
« luxe, où l'on joint la décoration à l'utilité, et dans toutes les
« professions où l'on fabrique les instruments et les outils em-
« ployés par les autres arts. » Mais, en résumé, il ne fournit
aucune méthode d'enseignement, et on voit quelle aurait été
dans ses idées une organisation des institutions favorables
aux arts par ce qu'il propose pour les architectes : « On sent
« bien qu'il ne s'agit pas ici de former un corps de construc-
« teurs : rien ne nuirait plus au progrès de cet art si vaste, si
« important; rien ne contribuerait davantage à y perpétuer
« les routines, à y conserver des principes erronés. S'il faut

« une instruction publique pour cet art, c'est précisément
« afin qu'il n'y ait plus d'école, afin d'en détruire à jamais
« l'esprit. »

L'Assemblée législative n'eut pas le temps de s'occuper de
la loi sur l'instruction publique; elle légua le soin de ce grave
intérêt à la Convention, qui fit réimprimer le rapport de Condorcet et le mit en discussion au mois de juillet 1793. Anté-
rieurement, dans la séance du 26 juin, elle avait entendu la
lecture du projet de décret pour l'établissement de l'instruction publique, ou projet d'éducation nationale, présenté à la
Convention, au nom du comité d'instruction publique, par
Lakanal. C'était un bizarre composé de vues philanthropiques
et égalitaires, d'opinions doucereuses et révolutionnaires;
d'ailleurs, pas la moindre place faite aux arts. — « *Article Ier*.
« Les écoles nationales ont pour objet de donner aux enfants
« de l'un et de l'autre sexe l'instruction nécessaire à des ci-
« toyens français. — *Article XXIII*. Les premières leçons de
« lecture et d'écriture sont données par l'institutrice aux petits
« enfants de l'un et de l'autre sexe. Après ce premier ensei-
« gnement, les garçons passent entre les mains de l'instituteur.
— « *Article XXIV*. Dans l'une et l'autre section de chaque
« école nationale, on achève de perfectionner les enfants dans
« la lecture et l'écriture. On enseigne les règles de l'arithmé-
« tique et l'art de se servir des dictionnaires. On donne les
« premières connaissances de géométrie, de physique, de géo-
« graphie, de morale et d'ordre social. »

Il est vrai qu'il restait bien peu de temps aux jeunes élèves,
qu'on formait, en outre, aux exercices militaires et gymnastiques, qui visitaient les hôpitaux et les prisons et devaient
aider dans leurs travaux domestiques ou champêtres les
pères et mères de famille que leurs infirmités ou leurs maladies empêchaient de s'y livrer, sans compter d'intermi-
nables fêtes nationales dans lesquelles une place était toujours spécialement réservée aux enfants : fête du mariage
et de la maternité, du retour de la verdure et du retour des
fruits, etc. etc.

Dès le commencement de la discussion sur ce grave sujet, Robespierre intervint (séance du 13 juillet) pour substituer au projet de la commission un autre projet, ouvrage posthume de Lepelletier, qui avait fait partie, avant sa mort, du comité de l'instruction publique. L'auteur demandait à la Convention de décréter « que, depuis cinq ans jusqu'à douze pour les gar-« çons et jusqu'à onze pour les filles, tous les enfants, sans « distinction et sans exception, seraient élevés en commun « aux frais de la république, et que tous, sous la sainte loi de « l'égalité, recevraient mêmes vêtements, même nourriture, « même instruction, mêmes soins. » Il exprimait, en outre, le désir « que, pendant le cours entier de l'instruction publique, « l'enfant ne reçût que les instructions de la morale univer-« selle et non les enseignements d'aucune croyance. » Telles sont, au point de vue religieux et économique, les idées de l'auteur; quant à la part faite aux arts, voici à quoi elle se réduit : « L'enfant est parvenu à douze ans; à cet âge finit « pour lui l'instruction publique. Une très-petite portion, mais « choisie, sera destinée à la culture des arts agréables et aux « études qui tiennent à l'esprit. Quant aux premiers, l'appren-« tissage de leurs divers métiers n'est pas du ressort de la loi : le « meilleur maître, c'est l'intérêt; la leçon la plus persuasive, « c'est le besoin. » La Convention vota la loi dans cet esprit. Elle décréta la gratuité de l'enseignement public et arrêta au chiffre de 1,200 francs la rétribution fixe de tous les instituteurs, avec garantie d'une retraite proportionnelle. C'était d'un coup de plume une dépense de 30 millions imposée au budget. L'intention était bonne; mais, vu les désordres du temps et la pénurie des finances, une organisation aussi compliquée, aussi coûteuse, devenait impossible. Si même on l'eût entreprise, il est probable que les arts en auraient médiocrement profité. A cette époque, on avait une foi vague plutôt qu'une ferme confiance dans cette extension générale, indéfinie, des lumières et du bien-être dans les masses. Les artistes suffisaient aux besoins du luxe; ce qui restait de l'organisation des mé-tiers, à l'activité de l'industrie. On rêvait, mais on ne prévoyait pas que le jour fût si voisin où tous les citoyens, sachant lire, écrire et compter, voudraient participer à la culture des arts, non plus comme l'occupation de faciles loisirs ou comme la satisfaction des plaisirs de l'amour-propre, mais comme un des ressorts les plus énergiques de l'industrie, comme un des moyens les plus assurés de gagner sa vie honorablement et même de faire fortune.

Cette importance des arts devint tous les jours plus évidente, et cependant, ni sous le Directoire, en l'an IV, ni sous l'Empire, en 1810, ni dans les divers remaniements de la loi de l'instruction sous la Restauration, on n'eut l'idée d'associer l'art à l'enseignement public, comme une de ses parties indispensables. Le dessin continua à être considéré comme un art d'agrément réservé aux riches, ou comme une étude particulière propre à des carrières spéciales.

Mon père, qui fut pendant toute sa vie un esprit avancé, publia en 1815 un plan d'éducation élémentaire d'après les deux méthodes combinées du docteur Bell et de Lancaster : c'était l'enseignement mutuel, et on sait qu'il en fut le plus ardent promoteur. Les avantages de cette méthode ne seraient pas plus contestés aujourd'hui que son ancienne vogue, si, comme une orange dont on rejette l'écorce après en avoir sucé le jus, on ne la dédaignait après lui avoir pris tout ce qu'elle avait de bon. Quoi qu'il en soit, en 1815, proposer de nouveau l'enseignement de la lecture, de l'écriture et du calcul pour tous indistinctement était une chose insolite, et mon père le fit avec autant de vivacité d'esprit que de dévouement de cœur; cependant il n'osa pas recommander en même temps l'étude des arts pour tous. Voici comment cette intelligence supérieure, et, je le répète, très-avancée, répartissait en trois grandes classes les éléments de l'enseignement : « Il suffirait « aux pauvres de savoir lire, écrire et compter, et d'être ins- « truits dans les éléments de la religion et de la morale. Les « classes moyennes auraient de plus les études classiques, les « sciences exactes, les notions nécessaires au commerce et à « l'administration. C'est aux gens riches seulement qu'appar-

« tiendraient les arts et les talents d'agrément, tels que la mu-
« sique, la danse, le dessin, qui tiennent aux habitudes élé-
« gantes de la vie et à la disposition de tout son temps. »

Les arts étaient donc considérés, en 1815, par les esprits
les plus éclairés, comme des talents d'agrément réservés aux
riches, et la Restauration avait alors le tort de laisser penser
qu'elle voulait étendre cette opinion à l'instruction elle-même.
Ses partisans les plus dévoués avaient quitté la France au moment où l'extension de l'instruction publique était devenue
un drapeau révolutionnaire et le texte des diatribes les plus
violentes contre la royauté, les hommes de loi, les prêtres et
les nobles. Toutes les fois qu'on soulevait cette question, les
Bourbons croyaient voir une machine de guerre braquée
contre leur gouvernement; et la monarchie, qui, appuyée sur
le clergé, avait été pendant tant de siècles le pionnier de la
civilisation, la protectrice infatigable des lettres et des arts,
au lieu de se mettre à la tête d'un mouvement qui lui était
naturel autant que profitable, laissa forger, dans la bienfaisante propagande de l'instruction, une arme d'opposition.

Quand la réaction de 1830 eut eu le dessus sur cette malen-
contreuse résistance, on avait appris à mieux apprécier l'influence des arts sur l'intelligence du peuple, on comprenait
de quelle importance était notre supériorité sur les autres nations dans les choses de goût, et la valeur que les arts donnaient à tous les produits manufacturés: aussi le dessin et la
musique entrèrent-ils dans la loi de l'enseignement. Il est vrai
qu'on ne leur ouvrit que la petite porte, et ils n'acquirent de
cette manière aucune autorité, aucune influence sur l'esprit
des enfants.

Le législateur de 1833 avait imaginé deux degrés d'instruction primaire : l'une élémentaire, applicable à toutes les communes; l'autre supérieure, destinée à des populations avancées, à des communes riches; mais c'était un genre de progrès,
une sorte de perfection laissée au choix des instituteurs, c'est-
à-dire l'exception, le hors-d'œuvre. Le premier degré imposait seulement « la lecture, l'écriture et le calcul; » le second

degré « comprenait en outre et nécessairement le dessin li-
« néaire, l'arpentage et les autres applications de la géométrie,
« les notions des sciences physiques et de l'histoire naturelle
« applicables aux usages de la vie; le chant, les éléments de
« l'histoire et de la géographie, et surtout de l'histoire et de
« la géographie de la France. » Mon père, qui depuis 1815
avait vu quelques notions de dessin facilement apprises par
des milliers d'enfants dans les écoles mutuelles, voulait introduire « le dessin linéaire » dans l'enseignement élémentaire,
ou enseignement du premier degré. « Ce que je propose, di-
« sait-il à la tribune dans la séance du 29 avril 1833, existe
« déjà dans toutes les écoles mutuelles, même les plus mé-
« diocres. » Le général Demarçay répondit à cette proposition
et à celle du Gouvernement qui plaçait le dessin linéaire dans
l'enseignement primaire supérieur ou facultatif : « Je me suis
« occupé de ces objets, j'ai lu attentivement les instructions
« qui ont été données par un savant de Paris et qui servent de
« manuel dans les écoles primaires (le Manuel de M. Francœur)
« pour l'enseignement du dessin linéaire. Eh bien! messieurs,
« je crois m'être convaincu que ce sont des idées creuses, dé-
« nuées de sens, inapplicables, inutiles. Je vais tâcher de le
« démontrer de la manière la plus sensible. Dans la pratique
« des arts, où l'on a souvent besoin de mener une ligne per-
« pendiculaire à une autre, de tirer ce qu'on appelle un coup
« d'équerre, on ne le fera jamais sans instrument, puisque
« sans leur secours on est presque certain de se tromper. On
« vous propose d'habituer un élève, un jeune homme, un
« ouvrier, à tracer une circonférence sans instrument; eh bien!
« messieurs, cela ne s'est jamais fait et ne se fera jamais; ce
« serait une dérision, car il est impossible de tracer avec la
« main seule et un crayon une circonférence aussi exactement
« que tout le monde peut le faire avec un compas ou avec les
« instruments en usage. Ainsi que j'ai eu l'honneur de le dire
« on ne l'a jamais fait; il serait totalement déraisonnable, il
« serait extravagant d'agir autrement. Il en est de même pour
« les parallèles et les autres applications. Je propose de sup-

« primer les mots de dessin linéaire, parce que c'est une idée
« fausse, une application dénuée de tout fondement et, je puis
« le dire, ridicule. »

Il n'eût point été impossible de discuter avec plus de mesure et de politesse, mais on pouvait aussi raisonner moins
juste. Le dessin linéaire n'est autre chose que l'écriture de la
géométrie; et une fois qu'on s'en tenait là, mieux valait peut-
être commencer par le commencement et enseigner les éléments de la géométrie. Évidemment on n'avait encore qu'un
vague pressentiment des besoins de l'avenir; on n'osait pas
demander le dessin, on craignait les objections qui pouvaient
s'élever contre un art d'agrément qu'il était d'habitude de réserver aux classes riches. Le dessin linéaire, ce bâtard répudié
de tout le monde, n'étant ni imposé dans la classe élémentaire, ni obligatoire pour obtenir le brevet d'instituteur, fut
entièrement annulé et ne figura en aucune manière dans le
programme des écoles primaires.

Tous les hommes sérieux ont suivi avec une vive satisfaction l'accroissement prodigieux du nombre des écoles nouvellement construites, du nombre des instituteurs formés dans
les écoles normales, du nombre des Français qui désormais
savent lire, écrire et compter. Les écoles se sont augmentées
dans la proportion de 1 à 100, et sont desservies par une véritable armée de 30,000 instituteurs; enfin on peut compter
80 p. o/o des jeunes Français ayant reçu cette instruction première, utile et indispensable.

Le fantôme des dangers de la propagation de l'instruction
fut au moment de reprendre son empire au milieu des désordres de 1848. Les instituteurs, qui remplissaient leur modeste mission aussi bien qu'il est donné à un corps tellement
nombreux de répondre à de si grandes exigences, payèrent
cher la faiblesse de quelques-uns d'entre eux qui s'enivrèrent
des idées socialistes et répondirent aux excitations d'un homme
médiocre, recommandé à leur confiance par le nom de son
père et son titre de ministre de l'instruction publique. Quand
la réaction fut possible, en 1849, elle alla à son tour trop

loin. Aux yeux d'une nouvelle majorité parlementaire, la loi
de 1833 était presque un crime, car « elle avait déclassé les in-
« dividus en leur inspirant des sentiments d'ambition, con-
« formes sans doute à nos institutions, mais que la société est
« impuissante à satisfaire et qui trop souvent mènent au déses-
« poir ceux qui les conçoivent. » Et cependant, en faisant une
nouvelle loi, on reconnaissait que « l'objet en était d'initier
« l'universalité des citoyens à un petit nombre de connais-
« sances simples, usuelles et indispensables, comme le dit la
« constitution, pour tous les besoins et toutes les situations de
« la vie, telles que l'instruction morale et religieuse, la lecture,
« l'écriture, le calcul et le système légal des poids et mesures. »
Suivant ces principes, la nouvelle loi supprimait les deux degrés d'enseignement primaire, et, les fondant en un seul, elle
réduisait le programme des études à la lecture, l'écriture et le
calcul, avec cette réserve bien illusoire : « Tout instituteur
« peut donner à son enseignement des développements con-
« formes aux besoins et aux ressources des localités. » C'est-à-
dire qu'on ne défendit à aucun instituteur d'enseigner le
dessin, le chant et toute autre bonne chose, mais sans lui en
faire une obligation; et on pouvait prévoir ce que signifierait
cette liberté dans nos campagnes; mais cela s'appelait, en
1848, « renverser l'échafaudage d'une fausse science élevé
« en 1833. » La fausse science me paraît être aussi bien celle
qui n'apprend pas ce qu'il faudrait savoir que celle qui enseigne ce qu'il est inutile de connaître.

Évidemment, les hommes honorables qui désertaient ce
grand intérêt avaient pour excuse de ne pas comprendre l'importance des arts dans l'économie sociale d'un peuple. Sont-ils
bien coupables? On en douterait quand on suit la marche
des travaux de l'enquête ordonnée en 1848 par la chambre
de commerce de la ville de Paris. S'il est une ville qui dût
mettre l'enseignement des arts en première ligne dans l'éducation publique, s'il est un corps qui eût intérêt à s'enquérir
des progrès faits dans cette voie, c'est la capitale, c'est sa
chambre de commerce. Eh bien! l'administration municipale

marchande 5oo francs de subvention à l'école de dessin de
Lequien, quand elle devrait consacrer des allocations considérables à soutenir les anciennes écoles ou à en fonder de
nouvelles, et la chambre de commerce n'a jamais songé à
donner en encouragements de ce genre la moindre part de
ses riches revenus. Bien plus, dans cette enquête, une de ses
préoccupations les plus vives devait être de connaître quelle
éducation recevait la classe ouvrière, quels encouragements
ou quelles entraves rencontraient les apprentis et les ouvriers
qui voulaient apprendre le dessin et par le dessin augmenter
leur habileté, développer leur goût et ajouter à leur bien-être
en fournissant à l'industrie des éléments de nouveaux progrès.
Il entre dans les attributions de la chambre de commerce
d'adresser au Gouvernement, ou à la municipalité, des observations et des plans d'amélioration auxquels ses moyens d'enquête et ses connaissances spéciales donneraient un grand
poids et une véritable autorité. Il était donc naturel qu'elle
s'enquît spécialement, sous ce rapport, de l'état des classes
ouvrières; elle a chargé ses recenseurs de monter aux étages
de toutes les maisons, de leur demander s'ils savaient lire et
écrire, s'ils étaient dans leurs meubles, s'ils avaient des habitudes rangées ou dissipées, laborieuses ou fainéantes; quant
à leur demander s'ils avaient appris à dessiner, où et comment, s'ils désiraient l'apprendre, s'ils en reconnaissaient
l'utilité, s'ils rencontraient des obstacles à leur bonne volonté,
rien. La chambre de commerce n'a pas pensé à cet intérêt.

Avec quels regrets ne voit-on pas tout un demi-siècle, le
temps d'élever vingt millions d'hommes, perdu pour les arts,
quand ces cinquante années pouvaient prendre deux générations sous leur égide! Il fallait ces explications pour comprendre comment ces précieuses études ont été d'abord mé-
connues, puis oubliées, puis systématiquement exclues des
lois de l'instruction publique.

Le caractère distinctif d'un bon plan d'éducation réside
dans une heureuse harmonie entre ce que l'enfant apprend
et ce que l'homme est obligé de faire. Étant prouvé que la

connaissance du dessin est utile, indispensable pour toutes les classes et dans toutes les situations de la vie, on doit l'enseigner; reste à examiner si l'enfant peut l'apprendre et si on peut l'enseigner à tous les enfants.

DE LA CULTURE DES ARTS PAR LES FEMMES ET DES RESSOURCES QU'ELLE LEUR OFFRE.

Dans tout ce qui précède, je ne me suis préoccupé que de l'avenir des beaux-arts et des moyens d'en étendre l'heureuse et féconde influence. J'ai supposé que les autres réformes marchaient de pair, que l'enseignement des ouvriers et des ouvrières serait favorisé par les institutions de l'État et par les associations de charité; autrement j'aurais dû entrer dans un ordre de considérations en apparence étranger à mon sujet, et qui m'aurait entraîné hors de mon cadre, bien que la moralisation des individus, les moyens donnés aux plus intelligents de devenir plus habiles, tout l'ensemble des progrès qui élèvent le niveau de l'intelligence, tout l'ensemble des nobles perspectives ouvertes aux yeux de chacun, qui stimulent dans les âmes l'ambition de parvenir par la voie la plus glorieuse, la voie du travail, soient autant de progrès faits dans la carrière du vrai, du bon et du beau, qui est la préparation naturelle à la pratique sérieuse des arts. Mais je laisse à d'autres cette tâche si digne de la sollicitude des esprits éclairés et des âmes honnêtes.

Je dirai cependant un mot de la condition des femmes dans la classe ouvrière; j'en dirai un mot pour n'en plus parler. Cette condition intéressante devient si malheureuse, que tout moyen proposé pour y porter remède mérite une attention bienveillante. Entre les villes manufacturières qui montrent, comme à Lowell, ce que peut la philanthropie combinée avec les obligations du commerce, et les villes manufacturières de l'Angleterre, qui dévoilent ce que produit l'unique préoccupation du gain; entre des jeunes filles qui gagnent honorablement leur vie aux États-Unis en cultivant leur intelligence, en conservant la pureté de leur cœur, en amassant pour former la dot du mariage ou pour assurer la retraite dans la vieillesse, et cette prostitution, compagne de la misère, qui est organisée en Angleterre comme une addition obligée au salaire de la journée, il y a de nombreux échelons de dignité humaine et d'abrutissement. Nous n'atteignons pas si haut, nous ne descendons pas si bas; mais, en somme, la pente est mauvaise. Chaque jour le salaire du travail des femmes s'avilit, et chaque jour ce salaire, si vivement disputé entre elles, leur est enlevé par l'introduction des machines dans les travaux et des hommes dans les fonctions qui leur étaient attribuées et semblaient à tout jamais devoir leur être réservées.

On sait comment la filature et le tissage mécanique du lin et du chanvre, la façon de la dentelle et de la broderie par le métier Jacquart, le tricot fabriqué mécaniquement sur le métier circulaire, ont dépossédé des populations entières de leur gagne-pain traditionnel; dans nos villes, les machines à coudre viennent opérer une révolution du même genre. Ce tort grave pouvait être compensé par un emploi plus général des femmes dans l'immense commerce de débit, où leur probité, leur propreté, leur assiduité, leur douceur engageante, étaient d'autant mieux appréciées, qu'elles offraient ces qualités en échange de salaires moins élevés et d'appétits plus modérés; mais aujourd'hui, j'ignore sous quelle influence, les garçons de boutique, de bureau, d'auberge, remplacent partout les filles : une maison croit relever sa dignité et flatter ses chalans en les faisant servir par des hommes; bien plus, nous voyons des hommes modistes et des tailleurs pour dames.

Quand le commerce admet une innovation coûteuse, il faut toujours reconnaître une nécessité dominante; j'ai cherché à découvrir les raisons vraies opposées au service des femmes: les plus graves sont le peu de moralité des filles qui se mettent en condition et les inconvénients plus fâcheux de leur inconduite. Je ne fais qu'indiquer ces reproches, et j'arrive à un défaut d'une autre nature, moins grave, mais plus inattendu, c'est l'infériorité des femmes dans tout ce qui touche au goût, à l'adresse, au sentiment des arts. Aussi voyez-vous les jeunes gens exclusivement chargés de disposer les montres, comme possédant mieux le sentiment de l'harmonie des couleurs et de la disposition pittoresque; les jeunes gens chargés seuls de façonner les objets délicats et de dessiner les broderies, canevas et autres ouvrages féminins, comme étant plus habiles dans ces travaux; les jeunes gens, enfin, préposés dans les magasins de nouveautés à la vente des étoffes et de tous les articles de la toilette, comme se montrant plus capables que les femmes d'en faire valoir les qualités et les avantages aux élégantes pratiques de l'établissement.

La femme a-t-elle donc subi quelque grave altération dans ses facultés? Elle n'a jamais eu, comme l'homme, la force, l'audace et la persévérance; mais elle possédait à un degré plus éminent que lui l'intelligence qui saisit vivement l'aspect le plus séduisant des choses, le tact inné de l'ajustement et de l'harmonie des couleurs, développé par la coquetterie de sa toilette, l'adresse des mains qui exécute délicatement et une faculté très-développée pour comprendre et reproduire tout ce qui est charme et grâce. Que sont-elles devenues, ces brillantes qualités naturelles? Si les hommes les surpassent aujourd'hui sur tous ces points, cela tient uniquement à l'éducation artiste qui s'étend parmi eux et qui se restreint parmi elles : or, c'est justement à l'enseignement des arts plus développé, plus populaire, que je voudrais demander pour elles aide et protection. Dira-t-on que les femmes se montrent moins aptes que les hommes aux grandes qualités de l'artiste? En dépit d'une disposition naturelle à louer le passé au détriment du présent, à mettre en parallèle des souvenirs embellis par l'imagination et des réalités éminentes rabaissées par le contact des faiblesses humaines, on ne peut contester la supériorité de nos femmes artistes sur leurs émules de tous les siècles passés. Ne discutons pas le mérite des artistes de

l'antiquité, nous sommes obligés de les juger sur quelques
assertions de compilateurs; mais cherchons dans l'histoire des
arts, en tous pays, les femmes que nous pourrons comparer
à Mlle Rosa Bonheur! Est-ce la Rosalba? Est-ce Mme Lebrun? Je
prends les deux talents les plus sérieux dans la légion féminine; mais ces peintres sont restées dans les limites habituelles
des facultés de leur sexe : c'est la grâce sans la force, l'apparence sans la solidité, le savoir inné plutôt que le savoir résultat d'études sérieuses. Mlle Bonheur, au contraire, a la hardiesse de la conception, la témérité des grandes compositions,
la vigueur du dessin, de la touche et du modelé, et, par-
dessus tout, un instinct pittoresque, puissant, qui déroute
tous les jugements et force les plus incrédules à accorder à
la femme toutes les facultés artistes que l'homme prétendait
monopoliser.

Ces facultés, qu'on a l'habitude d'appeler mâles, sont du
fait de la femme aussitôt qu'elle se place dans les mêmes conditions d'étude et de labeur que l'homme. Mlle Bonheur avait,
comme tant d'autres personnes de son sexe, de bonnes dispositions; mais elle avait de plus un père artiste, qui l'a guidée
dès son enfance, et une volonté forte, qui l'a soutenue dans
la persévérance de l'étude. Elle a réussi comme d'autres réussiront quand des institutions leur fourniront les ressources d'enseignement qu'elle trouvait exceptionnellement dans la maison
paternelle. Mais ce que je tiens à établir, c'est que, si elle est
un exemple de ce que peut son sexe, elle n'est point une exception, et c'est pour cela que je crois à l'avenir réservé aux
femmes dans la carrière artiste. Leur aptitude supérieure, en
dépit des difficultés imposées à leur éducation artiste, s'est
manifestée jusque dans les petits genres de peinture qu'on
leur réservait. Mme de Mirbel et Mme Herbelin, dans la miniature, Mlle Wagner et Mme Sturel-Paigné, élèves de Maréchal, dans
les fleurs dessinées au pastel, laissent-elles quelque chose à
désirer et qui puisse inspirer la moindre hésitation au juge
le plus sévère? Tandis qu'une foule d'hommes de talent, véritables manœuvres de fini minutieux, puéril, écœurant, s'en

8.

vont rapetissant, affadissant ces genres de peinture, les femmes de génie que je viens de nommer adoptent pour la miniature des procédés plus faciles, un faire qui répond plus largement à la finesse de leur observation, et des touches hardies qui fixent le caractère et saisissent la physionomie ; pour l'imitation des fleurs, elles repoussent la perfection froide, sèche et sans animation d'un Van Huysum ; elles donnent la vie à cette peinture en rendant aux fleurs quelque chose de leur fraîcheur, de leur duvet, et presque de leur parfum. Un autre symptôme de cette aptitude générale, c'est le succès des femmes amateurs : Mme de Rougemont, Mme la duchesse d'Albufera, Mme P. O'Connell, pour ne citer que celles qui ont envoyé leurs ouvrages aux expositions publiques ou livré leurs noms à la publicité, sont arrivées, du premier coup, à des résultats remarquables ; et, dans un art plus sévère, la princesse Marie d'Orléans, l'immortelle auteur de *Jeanne d'Arc*, Mlle Fauveau, Mme Lefèvre-Deumier, Mme Édouard Dubufe, proclament, par des œuvres distinguées, que la sculpture ne perd rien en s'assouplissant sous des doigts féminins.

Comment, au reste, refuser aux femmes des qualités qui semblent comme une émanation de leur nature, quand des célébrités littéraires de premier ordre s'appellent de Staël, Sand, d'Arbouville, de Girardin ; quand Mlle Dupont, en France, et Mlle A.-G. Green, en Angleterre, travaillent aussi sérieusement que des Bénédictins aux éditions des vieux chroniqueurs ?

Comment enfin leur contester le don organisateur et calculateur, les facultés du commandement, l'autorité du chef d'atelier, la sûreté de tête du comptable, quand nous avons, dans l'industrie parisienne, des maisons considérables tenues par Mmes Meyer, Tempier, Bouasse, Barenne, Palmyre, Félicie ?

Douées de telles facultés, pourquoi les femmes lutteraient-elles seulement avec l'aiguille et le fuseau contre toutes les misères matérielles et morales qu'apporte dans leur vie l'envahissement des machines à coudre, à broder, à tisser ?

Qu'elles remplacent cette besogne, devenue mécanique, par
des travaux qui sont hors de la portée des machines et qui
ne sont pas au-dessus de leur vive intelligence ; qu'elles se
fassent artistes, puisque la femme peut réussir dans les arts
et non-seulement y acquérir la gloire, mais y trouver aussi
la fortune, sans qu'aucun de ces succès lui demande en
échange une concession de sa dignité, de son bonheur ou de
sa vertu. En se livrant à leur culture, elle obtient d'eux,
suivant ses aptitudes, les moyens de s'appliquer utilement à
toutes les occupations qui sont dans sa nature, à des occupations qui ne l'arrachent à aucun des devoirs de la famille.
On peint, on sculpte, on grave, on lithographie, on dessine
la broderie et les éventails, on exécute les mille objets d'art
délicats dits articles de Paris, sans quitter le toit protecteur
de sa mère, sans perdre de vue le berceau de son enfant, sans
mettre le pied dans ces lieux de corruption qui se nomment
des fabriques, véritables bagnes du travail en commun.

Instruire une femme, on l'a dit, c'est créer une école dans
la famille. Instruisons-la dans le dessin et dans le chant ; elle
répandra ensuite autour d'elle ces deux sources fécondes de
travail et de moralisation. Je les appelle fécondes, parce qu'on
ne doit pas perdre de vue un point essentiel. En même temps
que le pouvoir de la mécanique augmente et envahit tout,
le domaine du travail manuel s'agrandit à son tour et fait des
progrès du même genre. La propagande du bon goût, dans
un plus vaste public, rend les consommateurs difficiles ; elle
donne du prix à la perfection du travail qui se ressent d'une
main habile, elle fait désirer la possession d'œuvres originales, d'œuvres d'art, qui se distinguent de la banalité des
produits mécaniques et de l'uniformité de la foule. Qui devra
satisfaire ces tendances du luxe, ces prédilections des classes
élevées ? ce seront les femmes artistes, ces ouvrières supérieures
par le goût, la distinction et le talent.

Il est donc nécessaire d'introduire le dessin dans les écoles
des filles, au même titre et dans la même forme que dans les
classes des garçons, depuis l'asile de l'enfance jusqu'aux cou-

vents qui conduisent la jeune personne à l'entrée du monde,
jusqu'aux institutions qui les mèneront dans les ateliers de
peinture, si elles ont des talents hors ligne, et dans les maisons d'apprentissage où on les initiera aux carrières industrielles. Sans doute, il est des ménagements à garder, des réserves à observer, une limite à établir entre l'éducation des
hommes et celle des femmes. Aussi ne s'agit-il pas d'introduire dans les couvents l'Hercule Farnèse ou le torse du Belvédère, et de faire fuir les saintes filles à la vue de ce qui faisait, à Athènes et à Rome, l'admiration d'honnêtes femmes.
Les rigueurs de notre climat, bien plus que les principes du
christianisme, en nous cachant la vue des formes humaines,
ont fait une indécence de ce qui était une beauté. Je ne voudrais donc rien heurter; seulement je substituerais à des christs
pitoyables, à des saints ridicules bonshommes, à des vierges
prétentieuses, minaudières et affectées, des chefs-d'œuvre d'un
art sérieux, grandiose et sublime, copiés sur les meilleures
productions de la statuaire du moyen âge, de la renaissance
ou des artistes contemporains; puis, dans les cours, dans les
parloirs et promenoirs du couvent, je placerais, comme dans
les colléges, des moulages d'après l'antique et des copies de
tableaux qui auraient reçu, les uns et les autres, l'approbation
de l'autorité ecclésiastique pour cette destination. Ce serait,
par exemple, la *Vénus de Milo*, la *Victoire rattachant ses sandales*, les *Stèles* si chastes et si touchantes d'Athènes, les figures
des *Parques* de Phidias, l'*Ariane endormie* et les portions de
la frise du Parthénon qui paraîtraient inoffensives.

Les femmes, plus encore que les hommes, ont besoin que
leurs yeux s'exercent de bonne heure à voir les formes humaines, qu'il ne leur est pas permis d'étudier autrement.
Ainsi habituées, leur vue ne sera choquée que par la laideur,
et j'appelle laideur tout ce qui n'est pas dégagé d'instincts
mauvais, de tendances impudiques; car le beau, quelque nu
qu'il soit, n'est jamais indécent.

L'éducation première ayant formé le goût, ayant exercé
les yeux à bien juger, servira à toutes les jeunes filles, quelle

que soit la destinée qui les attend. Mais il faut à celles qui
gagneront leur vie par le travail une profession, et pour chaque profession un apprentissage spécial. De quelle nature
sera-t-il pour les jeunes personnes ? S'il se fait dans ces vastes
ateliers des fabriques en communauté avec les garçons, sous
la direction des contre-maîtres, en dehors de toute surveillance materielle ou morale, ce n'est, je le répète, que corruption à tous les âges et à tous les degrés. Ce qui convient
aux garçons, ce que je recommanderai pour les apprentis,
ce travail en commun avec le maître, dans la besogne toute
pratique du métier, devient pour la femme mêlée au travail
des hommes la source de tous les désordres. Si j'avais plus
d'espace, je placerais en regard : d'un côté, le tableau honteux de l'atelier, avec le genre de conversation qui s'y tient,
dans le style du langage qui s'y parle ; de l'autre, le spectacle
de l'intérieur d'une famille dans nos villages de Normandie,
quand la mère, entourée de ses filles et de ses apprenties,
travaille avec elles, soit à la broderie de la fine dentelle, soit
à la couture des gants. Si le travail industriel et la culture des
arts comportent toutes les dignités de la femme, s'ils les
maintiennent à la campagne, pourquoi donc continuer à empoisonner toute la jeunesse des villes par la séduction du
vice et du mauvais exemple ? Il y va des intérêts les plus chers
de la société. On ne fera pas inutilement appel à la sollicitude du Gouvernement et à la charité publique, pour former
et soutenir dans toutes les grandes villes et dans les arrondissements de Paris de vastes écoles de dessin, des maisons
spéciales d'apprentissage, des ateliers de peinture, de modelage et de gravure, d'où sortiront des artistes-ouvrières, capables de relever l'industrie en y introduisant, avec les talents
acquis, toutes les aptitudes féminines si précieuses, si rares et si
respectables, quand on peut les donner à ce faible sexe comme
une arme contre la séduction du vice. Quelle industrie, la plus
grande ou la plus minime, ne gagnera pas à leur intervention, quand elles auront été formées par les études sérieuses
du dessin, qui donnent au goût tant de sûreté, à la main

une souplesse si habile? Les modes seront de meilleur style, parce qu'elles seront appliquées avec le bon sens qui émane du goût exercé dans la culture des arts; tous les dessins de nouveautés, étoffes tissées ou imprimées, châles ou broderies, se ressentiront de cette collaboration féminine qui n'inventera plus une ornementation qu'avec la conscience du rôle naturel et des nécessités obligées de chaque chose, de telle façon qu'on ne portera plus sur son dos le dessin qui conviendrait au fauteuil, qu'on ne mettra pas sur la gaze l'ornement propre au damas, et autres contre-sens habituels et quotidiens. Mais je ne veux pas détailler tous les travaux que les femmes, désormais bien préparées, entreprendront avec succès : en gravure sur cuivre, Mme Pannier excelle; en gravure sur bois, Mmes Thompson sont plus habiles que leurs maris; et quels succès n'obtiendraient pas les femmes en gravure sur cristal, sur pierre fine, en camées, en sculpture de médailles, en peinture de tous les genres, sur porcelaine, sur verre, en émail, en orfévrerie délicate, rehaussée par la ciselure, la niellure, l'émaillure ou le délicieux travail du filigrane! que sais-je encore qui ne me confirme dans ma confiance qu'un meilleur avenir leur est assuré par l'éducation artiste, en même temps que l'industrie y gagnera une exécution plus parfaite et une main-d'œuvre à meilleur marché.

Cette population féminine, relevée de sa déchéance par le talent et de sa dégradation par l'honnêteté des mœurs, s'associera à une population d'ouvriers qui elle-même aura mieux la confiance de sa valeur morale; et l'élite de ces femmes artistes, s'élevant aux sommets, prendra rang parmi nos illustrations. Dans la carrière des arts, aucun sujet, aucun genre ne leur sera interdit; mais il semblerait que l'inspiration religieuse, la tendresse maternelle, tout ce qui s'adresse aux jeunes filles et fait battre les jeunes cœurs, devrait être de leur domaine. Que de salles de catéchisme, de promenoirs de couvents, de salons de mères de famille, elles décoreraient avec à propos, sans compter une bibliothèque entière de la jeunesse, illustrée par elles! Avec ces travaux les femmes artistes réclameraient leur place dans la grande association des artistes, comme elles étaient reçues autrefois membres de l'Académie royale de peinture et de sculpture à côté de nos illustres peintres et sculpteurs.

Après avoir ainsi retranché de mon cadre, déjà trop rempli, le rôle de la femme, intérêt puissant dont je me suis efforcé de montrer la sainte importance, je vais agir de même à l'égard de la musique, dont je ne veux pas me taire, tout en renonçant à traiter à fond cet intéressant sujet.

Le chant appris aux enfants sur les premiers degrés de l'enseignement, la musique grandissant avec eux et venant prendre sa place dans la vie de l'homme, c'est, à diverses phases, un principe de moralisation, une harmonie qui des sons passe dans l'âme et influe sur le caractère; c'est aussi au sein de la famille, dans les paisibles travaux de la campagne comme dans les bruyants métiers de la ville, en paix comme en guerre, une compagne fidèle qui soutient et distrait, qui calme les mauvais instincts, qui enflamme les nobles passions. Mais ce chant, cette harmonie, tout l'ensemble de la musique, peut-il être considéré comme un art isolé? Ne doit-il pas, au contraire, suivre les mêmes principes, observer les mêmes règles, entrer dans l'esprit par la même porte que les arts plastiques? Être artiste, c'est chanter, c'est peindre, c'est sculpter, c'est exprimer la pensée commune dans une langue particulière et dans une forme idéale qu'il n'est donné qu'au petit nombre de posséder, mais que tous comprennent et doivent étudier pour en jouir plus complétement. Aussi, pas de grand peintre, sculpteur, architecte, poëte, écrivain, qui ne soit vivement impressionné par la musique; pas de musicien qui n'aime les autres arts; et la réunion de la musique dans l'Académie des beaux-arts, le choix récent d'un musicien pour secrétaire perpétuel de cette classe de l'Institut, est la plus heureuse expression de

cette fusion naturelle. Il a fallu l'aveuglement de la passion et
d'intérêts de bas étage pour faire écrire tout ce qu'on a lu
contre la présence des musiciens dans les jurys de peinture et
de sculpture; il fallait les y convoquer, si leur droit n'avait
pas été d'y siéger, car je ne connais pas de juge plus délicat
d'un bon tableau qu'un grand musicien, de même qu'un
musicien n'aura jamais de plus intelligent auditoire que celui
qui sera formé par des architectes, des sculpteurs ou des
peintres.

La France, envisagée au point de vue musical, ressemble à
l'Afrique. C'est un désert bordé de pays fertiles; dans le Nord
et le Midi, des sociétés chorales populaires et bien organisées:
les Bretons, les Basques, les grisets de Toulouse chantent naturellement leurs mélodies et légendes nationales; sur les
bords du Rhin et de la Meuse, les races mélodiques; au centre,
le néant et, qui pis est, le faux. Pas une voix capable de s'harmoniser d'instinct avec la voix sa voisine, et de la part de
l'État, pas un effort ou de misérables efforts pour opérer le
rapprochement par l'enseignement et les associations. Mais
cette Afrique antimusicale a des oasis d'admirable fertilité au
milieu d'un désert d'immense barbarie : aussi est-elle jugée
différemment et d'une manière absolument tranchée, suivant
qu'on vit dans ses sables ou qu'on habite sous ses ombrages,
suivant qu'on a été enchanté par ses grands musiciens ou mis
en fuite par son peuple chantant.

Quand Paris avait courbé son front sous la honte de l'occupation étrangère, il était une heure où la haine de ces uniformes ennemis se calmait, s'adoucissait du moins : c'était à
l'entrée de la nuit, quand, au détour d'une rue ou dans les
allées des Champs-Élysées ravagés, on entendait les prières
du soir chantées en chœur par les gardes montantes hon-
groises, allemandes ou russes. Impossible de ne pas s'arrêter
pour écouter ces chœurs harmonieux, et de ne pas se sentir
porté par des sentiments plus doux vers ceux qui savaient exprimer si bien des sentiments communs à tous les cœurs.

Quand, par une soirée chaude d'été, chassé par l'atmos-

phère viciée de ce grand **Paris**, qu'un chimiste éminent
comparait à un immense tas de fumier, vous sortez dans
les environs pour chercher un peu d'air, vos pas vous conduiront près des tonnelles verdoyantes des jardins publics
et des guinguettes populaires, partout de la gaieté et de l'esprit, dont le franc rire devrait être la seule expression ; mais
on ne s'y tient pas : Désaugiers, Béranger, Dupont, Nadaud
et les vaudevilles en vogue ont fourni de gais refrains ; on
ne se contente pas de les réciter en les accompagnant d'une
pantomime expressive, non : on les chante, et alors ce n'est plus
une nation civilisée venant répandre dans la campagne les
accents cadencés de ses mélodies ; ce sont festins de canni-
bales aux hurlements affreux, aux éclats de voix criards et
vulgaires, devenant toujours plus discordants à mesure qu'un
plus grand nombre de voix cherche à se mettre à l'unisson.

Et nous n'avons pas honte de cette infériorité, et, tandis
que nous cachons avec tant d'art toutes nos difformités, nous
étalons celle-là complaisamment au grand jour, sans égard
pour le tympan des rossignols et des étrangers, au risque de
faire fuir définitivement les uns et les autres. Si vous dites à
un Allemand, à un Bohême, à un Slave, que le soir nos paysans ne se réunissent pas pour chanter en chœur des airs nationaux, les mélodies de quelque Sébastien Bach français ou les
morceaux d'un Mozart parisien, mais qu'ils s'étourdissent et
s'enrouent à crier à l'unisson et à faux de vulgaires flonflons,
ils lèveront les yeux au ciel et nous plaindront avec cette pitié
que nous accordons aux sauvages de l'Océanie et aux peaux-
rouges de l'Amérique, quand nous apprenons qu'ils ignorent
les douces jouissances de l'intelligence, des arts et de la
poésie.

Ne nous étonnons donc pas d'être mal jugés, ne trouvons
pas choquante, injuste et trop peu combattue une contradiction qui frapperait l'esprit le moins juste. Cette contradiction, la voici : tandis que vous sollicitez vainement en Angleterre, en Espagne, en Allemagne, en Russie, et même en
Italie, la faveur d'entendre au théâtre quelque grande œuvre

de musique nationale, tandis que vous êtes assourdis par nos opéras-comiques, et pas toujours par les meilleurs, vous entendez sortir de toutes les bouches cet axiome : la France est le pays le moins musical du monde, celui où on chante le plus faux. Bizarrerie inexpliquée! On nous pille et on nous insulte; on se prétend plus riche que nous et on nous emprunte.

Et cependant, une contradiction aussi manifeste ne repose ni sur une erreur d'ignorance ni sur une injustice de rivalité; elle a son fondement dans la vérité. En France, l'instinct musical est très-vif. Comme ces harpes éoliennes que le plus simple zéphyr fait vibrer, ainsi notre nation s'enthousiasme et s'enflamme à certaines mélodies. L'opéra de *la Muette* n'a pas été étranger à la révolution de 1830, et M. Delessert, étant préfet de police, disait à M. Seveste, l'entrepreneur des théâtres de la banlieue : « Vous ne jouerez pas *les Girondins;* « savez-vous pourquoi? C'est que, si nous avons une nouvelle « révolution, elle se fera sur l'air des *Girondins.* » C'est en effet la seule variation que se permettent nos révolutionnaires; ils changent d'air, mais c'est toujours aux accents d'un chant populaire, *la Marseillaise* ou *les Girondins,* qu'ils enlèvent le peuple et le conduisent à l'assaut du trône et des plus libérales institutions. La France a des compositeurs estimés des plus difficiles amateurs de musique de tous les pays; elle a des violons, des flûtes, des cors qui n'ont pas leurs égaux dans le monde; elle possède un excellent enseignement supérieur, et son industrie d'instruments de musique est sans rivale; mais elle n'est pas organisée, constituée musicalement.

Y a-t-il intérêt à empêcher le peuple de chanter faux, nos jeunes étudiants de hurler leurs chansons à l'unisson, et nos chantres d'église de rendre insupportable l'accomplissement des devoirs religieux? Oui, sans doute, et par plusieurs raisons. Je placerai en première ligne l'influence heureuse de la musique comme principe de civilisation, comme adoucissement des mœurs, comme passe-temps facile offert à nos plus pauvres hameaux. La lyre d'Amphion qui adoucissait les ins-

tincts féroces des animaux sauvages, la trompette sainte qui
renversait les murailles de Jéricho, sont des emblèmes du
pouvoir civilisateur et pacifique de la musique; elle calme les
passions, elle détruit les engins de la guerre. Je concevrais
l'indifférence, la répugnance même, si l'on demandait en faveur de la musique, et au profit des arts en général, de conduire le peuple au cabaret, à l'ivresse et aux désordres qui en
sont la suite; avec raison vous répondriez que ni la musique, ni
tous les arts réunis, ne compenseraient ce mal; mais on vous
offre, au contraire, un moyen de guérir cette plaie en donnant au peuple la plus douce et la moins coûteuse des distractions. Je rangerai ensuite les ressources d'étude, les modes
de contrôle donnés aux intelligences d'élite qui sommeillent,
aux chanteurs qui s'ignorent : en effet, que d'inspirations
musicales étouffées faute de pouvoir se produire! que de belles
voix éclosent et meurent ignorées, comme ces fleurs dont le
parfum et l'éclat se perdent dans les ravins des montagnes!
Enfin, et avant tout, je placerai l'avantage immense, l'utilité
incontestable de former un public intelligent, un auditoire
éclairé et sévère pour toute création musicale.

La nation française est-elle impropre à la musique? Les
grands compositeurs, les habiles exécutants qu'elle a donnés
au monde, prouvent assez son inépuisable fécondité. La langue
française est-elle rebelle au chant? Gluck a prouvé le contraire
en composant la musique d'*Iphigénie*. Sommes-nous indifférents à cet art? Tout ce qu'on entend de chants et de musique
à l'église, au théâtre, dans les fêtes, dans les promenades de la
capitale et des villes de province, montre pertinemment que
nous n'y portons qu'un trop vif intérêt. Non, la France n'est
pas disgraciée.

Dieu a réparti le sens de la musique comme l'instinct de tous
les autres arts, uniformément, à dose égale et à tous les peuples,
suivant le développement de leur intelligence. Les institutions
sages, les encouragements généreux et sensés, ont fait le reste.
Aussi chaque pays a-t-il eu ses renaissances musicales, ses génies créateurs et ses exécutants habiles, suivant qu'un prince

éclairé ou un gouvernement intelligent a su créer et maintenir une forte éducation musicale.

Au xiiie siècle, tout l'indique, nous étions le peuple le plus
musicien de la terre : chants du clergé, chants des poëtes,
musique d'église, musique de la rue, tout était harmonie; la
prière, la poésie, la gaieté populaire, l'histoire même, tout
était chanté. Les Pays-Bas recueillirent au xve siècle, sous l'influence des ducs de Bourgogne, et développèrent, en même
temps que les autres arts, leurs dispositions musicales; l'Italie,
vers la même époque, s'inondait d'harmonie; l'Allemagne
était encore ignorée au monde sous ce rapport et ne se con-
naissait pas elle-même. Luther réveilla ses sens endormis. Le
réformateur était poëte et musicien : le poëte composa les
cantiques de l'Église et chanta l'heureuse et douce influence
de la musique; le musicien composa les airs de ses cantiques,
et *Ein'feste Burg ist unser Gott* élèvera toujours les âmes à
Dieu. Toute l'Allemagne se passionna pour la poésie et la
musique du *Cygne d'Eisleben;* toute l'Allemagne crut longtemps et croit encore faire quelque chose qui lui plaît en
chantant à l'église, en chantant sur la voie publique. Les petits enfants, les fils même des gens aisés, s'en vont par bandes
dans les rues, et de leurs voix éclatantes font retentir les cantiques du réformateur; on leur jette quelques monnaies en
souvenir de Luther, qui prenait part à cet exercice musical
de l'enfance et qui en recommanda le maintien. De là cette
grande popularité de la musique, cette éducation musicale
qui commence au berceau, se suit dans les écoles à tous les
degrés et traverse la vie. En France, quand on chante dans un
cabaret, toute l'assistance se met à l'unisson, et l'on hurle; la
police intervient, et l'on fait silence. En Allemagne, dans les
immenses salles enfumées où l'on boit la bière, quelques personnes qui ont plus de goût, plus de talent que les autres,
entonnent en partie une mélodie populaire; l'assistance écoute
avec recueillement, chante les refrains, forme des chœurs, et
d'une assemblée incohérente fait un concert harmonieux. C'est
qu'il faut pour le développement de tout art et pour le renou-

vellement musical d'un peuple les passions religieuses, guerrières ou politiques : les cantiques de Dieu ou *la Marseillaise*.

Tandis que l'éducation publique et privée, assistée du sentiment religieux, jetait ainsi sur toute l'Allemagne comme un vaste réseau musical, la France laissait endormir ses plus précieuses qualités. Son gouvernement avait à choisir entre les gens du monde, qui ont à leur disposition tous les moyens de satisfaire leurs fantaisies musicales, et le peuple, qui n'a pour lui qu'un sentiment mélodieux, inné, profond, attaché à des chansonnettes traditionnelles, et il a pris sous sa protection l'homme du monde, dépourvu de cette véritable inspiration que souffle la naïveté, flottant au gré du caprice et demandant chaque année de nouvelle musique avec de nouvelles modes. C'était le contraire qu'il fallait faire : comme dans tous les arts, ne voir que le sommet et la base avec la conviction que le reste s'aligne. 1° Donner à l'art musical l'enseignement sérieux et les principes immuables d'où se dégage, comme un gaz éthéré, l'inspiration du ciel ; protéger cette inspiration contre les séductions de la mode et de la spéculation, en les entourant de toutes les faveurs qui donnent les loisirs productifs et permettent de dédaigner les succès faciles. 2° Former le goût musical du peuple à l'école primaire et dans la fête du hameau ; cela fait, laisser voguer à l'aventure la barque légère de la mode montée par les dilettanti, ces partisans de toutes les écoles, qui ont oublié d'aller à la bonne, à celle où l'on apprend à sentir, à écouter, à comprendre.

Les maîtrises des cathédrales avaient formé comme l'arrière-garde dans la déroute musicale de la France ; elles restèrent les dernières à leur poste et constituaient encore, au moment de la révolution de 89, d'excellentes écoles de chant à Paris et dans tous les grands centres provinciaux. Lesueur entra comme enfant de chœur dans la maîtrise de la cathédrale d'Amiens, et il y devint maître de chapelle. Gossec et Méhul étudièrent dans ces mêmes maîtrises. On y était admis après un concours sérieux, et l'illustre Lesueur, dont je viens

de parler, pour obtenir la maîtrise de Notre-Dame de Paris,
eut à lutter contre quarante-six concurrents.

La révolution ruina entièrement cette vieille et populaire
organisation. Napoléon montra son intérêt pour l'art musical
à ses sommités en rétablissant une chapelle, en subventionnant
les théâtres lyriques, en développant l'organisation du Conservatoire; mais il ne se préoccupa en aucune façon de l'enseignement populaire de la musique, et c'était peut-être par là qu'il
aurait dû commencer. En 1815, la musique s'introduisit dans
l'éducation du peuple comme un accompagnement de l'enseignement mutuel et de la gymnastique. J'ai déjà dit que la
Restauration avait eu la maladresse de laisser l'opposition se
faire de l'éducation du peuple une machine de guerre et
un moyen de popularité. Nous chantions contre les Bourbons
avec nos moniteurs et dans les exercices gymnastiques, sous
la direction du bonhomme Amoros, qui croyait avoir découvert que le corps, comme l'esprit, trouve du repos dans la
variété des travaux. A la faveur de ces dispositions frondeuses,
il y eut à cette époque un véritable élan en faveur de la musique populaire et des efforts intelligents pour l'introduire
dans l'éducation. Alexandre Choron se signala un des premiers. Il avait une organisation harmonique admirable, un
grand dévouement à son art de prédilection et un don particulier de propagande sympathique. Il imagina une méthode
à la portée du plus grand nombre et ouvrit son école; Mas-
simino en créa une autre, que le Gouvernement appuya et
qui eut du succès; enfin Wilhem, avec une persévérance
d'apôtre, mit en pratique la sienne, la plus simple, la mieux
adaptée à un enseignement populaire, et qui, de son modeste
logement, passa d'abord dans quelques petites pensions d'enfants, dans l'école communale de l'île Saint-Louis en 1818,
avec l'assistance de la préfecture de la Seine dans l'école normale
élémentaire de Saint-Jean-de-Beauvais, puis, en 1826, fut
appliquée à l'enseignement officiel dans toutes les écoles élémentaires de Paris, et enfin, en octobre 1833, acquit son dernier
développement dans l'Orphéon, qui est la résultante du pro-

blème, puisque c'est le contrôle, par la réunion des élèves
à des époques fixes pour s'exercer par le chant en commun.

Je m'arrête ici, bien que le progrès de l'enseignement
musical se continuât et s'étendît aux écoles des frères et des
sœurs, et même à des classes d'adultes; mais le bien n'était
encore qu'à la surface : il avait si peu pénétré, que, lorsque
M. Guizot s'occupa de la loi de l'enseignement primaire, il
n'eut pas l'idée de placer le chant, cette étude facile et attrayante, cette étude à la portée de tous, dans la première
partie de l'enseignement, dans la partie indispensable et obligatoire; il le relégua dans la seconde partie, dans l'enseignement supérieur et facultatif. Et bien lui en prit, car, même
en le plaçant dans cette catégorie illusoire, il fut violemment
attaqué dans la Chambre des députés. M. de Salverte demanda
que le chant fût entièrement effacé de la loi; il est vrai qu'il
redoutait l'encombrement des sujets d'étude dans ces petites
classes, où il voulait introduire *les notions des droits et des devoirs politiques.* La Chambre, après une longue discussion,
décida que, pour des enfants de six à dix ans, le chant valait
mieux que la politique; mais en même temps elle approuva
l'article de la loi qui déclarait le chant facultatif seulement.
En 1849, M. de Falloux le retrancha entièrement du programme, et les députés du peuple applaudirent à cet acte de
libéralité. La musique, si bien faite pour calmer les passions,
était traitée comme la complice de cette propagande socialiste
qu'on voulait expulser à tout prix, et on l'a chassée impitoyablement. Était-ce bien le meilleur moyen d'empêcher le socialisme d'y rentrer?

Nous voilà donc retombés dans le néant : à peine si Paris,
sous la direction de M. Gounod, et fort d'une vieille popularité musicale, a conservé son ancienne organisation ; à peine
si quelques départements du Nord, stimulés par leurs voisins
les Belges et les Allemands, ont pu constituer ou développer
leurs sociétés chorales. J'ai suivi attentivement ces efforts:
j'assiste aux chants des écoles, aux réunions annuelles de
l'Orphéon, j'interroge partout où l'on chante, et il me semble

que nous ne gagnons pas de terrain. La distinction manque,
la vulgarité domine. Ces voix, qu'on est parvenu à unir, ont
cessé de fausser, mais elles continuent à avoir un timbre
ignoble. Halévy a dit que c'étaient de belles voix qui avaient
les mains sales; elles semblent, en effet, l'écho de la halle et
comme une émanation de la rue. M. Gounod se préoccupe
surtout de mettre d'accord ces voix discordantes, de faire
marcher au pas et en mesure cette armée indisciplinée; il
y avait autre chose à faire, il fallait réformer l'intonation.
Dans les arts, ce qui doit prédominer, c'est le goût, et dans
la musique, l'intonation est le goût. Il n'y a pas de chant
possible, quelque parfait qu'il soit, quand l'intonation est
criarde, gutturale et vulgaire. Cette réforme du plus grave
des défauts de l'enseignement actuel n'est possible qu'avec
une organisation générale de l'éducation musicale. En effet,
la classe ouvrière de la population parisienne est mobile; elle
se renouvelle chaque année par la province, et envoie au
loin ceux qu'elle a formés. Le progrès musical fait à Paris
est entravé par les nouveaux arrivants, et le niveau de la médiocrité pèse constamment sur toute la population.

Une meilleure organisation musicale de la France, c'est-à-
dire le chant et la musique faisant désormais une part de
l'éducation publique, doit nous relever de notre abaissement :
il y va de notre place parmi les nations civilisées; ce n'est pas
le luxe des hautes classes, c'est le nécessaire des masses. La
musique est par excellence l'art du peuple, et le peuple de
France en est privé; on l'en a déshérité. Une longue indifférence a fait disparaître ses mélodies nationales, l'a laissé devenir étranger aux chants religieux; une police inquiète a
condamné ses chansons; un clergé, qui aurait dû s'inspirer
de la tolérance de Fénelon, a défendu ses danses, et depuis
lors les fêtes du village, privées de cette langue poétique, de
ces concerts harmonieux, de ces passe-temps joyeux, sont
devenus d'ignobles et ennuyeuses séances de cabaret.

Il faut faire appel à toutes les influences pour régénérer
l'art musical et changer les habitudes de la France. C'est bien

quelque chose de recueillir nos vieilles chansons nationales
et de les publier texte et musique; mais la chanson s'ennuie et
se meurt dans un livre comme le rossignol dans sa cage :
donnez-lui la liberté, qu'elle retentisse de nouveau dans la
vallée et sur la montagne; ce n'est pas assez de chanter à l'é-
glise toujours à l'unisson et souvent faux, il importe aussi qu'on
chante juste à la maison et qu'on puisse se distribuer en parties quand on se réunit sous le porche de l'église ou dans la
salle du café; mais il faut, pour obtenir ce résultat, l'éducation musicale depuis les crèches jusqu'à l'entrée dans l'indépendance de la vie; il faut une méthode susceptible de se
généraliser; il faut enfin une forte organisation, qui ne portera
ses fruits, toutefois, que si l'on associe à ces innovations une
qualité qui en est l'âme, la persévérance, qualité rare en tous
pays, et que la société d'acclimatation de France devrait bien
prendre sous sa protection.

Il peut se faire que l'on conteste cette infériorité radicale
de la France au milieu de l'Europe; il est possible qu'on me
prouve que jamais le goût de la musique ne s'est manifesté
aussi vivement, et qu'on apprécie d'autant plus ces progrès
qu'ils sont dus uniquement à l'initiative générale. J'en conviens, jamais les concerts n'ont été aussi nombreux et plus
courus, jamais les théâtres lyriques, en province comme à
Paris, n'ont eu autant de vogue. Mais la musique y est-elle
bien distinguée, le public délicat dans son goût, judicieux
dans ses applaudissements? J'en doute fort, et je crois même
qu'à ces sommités d'une société d'élite, qu'au milieu de
cette grande capitale, on sentira facilement qu'il manque
l'éducation première, les principes sérieux, le goût formé
par l'étude des beaux modèles. On est étonné de la pente
naturelle vers les petites et bourgeoises inspirations, des dispositions favorables aux combinaisons d'un ordre inférieur,
d'une antipathie cachée, bien cachée, mais réelle, pour tout
ce qui est supérieur, pur, élevé. Que sera-ce si nous descendons dans les petits théâtres de Paris et de la province? L'absence de toute donnée musicale, l'envahissement de la vul-

garité sûre d'elle-même et de la médiocrité prétentieuse, fait frémir les vrais amateurs et révolte les étrangers. Faisons encore un pas, entrons dans les cafés-concerts, éclatants de gaz, inondés de fleurs, aux cantatrices provoquantes, au public tellement serré, qu'un étranger me demandait naïvement : Qui donc garde les maisons dans Paris? Oh! alors, c'est déplorable, c'est à désespérer du goût et de l'avenir musical de la France.

Et cependant, ce concours populaire prouve quelque chose, car l'industrie ne fait de si grands frais que lorsque la marchandise est demandée. N'y aurait-il pas moyen de tirer parti de ce dévouement inintelligent, de cette extension faussée, de cette popularité maladive de la musique? La fabrique des instruments a atteint en France une supériorité qu'elle doit autant aux inventions variées, qui ont enrichi l'art lui-même, qu'à la perfection unie au bon marché, qui a mis à la portée du grand nombre des instruments excellents, réservés, il y a vingt ans, aux riches amateurs. Les fabricants de pianos livrent chaque année 3,000 instruments à la consommation parisienne et ne peuvent suffire aux demandes. Si l'on considère qu'un piano dure, à ses différents degrés d'usage, au moins trente ans, c'est 100,000 pianos répandus dans la capitale, et pendant ce temps les autres fabriques ne chôment pas. On fait des orgues expressifs à 100 francs, et dans peu chaque église de village, ayant un guide de ce genre, fera taire le charivari sauvage qu'elle tolère, et l'harmonie dominicale résonnera pendant toute la semaine dans les oreilles de la population. On fabrique aussi des violons parfaits à 50 francs, et l'orchestre qui fait danser sur le préau devra se ressentir de cette amélioration.

Je voudrais me réjouir de ce progrès naissant, je m'en afflige : c'est un enfant mis au monde avant terme; il est sans pieds et sans bras. En effet, l'éducation d'en haut étant incomplète, celle d'en bas manquant complétement, ce qui s'agite au milieu va au hasard des petits caprices de la mode et des fantaisies banales du mauvais goût. Mieux vaudrait mille fois que ce mouvement eût tardé à se produire; comme un jeune homme qui débute dans le monde en entrant dans la mauvaise compagnie et qui toute sa vie en gardera la trace, même lorsqu'il vivra dans la bonne, ainsi le peuple français aura, pendant bien des années, à lutter contre les fausses tendances qui le surprennent à son réveil.

Qu'on ne se méprenne pas, qu'on ne m'accuse pas d'être exclusif en musique, étant libéral sur tous les autres points. J'applaudis quand la musique quitte sa franc-maçonnerie restreinte, délaisse la petite église exclusive et s'émancipe dans la foule, quand elle monte dans la mansarde, descend dans la rue et s'arrête à tous les étages. Je ne suis pas de ces amateurs excessifs dans leur délicatesse qui se bouchent les oreilles et jettent les hauts cris parce que tout n'est pas perfection. Leurs goûts de musique aristocratique se révoltent à la vue de cette invasion démocratique, trop souvent très-discordante; comme les savants, comme les architectes, les sculpteurs et les peintres, ils souffrent de se sentir dérangés dans le sanctuaire, d'être coudoyés par l'envahissement de la foule; et cependant, depuis vingt-cinq ans, les grands compositeurs sont-ils déchus, les violons et les pianos, les violoncelles et les harpes, les flûtes et les cors, ne nous ont-ils pas conduits de surprises en merveilles; les amateurs, gens du monde que chacun cite, n'ont-ils pas rivalisé de vrai talent et de talent acquis avec les artistes de profession; a-t-on jamais fait plus de musique et écouté plus sympathiquement la bonne? Non, sans doute; mais, je le répète, l'éducation d'en bas manque complétement, et celle d'en haut sollicite un puissant concours.

On peut rester incertain entre la splendeur apparente de l'édifice et la connaissance que l'on a acquise de la fragilité de sa base, on peut hésiter sur différentes questions de méthode et d'encouragement; mais la nécessité d'une organisation musicale de la France entière est prouvée avec autant d'évidence par la barbarie de sa population prise en masse que par l'élan nouveau, vif et passionné de son élite. Il n'y a pas à en douter; il en sera pour les progrès de la musique comme pour les autres arts : on élèvera le sommet de la pyramide en étendant sa base.

Une nouvelle loi de l'instruction primaire devrait contenir le programme suivant des études obligées de la première enfance : 1° lecture, 2° écriture, 3° calcul, 4° dessin, 5° chant. Pour satisfaire à ces obligations et les étendre avec le progrès de l'instruction, il faut pourvoir à la formation des maîtres en même temps qu'à celle des élèves. L'organisation doit être étudiée à ce double point de vue.

Une direction de l'éducation musicale, assistée d'un conseil formé de nos grands compositeurs, chargé d'arrêter le meilleur système de notation, la plus sage méthode et les principes généraux du mode d'application, réservant pour Paris son action immédiate, laissant les écoles de département exercer leur influence. Une grande école normale ayant mission de fournir, dans une série d'années, des professeurs à Paris et à la France : 1° aux lycées, aux institutions privées et aux écoles communales de la Seine; 2° aux écoles normales établies dans chaque académie universitaire, et qui seront elles-mêmes chargées, plus tard, de former des professeurs cantonaux, ayant mission, à leur tour, d'instruire les instituteurs des écoles communales, soit en passant chaque semaine quelques heures avec eux, soit en les réunissant au chef-lieu de canton, pour exécuter des morceaux d'ensemble et se concerter sur une action commune et sur les besoins de l'art. Ces écoles normales de la province recevraient de Paris, au début, directeurs et professeurs; mais, une fois constituées, elles auraient liberté entière pour l'application des méthodes adoptées par la direction supérieure; et c'est dans l'élasticité de cette application que pourraient trouver place les modifications conseillées par des habitudes prises et des traditions locales.

La direction centrale devra s'entendre avec le clergé pour tout ce qui tient au chant de l'église, à la constitution des maîtrises, à la formation des chœurs; avec le ministère de la guerre, pour organiser des écoles musicales dans les régiments; avec les congrégations de frères et sœurs, pour ramener leur enseignement à une même méthode.

Des bourses seront accordées aux élèves des écoles communales qui se distingueront par leurs dispositions ou par leurs voix, pour aller étudier à l'école normale de l'académie universitaire. Les professeurs cantonaux désigneront les candidats après un examen passé au chef-lieu de canton, et ces candidats se réuniront au chef-lieu d'arrondissement, dans un concours public, en présence de tous les instituteurs communaux. Ces solennités auront lieu pendant l'été, après les travaux de la moisson, et coïncideront avec les expositions des écoles de dessin et les distributions de prix. D'autres bourses seront accordées aux meilleurs élèves de ces écoles normales universitaires pour aller passer deux ans à Paris, dans le Conservatoire de musique; de telle manière que pas un talent naturel, pas une aptitude décidée, pas une voix distinguée ne puisse échapper à la sollicitude de maîtres attentifs et se perdre faute d'appui et d'encouragement.

Tous les éléments de la musique, les méthodes approuvées, les chefs-d'œuvre de l'art, seront imprimés aux frais du Gouvernement et donnés gratuitement, ou à un prix modique, aux établissements d'instruction publics ou privés. Des orgues seront accordées, moyennant une retenue annuelle de 10 francs sur leur budget, aux communes dont les instituteurs seront devenus de bons organistes; ils s'en serviront, pendant la semaine, pour diriger le chant de leurs élèves, et ils les transporteront le dimanche à l'église, pour accompagner le chant des offices; enfin, on recherchera tous les moyens d'encourager la bonne musique et de proscrire la mauvaise : à l'église, dans son caractère religieux; à l'armée, avec tout l'éclat militaire; dans les fêtes publiques, au moyen d'immenses orchestres jetant au loin les flots de l'harmonie; dans les villes, comme dans les villages, en créant des sociétés chorales et des orphéons du soir, où les ouvriers seront attirés par l'attrait de l'art lui-même et recevront des jetons de présence en bronze et en argent, suivant leur aptitude et leurs progrès.

Si je ne me trompe, une organisation de ce genre embrassant tout le pays, depuis l'école de la plus petite commune jusqu'à la grande école du Conservatoire de Paris et l'école de France à Rome, offrant au talent, à des échelons successifs, le moyen de marcher toujours suivant ses progrès et l'avantage de s'arrêter quand l'avancement dépasse les forces, donnant à tous des notions qui éveillent les instincts musicaux et des habitudes de chant en partie qui exercent l'oreille, signalant, sans en négliger une seule, dans le Nord, les organisations musicales distinguées, et développant dans le Midi, par des méthodes favorables, toutes les voix qui se perdent ou se gâtent faute de soins, affranchirait la France du tribut onéreux payé à l'étranger, effacerait la tache de barbarie que les étrangers signalent en la visitant, formerait enfin un public sévère appréciateur de toute expression musicale, qu'elle émane de ses illustres compositeurs, dans les splendeurs de l'Opéra, ou d'improvisateurs inconnus, Orphées de la nature, dans les plis de la vallée, au sommet radieux des montagnes ou sur la grève plaintive.

Le rapprochement, le parallélisme, que j'ai cherché à établir entre tous les arts, et, par conséquent, entre la musique et le dessin, se retrouve jusque dans les préjugés qui s'élèvent contre l'extension des études musicales, jusque dans les objections qu'elles soulèvent, préjugés des artistes eux-mêmes, objections des grands trembleurs de la société. Les premiers feignent de croire que la musique est perdue, parce qu'elle devient populaire et brise leur monopole aristocratique; les seconds croient sincèrement que la société est perdue, parce qu'on augmente le nombre des musiciens, ne voulant pas admettre qu'on puisse chanter sans monter sur la scène de l'Opéra et jouer de la flûte sans faire de la flûte sa profession. J'ai combattu ces objections sous une autre forme; au fond, c'est toujours la même chose : si le temps est proche où l'on saura bien dessiner sans se croire pour cela un peintre de

génie, il n'est pas loin non plus où on saura exécuter toute
musique sans se croire un musicien. J'ai passé sept années de
ma jeunesse en Allemagne; un jour, j'accompagnais un de
mes camarades, et il me dit : « Je t'en prie, pressons le pas;
« autrement, je n'aurai que la clarinette, et je la déteste. » Je
me fis donner l'explication de cette clarinette tyrannique, et
je ne vous la ferai pas attendre. Mon camarade se rendait à
une de ces sociétés musicales, comme il en existe dix dans
chaque ville allemande. On s'y réunissait chaque soir pour
exécuter ensemble les meilleurs morceaux des bons maîtres, et
pour former ensuite l'orchestre d'un bal où l'on était, à tour de
rôle, musicien et danseur. Chaque arrivant choisissait son
instrument de prédilection et laissait aux autres, parmi les
instruments en défaveur, la clarinette qui effrayait mon camarade. Je cite ce fait, parce qu'il prouve qu'en Allemagne
tout être un peu bien élevé, homme ou femme, est capable
de jouer d'un ou de plusieurs instruments et de chanter sa partie
dans tout morceau d'ensemble. Cette facilité est répandue et
marque dans le village comme à la ville, dans la grande cathédrale de l'évêché comme dans la petite église perdue au
sommet des Alpes. Il ne vient pas à l'idée de ces gens qu'ils sont
musiciens; de même que nous ne nous croyons pas poëtes anglais ou italiens, quand nous sommes parvenus à nous exprimer clairement dans ces langues, de même aussi ces gens
parlent la langue musicale sans autre prétention que de comprendre les chefs-d'œuvre des hommes inspirés, que d'exprimer
eux-mêmes des idées mélodieuses, composées des réminiscences de tout ce qu'ils ont entendu dans les concerts des
oiseaux et des hommes.

Ainsi mêlée intimement à l'éducation, la musique redeviendra, pour quelques-uns, ce qu'elle fut pour tous dans
l'antiquité et au moyen âge, la compagne fidèle et la sœur de
la poésie. Rossini, le maître adorable, disait dernièrement à
un jeune compositeur : « Il faut se chanter ce qu'on compose,
« car il faut s'entendre soi-même. — Mais je n'ai pas de voix.
« — On a toujours de la voix, on a sa voix. » En effet, la voix est

dans l'oreille plus encore que dans le gosier, j'entends cette voix qui exprime de mille manières sympathiques et charmantes ce que l'on sent; demandez plutôt à Delsarte et à Nadaud. Il restera en dehors de ces chanteurs expressifs les grands et rares ténors, comme il reste au-dessous des célèbres orateurs de la chaire et de la tribune la multitude des causeurs spirituels et des conteurs qui dominent leur auditoire.

On voit où le progrès nous conduit : de la musique avec son atmosphère limpide où plane le génie à une musique terre à terre qui a cessé d'être un art difficile et qui devient comme une extension du langage, de même que le dessin est un développement de l'écriture. Alors chacun chantera juste et, par conséquent, chantera avec sa voix. Le poëte composera, avec les paroles, l'air et le rhythme qui se produit en même temps que la pensée, musique simple, presque naturelle, mais expressive et adaptée aux paroles, comme le feuillage du rosier à la rose. Beffroy de Reigny, Favart, J.-J. Rousseau, Rouget de l'Isle, Désaugiers, Dupont, Nadaud, et même Béranger, ont ainsi donné à leurs compositions une seconde vie, le mouvement naturel et l'allure propre, qui valent pour bien des gens, pour les véritables amateurs surtout, des airs compliqués, à grands effets et bruyants.

Quelle faculté sublime! comprendre la nature entière, lire à livre ouvert dans la seule langue universelle la pensée de tous les hommes inspirés, la lire et la comprendre comme une langue natale, entrer ainsi dans une communion fraternelle avec l'humanité entière! Si ce don devait être réservé à quelques intelligences supérieures, j'en ferais peu de cas; mais il deviendra le partage de tous si l'éducation musicale est élevée au niveau de l'éducation littéraire et artiste.

Il est cependant, parmi tant d'objections faites contre la popularité de la musique, un motif d'opposition que je ne puis passer sous silence, parce qu'étant adopté par des hommes convaincus, qui sont parvenus à l'inoculer à une partie du clergé, il peut devenir un obstacle sérieux.

Cette objection est celle qui fait du plain-chant le type

unique et de ses ressources limitées le cadre rigoureux de toute musique chantée ou jouée dans les églises; c'est une opinion sincère : elle est partagée par un grand nombre d'esprits très-distingués; ce n'en est pas moins une erreur vulgaire. L'art industriel, l'art religieux, le plain-chant en tant que forme exclusive de la musique d'église, le gothique en tant que style exclusif de l'architecture chrétienne, sont des pauvretés qui sortent des mêmes têtes et vivent dans les mêmes esprits. Le Gouvernement et le clergé doivent fermer l'oreille à toutes ces déclamations et se fixer une règle :

Restaurer les églises gothiques et les conserver avec un soin pieux, et n'en plus faire;

Rechercher les anciennes compositions du plain-chant, les exécuter dans toute la pureté de leur donnée primitive, et n'en plus faire.

Telle est la raison et la justice à l'égard du passé; mais pour le présent et pour l'avenir, entendons-nous bien : nous demandons un art vivant; nous voulons dans l'église le progrès de la musique mis au service du sentiment religieux. La messe de Lesueur, avec toutes les ressources de l'instrumentation moderne, avec l'accompagnement ravissant des voix les plus pures et les mieux exercées, nous semble un perfectionnement excellent, tandis que, sous prétexte de la dignité du culte, chasser de l'église comme des profanes Palestrina, Marcello, Haendel, Séb. Bach, Haydn, Mozart, Beethoven, Cherubini, Lesueur, Gounod, Berlioz, serait un symptôme effrayant de décadence. Qu'on l'appelle fanatisme dévot, archéologie obtuse, étroitesse de l'esprit, peu importe d'où viendrait l'exclusion de ces chefs-d'œuvre : ce serait de la barbarie. Il y a trente ans, j'entendis pour la première fois, pendant la semaine sainte, en face du *Jugement dernier* de Michel-Ange, la musique papale, dans la chapelle Sixtine. Des voix étranges et délicieuses entonnaient les chants sublimes que Léo, Pergolèse, Durante, ont composés pour ces jours de pénitence; les cardinaux, princes mondains, préfets, gouverneurs, ministres de la guerre et de la justice, assistaient assez distraitement au service, et cependant tout cela était sanctifié par la majesté du Saint-Père et comme relevé par un passé historique plein de grandeur. De ce jour, et trente années d'études m'ont confirmé dans mon opinion, je me suis dit : La religion du Christ n'exclut de son sein que la grossièreté; elle ouvre ses bras aux progrès illimités de l'art. Tous les styles lui ont été bons en architecture, en peinture, en sculpture; pourquoi aurait-elle pour la musique, le moins sensuel de tous les arts, une autre balance, quand cette musique trouve, pour exprimer le sentiment religieux, des accords plus sublimes, plus développés, plus sympathiques à l'universalité des natures. Laissez venir à moi les petits enfants, disait Jésus; laissez entrer dans l'église, dit la vraie religion, tout ce qui charme l'homme dans la vie extérieure et vient, en s'épurant dans mon sein, le charmer à mon profit. Que la musique s'installe dans mon sanctuaire avec ses nouveautés, harmonies, tonalité, modulations, instruments; seulement, et c'est là ma seule réserve, que l'inspiration, le caractère et le style religieux soient les vrais guides de vos compositeurs, de vos chanteurs, de vos exécutants; n'oubliez jamais ma mission divine et le SURSUM CORDA, *en haut les cœurs.* C'est là ma règle et la seule règle.

Mais, dira-t-on, en quoi consiste le sentiment religieux ? Si je pouvais répondre, à la tombée de la nuit, sous les voûtes de l'église, si j'expliquais ma pensée aux sons de l'orgue répétant un oratorio de Sébastien Bach, je me ferais facilement comprendre, tandis que définir froidement un sentiment, c'est impraticable : mieux vaut s'en tenir aux faits positifs. Il est une seule musique comme il est un seul art, mais il y a une musique qu'on chante à l'église, et qui sert d'accompagnement à la prière, et celle-là doit avoir le caractère élevé, simple et profond qui convient à la prière, comme celle qu'on chante au théâtre, au camp, au cabaret, se ressent des lieux qu'elle fréquente. Le plain-chant a eu la confidence de belles inspirations religieuses, alors que l'art musical ne s'exprimait pas autrement. Conservez-nous ces chants dans toute leur

pureté, ils ont écho dans les cœurs; mais en même temps,
et pour un public dont le sens musical s'est développé, public
qui tend à devenir l'universalité, conservez à l'église son caractère de libéralité universelle; craignez, par un rigorisme
exclusif, de condamner sa tradition généreuse, favorable à
tous les progrès, et tout un passé libéral, qui est sa gloire;
craignez de faire le procès à la noble protection que les papes,
les évêques, le clergé tout entier, ont accordée aux arts, et
tout cela pour satisfaire quelques archéologues transis et mo-
ribonds, aux vues étroites, à l'horizon borné, pour faire de
la majestueuse et vivante église catholique un mesquin et
morne couvent du mont Athos, où des moines ignares répètent mécaniquement, selon les formules prescrites, un art
qu'ils ne peuvent faire progresser d'une ligne. Et d'ailleurs,
le plain-chant a-t-il donc si bien garanti l'église de toute souil-
lure? Les mélodies vulgaires ne sont-elles pas entrées dans
le sanctuaire dès le xviie siècle, avec sa signature et sous son
couvert? Il est vrai que par le fait seul de son caractère grave,
de ses limites précises et de ses ressources bornées, cet envahissement ne peut être comparé au débordement de mélodies
mondaines, de modulations guillerettes, que la tonalité moderne a introduites de nos jours dans l'église, pour détourner
l'âme de toute pensée religieuse. A qui sommes-nous redeva-
bles de ce désordre? A des musiciens de troisième ordre, à
des organistes qui devaient se contenter d'exécuter la bonne
musique des maîtres de l'art, à des ecclésiastiques même,
dont l'éducation musicale incomplète se laisse surprendre par
toute espèce de réminiscences modernes, qu'ils ne croient
pas mondaines parce qu'elles sont venues les chercher au
presbytère, sans leur avouer qu'elles viennent de l'Opéra.
En présence de cette pitoyable musique religieuse, le dégoût
est devenu général, et il n'y a pas lieu de s'étonner si les vrais
artistes se sont alliés aux savants archéologues pour demander
le retour au simple et grave plain-chant. Et cependant, c'est
du découragement, ce n'est pas un remède. Que les âmes
pieuses, que les prêtres et les évêques se reportent au passé,

ils verront dans ce miroir le modèle de l'avenir. Et tout d'abord, ils doivent se bien dire qu'il n'y a pas pour le compositeur inspiré de théâtre plus favorable à ses rêves d'imagination que l'église. Où trouvera-t-il un édifice plus majestueux et aussi sonore? une pompe plus solennelle? un auditoire plus recueilli, tout entier absorbé dans une même adoration, dans un même sentiment de pieuse exaltation? Ajoutez l'enivrement de l'encens, les rayons du soleil, richement colorés par les vitraux, qui traversent l'espace, et semblent s'animer aux sons de l'orgue frémissant, ou bien, quand la nuit approche, ces demi-teintes mystérieuses, qui pénètrent aussi avant dans les cœurs que dans les nefs. Comment comparer ce vaisseau d'architecture, propice à la musique, et qui semble le sanctuaire de l'art, à l'Opéra, où l'on crache, où l'on tousse, où l'on entre pour faire du bruit, d'où l'on sort pour faire de l'effet, où l'on vient poussé par mille motifs différents, tous également étrangers à l'art? Comment y obtenir quelque recueillement? Comment la domination de l'artiste s'y exercerait-elle? Si par hasard une impression grave s'y est produite, c'est lorsque, singeant l'église, une scène du *Prophète* a été demander à ses cérémonies et à ses chants quelque chose de leur autorité, et ce jour-là le théâtre mondain faisait sa soumission, l'Opéra rendait les armes à l'église. Ainsi, au point de vue de l'art, nul théâtre préférable à la maison de Dieu. Pourquoi donc le musicien ira-t-il chercher ce monument fait de plâtras et meublé d'oripeaux, quand il a le monument de pierres de taille, embelli par tous les chefs-d'œuvre de l'art? C'est qu'au théâtre, avec un succès qui lui a demandé six mois de travail, il gagne 20,000 francs par an, tandis qu'une messe en musique, qui exige cinq années de grave recueillement, lui rapportera 500 francs une fois payés.

Évêques qui vous plaignez de la décadence de l'art, âmes pieuses qui gémissez sur l'altération du sentiment religieux, imitez l'ancienne générosité du clergé et des fidèles; reconstituez les maîtrises, organisez l'éducation musicale dans les séminaires et dans les écoles de frères, vastes pépinières d'où vous ferez sortir les talents et résonner les voix. Ne vous contentez pas de votre fonds clérical; attirez à vous les grands compositeurs qui, formés hors de votre influence, se sentiront portés par quelque inspiration pieuse à s'abriter sous votre abri paisible. Le Gouvernement vous viendra en aide; il fondera six pensions de 3,000 francs dans les grandes cathédrales de Toulouse, Strasbourg, Lyon, Bordeaux, Rouen et Lille, et une pension de 10,000 francs dans celle de Paris. Ces pensions, accordées au concours pour dix ans, et pouvant être renouvelées, donneront les loisirs nécessaires, les occasions favorables aux talents forts, sérieux, convaincus, pour développer l'essor de leur inspiration religieuse dans le milieu le plus propice de tranquillité, de piété et de concours enthousiaste. Les solennités du culte deviendront pour leurs créations musicales comme une mise en scène magnifique et sympathique.

La Sainte-Chapelle de Paris serait réservée pour l'exécution des concerts spirituels et pour tous les retours savants à la bonne musique des anciens temps. La musique archéologique a pour but de ranimer les précieuses cendres du passé et d'en faire jaillir de nouvelles étincelles. Tous les arts ont leurs monuments qui parlent aux yeux; il suffit de les recueillir ou de les signaler pour que les amateurs aillent en foule les admirer et les étudier. A l'égard de la musique, on ne peut procéder de la même manière. Un cahier de musique n'est pas la musique, il faut l'exécuter. Le coup d'archet seul peut réveiller la morte et la faire sortir de son tombeau, brillante dans ses qualités particulières, toujours jeune dans sa naïveté et son sentiment. Faire renaître, aux oreilles d'une foule d'amateurs passionnés, les inspirations de Palestrina, Allegri, Marcello, Haendel, c'est élever une barrière contre la venue arrogante des médiocrités du jour.

L'éducation musicale élémentaire étant organisée, le développement de l'art pourrait encore être faussé si l'enseignement supérieur n'était pas assis sur des bases aussi larges et aussi solides, s'il ne partait pas continuellement d'une sphère supérieure comme une lueur céleste, l'étincelle qui enflamme le génie en lui montrant le but élevé. Mais l'espace me manque pour aborder des questions de méthode, pour développer un plan d'organisation ; je dois me contenter de marquer les grandes lacunes.

Le Conservatoire de musique comptait sous l'Empire 3oo élèves, et il avait un budget de 25o,ooo francs ; il a aujourd'hui 8oo élèves, et on lui alloue 15o,ooo francs pour tout appui : c'est dérisoire. Dans une réorganisation, l'éducation musicale de tous étant faite au dehors, le Conservatoire n'a plus à se préoccuper que de l'éducation des talents supérieurs, c'est-à-dire des jeunes gens qui se sentent portés, par une vocation décidée et des dispositions exceptionnelles, à prendre une carrière artiste. Le Conservatoire devient dès lors le centre où convergent tous les efforts, l'école supérieure vers laquelle tend l'ambition des lauréats de toutes les écoles secondaires de la France. Être admis est déjà un titre, car c'est une immense difficulté vaincue, et c'est en même temps, pour les professeurs, une grande facilité conquise, leur enseignement se trouvant désormais dégagé des entraves apportées par la médiocrité.

La méthode de l'enseignement de la musique et de la déclamation a, comme celle qui préside aux autres arts, des principes arrêtés et des règles variables : les principes sont les traditions laissées au Conservatoire par ses illustres directeurs et ses principaux professeurs, les règles se modifient suivant les besoins du dehors et suivant les ressources du dedans ; sous ces deux rapports, le Conservatoire peut prétendre à un plus vaste développement.

Mais dans la musique, comme dans tous les arts, dès qu'il s'agit de la perfection, le nombre, pas plus que le temps, ne fait rien à l'affaire. Je ne me préoccupe donc pas du chiffre des élèves du Conservatoire ; ce qui m'inquiète, c'est la moralité, la direction des idées, la disposition de l'âme, l'élévation du cœur, le développement de l'intelligence de ces jeunes gens qui prennent pour carrière la plus difficile et en tous cas

la plus délicate des missions. Se faire l'interprète du cœur
humain dans ses conditions de grandeur morale, de sentiment élevé, de pureté ou d'enthousiasme religieux, soit en
composant la musique d'un opéra qui exprimera toutes ces
passions, soit en déclamant les plus beaux rôles de nos chefs-
d'œuvre dramatiques ; et pour comprendre ces nobles sentiments, pour les exprimer, vivre dans une atmosphère grossière
de basse vulgarité, ou, ce qui est pire, dans tous les désordres
du vice, c'est un contre-sens, c'est l'explication de tant de vocations avortées et de la désespérante nullité de nos débutants
lyriques et dramatiques.

Sans tourner au couvent, sans se transformer en école de
mœurs, le Conservatoire peut être un noble abri contre la
misère, cet actif auxiliaire du vice, et devenir une école de
bonnes et élégantes manières, de maintien digne et convenable. A cet effet, il se partagera en deux grandes sections,
les externes et les internes; les lauréats de Paris et les bour-
siers de la province, tous ceux qui feront preuve de capacité
dans les examens d'admission, suivront les cours comme
externes; mais tous les six mois des concours auront lieu pour
passer internes, c'est-à-dire pour conquérir la faveur d'être
élevés aux frais du Gouvernement. L'école du Conservatoire,
qu'on pourrait comparer à Saint-Denis pour les femmes
et à l'école d'état-major pour les hommes, concilierait une
indépendance nécessaire avec une utile surveillance, et donnerait à cent jeunes gens et à cent jeunes filles, pendant quatre
ans, une éducation artiste, assistée d'une éducation littéraire
et morale. De cette école partiraient presque exclusivement,
car il est peu de candidats du dehors qui pourraient lutter
contre ses élèves, les lauréats de Rome et les lauréats voyageurs. Au lieu d'un élève tous les cinq ans, elle en enverrait
deux tous les ans, choisis dans toutes les spécialités de l'enseignement du Conservatoire, en épuisant avant tout la liste
des talents éminents, fussent-ils, par le fait du hasard ou des
tendances du moment, dans la même spécialité.

Les prix de Rome, les bourses de voyages, quelles que soient les promesses des lauréats, ne peuvent jamais être donnés qu'à des commençants. C'est un jeune homme qui, en musique, écrit l'orthographe et connaît les règles du style; c'est une jeune fille qui, en déclamation, parle correctement et sait l'usage de ses bras; l'étincelle ne jaillit que plus tard : si vous avez dix élèves bien préparés, elle peut enflammer le génie de l'un ou de l'autre; si vous n'en avez qu'un seul, cette chance est réduite comme de 1 à 10, et ce sont cinq années perdues.

Au retour de l'école de Rome ou des voyages d'instruction, le musicien, le chanteur, le tragédien et le comique devront être mis à l'épreuve immédiatement dans les conditions les plus favorables. Cette règle est essentielle surtout à l'égard du compositeur, qui doit se produire avant que le feu sacré s'éteigne, avant que la vulgarité musicale qui plane dans l'air parisien ou le découragement vienne annuler tant d'efforts et de sacrifices. Ceux qui connaissent les difficultés, les mécomptes de tous les genres qui assaillent l'élève de Rome à sa rentrée en France, comprendront ma sollicitude. Des œuvres éminentes ont sommeillé pendant dix ans dans les cartons d'un directeur d'opéra, en dépit de tous les règlements, et lorsqu'elles sont venues au grand jour de la publicité, lorsqu'elles ont signalé un musicien d'avenir, son inspiration s'était éteinte, anéantie sous la pression de l'humiliation et du désespoir.

Deux prix de Rome, un boursier voyageur et cinquante élèves fortement préparés formeront chaque année le contingent de talents offerts à la société par l'institution du Conservatoire : c'est assez, s'ils sont capables de répandre dans leur carrière les bons principes et la chaleur fécondante qu'ils auront puisés près des hommes les plus éminents, leurs professeurs; ce n'est pas trop, car vous n'avez pas à craindre que ces artistes réclament votre assistance et vous imposent, en retour de votre libéralité, comme une charge d'âmes : leur tort sera de vous échapper trop tôt et de s'en aller par mille voies diverses jouir du soleil de la liberté. La plupart de ces artistes sont comme certaines plantes qui ne peuvent pousser dans l'étreinte des serres chaudes, des espaliers torturés et des plates-bandes alignées; il leur faut le grand air et l'indépendance : les petits théâtres de Paris et de la province, de Londres, de Berlin et de Saint-Pétersbourg, seront le terroir de ces plantes sauvages, riches de senteurs et de toutes sortes d'éclats.

En dehors de l'enseignement public qui prépare le goût musical de tout le monde, du Conservatoire qui prépare les artistes, des théâtres lyriques et des enseignements particuliers qui forment les gens du monde, il y a une élite musicale qui réclame davantage. Elle compte les artistes compositeurs, les artistes exécutants, les amateurs sérieux, enfin les critiques et les érudits qui, par profession et par goût, écrivent sur la musique. Dire les notions vagues de tout ce monde serait dévoiler une des grosses plaies de l'art musical, car on expliquerait la marche indécise, flottante, capricieuse, de notre école, les appréciations aussi variées que les sensations d'un public qui a le droit de se croire un juge éclairé, enfin les opinions de nos critiques qui écrivent sur l'art sans en connaître les principes et les lois, sans en avoir étudié la marche, sans en comprendre les chefs-d'œuvre. Il importe grandement de combler cette lacune. L'État fondera un cours public d'esthétique et d'histoire de la musique. Le professeur ou les professeurs donneront leurs leçons pendant la semaine, et en présenteront le dimanche dans un concert comme la preuve et la démonstration. Ils expliqueront par des exemples, faciles à saisir, les développements de la musique, de son esprit, de ses beautés, et ils en feront ressortir les principaux traits dans une suite chronologique de morceaux empruntés aux différents maîtres. Ce cours, et les concerts qui en sont le complément, seront publiés et formeront une histoire de la musique et un corps musical ou trésor des beautés de l'art en tous pays et à toutes les époques.

Quand l'État a pourvu de cette manière à l'éducation en bas, à l'éducation en haut, quand les masses sont dégrossies et quand l'art est appelé dans les régions élevées où ii s'épure, l'État a encore une mission, celle de maintenir le goût du public, de l'améliorer, de l'épurer. L'éducation des gens du monde peut se continuer et s'entretenir à l'Opéra; les décorations excitent leur curiosité, les ballets les amusent, ils prennent la musique par-dessus le marché. Que cette musique soit bonne, élevée, sérieuse, qu'elle se dramatise en s'épurant, qu'elle fasse plus d'effet en faisant moins de bruit. Avec de beaux décors et de brillants ballets, le succès du spectacle est assuré; assurez par-dessus tout le progrès de la musique. Qu'un directeur, musicien de premier ordre, assisté d'une commission musicale composée d'éléments divers, soit le maître absolu du terrain; qu'il puisse faire des sacrifices d'argent pour remunérer les efforts, pour exécuter les grandes œuvres consacrées, avec l'aide des meilleurs chanteurs et la séduction de toutes les splendeurs de la scène. Quand le public, sans se douter qu'il fait une étude, sera initié aux beautés de la musique de Gluck, Beethoven, Mozart, sera habitué au grand style de ces compositeurs, il traitera comme ils le méritent les flonflons des faiseurs. Nos habiles compositeurs ne seront pas évincés pour cela; bien au contraire, ils seront poussés, stimulés, maintenus dans la bonne voie. Des poëmes seront demandés par le Gouvernement à nos gens de lettres, manière aussi de les encourager, non pas pour qu'ils fassent des vers spirituels, on n'en a que trop, mais pour qu'ils trouvent des situations dramatiques dont la musique sera l'esprit et l'éloquence; ces poëmes seront donnés gratuitement aux jeunes lauréats qui promettent, aux maîtres qui déjà ont tenu. Et, quand à cet appel généreux les compositeurs français ne répondront pas, quel riche répertoire est le vôtre, le répertoire du monde entier, car ne parlez-vous pas la langue universelle, la langue qui se lit, se chante et se comprend partout? Avec la musique étrangère appelez les artistes étrangers. Ils produisent l'effet de ces miroirs qu'on rencontre au détour d'un palier d'escalier : on se voit passer, on trouve à cet autre soi-même du ventre et un air vieilli, on se reconnaît après s'être jugé. Les Italiens nous montreront combien nous sommes inutilement bruyants et souvent mesquins dans notre chant, froids et conventionnels dans notre tragédie ; ils nous apprendront à estimer nos comiques si fins en voyant leurs bouffons si faux ; les Anglais nous débarrasseront de quelques défauts, en nous exposant avec candeur leur affectation de gentillesse et de mimique exagérée ; les Allemands nous enseigneront comment on est pathétique sans violence, passionné sans fracas, comment on exprime tous les sentiments de l'âme sans efforts et sans bruit, avec un procédé bien simple, qui consiste à en chercher l'écho dans son âme.

Dans tous les arts, c'est avec des tentatives hasardeuses qu'on fait naître de bonnes idées applicables. Comme une boisson généreuse qui renouvelle le sang, les essais intelligents raniment la verve. Il manque à ces essais de tous genres un local approprié, et de même que l'État offre aux artistes peintres et sculpteurs, à l'industrie et à l'agriculture des salles d'exposition pour les affranchir de la tutelle inintelligente des marchands, de même aussi il mettra à la disposition des musiciens une salle sonore qui leur épargnera des sollicitations dégradantes pour la dignité de l'artiste, des démarches qui accablent le génie, des frais écrasants qui sont un obstacle à tout. Ce théâtre des essais, dont je parlerai avec plus d'étendue en traitant de l'architecture, car j'en ferai un modèle de style et d'aménagement, sera mis gratuitement à la disposition de tous ceux qui apporteront une idée nouvelle, un spectacle instructif, un progrès matériel ou intellectuel. Dans l'état actuel, une troupe de chanteurs et de musiciens allemands vient faire entendre à Paris les chefs-d'œuvre des compositeurs d'outre-Rhin qui nous sont inconnus, ou même les opéras connus, mais pour les jouer dans la langue qui les a inspirés, avec les traditions du maître conservées, les inflexions consacrées par lui et toute leur originalité nationale. La troupe étrangère trouve de l'écho, mais la difficulté de trouver un local la ruine avant que ses débuts commencent, et il faut donner en secours improductifs, pour renvoyer nos

pauvres hôtes chez eux, ce qu'on aurait sacrifié en encouragement utile pour faciliter leur succès.

Il y a, pour le maintien du Théâtre Italien sur un pied de
splendeur qu'il n'a plus depuis nombre d'années, des raisons
du même genre. En dehors de la musique, c'est un théâtre
où l'élégance et le bon ton se donnent rendez-vous. Nous trai-
terons ce point ailleurs; ne songeons qu'à la musique.

Chérubini, Paësiello, Paër, Spontini, Rossini, en se faisant presque Français, leur musique interprétée sous leur direction par des artistes italiens de leur choix et les meilleurs
de leurs pays, ces artistes se renouvelant continuellement et
apportant au milieu de nous des traditions de méthode et de
chant toujours rajeunies à la source, ont-ils donné une impulsion utile et offert de bons modèles à notre public d'élite, à
nos musiciens, chanteurs et compositeurs? La réponse n'est
douteuse que de la part de ceux qui contestent à l'Italie son sentiment musical, ses bonnes traditions, ses voix remarquables,
et à ses compositeurs des qualités que ses artistes rendent
mieux que tout autre. Je ne discute pas de pareilles thèses;
j'admets en fait l'utilité du Théâtre Italien, et je propose d'en
faire un théâtre subventionné avec générosité jusqu'à ce que,
remis à la mode, il se soutienne lui-même; seulement, je
mettrais à cette libéralité certaines conditions en faveur de
l'instruction musicale, non pas de son public particulier,
mais de la masse du public. Ainsi, il n'exécuterait que de la
musique italienne; mais il députerait, chaque semaine, l'élite
de sa troupe dans deux ou trois de nos petits théâtres pour
chanter, pendant une heure, les meilleurs morceaux de son
répertoire. La bonne propagande n'attend pas les prosélytes,
elle va les chercher. Vous auriez un théâtre italien merveilleux que vous n'y feriez pas entrer un seul spectateur de nos
théâtres des boulevards; ils entendent dire qu'il y a là
de la bonne musique : ils le croient sur parole et continuent
à aller entendre les vulgarités de leur scène favorite; mais
quand Mlle Frezzolini aura fait vibrer, de sa voix passionnée,
les parois du Palais-Royal, du Vaudeville ou des Folies-Nou-

velles; quand Mme Alboni aura rempli de ses accents calmes et puissants les salles de l'Odéon, de la Porte-Saint-Martin et de Franconi, oh! alors, soyez certains que la comparaison forcée, la mise en présence des sublimités de l'art et de ses banalités réformera les goûts de ce public qui s'ignore lui-même et qui imposera ensuite, sans même se douter de l'influence exercée sur lui, une autre musique à ses orchestres, une autre méthode à ses chanteurs, car il voudra, à son tour, un art vrai au lieu de sa grimace. Le Théâtre Italien donnera en outre, chaque semaine, un millier de places gratuites aux écoles de chant, aux institutions distinguées par leurs progrès et aux lycées de l'État. Ce sera pour cette jeunesse un stimulant et une récompense, en même temps qu'une leçon.

D'autres subventions, réparties avec la connaissance des besoins, soutiendraient des entreprises utiles qui débutent et aideraient au développement de celles qui ont fait leurs preuves. La société des Concerts, formée par les professeurs et les élèves du Conservatoire, soutient le goût public, et, rien qu'avec la splendeur du beau, met en fuite la vulgarité; mais son influence est minime, elle ne s'étend pas au delà du petit nombre d'amateurs qui s'est emparé de l'étroite enceinte des Menus-Plaisirs et n'y laisse pénétrer de nouveaux initiés ni pour or ni pour argent. Il serait temps de songer aux intérêts d'un public qui grandit et deviendra immense.

Avant tout, songeons à l'éducation de ce public; écartons de ses oreilles tout ce qui n'est pas harmonie, depuis les hochets des enfants, qui leur faussent le tympan, depuis les sifflets des chemins de fer, qui nous le fendent, jusqu'aux instruments sans nom des fontainiers, qui entonnent dans nos rues une musique sauvage. Il serait si facile de faire autant de bruit et de le faire harmonieusement, d'amuser les enfants en les charmant, d'attirer les chalands, comme on le fait en Grèce, avec une douce cantilène, d'avertir un ouvrier qui travaille sur la voie ferrée avec un accord éclatant, mais juste, et sans faire fuir des populations entières, qui conservent longtemps dans l'oreille, comme un reproche de barbarie, le son discordant qui s'y est implanté. Pour la musique comme pour les autres arts, je dirai : Bercez l'enfant dans une douce et inaltérable harmonie, qu'elle l'accompagne dans toute son enfance; plus tard, le désaccord des sons offusquera son oreille autant que des proportions qui jurent, des nuances qui crient, offensent ses yeux exercés par le dessin; et remarquez combien est intime l'association de ces impressions et l'union des arts, puisque les mêmes mots expriment les mêmes sensations, qu'elles frappent les yeux, les oreilles ou le toucher.

Mais, je le répète, la chose importante sera d'agir sur les masses en favorisant toutes les manifestations musicales qui s'adressent à elles : dans les villes, les associations chorales, les réunions de musiciens amateurs, la musique en plein air des jardins publics, les chanteurs et musiciens ambulants, et la musique militaire des régiments; à la campagne, dans les vallées comme sur la montagne, la recherche et le maintien des mélodies nationales, l'amélioration des orchestres du village, tout cela encouragé, stimulé à peu de frais, par l'impulsion administrative, l'attrait de quelques prix et autres distinctions, l'intérêt surtout que les autorités témoigneront aux efforts et aux progrès. Dans la capitale, il faut plus encore, et les inventions nouvelles nous permettent de porter des secours également efficaces à cette immense agglomération d'habitants. Demandez à l'architecture nouvelle de vous construire d'immenses arènes favorables à l'audition, faites appel aux nouveaux instruments de Sax, dont l'étourdissant éclat ne sera plus qu'une sonorité suffisante, aux sociétés chorales, qui réuniront des milliers de chanteurs, et alors la perfection des concerts du Conservatoire retentira au profit de tous dans ces vastes espaces, où 20,000 places à 50 centimes rapporteront autant que 500 à 20 francs. Avec cette excellente musique mise à la portée de tous, il y aura une véritable propagande du sentiment musical, une habitude de l'harmonie, une génération entière dont l'oreille juste proscrira autour d'elle le chant faux, la musique criarde, et qui ira même

dans nos théâtres siffler les acteurs et faire la leçon aux directeurs.

Comme dans les autres arts, veillez au sommet et à la base,
et du sommet où vous l'entretenez, transportez bravement la
perfection à la base, où elle fructifiera.

IDÉE QU'ON DOIT SE FAIRE DU DESSIN.

Ayant dégagé ce projet d'organisation générale de deux intérêts majeurs, la part donnée aux femmes, la part réclamée
par la musique, je reviens à l'éducation primaire, que j'ai
laissée au moment où la loi de 1849 en excluait complètement les arts. On ne peut attribuer à aucune lacune dans
l'esprit, à aucun mauvais sentiment du cœur, l'omission dont
je me plains; on en trouve la raison dans la fausse idée qu'on
se fait des arts en général et de l'étude des formes en particulier, autrement dit, du dessin.

J'ai présenté, il y a déjà bien des années, une opinion que
je vais développer ici : elle était alors nouvelle, quoiqu'elle
fût pour moi le résultat d'une expérience pratique et déjà
bien arrêtée dans mon esprit; depuis elle a fait son chemin,
quelques esprits distingués s'en sont emparés, et l'Angleterre
essaye de la mettre en œuvre sur une vaste échelle; si donc je
la revendique, c'est pour en faire honneur à la France, et
qu'il ne soit pas dit qu'on nous a devancés quelque part en
Europe dans la culture des arts.

Il s'agissait alors de l'organisation des bibliothèques, et je
me supposais dans une ville comme Montpellier, qui, au lieu
de disséminer ses collections en multipliant ses frais, en rendant impossible la surveillance, réunirait dans un même local ses livres et ses objets d'art, ses cours scientifiques et ses
cours littéraires, l'amphithéâtre de la chirurgie ou de la chimie et celui des beaux-arts. Je disais : « Le dessin n'est déjà
« plus un art; il avait précédé l'écriture, il en a été l'origine,
« il doit la compléter. Est-il donc plus difficile pour l'enfant
« de dessiner ceci : $\langle$ que de tracer les trois traits arrondis
« qui composent cela : B? Si l'élève copiait des yeux, des nez

« et des oreilles en même temps et avec autant d'application
« qu'il griffonne des M, des P et des Z, il arriverait du même
« coup à écrire et à dessiner sa pensée. Il en sera ainsi doré-
« navant si l'enseignement donne à l'enfant cette double puis-
« sance intellectuelle et communicative[1]. »

Cette manière d'envisager le dessin et son étude acquiert
chaque jour dans mon esprit plus de consistance, et une
organisation de l'enseignement conforme à ce système me
semble contenir en soi la solution la meilleure de cette grande
difficulté de l'élévation des arts par l'extension indéfinie de
leur culture. Si c'était une innovation dans les habitudes de
l'humanité, j'hésiterais à en proposer l'application, je doute-
rais de son succès; mais c'est vieux comme le monde. 400 ans
avant Jésus-Christ, Pamphile, le plus fameux peintre de Sicyone[2], avait fait admettre pour règle, et même comme loi
obligatoire, que tous les enfants apprendraient à dessiner avant
d'écrire, avant d'entreprendre aucune autre étude; et la génération formée par cet excellent système donna à la Grèce
plus d'artistes que d'écrivains, lui donna surtout ce public
délicat qui fut le juge compétent d'*Ictinus*, de *Phidias* et
d'*Apelle*.

Le dessin n'est pas un art, disons-le tout d'abord et bien
haut, pour qu'on ne le repousse pas comme une superfluité
du luxe réservée aux gens oisifs, ou comme une étude spéciale du ressort de l'artiste. Le dessin est un genre d'écriture,
et avant peu chacun aura un bon ou un mauvais dessin,
comme on a une bonne ou une mauvaise écriture; mais il
sera honteux de ne pas dessiner, on en rougira, comme aujourd'hui on rougit de ne savoir pas écrire; et de même

[1] *De l'organisation des bibliothèques dans Paris*, 8ᵉ lettre, in-8°, pag. 51.
Paris, avril 1845.

[2] Pline, lib. xxxv. « Et hujus auctoritate effectum est Sicyone primum,
« deinde et in tota Græcia, ut pueri ingenui omnia ante graphicen, hoc est
« picturam, in buxo docerentur, recipereturque ars ea in primum gradum
« liberalium. » (Voyez plus haut, tome I, page 13, l'historique des arts chez
les Grecs.)

qu'écrire, c'est-à-dire tracer sur papier sa pensée avec l'encre qui découle de sa plume, ne constitue pas le talent d'écrire, c'est-à-dire d'avoir une pensée élevée ou profonde, exprimée dans un style précis ou coloré, de même aussi dessiner tout ce qu'on voit, tout ce qu'on a vu, ne saurait constituer le talent de l'artiste, ni autoriser les prétentions qui en découlent. On tenait en honneur autrefois un homme qui lisait et écrivait correctement, une place lui était réservée; bientôt, pour être remplaçant dans l'armée, homme de peine dans la vie civile, il faudra savoir lire, écrire et dessiner.

Remarquons bien que le dessin est un langage qu'aucune description parlée ou écrite ne remplace, car l'intelligence qui comprend un dessin est non-seulement ordinaire, mais elle est aussi arrêtée dans les limites justes de la vérité, tandis qu'il dépend de l'intelligence de l'auditeur d'interpréter une description suivant la lenteur ou la rapidité, la pauvreté ou la richesse de son imagination; et cela est si vrai, que celui qui décrit s'efforce par ses gestes en parlant, comme par ses comparaisons en écrivant, de fixer, de borner à des limites raisonnables l'imagination de son auditeur. Avec un léger, un furtif dessin, il précisera complétement sa pensée, il abrégera sa description, avantage précieux pour ses auditeurs, pour ses lecteurs et pour lui-même.

L'écriture est une partie du dessin; l'enseigner seule a été l'erreur. Il y a différents genres d'écriture : on connaît l'anglaise, la bâtarde, la gothique, on aura dorénavant l'écriture figurée, c'est le dessin. Apprendre aux enfants les proportions des choses par l'habitude de figurer les objets naturels, c'est se rapprocher de leurs instincts imitatifs; les conduire en même temps à faire des lettres, c'est leur faciliter l'imitation de ces figures conventionnelles qui composent l'écriture. Ainsi l'enfant qui aura reproduit avec plaisir et facilité cette fleur, parce que c'est pour lui un objet familier, plaisant, séducteur, passera facilement de ce dessin à l'imitation d'un P, qui, malgré son étrangeté, son insignifiance, répond à des idées naturelles par un même rapport de justes proportions qui font, comme dans la fleur, dans l'œil ou dans l'oreille, l'élégance de la forme; mais astreindre l'enfant tout d'abord, et sans une préparation préalable de son jugement, sans aucun exercice préparatoire de sa main, à reproduire mécaniquement des figures qui ne se rattachent à aucune de ses idées, à aucune des formes qu'il a d'habitude sous les yeux, c'est prendre le raisonnement à rebours, l'étude à l'envers, c'est dégoûter l'enfant et l'abrutir. Aussi, qu'est-ce que l'écriture pour l'enfance, sinon un long supplice, dont on peut suivre la marche sur la trace de ses pleurs? Tout au contraire, si le dessin, cette étude attrayante, a précédé l'écriture, celle-ci vient s'y mêler comme sa compagne, comme une sœur plus âgée, plus sévère, et l'enfant passe de l'une à l'autre en fortifiant l'une par l'autre. L'enseignement de l'écriture seule est un ennui, une fatigue, un dégoût pour l'enfant; l'enseignement du dessin, à titre de hors-d'œuvre, une fois et deux fois par semaine, est une perte de temps, puisque c'est un temps employé sans résultat possible; mais le dessin et l'écriture, enseignés simultanément et confondus ensemble, s'allégent en alternant, se soutiennent en s'appuyant, et font faire des progrès chacun au profit de l'autre.

Les rapports de l'écriture et du dessin ne sont devenus mystérieux qu'avec le temps; ils étaient manifestes dans l'antiquité. Dans son état primitif, toute écriture a été figurée et s'est transformée conventionnellement en devenant cursive pour les besoins. Les hiéroglyphes des Égyptiens se servent de l'homme, décomposent son corps et emploient chacun de ses membres pour figurer une idée; plus tard, transformant cette écriture pittoresque en caractères hiératiques, ils réduisent chaque figure à ses éléments principaux et à ses rudiments; enfin, passant au démotique, qui est l'écriture cursive, ils se contentent d'une abstraction, d'un diminutif conventionnel, mais qu'il n'est pas impossible d'amplifier et de ramener à son origine figurée. Les nations qui sont venues ensuite dans l'ordre de la civilisation ont adopté immédiatement des caractères de convention, qui conservent encore, de leur principe d'imitation des œuvres

de Dieu, certaines proportions naturelles et humaines qui en
font la beauté, tellement que vous pouvez juger du degré de
civilisation de tous les peuples par la pureté, la grâce, la
justesse et l'équilibre des caractères de leurs inscriptions. Les
savants qui ont étudié l'épigraphie n'hésiteront pas à rattacher
aux plus grandes époques de l'art les plus belles inscriptions;
leur régularité harmonieuse, leur allure noble et dégagée, en
font une date certaine et aussi l'indication d'un foyer actif de
l'art. Nîmes, qui n'était comparable à Rome ni par sa grandeur ni par son importance, l'égale par la beauté de ses inscriptions, qui lui venait des principes de pureté de l'art qu'elle
avait reçu des Grecs et conservé sous la domination romaine.
Chez les Orientaux, les inscriptions associées à l'ornementation générale de l'architecture ont concouru à son embellissement, et ce système ingénieux, fécond, a été adopté à la suite
de nos croisades par l'art entier de notre moyen âge, dit art
gothique. Banderoles gracieuses, enroulements sans fin, combinaisons ingénieuses, balustrades à jour, partout l'inscription
se fait dessin ou le dessin devient inscription, dans une fusion
habile, harmonieuse et insensible.

Encore aujourd'hui, où nous sommes loin de ces heureuses
traditions, auxquelles cependant nous tendons de nouveau, auxquelles nous reviendrons, ces rapports du dessin et de l'écriture
se retrouvent, quoiqu'avec moins d'évidence. Nos artistes ont
tous une belle main, et ils luttent, pour ainsi dire, contre des
dispositions de calligraphes dont ils craignent le ridicule; un
élève fort en écriture sera le premier dans la classe de dessin,
et il en sera de même pour celui qui dessine bien, quand il
s'agira d'écrire. J'ai consulté nos principaux graveurs en lettres:
tous m'ont dit que les apprentis qui suivaient les cours des
écoles de dessin avaient une avance de moitié sur les autres
pour bien mener leur burin, assouplir leur main, former leur
goût aux proportions et aux rapports que les lettres doivent
conserver, soit entre elles, soit dans l'espace qu'elles occupent.

Dessiner, écrire, seront donc une même étude, et quand

chacun pourra plus facilement et plus vite peindre les objets qu'écrire leur description, l'écriture redeviendra pittoresque et commune à toutes les nations; ce ne sera pas encore la langue universelle que sollicite le présent, que nous réserve l'avenir, mais c'est un acheminement vers elle, son premier rudiment et le germe qui la contient.

Si l'enseignement du dessin, dans les écoles primaires et secondaires, devait être un obstacle, ou seulement une en-trave à l'ensemble de l'éducation, je ne crois pas que l'intérêt de l'industrie et des arts prévalût contre cette grave objection; mais quoi de plus propre à développer l'intelligence et ce qu'il y a de plus noble en elle, le goût, quel allié plus at-trayant, quel appât plus innocent que le culte des arts pour élever l'esprit de la jeunesse à la compréhension du beau, du vrai et du bien, ces trois essences de la morale? Le dessin, et les idées qu'il fait naître dans les jeunes esprits, soit pour mieux comprendre la nature, soit pour apprécier, presque sans en avoir la conscience, les beautés des œuvres de l'homme, doivent fournir au professeur, au simple maître d'école lui-même, des inspirations morales d'un ordre élevé que n'é-veilleraient jamais les redites quotidiennes de la routine pédagogique.

Rien autant que l'étude du dessin, surtout cette étude sui-vie dans le jeune âge, n'habitue l'esprit à se reposer sur les objets et l'observation à s'y arrêter, de manière à fixer dans la mémoire leurs formes générales et leurs particularités. Ce don d'observation exercé, développé, est dans la vie la source de mille jouissances qui échappent aux autres hommes. De même que celui qui comprend parfaitement une langue étran-gère, assistant à une tragédie, entend plus que des sons, comprend le sens, saisit les mérites de la versification, est transporté par les beautés particulières à l'idiome, de même aussi l'artiste voit dans la nature mille beautés qui l'enthou-siasment, et devant lesquelles reste froid le spectateur dé-pourvu des notions de l'art.

Le dessin, enseigné dès l'enfance, ne crée pas et ne doit

pas créer des artistes; mais l'art, comme l'esprit, est un instrument dont on apprend à jouer. Celui-là devient maître
qui a le génie et les dispositions naturelles; mais tous les
autres acquièrent, par l'exercice et l'habitude, des talents
agréables et, en tout état de cause, le talent de goûter celui
des autres. N'est-ce donc rien de comprendre les merveilles
de la création et les beautés de l'art, de sentir l'élégance, de
distinguer la mise de bon goût, d'estimer un certain luxe de
propreté sur soi et à l'entour de soi, de suivre avec amour l'arrangement pittoresque de son habitation, des allées fleuries
de son jardin, des routes serpentantes de sa commune et du
préau de son village? L'art fait de chacun de nous le plus
heureux des Christophe Colomb; chaque jour, et à chaque
instant, il nous découvre un monde nouveau, et ce monde
est à nous, personne ne nous le conteste.

ÉTAT ACTUEL DE L'ENSEIGNEMENT DU DESSIN.

Quel fut, dans ces derniers soixante ans, l'enseignement
du dessin? On peut dire, en thèse générale, qu'il a été tout
à fait indigne de la grandeur de la France et de l'importance
bien reconnue de l'art.

On enseigne les langues mortes et vivantes dans les écoles publiques et particulières; on leur consacre huit heures d'études
par jour, tandis qu'on n'enseigne pas la langue universelle,
le dessin, ou qu'on lui fait l'aumône d'une heure de leçon
par semaine, soit dix minutes par jour. C'est dérisoire.

Si l'on avait donné à l'art sa part au soleil de l'éducation
populaire, depuis plus d'un demi-siècle que l'enseignement
public et gratuit a été décrété par les assemblées, nous n'en
serions pas où nous sommes; sur 32,000,000 de Français, il
n'y en aurait pas 25,000,000 qui ignorent de quel côté ils
doivent regarder le dessin que vous placez dans leurs mains,
qui ne savent pas distinguer le beau du laid, et qui ont un
secret instinct pour le trivial. 25,000,000 d'êtres intelligents
laissés dans cette ignorance! Et quel est l'enseignement du

dessin pour quelques privilégiés? Entrez dans les écoles, les pensions, les colléges. Qu'y verrez-vous? A un seul jour de la semaine, et pendant une seule heure, largement entamée par l'adresse des enfants à prolonger leur installation et par la hâte qu'ils mettent à quitter leurs crayons quand la leçon maudite approche de son terme, un maître de dessin, incapable de dessiner d'ensemble une tête d'expression, de mettre debout un bonhomme, déroule devant ses élèves des modèles pitoyablement gravés ou lithographiés d'après des peintures modernes d'un caractère vulgaire. Les figures sont exprimées par un contour qui semble, à sa dureté, à sa valeur, le rebord de quelque chose, et les ombres sont rendues par un système de hachures qui forment comme un réseau de mailles régulières. L'élève déjà grand, qui n'a pas été préparé à renverser un corps solide sur une surface plane et à habituer son esprit à cette abstraction qui veut qu'une ronde-bosse ou un relief s'exprime sur un papier blanc par des ombres et des lumières simulant conventionnellement les saillies, les creux et le modelé d'un objet, cet élève ne voit dans son modèle qu'un contour, que des hachures, et s'en va imitant puérilement, mesquinement, servilement, ce qu'il a sous les yeux, sans penser à ce qu'il exprime. De là ces dessins sans vie, sans caractère, figures au trait, figures ombrées en hachures, travail pénible, étranger à l'art. Quatre années, de douze à seize ans, passées dans ce fastidieux exercice, ne laissent dans l'esprit des jeunes gens ni un sentiment des proportions, ni une habitude de bien voir et de juger sainement; l'élève a acquis une routine, quelque chose comme la mise en carte d'un modèle, et cette routine ne lui sera d'aucune utilité dans la vie. Ainsi l'enseignement du dessin, par la brièveté du temps qui lui est consacré, par l'aridité et l'insignifiance des gravures données en modèle, devient, au lieu d'une distraction charmante, d'une récréation enviée et attendue, un vrai supplice; il prend du temps, fausse les idées et n'apprend rien.

Si l'on passe dans les écoles spéciales de dessin de Paris et des départements, l'enseignement y est, sans aucun doute, dirigé avec plus d'intelligence, mais les modèles y sont tout aussi pitoyables : ce sont des lithographies dessinées sans grandeur, d'après des peintures dépourvues de toute distinction, des gravures sans accentuation, ou terminées outre mesure et d'un burin routinier, des animaux de Victor Adam, privés de la ligne caractéristique, de la physionomie, de la vérité; et pour les plâtres, le vieux fonds des antiques du Vatican, tel qu'il a servi avant que les voyages en Grèce et les progrès de l'archéologie aient fait discerner dans les fouilles récentes, comme dans les musées de tous les pays, l'art attique de ses imitations médiocres, originaires des colonies grecques et de l'Italie, pendant l'empire de Rome. Les plus avancées de ces écoles se croiront en progrès, si elles donnent à leurs élèves des fragments hardis de Michel-Ange et de Benvenuto Cellini, séductions au devant desquelles ils auraient été d'eux-mêmes toujours assez tôt, quand ils ne devraient voir, étudier, comprendre, que les plus pures créations de l'antiquité, sources du bon goût, préservatifs du mauvais.

L'étude du dessin n'étant pas obligée dans les classes élémentaires, c'est-à-dire au début de l'éducation, cette étude étant exceptionnelle, bornée et mal dirigée à la fin de l'éducation, il en résulte que l'ignorance des premiers principes de l'art est à peu près générale; et cette ignorance, qui formera ensuite dans la vie le plus singulier contraste avec la prétention de chacun à juger les œuvres d'art, devient intolérable pour tous ceux qui entrent dans les carrières scientifiques, administratives et industrielles. Aussi n'y a-t-il pas un père aujourd'hui qui ne se promette d'éviter à son enfant les tourments, les embarras, les fausses hontes qu'il a essuyés. Mais quand vient le moment de mettre cette bonne résolution à exécution, comment faire ? Dans les classes élémentaires, on n'enseigne pas le dessin, et on persuade facilement au père que son enfant est trop jeune, que ce serait peine perdue; puis viennent les années, et ce père apprend que le dessin, étant un art d'agrément, n'est compris ni dans le programme de la pension, ni dans les heures d'étude, ce qui l'obligerait à payer ces leçons à part et l'enfant à les prendre sur ses récréations. Le père insiste moins pour imposer cette étude, l'enfant insiste davantage pour la repousser, et on renonce au dessin d'autant plus facilement que, n'étant obligatoire dans aucun examen, l'éducation peut se couronner avec le baccalauréat sans s'être imposé ce souci, et le jeune bachelier, arrivé à dix-huit ans, n'ira certes pas se remettre sur un banc d'école pour dessiner des yeux et des oreilles. De là vient que les artistes ne sortent pas des institutions où les classes aisées font élever leurs enfants; ils percent du milieu d'une éducation littéraire nulle ou très-négligée, lorsque, dans un apprentissage grossier, leur talent peut se faire jour; de là vient aussi que le peuple français, naguère le plus poli parmi toutes les nations, apprend maintenant à lire, à écrire, à compter, et sort des écoles sans se douter qu'il y ait dans la vie, en dehors de la lecture du journal, de l'écriture de ses comptes, du calcul de ses intérêts, quelque chose qui s'appelle les arts et qui donne à peu de frais les jouissances les plus élevées et les plus douces. S'il l'apprend, en entrant le dimanche dans l'église, vieille construction gothique, couverte d'anciennes peintures, éclairée de resplendissants vitraux, retentissante des sons majestueux de l'orgue, il peut se figurer que ces arts et les jouissances qu'ils procurent sont d'un ordre divin, inaccessible à la foule. Il faut détruire cette erreur à tout prix et faire rentrer les arts dans le domaine du peuple. Laissons donc l'attristant tableau de l'organisation présente; ne songeons qu'à l'organisation future, à cet enseignement public, libéral, gratuit, qui doit transformer notre nation.

La France est un soldat; on l'a dit, et c'est vrai, mais selon que l'honneur l'exige. Quand la guerre est glorieusement terminée, quand la victoire a mis l'épée dans le fourreau, la France n'est plus un soldat, et elle est encore un artiste, car elle l'est toujours.

L'ENSEIGNEMENT DU DESSIN DOIT COMMENCER AVEC L'ENFANCE.

A onze siècles de distance, il sera voté une loi qui ordonnera qu'en France, dorénavant, tout le monde saura dessiner, comme, en 787, l'empereur Charlemagne jetait à l'étonnement de ses vastes États un simple décret qui ordonnait qu'à partir de cette date chacun sût lire. Le grand monarque voyait avec honte dans quel style barbare les réclamations, même celles du clergé, lui étaient adressées; la France de nos jours peut voir également avec douleur l'ignorance de ses enfants dans cette langue naturelle qui est la représentation fidèle des objets. Le décret de Charlemagne provoqua la grande renaissance des lettres, dont l'honneur lui est resté; notre loi sera également le germe d'une renaissance des arts : personne ne savait lire, comme personne ne sait dessiner, et on apprendra l'un plus facilement de nos jours qu'on n'a appris l'autre au viiie siècle.

Le dessin prenant place dans l'enseignement au même titre que l'écriture, l'enfant, en même temps qu'il épelle, fait des bâtons. Le bâton est le premier trait du dessin. Ainsi appris, le dessin ne s'oublie pas et devient un auxiliaire pour la vie. On perd l'habitude, mais jamais l'usage de la lecture, de l'écriture, de l'équitation, de la natation, de ses fleurets, de sa balle, de ses patins, tandis qu'on désapprend si rapidement le dessin, appris au collége comme talent d'agrément, que vous voyez, à la fin des études, 99 élèves sur 100 abandonner complétement cette occupation, devenir incapables de dessiner d'aplomb un moulin, et parler cependant avec complaisance des magnifiques dessins qu'ils exécutaient autrefois. C'est que faire entrer un jeune homme de treize ans dans un cours de dessin sans l'avoir rompu dès l'enfance à des habitudes pittoresques, c'est l'exposer au dégoût sur ces bancs où il rencontrera à la fois tous les obstacles, tandis que, préparé par l'éducation première, il trouve pour ainsi dire, avec chaque nouvelle année, la forme pittoresque de son âge, le genre d'imitation qui convient au degré de son intelligence.

Tant qu'il s'est agi uniquement de former des artistes et de réserver le dessin et la culture des arts à cette carrière spéciale, je crois qu'il était sage d'attendre la quatorzième ou la quinzième année avant de mettre un crayon dans les mains d'un enfant. Dans de telles circonstances, il y allait de l'avenir de l'homme, chose grave, et il fallait que sa vocation ne fût pas douteuse. Tout enseignement lui aurait médiocrement servi, si ses dispositions étaient éminentes et décidées, et on courait risque, en lui apprenant de trop bonne heure à dessiner, de se tromper et de prendre quelques penchants précoces et des habiletés de main pour les indices certains d'un avenir assuré. Il est si difficile dans l'enfance de distinguer la vraie vocation! On accepte si facilement un petit prurit de griffonnage pour un symptôme décisif! L'historiette du jeune pâtre Giotto dessinant ses brebis trompe les pères depuis quatre cents ans, car ils ne veulent pas croire qu'on annonce plus souvent sur les marges de ses livres sa paresse présente que son futur talent.

Mais dans le nouvel enseignement ces erreurs ne sont pas possibles, ou elles sont sans conséquence. On ne fera pas des artistes, on formera des hommes, en donnant à tous, par la connaissance du dessin, une faculté précieuse. Le talent, le génie, les penchants irrésistibles et les vocations arrêtées se dégageront d'une génération tout entière uniformément bien préparée.

Si le dessin était un art naturel comme l'est la sculpture, il y aurait moins d'inconvénients à s'y prendre tard pour l'enseigner, quoique l'habitude de se rendre compte des proportions soit d'un grand secours au sculpteur lui-même; mais rien n'est plus artificiel et de convention que le dessin, cette base de la peinture; ce n'est pas trop de commencer dès l'enfance à combiner dans sa tête les éléments de ce procédé qui consiste à renverser les objets et à les fixer sur une surface plane tels qu'on les voit et non pas tels qu'ils sont, contrairement même à ce qu'on sait de leur forme réelle. Ainsi une boule est ronde, et pour l'imiter vous ne pétrissez pas une boule dans vos mains, mais vous devez apprendre à marquer cette

rotondité par un trait qui n'existe pas, par des blancs au lieu
de relief, par des noirs au lieu de parties fuyantes et en retraite. Non, ce n'est pas trop d'habituer l'homme dès son enfance à cette traduction conventionnelle de la réalité en illusion, de la vérité en fiction.

D'ailleurs, les grandes facultés s'annoncent quelquefois tard;
un homme n'a souvent l'imagination, la couleur, le pouvoir
et le tourment de produire qu'en pleine maturité. La Fontaine
écrivit ses premiers vers à trente-trois ans; mais La Fontaine
avait alors fait de bonnes études, et son inspiration a jailli
immédiatement d'un sol bien préparé. Il en sera ainsi de
chacun dans la pratique des arts. Le métier, le rude métier
de dessinateur aura été fait à cet âge où l'esprit, souple comme
la main, se prête à tout; vienne l'imagination, et elle trouvera
des yeux habitués à voir et une main exercée. Aussi, dans les
arts comme dans les lettres, quand l'homme est formé, quand
le cœur est affermi, quand l'esprit est fortifié, je ne crains
plus ni l'influence des romans et d'une littérature frelatée,
ni la tyrannie de ces caprices de l'humanité qui sont des
modes et qu'on appelle des styles, ni le pouvoir des fantaisies
individuelles qui ont la prétention d'être des règles.

Par une faveur providentielle, un seul procédé sert de
base à tous les arts. Que votre penchant, votre nature, vos
aptitudes, vous portent à l'architecture, à la sculpture, à la
peinture, et à toutes les industries qui dépendent de ces arts,
il importe peu; vous n'avez à vous occuper d'aucun choix :
une seule étude, le dessin, est pour tous et par excellence
l'étude préparatoire.

Cet enseignement uniforme réclame cependant une méthode dont l'élasticité convienne aux divers âges des élèves.
De deux à six ans, c'est-à-dire pendant le temps qu'on passe
sur les genoux de sa mère ou dans le préau de l'asile, l'enseignement du dessin est un amusement, une distraction qui
rectifie le jugement et forme les yeux. De six ans à dix, on
fréquente l'école primaire, ou l'on est élevé chez ses parents :
dans l'un et l'autre cas, le dessin devient une habitude que l'on

prend dans la pratique quotidienne, une sorte d'occupation manuelle comme l'écriture, à laquelle on n'attache aucune idée esthétique, mais qui donne une faculté nouvelle pour juger les objets et les représenter. C'est depuis dix ans jusqu'à seize qu'on dessine avec un sentiment artiste; mais alors ce n'est plus pour imiter servilement la forme extérieure des objets, mais pour en observer toutes les particularités et les rendre dans la justesse des proportions, dans leurs formes caractéristiques, avec leur expression particulière.

A ces trois échelons, si différents de tous points, répondent naturellement des formes d'enseignement différentes, qui se distinguent en outre de l'enseignement supérieur. Celui-ci, destiné aux jeunes gens qui se consacrent aux arts, aborde un ordre plus élevé d'études et de préoccupations. Toutefois ces échelons sont les degrés naturels qui conduisent du bas de la montée à son sommet : c'est une seule méthode, mais elle est progressive; ce sont les mêmes principes, mais ils ont un déve-loppement continu.

DES PRINCIPES QUI PRÉSIDENT À TOUTE MÉTHODE D'ENSEIGNEMENT.

Je ne voudrais préconiser aucune forme d'enseignement, la meilleure méthode étant sans doute celle qu'on applique avec le plus d'intelligence, qu'on associe à des soins paternels, à une vocation professionnelle. Il est naturel de commencer par la tâche la moins difficile et de progresser suivant les progrès de l'enfant : d'abord la copie d'après le modèle dessiné, puis la copie de mémoire, et enfin la composition. Cette succession de travaux gradués sera accompagnée d'un enseignement historique. Le professeur mettra sous les yeux des élèves les grandes influences qui ont modifié la marche des arts et qui forment ses époques caractéristiques. Il les intéressera avec d'autant plus de facilité que cet enseignement soulagera leur attention et se fera avec l'aide des monuments.

Copier fidèlement le modèle, dans ses proportions, ses lignes et son caractère, c'est forcer l'intelligence à s'incorporer à lui, à s'identifier avec lui, de telle sorte qu'il se fixe, pour ainsi dire, dans l'esprit, et que les yeux l'y voient après qu'il leur a été enlevé, aussi fidèlement que lorsqu'il était placé devant eux; le reproduire alors de souvenir, non pas dans sa charge, ce qui serait facile, mais dans toutes les conditions d'une exactitude naïve, c'est s'habituer à voir son modèle dans son dessin et non pas le dessin lui-même, à comprendre dès lors que ce travail de hachures et de frottis n'est pas le but, mais le moyen, qu'il n'est pas une chose en lui-même, mais le reflet de quelque chose.

Lorsque la main a acquis cette habitude, lorsque la mémoire s'est ainsi meublée des plus beaux ornements de chaque style, des plus célèbres modèles de chaque époque et des éléments essentiels de la science anatomique, alors l'élève est préparé pour l'application, soit qu'il devienne artiste ou industriel, soit qu'il reste homme du monde.

En résumé, agir progressivement, tout en élevant constamment le niveau, car il en est de l'étude des arts comme de l'éducation de l'enfant : *The sooner*, dit Locke, *you treat him as a man, the sooner he will begin to be one.* Traitez donc l'enfant, qu'il soit du peuple ou des classes supérieures, comme un artiste, et il le deviendra, car il en a naturellement l'instinct et les facultés.

Dieu, en nous donnant la perception du bon goût, en en faisant dans la marche de la civilisation une qualité, presque une vertu, n'a pu nous priver des modèles qui en fixent les règles; dans sa bonté inépuisable, il nous en a entourés. Toute la création semble être le commentaire de cette loi et avoir eu pour but d'habituer nos yeux, de familiariser notre esprit avec l'harmonie des proportions, avec le balancement de la symétrie, avec cette universelle régularité qui se fond dans une universelle variété. Et je ne comprends pas dans la variété l'accident. La nature, dans son incessante production, est sujette à des altérations exceptionnelles; mais jamais elle ne s'est rendue coupable d'une monstruosité. Quand le tronc est noueux, quand l'être est difforme, il y a eu, non

pas caprice du créateur, nous le croyons, parce que nous lui
prêtons, avec notre figure, aussi nos faiblesses, et Dieu ne
connaît que les lois immuables qu'il s'est faites : il y a eu accident ; quand la plante ou l'homme sont chétifs ou disgraciés,
la loi pour cela n'est pas lésée : la symétrie, les proportions,
l'ordre parfait, se retrouveront dans un être de la même espèce, qui se rapprochera davantage du type originaire ; et c'est
dans la connaissance innée ou dans le sentiment instinctif
que nous avons de ce type primitif et dans l'étude de ces défor-
mations accidentelles que s'est manifestée à nos esprits la distinction du laid et du beau, distinction inconnue de Dieu, type
du beau par excellence et source de toute beauté. Quant aux
créations divines que le vulgaire nomme des monstres dans
tous les règnes de la nature, depuis les êtres gluants de la
classe des acalèphes, depuis les êtres mous comme le poulpe
des mollusques céphalopodes, depuis la cigogne, le flammant
et le pélican, jusqu'au chameau et à la girafe ; ces créations divines sont des modèles de beauté qui nous paraissent difformes
parce que, renfermés dans notre élément et circonscrits dans
nos habitudes, nous nous sommes fait de notre image et de
quelques êtres à notre portée un critérium, une sorte d'étalon,
auxquels nous rattachons toutes les productions de la nature,
d'après lesquels nous les échelonnons, quand nous devrions
au contraire juger chacune d'elles dans sa nature propre,
dans son élément et d'après ses conditions d'existence : étude
immense qui signale le beau dans toute la création, étude
féconde qui nous enseigne comment nous pouvons créer nous-
mêmes la beauté en cherchant le même accord, la même harmonie entre la forme des objets et leur destination. Dieu n'a
peut-être fait le formidable rhinocéros, le majestueux cheval
marin, le fougueux bison, que pour nous apprendre à
trouver les formes de beauté brutales et imposantes qui conviennent au canon sur son affût, au navire à hélice fendant
la vague, à la locomotive aux naseaux enflammés fuyant sur
les rails, plus rapide que le vent.

La nature, qui résume tous les genres de beauté, est donc

le modèle unique ; sa plus parfaite imitation, le but constant de l'élève ; mais la nature est compliquée de détails infinis, de contrastes qui nous paraissent bizarres, d'oppositions qui nous semblent tranchées ; elle est insaisissable pour un enfant inexpérimenté, et ce serait renoncer gratuitement à tous les avantages de l'expérience acquise que de ne pas profiter des efforts séculaires de ses plus habiles interprètes. Les artistes anciens lui ont ravi ses secrets les plus précieux et ont su traduire ses beautés les plus sublimes. L'antiquité est donc aussi un modèle et comme l'intermédiaire entre la nature et nous. On l'accuse de roideur, de monotonie, de froideur, quand on ne la connaît pas ou quand on la connaît mal. Les monuments sont là pour prouver sa surprenante souplesse, sa grâce toujours variée et ses ressources inépuisables. L'antiquité est le modèle que doivent suivre les élèves, non pas exclusivement, mais de préférence à tout autre, depuis le moment où ils cessent d'apprendre avec les yeux jusqu'au moment où ils sont assez forts pour comprendre la nature elle-même et l'interpréter, c'est-à-dire depuis la sortie de l'enfance ou de l'asile jusqu'à l'entrée dans l'âge sérieux ou dans l'enseignement supérieur.

Mais quand je dis : Prenez la nature pour modèle, ce que vous faites est contre ses lois, on s'insurge, on me contredit, on prend la nature elle-même à témoin. Il y a là un malentendu. Avant d'aller plus loin, j'expliquerai ce qu'est pour moi la nature. S'agit-il de fleurs, de végétation, d'animaux domestiques, d'animaux sauvages, de l'homme lui-même, l'observateur reconnaît deux états très-différents : celui où tous ces êtres, de création divine, tiennent par quelque lien à leur origine et ont conservé quelque chose de leur beauté primitive ; celui où, transformés par la civilisation, défigurés par elle, ils ont encore des beautés, tout en ayant perdu les vraies proportions et l'accord. Ceci accepté, voyons où commence le malentendu : nous disons à l'élève, lorsque nous cherchons à lui faire comprendre les véritables principes de l'ornementation, qu'il doit prendre la nature pour règle et qu'elle lui apprendra à maintenir la régularité et la symétrie dans l'ar-

rangement, à conserver des proportions rigoureusement mathématiques à chaque chose, et surtout à subordonner toujours
le détail à l'effet général; l'élève nous contredit. S'agit-il de
végétation, il nous montrera une fleur monstrueuse, écrasant
la corbeille de plantes de même espèce par sa grosseur, qui
semble avoir pris ce développement au détriment de ses voi-
sines; il nous signalera les proportions relatives des fleurs et
des feuilles, les unes énormes et nombreuses, les autres im-
perceptibles et rares, de telle sorte que toutes ces fleurs grou-
pées n'offrent plus qu'une masse colorée, confuse, et la verdure, au lieu de servir de doux repoussoir à la fleur, de
l'encadrer et de la faire valoir, disparaissant entièrement. Qu'y
a-t-il à répondre? C'est que la nature vraie n'est pas plus là
que dans les ateliers de fleurs artificielles de Constantin et
de Batton; qu'elle est au milieu des bois, dans nos prairies,
sur nos montagnes. Là se retrouvent ses véritables lois. Le
créateur, artiste habile, donne à son étoffe un fond général
d'une teinte uniforme qui ne contraste durement avec rien;
ce fond, c'est le bleu du ciel, le blanc nuancé de gris de
ses nuages et le vert de toute la végétation. Sur ce fond
il a brodé des dessins qui se découpent par larges masses ar-
rondies et dans lesquelles percent les fleurs comme un semis
imperceptible de nuances harmonieuses. L'effet général est
tranquille, parce que la lumière est répandue abondamment
et non pas concentrée artificiellement comme dans l'atelier; rien qui choque la vue, rien qui s'impose à elle et s'en
empare violemment; quelque chose d'uni où tout a modérément sa place et chaque plante sa valeur, ce qui n'empêche
pas la perfection des détails jusque dans les extrémités im-
perceptibles. Je répéterai donc: Imitez la nature, mais choisis-
sez-la dans sa vérité la plus simple, dans ses types les plus purs.

L'homme, aux grandes époques de ses créations idéales et
parfaites, a pris pour modèle la nature dans ces conditions de
vérité, et il a su l'appliquer à ses œuvres d'art dans la forme
conventionnelle la mieux appropriée; c'est pourquoi, dans
l'enseignement du dessin, les beaux exemples de l'ornement

antique seront mis à côté de la plante naturelle qui leur a donné naissance, et ce parallélisme s'étendra aux productions des Orientaux, aux ornements du style gothique et de l'époque de la Renaissance, cette comparaison ayant pour but de faire comprendre de bonne heure aux élèves comment la nature doit se modifier et dans quelles voies conventionnelles il faut entrer pour lui trouver des applications convenables. Toutes les grandes époques de l'architecture ont excellé dans cet art qui emprunte tout à la nature, en traduisant ses données délicieuses dans la langue propre à l'art.

On luttera ainsi, dans le moment le plus favorable, quand l'esprit s'ouvre aux impressions les plus heureuses, contre la tendance, aujourd'hui trop générale, à transporter le réalisme dans la décoration, c'est-à-dire à accoler à l'architecture, ce tronc conventionnel, à pendre à ses branches, qui sont des pilastres et des corniches, une végétation toute naturelle avec des reliefs capricieux et des enroulements désordonnés, en un mot à associer ce qui jure, le conventionnel avec le réel.

L'enfant, habitué à voir la nature vraie dans ses grandes lignes, dans ses masses, dans son harmonie de proportions et de valeurs, comprendra de quelle manière ces grandes qualités sont applicables aux œuvres humaines. L'étude passionnée de la nature dans ses créations les plus charmantes comporte cette étude comparative, et elle assure non pas seulement un bon copiste, mais aussi un intelligent interprète, car celui qui aura saisi le secret de cette création puissante, variée, inépuisable, ne pourra pas, quand il s'agira de la réduire au rôle d'auxiliaire d'un art de convention, la dépouiller de son charme, de son ampleur, de sa vie; mieux que tout autre, il fera les concessions indispensables, et il enrichira l'architecture sans appauvrir la nature.

Ces études donneront à l'élève le sentiment antique, c'est-à-dire le sentiment de la simplicité noble et de la naïveté élégante, qui est aussi le sentiment de la nature. On peut, je crois, avec un faible bagage d'heureux instincts, en s'entourant de tous les beaux modèles, en écartant soigneusement tout ce qui corrompt le goût et salit la vue, se donner facilement cette seconde nature. Corot faisait des paysages minutieusement exacts et froidement composés; il s'éloigne de France, il voit l'Italie, c'est-à-dire une faible partie de la terre classique, et il revient avec un sens si complet de la grande nature, qu'il semble un Grec contemporain d'Apelle, tant il voit avec bonheur les sites, quels qu'ils soient, sous des aspects majestueux et charmants. La forêt de Fontainebleau et la campagne de Rome, les bords de la Seine et les bords de l'Ilissus, se reflètent dans son sentiment artiste avec une même grâce attique qui n'ôte rien à la fidélité, à la couleur locale, à l'exactitude du détail, à toutes les exigences secondaires de l'art, et qui ajoute à toutes ses œuvres un charme indéfinissable de jeunesse poétique, de fraîcheur d'impression, d'élégance classique et rajeunie. Ces qualités peuvent enrichir tous les artistes, car elles s'appliquent à tout, à la peinture de paysage et d'histoire, à la sculpture, à l'industrie; c'est la nature même de l'homme qui se transforme et qui exprime dans une même langue harmonieuse tout ce qu'elle sent. Le peintre que l'on a le plus accusé d'imitation archaïque, de pastiche, à qui l'on reproche d'être un faiseur de calques et de copies, ce peintre prouvera, au jour de l'ouverture de sa succession, que jamais artiste n'a plus étudié la nature, plus choisi avec soin ses moindres détails, plus réalisé sa peinture. M. Ingres a des monceaux de portefeuilles qui démontrent que chacun de ses tableaux a été étudié jusque dans ses parties les plus indifférentes, avec une patience, un labeur, une conscience qui peuvent servir d'enseignement à la jeunesse. Sa *Vénus anadyomène*, qui semble l'idéalisation la plus pure d'une pensée poétique, est copiée sur une étude délicieuse faite à Rome d'après nature.

Ainsi donc vous direz aux élèves : Étudiez ce que vous trouverez de plus beau dans la nature, mais en la contrôlant avec tout ce que nous avons trouvé de plus accompli dans l'antiquité, et, pour faciliter ce travail, qu'il n'entre dans les écoles que l'art à l'état d'excessive pureté, qu'on renvoie les chefs-d'œuvre dus à d'autres directions dans les musées, où les jeunes artistes iront les voir après avoir terminé leurs études. L'éclectisme dans l'école, c'est la destruction de l'école. L'éclectisme a un domaine bien assez vaste dans l'antiquité, sans l'embarrasser encore dans les mille déviations des systèmes modernes. Laissons aux novices, aux nations qui débutent dans l'art, ces admirations banales; ne montrons à nos élèves que ce qu'ils peuvent prendre en modèle. Comme ces enfants dont on dirige les lectures en meublant leurs bibliothèques de ce qu'ils doivent lire, comme ces jeunes filles qu'on marie selon leur goût, en ne les laissant aborder que par les jeunes gens dignes de leur main, ainsi nos élèves n'auront de contact qu'avec les modèles qui élèveront leurs pensées, leur jugement et leur goût. C'est là un point capital; l'art grec pour tous et pour tout, l'art grec et la nature.

J'indiquerai bientôt tous les moyens de s'instruire qui s'offriront aux jeunes artistes, soit par les voyages dans le monde, soit par l'étude des collections rassemblées dans les grandes villes et plus particulièrement dans Paris; mais, au début de leur éducation, ce n'est pas la variété des modèles, des écoles et des styles qui les instruira, c'est l'étude de quelques maîtres appropriés et comme apparentés à leur nature, c'est aussi la reproduction exacte des plus beaux morceaux de l'antiquité grecque. Voir souvent, à tout instant, ces grands modèles, vivre avec eux, s'habituer avec le professeur à scruter leurs beautés et à deviner la manière de procéder des maîtres, s'identifier avec leur esprit et puis s'abandonner à sa propre inspiration, telle semble être la meilleure marche à suivre.

Je chasserais donc de l'école, et sans aucun regret, le romain et le byzantin, l'arabe et le gothique, toutes les déviations qui sont plus ou moins dangereuses suivant qu'on les trouve plus ou moins heureuses; car je voudrais dans l'école non pas vingt courants divers et contraires, mais le cours paisible du fleuve majestueux d'un seul art, de l'art par excellence.

On a joué avec l'antique, on a tenté de le compromettre avec la gentillesse lascive et la naïveté trop cherchée du xviiie siècle.

Il ne suffit pas de mettre le bonnet phrygien à Colin et le peplum à Colette; pour faire du style antique, on produit des puérilités qui ont le tort de blaser le public avant même qu'il n'ait goûté du repas dont il croit s'être rassasié. Avec Mengs, avec David, on s'est cru plus exactement dans la voie antique. Quand on avait ajouté un vase grec à sa composition, quand on pouvait montrer dans ses cartons les calques de chacun des détails introduits dans son tableau, on pensait que tout était dit; mais là n'est pas l'antique. Le squelette qui sortirait de son tombeau avec sa chlamyde encore agrafée sur l'épaule serait moins la vraie antiquité que les figures évoquées de son imagination par le Poussin. Là est la lettre, ici est l'esprit. La nouvelle école des jeunes gens, les Hamon, Garipuy, Isambert, Gustave Moreau, Picou, et tant d'autres, a dévié autrement. Elle semble avoir cherché à prendre l'art des anciens par sa mauvaise queue et s'être efforcée de rabaisser ces grandes traditions au niveau de petites allusions mesquines. Ces jeunes talents ne sont ni absolument condamnables, ni définitivement perdus pour la bonne cause ; mais il faut les relever de cette déchéance et les habituer à regarder plus haut. Berquin, habillé à la grecque, me plaît encore en dépit du sacrilége, mais la renaissance des grands principes de l'antiquité a d'autres horizons.

Il nous faut l'art grec, non pas dans sa simplicité primitive, non pas même tel que l'avait développé Phidias, mais avec plus d'ampleur, plus d'abondance, un mouvement de passion plus vif, en un mot avec des progrès égaux à ceux que ce grand artiste avait obtenus sur l'école d'Égine. Le cœur humain reste le même comme la lyre, mais le temps ajoute des cordes retentissantes à l'un et à l'autre; ce ne sont ni des sentiments inconnus, ni des sensations nouvelles, ce sont des manières différentes et plus variées de sentir et d'être ému. De même que l'enfant porte dans son cœur tout ce qu'il peut contenir des sentiments de son âge et trouve place ensuite pour les sentiments fougueux du jeune homme, pour les sentiments passionnés de l'âge mûr, de même qu'il se plaît d'abord dans des jeux qui ne lui semblent plus tard que fades niaiseries, de même aussi l'humanité tout entière éprouve l'atteinte de l'âge; elle a eu la simplicité des premiers âges, et avec le même cœur elle a besoin d'autres émotions.

Quand on entre bien équipé dans ce chemin ardu de l'art antique, on y fait mille rencontres heureuses qu'on salue suivant qu'elles sympathisent avec notre propre nature : c'est Pierre Lescot, c'est Jean Goujon, c'est Poussin, c'est Le Sueur, c'est l'interprétation facile et presque la fusion des natures d'élite avec les données les plus élevées de l'art dans les conditions les plus favorisées. Ainsi Ingres, tout dévoué à l'antique, se fait élève de Raphaël, et prend ce guide chez les modernes sans trahir les anciens.

La routine ira redisant : Soyez de votre temps. Je répondrai : Tous ces hommes ont été de leur temps, car le génie n'a pas la force de sortir et de se dégager entièrement de l'atmosphère contemporaine; seulement il est assez puissant pour secouer et repousser les faux engouements, les mauvaises modes, toutes ces plantes parasites qui poussent à l'envi autour de lui et souvent l'étouffent. Sans doute, quand vous aurez copié les bas-reliefs de Phidias, vous n'aurez pas dérobé à l'antiquité tous ses secrets; vous parlerez la langue d'une époque privilégiée; pour faire revivre son éloquence, il faut rentrer dans une atmosphère d'aspirations sublimes, de sentiments élevés, sous l'influence d'un courant idéal et comme d'un souffle divin. Ce n'est donc pas la forme elle-même, le décalque, l'imitation aveugle qu'il faut conquérir, mais l'esprit de l'art et une sorte d'incorporation instinctive qui se prête aux modifications exigées par l'ordre d'idées qui règne de nos jours, par la civilisation du xixe siècle, par ses mœurs, ses habitudes, ses maisons et ses meubles.

Dans ces dispositions, si l'artiste, porté par son imagination, rêve l'Olympe, il le représentera comme l'ont fait les anciens, et ce ne sera pas un Olympe en frac et en culotte; si, au contraire, inspiré par le côté poétique du grand développement de notre industrie, il veut représenter la forge dans la furie infernale

de ses travaux gigantesques, ou la vapeur dans la fougue
domptée de sa course haletante, l'étude de l'antique, le sentiment de la dignité humaine, l'habitude de voir la nature en
beau, lui auront appris à rendre poétique la beauté de ces
scènes en apparence si ordinaires. Léopold Robert voyant des
moissonneurs passer dans la campagne de Rome ou Phidias
contemplant la marche des panathénées, Decamps s'arrêtant
devant le chasseur de truffes ou Praxitèle concevant sa Vénus
célèbre en voyant Phryné sortir des eaux de la mer aux fêtes
d'Éleusis, c'est tout un, quand l'artiste s'est créé son idéal dans
l'atmosphère radieuse des beautés de la nature et des chefs-
d'œuvre de l'art; comme les Mages guidés par l'étoile divine,
il marche sur cette terre et atteint le but en regardant le ciel.

DE L'ORGANISATION DES ÉTUDES DU DESSIN DANS TOUTES LES ÉCOLES.

Avant d'examiner comment ces principes généraux seront
réduits en pratique proportionnée à l'âge des enfants, voyons
quels sont nos moyens d'action, nos instruments, nos outils.

La plus parfaite des méthodes enseignée sans intelligence
peut devenir mauvaise; la plus défectueuse mise en œuvre avec
sagacité, suite et dévouement, devient bonne. L'avenir de l'enseignement du dessin dépendra donc des maîtres; mais, dans
toute organisation générale d'un service quelconque, la France
se divise en deux parts distinctes et tranchées : Paris et la
France. Je m'occuperai moins de la capitale que du pays,
parce que beaucoup a été fait pour Paris et rien pour la
France, parce que la population parisienne agglomérée, à portée des ressources de tous les genres et de la surveillance administrative, a déjà réalisé de grands progrès, et qu'il sera facile
au Gouvernement de lui donner une organisation complète
avec le concours du conseil municipal, de la chambre de
commerce, de l'Université et des maisons mères des associations religieuses. D'ailleurs, en parlant des asiles, des écoles
communales et des lycées, ces trois degrés de l'enseignement,
j'aurai en vue à la fois la ville et la campagne.

La France a le bonheur de posséder déjà environ 3o,ooo
écoles communales : c'est à peu près les trois quarts de ses
besoins pour élever cinq millions d'enfants. Devons-nous
chercher 3o,ooo artistes pour enseigner le dessin à cette
jeunesse? Si nous les trouvions, devrions-nous les employer?

L'opinion qu'on a d'un professeur de dessin tient beaucoup des idées qu'on se fait du dessin lui-même. J'ai rectifié
celles-ci : examinons maintenant les qualités qu'exige cet enseignement; je dis les qualités, les plaçant fort au-dessus du
talent.

Dans tout enseignement, l'autorité, la puissance, et une
faculté sympathique qui s'exerce magnétiquement sur les
auditeurs, est indispensable; le dessin l'exige comme toute
autre étude, et les méthodes d'enseignement réussiront, quelles
qu'elles soient, dans les mains de celui qui aura ces qualités.
Pour les classes élémentaires, dans les écoles des frères et des
sœurs qui donnent à la France un dixième de ses instituteurs,
et dans les écoles communales qui sont l'instruction publique,
le dessin, devenant partie intégrante de l'éducation, doit rester
dans les mains de l'instituteur, qui connaît le fort et le faible
de ses élèves et sait les conduire. Pour enseigner quelque
chose à des enfants de cet âge et de cette capacité ou incapacité intellectuelle, il faut plus que savoir, il faut savoir
enseigner. C'est une faculté : l'artiste l'a tout au plus avec
ceux qui le comprennent facilement; il ne l'aurait pas du tout
avec des commençants. Le maître d'école, au contraire, le
frère ignorantin et la sœur grise se sont faits enfants par vocation et par habitude; ils savent montrer ce qu'ils savent,
ils peuvent même enseigner ce qu'ils ne savent pas, quand
ils ont à leur disposition de bonnes instructions. Pendant
dix ans encore, il faudra leur fournir cette assistance; plus
tard, vous exigerez d'eux la pratique du dessin et un certain
talent avant de leur accorder le brevet de capacité, avant de
permettre que les séminaires, les maisons de frères et de
sœurs les autorisent à professer. Il serait nécessaire qu'un
manuel d'enseignement élémentaire fût dans les mains de

tous les instituteurs. Ce manuel, facilement intelligible au moyen de nombreuses gravures, serait destiné à rendre uniforme l'exposition des éléments du dessin, en donnant aux maîtres une connaissance méthodique de la figure humaine, en leur exposant les premiers éléments de l'ornementation, pour qu'ils puissent expliquer aux enfants l'origine, la nature et par suite le mouvement propre à chaque ornement consacré dans les monuments qui restent nos modèles, en leur démontrant les principes d'après lesquels la lumière et l'ombre sont impressionnées par les corps et leur donnent la forme, en leur enseignant enfin les éléments de la géométrie figurée ou dessin linéaire et les règles de la perspective.

C'est donc aux qualités, à la vocation pour le professorat qu'on doit avoir surtout égard. Sans doute le plus grand artiste n'est pas de trop pour faire une classe élémentaire de dessin, comme le plus célèbre latiniste n'a pas le droit de dédaigner une classe de sixième. L'enseignement est quelque chose de si difficile, de si respectable en même temps, qu'on ne saurait exiger de trop hautes qualités; mais celles-ci seraient insuffisantes, si elles n'étaient pas assistées d'autres qualités plus modestes et tout aussi indispensables, la vocation, l'aptitude, le savoir qui sait s'expliquer clairement et se mettre en dehors, qui domine, plaît et attache. Le Gouvernement, en formant une école normale des arts, annexe de l'école des Beaux-Arts, dans laquelle se formeront des maîtres de dessin pour toute la France, n'accordera les brevets de professeur d'académie, de département ou de villes importantes, même aux médaillistes des expositions, même aux grands prix de Rome, que lorsqu'ils auront fait un stage dans les écoles communales de Paris et obtenu des inspecteurs un brevet d'aptitude. L'incapacité du talent pour l'enseignement est parfois si complète, qu'il faut savoir fermer les yeux sur des chefs-d'œuvre et exiger du génie même les qualités spéciales du professorat; ces hommes auront, d'ailleurs, l'emploi de leurs rares facultés : ils deviendront les juges des concours et des résultats de l'enseignement; à eux

seraient réservées les fonctions d'inspecteur d'arrondissement
et de directeur académique.

Cet état-major est indispensable : il est plus urgent que
dans l'instruction primaire, parce que les fausses directions
peuvent avoir de plus fâcheuses conséquences; parce que,
tandis que chacun se croit obligé de savoir le latin pour critiquer l'enseignement du latin, il n'est personne qui ne se
croie apte à juger des arts et de la manière de les enseigner.
Or, lorsque la loi de l'instruction primaire fut votée, en 1833,
il était convenu qu'elle fonctionnerait en s'appuyant sur l'intérêt commun, représenté gratuitement par des comités cantonaux: mais, en France, chacun veille avec d'autant plus de
soin sur ses propres intérêts qu'il abandonne plus complétement l'intérêt commun à l'État, et celui-ci était obligé, dès
l'année 1835, faute d'un concours actif, d'instituer des inspecteurs, et en 1837, des sous-inspecteurs. Il est vrai qu'on
les a supprimés en 1848, en se confiant de nouveau à l'intérêt commun, représenté par des délégués cantonaux; c'est
une nouvelle erreur, et il y aurait danger de la prendre pour
guide.

La vraie direction des instituteurs communaux doit partir
du chef-lieu de canton et du professeur de l'école canto-
nale, qui aura la surveillance et la haute main sur les écoles
de cette région. Nous avons en France 2,846 cantons. Est-il
si difficile, quand nous possédons à Paris cinq à six mille artistes, de former en plusieurs années et successivement, suivant la demande des localités et les sacrifices qu'elles s'imposent, ce nombre d'artistes préparés à leur nouvel état de
professeur? L'école normale des arts de Paris et les écoles
normales établies au chef-lieu universitaire s'acquitteront
facilement de cette mission. Chacun de ces maîtres cantonaux recevrait 1,000 francs d'appointements et un logement.
Leurs fonctions consisteraient à enseigner le dessin cinq
fois par semaine, pendant une heure, aux élèves du chef-
lieu de canton; deux fois par semaine, pendant deux heures,
aux moniteurs et aux instituteurs des écoles communales,

à l'époque où les travaux de la campagne dégarnissent ou ferment les écoles; enfin à surveiller l'enseignement dans les écoles du canton au moyen de tournées fréquentes et inattendues.

Un traitement de 1,000 francs, un logement, du loisir pendant une partie de la semaine pour peindre, faire des portraits, exécuter des travaux de leur compétence, donner des leçons dans les institutions privées et dans les châteaux environnants, ce sera une position douce, commode et sollicitée avant peu par des artistes hors ligne. En effet, la culture des arts étant devenue plus générale, le talent plus répandu, nombre de jeunes artistes, avant d'entrer dans l'industrie, voudront tenter la haute carrière et le maréchalat; ils seront heureux de trouver une existence assurée pour mettre à exécution, en toute maturité, quelques travaux qui les puissent faire connaître. L'âge et le désillusionnement gagnant le jeune professeur cantonal, il se mariera dans l'endroit, il y liera des relations agréables, et voilà un homme de talent désormais acquis à la province, cette pauvre déshéritée.

Or, envisagez, comme d'un coup d'œil qui embrasse un panorama, l'ensemble de ce réseau de bonnes inspirations, de bon goût, de bons exemples, jeté tout d'un coup sur la France entière. Figurez-vous les arts transportés en chair et en os au fond des vallées, dans les sables des Landes, au milieu des misères de la Sologne; un homme de talent prêchant d'exemple, produisant, au milieu de populations qui n'ont jamais vu de tableau, des œuvres remarquables, des portraits vivants de la nature entière, hommes et animaux, costumes locaux et sites du pays, réveillant ainsi dans les âmes engourdies par l'absence de tout stimulant et par la fatigue des travaux journaliers ces sentiments innés dans l'homme et qu'il n'est jamais impossible de ranimer.

J'ai dit que les moniteurs des écoles communales et leurs instituteurs viendraient deux fois par semaine, en été, pendant la morte saison, prendre une leçon de deux heures près du professeur de dessin du canton. Personne n'ignore que

nos 30,000 instituteurs jouissent de 600 francs d'appointements fixes et n'ont pas de caisse de retraite dotée convenable-
ment. Pareille position ne tente aucun esprit distingué et
n'attire pas à elle les intelligences capables d'en remplir les
devoirs. En exigeant des instituteurs l'enseignement de la musique et du dessin, le Gouvernement prendra cette occasion
de faire reviser la loi de telle sorte que 200 francs de gratifi-
cation seront alloués à l'instituteur qui aura conquis, dans
des examens institués au chef-lieu d'arrondissement, le diplôme de capacité pour la musique, et 200 autres francs
pour le dessin. De cette manière, ils seront encouragés à acquérir les talents qui leur manquent, et ils se trouveront dans
une position convenable, à égalité avec le professeur de dessin
du canton.

L'enseignement, à ses débuts, peut être uniforme sur toute
la surface de la France; en se développant, il pourra se modifier par une pente et comme par un laisser-aller vers l'industrie dominante dans le pays. Ainsi les toiles peintes de
l'Alsace, les porcelaines et les faïences du Limousin, les dentelles de la Normandie, peuvent influer sur le choix des ornements et des modèles, mais d'une manière presque inaperçue,
le dessin, comme la nature, dont il est l'image, étant le même
partout, quel que soit l'emploi qu'on en fasse dans les conditions de la vie humaine.

L'émulation est le ressort de l'enseignement; les concours
à différents échelons seront à la fois un stimulant pour les
élèves et les instituteurs, un moyen de contrôle pour le professeur cantonal, l'inspecteur départemental et le directeur
de l'académie universitaire. Il y aura tous les six mois un
concours au chef-lieu du canton, tous les ans un concours au
chef-lieu de l'arrondissement, se combinant avec la distribution
des prix du collége; enfin, un mois après, un dernier concours
au chef-lieu académique. Les lauréats des écoles publiques
communales et des écoles privées placées sous la direction
du professeur cantonal se réuniront au chef-lieu de canton
pour concourir entre eux; il y aura exposition des meilleurs

dessins exécutés dans les six mois et des dessins faits pour le concours. Les autorités municipales seraient présentes à la distribution des prix, qui consisteraient en objets utiles aux études elles-mêmes, boîtes de mathématiques, porte-feuilles, porte-crayons, papier, pinceaux. Si je ne me trompe, ces concours du dessin, associés aux concours de la musique, deviendraient dans nos campagnes la véritable fête canto-nale, et l'art aiderait ainsi à épurer nos insipides foires rurales. A la fin de l'été, nouveau concours, mais au chef-lieu de l'arrondissement et entre les lauréats des cantons. L'expo-sition réunirait les travaux les plus remarquables exécutés pendant l'année dans tout l'arrondissement et les dessins du concours. Ici la solennité est plus grande, comme le con-cours lui-même est plus sérieux. Les autorités du département, fonctionnaires et représentants électifs, les parents et les étran-gers invités forment une réunion imposante qui relève les récompenses décernées par tout ce qui flatte l'amour-propre et enflamme le zèle.

Cette exposition annuelle des meilleurs travaux exécutés dans les classes de dessin des écoles publiques et privées de tout l'arrondissement sera d'un vif intérêt pour tous les vi-siteurs, qui ne profiteront pas moins à regarder les ouvrages des instituteurs et des professeurs. Ceux-ci, comme leurs élèves, ont l'obligation de faire preuve de zèle et de montrer leur ta-lent; comme eux, ils ont droit à des récompenses, soit sous forme de commandes, d'indemnités, de titres académiques et d'avancement, soit par des témoignages d'un ordre plus élevé. Leurs productions, compositions historiques, esquisses de mœurs et de costumes, études de paysages, portraits, tableaux d'église, destinés à rester dans la localité ou à aller, suivant leur mérite, jusqu'aux grandes expositions parisiennes, trans-porteront dans des lieux et dans des esprits indifférents à toutes ces manifestations de l'intelligence un art en exercice, en travail, d'autant plus sympathique qu'il reflétera mieux la couleur locale, un art vivant qui fera naître l'émulation du milieu de l'engourdissement le plus profond.

Tout naturellement ces expositions des œuvres d'art appelleront à elles les expositions industrielles de la circonscription, car il est bon de voir et, pour ainsi dire, de toucher le but pratique de ces efforts. Un beau meuble fabriqué dans la localité par un ancien lauréat du concours manifestera, mieux que bien des discours, l'utilité matérielle de ces études et des dépenses qu'elles mettent à la charge des communes et de l'État. Ces expositions attireront aussi les produits agricoles, les instruments aratoires et le bétail. Voyez quelle nouvelle vie provinciale, quel rapprochement heureux et fécond de toutes les préoccupations nobles et intéressantes ; l'esprit d'association introduit au milieu de l'esprit d'isolement, les moyens de contrôle donnés à tous les efforts.

La distribution des prix aux classes de dessin se fera par les autorités, avec le concours du Gouvernement. Le jury se composera naturellement de tous les professeurs de canton et d'un certain nombre d'amateurs pris dans les villes ou appelés des châteaux voisins. Médailles d'or, d'argent et de bronze, objets d'art en gravure et en lithographie, en bronze et en plâtre, boîtes de mathématiques et ustensiles propres au dessin, seront distribués suivant les mérites, et largement. Cette générosité en stimulera d'autres. De riches propriétaires fonderont des prix qui appelleront la reconnaissance sur leurs noms en portant aux jeunes artistes les premiers encouragements de leur carrière future : ce seront des médailles qui restent des titres de familles, ou des bourses de voyage de différente valeur, les unes pour aller visiter la cathédrale célèbre du département, les autres pour passer huit jours de vacances avec le professeur de dessin dans les musées de Paris ; voyage fructueux, même quand il est rapide, car il meuble ces jeunes intelligences, et il calme ces imaginations ambitieuses, en leur montrant les beautés et aussi les difficultés de l'art, les positions brillantes obtenues par quelques artistes, mais aussi les travaux consciencieux et les rares talents qui les leur ont values.

N'oublions pas que le dessin qui aura obtenu le prix d'honneur sera encadré et placé dans le musée d'arrondissement, car il y aura dans l'avenir un musée là où il n'y a pas même aujourd'hui un tableau.

Les concours des cantons, terminés au chef-lieu de l'arrondissement, recommenceront immédiatement soit au chef-lieu des académies universitaires, soit au chef-lieu des départements. Le premier mode pourrait être suivi pendant une vingtaine d'années ; il sera indispensable d'adopter l'autre ensuite. Je ne tranche pas cette difficulté : la solution dépendra du développement que prendront les études. Les anciennes académies florissaient au chef-lieu de la province, et elles·y ont encore quelques racines. Il serait peut-être sage de commencer par établir les académies des arts au chef-lieu des académies universitaires, sauf à les multiplier et à en instituer dans les départements suivant que leur musée, leur école de dessin, leur concours pécuniaire et le développement industriel en feraient entrevoir l'utilité. Quoi qu'il en soit, ici, nous avons atteint aux sommités : les concurrents ne se contentent plus d'une écriture figurée bonne à pratiquer comme une assistance usuelle et journalière, ils visent plus haut ; les épreuves successives par lesquelles ils ont passé et le témoignage de leurs professeurs les encouragent à porter leurs dispositions dans des carrières spéciales et à travailler pour devenir artistes, et, suivant le développement de leurs facultés naissantes, des artistes en tableaux, en statues, en peinture de papiers peints, en fabrication d'orfévrerie ou de meubles.

Le concours du département, ou le concours académique, par cela seul, prend un caractère d'épuration et de supériorité qu'augmentent encore la compétence d'un public mieux préparé et l'assistance du Gouvernement, qui fera coïncider avec l'exposition des classes de dessin l'envoi des esquisses de l'école des beaux-arts qui ont concouru pour le grand prix, les ouvrages envoyés dans l'année par les élèves de Rome, et enfin les tableaux et les plâtres des statues commandés ou acquis par lui. En même temps, les Associations des Amis des arts feront leurs expositions avec le concours des artistes français

et étrangers. Et qu'on ne croie pas qu'il y ait inconvénient ou
danger à réunir toutes ces productions, à donner à ce concours
ce caractère d'universalité. Il ne s'agit pas, en apprenant à tout
le monde à dessiner, de faire croire à chacun qu'il est apte
à devenir artiste; il est utile au contraire, en montrant les
belles œuvres, de rendre chacun difficile, les pères comme
les enfants, difficile pour soi comme pour les autres : ce sera le
meilleur moyen de décourager de bonne heure les prétentions
vaines et de ne conserver sur la brèche que de vaillants combattants.

Les prix consisteront en médailles d'honneur offertes par
le Gouvernement, et en bourses accordées par le département
pour un séjour de trois ans dans la capitale. Les fonds départementaux consacrés à cet utile emploi s'augmenteront des
dons d'hommes généreux qui comprennent toute l'importance
de ces études. Déjà plusieurs villes jouissent de riches legs
institués dans cette intention. Granet, fils d'un maçon, a fondé
aux Incurables de Paris deux lits pour de vieux maçons, et en
même temps 1,500 francs de rente pour un élève de l'école de
dessin de la ville d'Aix pendant ses études dans la capitale; le
Puy a reçu de Crozatier une somme de 50,000 francs, dont
la moitié est applicable à l'entretien d'un jeune artiste à Paris;
Caen doit à Lefrançois 1,200 francs de rente pour la même
destination. J'omets sans doute plusieurs estimables fondations du même genre, et je ferai remarquer que celles-ci sont
dues à des artistes qui avaient éprouvé eux-mêmes les difficultés et la misère des premiers pas. Bientôt nous verrons
chaque localité se glorifier de cette assistance, et trouver des
hommes généreux qui, ayant compris l'utilité de ces fondations, détacheront une parcelle de leur héritage pour attacher
à leur nom la reconnaissance éternelle de leurs concitoyens.
Ces grands prix seront alors si nombreux, que chaque talent
naissant verra s'ouvrir devant son ardeur les portes de l'école
des Beaux-Arts et de la grande manufacture nationale, pour
devenir soit un artiste célèbre, soit un excellent ouvrier,
suivant sa capacité, ses tendances ou son ambition.

Ainsi formés dans leurs départements, ainsi députés dans la capitale au bruit des applaudissements de leurs concitoyens, les jeunes artistes conserveront avec le pays natal mille liens de reconnaissance, mille attaches sympathiques. A moins de ces rares succès qui mènent au premier rang, ils délaisseront bientôt le grand tourbillon de Paris pour revenir à la vie plus calme de la province, et ils le feront sans regret, si les municipalités et les conseils généraux réservent aux enfants du pays les travaux qu'ils commandent, les monuments qu'ils construisent, les statues qu'ils érigent à l'honneur de leurs célébrités locales, si l'esprit de dénigrement que les petites localités exercent contre ceux qu'elles ont vus naître fait place à une bienveillance sympathique et, à mérite égal, à une préférence sur les inconnus et les étrangers. Ils retourneront au pays, les uns pour y enseigner l'art qu'ils y ont appris, mais qu'ils ont renouvelé dans un enseignement supérieur, les autres pour y travailler de leur art ou de leur métier, et ainsi se reconstituera l'activité provinciale et l'originalité géographique, qui sont très-conciliables avec la supériorité de la capitale, avec une communauté d'éducation et une méthode uniforme d'enseignement.

Les académies des arts, en relation continuelle avec tous les artistes, professeurs cantonaux ou inspecteurs d'arrondissement, offriront des ressources précieuses pour constituer la statistique monumentale et artiste de la France. Nous saurons, après tant de révolutions, ce que nous possédons encore en monuments et en objets d'art, et nous aurons partout des sentinelles vigilantes pour les défendre contre la barbarie des destructeurs et la convoitise des brocanteurs. Je voudrais pouvoir compter dans le nombre nos quarante mille desservants, et n'en ai-je pas le droit, connaissant l'esprit distingué et la science libérale de nos évêques? Ces dignes prélats voudront que dorénavant aucun ecclésiastique ne sorte de leurs séminaires inférieur sous le rapport des arts à leurs ouailles, et il est réservé aux générations prochaines de voir quarante mille prêtres expulsant le mauvais goût de leurs églises, comme Jésus chassait les vendeurs du temple, devenant des guides et des conseils partout où ils donnent déjà l'exemple de leurs vertus. Les sociétés littéraires, scientifiques et archéologiques compteront tous ces nouveaux collaborateurs, religieux et laïques, au nombre de leurs membres, et elles trouveront dans leur concours et dans une heureuse association de la science et de l'art une nouvelle vie pour activer le zèle des érudits et populariser leurs travaux.

SOINS DONNÉS À LA PREMIÈRE ENFANCE DANS LA FAMILLE ET DANS LES ASILES.

Dans une salle égayée par l'air qui circule, par la lumière du jour qui s'y précipite comme avec joie, par une décoration fraîche et simple, quatre murs ont reçu dans leurs compartiments, qui forment autant de cadres, des tableaux mobiles, imprimés sur toile, qui varient souvent en instruisant toujours. Les uns offrent les rudiments d'un dessin élémentaire, les autres, de grandes inscriptions donnant, en irréprochable calligraphie, des sentences morales; ici, ils dérouleraient sous les yeux des enfants les costumes de tous les peuples, les animaux de tous les genres; là, ils livreraient à leur curiosité une géographie monumentale: l'Égypte personnifiée dans les pyramides, la Grèce dans le Parthénon, Rome dans le Colysée, et ainsi de toute la terre. Que de choses excellentes pour des enfants de deux à six ans! car remarquez que je ne me suis pas arrêté à votre surprise, lorsque j'ai proposé comme moyen d'enseignement des tableaux contenant les éléments du dessin; c'est que je n'admets pas cet étonnement. Voir, dessiner et écrire, c'est la progression et la transformation obligée de deux sentiments naturels à l'homme: curiosité et imitation. Attelez donc à ces deux moteurs vos moyens d'éducation, satisfaites la curiosité par des procédés ingénieux, offrez à l'esprit imitatif des applications utiles. L'exécution est dans la main, a dit Michel-Ange, mais le jugement des choses est dans l'œil. On ne saurait exercer de trop bonne heure cette dernière faculté, afin d'habituer l'œil aux proportions justes, à la beauté des formes, aux conditions du style. Comme l'air pur et sain que vous faites respirer à l'enfant, et qui anime son sang ou favorise sa croissance sans qu'il en ait la conscience, ainsi les créations de la nature et de l'art forment son goût sans qu'il s'en doute. Les tableaux dont j'ai parlé sont imprimés en couleur sur toile; ils représentent, autant que possible, les objets de grandeur naturelle, et se succèdent sous les yeux des enfants. C'est un spectacle récréatif, c'est une instruction utile. Ces objets frappent leur attention, excitent l'intelligence et développent le sens pittoresque. Dans la gradation de ces tableaux, l'enfant passe de la fleur au papillon, à l'oiseau, au quadrupède, à l'homme, aux paysages animés, aux effets du jour et de la nuit, aux monuments de l'art. L'explication de la maîtresse est écoutée, est dévorée, parce qu'elle s'allie à l'objet qui, dans le moment même, absorbe l'enfant, et tous ces tableaux laissent dans ces jeunes imaginations une empreinte que le vieillard lui-même retrouvera au fond de sa mémoire.

Les Arabes du désert, qui sont encore des enfants, s'exercent à une étude qu'ils nomment la lecture du sable : c'est l'examen attentif des empreintes laissées sur le sol par les hommes ou les animaux; c'est aussi la conséquence à tirer sur la nature, l'âge, l'époque du passage et la direction des auteurs de ces traces. Nos valets de limier, en observant le pied des animaux, ont quelque idée de cette étude, au moins autant que le besoin de défendre sa vie, ses enfants, son avoir, peut être comparé au soin d'un plaisir. La sagacité qu'atteignent les Arabes dans la lecture de cette écriture pittoresque prouve suffisamment quel secours l'étude des objets seuls et le travail de l'observation peuvent apporter à la formation du jugement.

Les exercices de Frédéric Frœbel se rattachent à cette méthode : instruire par les yeux en habituant l'esprit à se rendre compte de ce qu'ils voient. Il est possible, même dans ce jeune âge, d'aller plus loin, et je ne serais pas étonné que l'imitation de certaines formes architecturales à l'aide de cubes en bois conduisît les plus intelligents à dessiner ces mêmes formes sur des surfaces planes. L'enfant, ainsi amuse, ainsi occupé par la tête et par les mains, perdra cette faculté destructive qui amène le désordre des vêtements et la malpropreté ; il lui substituera toutes les dispositions heureuses.

37,000 asiles pourraient préparer ainsi l'enfance dans nos 37,000 communes. Il y en a peut-être 1,500 aujourd'hui dans toute la France, et j'entends des âmes charitables dire qu'il n'y a plus de bien à faire, ou demander quel bien elles pourraient encore faire.

De cette éducation artificielle, inventée par la charité pour débarrasser la mère du poids de son enfant et lui donner l'usage fructueux de ses bras, passons à ces rangs de la société où le bien-être et la richesse permettent l'éducation naturelle, l'éducation si douce pour la mère, si utile pour les enfants. Mais cette question de la première éducation éveille mille pensées, et je ne veux pas sortir de mon cadre. Il s'agit d'enfants de deux à six ans : qu'ai-je à prouver? En premier lieu, que l'éducation artiste porte des fruits dès cet âge ; en second lieu, qu'il n'est pas indifférent de donner à des enfants de fausses ou de justes idées sur le beau.

De deux ans à six ans, on peut apprendre à voir en habituant à regarder. Le pauvre enfant qui passe ces quatre années entre des murs enfumés et n'a pour occupation que des pages imprimées en gros et en petits caractères, pour distraction qu'une horrible et crasseuse poupée ou un grossier chariot, cet enfant-là entrera dans l'école communale en arrière de quatre ans sur celui qui aura passé ce temps à jouer avec la création en image, à la comprendre par les yeux, de façon à la reconnaître à première vue, à devenir dessinateur et peintre, pour ainsi dire *in petto*, sans tenir un crayon, mais en ouvrant les yeux et en y mettant le compas, comme s'exprime le peuple. Je montre à un enfant de trois ans un hippopotame, une girafe, un cochon, je lui dis les noms de ces quadrupèdes, et l'enfant les répète ; le lendemain, je lui montre les mêmes figures, et il les reconnaît, et il nomme ces animaux. N'est-ce pas le début d'un peintre? Cet enfant n'a-t-il pas dessiné de mémoire? N'a-t-il pas fixé dans son jeune cerveau des traits et des proportions? Si de ce premier exercice je passe à un autre, si je dessine au tableau la forme rudimentaire de ces animaux dans leurs lignes caractéristiques, si l'enfant les reconnaît encore, ne l'aurai-je pas préparé, sans qu'il s'en rende compte, à saisir dans chaque objet sa physionomie propre et, par conséquent, sa beauté? De là à prendre un crayon et à traduire par la main ce que l'œil voit si nettement, ce que l'intelligence comprend si bien, il n'y a qu'un pas; ce pas, il le fera, soit en continuant cette éducation sous une direction intelligente, soit à l'école communale, en y entrant bien préparé, car on fait ainsi de la prose sans le savoir, on devient artiste sans s'en douter.

Au contraire, voit-on impunément dans le jeune âge, et sans que le goût en soit affecté, de laides figures et des formes grossières? ne reste-t-il rien de ces premières impressions dans le souvenir? Citez-moi une femme qui ait oublié la figure de sa première poupée, sa tournure et les détails de sa toilette? Ne connaissez-vous pas beaucoup d'hommes qui regardent avec émotion les livres d'images de leur jeune âge? ces livres les reportent si vivement à d'anciennes impressions restées ineffaçables!

Sept millions de francs, représentés par des millions de jouets d'enfants, sortent chaque année des nombreux ateliers de Paris qui se consacrent à ce genre de travail; c'est tout ce qu'il en faut pour rendre heureux trois à quatre millions de petites filles avec leurs poupées, de petits garçons avec leurs chevaux et leurs soldats. Peut-on dire qu'il soit indifférent de mettre des figures disproportionnées, des traits grimaçants, la laideur enfin au lieu de la beauté, sous les yeux de ces enfants dont les fraîches imaginations reflètent avec une facilité merveilleuse les objets les plus fugitifs, et qui s'attachent à leurs premiers jouets avec une passion acharnée au point de les préférer dans leur état de ruine et d'invalidité à de nouveaux cadeaux dans leur fraîcheur? Qu'a-t-on fait pour améliorer cette industrie et lui donner une direction utile? Lui a-t-on offert de bons modèles, comme pouvait les créer Pascal, le Michel-Ange des enfants, ou tout autre excellent sculpteur? S'est-on attaché à récompenser les sacrifices faits par quelques industriels dans ce but d'amélioration? Non, on a donné les médailles à celui qui produisait le plus et vendait le meilleur marché. Qu'en est-il résulté? que nous tirons de Nuremberg nos bustes en papier mâché, de Saxe nos bustes en porcelaine, de l'Angleterre nos bustes en cire, et qu'avec ces produits de pacotille nous inondons la France de jouets sans distinction, sans physionomie caractéristique, sans signification.

Il y a quelque chose à faire en cela comme en beaucoup d'autres choses en apparence plus sérieuses, et je conseillerais d'accorder un prix de quelque valeur à celui de nos fabricants de jouets d'enfants qui donnerait à ses bustes de toutes grandeurs le caractère de beauté propre à chaque âge, qui choisirait, pour représenter les individus de toutes les nations, le type le plus vrai et le mieux accentué de chacune d'elles; car de cette manière on préserverait les enfants du contact et du goût de la banalité, cette mère placide de la vulgarité. Ce n'est pas encore assez : ces poupées ont des corps humains, et on les formera en cherchant les vraies proportions de la nature; au lieu de les peindre en rose, ce qui est au moins inutile, on suivra un modèle sculpté selon les règles de l'art : ce sera pour les enfants un bon enseignement. En outre, on leur donnera toutes les articulations des mannequins Le Blond, afin qu'en cherchant à leur faire prendre des poses naturelles auxquelles ils se prêteront facilement, les enfants s'habituent à observer les poses qu'ils voient dans l'habitude de la vie, sans y attacher la moindre réflexion.

Je pourrais étendre indéfiniment ce genre de recommandation, car le champ est vaste et il est à peine exploré; mais il suffira d'indiquer la voie, de donner l'impulsion et de signaler les plus méritants; l'industrie fera le reste.

DE LA MÉTHODE D'ENSEIGNEMENT DANS LES ÉCOLES : ELLE NE VARIE PAS, MAIS
ELLE SE DÉVELOPPE EN PROGRESSANT AVEC L'ÂGE DES ÉLÈVES.

Au sortir de l'asile, ou en quittant les bras de sa mère, à
sept ans, l'enfant entre dans les écoles communales, dans les
colléges de l'État et des communes, dans les petits séminaires,
dans les écoles privées, ou bien, s'il reste sous la tutelle de la
famille, il passe aux hommes, de la mère au père, de la
bonne au précepteur. Sous quelle forme l'enseignement du
dessin lui sera-t-il donné? Pour répondre à cette question
d'une manière catégorique, il faudrait diviser l'éducation en
trois périodes : de sept ans à dix, de dix ans à quatorze, de
quatorze ans à dix-huit. La première période coïnciderait avec
l'instruction primaire, la seconde avec l'instruction supérieure,
la troisième avec les classes de seconde, de rhétorique et de
philosophie dans les colléges. Un enseignement gradué donnerait à la première les modèles les plus faciles à copier, en
cherchant les moyens de stimuler l'attention de l'élève, d'ouvrir son esprit à l'observation, de former son œil aux proportions. Il ajouterait, pour la seconde période, à des modèles
dessinés plus compliqués les modèles de ronde bosse et le
dessin de mémoire; pour la troisième, les promenades dans la
campagne, qui apprennent la perspective, qui font comprendre les effets de lumière et le contraste des couleurs, et enfin
le dessin de composition, qui est le dessin de mémoire appliqué à l'imagination.

L'espace me manque pour suivre un ordre aussi méthodique. J'envisagerai l'ensemble de l'enseignement; il sera
facile ensuite de faire la répartition suivant les établissements
d'éducation, suivant l'âge des élèves et leur aptitude.

Avant toutes choses, on fixera le temps qu'on accorde à
l'étude des arts. Du moment où le dessin n'est plus un talent
d'agrément, mais une partie essentielle de l'éducation, il réclamera tous les jours son heure de travail. Si l'on objecte
que la journée est déjà bien chargée, que c'est ôter à des études
plus importantes un temps déjà trop court, je dirai que ce

temps est plus que racheté par les facilités que la culture de l'art apporte à toutes les autres études, en ouvrant l'intelligence, en éveillant l'esprit, en formant le goût.

Y a-t-il une méthode d'enseignement par excellence, une méthode pour apprendre à dessiner acceptée généralement? Non. Vingt écrivains, cent peut-être, ont bâti là-dessus des théories, et si M. de la Palisse était encore en vie, il nous donnerait la meilleure, par son grand amour de la vérité; il dirait : Pour apprendre à dessiner, dessinez. — Mais... — Pas de mais, dessinez et ne faites pas autre chose; dessinez, en vous rendant compte de ce que vous faites; dessinez, en observant si bien votre modèle qu'il s'identifie avec vous. Pourquoi un objet aimé plane-t-il, même absent, devant vos yeux? Quel est l'artiste qui ne reproduirait de souvenir les traits de sa mère ou ceux de sa maîtresse? C'est que ces modèles chéris n'ont pas seulement posé devant ses yeux, ils sont entrés dans son cœur en se fixant dans sa mémoire. Quel a donc été ce travail? Un travail d'observation passionnée, de tendre sympathie, d'assimilation. C'est beaucoup demander à l'élève, sans doute, devant son froid modèle; mais on obtient quelque chose en demandant beaucoup; on réveille au moins l'instinct en sollicitant la passion, et que ne peut-on attendre de l'amour de l'art qui s'est emparé d'une jeune imagination? Que ne peut produire une organisation prédisposée, quand on la dirige bien, quand on l'exalte par la vue de nobles modèles, par la sympathie de principes saisissants? En fait, on a tout essayé, du raisonnable à l'absurde. Les uns font pâlir les enfants sur des yeux et des oreilles; les autres leur donnent pour premier début le *Léonidas* de David tout ombré, ou même la gravure de quelque célèbre tableau de maître. On dégoûte les uns par l'ennui, les autres par la difficulté. La raison n'est-elle pas de proportionner la charge à la force du sommier, le travail à l'habileté de l'élève? Tout bien considéré, ne devrait-on pas conseiller d'éviter trop de méthode, de s'abstenir de trop de rigueur? Craignons par-dessus tout de fatiguer les enfants. Il n'importe pas essentiellement de les faire procéder de telle ou telle manière, mais de les amener à se rendre compte de ce qu'ils voient et à le transporter sur le papier sans cesser d'y trouver intérêt et plaisir. Rappelez-vous comment ils ont appris à marcher, à parler; avez-vous exigé de ces petits châteaux branlants qu'ils se tinssent droits, le menton haut, la tête renversée, le ventre rentré et les pieds en dehors? Non, vous avez été content quand vous avez vu qu'ils avaient une vague notion de l'équilibre et du centre de gravité, après en avoir senti toute l'importance *étant par terre;* de même, quand ils ont commencé à parler, les avez-vous taquinés sur la grammaire? Ne trouviez-vous pas plaisir à ce parler enfantin, si pittoresque parfois dans son incorrection, si expressif dans ses tournures embarrassées? Vous avez joui de ces débuts, vous en avez encouragé les progrès; ne soyez pas plus rigoureux pour le dessin.

Puisque le dessin est une écriture pittoresque et un complément naturel de l'écriture conventionnelle, je puiserais l'étude de ses premiers éléments dans l'écriture, comme l'écriture a puisé les proportions de ses lettres, leur grâce ou leur noblesse, dans les règles du dessin. Ainsi les premières leçons consisteraient dans l'imitation des lettres suivant les plus belles formes, puis parallèlement dans l'imitation des objets qui s'en rapprochent : ainsi, je placerais un fronton de monument avec les colonnes de son péristyle près d'un A, d'un H ou d'un M; une feuille, l'ovale d'une tête, la forme d'un œil, à côté d'un R, d'un S, d'un O, d'un C ou d'un G. De là je passerais à d'autres objets, en les variant assez pour distraire l'ennui de l'enfant, en les lui laissant assez sous les yeux pour qu'ils préoccupent son esprit, pour qu'il puisse essayer de les reproduire de souvenir, comme il répète sa lettre de mémoire. Le même tableau noir servira aussi alternativement, je dirai mieux simultanément, à dessiner ou à écrire des yeux et des O, des oreilles et des R. L'élève verra de sa place comment le maître s'y prend, avec son immense porte-crayon, pour tracer des yeux et des O d'un mètre d'envergure, et il imitera sur son ardoise et la manière et la figure. L'habitude d'écrire régulièrement formera l'élève à l'exactitude dans le dessin, l'enseignement des proportions justes par le dessin formera à son tour l'élève à l'élégance dans la calligraphie, et de cette façon le dessin devient un exercice de l'écriture qui contribue à en sauver l'aridité.

Je passe, comme on voit, à côté du dessin linéaire ; je fais mieux, je le proscris absolument en tant qu'élément du dessin, parce que je le crois hostile à l'art et perturbateur des instincts artistes. Du moment où la règle et le compas entrent dans le dessin, ce n'est plus l'œil qui dirige la main, c'est l'esprit et ses calculs. Les formes ainsi dessinées sont pauvres, anguleuses ou compassées (remarquez la justesse de l'expression, compassé, exécuté avec le compas). En effet, la main n'ayant plus de liberté, l'œil ne comprend plus l'ondulation des formes, le goût devient étranger à la grâce et à la souplesse de l'arrangement, à l'inattendu de l'inspiration. *N'ayez pas le compas dans la main*, disait Michel-Ange, *ayez-le dans l'œil ;* l'habitude de regarder, le talent de voir, valent géométrie et arithmétique. Le dessin linéaire a, cependant, son utilité, sa valeur, son importance : son utilité comme écriture figurée de la géométrie, sa valeur comme moyen d'en résoudre les problèmes, son importance comme étude préparatoire aux carrières spéciales ; mais mieux on saura dessiner avant de l'apprendre, plus on ajoutera à l'usage du dessin linéaire d'intelligence, de goût et de ressources. Au reste, comme les principes de la construction doivent accompagner tous les degrés de l'enseignement, parce qu'ils donnent la raison d'être des formes, l'harmonie des parties et le sentiment des proportions, c'est associer en partie le dessin géométrique ou linéaire au dessin artiste.

Une difficulté partage les esprits : commencera-t-on à dessiner en copiant l'ornement ou la figure humaine, des feuilles d'acanthe et des rinceaux de l'architecture antique, ou des yeux, des oreilles et des figures d'ensemble ? Je n'hésite pas, j'adopte le second de ces systèmes. Les partisans de l'enseignement du dessin par l'ornement argumentent ainsi : un ornement se dédoublant exactement, l'élève a pour la seconde partie un guide, en même temps qu'un modèle pour le ramener à l'exactitude. Nous demanderons qui est chargé de dessiner la première partie ; dans la figure, une moitié n'exige-t-elle pas pour l'autre la même exactitude ? et ne faut-il pas pour atteindre ce rapport plus que de l'exactitude, quelque chose qu'il importe au premier chef de développer dans l'élève ? Ce quelque chose, c'est le sentiment.

La création entière a pour base une symétrie qui ne se montre nulle part avec plus de finesse, de charme et de parallélisme varié que dans la figure de l'homme, que vous preniez pour modèle sa tête ou son corps tout entier. C'est donc bien là le plus rare, le plus précieux, le mieux adapté de tous les modèles, celui avec lequel l'enfant est le plus familiarisé, et qu'il peut contrôler à chaque pas.

L'élève, exercé par l'étude de la figure, qui lui fait comprendre mieux que l'ornement la nécessité des proportions, du caractère et des traits essentiels, apprendra vite à tracer l'ornement, genre d'imitation qui observe les mêmes règles avec bien moins d'exigences. Que les deux parties opposées d'un ornement soient à peu près pareilles, cela suffit à l'élève qui n'a appris que l'ornement ; mais celui qui s'est exercé sur la tête de l'homme est rompu à de bien autres exigences. Deux yeux doivent être en rapport, non pas seulement de grandeur, mais de proportion, d'ouverture, de direction et d'expression, et toutes ces conditions d'imitation, toutes ces habitudes d'observation exacte, l'élève les transportera dans son dessin, lorsqu'il copiera l'ornement. Étonnez-vous donc que deux années consacrées à l'étude de la figure permettent de dépasser en six mois celui qui s'applique depuis deux ans et demi à l'ornement, de le dépasser et de tracer l'ornement avec un sentiment de la forme, avec une connaissance de l'importance de ses parties constitutives, enfin avec un bonheur d'imitation originale que l'autre n'atteindra jamais, sans compter qu'il n'aura aucune connaissance de la figure, si elle se trouve mêlée à l'ornement, ou si lui-même veut l'y introduire ! Enfin, et pour dernière considération, s'il

est dans ces deux élèves une même étincelle du génie qui
fait les grands artistes, elle s'enflammera chez celui qui se
trouvera en contact avec les plus belles créations de l'art,
tandis qu'elle restera étouffée chez l'autre sous le poids, la stérilité et la monotonie de l'ornementation.

Dois-je mentionner une autre divergence dans l'enseignement ? Il s'agit de savoir si l'on commencera à dessiner la
figure par parties isolées ou par ensembles complets; en peu
de mots, si on donnera à l'élève, à sa première leçon, le *Léonidas* tout entier, ou son œil. Je suis partisan d'un commencement d'enseignement qui ne commence pas par la fin : je propose de donner pour premier modèle un œil de profil. On me
dira que l'enfant ne comprend pas ce que je place devant lui,
qu'il voit dans cet œil de profil un cornet. Si les cornets
pouvaient avoir dans leur forme autant de grâce qu'un œil en
offre dans la sienne, je ne verrais aucun inconvénient à exercer l'enfant au cornet; mais, comme sur dix élèves il y en aura
neuf qui dans ces traits comprendront la forme de l'œil, et que
tous les dix, en l'imitant d'abord patiemment, en passant ensuite
à l'œil de face, puis aux deux yeux, et en les mettant en rapport de grandeur et de direction, trouveront dans cet exercice
tous les moyens de développer leur jugement, de s'habituer à
apprécier des proportions, à assouplir leur main par la courbe
des lignes, je crois que le trait, assisté graduellement de
l'ombre, d'après un œil, deux yeux, le nez, la bouche, l'oreille
et l'ensemble du visage, est le meilleur commencement de l'é-
tude du dessin.

Ainsi, quand on enseigne aux enfants à épeler des mots, on
prend un livre quelconque, ou bien on en fait exprès dont les
caractères sont gros et lisibles, les syllabes espacées, les mots
bien détachés; le sens importe peu. Si ce sont des idées simples et morales, exprimées avec une vivacité faisant image,
cela n'en vaudra que mieux, mais là n'est pas l'important,
c'est la lettre qu'il faut s'exercer à connaître; ainsi, dans le
dessin, il s'agit d'abord d'un exercice manuel, et tout doit
céder devant ce premier intérêt.

L'autre système prend, au contraire, le raisonnement théorique pour guide et débute non plus par un détail, non plus par des lignes et des contours, il donne en modèle la figure complète poussée à l'effet de la réalité, arguant de la nécessité de faire bien comprendre à l'élève ce qu'il doit rendre. Mais cette figure mise à l'effet n'a plus de contours : aussi l'élève les supprimera-t-il, de même que la nature ne les admet pas, et il apprendra à rendre les formes par des oppositions d'ombre et de lumières. C'est la logique au rebours, la marche naturelle prise à l'envers : aussi ce système, d'une réussite très-problématique avec des jeunes gens bien doués et qui commencent tard, devient impraticable avec les enfants des classes élémentaires.

Cette question du trait et du contour est grave et n'est pas nouvelle ; elle a été pour tous les grands artistes, à leur début comme dans leur maturité, une véritable préoccupation. Qu'il n'y ait pas de trait dans la nature, qu'il n'y ait que des oppositions, c'est là un fait incontestable, comme déduction abstraite ; il est faux, quand il s'agit pour tous, et surtout pour l'élève, de traduire ce qu'il a sous les yeux. Dans la pratique, le trait définit la forme et permet de l'arrêter avec précision, de manière à le conserver comme guide jusqu'au moment où le travail du modelé le fait disparaître et le remplace par une opposition de teintes. Mettez-vous à la portée d'une intelligence jeune et novice. Comme des peuples entiers, les Égyptiens, les Asiatiques et les Grecs primitifs, les enfants ne conçoivent le nez que de profil et les yeux que de face, ce qui donne au griffonnage dont nos murs sont noircis quelque chose d'hiéroglyphique. Irez-vous heurter de front ces dispositions naturelles ? Non, vous les adopterez ; seulement, par une série développée de modèles, vous ferez accepter aux élèves toutes vos conventions de traits, d'ombres et de raccourcis. Et ces modèles, vous les leur imposerez le moins possible. Ils seront tous excellents dans le même principe de distinction supérieure, et ils seront très-variés ; les élèves choisiront sans contrainte ceux qu'ils veulent copier, afin que dans cette variété, et au moyen de cette indépendance, puisse se mouvoir l'originalité de chacun, se marquer la vocation, s'établir la pente. Au nombre de ces modèles je comprends le squelette humain, qui, dessiné sur pierre de main de maître, n'est pas plus difficile à copier que tout autre objet, donne une excellente leçon de pondération des parties et d'harmonie de l'ensemble, en même temps qu'il enseigne les éléments constitutifs de notre structure. Plus tard l'écorché, plus tard encore des os et des pièces anatomiques sont d'excellents motifs d'étude.

Les écoles communales ne doivent pas s'élever au-dessus du dessin monochrome. Le champ à parcourir est déjà bien assez vaste; toutefois, je voudrais que l'enfance n'isolât pas l'idée de forme de l'idée de couleur, et qu'elle pût comprendre, même en exprimant le relief et le contour par une simple opposition de noir sur blanc, comment cette convention se traduit par la couleur.

Une série de modèles de végétaux, fleurs ou fruits, lithographiés, les uns en noir, les autres en couleur, seront donnés en modèle. Le plus habile de nos dessinateurs fera ces modèles en noir d'après Saint-Jean et M. Desjardin, en se servant d'un transport de cette lithographie en noir, afin d'obtenir exactement les mêmes proportions, le rendra en couleur d'après le tableau avec cette exactitude qui va jusqu'au trompe-l'œil. On pourra appliquer cette méthode à quelques belles figures, comme les *Vierges* de Raphael, le *Saint Jean* de Pérugin du musée de Lyon, et quelques grandes têtes d'expression prises dans les œuvres de Titien, de Paul Véronèse, de Rubens, en reproduisant exactement la touche et le ton de ces grands coloristes, à côté du dessin en noir qui l'exprime par le travail du crayon et l'effet. La vue de ces modèles en couleur, encadrés sous verre, éclairera la classe d'un reflet artiste qui impressionnera de bonne heure les enfants et luttera victorieusement, par l'harmonie, contre le bariolage sauvage des peintures et coloriages mis en circulation à la campagne par les colporteurs. Il ne s'agit pas de copier ces modèles, il suffit de les avoir sous les yeux, en dessinant au crayon noir d'après les lithographies en noir.

Mais, avant d'arriver là, il a fallu montrer le dessin à des enfants qui n'avaient à leur disposition que la table de sable ou l'ardoise et son crayon. Pour cela, l'enseignement au tableau peut être une très-bonne préparation à un dessin plus sérieux. La difficulté d'un dessin blanc sur un fond noir n'existerait pour eux que s'ils le copiaient avec un crayon noir sur papier blanc, mais ils le reproduisent de la même manière sur leur ardoise.

On a conservé en Allemagne, où tant de choses se conservent, l'usage du tableau, même dans l'enseignement supérieur. J'ai dessiné, à l'âge de quinze ans, sous des maîtres qui, sans être des artistes de talent, avaient l'habitude de dessiner au tableau et le faisaient avec une rare adresse. Cet usage doit venir du temps où les gravures étaient chères; mais aujourd'hui, où les modèles sont à la portée de tous, le dessin simultané ne compense par aucun avantage les inconvénients de ces sèches reproductions d'un original dépourvu de caractère et de style, que tous les élèves ne voient pas dans les mêmes proportions, le point de vue n'étant pas pour tous exactement le même, et qu'ils copient uniformément, quelles que soient leur aptitude, leurs goûts et leurs tendances. Au contraire, le tableau n'a aucun inconvénient pour l'enseignement élémentaire, et il offre au maître mille ressources de conversations, d'éloquence même, propres à provoquer l'attention, à animer et à soutenir l'intérêt. Si le *travail attrayant* est possible de cette manière, pourquoi en priverions-nous l'enfance? Le maître racontera et dessinera à l'appui de son conte; s'il fait une figure, il s'interrompra en demandant aux enfants de deviner ce qu'il va faire, d'indiquer dans une tête n'ayant pas de menton ce qu'il manque, dans une figure ayant trois jambes ce qu'elle a de trop; celle-ci sera trop courte, celle-là trop longue, une troisième bossue, la tête sera trop petite ou trop grosse : entre trois figures il faudra choisir la mieux proportionnée. Les expressions de la physionomie sont des ressources aussi : la joie, la douleur, le sourire, les pleurs, la méchanceté, la bonté, l'étonnement, l'effroi, offrent autant d'exercices utiles qui forment le jugement de l'élève, sans nuire à l'esprit de l'homme.

Mais tout cet enseignement fructueux, au point de vue moral autant que sous le rapport qui nous intéresse le plus, exige une certaine habileté qu'on ne peut attendre avant dix ans des maîtres et maîtresses de nos asiles, des frères et sœurs des écoles chrétiennes, des instituteurs de nos écoles communales. Ce qu'on peut leur demander, en les leur faisant comprendre à eux-mêmes, ce sont des notions justes sur le jeu de la lumière et sur les règles de la perspective, et ils les transmettront à leurs élèves non-seulement à l'heure des classes, mais dans les récréations, et surtout à la promenade. Un instituteur intelligent, marchant avec ses enfants dans la campagne, au milieu de la grande richesse de la végétation, peut ouvrir sous les yeux de ses enfants un monde pittoresque. M. Chardin ne croit pas pouvoir enseigner la botanique à ses élèves sans courir avec eux à travers champs, et vous voulez apprendre aux vôtres les difficultés de l'art sans leur faire connaître son seul modèle, qui est la nature. Où pourra-t-on leur faire mieux comprendre les effets de la lumière sur les couleurs et sur les corps, les problèmes si simples et si singuliers de la perspective, leur faire mieux connaître cette flore merveilleuse, non pas la flore obèse et orthopédique de nos serres, mais la flore du bon Dieu, qui conserve dans la campagne sa distinction, sa mesure et sa grâce? Les fleurs seront l'éternel thème de l'ornementation, les fleurs bien choisies, bien disposées, justifiant leur emploi par l'heureuse distribution des formes autant que par la parfaite harmonie des couleurs.

On ne se figure pas à quel point on peut rester ignorant sur ces effets naturels, et voir toute sa vie les choses les plus simples sans chercher le moins du monde à s'en rendre compte. Demandez à vingt personnes ce que c'est qu'une ombre portée, une ombre transparente, une demi-teinte, un reflet, dix-neuf ne sauront que répondre, et cependant il leur eût suffi, guidées par un maître, d'une demi-heure d'observation pour comprendre ces choses; mais on passe sans s'imaginer qu'il y a pour l'artiste, dans ces tableaux naturels, la source des études de toute la vie, et une foule de problèmes escortés de difficultés, dont lui-même trouvera plus aisément la solution quand, dès l'enfance, il aura habitué ses yeux à voir ces procédés admirables de la nature et son esprit à les étudier pour en scruter les secrets.

La perspective est une de ces inconnues qui nous coudoient à tout instant de la vie, et avec laquelle nous ferions facilement connaissance, si nous la traitions familièrement, en camarade, au lieu de voir en elle une science étrange, d'un abord difficile. La perspective, en effet, constitue une science chez quelques peintres, qui ne seront jamais artistes, et qui en font métier; chez les autres, c'est une habitude que le jugement et un petit nombre de règles sommaires ont fortifiée. Je n'imposerais pas la science aux écoles, mais j'assisterais l'habitude de voir et de dessiner, en exigeant des jeunes gens qu'ils se rendissent compte de ce qu'ils observent. Je viendrais en aide à leur observation par quelques explications qui leur feraient rapidement comprendre comment le relief des corps et les raccourcis des figures sont soumis aux mêmes lois de la perspective que les lignes de l'architecture et les différents plans des paysages. Ces explications ne constitueraient pas une leçon proprement dite, mais le professeur saisirait toutes les occasions qui se présentent pour arrêter ces règles dans l'esprit des enfants. Comme les lois de la politesse et du tact qui n'ont pas d'enseignement fixe, les règles de la perspective s'apprennent en les pratiquant sous un bon guide, et ce sont, les unes et les autres, celles qu'on met le mieux en pratique.

Cet enseignement, comme on le voit, s'adresse autant au jugement qu'à la mémoire, et ce sont, en effet, les deux auxiliaires principaux du dessin.

Au point de vue de l'art, les choses n'existent que pour celui qui a appris à les regarder; la photographie nous en a enseigné long sur ce point. Les portraits qu'elle a faits de nos amis les plus chers, ses vues de nos villes natales, de nos promenades favorites, de notre maison elle-même, nous ont prouvé que nous n'avions jamais regardé ni les uns ni les autres, car nous les connaissions si peu que nous ne les avons pas reconnues; mais quand vous avez dessiné une étude de chevaux, de bœufs ou de brebis, chaque individu de ces espèces que vous rencontrez ensuite vous apparaît avec mille détails de proportions, de physionomie, de pelage, qui n'existent pas pour les autres, même pour l'amateur de chevaux, préoccupé d'un genre tout différent d'observation. Ce sens artiste, tout particulier, ne s'acquiert que par l'habitude de regarder avec la préoccupation d'être obligé de rendre par le dessin ou le modelage ce qu'on a vu; ce sens, c'est le dessin de mémoire, et c'est parce qu'il développe éminemment la faculté du souvenir pittoresque qu'on ne saurait trop le recommander. Les Grecs n'ont tiré un si heureux parti des occasions qui s'offraient à eux dans la palestre et les jeux publics de voir les hommes les mieux faits dans les exercices les plus favorables à la beauté, que parce que, maîtres du dessin et habitués dès l'enfance à regarder la nature, ils en fixaient immédiatement dans leur mémoire toutes les beautés. Chacun de nous a dans l'œil un miroir où se reflètent les images; ces images s'y pressent, s'y succèdent et s'y effacent les unes après les autres; l'artiste doué de la mémoire pittoresque, ou celui qui a développé cette faculté, au lieu d'un miroir, a dans l'œil une impressionnabilité semblable à celle du daguerréotype qui reflète et fixe les images. Il les reçoit, il les garde, il les reproduit avec une merveilleuse exactitude.

Dans l'enseignement du dessin, la copie du modèle ne doit être qu'une transition pour arriver à se passer de modèle, et le dessin de mémoire prépare l'intelligence à ce moment où on cessera d'avoir le modèle sous les yeux, où on l'aura gravé dans son souvenir pour s'aider dans le travail de l'imagination. Ce genre d'étude doit commencer avec les premiers éléments du dessin; de même que vous avez appris à l'enfant à faire un A de lui-même, après l'avoir copié l'ayant sous les yeux, de même aussi il devra s'habituer à copier d'abord un

nez dessiné et à le rendre ensuite de mémoire : l'un n'est pas
plus difficile que l'autre.

Il n'est pas besoin d'avoir de l'enfant une grande expérience pour connaître sa mobilité, son attention superficielle,
ses observations aussitôt effacées que produites. Quel meilleur moyen avez-vous de fixer cette mobilité, si ce n'est de
donner un contrôle à son observation? Le dessin de mémoire est le moniteur par excellence. Mieux que le professeur, mieux que la volonté la plus assidue, il détache de la
copie servile, de l'exécution minutieuse, insignifiante, et il
transporte dans la copie raisonnée, exécutée avec sentiment
suivant le caractère de l'original. Quand un élève a copié
pour copier, il reconnaît à peine son modèle si, après avoir
terminé son dessin, il le retrouve inopinément sur son passage; toute sa pensée, toute sa réflexion, son intelligence artiste tout entière s'est renfermée dans sa copie, le modèle
n'a rien été pour lui, et, comme cet expéditionnaire copiste, il
pourrait dire : Je ne lis pas ce que je copie. Si, au contraire, en
dessinant, l'élève est averti qu'il aura son modèle à copier de
mémoire, ce n'est plus sa copie qui le préoccupe, c'est son modèle; il le regarde, non plus seulement pour le copier, mais
pour le connaître, pour l'étudier, pour se familiariser avec les
traits caractéristiques, la justesse des lignes et les détails. Ce
dessin de mémoire, étendu à des objets extérieurs, à des sites
particuliers, à des vues pittoresques, aux ornements de l'architecture, même aux meubles et aux ustensiles de la vie privée,
devient une source de jouissance, parce que c'est une extension donnée à la faculté presque entièrement négligée de
l'observation. On s'étonne soi-même de tout ce qu'on voit là
où on ne saisissait rien, cela devient plus qu'une passion,
c'est une habitude; on fait mieux que d'en rêver, on y songe
tout éveillé; en un mot, on s'aperçoit que l'on sait voir,
tandis qu'on se contentait de regarder; et bien voir, c'est bien
juger.

Les objections contre le dessin de mémoire sont nombreuses, et elles ne sont justes qu'en frappant sur l'abus. On

dira : Vous empêchez l'enfant de s'attacher à rendre naïvement son modèle, quand vous le préoccupez de l'idée de le
rendre de mémoire, c'est-à-dire de la nécessité d'en faire un
à peu près, sous un aspect superficiel. Il est évident que la
double étude du modèle ne doit affaiblir aucune des deux,
et que l'idée de dessiner de mémoire ne doit pas détourner
de la scrupuleuse copie d'après nature; autrement l'un des
deux exercices empiète sur l'autre. Vous acquérez de la
main, des procédés de facture, des habitudes d'observation
superficielle, de dessin de premier coup, et vous perdez cette
faculté si essentielle de l'étude suivie, tenace, minutieuse,
qui se satisfait difficilement, qui efface, revient et reprend.
On le conçoit, tout dépend du maître qui dirige son élève.
Ici il faudra stimuler l'observation en développant l'adresse;
là c'est, au contraire, contre l'adresse de la main qu'on
luttera pour renforcer les facultés d'observation, car la pratique de l'art se compose de naïveté et d'habileté dans une
juste pondération; au maître appartient de maintenir l'équilibre pour empêcher l'un de devenir un *fa presto* superficiel,
un faiseur sans fond, pour empêcher l'autre de croupir dans
une naïveté timide, impuissante et bête. Remarquons bien
que nous ne formons pas des artistes; que le dessin n'est encore dans cet enseignement qu'une écriture figurée; que le
but de cet exercice de la mémoire est de transporter le dessin
dans une sphère pratique dont toute la vie se ressent. Je sais
tel homme, habile à copier parfaitement les compositions les
plus compliquées des maîtres, et qui ne sera pas capable de
mettre sur pied un bonhomme, un chien courant après un
lièvre, une charrette attelée de son cheval. David, sans modèle sous les yeux, esquissait misérablement, et son élève
Guérin disait, en voyant Delécluze faire facilement de légers
croquis : « Pour un million, je n'en ferais pas de pareils. »

Cette faculté de rendre ce qu'on a vu par le dessin,
comme celle d'exprimer une réflexion longtemps mûrie dans
le cerveau par le style, semble très à tort réservée aux artistes de profession et aux gens de lettres, dont c'est l'état.

On apprend dans les classes à écrire des narrations; nous enseignerons à ces mêmes enfants à dessiner des compositions : dans l'un et l'autre exercice ce seront d'abord des réminiscences, plus tard cela deviendra de l'originalité.

La composition est le dessin de mémoire d'après nature. De même que vous conduisez l'enfant au musée, ou dans la campagne, pour étudier les maîtres et les sites, avec l'intention de les dessiner de mémoire, de même vous le conduirez au milieu des champs et des bois, au marché aux chevaux et dans une forge, pour lui montrer la nature en action et l'aider à former avec sa mémoire une composition. Dans la campagne, vous vous ferez suivre d'un modèle qui se placera dans le paysage pour l'animer, en mettant des manteaux de diverses couleurs qui expliquent à l'élève certains jeux de lumière, certains contrastes de couleurs; dans la forge, vous arrêterez l'ouvrier dans les poses que l'élève aura choisies comme les plus nobles, parce qu'elles étaient en même temps les mieux appropriées à la rude besogne du forgeron. Combien de ressources encore dans cette étude et qu'il est inutile de détailler! Je dirai seulement qu'il n'y a pas d'inconvénients dans cette manière d'enseigner, d'inconvénients du moins que ne compensent largement de précieux avantages. Je viens résolûment au devant de l'objection banale que je prévois. Vous allez faire de tous ces campagnards des artistes, et de ces enfants des barbouilleurs de bonshommes qu'il sera impossible de maintenir devant un modèle pour l'étudier sérieusement. Ces objections avaient leur valeur dans d'autres temps, au milieu d'un courant d'idées différent, quand le progrès des arts n'avait pas encore transformé la génération; aujourd'hui, les jeunes gens capables de faire un dessin de mémoire d'après une scène prise dans la nature, capables d'en retenir dans la pensée l'ordonnance, le mouvement, l'effet et la couleur, ces jeunes gens sont capables aussi de comprendre la nécessité de l'étude d'après les grands modèles, la nécessité de serrer de près et de rendre ces modèles dans leur sévérité.

Dans l'éducation morale, les meilleurs préceptes restent
sans influence quand ils ne sont pas appuyés sur les bons
exemples, quand ils sont contrariés par les mauvais. Il en
est de même dans l'éducation artiste. Vous professez dans le
vague, vos paroles s'envolent avec le vent, quand vous ne
soutenez pas vos démonstrations par la production faite à
propos et par la présence continuelle des plus beaux modèles ; bien plus, sans cette intervention, les plus amers
mécomptes vous menacent. Votre auditoire est attentif, vos
élèves vous ont écouté avec un intérêt soutenu, vous croyez
les avoir mis dans la meilleure voie ; mais bientôt, comme la
poule qui s'effraye en voyant les petits canards couvés par
elle se précipiter dans l'élément qu'elle redoute, vous vous
apercevez que cette jeunesse, maintenue par votre enseignement sous l'aile de l'antiquité et de la belle nature, se laisse
entraîner par les grâces affectées ou mondaines des Watteau,
Boucher, Gavarni et autres séducteurs.

Quand on ne compatit pas aux penchants de la jeunesse,
quand on s'y oppose, quand on prétend aller en sens contraire,
la jeunesse vous quitte et suit sa pente naturelle ; ayez l'air de
marcher avec elle, elle va avec vous, et la voie que vous lui
tracez, mais qu'elle croit avoir choisie, lui plaît, elle ne la
quitte plus. Ainsi, quand un enfant a le goût de la lecture et
se plaît aux romans, faites-lui un choix des romans les meilleurs ; si vous lui imposez de bons livres ennuyeux, il s'en
procurera de mauvais qui l'amusent. Dans l'étude de l'art,
mettez sous les yeux de l'élève ce qu'il y a de plus beau et
de plus gracieux dans la nature, exprimé par ses plus habiles
interprètes ; faites-lui de ces modèles un entourage et comme
une atmosphère, et soyez tranquille sur ses goûts à venir.
Comme le noble enfant que les idées religieuses et les sentiments d'honneur ont toujours entouré ne ment pas à ses

devoirs de gentilhomme, ainsi l'élève ne trahira aucun mauvais instinct, quand on n'aura encouragé en lui que de bonnes tendances.

Ce qui domine dans le choix des modèles de l'école, c'est la fixité des principes qui tient en vue et comme hors de toute atteinte un art idéal; cette fixité peut bien ne rien exclure, mais à la condition de tout classer. Elle placera en tête les grands modèles de l'art grec, comme un type éternel, et, à côté, ces autres grands modèles de la Renaissance qui s'y rattachent par les mêmes conditions d'élévation du sentiment et de distinction du style; elle ne prendra jamais l'œuvre entière d'un maître, fût-il le plus sublime, parce que tous ont eu leurs défaillances et leurs écarts; mais, guidée par ce type unique d'un idéal supérieur, elle choisira dans chaque œuvre, dans toutes les écoles, comme à toutes les époques, ce qui marque par un égal amour de la nature et du beau dans ses conditions de naïveté primitive et de haute distinction. Pas d'éclectisme, pas d'exclusion systématique, un triage fait avec l'aide d'une disposition bienveillante et admirative, mais d'après les règles rigoureuses de la distinction, de la noblesse et de l'élégance. C'est assez dire qu'on exclut ainsi toutes les vulgarités, qu'elles viennent d'une trop grande facilité de main ou d'une trop grande facilité de goût.

J'ai proposé une seule et même méthode pour l'enseignement du dessin à ses divers degrés; je propose également de faire servir les mêmes modèles à tous les élèves, depuis l'asile de l'enfance jusqu'à l'école des beaux-arts, qui donne les prix de Rome. Il n'y a qu'un art, qu'une méthode pour l'enseigner, qu'un idéal de beauté pour le comprendre. Dieu a-t-il donc créé autant de natures diverses que de différents degrés d'intelligence? Offre-t-il aux citadins de plus beaux arbres qu'aux campagnards, aux enfants d'autres fleurs qu'aux hommes? N'a-t-il pas, au contraire, donné aux gens de la campagne plus d'occasions de voir les beautés de la nature, et aux jeunes gens une imagination plus vive pour les mieux comprendre, comme s'il eût voulu compenser par plus de bienveillance les ressources abondantes de la ville et la riche expérience de l'âge?

Vous imiterez le bon Dieu en initiant les petits enfants à sa belle création; vous saurez lutter contre les systèmes gradués, les bosses Dupuis, les méthodes linéaires, les procédés rapides, expédients de calques, de gazes, de papiers à carreaux et à dessins successivement plus apparents; vous chasserez toutes ces puérilités d'une simplicité si compliquée; vous donnerez aux élèves un papier, un crayon et un bon modèle. Ne proscrit-on pas aussi des écoles les versions interlinéaires, les procédés de mnémonique qui donnent des résultats si surprenants? Jacotot lui-même n'a-t-il pas fait son temps? Tout cela se tient.

Je sais qu'on s'élève contre l'usage des modèles de l'antiquité et des grands maîtres : sous prétexte que les enfants n'en peuvent saisir toutes les beautés, on prétend leur substituer avec utilité de petites images fabriquées *ad hoc*. N'ai-je pas également entendu dire qu'on avait exilé des écoles le bon La Fontaine, sous prétexte que les enfants ne comprennent pas ses fables, et qu'on les a remplacées par de plates historiettes qu'ils ne comprennent que trop? Comment oublie-t-on que la moitié de notre plaisir, dans le cours de la vie, en relisant ces charmantes fables, c'est d'associer le charme de l'habitude et des souvenirs de l'enfance aux jouissances toujours neuves que La Fontaine nous procure à tout âge? L'influence des modèles sur la carrière artiste et sur le goût de l'amateur dans sa vie entière est de même nature. Sans doute l'enfant ne découvrira pas les beautés du torse du Belvédère et de la Vénus de Milo, pas plus qu'il n'a compris les finesses du fabuliste; il ne les sentira même pas toutes quand son maître les lui aura signalées; mais ce torse et cette Vénus, devinés avec peine, observés avec ténacité, de même que ces fables apprises par cœur, s'incorporent en nous et grandissent avec nous. Je suis loin de m'opposer à une gradation, elle est naturelle; vous faites répéter *le Coq et la Perle, la Cigale et la Fourmi*, en même temps que l'élève copie les plus simples parmi ces beaux modèles, et c'est pour arriver progressivement aux grands exemples de la poésie et de l'art : *les deux Pigeons* ou *les Parques* de Phidias, *le Chêne et le Roseau* ou *l'Esclave résigné* de Michel-Ange.

Depuis soixante ans, depuis Le Barbier, il n'a rien été fait pour réformer le choix des modèles dans l'enseignement du dessin, et les nouveaux procédés de gravure et d'impression, comme l'abaissement du prix des moulages, ne semblent avoir servi qu'à pervertir le goût. Anciennement, de vieilles gravures, les études du maître et quelques moulages d'après l'antiquité formaient toute la collection des modèles ; quand les procédés de gravure à la roulette et au pointillé furent entrés dans la pratique, quand la lithographie y eut ajouté ses facilités, quand le moulage au plâtre fut devenu un métier vulgaire, on était sous l'influence de David. Les nouveaux modèles s'en ressentirent. On copia les maîtres italiens depuis Raphaël jusqu'aux Carraches avec une froideur et une sécheresse qui ne s'approchaient de l'original que pour en éloigner le goût, et qui ne permettaient pas de distinguer si on avait sous les yeux des modèles de peinture ou de statuaire. Quant aux plâtres surmoulés sur l'antique, on s'en tenait aux modèles les plus banalement populaires, et qui sont loin d'être les meilleurs. L'antiquité, depuis les fouilles pratiquées, avec autant de passion que de bonheur, au commencement du xvie siècle, était représentée dans les musées de l'Italie par quelques œuvres de la décadence. L'*Apollon* du Belvédère, la *Diane* de Versailles (dont nous avons l'original), la *Vénus* de Médicis, le *Laocoon* et autres statues classiques trop connues, furent fabriquées à Rome, à une époque, sinon d'abaissement du goût, au moins de refroidissement de l'imagination, par des artistes grecs, dans un style conventionnel, suivant un canon de beautés et certaines règles de proportion qui avaient toutes les qualités, excepté les plus importantes, l'étude naïve de la nature et l'inspiration du génie. Les études critiques marchèrent depuis lors. La facilité des voyages en Grèce et dans les colonies grecques, les dilapidations de lord Elgin à

Athènes, les acquisitions du roi de Bavière à Égine, les fouilles pratiquées à Olympie pendant notre expédition en Morée, les missions confiées par le gouvernement des Bourbons et celui du roi Louis-Philippe à M. le comte de Forbin pour recueillir dans les musées de Florence, de Rome et de Naples ce qui n'avait jamais été moulé, à M. Lebas pour rapporter d'Athènes les moulages de tout ce que les fouilles récentes avaient révélé de plus remarquable, et en même temps un système d'échanges et d'achats mis en œuvre pour obtenir les plâtres des plus belles productions de l'art antique conservées dans les musées de Dresde, de Vienne, de Londres et de Berlin, auraient dû renouveler la collection des modèles destinés à l'étude et présenter aux jeunes élèves de nouvelles perspectives. Il n'en fut pas ainsi : ces conquêtes de la critique et ces acquisitions faites par l'État n'eurent aucune influence sur l'enseignement, parce qu'elles venaient s'enterrer soit dans les stériles discussions archéologiques de notre Académie des inscriptions et belles-lettres, soit dans le musée de l'école des beaux-arts, inaccessible au public. L'idée ne vint à aucun ministre de demander aux Chambres un crédit pour fournir gratuitement, ou à très-bas prix, ces mêmes moulages aux musées et aux écoles des beaux-arts des départements. Combien ai-je vu de professeurs de dessin et de maires de petites villes venant solliciter du Gouvernement, pour leurs écoles, des modèles de dessin, des gravures et des plâtres! Ils allaient de la chalcographie à l'atelier de moulage de l'État, mais on leur répondait qu'il n'y avait aucune allocation pour ces générosités, aucune facilité même pour faire ces acquisitions, puis à la fin de l'année on enregistrait avec joie les quelques mille francs produits par la chalcographie du Louvre et le moulage de l'école des Beaux-Arts, pendant que maîtres et élèves se morfondaient et prenaient leur besogne en dégoût devant d'affreuses lithographies tachées d'huile et de pauvres plâtres enfumés de l'*Apollon* du Belvédère et de la *Vénus* de Médicis, qui datent de l'époque où l'Empire réorganisa les musées et les écoles de la France.

14.

Et cependant ces monuments ignorés, ou nouvellement découverts, avaient été pour les érudits et les artistes autant d'invitations à ouvrir les yeux. On appliqua les notions de l'art à l'archéologie, on étudia les monuments de la sculpture d'après leur caractère, on les classa par école et par période de temps, et, distinguant dans cet immense domaine de l'antiquité une époque par excellence, une école supérieure, on y rapporta les œuvres les plus exquises. Ce sont elles que nous demanderons dorénavant pour modèles.

Dans ces circonstances, l'engourdissement, l'apathie de l'Administration ne fut pas le plus grave des torts. Pendant que les érudits étudiaient en pure perte les monuments de l'antiquité, une réaction romantique fit sortir, pour ainsi dire, de terre une foule de monuments d'un goût contestable, et en répandit les moulages à bon marché dans toutes les mains. Assistée en outre par la lithographie, elle empesta nos écoles de modèles de dessin exécutés sur pierre et à deux teintes avec fougue et un grand abus de noirs et de blancs, d'après des peintures modernes d'une banalité ordinaire, quand elles n'étaient pas de la plus offensante vulgarité. Ces lithographies, qui affectaient une grande facilité de main, ne présentaient naturellement que la contre-partie ou le décalque du travail de l'artiste; il se trouvait alors que les malheureux enfants, qu'on astreignait à imiter le travail du modèle, étaient obligés d'imiter à contre-sens, à l'envers et en commençant par la queue, les hachures de l'original. Tels ont été les éléments d'étude et leur influence perverse; telles sont encore aujourd'hui les ressources de l'enseignement du dessin en France : c'est évidemment insuffisant.

S'il est reconnu que les bons modèles dans les écoles sont la base d'un utile enseignement et le ressort le plus énergique d'une bonne direction dans les études, il n'est pas d'intérêt plus grave à sauvegarder, et l'État doit le prendre en main, car seul il peut faire d'un grand sacrifice imposé à tous un immense bien dont tous profitent. Sa mission consiste à choisir les meilleurs modèles, les procédés de reproduction à la fois

les plus parfaits et les moins coûteux, enfin à livrer ces
modèles à toutes les écoles du pays et, suivant les ressources
des communes, à titre gratuit ou aux conditions les moins
onéreuses.

Examinons ces trois points. La vie seule donne la vie. Une
gravure exécutée au burin, à l'eau-forte, à la roulette, au
pointillé, par un graveur de talent (d'ordinaire, ces travaux
sont abandonnés à de médiocres artistes), une lithographie
dessinée par un homme habile dans son métier (et le plus
souvent ce sont des faiseurs sans goût ni sentiment qui entre-
prennent la besogne), sont des œuvres mortes; elles ne transmettent à l'élève qu'un reflet décoloré de l'objet d'art qu'elles
reproduisent, et rien de sympathique n'émane de ces modèles.
Pour régénérer les écoles et ranimer l'enseignement du dessin,
vous vous adresserez aux maîtres qui comptent dans l'art.
Vous demanderez à Ingres, à Flandrin, à Cogniet et à tant
d'artistes que je pourrais nommer, de dessiner une série
complète d'études depuis l'oreille, l'œil, le nez et la bouche,
jusqu'à l'ensemble de la figure académique, offrant dans ses
diverses poses les mouvements caractéristiques, les raccourcis
habiles et la théorie des proportions du corps humain. En
1560, Jean Cousin exécuta quelque chose d'analogue pour
les élèves de son temps; mais ses dessins furent reproduits
par des moyens grossiers, et nous voulons mettre sous les
yeux de nos élèves les dessins mêmes de nos maîtres. Après
avoir étudié l'homme, l'élève étudiera les animaux rendus
avec la ligne caractéristique de chacun et sa physionomie
particulière : Barye, Fremiet et Mlle Rosa Bonheur nous
fourniront ces études; les végétaux et les fleurs seront dessinés
par Saint-Jean, Maréchal de Metz et Mme Sturel-Paigné; les
ornements d'architecture par Duban, Labrouste et Vaudoyer;
et observez bien que tous ces artistes dessineront ces études
sur papier préparé de façon à décalquer fidèlement sur pierre
et à reproduire dans le même sens que l'original tous les
traits tracés par le maître, de telle façon que, jusqu'à leur
signature, ce sera le dessin du maître lui-même, dessin

vivant jusque dans ses repentirs, palpitant, pour ainsi dire, encore sous la main de l'artiste. On choisira en outre dans les portefeuilles de ces grands peintres les plus parfaites de leurs études, et elles seront reproduites de la même manière par leurs élèves et sous leurs yeux. On ne se tiendra pas à l'école française; on demandera aux maîtres de l'art qui ont acquis un nom dans les écoles étrangères des études du même genre, dessinées par eux sur le même papier, et transportées sur pierre à Paris. Enfin les élèves de Rome, dessinateurs consommés, seront chargés de faire des études d'après les plus belles créations de la peinture et de la sculpture, études graduées en ce sens que, suivant le sentiment qu'ils y apportent, suivant le mérite de l'œuvre originale ou leur simple caprice, ils auront serré de plus près le modèle, ne faisant d'après telle peinture que le trait d'une tête, trait précis, fortement accusé, simplement expressif; faisant, d'après telle sculpture, un dessin poussé jusqu'à l'effet et au plein relief. De cette manière on formera une collection vivante de modèles qui offriront aux élèves non plus des procédés de gravure à imiter mécaniquement, mais le faire même du maître.

Je n'ai pas parlé encore des ressources offertes par la photographie; c'est qu'en thèse générale je repousse l'emploi de cet art, d'ailleurs admirable, mais peu propre à fournir de modèles les écoles de dessin. S'agit-il de photographier les tableaux des vieux maîtres, on sait que les embrunissements des vernis et l'altération des couleurs donnent des résultats incomplets; mais ces épreuves fussent-elles aussi parfaites que celles obtenues devant les plâtres moulés sur les statues antiques, je les écarterais, comme celles-ci, de l'enseignement, parce qu'elles ne résolvent pour l'élève aucune difficulté et qu'elles faussent ses idées sur plusieurs points essentiels. La perfection même du procédé, perfection uniforme qui sent la mécanique, décourage l'élève et l'induit en erreur. Je n'admets l'épreuve photographique, de la grandeur de l'original, que pour la copie des dessins des vieux maîtres, quand elles ont assez bien réussi pour reproduire tout le travail de ces précieux confidents d'un Raphaël, d'un Michel-Ange, d'un Titien ou d'un Le Sueur, sans rendre avec la même valeur les taches du papier ou la saleté produite par le temps.

Je ne demanderais pas davantage de modèles d'aquarelles aux nouveaux procédés des presses typographiques et lithographiques, inventés par MM. Baxter et Desjardins; quelque perfectionnés qu'ils soient, ils ne présentent qu'une traduction mécanique suivant des nécessités particulières, tandis que les élèves ont besoin du ton précis, de la touche animée et de l'indication du faire propre à l'artiste.

Les modèles pour dessiner d'après la bosse sont des moulages en plâtre, et je me réfère pour le choix des originaux à ce que j'ai dit plus haut. En outre, il serait utile que le Gouvernement fît des sacrifices pour mettre à la portée des élèves l'*écorché* de M. Auzou et le mannequin mécanique de M. Leblond.

Ces modèles ainsi créés, il s'agit de les répandre et de considérer la dépense comme une contribution publique, supportée par tous, parce que les avantages qu'elle procure sont partagés par tous. Le Gouvernement a intérêt à ce que les modèles soient les plus parfaits d'exécution et de reproduction : dans ce but il les fait exécuter, comme je viens de le dire, par les plus grands artistes, et reproduire par les moyens les plus perfectionnés; mais, en outre, il obtiendra une reproduction indéfinie des dessins les plus élémentaires en les faisant transporter sur cuivre par la chalcotypie, de telle façon que, sans rien perdre de leur pureté primitive, ils lui seront livrés à un prix tellement minime, qu'il pourra sans difficulté en défrayer gratuitement les trente mille écoles communales; les études des peintres transportées sur pierre seront réservées pour les colléges, les séminaires et les écoles spéciales de dessin; on les vendra au prix de revient, c'est-à-dire à des conditions qui les mettent à la portée de tous.

J'irai au devant de deux objections : on dira d'abord que le Gouvernement ne peut se faire indéfiniment le pourvoyeur général de toute la France; on ajoutera ensuite qu'il ne doit pas se substituer à une industrie et la supplanter. Je répondrai que le Gouvernement peut et doit, dans une circonstance aussi majeure, prendre l'initiative; je dirai, en outre, que l'intérêt est général et domine les considérations particulières: seulement, il y a des limites à cette grande et noble générosité, et ces limites se tracent d'elles-mêmes. Les commencements, le premier établissement, seront à la charge de l'État: il donnera les premiers modèles, mais les uns se détruiront par l'usage, on se fatiguera des autres, et c'est alors que, restreignant sa participation à la production de nouvelles études, il donnera les planches originales aux imprimeurs de Paris et de la province, à la condition d'un rabais très-considérable pour les écoles publiques de tout genre, et alors les départements et les municipalités se substitueront à lui, parce qu'on aura déjà généralement apprécié l'utilité de ces études et la nécessité d'activer les progrès en renouvelant les modèles qui les ont fait naître.

Cette impulsion du Gouvernement, devenue ainsi générale, donnera aux études du dessin un élan si extraordinaire, que les fabricants trouveront encore un accroissement d'affaires à côté de ces distributions gratuites, et, s'associant à sa pensée, ils propageront ses modèles et ses études, qui leur faciliteront l'écoulement de tout le matériel des arts. Vous verrez s'élever des maisons spéciales pour la fabrique à bon marché de tous les instruments, ustensiles et matières employés dans la pratique du dessin, et quand le Gouvernement, les conseils généraux de département et les municipalités commanderont par milliers les boîtes de mathématiques et les porte-crayons, par centaines de livres les crayons et par centaines aussi les rames de papier, ces fabricants accorderont des conditions de bon marché qui n'étonneront pas moins que la précision et la qualité de leurs produits; de même aussi, quand le Gouvernement assurera à MM. Auzou et Leblond le placement de vingt mille de leurs écorchés et mannequins, il se trouvera des capitalistes pour aider les inventeurs à établir ces mer-

veilles d'imitation et de mécanisme à 60 o/o au-dessous de
leur prix actuel, et alors chaque commune, aidée par une
subvention, et surtout par les contributions volontaires des
parents intéressés au développement des études de leurs enfants, pourra se fournir de cet utile complément de leurs
modèles. Car l'écorché, tant qu'on n'aura pas fait un écorché
articulé comme un mannequin, doit être étudié dans son
immobilité à côté du mannequin dans sa mobilité; les mouvements de l'homme expliquent le mécanisme de sa construction, et de cette manière les notions les plus compliquées
de l'anatomie entrent et se fixent facilement dans la mémoire
des enfants, en même temps que la juste appréciation des
gestes, mouvements, attitudes et proportions.

A côté de ces fabriques d'objets utiles dans l'étude des arts,
s'ouvriront des bazars du dessin, dans lesquels les modèles
élémentaires imposeront, par leur perfection même, des
qualités supérieures à toutes les productions des artistes destinées aux études des amateurs. Quand on dessinera dans
l'école communale d'après les fac-simile, je dirais presque
d'après les dessins originaux de M. Ingres, pense-t-on que
la jeune personne dans sa famille acceptera des marchands à
la mode les vulgarités, dessins, aquarelles ou tableaux dont
elle s'est contentée jusqu'à présent? Ne le craignez pas. Le
flot du progrès monte rapidement, quand on en soulève le
fond. MM. Susse, Giroux et leurs concurrents à venir loueront
au mois les dessins et les tableaux des plus grands maîtres
anciens ou modernes.

L'État, je le répète, ne se fait ni fabricant ni éditeur; il
obtient au prix de sacrifices considérables des modèles excellents, il les fait reproduire par l'industrie et vendre par elle,
se réservant seulement le droit d'en distribuer des exemplaires, en quantités immenses, les uns gratuitement, les autres au-dessous du prix de revient, à toutes les écoles publiques;
se réservant aussi d'obtenir, par des combinaisons favorables
à la concurrence, les prix les plus modérés en faveur des
particuliers, car son but est partout le même : mettre dans

toutes les mains, sous les yeux de tous, les meilleurs modèles de l'art.

ON COMPLÉTERA L'ENSEIGNEMENT DES ARTS PAR L'EMBELLISSEMENT DES ÉCOLES, ET EN RENDANT LE DESSIN OBLIGATOIRE DANS TOUS LES EXAMENS.

Ces études seraient incomplètes avec les meilleures méthodes, les plus beaux modèles, les maîtres les plus zélés en même temps que les plus habiles, si les enfants continuaient à être entourés du tableau lugubre qu'offrent à leurs yeux les maisons d'asile et d'école, les pensions et les colléges.

Quatre murs verdâtres qui suintent l'humidité, qui suent l'ennui, ne sont pas l'asile de l'enfance, c'est sa prison; si vous êtes charitable par l'intelligence comme par le cœur, par ce sentiment poétique qui comprend d'autres souffrances que les peines physiques, d'autres besoins que les satisfactions matérielles, vous n'enlèverez pas l'enfant aux soins maternels, qui ont aussi leur poésie, sans lui donner en échange le charme des arts qui égaye, distrait et console. Les arts, l'ai-je dit assez? ne connaissent ni rang, ni fortune, ni âge, ni sexe; ils s'associent à toutes les situations de la vie, ils tendent la main à toutes les classes. Faut-il tant de frais pour orner la salle d'asile? Une décoration à grandes teintes plates, rehaussée par des ornements délicats d'un ton tranché, peut être exécutée en peinture à l'huile, rapidement et à peu de frais. Des espaces libres seraient ménagés pour placer de grands tableaux instructifs et amusants, et l'on abolirait ainsi l'usage de tapisser ces murs du haut en bas de pages finement imprimées, qui donnent à ces salles l'apparence d'un séchoir de blanchisseuse.

Ce que je dis de l'asile est applicable à l'école communale, et avec bien plus de raison encore aux pensions, séminaires et colléges; car, tandis que dans ces établissements les enfants sont élevés dans l'observation des bonnes manières, de la décence, de la propreté et de tout ce qui constitue la politesse et l'élégance, par un contre-sens inexplicable, on met sous leurs yeux tout ce qui peut avilir leur goût.

Nos colléges sont, au point de vue de l'art, de véritables
bouges. Je conduis bien souvent mon fils à Louis-le-Grand,
le plus fort et l'un des meilleurs colléges de Paris, et je reviens chez moi profondément attristé de l'aspect lugubre de ses
dehors, de la vue mélancolique de ses cours étroites, tapissées
de cinq étages de fenêtres grillées, de ses escaliers aux murs
livides, de ses couloirs aux parois sordides, de ses classes privées d'air et de jour, de tout un ensemble fait pour des pri-
sonniers coupables de quelques grands méfaits. Par le premier
des colléges de Paris, jugez des autres, et des colléges départementaux, et des écoles communales. Comment veut-on
qu'un enfant enfermé dans cette odieuse prison pendant les
dix années où l'esprit et le goût, comme les os, se développent et prennent leur forme définitive, ne reste pas étranger
à tout ce qui ouvre l'intelligence du beau et du sublime?
Quand je rentre, j'arrête mon fils dans mon salon tapissé des
plâtres du Parthénon, de quelques marbres de Phidias et des
belles époques de la statuaire; je lui montre ces chefs-d'œuvre
pour distraire sa vue du spectacle qui l'a offensée, pour lui
apprendre que les anciens, dont il lit les auteurs, dont il
apprend l'histoire, mettaient la poésie partout, et dans les
vers de leurs chants héroïques, et dans les images de leurs
dieux, et dans les ornements de leur architecture. Je sens
le besoin de ranimer en lui le goût des belles choses, que cet
affreux collége est bien fait pour tuer à sa naissance, pour
corrompre dans sa source ouverte, naïve et limpide.

Serait-il donc si coûteux de renouveler ces constructions,
afin de donner aux enfants assez d'air pour respirer et vivre,
assez de lumière pour entretenir cette lumière divine qui
éclaire la jeunesse, et ces aspirations vers le beau que Dieu a
placées en elle comme le germe fécond de tous les nobles
sentiments? La ville a bien des dépenses urgentes, elle n'en a
pas de plus pressées; elle a des obligations de toutes sortes,
elle n'en a pas de plus sacrées.

Il n'est pas besoin d'être bien vieux pour se rappeler les
parcs qui servaient aux récréations de notre enfance dans les

pensions des rues Notre-Dame-des-Champs, de Clichy et du Rocher; il suffit d'un peu de lecture pour savoir que tous les grands colléges qui, au moyen âge, s'élevèrent dans le quartier latin par la bienfaisance de généreux donataires, étaient construits pour leur destination. C'étaient de vastes monuments de style gothique, où l'art se combinait avec les conditions du programme, associait ses beautés et sa souplesse aux nécessités rigoureuses de l'éducation en commun, nécessités qu'il est inutile de traduire en tristesse, en airs farouches, en couloirs sombres, en fenêtres fermées de grilles et de grillages, nécessités auxquelles il faut pourvoir, mais en les dissimulant par des dispositions heureuses et sous des ornements souriants comme l'enfance.

Vous écartez de la vue de votre fils les images immorales, vous faites taire à son oreille tout propos grossier, vous vous efforcez de réunir dans sa mémoire les exemples de la vertu la plus pure, du patriotisme le plus désintéressé, car vous désirez que son âme ne soit accessible qu'à des préceptes de morale, qu'à des conseils de bienséance, de dignité et d'honneur; pourquoi n'agiriez-vous pas de même pour former son goût? Vous ferez à la jeunesse, désormais artiste, un monde à part dans lequel elle vivra, elle grandira, au milieu duquel son esprit pittoresque se formera un idéal toujours noble, quoique aussi varié qu'il y aura de diversité de natures : idéal de beauté et de noblesse dans les traits de la physionomie humaine comme dans les formes de toutes choses; idéal qui, semblable à l'ange gardien, ne le quittera plus, l'accompagnera dans ses études et dans ses voyages, le conduira partout où est le beau, ce bon de l'art, le préservera en toute circonstance du vulgaire et de la banalité, qui est la laideur.

On procédera dans cet ordre d'idées à la construction des nouveaux colléges réclamés sur la rive droite par la vaste extension de la ville de Paris et à la reconstruction des anciens colléges sur la rive gauche. Les gymnases d'Athènes, le Lycée, le Cynosarge et l'Académie furent construits aux frais du trésor public, avec tout le luxe des arts, rehaussé par cette grandeur monumentale, par cette exquise recherche du beau qui associe l'hygiène du corps à celle de l'esprit. Si vous voulez mériter le titre de nouvelle Athènes, imitez l'ancienne dans ce qu'elle a fait de plus beau et de meilleur.

Deux nouveaux colléges seraient construits à frais communs par l'Université, l'État et la ville de Paris, qui, chacun dans la mesure de leur mission, prennent intérêt à ces améliorations. Ils s'élèveraient l'un dans l'ancien quartier Beaujon, l'autre dans le voisinage de Saint-Vincent-de-Paul, tous deux profitant du bon air, de l'étendue et du bon marché des terrains, et se trouvant à proximité des six arrondissements qui envoient aujourd'hui leurs enfants à plus de trois kilomètres de leurs demeures. La maison antique, le gymnase et la palestre des Grecs, les thermes des Romains, quelques dispositions des colléges annexés aux mosquées et des habitations de l'Orient, quelques détails d'aménagements demandés aux colléges ou séminaires de l'Italie, aux colléges universitaires de l'Angleterre, offriraient à un architecte de talent les éléments d'un programme magnifique, dans lequel s'introduiraient facilement toutes les exigences de nos mœurs modernes, toutes les nécessités de la vie en commun et d'une surveillance facile. En exécutant ce plan, nous ne ferons que nous acquitter d'une dette sacrée contractée avec la jeunesse, car, remarquons-le bien, nous sommes, sous ce rapport, dans un état d'infériorité que les étrangers n'ont pas manqué de signaler et qu'ils nous reprochent. Entrez dans le collége des Jésuites de Rome, à la Sapience, à la Propagande et dans les établissements du même genre de la Lombardie et de la Toscane, ou bien dans les quarante colléges différents, mais tous solennels, d'Oxford et de Cambridge, ou bien même dans les nouvelles universités des États-Unis, puis visitez nos colléges, depuis Louis-le-Grand, qui est un ramassis de vieilles masures, jusqu'au collége municipal Chaptal, construit par la ville en 1844, et qui semble une fabrique, tant en est médiocre l'architecture et vulgaire la décoration; partout vous

vous étonnerez avec les étrangers de ce grave oubli, de cette coupable négligence.

Examinons en détail le nouveau programme de l'architecte. A des entrées grandioses succéderaient des cours monumentales, couvertes par d'immenses armatures en fer qui, en été, ne laisseraient pénétrer le soleil qu'à travers les scènes héroïques représentées dans les vitraux, et qui, en hiver, intercepteraient la pluie et la neige, assurant ainsi aux enfants de l'ombre dans les jours de grandes chaleurs et un abri contre le mauvais temps, de telle façon que jamais, aux courts moments des récréations, l'air et le jour ne leur fussent refusés. Là, ou à proximité, serait disposée la palestre, vaste espace destiné aux exercices de la gymnastique, de l'escrime et de tous les jeux d'adresse. Parmi les nouvelles combinaisons inventées par les élèves d'Amoros, on prendrait celles qui sont simples et qui atteignent le but sans courir après le danger; on y ajouterait une disposition qui permettrait de transformer, à certaines heures, la palestre en hippodrome pour les leçons d'équitation, et, lorsque la ville aura de l'eau en abondance, on disposera à côté de la palestre un vaste bassin couvert pour les leçons de natation, car ces leçons devraient être communes à tous les élèves, le collége ne devrait en rendre aucun à leurs parents et à la nation sans lui avoir donné ces facultés qui font un homme : savoir manier une épée, franchir un obstacle, se tenir à cheval et traverser une rivière à la nage; ce ne sont pas des talents d'agrément, car, faute de les posséder, un homme d'honneur peut manquer à ce qu'il se doit, à ce qu'il doit à son prochain, et se montrer à la fois plus embarrassé qu'une femme et aussi ridicule qu'un poltron. Au moyen de ces dispositions, l'élève ne sera, ni pour l'équitation, ni pour la natation, ni pour la promenade, soumis à des sorties en ville, qui sont autant d'atteintes portées aux bonnes mœurs, à la morale, tout au moins à la discipline. En temps ordinaire, les élèves prendraient leurs ébats dans un jardin planté des plus beaux arbres verts de l'Italie, et entouré de portiques qui réuniraient dans leurs arcades les

moulages des plus excellents fragments de la statuaire antique. Quand les professeurs, se promenant sous ces ombrages, entourés de ces chefs-d'œuvre de l'art, réuniront
autour d'eux leurs élèves, les uns et les autres se rappelleront que Platon et les Péripatéticiens, suivis de leurs disciples,
enseignaient sous les galeries ouvertes de l'Académie la plus
belle philosophie. Sur ce jardin, sous ces portiques, s'ouvriraient toutes les classes, afin d'obtenir, avec des abords
commodes, une surveillance synoptique facile, afin de faire
pénétrer dans ces salles, où se pressent des élèves pendant des
heures, l'air pur en été, le jour en hiver, afin de montrer
toujours ce coin du ciel qui fait chanter l'oiseau dans sa cage,
qui réjouit l'enfant dans sa captivité studieuse.

Le grandiose de l'architecture devrait être partout assisté,
assoupli, égayé par les ressources de la peinture; elle com-
mencerait par transformer le sol poudreux ou fangeux de ces
colléges. Les tapis, je le sais, ne sont pas possibles sous l'action continue de ces piétinements; mais on les remplacera,
comme les anciens l'avaient fait, par des mosaïques. Celles
qui ornaient les abords des maisons, les vestibules et l'Atrium
à Athènes, celles qu'on foule aux pieds dans les maisons de
Pompéi, étaient composées de cubes de marbre blanc et noir,
et formaient de beaux et sévères dessins; quelquefois on y
ajoutait un mot bienveillant, comme *salve*, ou la représentation du fidèle chien de garde, avec l'avertissement charitable :
cave canem. Tous ces dessins, d'autres inscriptions tirées des
auteurs, d'autres sujets pris dans l'antiquité, peuvent être
très-bien rendus et à bon marché par les nouveaux procédés
industriels, tels que les mastics et l'asphalte, ou par les combinaisons ingénieuses de brillantes faïences émaillées. Dans
les salles qui exigent plus de luxe, les marbres gravés par le
procédé Colas et les laves émaillées peuvent fournir un revêtement du sol aussi riche, aussi distingué que la *Bataille
d'Issus,* de la maison du Faune. Du parterre, la peinture
monterait aux parois. Galeries et dépendances de l'administra-
tration, salles d'études et de classes, réfectoires et salle de dis-

tribution des prix, auraient un style de décoration approprié à leur destination. Une grande simplicité, mais une grande pureté d'ornements, régneraient dans tous les abords et dans les appartements de l'administration, en conformité avec le caractère simple, élevé et austère des chefs. Le luxe des arts entre dans le collége avec les enfants; il se révèle tout d'abord dans les salles d'études et de classes, qui seront décorées d'immenses fresques, de bustes sur les consoles et de bas-reliefs encastrés dans les murs. Les fresques, exécutées avec une grande largeur, retraceraient les faits mémorables de l'antiquité, quelques-unes dans la simplicité archaïque des vases grecs et des peintures étrusques, d'autres dans le style des fresques d'Herculanum et de Pompéi, d'autres enfin en camaïeu ou en grisailles; les bustes représenteraient les grands hommes de toutes les époques, confondus sans distinction, pour bien faire comprendre que la gloire n'en connaît pas; enfin les bas-reliefs seraient des plâtres moulés sur l'antique. Les réfectoires et la salle des examens ou des prix renchériraient sur ce luxe. Ici on demanderait aux portefeuilles de Huyot ses grandes et admirables restaurations des plus célèbres villes de l'antiquité, Memphis, Thèbes, Éphèse, Milet, Halicarnasse, Cnide et tant d'autres ; Paccard peindrait l'Acropole d'Athènes et ses beaux monuments; les anciens élèves de la villa Médicis, aujourd'hui membres de l'Institut, et nos premiers architectes, retraceraient sur ces murs les habiles restaurations qu'ils ont faites en Italie; Hittorff aurait des salles entières pour exposer ses excellentes idées sur l'architecture polychrome; enfin Duban et Bouchet reproduiraient en grand les délicieux dessins dans lesquels ils ont fait revivre le luxe intérieur des habitations grecques et romaines. Associez à ces architectes consommés dans leur art nos meilleurs peintres à leur retour de Rome et d'Athènes, quand, la tête encore pleine des souvenirs de l'antiquité, ils en sont les interprètes naturels, et demandez-leur d'animer ces palais, ces villas, ces temples, ces théâtres, ces portiques de la rue et ces intérieurs domestiques, de scènes prises dans la vie des anciens, et vous aurez mis une heureuse harmonie entre ces décorations et le sujet continuel des études de l'élève.

On dira, sans doute, que les enfants ne respecteront pas ces peintures. Je le crois, si elles sont médiocres et vulgaires : oh! alors, à un Achille ridicule on donnera une pipe, à une Minerve maniérée des moustaches, et des oreilles d'âne à une Cassandre pleurnicheuse; mais vous avez un moyen sûr pour défendre ces décorations : qu'elles soient d'un style noble et d'un grand caractère; comme le professeur qui conserve sa dignité, elles maintiendront le respect; vous n'avez rien à craindre pour elles.

Quand on en viendra à décorer la salle des examens et des distributions de prix, le luxe des dorures, la magnificence des marbres et des belles matières, devront se joindre aux manifestations de l'art. Comme cette salle aura plusieurs usages, je voudrais qu'elle fût disposée en vaste amphithéâtre imité des plus belles créations de l'antiquité, et dans les meilleures conditions de l'acoustique. Sur les gradins, élèves et professeurs; sur la scène, les représentants du Gouvernement et les dignitaires de l'Université. Puis, quand la cérémonie est terminée, ceux-ci descendent au milieu de la Cavea, laissant libre l'orchestre aux musiciens, la scène aux acteurs. La toile du fond alors se lève et les élèves viennent alternativement, selon leur classe et leurs études, accompagnés des mélodies contemporaines et nationales, réciter des scènes d'Euripide, de Plaute, de Corneille, de Gœthe, de Shakspeare et de Calderon, dans la langue originale de ces grands créateurs. Les plus forts élèves du chant se feront entendre, et les mieux disposés des classes de dessin joueront des pantomimes d'un grand caractère ou composeront des scènes d'Homère et de Virgile en tableaux.

Je n'ai pas le temps, je n'ai pas non plus l'intention d'arrêter définitivement un plan; mille circonstances pourraient le modifier, et cependant je ne sais pas de programme d'architecture plus séduisant pour l'artiste que celui d'un collége. Toutes les conditions matérielles et morales se trouvent réunies pour inspirer l'architecte, et aucune d'elles ne l'écarte des données heureuses du style le plus noble, des préceptes et des exemples fournis par l'antiquité; il peut même poursuivre cette recherche et cette réhabilitation jusque dans l'ameublement, la vaisselle et tous les ustensiles en usage, car, si l'archéologie pratique est de mise, c'est dans un collége, où, depuis ses livres jusqu'à ses écuelles, tout peut être classique.

A l'œuvre donc! L'art reprend ici son vrai rôle de propagande morale, l'architecture redevient le livre populaire où l'enfance s'instruit.

Ainsi fortifiées par tout l'entourage et enveloppées, pour ainsi dire, de l'atmosphère antique, les études des arts seront encore négligées ou poursuivies mollement, si elles ne deviennent pas une nécessité, une obligation, par l'insertion du dessin au nombre des connaissances exigées dans le programme de tous les examens. Pour démontrer la convenance de cette condition d'admission dans les carrières libérales, sera-t-il nécessaire de prouver de nouveau l'importance du dessin dans chacune d'elles? On la reconnaît sans difficulté pour tous les métiers, pour toutes les carrières industrielles et commerciales; la niera-t-on pour l'homme du monde qui vit dans les salons ou pour le propriétaire qui habite ses terres? Mais combien d'occasions s'offriront à eux où le dessin ne sera pas seulement le plus agréable accompagnement de leurs loisirs, mais le plus indispensable auxiliaire de leurs obligations! Le dessin sera-t-il repoussé par le diplomate? Ne lui conviendrait-il pas mieux, au lieu de décrire longuement une fête, au lieu de s'épuiser en efforts de style pour donner une idée de la beauté d'une nouvelle reine, ou pour représenter l'importance et le caractère de récents travaux de fortifications, d'envoyer un croquis de l'une, un portrait de l'autre, un plan cavalier de ceux-ci? Le dessin sera-t-il dédaigné par l'avocat, le notaire et l'avoué? Je ne le crois pas. M. Chaix-d'Est-Ange, amateur de tableaux comme plusieurs de ses confrères, plaiderait sa cause en prouvant que, dans

bien des circonstances, les tribunaux sont appelés à décider
dans des questions d'expertises, dans des appréciations du
domaine des arts, et qu'un avocat au fait de ces matières en
parlera plus pertinemment que celui qui y est resté étranger.
Est-ce l'archiviste paléographe chargé de fixer l'âge d'un manuscrit par ses signes extérieurs, et de porter dans toute l'archéologie les investigations de la critique, qui récuserait le
dessin? Mais ne sait-il pas que dans toutes ces questions c'est
avec ses yeux qu'il décide, et que partout il demande les originaux ou des *fac-simile* exacts, tant est nécessaire dans ces
appréciations délicates la sagacité de l'œil, qui est le dessin
intuitif grandement assisté dans tous les travaux d'érudition
par le dessin pratique? Est-ce le savant dans sa chaire qui
proclamera l'inutilité de cette écriture pittoresque? Cuvier et
Blainville s'aidaient au tableau de cet auxiliaire docile; MM. Re-
gnault et Focillon, aujourd'hui, ont souvent recours au dessin
pour compléter leur pensée; et je ne sache pas que l'auditoire
se soit montré ingrat envers ce truchement fidèle et rapidement
communicatif. Est-ce au médecin et au chirurgien, est-ce à l'a-
gronome que le dessin ne rendrait aucun service? Je sais que
sur la longue liste des cours professés aux écoles de médecine
de Paris et des départements, aux écoles de pharmacie, aux
écoles d'agriculture, on trouve des cours de diagnostic, c'est-
à-dire de l'étude des maladies par la physionomie, des cours
de botanique, de génie rural et de législation rurale, et pas
un cours de dessin; mais je sais aussi qu'un médecin exercé
dès l'enfance à l'étude des arts saisira dans la physionomie
de son malade des détails caractéristiques, des traits concor-
dants à des expériences antérieures, des altérations sympto-
matiques qui échapperont à des confrères moins exercés, et
l'aideront singulièrement dans le labeur délicat du diagnostic.
Veut-il entrer dans la vaste carrière de la littérature médicale,
il s'y présentera avec des ressources nouvelles, car il ajoutera
à la description toujours vague de ses observations des études
précises et toutes nouvelles sur les altérations du visage figurées d'après nature par le dessin, et sur les modifications du

teint exprimées par le coloris; s'il est chirurgien, il rendra
dans les planches de son ouvrage jusqu'à la teinte et la physionomie des plaies palpitantes : ils feront faire ainsi l'un et
l'autre un pas nouveau à la science, et ils devront ce mérite
à l'étude des arts. Quant à l'agronome, le dessin lui servira à
faire aménager ses bâtiments suivant ses vues et ses besoins,
à introduire dans ses instruments aratoires et dans ses machines les modifications suggérées par l'expérience, à choisir
mieux son bétail, en distinguant les meilleurs élèves; il lui
sera utile en tout, et il ne lui est enseigné nulle part.

En exigeant le dessin dans tous les examens, je ne crois
pas non plus qu'il soit nécessaire d'établir de nouveau que ce
talent n'est pas réservé à certaines facultés innées, et qu'on
ne l'acquiert pas avec la meilleure volonté du monde quand
on n'y est pas prédisposé; j'ai suffisamment démontré que le
dessin est un genre d'écriture à la portée de toutes les intelligences; seulement, on a un bon ou un mauvais dessin, et les
examens exigeront qu'il soit bon.

Dès qu'une loi aura dit qu'à partir de telle année, car il
faut laisser du temps aux jeunes gens pour se préparer, on ne
sera plus admis sans un certain talent de dessin aux examens

> de baccalauréat ès lettres,
> de baccalauréat ès sciences,
> de l'École des chartes,
> de l'École de médecine,
> de l'École d'Alfort,
> de l'École forestière,

soyez assurés que vous aurez des candidats mieux préparés et
plus forts que ceux qui se présentent, ainsi exercés, aux examens

> de l'École polytechnique,
> de l'École militaire,
> de l'École centrale des arts et métiers,
> de l'École de commerce;

c'est-à-dire, quand on saura qu'on ne sera apte à rien et admis

dans aucune carrière, si l'on ne fait pas preuve de ce développement de son écriture, alors l'éducation dans la famille
et dans les institutions privées sera complétée par le dessin
comme dans l'enseignement public. Il s'ensuivra que les
maîtres de dessin brevetés par l'Administration, les artistes
auxquels elle aura reconnu dans des examens sérieux le talent propre à l'enseignement, seront recherchés de tous, et
qu'elle pourra être d'autant plus sévère en leur accordant ces
brevets de capacité, qu'un plus grand nombre d'artistes solli-
citera ce titre, qu'une meilleure position leur sera assurée.

Enfin, au sommet de l'instruction publique siégent les
comités départementaux, les conseils académiques et le conseil général de l'université; qu'une place dans chacun d'eux
soit réservée aux artistes, aux amateurs, aux membres de la
classe des beaux-arts de l'Institut, qui prennent intérêt et
qui ont consacré leurs études à cette partie de l'enseignement.
Ils y seront les avocats de toutes les bonnes mesures et les ad-
versaires des nouveaux envahissements de la routine.

ENSEIGNEMENT DU DESSIN AUX APPRENTIS ET AUX OUVRIERS. L'INDUSTRIE
FORMANT SES ARTISTES ELLE-MÊME.

Nous voici arrivés à un point extrême, à une halte, à un
carrefour, où les routes se croisent et se bifurquent. Jusqu'à
présent, nous n'avons eu en vue que l'éducation générale,
l'enseignement de tous, les arts du chant et du dessin y
trouvant leur part comme toutes ces notions de langues
mortes, d'histoire et de science que chacun doit posséder,
quelle que soit d'ailleurs la carrière qu'il embrasse. Maintenant, nous allons entrer dans un autre ordre d'idées, en abor-
dant l'enseignement des arts appliqués à des carrières déterminées, soit qu'il s'agisse d'enseignement spécial pour les
apprentis et les ouvriers, soit qu'on se préoccupe d'enseignement supérieur pour les artistes.

Occupons-nous d'abord du sort des apprentis, tout modeste
et inaperçu qu'il soit; on verra bientôt qu'il est digne d'un

intérêt très-vif, et qu'il conduit par échelons naturels à l'enseignement supérieur.

L'industrie lutte depuis soixante ans avec les contre-sens
sociaux qu'une révolution radicale a jetés dans son sein, et
que le temps n'a pas permis de corriger sur tous les points.
Cette perturbation si profonde, en désorganisant les corporations industrielles, en n'organisant pas la liberté, a plongé
l'industrie dans une anarchie qui exerce son empire, d'une
manière sensible, partout où le concours de l'art semblait fait
pour lui rendre la jeunesse et la vie.

L'industrie de nos pères, recrutant ses artistes en elle-même,
trouvait en eux cette aptitude générale qui fait le caractère des
grandes époques. Quand on étudie la céramique, les meubles
et les bijoux de l'antiquité, les ustensiles gothiques de la vie
privée, les majolica italiennes, les faïences et les émaux français de la Renaissance, on sent que dans ces fabriques tous
étaient artistes, artistes de plus ou moins de talent, se laissant
aller souvent à l'exécution la plus lâchée, mais artistes par le
goût de l'arrangement, par l'esprit de la composition et surtout par la création des formes suivant certaines données
d'élégance, certains principes d'appropriation raisonnée, suivant les matériaux et la destination des objets.

A la fin du xve siècle, Francia avait dans son atelier
de ciselure et d'orfévrerie deux cent vingt élèves qui travaillaient sous sa direction pour se former à tous les arts, car ses
enseignements, comme un mont puissant qui jette de ses
flancs les sources des fleuves tributaires de plusieurs mers,
conduisaient chaque élève sur sa pente naturelle au but qui
souriait à son imagination. Tandis qu'il formait Marc-Antoine
Raimondi à devenir le plus habile des graveurs, lui-même
quittait l'orfévrerie pour prendre rang parmi les maîtres de
la peinture.

C'est qu'il n'y a de véritable instruction dans l'industrie
que veste bas, manches retroussées, le tablier de cuir sur le
ventre et le marteau dans la main. Au sortir des écoles de
dessin, voir travailler les patrons et les anciens qui possèdent

les vieilles traditions du métier, suivre toutes leurs opérations et se rendre compte non pas seulement des procédés, mais de toutes les causes d'accident qui peuvent les entraver et des moyens d'y remédier, c'est devenir un ouvrier complet, et c'est être en même temps un artiste supérieur, si, maître de ses outils et de sa matière, on sait associer à son travail la puissance du goût et de l'imagination. On peut donc ériger ceci en axiome : les artistes qui entrent dans l'industrie s'y perdent et la perdent, les artistes qui en sortent s'élèvent et l'élèvent avec eux.

La destruction des corporations ayant anéanti l'apprentissage sérieux, les chefs de fabrique n'ont plus trouvé d'ouvriers capables d'exécuter les programmes qu'imposait à l'industrie le retour de la prospérité au commencement de ce siècle. Ils se sont adressés à des artistes, et leur ont demandé des modèles. Percier, Prud'hon et d'autres hommes d'un grand talent ont répondu à leur appel, mais ils ont composé leurs modèles, les uns d'inspiration, les autres suivant la théorie des arts, tous abstraitement et sans se rendre aucun compte des obligations imposées à l'industriel par la matière, les procédés de fabrication et la destination des objets : aussi sent-on un désaccord pénible, tantôt dans les ornements, qui s'adaptent mal, faute de pouvoir être pris dans la masse, se fondre du même jet ou se cuire du même feu, tantôt dans la forme, qui ne répond pas par ses proportions à la dureté de la matière, à son opacité, à sa transparence ou à son poids, toutes choses inaperçues pour le vulgaire, mais qui blessent l'homme de goût, parce qu'elles choquent autant son sens artiste que la violation de certains principes de délicatesse, qui ne sont pas une contravention aux règles de l'honneur, peut froisser le sens moral d'un honnête homme.

Si cette intervention des artistes ne fut pas alors pratiquement utile à l'industrie, elle devint très-gênante pour l'industriel, car il luttait avec tous, avec l'artiste qui invente le modèle, avec l'inventeur qui lui livre son procédé; si celui-là le traitait dédaigneusement, celui-ci ne lui accordait qu'une confiance ombrageuse, limitée, et quand, à force de patience, de souplesse et de persuasion, il avait plié l'artiste aux besoins de son commerce, conduit l'inventeur aux conditions pratiques de son industrie, s'il réussissait, l'artiste proclamait ses droits à toute la gloire, l'inventeur des procédés étalait ses titres à tout le mérite de l'exécution, et il ne restait à l'industriel qu'un vil profit contesté comme un vol, revendiqué comme une propriété légitime par l'artiste et l'inventeur.

On conçoit très-bien qu'avec de telles conditions l'industriel n'eût recours à cette intervention qu'à la dernière extrémité, accidentellement, et en faisant des vœux pour trouver de nouveau des artistes dans son industrie même. Malheureusement, faute d'éducation première, les ouvriers ne purent répondre à ces désirs bienveillants, et si quelques-uns, aveuglés par leur amour-propre, s'y sont risqués, la tentative n'a pas été heureuse. Ils étaient maîtres de tous les procédés, connaissaient parfaitement leurs outils et leur matière; mais, n'ayant pas, dès l'enfance, assoupli les mains, épuré le goût, fait l'œil à toutes les délicatesses des proportions, de la grâce et du style, ils furent trompés par quelques dispositions naturelles, et ils ne purent dépasser la limite de la plus plate médiocrité.

Encore aujourd'hui, dans les fabriques de bijouterie, mais surtout dans ces innombrables ateliers d'ouvriers, dits en chambre, qui défrayent les boutiques de marchands bijoutiers, auxquels s'adresse la plus riche clientèle de Paris, de la province et de l'étranger, le graveur est l'homme dirigeant, le chef d'atelier. C'est presque toujours un simple ouvrier qui s'est formé dans l'apprentissage, et qui, sans s'être nourri d'aucun principe sérieux de l'art, d'aucune étude suivie d'après les grands modèles, s'est poussé de l'avant par l'habileté de la main, le talent d'imitation et quelques instincts de bon goût. Ces graveurs sont à l'affût des tendances du public, et vont, aussitôt que la mode prend une voie, chercher au cabinet des estampes, dans les mille modèles publiés depuis quatre siècles, ce qui s'associe à cette direction; ils copient, amalgament, modifient : le tour est fait, et il réussit.

Qu'attendre de cette production bâtarde, de ces imaginations vives et adroites que l'étude eût élevées, non pas au rang des génies, mais au niveau des exigences du temps et des ressources de leur industrie? Rien, absolument rien; car je ne leur fais pas l'honneur d'appeler quelque chose cette fabrique infatigable d'œuvres insipides, qui séduisent au premier aspect et qui ne gardent pas la faveur plus de vingt-quatre heures, tant est vide la pensée et médiocre l'exécution. Esprit de petit journal, talent de caricaturiste, invention de bijoutier, tout cela se vaut pour l'importance et la durée, et se vaut si bien, qu'à l'encontre de l'exercice avide et général des droits de la propriété industrielle tout cela est abandonné à la merci du contrefacteur; l'auteur, étant toujours prêt à renouveler ce que la vogue changeante dédaignera demain, ne réclame pas une propriété que l'oubli de chaque jour rend illusoire.

Je pourrais passer en revue toutes les industries et signaler partout ce désaccord. Il a pour conséquence de laisser perdre les dispositions naturelles les meilleures, et d'arrêter dans les bas-fonds de la banalité ce qui a besoin d'inspirations épurées et de talents supérieurs pour s'élever hors des atteintes de la concurrence. Dans cette situation, on s'attriste autant de voir une exécution irréprochable accordée à un modèle médiocre, que de voir un dessin heureusement composé et qu'une exécution imparfaite ne fait pas assez valoir. L'Inde et tout l'Orient font souvent regretter que la perfection de la main-d'œuvre et le choix des matières ne soient pas en rapport avec la beauté de conception des dessins; notre industrie, au contraire, montre presque toujours une habileté de main remarquable et les matières les plus rares mises au service de compositions dépourvues de goût et de bon sens.

L'industrie a donc besoin de devenir artiste pour apprendre à ses ouvriers à se méfier des prétentions impuissantes, à se méfier aussi des engouements du talent de métier. J'ai vu de très-habiles ouvriers sculpter en bois, repousser en cuivre, ciseler dans le fer de détestables compositions dont ils étaient les auteurs. Leur main seule avait été exercée, leur goût n'était nullement formé, et l'amour-propre les aveuglait. S'ils avaient étudié sérieusement d'après les modèles de l'art, jamais cette poutre ne serait entrée dans leur œil, car ils auraient comparé, et le rapprochement eût mis leur suffisance à la raison. Laissez un charpentier faire de l'architecture, dans l'état actuel des études de ce corps de métier, sans aucun doute le plus instruit de tous, l'ouvrier ne cherchera que problèmes insolubles, qu'étalage de difficultés vaincues; mettez un chimiste à la tête des fabriques de Baccarat, les nuances les plus fausses, si elles sont nouvelles, s'étaleront orgueilleusement partout; donnez-lui à diriger la manufacture de Sèvres, la conquête d'un émail nouveau le consolera de toutes les défaites de l'art.

L'enseignement général du dessin dans les écoles de l'enfance, continué dans l'apprentissage, rendra à l'industrie sa véritable place dans le domaine de l'art. Elle formera dorénavant elle-même ses propres artistes au sein de ses ateliers, et ces artistes, qui tous auront étudié l'art au point de vue le plus élevé et le plus général, ne l'appliquant que dans une spécialité, y deviendront supérieurs, à la condition bien entendu de les y maintenir, de ne pas commettre la faute de les faire chevaucher d'une industrie à l'autre, sous prétexte que celle-ci est plus noble que celle-là, car les qualités les plus fermes et les meilleures se perdent dans ces émigrations. J'en citerai un exemple. Un élève de Dieterle, placé comme apprenti dans une fabrique de papiers peints, avait appliqué avec goût et adresse aux conditions de cette industrie ce qu'il savait de dessin, ce qu'il avait de couleur et un talent particulier à peindre les fleurs. Ses modèles, conçus suivant les exigences de l'impression en planches de bois, faisaient merveille. Le directeur de la manufacture de Sèvres les voit, et, séduit par leur vigueur et une grande franchise de tons, il attache ce jeune homme à son administration. Quelque temps après, on vit se dérouler sur le blanc des vases de porcelaine, des bouquets de fleurs qui semblaient découpés avec des ciseaux, et chacun de se dire : Ces fleurs sont belles sans aucun doute, mais on dirait du papier peint; l'ouvrier-artiste avait fait preuve d'autant de talent et du même talent, mais ce talent était déplacé.

Ces jeunes ouvriers devenus artistes en restant attachés à leur métier, issus tout entiers de l'élément dans lequel ils doivent vivre, sentiront que la forme a sa beauté quand elle exprime, non pas quelque chose, mais la chose à laquelle elle est destinée. Donnez à une pendule la forme d'une cathédrale, à une commode la disposition d'un temple, ni cette cathédrale ni ce temple ne peuvent être beaux, car, étant en contradiction avec leur but, ils ne s'harmonisent pas avec la pensée du spectateur. L'idée de la destination doit se confondre avec l'impression causée par la forme pour produire le sentiment d'unité qui est la beauté. On prendra garde cependant, en voulant marquer la destination, de pousser jusqu'à la subtilité. Je comprends l'allégorie, elle est toujours féconde; je repousse les rapprochements, ils sont toujours absurdes. Un monstre qui vomit du lait dans mon café me fait mal au cœur; Rachel puisant à une fontaine qui ne peut lui donner que de l'encre provoque mes rires ; Hippolyte précipité de son char frappe mes yeux quand je cherche l'heure, et je suis longtemps à trouver le cadran et les aiguilles de la pendule sur les jambages de la roue, tant il y a peu de rapport entre ce char embourbé et le temps qui ne s'arrête pas.

En parcourant l'Exposition de Londres, en suivant les travaux de l'industrie dans ses ateliers de Paris, on s'apercevait que ces principes avaient très-rarement préoccupé nos fabricants. Ils semblaient chercher à les contrarier plutôt qu'à les suivre. En vérité, de qui se moque-t-on ici? L'art est-il donc un habit d'arlequin composé de pièces rapportées et qu'on adapte à toutes choses? La sculpture d'une crosse de fusil, d'un buffet, d'une pipe, d'une cheminée, ne doit-elle pas varier de nature et de caractère, autant que se distinguent entre eux, par la destination et l'usage, un fusil, un buffet, une pipe, une cheminée? Cessez donc, au nom du ciel, vous, public, de vous ébahir devant ces énormités, vous, amateurs, de les encourager par vos achats. Ayez votre bon sens pour tirer ces artistes de leur ivresse, soyez réfléchis pour que l'industrie soit raisonnable.

Cette beauté de la forme, déduite de la destination de l'objet, a reçu de Dieu ses modèles dans la création entière, et elle soumet toute chose à l'empire des arts, quand les ouvriers de chaque industrie sont en même temps des artistes. Les grands moteurs mécaniques, ces machines à vapeur formidables, vrais produits de l'enfer, destinés à un peuple de Titans, ne semblent pas être du ressort des arts, et cependant elles sont susceptibles de certaines beautés de la forme qui surprendront les artistes eux-mêmes, car ces beautés seront le résultat des justes proportions observées entre les moteurs et les rouages, d'une harmonie complète entre les forces et les masses, d'une combinaison de lignes heureuses et d'un assouplissement des formes exigées qui, sans rien ôter à la puissance des moyens, ajoutent le charme irrésistible de l'élégance et de la grâce unies à la force. L'artillerie et le génie sont des institutions de guerre, j'allais dire des industries de carnage : quoi de plus naturel que l'éloignement, la répulsion des militaires pour les artistes qui voudraient ajouter à leurs armes des colifichets ridicules et à leurs engins de destruction des ornements qui entravent leur action? Mais quand les officiers chargés de diriger la fabrication des armes seront formés à la connaissance du beau, vous verrez les batteries des fusils de munition, les poignées de sabre, les obusiers et les canons perdre ces formes maladroites, pataudes, embarrassées, qui affligent les yeux, pour revêtir le charme de belles formes appropriées à la destination et qui constituent la beauté guerrière.

Ces ouvriers artistes comprendront aussi que la matière a ses exigences particulières, et la destination, des lois absolues; ils se garderont d'imiter en fer une forme qui a été conçue pour le bois, et réciproquement. Ce sont ces conditions qui expliquent les analogies frappantes qu'on s'étonne de retrouver chez les peuples les plus éloignés les uns des autres, les plus

étrangers entre eux ; analogies propres à des industries spéciales et qui s'effacent quand on examine l'ensemble de leur
art et le style qui l'exprime. Ainsi la céramique a des traits de
ressemblance très-évidents, et qui découlent de la matière seule,
en Égypte, en Grèce, aux Indes, en Chine, chez les anciens
Mexicains et nos vieux Gaulois ; le bronze, le bois et les étoffes
ont des liens du même genre : c'est la matière qui s'impose
au style et fait le trait d'union entre les industries.

Ce n'est pas parce que la Prusse est trop artiste qu'elle dépasse les limites imposées à la fonte du fer, c'est parce qu'elle
ne l'est pas assez qu'elle fait de la dentelle et des éventails en
fer. Ce n'est pas parce que l'Autriche est trop artiste qu'elle
détruit le teint clair et transparent de ses verres et leur donne
des maladies de peau, des verrues, des taches de vin et de
rousseur ; c'est parce qu'elle ne l'est pas assez qu'elle viole
la transparence virginale de cette belle matière.

Sans doute une œuvre d'art ne perd pas absolument son
caractère et son mérite d'œuvre d'art parce qu'elle n'est pas
conçue dans la matière qui lui convient ; mais cette œuvre
ne sera complète et ne répondra aux conditions du chef-
d'œuvre que lorsque la conception de l'artiste et la matière
s'épouseront pour se faire valoir réciproquement. Or l'ouvrier
artiste est plus à portée de cette sage combinaison que tout
autre. Il lui est réservé de comprendre, en outre, que l'ornementation n'a de prix que lorsqu'elle a sa raison d'être ;
qu'elle doit s'associer par l'intention avec l'objet, et rendre par
le détail la même idée qu'il exprime par l'ensemble ; qu'il
est nécessaire par conséquent de lui conserver un tout harmonieux, de caractère, de style et de proportion, car, sa
mission étant de décorer, il lui faut éviter d'envahir la construction ; elle doit sembler sortir de la conception même du
meuble ou du monument, dans sa forme, son style et ses matériaux. Pour faire valoir sa richesse, elle ménagera ses effets
et donnera à l'admiration une marche mesurée, progressive,
avec des moments de halte et des surfaces de repos, sans
cependant que cette ornementation ressemble aux pierres

précieuses qui s'enchâssent après coup, sans qu'elle porte la trace d'une exécution isolée ou à part; elle fait corps avec l'œuvre elle-même, elle naît avec elle et doit sembler couler du même jet.

De même que, dans les poésies héroïques et dans la littérature dramatique, le poëte est obligé de côtoyer la réalité; de même aussi, dans l'art appliqué à nos usages, l'artiste doit ménager les conditions de probabilité, quelque conventionnel que soit l'usage des objets de luxe. Ainsi des camées et des perles sur un bouclier doré et ciselé, qui ne servira jamais que dans des cérémonies de parade, ne sont certainement pas chose contraire à la raison; mais le bouclier ne peut pas se dépouiller de son caractère d'arme de guerre, et, comme tel, il doit conserver un aspect sévère et des ornements solides. Des médailles au fond d'un plat, des goderons et des bas-reliefs au fond d'une cuvette, supposent des embarras dans l'usage et des obstacles à la propreté qui gênent l'esprit et offensent le goût, quoiqu'il soit bien facile de se convaincre que ces meubles ne serviront pas à l'usage pour lequel ils paraissent destinés. La beauté n'est compatible qu'avec l'harmonie; une tabatière en or émaillé, ornée de pierres précieuses et de fines ciselures, n'en devra pas moins couler dans la main, offrir des proportions gracieuses de hauteur et de largeur, se fermer hermétiquement et s'ouvrir facilement; en un mot, une belle tabatière doit être aussi une bonne tabatière, si même elle n'est destinée qu'à orner un tiroir de curiosités.

Dans ce même ordre d'idées, c'est une faute d'abonder dans l'usage. Parce qu'un vase à rafraîchir est destiné à contenir de la glace, oubliera-t-on que c'est un vase? On lui donne les formes anguleuses d'un glacier ou les épanouissements arrondis de la neige, puis, esclave des rapprochements, on appelle les ours blancs, on plante les sapins du Nord, on fait accourir chiens et chasseurs, et alors, au lieu d'un surtout de table rehaussé de toute les beautés de l'art et séduisant par l'élégance de formes bien appropriées, toujours de mode et toujours de saison, vous offrez aux yeux un fouillis incompréhensible à première vue, et qui ne devient intelligible que pour faire rire de ces poupées ridicules ou faire pleurer sur ces enfantillages niais et coûteux.

Ces mêmes principes apprendront à l'ouvrier artiste qu'une composition a ses limites d'application. Il ne mettra pas le serment du jeu de paume en bas-relief et les groupes de Clodion en peinture; l'arbre de Jessé, qui fait accepter ses figures soutenues par des rinceaux colorés dans les vitraux du moyen âge, ne se transformera pas en lourd travail de marbre et de pierre. Il sentira aussi que les contrefaçons deviennent bêtes à force d'exactitude : il n'imitera pas les faïences de Bernard Palissy, comme Avisseau, et les majolica de l'Ombrie, comme Jean Freppa; mais, si le public s'éprend de nouveau pour ces belles faïences émaillées, il s'inspirera des progrès de l'art et de la chimie pour faire aussi bien et mieux que ses devanciers. En effet, les beautés d'un style le caractérisent bien mieux que ses défauts; mais, comme elles sont plus difficiles à saisir, plus pénibles à rendre, vous voyez le public accepter de l'industrie les caricatures de tous les styles, au lieu d'exiger d'elle qu'elle reproduise uniquement leurs beautés.

Le style ne consiste pas seulement dans une observation scrupuleuse des époques et du développement historique des arts; un monument qui aura rigoureusement respecté les moindres traditions sera irréprochable aux yeux d'un archéologue, et il pourra manquer complétement de style dans l'opinion d'un artiste, si à cette étude extérieure il n'en a ajouté une autre plus intime et intérieure. Celle-là réside dans une appréciation intelligente de considérations d'un autre ordre. Tel meuble, telle décoration vous est demandée; étudiez trois choses : son origine, sa destination et la matière qui convient. Son origine, pour vous rendre compte de sa nature au travers des mille déviations qu'il a subies. Ainsi le papier peint, quelque varié qu'il soit, subit toujours l'influence de son origine première, qui est la tapisserie; rapprochez-vous donc de cette donnée, qu'elle soit maintenue et sensible au milieu de toutes les fantaisies de votre imagination. Préoccupez-vous ensuite de la

destination. Pour quel lieu? Pour quel usage? Pour quelles
personnes, suivant leur âge, leurs habitudes et leur position
sociale? Rien ne rehausse mieux l'intervention de l'art dans
l'économie domestique que cette douce harmonie qu'il répand sur l'ensemble de la vie, associant l'enveloppe à ce
qu'elle contient, faisant valoir le tableau par son cadre, ne
tolérant pas plus ces fantaisies de bourgeoises qui se dorent
sur toutes les coutures que ces faiblesses de vieilles beautés
qui acceptent de leurs tapissiers des ameublements en vert
céladon, émaillés de roses-pompon, que ces erreurs d'hommes
graves qui ne craignent pas de traiter d'affaires sérieuses sous
un plafond étoilé d'amours bouffis. Un mot sensé, un conseil
donné avec esprit et, mieux que tout, le modèle de ce qui doit
être placé à propos sous les yeux des personnes, dirigeront
facilement leur choix dans la saine appréciation de ce qui leur
convient. La réponse à ces deux questions d'origine et de destination vous indique la matière à employer. Un guéridon de
boudoir sera-t-il fait en chêne, et un buffet de salle à manger
en bois de rose? Le granit reposera-t-il sur le bois? ne sera-ce
pas le bois qui montera sur le granit? Une porte qui se meut
sera-t-elle en malachite, à côté d'une colonne stable en bois incrusté? En se faisant ces questions, l'artiste les résout. En concevant et en modelant son œuvre, il a toujours en vue l'exécution finale qu'elle recevra. Est-ce en marbre, en pierre, en
porcelaine, en bronze, en argent, en or de diverses couleurs,
avec addition d'émail, ou bien en bois, qu'elle sera exécutée?
Son imagination doit s'inspirer de ces conditions pour disposer sa figure et ajuster ses vêtements en conséquence. L'importance de cette précaution devient évidente quand on regarde
des statues primitivement exécutées en marbre, qu'on a sur-
moulées exactement et reproduites en métal, bronze, argent
ou or; ni les proportions ni la physionomie de l'œuvre ne
sont les mêmes, et ces disparates se retrouvent, quel que soit
le changement que vous opérez.

La matière arrêtée, celle-ci vous prescrit le genre de décoration qu'elle comporte et les instruments qui s'emploient pour

la travailler. Le marbre est du marbre, le bois est du bois;
si du marbre vous faites de l'albâtre, comme Canova s'y appliquait par le poli de ses limes et les lavages de ses acides;
si du bois vous faites du marbre en arrondissant ses surfaces,
qui devraient accuser la touche de l'artiste, vous perdez tout
l'avantage de votre matière, tous ses mérites. Avant tout,
vous lutterez contre la manie de tenter l'impossible. C'est une
prétention de l'impuissance; pour qui a la force en partage,
le possible est un programme plus que suffisant. Si vous jouez
du violon, pourquoi imiter la flûte? si vous promenez vos
mains sur les touches d'un piano, pourquoi faire croire que
vous pincez les cordes d'une harpe? Il en est de même de toute
fabrication; avec la céramique n'imitez ni la sculpture du
bois, ni la fonte du bronze, ni la dureté du porphyre, mais
puisez vos ressources dans l'admirable terre du potier, dans le
tour employé avec ménagement, dans les émaux colorés bien
distribués, dans la beauté des formes et la force proportionnée
des différentes parties suivant leur usage. Ne faites de la dentelle de porcelaine que pour les badauds, et des tasses transparentes, qu'un souffle renverse et brise, que par manière
d'essai et de tour d'adresse. Le bon goût consiste à ne pas
s'imposer d'efforts inutiles, à dissimuler ses efforts, à cacher
même la valeur vénale des matières, pour mieux faire ressortir l'élégance du dessin et la beauté de la forme. L'artiste
et l'industriel ont tout à gagner dans cette voie de simplicité
noble et grandiose : d'un côté, ils épargneront les déboursés
de matières premières; de l'autre, les frais qu'entraîne l'exécution de dessins tourmentés. On mettra au rebut les modèles
de la Vierge maniérés, grimaçants, aux vêtements agités et
tourmentés, quand on aura reconnu qu'il est moins cher et
plus raisonnable de reproduire la Mère de Dieu dans la simplicité d'une pose naturelle, associant la dignité de ses traits
aux mouvements reposés des plis de ses vêtements.

Froment-Meurice, qui exposa de beaux produits d'orfévrerie à Londres, a la prétention de répondre à ces conditions
de l'ouvrier artiste ou de l'artiste maître de son métier. Bon

apprenti de l'orfévre Lenglet, il apprit dans son atelier la pratique du métier et un peu de dessin. Avec ce léger bagage nous l'avons vu reprendre la maison de son père Froment et continuer celle de son beau-père Meurice dans son établissement du quai, près de l'Hôtel de ville. Il lui manque, pour être un artiste supérieur, tout ce qui fait un artiste même ordinaire, les études sérieuses et le talent. Morel et Vechte se sont plus approchés de mon idéal de l'ouvrier artiste : tous deux nés dans l'apprentissage, tous deux faisant preuve, à coups de marteau, d'un talent distingué et de rares facultés artistes, mais malheureusement tous les deux dépourvus de la forte éducation première que rien ne remplace. Enseignement littéraire, étude sérieuse d'après les grands modèles, conseils du maître, tout leur a manqué depuis les premiers pas jusqu'au moment où, marchant seuls, ils ont prétendu monter aux rangs supérieurs.

Une nouvelle organisation de l'enseignement peut seule opérer cette grande transformation, cette élévation de l'ouvrier consommé dans son métier à la condition d'artiste supérieur dans sa partie. L'industrie alors aura son originalité comme l'art. Aujourd'hui, quoique les industriels chefs de maison manquent de l'aptitude personnelle et de l'autorité que donne le talent, on remarque dans toute leur fabrication l'influence de leur caractère particulier. Chez l'un, ce sera l'élégance précieuse et proprette qui dominera; chez l'autre, une sorte de fougue et de laisser-aller; celui-ci sera coloriste, celui-là dessinateur. Or, remarquez que toutes ces nuances tiennent du goût qui leur est naturel, et nullement d'études ou de talents particuliers : que sera-ce donc quand ils seront vraiment artistes? Alors les fabriques compteront dans l'industrie, comme aujourd'hui les artistes dans l'art. On citera les belles compositions de telle maison, le grand style de telle autre; on parlera d'un fabricant comme d'un maître, ses apprentis formeront son école; la couleur fera la renommée de Mulhouse; le dessin, la réputation de Choisy.

L'industriel, chef de fabrique, étant artiste, et ses ouvriers

artistes aussi, il ne s'ensuit pas qu'ils repousseront toute intervention des artistes formés en dehors de leur métier : loin
de là. Comme dans toute préoccupation exclusive, comme
dans tout travail spécial, l'imagination resserre son cercle,
revient sur elle-même, se berce dans les redites et s'endort.
Quoi qu'elle fasse, l'industrie sera toujours disposée à la routine, à l'entêtement dans les procédés usés et les compositions
banales des décorateurs de métier. La précision obtenue par
les moyens mécaniques, l'exactitude qui n'est plus guidée par
le sentiment artiste, deviennent froides et monotones ; mieux
vaudrait une certaine négligence pittoresque qui conserve la
grâce, le mouvement et la vie. Un artiste fécond, se sentant à
l'étroit dans son atelier désert, et prenant en dégoût le rôle
de saint Vincent de Paul de ses œuvres délaissées, se rapprochera de l'industriel, et dans la grande fournaise active sera
le bienvenu ; avec lui l'industrie redevient un art, et une
séve vigoureuse circule de nouveau dans ses veines. Ainsi fit
la céramique. Les Arabes envoyaient, au xive siècle, leurs
faïences émaillées en Italie, et des transfuges de leurs fours
portent dans la Toscane les secrets de leur fabrication. Un
homme de génie, le grand sculpteur Luca della Robbia, s'en
empare vers 1420 et l'élève jusqu'aux sommités de l'art ; ses
neveux continuent cette fabrication, puis ils meurent, et la
sculpture en faïence émaillée meurt avec eux ; l'art se reti-
rant, l'industrie devient un métier. En France, au xvie siècle,
la poterie était aussi une industrie sans valeur : Bernard Palissy en fait un art, ses neveux héritent de ses traditions, ils
meurent, et la poterie redevient ce qu'elle était.

Ainsi, de temps à autre, l'industrie puisera à une source
rajeunie les idées nouvelles ; elle demandera aux imaginations
que leur indépendance affranchit de toute attache matérielle
et positive les inventions, les idées, les projets. Et remarquez combien la position est différente. Les industriels appellent désormais les artistes à leur aide, non plus comme
des dominateurs et des maîtres, mais comme les compagnons
de leurs efforts et les associés de leurs travaux ; artistes eux-

mêmes, ils s'entendent facilement avec eux, ils les comprennent et s'en font comprendre ; en peu de mots ils leur expliquent leurs obligations, avec quelques traits de crayon ils les mettent sur la voie de ce qu'ils désirent ; quoique de contrées différentes, ils s'entendent, car ils parlent la même langue, et il suffit à l'artiste bien inspiré de leur donner une idée première pour qu'ils en tirent parti, la modifiant habilement de manière à la soumettre au génie de la matière employée et aux ressources offertes par leur industrie spéciale.

Telle sera l'intervention de l'artiste quand l'industriel et l'ouvrier seront eux-mêmes artistes ; il en est une autre toute passive qui date de loin et se continuera toujours ce qu'elle est aujourd'hui. Pradier compose une *Supho en méditation :* sa statue est réduite de diverses grandeurs, on la place sur un socle que remplit le cadran d'une pendule, l'œuvre de l'artiste moderne devient industrielle au même titre que les *Parques* de Phidias du Parthénon, la *Joueuse d'osselets* ou la *Vénus accroupie.* Ce n'est pas une fusion de l'art et de l'industrie, c'est un trait d'union : c'est sans intérêt et sans importance.

S'il est bien établi que l'industrie doive recruter ses artistes en elle-même, il est nécessaire de rechercher comment on pourra continuer aux apprentis et aux ouvriers l'enseignement du dessin qu'ils ont suivi dans les écoles, afin de développer toutes leurs qualités et d'en faire des ouvriers artistes complets avant qu'ils s'établissent patrons, chefs d'ateliers ou directeurs de fabriques.

Cette sollicitude doit s'étendre à toute la France, mais Paris la réclame impérieusement. Paris est à lui seul un monde industriel. La tête qui donne à toutes choses le modèle et l'impulsion est à Paris, les bras sont en province, et c'est encore à Paris que se retrouvent les mains exercées qui ajoutent à chaque objet fabriqué une dernière perfection. L'importance de Paris est antérieure à l'importance de la France, elle date de la Gaule ; mais depuis Hugues Capet Paris est sa capitale, le siége de la royauté, le séjour de la cour. La monarchie a souvent lutté contre son esprit de révolte et de domination : elle a transporté ses résidences hors de ses murs, elle a favorisé l'essor et l'activité des autres grandes villes de la France, cherchant à maintenir sur cette immense surface une pondération équitable, un équilibre juste; mais la domination parisienne a pris le dessus, et elle n'eut plus de bornes quand le gouvernement républicain, reniant son principe égalitaire, organisa une centralisation absolue, impérieuse et brutale. De ce moment, et sous les gouvernements qui se sont succédé depuis cinquante ans, Paris a absorbé à son profit toute l'activité intellectuelle de la France. C'est un fait qu'on peut déplorer, mais que, dans l'esprit de mon travail, je dois admettre, auquel je suis contraint de m'associer. Je suis même disposé à reconnaître que cette absorption est dans les tendances de toute capitale; mais je crois aussi qu'un État bien administré doit et peut lutter contre cet envahissement. Les mesures que je propose pour la régénération de notre classe ouvrière tendent à ces deux fins : fortifier l'importance industrielle et la suprématie artiste de Paris, pour lui maintenir son rang dans le monde; élever en même temps dans toute la France le niveau de l'art, pour que le pays tout entier concoure à la prospérité nationale.

Paris, siége du gouvernement, résidence du chef de l'État, berceau de la mode et foyer du luxe, est le centre traditionnel des affaires. Ses relations commerciales sont établies avec le monde entier, et, tandis que les autres pays ont leur élégance dans la capitale, leur industrie dans les villes manufacturières et leur commerce dans les ports, Paris, la ville de la mode et de tous les raffinements du luxe, est la plus grande ville de fabrique et de commerce de la France, et elle deviendra, par la canalisation de la Seine et la navigation à la vapeur, son port le plus actif et le plus riche. La nature même de notre supériorité industrielle explique cette anomalie; nous exportons nos arts, notre luxe et les mille fantaisies du grand monde : il est donc naturel que les élégantes de la haute société soient les premières ouvrières de cette fabrique; elles servent de

modèles aux modistes, qui copient et exportent leurs chapeaux et leurs robes ; elles sont, sans s'en douter, par leurs
mille caprices et leurs fantaisies de chaque jour, la source
inépuisable de cette fabrication immense dont le monde est
tributaire.

L'organisation industrielle qui découle de ces faits est-elle
favorable aux progrès de l'art, au développement intellectuel
et artiste des ouvriers, à l'union des arts et de l'industrie?
C'est là le sujet de notre préoccupation. Les grands industriels s'unissent dans une même pensée et soumettent la
gestion de leurs affaires à une même règle, autant que le permettent les distances et les moyens de communication. Quelle
est cette pensée? Quelle est cette règle? Considérer Paris
comme le seul point d'où l'on peut diriger la fabrication ;
rapprocher les ateliers de la capitale, mais, quel que soit leur
éloignement, établir à Paris la direction artiste et le dépôt
central des marchandises. La puissance du bon goût parisien,
la réunion des talents artistes qui fournissent dessins et modèles, l'habileté particulière des ouvriers, le mouvement des
affaires facilité par la position géographique et par la masse
de consommateurs qui y affluent, expliquent cette singularité
d'une industrie qui semble chercher le haut prix des salaires
et venir au-devant de la cherté de toutes les matières premières. On comprend ainsi quelle est la puissance de cette
capitale, on pressent l'avenir réservé à Paris.

Déjà aujourd'hui cette ville compte plus de quatre cent
mille ouvriers établis, et il serait impossible d'évaluer exactement le chiffre de sa fabrication, l'enchevêtrement de sa participation dans les productions de plusieurs départements
étant inextricable.

L'ouvrier parisien est plus intelligent, plus adroit, plus
instruit et surtout plus artiste que les ouvriers de toute autre
ville de la France et de l'étranger. Il y a du zouave dans sa
nature, c'est-à-dire de l'intelligence entreprenante et enthousiaste, qui s'associe aux projets du chef, lui suggère des moyens
d'action, comprend l'utilité d'une attaque sur toute la ligne,

la nécessité d'un coup de main rapide, et qui, lancée dans la bonne direction, va d'elle-même au but, sûre de l'atteindre. Toujours en éveil, l'ouvrier parisien ne laisse rien s'endormir ou se rouiller autour de lui, c'est comme un état de fièvre continue; et c'est si bien à la ville de Paris elle-même que tient cette activité, qu'elle se calme et se perd aussitôt qu'on la transporte ailleurs. Nous avons vu de tout temps cet effet se produire parmi les ouvriers parisiens qui émigraient à l'étranger. Ces qualités précieuses sont donc nationales et surtout propres à la population parisienne; une éducation artiste mieux dirigée leur donnera une plus grande portée.

Ces qualités sont, en outre, traditionnelles. Déjà, au moyen âge, les corps de métiers parisiens étaient organisés avec une force et une puissance qu'expliquent seules la supériorité artiste de leurs ouvriers et leur réputation. Dans la longue existence de l'ancienne monarchie, l'élégance de la cour, la vue des monuments et des créations variées du luxe, les écoles de dessin et par-dessus tout les occasions d'exécuter, sous la direction des premiers artistes, des œuvres importantes, ont formé un ensemble de bonnes traditions dont tous les corps de métiers profitaient. La Révolution troubla l'organisation de l'industrie sans pouvoir complétement anéantir les qualités naturelles de la population ouvrière; au lieu de corporations unies dans une action commune, vigilantes pour tous et protectrices des droits et du bien-être de chacun, il se produisit un disséminement général des ouvriers, les uns dans les ateliers, les autres en chambre, les premiers se prêtant avec une rare intelligence à la direction du contre-maître, les seconds trouvant dans leur goût d'indépendance et dans les obligations qu'il leur impose un ressort énergique pour le travail et un levier d'amour-propre pour atteindre la perfection, qui ne se rencontre aussi généralement nulle part ailleurs.

De ces qualités et de ces circonstances est résultée la constitution actuelle de Paris en ville industrielle colossale. Je dis colossale, parce qu'à ses quatre cent mille ouvriers, assistés de quelques cent mille chevaux de vapeur, s'ajoutent plus

d'un million d'ouvriers des départements de Seine-et-Oise, de
l'Eure, d'Eure-et-Loir, du Nord, de l'Aisne et du Pas-de-
Calais, qui travaillent pour elle, sur ses indications, d'après
ses modèles, et lui dégrossissent à bon marché les matières
premières, auxquelles sa main de fée apporte la perfection
dernière, soit par l'impression des dessins, la broderie, la
ciselure, gravure ou sculpture des ornements, soit seulement
par ce dernier coup de main qui est comme le passe-port artiste pour voyager dans le monde entier.

On sait l'importance commerciale de cet *article de Paris;*
on ne sait pas ce qu'il suppose d'industries diverses et rap-
prochées, d'intelligences éveillées, d'idées et d'inventions; on
ne sait pas surtout dans combien de vallées retirées, dans
combien de simples villages se préparent les objets de toute
sorte que la clientèle européenne croit tout entiers fabriqués
dans la rue de la Paix ou sur les boulevards. Tabletterie variée, éventails légers, gants délicats, verrerie habilement
gravée, peignes réguliers, brosserie élégante, riche coutellerie, riens éphémères et charmants, tous ces mille produits
de la fantaisie et de la mode ont passé par des mains bien
étrangères aux jouissances du luxe; mais ils sont venus se
faire *rhabiller* à Paris, comme ces montres suisses, si imparfaites en passant la frontière, si bonnes après être devenues
de l'horlogerie parisienne.

Les gazes de Paris sont entièrement picardes, et des masses
d'étoffes de toutes natures, fabriquées en tous lieux, viennent
s'imprimer à Paris, c'est-à-dire recevoir dans cette ville leur
dernière parure sous l'inspiration d'industriels habiles, tels
que MM. Berneville et Louis Choquet.

Le coutelier de Paris reçoit les lames et les ciseaux dégros-
sis; il les ajuste, les façonne, les orne. Il fait plus : épiant les
goûts et la mode, il dessine de nouvelles formes, prises dans
les bons modèles anciens ou suggérés par l'usage; il les envoie aux forges qui sont à sa portée, telles que celles de No-
gent et de Langres, dont il fait la prospérité, et ces pièces lui
reviennent à l'état brut pour lui devoir de nouveau tout le

travail de montage, toute la variété des manches élégants en vraie ou fausse damasquinure, en bois ou en ivoire sculpté, en agate, malachite, jaspe sanguin et autres belles matières. C'est là son initiative, c'est aussi la part du goût. Qu'en est-il résulté? C'est qu'avec des fers moins bons, de plus grandes difficultés et de plus lourdes charges pour se procurer les excellents aciers suédois, la coutellerie française a fait l'admiration des fabricants à l'Exposition de Londres, qu'elle satisfait tous nos besoins en France et ira bientôt chercher des débouchés à l'extérieur.

L'industrie parisienne est si avancée, et sa réputation bien établie la sert si bien, que des industries qui sembleraient devoir lui échapper viennent renforcer sa grande armée. Pourquoi les fourrures sont-elles mieux préparées, teintes, lustrées et utilisées dans leurs différents usages à Paris qu'ailleurs? Ni la mode, comme en Angleterre, ni le climat, comme en Russie, ne les appellent chez nous, et tous les chasseurs de l'Amérique et du Nord portent leurs dépouilles sur le marché de Londres. En dépit de toutes ces conditions défavorables, par le fait seul de la supériorité du goût et de l'adresse des mains, c'est à Paris que se mettent en œuvre et en vente les plus belles fourrures.

Vingt industries végétaient ou végètent encore à l'étranger, qui ont trouvé ou qui trouveront à Paris leur essor. Je citerai Henry Schloss, une tête industrielle des mieux organisées. Il avait échoué en Allemagne, et il a fait fortune à Paris avec ses porte-monnaie, que nos ouvriers intelligents ont fabriqués avec élégance, auxquels nos artistes ont donné quatre mille modèles différents.

A une ville qui a des artistes pour faire les cartonnages des confiseurs et les poupées des enfants; à une ville qui a cinq départements à sa solde et qui met la dernière main à leurs produits; à une ville qui semble une fournaise et un volcan dans lesquels bouillonnent et s'enflamment à l'envi les projets, les idées et les inventions; à cette ville il faut par-dessus tout un personnel d'ouvriers chaque jour plus instruits et mieux diri-

gés. C'est l'enseignement du dessin aux apprentis et aux ouvriers qui introduira ce perfectionnement, et cet enseignement
étendu à la France entière, en même temps qu'il élèvera au
centre l'ouvrier déjà si avancé, fera des Parisiens dans toute
la France.

Ici, nous sommes arrêté par la plus grave difficulté, par
une question qui semble insoluble quand on considère que
depuis soixante ans on en cherche vainement la solution, par
l'organisation du travail. Occupons-nous d'abord des apprentis,
la pépinière et la source fécondante de l'industrie. On sait ce
qu'étaient ces *infâmes* corporations de l'ancien régime, et leur
apprentissage, ce *tyrannique* apprentissage! On le sait; le sait-
on? J'en doute fort. La corporation, c'était l'association de
tout un métier qui veillait sur ses intérêts, qui prenait à cœur
sa prospérité, son honnêteté et son bonheur, qui soutenait ses
indigents et ses malades; l'apprentissage, c'était un contrat
équitable entre le maître et l'élève, contrat qui assurait au
maître, en retour de l'éducation donnée, en échange de la
confidence sans réticence d'une expérience lentement acquise,
une rémunération juste en services loyaux, le maître ayant
intérêt à former et à rendre habile l'apprenti le plus rapidement possible, puisqu'il devait profiter de son travail; l'apprenti étant assuré d'une communication libérale de tout ce
que le maître savait et pouvait lui enseigner; l'un et l'autre
connaissant, au moment de la signature du contrat, la durée
de leur engagement; l'un comme l'autre disposés à le remplir
dans leur propre intérêt, et par cet esprit d'association et de
corps qui devient comme une seconde parenté, qui crée comme
une autre famille. Cette belle organisation avait ses inconvénients. Quelle institution humaine n'a pas les siens? L'organisation actuelle en est-elle exempte? On se plaignait que la
maîtrise était trop difficilement accordée. Le beau mal, quand
on empêchait les ignorants de s'établir et de faire souche! Nous
jouissons d'une tout autre liberté, et nous en usons pleinement.
Demandez au premier venu, parmi les plus compétents, ce
qu'il pense du patronage et de l'apprentissage actuels. On se

plaignait aussi que les corporations de métier étouffaient l'industrie en arrêtant son développement. Elles étaient, en effet, un obstacle à la concurrence sans vergogne, à la poursuite du gain, sans égard pour les lois de l'honnêteté comme sans souci de l'honneur du métier, à l'intrusion dans telle ou telle industrie du premier venu, qui y entre comme à l'auberge, s'y installe avec ses capitaux et, sans précédents comme sans avenir, exploite ses avantages, fait fortune et se soustrait à ses obligations; mais cette barrière qu'élevaient les corporations était continuellement abaissée par un pouvoir vigilant, et si nos rois, dans leur paternelle sollicitude, détendaient ces liens protecteurs avec une sage lenteur, si la révolution les trancha avec sa hache impitoyable, chacun remplit son rôle dans les conditions de son caractère; mais il n'est pas douteux qu'on pouvait garder ce qui était bon, supprimer ce qui était mauvais et conserver les corporations comme base d'une organisation nouvelle, dans laquelle seraient entrés l'esprit d'association, principe fécond, et l'esprit de socialisme, heureux de payer son droit d'admission en laissant à la porte ce qu'il traîne avec lui d'insensé et de fatal. La force du socialisme réside aujourd'hui dans le vide que la suppression des corporations a produit, et que n'ont comblé ni les chambres de commerce, ni les conseils de prud'hommes, ni les ordonnances de police.

Et cependant je n'ai pas le courage de demander le rétablissement des corporations. Il est des monuments qu'on regrette et qu'on ne reconstruit pas; on en a les plans et les dessins, on pourrait les refaire, et avec raison on en fait d'autres. Il est réservé à notre époque de reconstruire les corps de métiers sur une nouvelle base et sous un autre nom. Les noms exercent en France une influence si fatale sur les choses! Quoi qu'il en soit, nous saluerons l'avénement des corporations avec bonheur, quelque nom qu'elles portent, et en attendant je ne toucherai à la présente organisation ou désorganisation, comme on voudra l'appeler, qu'en ce qui intéresse l'humanité et le bien public. Sans doute je pourrais demander qu'on refasse la loi de l'apprentissage; mais comment y toucher quand il faudrait d'abord refaire la loi du patronage, qui autorise toute une classe d'ignorants à contracter avec des parents pour enseigner à leurs enfants ce qu'ils ne savent pas eux-mêmes, pour montrer à des apprentis un métier qu'ils n'ont pas appris? Cette loi en effet ne laisse pas aux parents, par l'entremise d'inspecteurs en titre d'office ou par des examens périodiques, le moyen de contrôler l'instruction donnée à leurs enfants; cette loi permet aux patrons d'abuser deux ans sur quatre, quelquefois les quatre ans entiers, de leur autorité pour user les pieds des apprentis à faire des courses dans Paris, et leurs mains à tailler sans discontinuer les mêmes pieds de fauteuil, ou à limer à perpétuité la même pièce de bronze, sous prétexte de sculpture et de ciselure. Or, du moment où la loi n'assure plus au patron le profit de l'instruction communiquée à l'apprenti, le patron se soucie fort peu de lui rien apprendre; il le rend à ses parents comme ils le lui ont donné, avec quelques vices de plus conquis dans l'immoralité de l'atelier, et c'est ainsi qu'on a vu des maîtres prendre deux ouvriers et dix apprentis, quand ils auraient dû avoir dix ouvriers et deux apprentis seulement : dix ouvriers pour travailler devant les deux apprentis et leur servir de guide, au lieu de dix apprentis qui ne se communiquent entre eux que l'exemple des mauvaises mœurs; mais qu'importe au maître? L'avenir de ces enfants n'étant rien pour lui, il exploite le présent.

Cette loi n'est donc qu'une entrave pour le petit nombre qui se soumet à ses prescriptions; elle n'existe pas pour les autres. En 1848, l'enquête parisienne constatait la présence dans Paris de 19,114 apprentis, dont 4,077 seulement s'étaient liés par des contrats avec leurs patrons; le reste, placé arbitrairement sous l'autorité du maître, est soumis à ses caprices, exposé à sa négligence, sans autre garantie que sa bonne foi.

On n'attaque pas une pareille loi, elle est sans défense. Le législateur, il est vrai, a ordonné que les patrons seraient surveillés par les commissaires de police, menacés par eux et punis pour leurs méfaits; mais les enfants doivent-ils être sous la surveillance de la même autorité? Non, elle appartient aux hommes éclairés, philanthropes et charitables, qui, par leur tendresse, leurs conseils, et souvent par leur généreuse intervention, seront un utile intermédiaire entre le patron qui exige trop, les enfants qui ne voudraient pas assez donner, et le commissaire de police qui ne voit que le texte de la loi, sans se douter qu'il y a un cœur dans toute bonne loi.

Le législateur a étendu plus loin sa sollicitude : il a pris sous sa protection, au nom de la morale et de l'humanité, les enfants employés dans les manufactures; je n'examine pas s'il est parvenu à les défendre contre la corruption des ateliers et contre les exigences des chefs de fabrique, je vois seulement que la loi a oublié un intérêt grave, celui de leur éducation. Que fera l'enfant qui, pendant cinq années, se sera acquitté de l'insipide besogne de poseur chez les fabricants de papiers peints, ou de lanceur de navette chez plusieurs catégories de tisserands, quand, arrivé à l'âge de seize ans, son appétit réclamera pour se satisfaire une paye plus élevée qu'on n'en attribue à cette besogne; s'il avait réservé chaque jour le temps nécessaire pour se préparer à un autre métier, il ne serait pas contraint, ne sachant rien faire qu'un travail qui ne le nourrit plus, d'accepter la misère ou le rude labeur du terrassier. Je demande donc, pour les apprentis et pour les enfants employés dans les manufactures, chaque jour deux heures de liberté; je les demande au nom de la nation, car il y va de son honneur de vulgariser, sans exception, les moyens d'instruction qui perfectionnent la génération et la conduisent au niveau du progrès général. Ces deux heures de liberté pourraient être compensées en accordant aux maîtres une prolongation d'apprentissage de quatre ou six mois, en payant aux chefs des manufactures une faible indemnité. Déjà la municipalité parisienne et les sociétés de bienfaisance ont créé dans les écoles gratuites des prix d'apprentissage; elles devront à l'avenir stipuler dans leurs contrats ces deux heures de liberté quotidienne consacrées à l'étude du dessin et les racheter pour ceux qui ont déjà contracté. Elles le pourront d'autant plus facilement, que le temps enlevé au patron ou au chef de fabrique lui est rendu par l'aptitude plus grande de l'apprenti et de l'enfant.

Paris compte environ quatre cent mille ouvriers, apprentis et enfants qui tous, sans distinction, ont intérêt à apprendre le dessin, et qui, en grande majorité, le désirent. Il y va de l'intérêt public d'offrir gratuitement, d'offrir même avec des facilités séduisantes, un si précieux moyen de perfectionnement intellectuel et moral à cette intéressante et énorme population. L'État et les municipalités créeront des écoles de dessin, ouvertes le jour pour les jeunes gens que leurs parents peuvent entretenir, pour les apprentis et les enfants employés dans les manufactures pendant leurs deux heures de liberté, ouvertes aussi le soir, de sept à dix heures, pour les ouvriers.

Dans l'état actuel, ces établissements sont insuffisants. L'école supérieure, dirigée par M. Belloc, a huit cents élèves, et on en compte environ autant dans les écoles réunies du Conservatoire des arts et métiers, de la manufacture des Gobelins, etc. Je ne parle ni de la maison des jeunes détenus, ni de l'hospice des sourds-muets, bien que le dessin enseigné aux tristes hôtes de ces établissements dût leur être plus profitable que les brimborions qu'un entrepreneur patenté leur fait exécuter pendant des années avec une barbare monotonie. S'ils trouvent dans cet insipide travail quelque profit pécuniaire, ils n'en retirent aucune instruction, aucun élément de carrière avantageuse pour l'avenir; ils font tort au commerce, ils ne se font aucun bien. Mais c'est là un intérêt secondaire auquel l'Administration est toujours en mesure de pourvoir. Les écoles privées de dessin, soutenues par la ville au moyen de modiques subventions, sont au nombre de quatre; elles comptent entre elles environ huit cents élèves. Celle de M. Lequien est la plus considérable, et on ne saurait donner trop d'éloges à sa direction, à sa persévérance. Il a eu d'abord cent élèves, son école s'est agrandie; les cent nouvelles places étaient à peine prêtes qu'on les occupait déjà. Cette année, nouvelle augmentation de cent places, et immédiatement l'école est comble, quoiqu'il faille payer 3 francs par mois pour y étudier. Si ces huit cents élèves étaient répartis dans toutes les industries, il s'y infiltrerait à la longue une dose sinon suffisante, au moins appréciable, de bonnes notions de style et de goût; mais des industries spéciales, telles que celles des ornemanistes, des papiers peints, des bronzes, de la porcelaine ornée, les accaparent exclusivement, et les autres industries, complétement déshéritées, croupissent dans une ignorance déplorable. D'ailleurs, toutes ces écoles privées sont, dans leurs locaux, leurs abords, leurs modèles, tout à fait misérables, indignes de la grande ville de Paris, en disproportion fâcheuse, en désaccord criant avec le rôle important que jouent les arts dans l'industrie parisienne. Il est donc indispensable que l'État, la capitale et les chefs-lieux de département s'imposent cet intérêt comme leur premier devoir.

Il faut à Paris quatre écoles supérieures de dessin, entretenues aux frais de l'État :

La 1re au centre et pour le service des 1er, 2e et 3e arronds;
La 2e au centre et pour le service des 4e, 5e, 6e et 7e arrond.;
La 3e au centre et pour le service des 8n, 9e et 10e arrond.;
La 4e au centre et pour le service des 11e et 12e arrond.

Il faut en outre, à Paris, douze écoles municipales, placées chacune au centre industriel des douze arrondissements. L'extension progressive de la ville de Paris a détruit depuis longtemps l'ancienne délimitation des industries; on remarque encore des agglomérations, comme la fabrique des meubles et des papiers peints dans le faubourg Saint-Antoine, la carrosserie et la sellerie dans le premier arrondissement, l'article de Paris dans le sixième, la librairie et la papeterie dans le dixième; mais, en général, on peut dire que toutes les industries sont disséminées dans la ville, à la portée de la consommation. Les écoles municipales de dessin n'auront donc pas à se préoccuper des spécialités; elles suivront une méthode d'enseignement uniforme. Les jeunes apprentis et les ouvriers viendront y continuer le dessin qu'ils ont commencé dans les écoles primaires. Ils y seront admis sans aucune rétribution, et des médailles de quelque valeur seront tirées au sort entre les élèves présents dans la soirée du dimanche et du lundi. Cette dernière mesure a pour but de leur faire préférer la classe au cabaret; quelle que soit sa portée, l'influence sera bonne.

L'admission dans les écoles de l'État sera prononcée après examen et réservée aux élèves les plus distingués des écoles municipales; comme aussi on passera des écoles de l'État dans l'école centrale ou académique des beaux-arts, quand des dispositions hors ligne ou une vocation irrésistible pousseront l'élève dans cette voie. Il dépend des professeurs, il dépend aussi de l'opinion générale qui régnera alors, de prédisposer les jeunes gens à cette ambition ou de les en détourner. Mais l'industrie, je l'espère, aura si bien relevé la tête, son programme sera si riche, d'un côté la vie si facile des ouvriers, de l'autre les moyens d'existence toujours précaires des artistes, tout, en un mot, dira avec éloquence à l'élève que la carrière industrielle est aussi belle et plus vaste que celle des arts, le but aussi élevé et plus facile à atteindre, l'honneur et la gloire les mêmes.

Disons un mot de la construction de ces écoles, de leur disposition, des méthodes d'enseignement qu'on y devra suivre, des collections qui y seront annexées.

Si, parce que l'on compte dans Paris quatre cent mille ouvriers et apprentis, il fallait calculer sur quatre cent mille élèves, ces seize écoles devraient prendre des proportions démesurées. Sans atteindre ces dimensions, elles doivent être construites dans la prévision de vingt à vingt-cinq mille élèves, ce qui en suppose environ mille pour la moins favorablement placée, et deux mille pour celles qui desserviront les arrondissements industriels, tels que les 6ᵉ, 7ᵉ et 8ᵉ. Une classe de deux cents élèves peut être conduite par un

professeur qui sait se faire assister de moniteurs intelligents.
M. Lequien suffit parfaitement à cette tâche depuis vingt ans.

Des écoles ayant sept à huit classes à différents degrés
d'avancement ne sont disproportionnées en rien, si on compare cette extension à l'utilité du dessin, à l'importance de
l'industrie parisienne, à l'immensité de la capitale. On n'aura
à s'occuper, dans leur construction, de l'exposition à bon jour
que pour deux ou trois classes, dans lesquelles les élèves travailleront pendant le jour; les autres sont éclairées au gaz et
peuvent être disposées par étages superposés, dans les terrains les plus exigus. Je fais cette remarque pour montrer la
possibilité d'établir ces vastes écoles sans grands frais, et cependant je voudrais qu'une certaine magnificence régnât dans
les abords et les vestibules, que les murs ne fussent pas le
réceptacle des immondices de l'esprit des loustics de la classe.
Une décoration de bon goût, toujours entretenue avec soin,
imposerait par sa propreté et son élégance l'amour de l'ordre,
la décence des propos et le respect de soi-même.

Chacune de ces écoles aurait une vaste galerie formant son
musée de modèles. Quand on laisse les plâtres dans les
classes, la fumée et la poussière les ont bientôt rendus mé-
connaissables. On retirera chaque matin du musée les morceaux dont les classes auront besoin en échange de ceux dont
elles se servaient. Je n'ai rien à dire du choix de ces modèles.
J'ai indiqué les principes qui doivent diriger l'Administration
dans la formation de sa grande collection. Le musée des
plâtres de l'école académique des beaux-arts sera le musée
complet; les musées des écoles de l'État et de la ville en
seront le diminutif, et cet extrait sera formé suivant les besoins de l'enseignement. Ainsi, l'ornement d'architecture y
entrera dans une proportion plus grande, parce qu'il sert à
montrer comment les styles, qui forment les grandes phases
de l'art, se sont transformés en entrant dans l'industrie et l'ont
transformée à son tour. S'agit-il de porcelaines, d'étoffes, de
meubles, d'armes de guerre, l'élève suivra dans la collection d'architecture et de sculpture le style de chaque grande époque;

pris il examinera comment ce même style s'est infiltré dans
toute l'industrie, et comment chaque spécialité, suivant son
esprit, ses usages et les matériaux qu'elle emploie, a modifié
ce style, dans la céramique par l'éclat, dans les étoffes par la
légèreté, dans les meubles par l'élégance, dans les armes par
la sévérité : partout un même style, un même art, mais une
manière différente de le comprendre et de le mettre en
œuvre. Outre l'ornement, la collection de plâtres sera assez
complète pour apprendre aux élèves les ordres antiques, les
beautés de la forme humaine, les ressources de la flore architectonique, les chefs-d'œuvre des styles différents et les
époques successives de l'art.

Je serai bref sur la méthode à suivre ; ce que j'ai dit de
l'enseignement général du dessin et des préoccupations particulières de l'ouvrier artiste marque assez comment j'entends
qu'une même méthode préside à l'enseignement du dessin,
quelle que soit la nature de l'élève et sa carrière à venir.
J'ajouterai cependant quelques mots ici pour marquer les
modifications qu'il faut attendre du bon sens des professeurs.

L'industrie, qui est l'art appliqué à nos besoins avec toutes
les ressources de la science et des procédés de métier, a,
comme les beaux-arts, ses architectes, ses peintres et ses
sculpteurs ; seulement, de même que l'antiquité, le moyen âge
et la renaissance, trois époques mémorables, confondaient
dans un même enseignement les trois grandes spécialités de
l'art, de même aussi les écoles de dessin, destinées principalement à former les ouvriers de l'industrie, feront marcher
de front, distinctes et cependant associées, ces diverses études.
Le professeur ne sera pas censé connaître les industries
spéciales auxquelles sont attachés ses élèves : il enseignera
les principes, laissant aux élèves le soin des applications ;
seulement, comme il reconnaîtra, rien qu'au genre de dessin
de chaque élève, quels outils sont habituellement dans sa
main et sur quelles matières il s'exerce, il fera passer dans
ses conseils les règles les plus raisonnables de chaque application.

Les principes de l'ornement sont faciles à préciser quand il s'agit d'architecture ; soumis à la construction, ils se modifient avec elle et trouvent en elle leur raison d'être et des règles fixes. Il n'en est pas de même des meubles et des ustensiles de la vie privée, auxquels ces principes ne peuvent continuer à être appliqués qu'à la faveur d'un grand relâchement. Ainsi on peut demander à la sculpture d'ornement, suivant les circonstances, une imitation de la nature du plus fidèle réalisme, ou bien une imitation idéale et conventionnelle, c'est-à-dire modifier les règles pour chaque industrie et pour chacune de ses spécialités. Dans les meubles d'une salle à manger, dans ses étagères et ses buffets, dans les meubles d'une sellerie ou d'un cabinet d'équipement et d'armes de chasse, l'imitation vraie, la nature morte dans sa réalité, les faisceaux d'armes, les pièces de gibier, les fleurs, les fruits et les végétaux ne sont pas hors de place; pour les étoffes imprimées, pour les tapis, l'imitation vraie des fleurs et de la verdure a des limites suivant la nature des tissus et leur emploi. De même que dans l'architecture les ornements ne doivent se produire qu'en suivant une certaine gamme qui va de l'imitation vraie à l'imitation conventionnelle, de même aussi dans les meubles ils doivent se développer suivant les circonstances, suivant la place, les dimensions de l'ensemble et les proportions de l'espace réservé à la décoration. L'amortissement d'un meuble, le bouton supérieur d'un vase ou d'une soupière, comportent très-bien des groupes isolés de fleurs, de fruits ou de reptiles d'une imitation parfaite; mais sur la bordure qui forme ceinture autour du même meuble, du même vase, de la même soupière, je veux un ornement moins précis, moins réel, des formes plus conventionnelles, plus architectoniques : ce seront encore des fleurs, des fruits et des animaux, mais dans une imitation qui rend les traits principaux, les formes caractéristiques et l'esprit des objets plutôt que les objets eux-mêmes. Si dans l'imitation réelle j'ai pu, comme Bernard Palissy, me servir de moulages et de galvanoplastie, dans l'imitation conventionnelle je ferai appel au savoir et au talent de l'artiste qui aura conçu la forme générale du meuble ou du vase. On apprendra ainsi aux élèves, avec le dessin qui imite tout et rend chaque chose avec naïveté et vérité, les règles de l'ornement, qui est l'interprétation des objets dans un but spécial, et on donnera sur ce point des notions générales et des avis particuliers suivant les professions.

Mais il est bien entendu qu'on n'enseignera pas aux peintres sur porcelaine, aux dessinateurs pour papiers peints, étoffes imprimées et broderies, aux ciseleurs, sculpteurs en repoussé, damasquineurs, etc., comment ils devront appliquer les grandes beautés de l'art à leur industrie spéciale; ces conseils, ils les trouveront dans les nécessités mêmes et dans la pratique de leur métier; ils en sauront plus long à cet égard que le professeur, et leur imposer des règles absolues serait les pousser, comme un stupide troupeau, dans la voie étroite et monotone d'un système préconçu. La liberté, c'est le grand refrain dans la vie de l'art, la liberté bercée, nourrie, élevée dans l'étude et dans le commerce continu des plus beaux modèles.

Ainsi donc point d'enseignement spécial dans les écoles: c'est la mort de l'art; c'est bon pour les nations qui commencent leur carrière industrielle, ce serait un fléau pour la nôtre. Ainsi donc point de classes spéciales, où les apprentis sont parqués comme des moutons et font entendre le même bêlement monotone. Les beautés de la création divine et les chefs-d'œuvre de l'art humain seront mis à la portée de tous, comme ces nourritures saines dont les constitutions les plus différentes profitent également.

L'enseignement est un, et il domine les applications spéciales; cependant je ne voudrais pas empêcher l'apprenti et l'ouvrier d'apporter à leur professeur la pièce fabriquée dans l'atelier industriel et de lui demander ses conseils. S'ils ont transporté dans leur manufacture, pour les appliquer, suivant leur sentiment particulier, les principes généraux de l'art enseignés dans la classe, il n'est pas sans utilité pour eux de suivre des indications plus précises, applicables à un cas spécial.

Quelques notions scientifiques devront s'ajouter à l'enseignement du dessin. Les éléments de la géométrie et les principes de la construction sont indispensables à l'ouvrier artiste, quelle que soit sa spécialité, car jamais son talent, son inspiration, son goût, ne trouveront la base solide et les limites exactes, s'ils ne sont pas nourris des saines notions de l'architecture et guidés par elles. Il y a dans tout ouvrier artiste complet un praticien consommé, un homme de goût et d'imagination, puis un architecte, et c'est à ce dernier qu'est dévolu le soin de guider l'imagination et de la modérer; c'est lui qui enseigne la raison d'être, l'à-propos, les convenances des formes et des ornements. L'artiste ouvrier qui ignore les éléments de la géométrie et les principes de la construction peut avoir de grandes qualités, il n'aura jamais le bon sens. Il rencontrera juste quelquefois avec le seul aide du goût et de l'habitude de voir, mais il tombera plus souvent dans le disproportionné, l'inconséquent, la surcharge et tous les défauts dont les peintres se rendent coupables quand ils composent pour l'industrie, et qui déparent l'œuvre entier des dessinateurs industriels. Parcourrai-je le vaste champ de la céramique, de l'orfévrerie, de la bijouterie, des lustres et des lampes, des cadres et des boiseries sculptées? l'espace me manquerait. Prenons en exemple l'industrie principale du faubourg Saint-Antoine. Un meuble est un monument; comme lui, il a son ordonnance générale, ses divisions en ordres et en étages, ses portes, ses fenêtres, ses lucarnes, et pour couronnement les moulures, corniches et architraves formant son entablement, les balustrades et ornements composant son toit ou son couronnement. Qu'a-t-il manqué aux meubles envoyés par la France à l'exposition de Londres? que manque-t-il à tout ce que produit l'industrie des meubles à Paris et en province? Est-ce la richesse de la sculpture, la perfection dans l'exécution, le choix des ornements en bronze ou des peintures en mosaïque de bois coloré, en émail ou en porcelaine? Non

sans doute, tous ces accessoires ont atteint une rare perfection ; ce qui choque l'homme de goût, ce qui provoque sa critique, c'est la construction du meuble, ses lignes et ses proportions ; c'est l'absence de grâce dans l'harmonie générale,
d'une juste mesure dans les parties, et de repos dans l'ensemble.
Les plus déplorables contre-sens, des dispositions absurdes,
qui ne sont exigées ni par l'usage ni par la destination, déparent ces produits d'une industrie estimable. On comprend
que le sens architectural n'a pas été assez robuste pour
résister à l'envahissement de la décoration ; comme ces cot-
tages rustiques qui cachent sous le lierre, la vigne vierge et
la glycine leurs formes architectoniques, et ne semblent
bientôt plus eux-mêmes qu'un produit naturel de la végétation
qui les enserre, ainsi l'ornement envahit le meuble ; au lieu
d'une construction, vous avez une scène de théâtre, une
meute de chiens, un bouquet de fleurs et de fruits, le plus
souvent un buisson d'épines. Les études architectoniques, au
moins leurs principes élémentaires, doivent donc prendre
dans l'enseignement une place aussi importante que ces notions sont nécessaires dans les carrières industrielles ; elles
doivent toujours précéder et accompagner l'étude sérieuse du
dessin.

Déjà dans les écoles municipales ou d'arrondissement on
apprendra à modeler. Quand on sait dessiner, c'est une pratique plutôt qu'un art, mais c'est une pratique indispensable
pour se rendre compte des formes, pour éprouver ses inspirations et contrôler les compositions des autres. Acquérir
l'habitude de modeler, c'est posséder le talent essentiel dans
les trois quarts des industries qui dépendent de l'art, et ce
talent sert, non pas seulement pour modeler d'après l'antique,
d'après la nature, ou suivant ses propres idées, des projets
pour l'orfévrerie, la bijouterie, les faïences émaillées, les
décorations d'appartement et les bronzes, mais pour se guider
dans la sculpture en bois et dans la reprise de tous les ornements blancs destinés à la dorure, dans le rhabillage des
pièces importantes de la céramique avant le dégourdi, et dans

la ciselure des pièces de bronze, de fer et de zinc après la
fonte.

Les métaux, en sortant du moule, sont spongieux, ternes,
obscurs, ce n'est pas du métal. La ciselure les ravive. Comme
le marbre sortant de la mise au point du praticien imbécile
conserve une épiderme réservée à l'artiste créateur, épiderme
dans laquelle se jouera cette délicatesse du modelé, cette vie
de la chair, cette palpitation de la pensée qu'un coup de ciseau ou de lime crée ou détruit, selon que la main est conduite par l'âme de l'artiste ou par la pratique du manœuvre;
de même aussi, dans les bronzes, la statue, en sortant du sable,
conserve à sa surface une épiderme qu'il faut enlever. A qui
confierez-vous ce travail, si l'artiste ne veut pas s'en charger,
s'il ne peut pas consacrer son temps aux deux ou trois mille
reproductions que vous allez faire de son modèle? Vous le con-
fierez à un manœuvre qui gratte, rabote et polit toute cette surface, sans comprendre où il doit appuyer, où il doit passer légèrement, quelle forme il adoucira, quel muscle il accentuera.
Les ciseleurs chargés de cette délicate besogne, j'entends les
plus habiles, n'ont aujourd'hui que du métier; ils ont perdu
toutes les bonnes traditions, et cette qualité de savoir profond
et de sentiment exquis que possédaient si bien les ouvriers
de l'antiquité, de la renaissance en tous pays, et du xvii^e
siècle en France, particulièrement dans l'atelier des frères
Keller, dont les ouvrages ornent les jardins de Versailles, de
Saint-Cloud et des Tuileries. Il s'agit de refaire des ciseleurs
qui, unissant, comme leurs devanciers, la science du dessin à
la délicatesse du sentiment, raniment la plus belle des industries.

Les ouvriers artistes n'ont pas besoin d'apprendre la peinture tant qu'ils n'entrent pas dans les quatre écoles de
l'État. Là, au contraire, l'étude des couleurs, dans leur association et leur contraste, leur est d'une grande utilité, et en
peignant à l'aquarelle ou à l'huile, ils se feront un œil coloriste, comme ils se sont fait, par l'étude de l'antique et de la
nature, un œil dessinateur. La classe des végétaux leur sera

d'un grand aide pour s'exercer à peindre et se faire à l'harmonie des couleurs. Chaque école aura les fonds nécessaires
pour renouveler ce genre de modèles, en ayant soin de choisir, parmi les fleurs de nos jardiniers, celles qui ont conservé,
de leur origine première, dans leur éducation factice, le
plus de grâce, de liberté d'allures et de simplicité de formes.
Un goût naturel, une main délicate, une main de femme,
tresserait ces fleurs, ou plutôt leur rendrait leur liberté, en
les accouplant, comme font le mouvement du vent et la marche
de la végétation en les enlaçant d'une branche à l'autre. Les
élèves ne s'arrêteront pas là : ils iront étudier l'agencement
naturel des lianes dans les grandes serres et jardins du
Muséum d'histoire naturelle, dans les forêts de Compiègne et
de Fontainebleau. L'esprit, formé à bien voir, trouvera mille
ressources inattendues d'ornementation conventionnelle dans
cette belle végétation que le Créateur, inépuisable inventeur,
varie de forme et de gracieuse disposition plus encore que
d'espèce.

Cette étude de la végétation naturelle aurait de graves
inconvénients, si elle n'avait été précédée, si elle n'était
accompagnée d'études d'architecture qui auront déjà fait
comprendre aux élèves comment les anciens, et surtout les
Orientaux, comment les artistes du moyen âge, mais ceux-
ci avec des tendances réalistes plus décidées, ont compris
l'ornementation végétale. Préoccupés du respect de la construction dans ses formes et dans ses lignes, ils éviteront les
erreurs de l'entraînement végétal, et la fausse direction que
donna à cette étude Gérard Van Spaendonck, l'héritier du
talent de Van Huysum et presque son contemporain, lorsqu'il
fut nommé, en 1793, administrateur et professeur d'iconographie au Jardin des plantes. Ce peintre de mérite ne voyait
dans la fleur que ses brillantes couleurs et ses beautés naturelles; il les transporta sur ses toiles, et habitua ses élèves à les
introduire dans la décoration, sans aucune des modifications
que devaient lui imposer les sages principes de l'ornementation. L'ouvrier artiste ne commettra plus cette faute; il sait

que la nature ne donne pas l'ornement, qu'elle en présente à
l'homme seulement les motifs dans des variétés inépuisables,
et qu'à lui appartient de modifier son modèle suivant les
circonstances, et d'après l'objet auquel il s'adapte. Des fleurs,
avec leur reflet réel et leurs couleurs vraies, des animaux,
dans leur réalité vivante, ne sont pas des ornements tout faits;
ils en offrent les rudiments, les éléments; ils doivent se modifier dans une combinaison conventionnelle.

Dans les quatre écoles de l'État, des études d'anatomie,
des classes d'après le modèle vivant, des compositions de
mémoire, aidées du mannequin, des lectures sur l'esthétique, donneront à l'éducation artiste son développement.

Chacune de ces écoles aura son concours particulier, et,
chaque année, leurs meilleurs élèves concourront ensemble, en même temps que, de leur côté, les douze écoles
communales auront leur concours particulier et général. On
sent combien la publicité, la présence des autorités, la nature
des prix, ajoutent d'importance à de pareilles solennités;
ces stimulants ne seront pas refusés aux élèves. Je pense que,
si l'on donnait aux ouvriers et aux apprentis qui auront
montré dans les écoles municipales les dispositions les meilleures des bourses pour étudier dans l'une des écoles de l'État,
c'est-à-dire si on compensait en argent, en moyens d'existence,
le temps plus long qu'ils consacreront à leurs études artistes,
on faciliterait singulièrement la création d'un nouveau corps
d'excellents contre-maîtres; je pense aussi que, si de pareilles
bourses étaient données aux jeunes gens qui, dans les écoles
de l'État, auraient fait preuve d'un talent hors ligne, il
n'y aurait aucun inconvénient à leur faciliter le passage dans
l'école académique centrale des beaux-arts. J'ai déjà dit comment l'influence du professeur, l'influence des progrès et
d'une sorte de grande réhabilitation de l'industrie, agiraient
naturellement contre les velléités des ouvriers artistes à poursuivre une autre carrière; mais il est des talents réels et des
vocations décidées auxquels on doit ouvrir de plus vastes horizons; ils sont destinés à devenir des artistes complets, tête et

mains : si même ils s'aventurent, et s'ils naufragent dans cette immensité, le retour au port n'est pas impossible ; ils trouveront toujours une ressource et comme une planche de salut dans les études pratiques par lesquelles ils ont commencé. Galle, né en 1761 à Saint-Étienne, était le fils d'un graveur de damasquine sur fusil ; il entra comme apprenti dans la fabrique de boutons de M. Lecour, et s'y fit remarquer à tel point qu'on l'envoya étudier dans l'atelier de Chaudet ; malheureusement, il commença trop tard à dessiner et à modeler, l'outil de l'ouvrier domine dans tous les travaux de l'artiste. Galle n'aurait jamais dû quitter l'industrie. Barre a commencé de la même manière, mais il fit des études sérieuses dans un âge moins avancé : aussi marque-t-il comme artiste.

De ces seize écoles sortira chaque année un essaim vigoureux d'apprentis et d'ouvriers, préparés par le dessin à perfectionner chaque branche de l'industrie à laquelle ils sont attachés, à répandre autour d'eux les saines émanations de l'atmosphère de style, de grâce et de bon goût qu'ils ont respirée au milieu de cette collection de beaux modèles, dans la préoccupation de l'étude, sous les inspirations du maître. Et, d'ailleurs, pourquoi les liens qui unissent les élèves et les maîtres se briseraient-ils ? Pourquoi la confiance, établie dans une si heureuse entente des mêmes sentiments, ne se continuerait-elle pas hors de l'enceinte des écoles ? Je voudrais que les professeurs fussent encouragés par des indemnités, eussent mission, avec le titre de professeurs inspecteurs, de continuer leur enseignement en visitant les fabriques, en portant partout, comme la sœur de charité, le médecin ou le prêtre, les conseils qui soutiennent dans la bonne voie, fortifient dans les résolutions de longue haleine et donnent, avec la bonne direction, le courage d'y persévérer.

Avec cette organisation si simple, parce qu'elle est pratique, vous doterez l'industrie d'un capital immense, qui ne coûte rien à personne et qui enrichit tout le monde : le fabricant qui produit, avec des moyens peu compliqués, les plus riches ou les plus gracieux effets ; le consommateur qui achète ces produits à bon marché; tout le public enfin, qui a la vue réjouie au lieu de l'avoir choquée et salie. On ne sait pas ce que le mauvais goût coûte à la fabrique, au consommateur, à l'essor commercial de la France entière : le fabricant se ruine en frais inutiles pour produire des effets baroques; le consommateur paye cher ce dont il est dégoûté aussitôt; le public accuse la fabrique, et la France compromet au dehors ses droits de suprématie.

Cette nouvelle organisation nous promet un autre avenir. Peut-être qu'alors nous serons affranchis de la déplorable tutelle de ces ateliers de *dessins industriels,* qui sont la plaie et qui deviendraient la ruine de notre industrie, si l'on n'y mettait bon ordre. J'ai expliqué plus haut comment différentes circonstances avaient détourné les chefs de fabrique d'attacher à leurs maisons et d'entretenir à grands frais des dessinateurs en titre chargés de donner aux ouvriers tous les modèles. Le caractère souvent difficile des artistes, leurs prétentions croissant avec leur talent et s'étendant à tout, depuis des appointements exorbitants jusqu'à des égards plus qu'aristocratiques; puis, dois-je l'ajouter? dans beaucoup de cas, leur défaut de probité en face d'engagements que l'honnêteté et l'honneur devaient respecter : tous ces inconvénients réunis disposèrent les grands fabricants à imiter les petits, et des villes entières, comme Paris, à suivre l'exemple de la grande ville industrielle de Lyon, qui exécute ses superbes soieries sans avoir à sa solde un seul dessinateur. De ce moment, les modèles dessinés, peints ou sculptés, furent une marchandise, une matière première qu'on acheta sur le marché, qui eut son cours et ses prix courants. Au début, des dessinateurs portaient isolément leurs portefeuilles de maison en maison, faisaient antichambre comme les agents de change, et essuyaient des humiliations de plus d'un genre, avant de placer leurs modèles; mais ce commerce, comme tous les autres, s'organisa. M. Couder le premier, ensuite M. Henry, puis MM. Berrus frères et d'autres artistes de talent, ayant conquis la vogue, reçurent des commandes auxquelles ils ne purent suffire; ils se firent aider d'abord par quelques élèves, puis par un grand nombre d'artistes consommés, et ainsi se formèrent de proche en proche ces ateliers immenses d'où sortent aujourd'hui, comme d'un four de pâtisseries, tous ces produits confectionnés à la hâte et cuits au même feu. Il faut avoir suivi ces travaux, avoir pénétré dans cette organisation, pour comprendre à quel point elle est vicieuse, et quelles déplorables conséquences elle peut avoir pour notre avenir industriel. Son tort est d'arrêter toute initiative personnelle, de tuer l'originalité des jeunes talents, d'imposer des conceptions banales à toutes les industries, au lieu de les faire naître de leur milieu et de leurs besoins; en un mot, de substituer l'habileté méprisable des faiseurs au lieu et place de l'observation réfléchie et de l'étude patiente, qui combine les données les plus pures de l'art avec la connaissance approfondie des moyens d'exécution et de la destination.

De quoi se compose le personnel de ces ateliers? Premièrement, d'un entrepreneur habile, homme d'action, esprit de commandement, tête organisatrice, puis de quelques acolytes, artistes incomplets, qui ont quitté la carrière des arts au défilé pénible et souvent ingrat des études sévères, pour prendre cette besogne qui rémunère largement les travaux faciles. Il n'y a pas dans tous ces à-peu-près de talent une idée saine, une observation sérieuse, une réflexion sensée; mais il y a le mouvement des idées, qu'on prend pour de l'imagination, et la combinaison d'une foule de réminiscences, sorte de pillage qu'on appelle de la fécondité. Tout cela serait bien vite à bout de voie, bien vite démasqué et honni, si l'on ne recrutait pas incessamment dans toute la jeunesse artiste, qu'elle sorte des écoles ou vienne de la province, de fraîches imaginations, des talents naissants, pleins de séve généreuse et riches de ces idées gracieuses que Dieu donne à nos vingt ans. Ces jeunes gens, séduits, au milieu des débuts difficiles de la carrière, par des appointements élevés, espérant continuer leurs études en même temps qu'ils gagneront de l'argent, se laissent entraîner dans ces repaires, et, une fois attachés à ces entreprises, y sont

enchaînés et s'y épuisent. Le chef de l'établissement a bien
vite reconnu l'aptitude de sa victime : il a vu dans l'un les dispositions innées du coloriste, il le met dans la spécialité des
toiles imprimées et des foulards ; dans l'autre, il a reconnu
l'aptitude aux combinaisons originales des dessins réguliers,
il le place dans la salle des châles de l'Inde ; celui-ci a étudié
les principes de l'architecture, on le consacre aux meubles ;
celui-là est maître de la figure, il a le sentiment de la forme,
des tendances au style, on lui donne les compositions des
cadres et boiseries des appartements. La répartition faite,
il faut produire, produire à satiété, toujours, et en hâte,
sans qu'un moment de relâche permette aux idées de se
renouveler, sans qu'on vous accorde les moyens d'étudier
la destination des objets et des décorations, sans qu'il soit
permis de chercher à mettre en harmonie le style et les
proportions avec le lieu et l'espace ; il faut produire incessamment pour remplir le portefeuille que l'entrepreneur va
porter chez le fabricant. Ici c'est une nouvelle victime, sur
laquelle le chef de l'atelier des *dessins industriels* exerce une
influence autre, mais tout aussi pernicieuse : car, après avoir
épuisé ces jeunes gens, après avoir faussé leur esprit et gâté
leur main à tel point, qu'au bout d'un peu de temps ils ne
sont plus bons à rien, ni à cette besogne, à laquelle leur imagination ne suffit plus, ni à un retour à des études sérieuses
dont ils ont perdu l'aptitude ; après avoir fait ce mal, l'entrepreneur va tenter le fabricant par la vue de ces mille projets,
si séduisants au premier aspect, et dont la déraison ne devient
évidente que lorsqu'il est trop tard pour la reconnaître : j'entends lorsque l'étoffe est brodée ou imprimée, lorsque le
meuble est sculpté, lorsque le bronze est fondu.

Mais ces portefeuilles, si fâcheusement corrupteurs, ne s'arrêtent pas à nos frontières : ils les passent et vont porter en Angleterre, en Suisse, en Allemagne et en Amérique les mêmes
séductions, car ces entrepreneurs, s'ils n'ont aucun patriotisme, n'ont aussi aucune préférence ; ils feraient le même mal
à l'humanité entière, si elle voulait se ranger dans leur clien-

tèle, et ainsi s'explique, sans en rendre responsable la contrefaçon, ce nuage de banalité qui s'étend sur l'industrie du
monde et qui a frappé tous les yeux à l'Exposition de Londres.

L'organisation générale de l'enseignement du dessin, surtout l'extension de ces études dans la classe ouvrière, nous
délivrera de ce fléau, et nous permettra de rendre à notre
industrie une originalité vraie qui l'élèvera au-dessus des
atteintes de la concurrence.

DE L'ENSEIGNEMENT SUPÉRIEUR DES ARTS DANS LES CARRIÈRES SPÉCIALES.

Si je ne me trompe, nous avons marché régulièrement,
progressivement. Nous avons désormais toute une génération
artiste qui, depuis le simple ouvrier jusqu'au bachelier ès
sciences et ès lettres, jusqu'à l'élève de l'École polytechnique,
s'avance dans la bonne voie; nous avons détruit les craintes
qu'inspirait à quelques esprits une société composée uniquement de peintres et de sculpteurs. N'a-t-il pas été démontré
qu'il surgirait de cette génération artiste une élite d'autant
plus forte, d'autant plus puissante, qu'elle ne pourra se croire
supérieure à la foule qu'en se signalant par des œuvres de
premier ordre?

En effet, voyez combien par cette suite d'enseignements
progressifs, déduits d'un même principe, toutes les forces
vitales du pays sont sollicitées : aucun germe de talent n'est
étouffé, et, ce qui est capital, chaque vocation trouve par échelons successifs, et comme par couches superposées, la voie
ouverte et l'avenir devant elle. Tel qui, dans le premier feu
de son ardeur, aspire à la mission d'artiste voit peu à peu surgir
le néant de ses prétentions; alors, sans découragement, sans
humiliation, sans rien perdre de sa considération personnelle
et de sa dignité, sans changer ses études, sans condamner les
enseignements qu'il a reçus et les modèles qu'il a pris l'habitude d'admirer, il s'arrête en chemin à l'une des belles étapes
de cette noble carrière des arts. Dans notre langue actuelle,
nous dirons qu'il s'abaisse au rang d'industriel; dans le langage de l'avenir, on dira simplement qu'il applique son talent

artiste à la céramique, à l'ébénisterie, aux tissus; et si ce
talent est remarquable, il aura une large part dans la gloire
distribuée par l'opinion publique et dans les distinctions hono-
rifiques accordées par l'État.

Ces doux échelons de l'enseignement qui conduisent tout
le monde à la fois au même but, mais qui portent, comme
soutenu par des mains ailées, l'élève que signalent son aptitude
naturelle ou ses instincts développés par la ténacité du travail
aux sommités de l'art; ces échelons qui permettent à la grande
nation d'adopter les plus dignes de ses enfants sans distinction
d'origine ni de patrons, de les envoyer au milieu des splendeurs de la villa Médicis vivre sans aucune préoccupation
matérielle au sein de cette bonne société des vieux maîtres,
au milieu de cette aristocratie du génie, d'où il reviendra avec
une originalité fortifiée par l'expérience de tous les siècles,
pour diriger à son tour l'enseignement de la génération suivante, soit en manifestant sa pensée dans toute sa splendeur
sur les murs de la place publique, soit en exposant les résultats de son expérience du haut de la chaire des vastes amphithéâtres; ces doux échelons nous conduisent nous-mêmes,
dans cette étude théorique, à l'enseignement supérieur de l'art
réclamé par l'élite de la jeunesse artiste.

Quel sera l'enseignement de cette élite? un enseignement
supérieur et en même temps un enseignement pratique. Il
n'est plus question des éléments de l'art; il s'agit du métier
dans ses conditions les plus sérieuses, et des théories de l'art
dans leur sphère la plus élevée. Ce que j'ai dit et proposé
pour l'industrie, je le dis et je le propose pour l'art, car ce
sont frère et sœur, de même origine et de même nature. L'artiste a autant besoin que l'apprenti de connaître son métier
et de reporter dans l'atelier de son maître, pour le mettre en
œuvre et en pratique, l'enseignement qu'il a reçu à l'école
des beaux-arts. De là deux nécessités à ces débuts de la carrière artiste : l'apprentissage chez les maîtres, ou enseignement
pratique; l'étude en commun à l'école, ou enseignement supérieur. Examinons l'un et l'autre.

Je ne veux pas revenir sur le tableau général des arts aux
époques antérieures : j'ai montré comment se sont formés pendant vingt-cinq siècles, d'après des principes arrêtés, mais
dans une heureuse confusion, l'artiste et l'industriel. Je ne ferai
ressortir que deux ou trois particularités qui ont trait à l'enseignement. En Grèce, les élèves de Pamphile, au nombre
desquels il faut compter Apelle, lui payaient dix talents, une
grosse somme, pour travailler sous sa direction, et ils lui consacraient les dix années les plus précieuses de leur vie avant
de se produire eux-mêmes. Aux grandes époques du moyen
âge et de la renaissance, mêmes sacrifices, même abnégation
soumise et dévouée. Le xviⁱᵉ siècle organise l'enseignement
académique, qui ne fait que compléter, en lui donnant plus d'u-
nité, l'enseignement particulier dans les ateliers. Cette époque,
grande encore, continue à voir régner l'autorité du maître et
la soumission de l'élève.

Par quelle fatalité, par suite de quel enchaînement de
fausses mesures, les meilleures ressources de l'enseignement
ont-elles été enlevées à la jeunesse? Faut-il accuser les élèves,
les maîtres ou l'administration? Nous n'accuserons personne;
peut-être le temps, qui modifie les idées, les manières d'être
et les habitudes, est-il le seul coupable. En fait, un désaccord
profond s'est peu à peu établi entre les élèves et les maîtres.
La révolution de 89, en bouleversant la hiérarchie de l'ancienne société, a produit une jeunesse nouvelle, qui se révolte contre toute idée de soumission, et ne veut entendre
parler ni de lenteur dans la conquête de ses droits ni de progrès dans la jouissance de son indépendance; il lui faut tout
et tout de suite. Ce qui fut général dans la jeunesse, dès les
débuts de ce siècle, se produisit avec une véhémence particulière dans les ateliers et parmi les élèves : là on vit la soumission respectueuse faire place à l'arrogance discoureuse, le
dévoûment filial à des prétentions de pair et de compagnon,
la collaboration désintéressée aux empiétements les plus ridicules. Est-il donc étonnant que les maîtres, qui ne recevaient,
en échange de leur peine et d'un temps précieux dérobé à leurs

travaux, qu'une rétribution dérisoire, et qui, loin de se créer des aides et des partisans, nourrissaient dans leur sein des émules dédaigneux et des traîtres jaloux, aient fermé leurs ateliers? Personne n'oserait leur en faire un reproche, surtout après avoir été initié aux mauvais procédés dont ils ont été les victimes et qui ne saliront pas ces pages.

De tant d'ateliers d'architectes, de sculpteurs et de peintres auxquels nous devons tout ce qu'il y a eu en France de bons dessinateurs, de peintres distingués, de sculpteurs de talent, il reste aujourd'hui, en tout et pour tout, celui de M. Labrouste pour les architectes, celui de M. Rude pour les sculpteurs, celui de M. Picot pour les peintres ; trois hommes de talent qui, jusqu'au déclin de l'âge, persévèrent dans la voie traditionnelle des grandes époques et se consacrent à l'éducation d'une centaine d'élèves : telles sont les ressources d'un enseignement sérieux pour l'école, pour Paris et pour la France. En dehors de ces trois ateliers, je ne mentionne pas les quelques élèves qui entrent chez les professeurs de l'École des beaux-arts, avec l'espérance de profiter de leur protection pour obtenir le prix de Rome ; ce sont en général de bons sujets, des imaginations calmes, des travailleurs décidés, mais il n'y a pas en eux le germe du génie et le feu tourmentant du talent : celui-ci s'égare, voici où et comment. De vieux modèles se procurent un misérable local, et ils ouvrent des académies où, moyennant une faible rétribution, on dessine d'après le modèle vivant. Les jeunes gens vont travailler là, le soir, sans autre guide que leur admiration réciproque; puis ils s'associent et louent des ateliers où ils travaillent en commun, dans une fièvre d'ambition sans mesure, dans un parti pris d'opposition systématique aux règles les plus saines de l'art, de dénigrement déclaré à tous les talents consacrés. Stimulés par la séve de leur jeunesse, encouragés par la chaleur de la liberté, soutenus par leurs dispositions naturelles, quelques hommes de talent vivace surgissent de temps à autre de ce chaos, originaux quand même, et frappant juste parfois, malgré la fausse direction des études et les profondes

lacunes de l'éducation. Qu'en est-il résulté? Un motif de plus
pour persévérer dans cette voie funeste; motif d'autant plus
fort, que l'Administration, qui n'avait pas trouvé une récompense ou seulement une marque d'estime à donner aux maîtres
pour les encourager à persévérer dans leur enseignement,
l'Administration, qui aurait dû condamner et proscrire par
tous les moyens à sa disposition cette bohême délétère, est
venue s'associer à ce désordre en commandant à des jeunes
gens dont elle ignorait l'origine, l'éducation, les principes, et
sur la simple inspection de quelques croquis séduisants, des
tableaux religieux pour les églises, ou bien, en retour de faciles
bambochades, des tableaux d'histoire et des statues monumentales. Cela s'est appelé, je ne l'ignore pas, sortir des routines académiques; les critiques du temps ont approuvé, le
public a applaudi : ce n'en était pas moins créer un fâcheux
précédent, et contribuer, en précipitant l'enseignement dans
l'état pitoyable où nous le voyons, à produire toute une génération qui n'apprend plus, qui sait.

Où trouver le remède? comment l'appliquer? Si l'art était
tout d'inspiration, s'il suffisait pour bien peindre d'être doué
de ces qualités brillantes qu'on résume dans le mot facilité,
nous aurions une foule de grands peintres, tandis que nous
n'en comptons qu'un petit nombre dans la foule des jeunes
gens qui donnaient de si grandes espérances. C'est que les
plus belles dispositions naturelles exigent les plus fortes études,
parce que concevoir et rendre sont deux procédés très-différents et presque antipathiques, en ce sens que l'imagination
exubérante s'allie difficilement à un caractère tenace, l'idée
prompte à l'étude patiente, la facilité à la persévérance. De
là tant d'artistes incomplets, tant d'hommes inspirés qui ne
savent pas leur métier, tant d'artistes consommés dans leur
art qui manquent d'imagination.

Le fait de l'enseignement, le devoir de l'État est donc d'astreindre tous les élèves à une étude sérieuse, patiente, complète,
de manière à tirer le meilleur parti possible des facultés naturelles; vienne ensuite l'âge où l'artiste se sent créateur, et

toutes les voies lui seront ouvertes suivant ses instincts de coloriste, de dessinateur ou même d'industriel, si, se sentant incapable d'élever sa pensée à une certaine hauteur et de créer dans la sphère élevée de l'art, il ramène sa vue sur l'or-févrerie ou la sculpture des meubles, sur les décorations d'appartement ou sur l'art céramique.

L'étude sévère compose donc la base unique de l'enseignement supérieur, et celui-ci se divise en enseignement pratique, qui équivaut à l'apprentissage, et en contrôle des progrès exercé par les concours de l'École centrale des beaux-arts.

Cette école est une arène. L'élève doit passer d'abord par le champ d'entraînement, et pour cette préparation, rien ne remplace l'initiative indépendante, naturelle, passionnée, du maître. J'aime à me figurer, non pas le David haineux, au visage déformé, à l'encolure vulgaire, mêlant le professorat d'une politique de ruisseau à l'enseignement d'un art sublime, mais Gros, à la noble tête fièrement portée, artistement désordonnée, à l'âme passionnée pour le beau, le noble, le généreux, étranger à toute préoccupation de place et de popularité, uniquement occupé de son art, ouvrant son cœur à la jeunesse qu'anime le feu sacré, sa bourse même au service de ses élèves chéris devenus sa famille. Je me représente devant sa *Bataille d'Aboukir,* au milieu des jeunes gens qu'il aime et qui l'admirent, l'artiste au sang bouillant, à l'expression animée et mobile, à la voix sympathique. Y a-t-il dans les combinaisons administratives, dans tous les projets griffonnés sur le papier, quelque chose qui vaille cet enseignement? Non; perdez l'espoir d'en trouver un meilleur, et, de même que vous cherchez dans l'éducation des enfants à maintenir, à faire prévaloir l'autorité paternelle, la tendresse maternelle, de même aussi faites tous les efforts pour rassembler de nouveau les élèves autour du maître. Sans doute, le choix du professeur est chose difficile; le talent seul ne doit pas décider; à talent égal, c'est l'homme qu'on cherche : son caractère fait pencher la balance, si même son talent le cédait de quelque chose à celui de son concurrent, car le bon enseignement dépend d'une nature passionnée, communicative et sympathique, d'un esprit entraînant, démonstratif, ingénieux dans les déductions et les preuves, saisissant l'attention par la vivacité de l'expression. Dans l'atelier, la démonstration doit tourner à l'axiome pour se fixer dans l'esprit de l'élève. Tous les grands artistes qui ont été de bons professeurs, qui ont fait école, parce qu'ils étaient des maîtres, dans la vieille acception du mot, avaient ce don de parole brève, concise, pittoresque et tant soit peu sauvage; ils étaient en outre passionnés, intolérants, exclusifs, afin que leurs élèves ne fussent ni indifférents ni banals : ils les fanatisaient pour les dominer.

Un maître dans les arts n'est ni un instituteur qui conduit ses élèves avec la férule, ni un patron qui enseigne son tour de main à des apprentis, ni un colonel qui commande à sa troupe, c'est tout cela et c'est autre chose. Je le comparerais volontiers au chef de la tribu chez les Arabes. Désigné moins par l'antiquité de sa famille que par ses mérites reconnus de valeur au combat, de générosité en chaque occasion, de justice dans toutes ses décisions, il exerce une autorité qui est absolue, quoique acceptée volontairement. Il commande sans avoir le moyen de se faire obéir; il est obéi avec la conscience qu'a chacun de sa propre indépendance. Ses ordres ne sont jamais absolus; il les donne comme des avis motivés sur des circonstances à lui connues, sur les règles du droit commun et sur l'intérêt de tous. Il n'impose donc pas son autorité, il n'impose pas davantage ses vertus; seulement, il offre sa conduite en exemple, et, par des maximes fortement pensées, qui se traduisent dans tous les actes de sa vie, il exerce autour de lui une domination absolue. Ainsi je me figure le chef d'école : une autorité sympathique et puissante exercée librement; un artiste dont le talent est le droit, dont l'exemple est l'influence, et qui possède dans le caractère ce goût du commandement et cette conscience de sa force qui prépare, exerce et soutient dans la lutte contre l'apathie des uns, la résistance des autres, les embûches des rivalités et la guerre de la critique.

Des hommes supérieurs comme Ingres, Delaroche, Scheffer, sont incapables aujourd'hui d'enseigner publiquement. Ils sont devenus trop mystérieux, compliqués, incertains, trop embarrassés dans leur gloire et l'administration de leur célébrité, pour sympathiser avec les détails d'un bon enseignement et la préoccupation de ces jeunes avenirs dépendant de leur attention. D'ailleurs, le passé l'enseigne : des hommes comme Brenet, à Paris, et Desvoges, à Dijon, pour ne citer que deux exemples dans des conditions différentes, ont été des maîtres parfaits sans être des talents de premier ordre. Horace Vernet aurait eu les qualités du professeur, si son éducation artiste et un esprit plus réfléchi avaient été d'accord avec son caractère ouvert et son talent; Delacroix n'a malheureusement rien à enseigner, car les excellents modèles qu'il prône et les principes qu'il conseillerait avec son esprit charmant, il ne sait pas s'y conformer, et ce qu'il peint, quoique paré de qualités éminentes, dément ce qu'il enseigne; Couture aurait eu la faconde, le mouvement, la passion de l'entraînement, mais le sens droit et la fermeté de conviction lui manquent. — On le voit, c'est, comme en toutes choses, les hommes à trouver, l'homme de la chose. Je chercherais, à défaut des grands talents consommés et qu'on ne peut tirer de leur tente, quelques artistes, lauréats de l'école, tout frais revenus de Rome et de l'Orient, ayant déjà conquis cette première fleur de popularité qui enthousiasme la jeunesse, étant encore imbus des grands enseignements et des fraîches extases, pouvant produire, sachant parler. A dix de ces nouveaux professeurs, dont six peintres et quatre sculpteurs, je donnerais d'immenses et magnifiques ateliers, construits dans les meilleures données de l'art, de manière à offrir aux élèves des amphithéâtres pour l'étude du modèle et pour les cours du soir; j'y ajouterais de gros appointements pour compenser le temps dérobé aux travaux, et pour obtenir un enseignement gratuit au profit de la moitié de l'atelier, j'entends en faveur des mieux doués, en faveur de ceux qui portent en eux l'avenir de l'école, laissant l'autre moitié payer son ingrate éducation. Des concours de places régleraient la part de chacun, élimineraient, à chaque semestre, les incapables au profit des aspirants du dehors.

Ces dix professeurs, nommés pour cinq ans, pourraient être, après ce temps, maintenus ou remplacés dans leur enseignement. L'influence exercée par un maître est mobile de sa nature : elle dépend de la force de son caractère et de la puissance de son talent; elle tient aussi aux modifications que subit le goût public, et dont il faut tenir compte, quelque changeant et capricieux qu'il soit, car peu importe la cause qui détruit l'influence : privé de cette assistance, l'enseignement perd sa force. Il y aura plus encore et mieux à faire. Se rappelant ces grands artistes de l'antiquité et de la renaissance qui, par la popularité seule de leur talent, enthousiasmaient la jeunesse et se voyaient suivis, entourés d'une foule de partisans, d'élèves, de clients, on cherchera les moyens de rendre à l'école cette vie et cette passion issues du cœur de chacun et de la liberté de tous. Un hôtel, ayant atelier et amphithéâtre, serait offert avec de riches appointements, à l'issue d'expositions quinquennales, à l'homme supérieur que désignerait l'opinion publique. Tous les exposants auraient le droit de voter, et de l'urne sortirait le vainqueur. N'avez-vous pas quelque confiance dans l'influence de ce maître, appelé à l'enseignement public par le suffrage de tous? Ne trouvez-vous pas que la récompense soit digne d'un homme hors ligne, qui trouverait ainsi la confirmation de ses doctrines, et dont la patrie récompenserait les efforts en lui confiant sa jeunesse et les espérances de l'avenir?

La soumission des élèves est perdue pour toujours : l'esprit du siècle l'a emportée; c'est chimère de tenter de la reconquérir; il s'agit de s'en passer et de rétablir l'enseignement dans ses conditions indispensables de haute expérience et de sage direction au profit de jeunes gens indépendants, insoumis, présomptueux, vaniteux, ingrats! Que dirai-je encore? La liste des défauts est-elle assez longue? Avez-vous quelques vices à y ajouter? Et qu'importe? Quand votre enfant ne tourne pas comme vous l'avez rêvé, le chassez-vous de votre demeure, l'abandonnez-vous dans la rue? Non, vous gémissez et vous redoublez de soins. Faites ainsi à l'égard de la jeunesse artiste; entrez dans ses défauts pour y trouver ses qualités; admettez son esprit d'indépendance, il a du bon; son insoumission, c'est une source d'originalité, c'est quelquefois même du génie; seulement, dirigez ces exubérances, et ne vous découragez pas de bien conseiller ceux qui obéissent mal.

Il faut tenir compte toutefois d'une opinion consciencieuse, partagée par des esprits sérieux. On prétend que la création des académies et leur influence ont été fatales aux arts; que l'autorité dans l'enseignement est hostile au talent, incompatible avec l'essor du génie : de là un penchant assez général aujourd'hui pour le laisser-faire et le laisser-passer, un système débonnaire et commode de libre échange et de liberté absolue appliqué aux beaux-arts. Je crois fermement que cette opinion est fausse, que ces appréhensions sont dénuées de fondement, que cet abandon systématique serait fatal aux arts.

Avant d'apprécier les résultats obtenus par l'Académie des beaux-arts et son école, depuis sa fondation au milieu du xviie siècle jusqu'à nos jours, il faudrait se rendre bien compte de son programme. Poursuivre l'art jusqu'à ses sommités, chercher le style dans ce qu'il a de plus pur et le beau dans ses conditions idéales, cela suppose mille défaites contre une victoire, et quelque décourageante que soit cette proportion, on a lieu de s'applaudir du résultat général, car au-dessous des hommes supérieurs, rares comme le génie, qui ont atteint le sommet, s'élèvent sur des zones inférieures les talents distingués qu'un reflet de la même lumière a éclairés, et la nation entière a pu pendant deux siècles se réchauffer au feu pieusement entretenu, jamais éteint, des hautes doctrines et des vrais principes. Supposez, au contraire, une académie composée uniquement de peintres de genre, et des genres les plus vulgaires : douteriez-vous de ses succès continus et constants? Nullement, chaque année vous exigeriez, et vous verriez surgir, à ce bas étage de l'art, des talents toujours nouveaux et toujours excellents. Il en est de même au théâtre : tandis que la scène tragique attend depuis 1826 le successeur de Talma et frémit à la moindre extinction de voix de Mlle Rachel, les comiques les meilleurs se sont renouvelés sur toutes les scènes au fur et à mesure des lacunes et des vacances.

Vous demandez pour la jeunesse une indépendance absolue. A quelle époque, dans l'histoire de l'art, déjà si longue, la trouvez-vous en vigueur, exerçant une action bienfaisante? Raphaël, élève et copiste docile du Pérugin, Raphaël, doué de toutes les qualités divines, n'eût été qu'une originalité incomplète, si son maître ne l'avait pas conduit par la main à son point d'arrivée, qui désormais devenait pour lui son point de départ. Qu'il en soit ainsi de nos jeunes gens : ne les laissez pas recommencer et toujours recommencer la longue et infructueuse route déjà parcourue ; que les nouvelles générations, comme dans un siége les nouveaux renforts, prennent les travaux où ils sont parvenus, qu'ils poussent en avant appuyés sur les ouvrages exécutés et les conquêtes faites avant leur venue.

Mon rêve, c'est la liberté individuelle sous le despotisme d'un enseignement libéral, des vrais principes et des bons modèles. Je prétends être votre guide, car je sais le chemin qui conduit à la cime, je vous le montre, je vous l'enseigne : libre à vous d'en découvrir de plus courts et de vous y risquer ; mais, si je suis un guide habile, les bons esprits me suivront, et, à part quelques casse-cou, je mènerai mon monde au but. L'élève peut être comparé à une jeune plante ; ses meilleures conditions de développement, c'est l'état de nature, mais d'une nature protectrice, comme étaient l'Orient et la Grèce. Les arts, dans nos contrées du Nord, sont une importation quelque peu factice, et la plante livrée ici à la seule nature

succombe sous les intempéries du climat, sous les attaques des
insectes qui dévorent sa verdure, piquent son écorce ou atta-
quent ses racines. Il faut donc à la jeune plante une culture
qui protége son éclosion et assiste sa croissance. Dans la pépinière, la plante, gênée par le manque d'espace, croît et s'élève,
mais elle est grêle et sans force; laissée en plein champ, elle
s'étend outre mesure, se courbe et se tord en mille contor-
sions désordonnées; il faut donc l'espace limité mais suffisant,
ce qui contient et élève, ce qui prête au développement et à
la force. Je ne veux pas autre chose pour l'artiste, pour son
intelligence et son art. Faire renaître le principe d'autorité,
ce n'est pas étouffer la liberté, c'est la contenir, la guider,
c'est la conduire dans le vrai chemin d'une renaissance, chemin étroit, bordé des deux côtés par le précipice où l'art est
tombé de nos jours, précipice qui s'appelle l'anarchie.

Le nouvel enseignement public, tel que je le propose,
pourra bien être tumultueux d'abord et difficile; mais de lui
renaîtra peu à peu l'enseignement intime. Quand l'ensemble
de la vie artiste sera mieux réglé, mieux protégé, quand la
soumission et l'abnégation seront de nouveau dans la jeunesse,
la loyauté et les égards dans la critique, les grands artistes
retrouveront leur libérale hospitalité, leurs franches allures
d'autrefois; on n'en verra plus de mystérieux, cachant timidement la marche de leur œuvre et dérobant à leurs élèves
les procédés et les études qui la mènent à bien. L'atelier de
l'artiste sera ouvert comme nous avons vu ceux de Géricault et
d'Horace Vernet, et là, sous les yeux d'une jeunesse avide d'enseignements, l'artiste créateur fera sortir de la toile avec son
pinceau, ou de la masse de terre avec son ébauchoir, les rêves
de son imagination. Animé par ce labeur puissant exécuté en
public, maître de son œuvre comme Dieu lui-même de sa
créature, l'artiste a dans ces moments la marque lumineuse au
front, le geste et l'attitude magnifiques, l'éloquence à la bouche. Son entourage, avide de voir, avide d'écouter, admirera
ces grands traits qui, chacun, ont une valeur; il recueillera
des préceptes qui, prononcés dans ces moments solennels,

sont comme des lois et se gravent dans ces jeunes mémoires plus profondément que dans le bronze.

La conquête de l'enseignement pratique dans l'atelier des maîtres ne modifie pas l'enseignement supérieur de l'École des beaux-arts, qui a été et doit toujours rester un passage d'épreuves et de contrôle, une sorte de baromètre des progrès obtenus dans l'enseignement pratique; mais les circonstances nouvelles, les modifications que le caractère de la jeunesse a subies et les changements qu'elles ont introduits dans l'enseignement pratique, imposent également à l'École des beaux-arts une sorte de régénération : dans quel sens? d'après quels principes? dans quelles limites?

Pour créer cet enseignement supérieur sur de nouvelles bases, je ne proposerai pas de bouleverser nos institutions, fruit d'une longue expérience, d'une noble intervention de la royauté, d'une généreuse participation de l'État; je me contenterai d'en fortifier les parties faibles, d'en développer les parties stationnaires et arriérées. Faire du nouveau est toujours chose facile, mais médiocrement méritoire, et, dans l'espèce, on se demanderait pourquoi nous détruirions une organisation enviée par le monde entier, et que les gouvernements de chaque pays s'efforcent d'imiter. Rien, d'ailleurs, ne garantit mieux à ces institutions le respect des esprits sensés que les attaques insensées de la médiocrité. Toutes les fois qu'elle a eu la parole, toutes les fois qu'on lui a donné voix au chapitre, elle a demandé la suppression de l'École des beaux-arts à Paris, la suppression de l'école de la Villa Médicis à Rome, la suppression des jurys de l'exposition, la suppression de l'Académie des beaux-arts et quelques autres suppressions encore, car la médiocrité ne procède pas autrement. Que d'outrages n'a-t-elle pas déversés sur les membres de l'Institut, et l'Institut n'en est pas moins resté, pour les talents distingués, la plus noble ambition; que de quolibets n'a-t-elle pas lancés contre les concours jugés par l'Institut et contre les grands prix de Rome, et cela n'a pas empêché les grands prix d'être la récompense des travaux sérieux, comme les élèves de Rome sont encore et seront toujours l'espérance et l'avenir de l'école française.

Loin de proposer la suppression de l'Académie des beaux-arts et le licenciement de nos écoles, il faudrait, en raison des circonstances nouvelles, solliciter leur développement et un concours énergique de l'État. J'exposerai plus loin les raisons qui doivent ouvrir les rangs de l'Académie des beaux-arts à un plus grand nombre de membres, afin d'éviter les inconvénients d'une camaraderie trop restreinte, afin de puiser dans un cercle élargi d'esprits supérieurs des conditions d'impartialité plus grande, afin d'accueillir aussi les talents avec plus de libéralité, et quelle que soit leur spécialité. Le nombre des membres de l'ancienne Académie royale de peinture et de sculpture était illimité, l'Académie des sciences compte aujourd'hui soixante membres titulaires et dix membres honoraires; l'Académie des beaux-arts a tous les droits de se régler sur cette sœur cadette et de s'augmenter de vingt membres titulaires et de dix membres libres. L'École des beaux-arts prendra un accroissement parallèle et sera la vaste école de perfectionnement de l'enseignement pratique suivi chez les maîtres. 150 places d'élèves architectes, 60 places de peintres, 20 places de sculpteurs, répondent aujourd'hui à la moyenne des besoins. Il faut s'attendre à voir ces chiffres quintupler. Je sais que l'art, à ses débuts, accueille tout le monde, tant la voie est large et facile; je sais aussi que le chemin se resserre plus avant on s'y engage: il devient escarpé et s'obstrue d'obstacles de tous genres, le courage manque à la foule, et il n'est donné qu'au petit nombre, parmi ceux qui persévèrent, d'arriver au sommet. Toutefois, l'enseignement général du dessin va rendre très-prochainement tant de jeunes gens capables de dessiner une académie et de modeler un ensemble avec plus de talent que la moyenne de ceux qui se présentent aujourd'hui au concours des places, qu'il faut songer, avant toutes choses, aux agrandissements du local pour suffire aux classes, aux cours, aux concours en loges et aux collections.

Duban a fait de l'École des beaux-arts un monument historique qui ne permet plus de proposer le déplacement de
cette institution pour cause d'agrandissement, et sa bonne
étoile a permis qu'un vaste terrain contigu, qui présente sur
le quai de la Seine un immense développement de façade,
fût déblayé en 1847, pour ainsi dire en prévision de ses besoins. L'État doit acquérir cet espace; il l'aura à bon marché;
et, quoique nous ayons fait bien des vœux pour que son indigne propriétaire, le destructeur du magnifique hôtel de
Conti, fût puni de son vandalisme, nous pensons que quatre
années de perte d'intérêts sont une admonestation suffisante
et feront réfléchir ses confrères de la bande noire. Maître de
ce terrain, l'État fera étudier les nouveaux besoins de l'école
et confiera à Duban le soin de refléter dans ses constructions
l'institution elle-même. Aux classes le silence et le jour, aux
heures de repos des promenoirs spacieux, rappelant les portiques de l'antiquité et les beaux cloîtres du moyen âge;
l'architecte trouvera dans les collections de l'École d'anciens
fragments d'architecture et de sculpture qui formeront une
décoration appropriée et pleine d'intérêt; la végétation, le
lierre, les gazons et les fontaines jaillissantes ajouteront à l'envi
quelques détails pittoresques à l'ensemble. On construira
pour les cours d'esthétique et de littérature des amphithéâtres
assez vastes pour permettre aux jeunes artistes du dehors de
renforcer l'auditoire des élèves; plus le public est nombreux
autour de la chaire, mieux la sympathie s'éveille, plus l'attention s'électrise. L'architecte imaginera pour les concours des
aménagements qui conduiront les épreuves depuis le commencement jusqu'au terme final, à l'abri de toute influence
du dehors, sous la protection du grand air et de l'agréable
végétation d'un jardin aéré. Quand il y va de l'avenir d'un
homme, de la récompense d'une jeunesse studieuse, l'impartialité de tous est requise à l'École, ses murs mêmes ne
doivent pas être soupçonnés. Enfermés en loge pendant plus
d'un mois, les concurrents auront ainsi, outre des dégagements
pour se reposer, la fraîcheur du jardin pour calmer cette fièvre

d'ambition que l'imagination allume. Enfin, la collection de moulages des chefs-d'œuvre de l'architecture et de la sculpture du monde entier et de tous les temps réclame un vaste emplacement. Comme ce musée devra être public pour l'usage général, je voudrais qu'il pût s'ouvrir comme une sorte d'immense atrium derrière le portique monumental qui composerait la façade de l'École des beaux-arts sur le quai de la Seine. Les visiteurs entreraient de ce côté sans communiquer avec les élèves, qui continueraient à avoir accès par l'ancienne entrée de la rue des Petits-Augustins.

Il est nécessaire de dire un mot de cette collection pour en bien déterminer le caractère et les limites. Les élèves de l'École et le public qui s'associe à leurs travaux étudient les arts sérieusement : ce sont donc des éléments sérieux d'étude qu'il s'agit de leur offrir. On a le projet, à Londres, d'exposer à Sydenham, dans un nouveau Palais de Cristal, la reproduction de tous les monuments de l'antiquité dans leur état actuel, avec la couleur qu'ils avaient reçue dans leur nouveauté. On fera un joujou, dont le peuple anglais, un enfant dans les arts, pourra s'amuser, mais qui ne conviendrait pas à notre nation vieillie dans ces études. L'architecture n'impose pas de si grands frais, elle s'exprime par ses éléments constitutifs : les ordres assistés de quelques détails ; et c'est ainsi qu'elle sera représentée à l'École des beaux-arts en moulages exacts et de grandeur d'exécution. Toutes les restitutions d'ensemble et de détail, de forme et de couleur, ont été ou seront cherchées par les élèves dans leurs concours ou par les élèves de Rome dans leurs études ; mais ces travaux archéologiques, si intéressants d'ailleurs, sont du domaine conjectural et ne doivent pas entrer dans la collection des monuments dont une authenticité absolue est la base ; ils seront à la disposition des travailleurs dans les portefeuilles de la bibliothèque. La sculpture de tous les peuples et de tous les temps figurera en moulages de plâtre pour les monuments de granit, basalte, porphyre, marbre ou pierre, et en reproduction galvanoplastique pour les monuments en métal. La peinture ne connaît pas de moyen reproducteur qui offre à l'étude l'équivalent du moulage; un musée de copies, même dans les dimensions des originaux, même exécutées par des hommes de talent, ne serait d'aucune utilité pour l'étude, et pourrait avoir la plus fâcheuse influence sur les idées et le goût des élèves. La gravure a son musée dans la collection d'estampes.

Ainsi donc cette collection de moulages de l'architecture et de la sculpture comprendrait la reproduction partielle des œuvres des nations primitives : Égyptiens, Asiatiques, Indiens, Chinois, Mexicains, peuples du Nord, la reproduction complète de l'art grec, et, par une liaison facile à établir, un choix dans les productions romaines, byzantines, arabes, gothiques, un choix aussi dans les œuvres modernes, du xvie siècle au xixe. La disposition suivante permettrait une étude chronologique, quelles que soient les divisions de détail adoptées dans la distribution :

Les Romains et les Grecs à Rome.	Les Byzantins.	Les Arabes.	Le Gothique.	La Renaissance. xvie siècle.
Les Grecs.		Jardin.		xviie siècle.
				xviiie siècle.
Écoles primitives.				xixe siècle.

Quai.

Je ne parle pas du style de ces bâtiments, de leur décoration; celui qui a composé les dessins des intérieurs grecs et romains sait mieux que personne ce qui convient à la jeunesse de l'École. Donnez à Duban de l'argent, de la liberté et du temps, du temps surtout, et l'École des beaux-arts sera, déjà par ses bâtiments, un fécond enseignement.

Le nombre plus grand des élèves exigera à l'avenir l'augmentation du nombre des professeurs. Au lieu de douze, pour
la sculpture, la peinture et la gravure, il y en aura vingt-
quatre, et ces adjonctions se feront en dehors de l'Académie.
Qu'on ne se méprenne pas sur mes intentions. L'École des
beaux-arts doit être dans les mains de l'Académie : quel corps
plus illustre offrirait de meilleures garanties d'expérience et
d'impartialité? Mais il ne doit pas être exclusivement dans ses
mains. Même lorsque l'Académie comptera soixante membres
et représentera les sommités caractéristiques dans tous les
genres, il y aura encore en dehors de son sein des forces
vitales, des talents pleins d'initiative, des artistes populaires
qui devront contribuer à infiltrer dans l'enseignement les doctrines consacrées par la tradition, mais rendues séduisantes
par des formes nouvelles et des inspirations rajeunies. Douze
professeurs seront choisis par l'Académie dans son sein ; douze
autres professeurs, jouissant des mêmes prérogatives et alternant dans l'enseignement avec les académiciens, seront nommés dans les premières années par l'Administration jusqu'à
ce qu'une maturité plus grande des élèves permette de les
laisser à leur choix. L'enseignement alternatif et mensuel de
ces talents si différents n'a pas d'inconvénient sérieux. Les
grands principes de l'art restent sacrés dans la chaire du professeur pour ceux-là même qui les violent le plus outrageuse-
ment dans leurs ouvrages. Reynolds recommandait à ses élèves
le dessin le plus sévère, le contour le plus correct et le plus
pur ; Eugène Delacroix ne s'exprime pas autrement et prescrit,
avec la chaleur de la conviction, l'étude exclusive de l'antique à qui lui demande conseil. Mais la manière de mettre
cet unique programme à exécution, de le comprendre et de
l'interpréter, varie avec chaque maître, et cette variété berce
doucement l'élève dans une sorte de vague d'où son originalité
se dégage. Aujourd'hui c'est Ingres qui continue pendant février
l'enseignement donné en janvier par Horace Vernet ; le mois
suivant ce sera David d'Angers, puis Coignet, puis Robert
Fleury ; quand Rude, Delacroix, Decamps, Ary Scheffer ou

Troyon viendraient après eux, la dissemblance des talents et des manières de voir ne pourrait être plus profonde, mais aux uns comme aux autres la responsabilité de l'enseignement et la sainte cause de la jeunesse recommanderont les mêmes principes fondamentaux, qui sont la base de toute étude sérieuse.

Le grave défaut de l'enseignement actuel, c'est la manie de la spécialité; c'est le parcage des élèves dans des études déterminées, qui produit l'amoindrissement des facultés, qui arrête l'essor de l'originalité native par le rétrécissement des horizons. Nous formons des architectes, des peintres, des sculpteurs, en défendant rigoureusement à l'architecte de peindre, au peintre de modeler; mieux encore, nous avons des spécialités et des classes spéciales d'architectes classiques et d'architectes religieux ou gothiques, des sculpteurs pour la figure, d'autres pour les animaux, d'autres encore pour les ornements, et dans la peinture il faudra bientôt des classes pour les peintres d'histoire profane, de sujets religieux, de genre, de nature morte, de fleurs, de paysage, mais des classes spéciales où l'on n'apprend que cela, exclusivement cela. Aussi vous entendez des gens de talent dire sans honte : Je peins le paysage, je ne sais pas peindre la figure; je peins le genre, je ne comprends rien à l'histoire. Quand Titien faisait ses admirables paysages, quand N. Poussin composait *le Déluge,* étaient-ils des peintres de paysages? Quand Giorgione asseyait mollement sur la pelouse ses élégants musiciens, faisait-il de la peinture de genre? Mais n'étendons pas plus loin ce contraste. Nos pères, sans parler des anciens, sans reporter nos yeux sur les grandes époques du moyen âge et de la renaissance, nos pères, il y a à peine un siècle, étaient plus sensés; ils ne connaissaient qu'une peinture, qu'une sculpture, qu'une architecture. Quand Watteau se mit à peindre des bergeries et s'en fit une spécialité, on ne sut, lors de son admission à l'Académie, comment le qualifier, et on l'appela *peintre des fêtes galantes*; Pater fut désigné comme *peintre de sujets modernes,* et un de ses confrères comme *peintre de bam-*

bochades; mais c'étaient des désignations personnelles; nos pères n'en faisaient pas des spécialités de peinture, et, prenant les trois arts à leur source commune, ils les confondaient dans un même enseignement, tout en laissant à chacun la liberté de suivre son courant, comme du haut des Alpes les eaux d'un même glacier s'en vont grossir la mer du Nord ou la Méditerranée. De cette saine appréciation des arts il était resté l'habitude de choisir indifféremment les professeurs parmi les sculpteurs ou parmi les peintres, et de donner, pour le concours du prix de Rome, un seul et même programme aux peintres et aux sculpteurs, laissant à chacun la faculté de s'exprimer suivant sa tendance.

Les arts, comme les sciences, ont un fond commun que chacun doit connaître, et des spécialités que les vocations choisissent. A l'École polytechnique, on subit, pour être admis, un seul et même examen, on suit pendant deux années les mêmes cours, et, après ce temps, les succès ou l'étude ont déterminé les aptitudes ou les vocations, et l'on sort de cette école avec le brevet d'officier du génie, de l'artillerie ou de la marine, avec le titre d'ingénieur des ponts et chaussées, . de mécanicien ou d'élève des mines. L'École des beaux arts devrait être organisée sur le même principe, car les arts, plus encore que les sciences, vivent en communauté sur le même domaine; je dis plus, parce que cette base reste commune aux différentes carrières qui ont leur point de départ à l'École; elle les rapproche souvent, elle maintient toujours un lien entre elles. L'architecte sorti de l'École aura continuellement besoin de ses camarades, peintres et sculpteurs, pour orner ses monuments, et ceux-ci s'adresseront à lui pour combiner, l'un des bâtiments, l'autre des fonds d'architecture et des intérieurs; bien plus, tandis que l'ingénieur reste ingénieur, l'officier de marine un marin pour la vie, l'architecte se fera peintre et le sculpteur architecte, suivant que la maturité de son esprit ou la diversité des circonstances changeront sa vocation première.

Ne craignez pas qu'une faculté s'affaiblisse par le dévelop-

pement d'une autre faculté : Mezzofanti attribuait avec raison le pouvoir qu'il possédait d'apprendre si rapidement de
nouvelles langues aux quarante ou cinquante idiomes qu'il
parlait avec facilité. D'ailleurs, dans une étude approfondie, la
pensée prend la forme, non pas de toutes nos dispositions,
mais de la disposition dominante, et la supériorité de celle-ci
fait forcément converger vers elle toute la puissance de nos
facultés. Ainsi le peintre apprendra à modeler, il combinera
des projets d'architecture, il s'abandonnera à toutes les séductions des harmonies musicales, à tous les entraînements du
culte de la beauté, tout cela venant aboutir à un même but,
à la création la plus épurée dans le style le plus noble, revêtue de la forme pittoresque, plastique, poétique ou musicale qui doit dominer.

Si, par le fait de cette initiation générale, de ce vibrement
simultané de toutes les cordes de l'âme, les tendances se
déplacent, si le peintre s'aperçoit qu'il s'est trompé sur sa
vocation, qu'il est sculpteur, poëte ou musicien, est-ce un
malheur ou une perte? n'est-ce pas plutôt une conquête au
profit de l'art, puisque cette réaction, se produisant dans de
telles conditions, n'a pu percer, éclater et se faire jour que
parce qu'elle était puissante, irrésistible. Il n'y a donc pas,
dans cette éducation, à craindre que l'universalité des études
laisse dans un jeune esprit de l'incertitude, du vague, que le
peintre peigne des bas-reliefs comme David, que le sculpteur
modèle des tableaux comme Antonin Moine, que le musicien
prétende parler avec ses notes, que le poëte se contente de
chanter mélodieusement des vers vides et sonores. La variété
des études sollicite vivement les facultés et produit sur elles
l'effet de ces réactifs qui isolent et désagrégent les parties essentielles des substances; elle met à nu la faculté dominante,
la vocation vraie, le germe du génie.

Je ne demande pas aux architectes d'être peintres à seule
fin de barbouiller de smalt et de couleurs vigoureuses leurs
projets, dont la pureté de trait ne saurait être trop rigide : il
n'y a aucune utilité à transformer des dessins d'architecture

en aquarelles de salon; mais, de même que le peintre, pour
être complet, a dû conquérir la science du dessin, de la couleur, du clair-obscur, de même aussi l'architecte, pour être
entier, devra se rendre maître des qualités correspondantes.
La première, le dessin, est la science de la construction, le
fondement et la part positive de l'art; la seconde, le coloris, c'est le goût ou un certain instinct d'ornementation qui
anime, vivifie et colore l'édifice; la troisième enfin, le clair-
obscur, est un sentiment particulier des effets pittoresques,
qui arrache à la symétrie des concessions, et qui trouve des
ressources et des effets jusque dans l'irrégularité d'un plan,
jusque dans les exigences du propriétaire, en effaçant la roideur de la ligne, en donnant aux dispositions de détail de
l'inattendu, au caractère général une originalité franchement
accusée.

Les anciens architectes étaient peintres et sculpteurs d'a-
bord par instinct naturel et par les premières études; ils devenaient architectes par des enseignements spéciaux et par la
pratique, comme Balthazar Peruzzi l'a prouvé d'une façon si
éclatante. Giotto a construit le campanile de Florence; Léonard
de Vinci, Michel-Ange, Raphaël, se sont trouvés préparés
par la peinture et la sculpture à devenir architectes; aux XVII\ :superscriptsep
et XVIII\ siècles, cet art sévère recrutait ses meilleurs élèves
chez les peintres, et, de nos jours encore, c'est dans l'atelier
de Lagrenée qu'il a été chercher Percier, c'est dans l'atelier
de David qu'il a trouvé Huyot.

Joubert a dit : *Chez les uns le style naît des pensées, chez les
autres les pensées naissent du style.* Les architectes qui ont le
dessin facile comprendront Joubert, en se rappelant combien d'excellentes idées sont sorties de ce crayonnage fugitif
et vagabond qui escorte et quelquefois devance la pensée. Le
dessin libre, alerte, pittoresque, et l'art de modeler, poussé
à une certaine perfection, sont en vérité indispensables à
l'architecte.

L'étude de la figure, dessinée ou modelée, ne lui est pas
moins nécessaire. Mieux que toute autre, elle développera en lui

le sentiment des justes proportions. Toute l'architecture est
dans la construction du corps humain. Poussin en avait la conviction, et il l'exprime d'une gracieuse manière lorsqu'il écrit:
« Les belles filles que vous avez vues à Nîmes ne vous au-
« ront, je m'assure, pas moins délecté l'esprit par la vue que
« les belles colonnes de la Maison Carrée, vu que celles-ci ne
« sont que de vieilles copies de celles-là. » En effet, l'étude savante du dessin, la connaissance approfondie des proportions
du corps de l'homme, ont été, chez les anciens, et particulièrement pour les Grecs, la meilleure école de leurs architectes. L'absence de cet enseignement expliquerait à elle seule
l'infériorité des styles qui ont succédé à l'architecture antique.
L'aplomb du corps et les parfaites proportions de toutes ses
parties ne sont-elles pas les premières conditions de tout monument? Ces proportions dans le corps expriment les fonctions
et l'emploi de chaque membre : une poitrine large contient à
l'aise les poumons et le cœur, un abdomen proportionné renferme les intestins nécessaires aux fonctions de la vie; un vaste
front donne place à un puissant cerveau, d'un tronc régulier
partent les jambes et les bras pour se mouvoir librement : ainsi
toutes les parties d'un édifice, comme son ensemble, doivent
trahir à première vue sa destination et les distributions appropriées à son usage. Les styles de décadence, qui n'ont plus la
conscience des vraies proportions, offrent la meilleure preuve de
cette analogie de l'architecture et du corps de l'homme, car, si
les nobles cariatides de l'Érechthée soutiennent naturellement,
dans leur attitude gracieuse et tranquille, le charmant entablement du temple grec, dans l'église romane du XIe siècle, où
tout est ramassé, la figure humaine est obligée de se faire
courte et trapue pour entrer dans les tympans et se tenir debout sous les porches; dans les églises gothiques du XIIIe siècle,
aux arcades élancées, aux colonnettes démesurément allon-
gées, la statue proportionnée suivant les règles de la création
faisait l'effet d'une caricature de nain obèse : aussi les architectes habiles qui élevaient ces magnifiques cathédrales, après
avoir menti aux proportions naturelles dans leur architecture,

se virent contraints de mentir encore aux proportions humaines, en étirant de maigres statues pour dissimuler une
première fraude et rétablir l'harmonie.

L'intervention du pittoresque dans l'architecture serait un
fléau pour l'art; mais la science du sculpteur, le sentiment
du peintre, fortifiés et comme cuirassés par les études spéciales de l'architecte, formeront des hommes entiers, des artistes complets, à qui nous devrons la renaissance de l'architecture, surtout si l'ensemble de ces études ne se réduit
plus à une théorie froide et morte, mais devient, par la pratique associée à l'enseignement, l'apprentissage sérieux et fécond. Pour atteindre ce but, les élèves passeront une partie
de la journée dans les salles des cours, l'autre dans les chan-
tiers de construction ; ils travailleront alternativement sur le
papier et sur les échafauds, archéologues artistes le soir, architectes praticiens le matin.

La sculpture ne reprendra son essor que sous l'aile de l'architecture; qu'elle l'accepte donc comme guide dès ses premiers pas. J'enseignerais, à l'école, les éléments de la construction aux jeunes sculpteurs, en même temps que je les
ferais dessiner et peindre. Ils ne retrouveront la vie, l'abondance, et ce trop-plein qui est la séve de la jeunesse, que dans
cette heureuse association. De nos jours, que leur manque-
t-il? L'originalité, l'esprit, l'accent. On ne sent rien d'individuel
dans leur manière, rien de spirituel dans leurs inventions,
rien de caractéristique dans leur touche. Réunis dans une salle
d'exposition, ce n'est pas un chœur d'artistes où chacun chante
sa partie, c'est une foule monacale qui psalmodie à l'unisson.
Il va pourtant sans dire que la sculpture n'est pas et ne doit
pas être pittoresque, de même que la peinture n'est pas et ne
doit pas être plastique. La sculpture peut assouplir les formes,
animer les physionomies, recourir même à tous les pres-
tiges de la couleur, sans empiéter sur la peinture, sans sortir
de son domaine, sans cesser d'être monumentale ; de même
la peinture peut adopter la ligne sévère, accepter l'ordonnance
symétrique et conquérir toutes les qualités monumentales,

sans rien emprunter à la statuaire; mais de leur étude simul-
tanée, dès les premières années, naît un sentiment des convenances propres à chaque art et une richesse de ressources
toutes naturelles. Bien loin cependant de vouloir soustraire la
sculpture à ses sérieuses obligations, aux lois sévères qui sont
la nature même de ce grand art, je m'inquiète de certaines
tendances dangereuses. Il est un principe faux, inconnu et
étranger à la belle antiquité, mais qui a été mis en pratique
depuis la décadence de l'art et chaudement défendu jusqu'à
nos jours par quelques archéologues et par tous les hommes de
lettres. Je demande aux jeunes sculpteurs de s'en défier comme
de l'une des causes principales de la faiblesse de notre art
monumental. Ce principe est celui de la sculpture à effet, qui
substitue à la vérité, à la nature elle-même, une vérité de
convention, une nature modifiée suivant la position, l'élévation et la distance où les objets seront placés sous les yeux
du spectateur. Une anecdote arrangée par Tzetzès, selon les
idées qui régnaient à son époque, a été prise pour un fait au-
thentique et sert de règle. Ce Byzantin du xiie siècle raconte
que Phidias et Alcamènes, son élève, chargés chacun de faire
une statue de Minerve qu'on devait placer sur une colon-
nade, et soumettant leur œuvre au jugement d'Athènes avant
de l'exposer sur son haut piédestal, l'un, l'élève, eut un grand
succès, l'autre, le maître, fut sifflé; mais quand les deux statues eurent été mises à leur place, Phidias recueillit les applaudissements, Alcamènes les huées. L'un aurait fait sa statue
sans se préoccuper de la hauteur où elle devait être placée, et
aurait plu à ceux qui la voyaient de près; l'autre, calculant les
effets de la perspective, aurait ouvert les lèvres, relevé les na-
rines et changé les proportions vraies de la nature, de façon à
déplaire à des spectateurs trop rapprochés et à retrouver à
distance son véritable effet et les bonnes proportions. Si les
statues de Phidias elles-mêmes, descendues des frontons du
Parthénon, ne condamnaient pas l'absurdité de ce conte; si
elles n'étaient pas conçues, ajustées, accentuées avec toute la
finesse, le repos et les justes proportions qu'on observe dans

la nature, et qu'elles auraient eues à un même degré si Phidias les avait destinées à être vues dans un musée, comme
à Londres, ce serait la nature elle-même qui se chargerait de
répondre, en nous montrant qu'elle ne fait pas des hommes
ou des animaux de différentes proportions, les uns pour être
vus de près, les autres pour être vus à distance. C'est contrarier la vérité, aller contre ses lois, que de faire des créatures qui deviennent des monstres quand elles ne sont pas
juste au point de vue de leur destination. L'art reproduit la
nature : il peut la grandir ou la diminuer, il ne doit jamais
l'altérer.

Il est une autre tendance que je combattrai. Pendant que nos
peintres cessent d'étudier leurs couleurs et de connaître leur
métier, les sculpteurs ne sculptent plus; ils modèlent dans la
terre, et ils abandonnent l'œuvre elle-même, ce beau marbre
que Michel-Ange caressait de ses mains délicates, à d'ignorants et inhabiles praticiens. L'art est mort, quand on scinde
l'exécution de la pensée. De même qu'une nourriture en sucs
de viande concentrés, qui vous épargne la mastication, ne
vous nourrit pas; de même aussi la statue qu'on ne sculpte pas
dans le marbre, les compositions dessinées qu'on ne peint pas
soi-même, les ouvrages d'érudition dont on fait faire les recherches, se ressentent de cette absence de mastication et de
participation personnelle : il leur manque les soins maternels,
si supérieurs aux droits de la paternité.

Vous voulez, me dira-t-on, que le sculpteur dégrossisse lui-
même son marbre? Je n'exige rien d'absurde; je demande
que la mise au point ne se perfectionne pas tellement, qu'elle
prive la sculpture de ses ressources dernières et des inspirations suprêmes que l'artiste trouve dans son ciseau, dans la
transparence et la beauté de la matière. Cette domination limitée à trois lignes d'épaisseur n'est pas bien grande, dira-t-on.
Oui, mais cependant elle suffit à l'artiste pour faire entrer dans
le marbre sa tendresse ou sa passion, le sentiment profond
qui naît du travail obstiné, la vigoureuse énergie qu'imprime
à la main la substitution d'un marbre éclatant de blancheur

et rude à l'outil, à cette terre douce et molle, harmonieuse et matte.

Ces perfectionnements de la mise au point et l'asservissement qu'ils imposent aux sculpteurs ont des inconvénients plus graves encore. De même que dans l'architecture les maîtres maçons et les entrepreneurs sont devenus de véritables constructeurs, à qui suffisent quelques croquis de projets et des pochades d'élévation; de même dans la sculpture les praticiens ont pris tant d'importance, ils sont devenus de si habiles ouvriers, que les artistes se contentent de faire de petits modèles au dixième d'exécution et les leur abandonnent pour les amplifier avec le secours des machines Collas ou Sauvage et pour les exécuter en marbre; à leur imitation, les amateurs font des maquettes informes, de petites figures plus ou moins sur leurs jambes, que ces adroits praticiens se chargent de grandir et de rendre présentables : nous avons ainsi tout un art bâtard, et le grand art s'en va à la dérive.

Ce serait une honteuse décadence et une perte regrettable : une décadence, si nous étudions l'histoire de l'art, car nous y voyons écrit à toutes les pages que la France, depuis les Grecs et les Romains, et surtout depuis le moyen âge au xiie siècle, n'a pas cessé d'entretenir les traditions et les talents d'une excellente école de sculpture; une perte, car je ne crois pas la sculpture devenue aussi étrangère à nos goûts, à nos besoins, à nos mœurs, qu'on veut bien le dire : je la vois, au contraire, enthousiasmer le public dans un *Spartacus* assez vulgaire, dans un *Chant du départ* bien sauvage, dans une *Heure de la nuit* toute mélancolique, dans une *Sapho* douloureusement pensive; mais la sculpture fût-elle devenue plus étrangère à nos goûts, à nos besoins, à nos mœurs, il faudrait l'y ramener par les plus puissants efforts, car la sculpture est un art monumental, que les artistes réclament pour exprimer les grandes pensées et le haut style, dont notre public a besoin sur ses places, aux carrefours de ses rues, au front de ses monuments, pour s'exercer le goût aux fortes créations et se former à l'appréciation de ce qu'il y a de plus noble dans l'art.

Tout ce que les critiques ont dit sur l'inutilité et l'embarras des œuvres de la sculpture dans la société moderne, sur les contre-sens de ce qui fait son essence et de ce qui constitue les conventions de notre éducation, n'a pas empêché le nombre des sculpteurs de s'accroître : c'est que la sculpture, loin d'être antipathique à notre civilisation, est au contraire la branche de l'art qui s'associe le mieux à ses besoins et qui, dans le développement de son luxe, joue le rôle le plus important. Seulement, il faut que la sculpture cesse d'être un exercice abstrait, l'esclave de quelques rares commandes du Gouvernement, et qu'elle devienne l'associée intelligente de l'architecture, en faisant entrer toutes ses beautés et ses ressources incomparables dans le cadre vaste à la fois et restreint de nos usages, de nos demeures, des arrangements de nos boudoirs, salles, salons, vestibules, cours et parcs. Si les critiques ne l'ont pas envisagée ainsi, c'est que les critiques jugent le mouvement des arts une fois l'an, dans la salle de l'Exposition, sans se mêler à leur vie active; les jeunes artistes, au contraire, qui se sentent portés là où est l'activité pratique, où l'art se renouvelle dans sa fécondité et se fortifie dans les applications nouvelles et utiles de tous les genres, ces jeunes gens se sont recrutés en grand nombre; il ne s'agit plus que de rectifier bien des idées fausses.

Est-il nécessaire de prouver l'utilité pour le peintre de se préparer à son art, le plus fictif de tous, par des études générales? Est-ce l'architecture qui lui sera superflue, quand il pourrait puiser dans son ordonnance et ses proportions des indications et des règles précieuses? Est-ce la sculpture dont il peut se passer, quand cet art lui apprendra à comprendre et à faire mieux sentir la valeur des reliefs et l'épaisseur des corps, à éviter ainsi ces placages et cette platitude qui déparent la grande majorité des œuvres de la peinture? Le jeune artiste ignore sur quelle pente l'entraîneront ses goûts, la facilité plus grande de sa main et les circonstances. Il doit

tout apprendre, pour choisir ensuite, entre toutes les directions, celle qui conviendra le mieux à son talent; et alors,
s'il est peintre d'histoire, comme Raphaël, il peindra lui-
même son architecture, qui s'harmonisera avec ses compositions; s'il devient paysagiste, comme Claude Lorrain, le
Poussin et le Dominiquin, il exécutera ses figures lui-même,
c'est-à-dire que, loin de les donner par-dessus le marché, il en
fera la séduction morale de ses paysages.

Je désire être bien compris. Je demande l'union et comme
la fusion de toutes ces spécialités d'études en une seule et
complète étude pendant les premières années de l'enseignement; mais je ne veux pas faire des architectes de nos peintres et sculpteurs, pas plus que des peintres et sculpteurs de
nos architectes. Une fois la vocation trouvée dans ces premières années d'étude et la voie choisie, on s'y tiendra, on
la poursuivra avec suite et persévérance; les notions et la
pratique qui constituent un seul de ces arts sont à elles seules
assez compliquées pour occuper la vie d'un homme. N'envions pas l'ancienne universalité des artistes : Michel-Ange,
organisation puissante, aurait mieux fait de ne pas construire; Raphaël, nature frêle, a perdu son temps à sculpter
et ne sera jamais pris au sérieux comme successeur de Bra-
mante. Sans doute Michel-Ange a dû se réjouir d'avoir étudié
l'architecture pour disposer lui-même les tombeaux des Médicis, et Raphaël pour faire les belles ordonnances architecturales dans les fonds de ses tableaux; mais ils auraient dû
l'un et l'autre s'en tenir là. J'ai vu aussi Schinckel mordu de
cette manie de peindre, Ingres de jouer du violon, Ary Scheffer
de sculpter. Schinckel montrait complaisamment, longuement, ses paysages dessinés à la plume et ses grandes compositions peintes, et passait rapidement sur les travaux intéressants qui lui ont permis d'assigner en architecture à la brique
comme au fer leur rôle important, étendu, mais précis. Au
reste, qu'on ne s'effraye pas de ces empiétements de l'universalité : elle tente les fortes natures, elle séduit les puissants génies, elle n'égare pas la moyenne des artistes qui ont

bien assez de leur art spécial ; mais cette universalité d'études rendra à tous un talent précieux, qui a régné, depuis l'antiquité, à toutes les grandes époques, et auquel les deux derniers siècles doivent encore le charme de toutes leurs productions, le talent de l'arrangement, sorte d'harmonie générale qui conduit l'œuvre à son but, qui l'associe à sa destination, qui fait qu'un tableau est rempli et animé, une œuvre de sculpture souple et vivante, un produit de l'industrie gracieux, élégant et commode, qui fait d'un raccord d'architecture, même quand les styles jurent entre eux, un mariage aussi naturel qu'il est indissoluble : le couronnement style Louis XV de la tour gothique de Bayeux en est une séduisante preuve entre mille.

Aborderai-je la question de l'enseignement dans l'école? Y a-t-il, à ce degré d'avancement de l'éducation, une méthode d'enseignement? Je suppose toujours une génération qui sait lire, écrire et dessiner, quand j'organise une école spéciale des beaux-arts; je ne me préoccupe plus des premiers éléments du dessin : c'est, comme l'écriture et la lecture, une condition obligatoire. On peut bien faire des fautes d'orthographe et ânonner un peu, mais on est rompu aux bons principes et capable de comprendre leurs développements. L'élève connaît la figure humaine comme ses lettres, les proportions du corps comme les règles de la grammaire; il ne s'agit plus pour lui que de mettre en pratique, dans le même esprit, mais dans un ordre d'idées supérieur, le développement de ces éléments des arts. Même à ces degrés élevés, l'étude de la figure académique reste l'exercice qui prépare à tout, à saisir la ligne caractéristique dans l'animal et dans la fleur, à dégager l'ornement de convention de l'ornement naturel.

On apprend toute sa vie, Michel-Ange l'a dit, Raphaël l'a prouvé; mais la vie de l'artiste est si courte, qu'il faut produire quand l'inspiration est vive : c'est donc entre quinze ans et vingt-cinq qu'on apprend, entre vingt-cinq et quarante qu'on invente, que l'on crée, entre quarante et soixante-dix qu'on se répète. Dans ces dix années d'études sérieuses (je ne

considère pas comme une étude la pratique du dessin acquise dans l'enfance), l'artiste ne peut reprendre toutes les
expériences faites par ses prédécesseurs de tous les siècles :
il ne peut donc avoir pour maître la nature seule, car ce premier des maîtres ne décèle pas en dix années les secrets qu'il
n'a confiés qu'à trente siècles de labeurs; il faut associer à
l'étude de la nature celle des chefs-d'œuvre des temps passés
et les bien choisir.

L'élève, ayant en son pouvoir toutes les règles, ne reçoit
plus que des conseils; mais il s'ignore lui-même, et ses professeurs, loin de lui imposer une manière ou leur manière,
l'aident à trouver sa voie en s'appliquant consciencieusement
à la découvrir, à la lui indiquer, à l'y laisser ensuite marcher
librement, de façon à développer ses qualités ou la qualité
particulière qui lui permettra d'être lui-même. L'originalité
d'un artiste est quelque chose d'aussi sacré, d'aussi pur que
la naïveté de l'enfant, que l'innocence de la jeune fille; forti-
fiez-la, étendez-la, apprenez-lui à l'appliquer sagement, mais
prenez garde de l'affaiblir, de l'amoindrir, en lui substituant
son ennemie fallacieuse, qui est l'imitation. Autant la grâce
enfantine et son babil naturel ont de charme, autant les manières affectées apprises au cours de danse et le langage prétentieux enseigné par le maître laissent froid et insensible.
Comme on a remplacé les liens qui retenaient le poulain et
sa mère par les boxes, qui leur laissent une entière liberté de
mouvement dans des limites raisonnables, de même aussi le
jeune artiste doit être libre dans ses allures, et, s'il reste d'un
enseignement commun, d'une doctrine en partie uniforme,
quelques traces dans sa manière, ce sera comme ces fruits
différents greffés sur un même arbre, qui, tout en conservant le caractère de leur espèce, adoptent une saveur de parenté.

Les professeurs se renouvellent tous les mois; ils apportent
dans leur enseignement les mêmes principes supérieurs, mais
une grande diversité dans leur interprétation, et c'est là ce
qu'il y a de judicieux, car on donne à l'élève des principes

comme au voyageur son bagage. Le voyageur part et laisse en
route les courroies qui le blessent, les ustensiles qui l'embarrassent; il ne garde que ce qui convient, non pas au voyage
en général, tout ce qu'on lui a donné y convient, mais à sa
propre nature, à sa manière de marcher et de s'arrêter, de
comprendre le voyage et de le mener à bien.

L'Académie de peinture, sculpture et architecture a pour
mission d'enseigner les vrais principes et la bonne manière
de voir : elle doit s'assurer que les jeunes gens ont acquis la
pratique de leur métier, en les prévenant que le métier est indispensable, sans être rien par lui-même; qu'on est artiste par
la tête, et que, lorsque celle-ci se laisse entraîner par la main,
c'est donner le commandement au soldat ou à l'ouvrier, c'est
renverser toute hiérarchie. La main, le tyran du jour et la
perte de l'art, cette facilité d'exécution qui se regarde elle-
même, au lieu de regarder le modèle et la nature, doit être
toujours montrée aux jeunes gens comme un épouvantail,
comme une cause de perdition. La main, cette arrogante, envahit l'artiste, domine ses plus nobles instincts et le rapetisse
par un réalisme prosaïque; le métier, serviteur dévoué, se
prête à ses inspirations, se développe avec elles et grandit
dans le domaine de l'idéal poétique; seulement, si l'art n'existe
pas par la perfection de ses procédés, s'ils lui sont indispensables, ils ne suffisent pas.

Tout en recommandant l'étude, on élèvera la pensée; pendant que les yeux sont dirigés sur le modèle, pendant qu'ils
suivent le terre-à-terre de l'imitation patiente, la pensée doit
planer, en attirant vers elle, en dominant cette science de la
réalité, pour l'empêcher de se complaire en elle-même. Le réalisme est le simple soldat dans l'armée de l'art, dont l'idéal est
le chef; que l'un obéisse à l'autre, et, dans cette sage hiérarchie, ils contribueront tous les deux à former la cohorte irrésistible, parce qu'elle sera bien disciplinée, aguerrie et sûre
d'elle-même. Au reste, un peintre qui n'aura que de la main
sera chose bientôt tellement vulgaire, qu'on n'y fera pas plus
d'attention que de nos jours à un peintre de portes cochères;

mais un peintre qui aura reçu cette éducation qui élève l'âme,
épure les sentiments, rend accessible à tous les nobles instincts, un peintre qui, né observateur, saura chercher dans
les replis de la vie humaine, dans ces mille rencontres à peine
remarquées par l'esprit léger et distrait, ce qui exprime les
mouvements de l'âme, ce qui est comme l'écho des passions
et des impressions de chacun, ce peintre sera un grand
peintre, si à toutes ces conditions, déjà si rares, il joint la
faculté pittoresque, ce don qui fait de la mémoire et de l'esprit un réflecteur naturel et naïf de la forme extérieure des
choses. Mais, je ne saurais trop le répéter, il faut être maître
de son métier avant de produire, avant de créer, afin que
l'imagination, la pensée, le sentiment, ne soient arrêtés par
aucune difficulté matérielle. Comme un homme qui voudrait
parler et discuter dans une langue étrangère aura d'autant
plus d'éloquence qu'il possédera mieux le nouvel idiome,
qu'il sera moins obligé de chercher ses expressions et ses
tournures de phrases, ainsi l'artiste maître de son métier,
comme le musicien de son instrument, exprimera sa pensée
dans toute sa liberté et sans les hésitations qui l'enchaînent
et la font boiter. L'artiste qui produit avant de savoir traîne
sa pensée pendant toute la vie au milieu des tâtonnements, et
son imagination, quelque riche et puissante qu'elle soit, se
ressent des efforts qu'il est obligé de faire, des recherches
que son ignorance lui impose; on s'aperçoit que sa fougue a
rencontré un obstacle, ses mouvements des entraves, son
essor une chaîne, et que chacune des libertés de sa pensée
est venue au monde en acceptant un compromis. L'idée
seule sans la forme et sans les séductions du métier, c'est
de l'esprit, de la poésie, de la littérature, tout ce que vous
voudrez, ce n'est pas de l'art.

Il faut donc du métier; il faut aussi qu'au-dessus du métier
plane la passion du cœur et cette création de l'imagination
qui est notre idéal.

L'idéal n'est pas un rêve : c'est une création. Le rêve, fantaisie capricieuse, décevante, insaisissable, vole devant nos

yeux, reluit et s'évanouit tour à tour. Enfant bâtard des souvenirs et de l'imagination, il fausse les uns, il exagère l'autre. L'idéal, au contraire, naît et vit en nous; enfant légitime de nos études, de nos observations, et de la comparaison entre elles de toutes les belles œuvres de Dieu et des hommes, il prend corps, s'assoit à nos côtés, devient un être réel et se fait notre commensal familier. Émanation indépendante de toute contrainte, de toute règle, de tout principe, c'est une création libre de notre pensée, formée dans le sanctuaire particulier où chacun dépose ses réflexions de chaque jour, ses études de la nature et des monuments, et, plus que tout encore, son originalité native, ses goûts innés et ses penchants naturels. Cet idéal sera plus ou moins pur, noble, élevé, suivant que la nature de l'artiste, sa pensée, ses goûts, ses penchants, seront plus purs, plus nobles, plus élevés. Raphaël, amoureux de la Fornarina, écrivait au comte de Castiglione : « Essendo « carestia e di buoni giudici e di belle donne, io mi servo di « certa idea che mi viene alla mente. Se questa ha in se « alcuna eccellenza di arte, io non so, ben m'affatico d'averla. » Raphaël nous a laissé le portrait de sa maîtresse, la femme qu'il trouvait belle entre toutes, puisqu'il l'aimait, et ce n'était pas son idéal, cette certaine idée qui lui venait à l'esprit quand il peignait : son idéal était supérieur à son amour.

Rien n'est plus sublime que ce pouvoir de création, pouvoir surprenant qui défie Dieu lui-même. Si c'était un simple portrait, l'image d'un être vivant, que seraient devenus cette beauté qui nous ravit, ces yeux qui jettent encore la flamme, ce teint qui semble emprunté aux pêches de la saison, ces cheveux dorés dont les boucles annelées se déroulent sur un cou de marbre vivant, ces dents qui ont le blanc mat de la perle dans un encadrement de corail? Tout cela, dans la réalité, aurait duré quelque dix ans; l'œuvre de Dieu serait flétrie; l'œuvre de l'homme fera vivre pendant des siècles cette beauté imaginaire et tout son charme fictif, car la peinture palpite là vivante; elle n'a reçu de l'influence du temps que plus de douceur, de calme et d'harmonie. Vierges de Ra-

phaël, Antiope du Corrége, Suzanne de Paul Véronèse, beautés de Léonard de Vinci, du Giorgione et de Titien, combien
de générations enchanterez-vous encore?

Si l'idéal est une création, l'artiste de génie, en quelque
sorte l'égal de Dieu, crée donc en dehors de la création?
Non point. Ne nous faisons pas cette illusion, car c'est ici
qu'après avoir monté l'échelle de nos ambitions, nous décou-
vrons leur vanité. L'homme crée bien peu de chose. Le mieux
doué, par une faculté exceptionnelle, forme en lui cet idéal
qui est un résumé de ce qu'il voit de plus beau dans la création; ce résumé lui appartient, car ce n'est pas tel ou tel être
naturel, mais c'est moins une création qu'une fusion qui s'est
faite dans son âme de tout ce qui l'a ému, et cette fusion domine tout ce qu'il rêve dans son imagination.

La faculté de se créer un idéal vague, rêveur, est accordée
à la grande majorité des êtres pensants : c'est le jeu naturel de
l'imagination; mais l'extension de cette faculté jusqu'à la
puissance de la réalisation par le crayon, le pinceau ou
l'ébauchoir, est exceptionnelle. Ce n'est ni la vue des lieux,
ni l'étude des monuments et des collections qui la donnent.
Combien de voyageurs ont fait le tour du monde sans en
rapporter ni un idéal ni une idée! L'artiste de génie est celui
qui peut rendre sensible aux autres l'idéal formé en lui.

Cet idéal, cette création, qui, prenant sa source dans les
objets de la nature et dans notre propre nature, va, confondant ces deux courants, former un fleuve puissant, est bien
chétif à son origine. En y regardant de près, on voit même
combien il dépend de notre nature, combien il est soumis à
nos faiblesses. L'idéal de l'artiste est en rapport avec ses
propres traits. Voyez les images des hommes de génie, surtout les portraits qu'ils ont peints d'eux-mêmes. Étudiez leurs
traits, leurs attitudes; puis cherchez dans les mémoires écrits
par eux ou dans leurs biographies quelle a été leur vie, et
voyez tout cela se refléter dans leurs prétendues créations. La
peinture et la sculpture rendent ces rapports plus évidents
que l'architecture, et cependant ils se rencontrent aussi dans

cet art. La délicate et élégante figure de Raphaël est empreinte
dans 'son œuvre entière; Michel-Ange revit, pour ainsi dire,
dans l'exagération de ses formes; Titien, Paul Véronèse, Rubens, Van-Dyck, ont l'ampleur, la fougue et jusqu'au coloris
de leurs tableaux; de nos jours, enfin, Ingres n'a-t-il pas
transmis dans son idéal ses formes courtes, fortes et arron-
dies? L'homme crée moins qu'il ne le croit, et, quand il a voulu
imaginer la représentation réelle de son Dieu, il lui a supposé la fantaisie de nous faire à son image, pour pouvoir lui
rendre la pareille.

Quatre siècles avant l'ère chrétienne, la question de l'idéal
et du naturalisme se débattait en Grèce : l'un et l'autre de ces
systèmes avaient pour eux plus que des partisans, ils montraient des chefs-d'œuvre; mais l'art, tiraillé entre l'esprit et
la matière, ressemblait à l'homme de la fable à qui une
femme arrache les cheveux blancs, une autre les cheveux
noirs : il n'en restait plus qu'un squelette, lorsque Lysippe, à
Sicyone, apprit d'Eupompe à voir l'idéal dans l'imitation de
la réalité; en un mot, à chercher dans la nature ce qu'elle
produit de plus beau. Phidias, après lui, recueillit dans son
puissant génie, comme un fleuve dans son vaste lit, les sources
abondantes, mais divisées, de ces grands principes de l'art,
et ses œuvres restent l'expression la plus complète de l'idéal
sublime, créé intérieurement et manifesté au dehors par
l'étude patiente de la nature.

A la fin de sa vie, Flaxman disait à Schorn : « L'œuvre de
« Dieu est toujours supérieure à l'œuvre des hommes, et la
« nature, quoique imparfaite dans le détail individuel, reste
« toujours inatteignable. L'artiste résume dans ses ouvrages
« ce qu'il a observé en elle de plus beau, mais la beauté acces-
« sible aux sens n'est pas le degré suprême de la beauté; c'est
« la beauté de la pensée qui plane au-dessus, et Platon a dit
« vrai : la beauté du corps dépend de la beauté de l'âme. C'est
« pourquoi toute beauté créée par nous est personnelle, non
« pas seulement parce qu'elle nous apparaît ainsi dans les in-
« dividus, mais parce qu'elle émane du caractère particulier

« de l'artiste et est, pour ainsi dire, la fleur des nobles facultés
« qui sont en lui, et qu'il doit garder et développer avec
« soin. »

Nous sommes ainsi conduits à conclure que l'idéal se forme
en nous en présence de la nature; qu'étudier l'œuvre de Dieu
est l'étude par excellence, et qu'il faut recommander aux
jeunes artistes de ne jamais faire parler la nature sans l'avoir
questionnée. Si vous interprétez sa pensée avant de l'avoir
entendue, vous mettrez vos idées à la place des siennes. Puisqu'elle ne refuse jamais ses conseils, pourquoi ne les lui pas
demander toujours? Jouer avec elle l'indépendance est un jeu
de dupe.

L'idéal dans le réalisme, l'inspiration de l'âme, le rêve de
l'imagination, réalisés par les plus beaux types fournis par la
nature, tel est le vrai et sain programme. Le programme faux
et maladif, c'est, d'un côté, l'idéal cherché dans le vague des
formes et rendu sans vérité, sans savoir pratique; c'est, de
l'autre, le savoir-faire impudent qui copie d'une main facile,
mais sans choix, et avec une tendance au commun, à l'ignoble,
tout ce qui lui tombe sous les yeux, autrement dit le réalisme.

Nous commençons à nous entendre, je le crois. Nous apprendrons avant tout notre métier, et nous l'apprendrons
avec bonne foi, avec conscience, dans le commerce exclusif
des nobles modèles créés par les artistes de toutes les époques,
en ayant sous les yeux les plus beaux types de la nature. Ingres
a le sentiment du style dans l'art, et il développe cette tendance en cherchant et en étudiant partout ce qui s'associe le
mieux à son goût. L'antiquité eut ses prédilections et fut le
sujet de ses études, comme toute œuvre de grand caractère;
mais c'est dans Raphaël et son école qu'il rencontra ses sym-
pathies, et l'idéal qu'il se forma dans cette noble compagnie
avait quelque parenté avec celui du divin maître. Il l'associe
toujours à sa pensée, et dans ses compositions conçues au
point de vue le plus noble, le plus élevé, cet idéal ennoblit
l'étude consciencieuse de la nature, relève le travail persévé-
rant du chercheur. Aussi aucun peintre moderne ne s'est

plus résolûment écarté du trivial et de l'affectation de la vie
quotidienne; aucun n'a transporté plus franchement le spectateur dans son sujet dégagé de toute préoccupation matérielle, arraché pour ainsi dire de terre, et ne conservant de
la vie réelle que ses aspects les plus sublimes. Interpréter la
nature en laissant dominer l'idéal, la plier aux exigences du
sentiment, aux convenances de l'art, la choisir pour soi et la
faire valoir pour elle, être en communication avec toutes ses
ressources, comme le général d'armée avec ses magasins d'approvisionnement et ses parcs de munitions, comme l'écrivain
avec son dictionnaire, tel est le rôle fait à la nature par un
art supérieur à la singerie de l'archéologue, à l'imitation terre
à terre de l'esclave copiste. En résumé, l'artiste digne de ce
nom est celui dont le talent distingué a conçu l'idéal le plus
pur, et qui, par une faculté innée, augmentée de toutes les
ressources de l'étude, a la puissance de donner à cet idéal
toutes les conditions de l'illusion dans la peinture, la musique et même dans le style, toutes les conditions de la réalité dans la sculpture et l'architecture.

On n'enseigne pas l'idéal, mais on donne aux élèves la
manière de le former. L'idéal dans tous les arts est une inspiration qui naît de l'étude. Exceptionnellement, elle peut avoir
quelque valeur, quelque étendue, comme simple don naturel:
ainsi le pâtre Giotto deviendra peintre et le perruquier
Jasmin poëte, pour ainsi dire, en naissant; mais en général,
et quand il s'agit d'institution, on a en vue la généralité: en
général, les artistes, classe exceptionnelle, reçoivent de la
Providence une faculté innée qui les prédispose à comprendre
les beautés divines ainsi que les chefs-d'œuvre humains, et là
s'arrêterait la portée de cette faculté, si l'enseignement d'après
les principes consacrés par l'expérience, les facilités de voir
les pays pittoresques et d'étudier les belles productions de
l'art, ne leur donnaient les moyens de développer cette faculté, c'est-à-dire de se créer un idéal en vivant familièrement dans la pure atmosphère du beau. L'enseignement,
comme on voit, n'est qu'un auxiliaire pour l'artiste, mais un

auxiliaire indispensable. Dieu a placé dans l'artiste le germe; l'enseignement le féconde et en suit avec sollicitude la croissance pour lutter contre les déviations. Il apprend à l'artiste à trouver le beau partout où il réside, à n'admirer que le beau, à ne se plaire qu'en lui; il lui apprend aussi à chercher partout la pensée qui a créé la forme, la vie qui l'anime, et à ne s'attacher à cette forme elle-même que comme expression du beau. De même que le jeune homme de noble famille, élevé dans les grandes manières, n'entendant que le langage du bon ton et l'expression de nobles sentiments, entrera dans le monde avec les façons de la haute société, ayant une conversation distinguée et se guidant au milieu des difficultés de la vie par le sentiment de l'honneur, toutes qualités qui seront devenues pour lui non pas les fades redites du perroquet, les sottes contrefaçons du singe, mais des tendances naturelles; ainsi l'artiste doit quitter l'enseignement, après avoir puisé une nouvelle nature dans le commerce prolongé avec ses maîtres, sous l'influence de leurs préceptes et des modèles mis constamment sous ses yeux, et, s'il voyage, il doit continuer à vivre au milieu des beautés de la création dans un entretien familier avec les chefs-d'œuvre des belles époques.

On peut vivre assez intimement avec les anciens pour épouser leurs intérêts et leur manière de voir, pour se costumer en pensée comme eux, et comme eux se promener sous les portiques d'Athènes, dans les jardins de Côme à Florence ou de François Ier à Fontainebleau, dans le Vatican à Rome ou le palais ducal à Venise. On sort ainsi de son temps, on dépouille sa nationalité, on se transporte dans l'antiquité animée, palpitante; on vit avec elle de sa jeunesse toujours belle, de sa beauté toujours jeune. Mais se complaire dans les misères de son siècle, dans les prosaïques préoccupations de son temps, bercé par le flux et le reflux de la mode, ce n'est pas vivre de la vie de l'art : mieux vaut choisir une autre carrière. *Ce qui me désespère, me disait naïvement un jeune artiste, c'est que j'admire autant Gavarni*

que Raphaël. Le sens élevé, qui établit une séparation profonde entre l'élévation du style et la gentillesse de l'esprit,
lui manquait; il peignait avec talent, mais sans conviction.
Il a fait mieux; écoutant mes conseils, il est parti pour
l'Afrique, et il en est revenu avec la croix, les épaulettes et
la volonté de suivre cette belle carrière des armes.

L'élévation de l'âme et l'habitude de la bonne compagnie
dans les arts, j'entends l'étude assidue de la belle nature et
des précieux modèles de tous les temps, font qu'il n'est pas
de sujet qu'un artiste n'ennoblisse en l'acceptant, ou plutôt
cet artiste ne l'accepte que lorsqu'il se reflète dans sa mémoire pittoresque avec les conditions de noblesse ou de style
qui le rendent digne d'être exécuté. Il n'est besoin pour cela
ni d'un salon et de ses mille bougies, ni des riches costumes
de la mode ou des contrées éloignées; des haillons simplement portés, des types de têtes caractéristiques et un coin de
nature bien éclairé suffisent à un tableau, quand le peintre
sait rendre sur sa toile d'une manière originale le sentiment
qui l'a ému.

Il en est de l'originalité comme de l'esprit : celle qu'on
cherche gâte celle qu'on a. Je dirais aux élèves : Ne cherchez
pas l'originalité. Formez-vous de bonne heure un goût distingué par l'étude exclusive de ce qui est beau dans les monuments de l'art et dans les productions de la nature; ce goût
vous donnera pour tout ce qui est vulgaire, prétentieux,
banal et pollué par la foule, un profond dégoût : c'est là
déjà de l'originalité. Puis vous vous laisserez aller au doux
courant de vos admirations : êtes-vous dans la demi-teinte
des grands bois, au bord d'une fontaine où les femmes
viennent chercher l'eau et laver le linge; traversez-vous le désert en faisant halte avec la caravane près d'une source, au
pied d'un palmier, au milieu des ruines; passez-vous sur les
versants de l'Hymette en regardant les lointains horizons vers
Salamine, en vous arrêtant devant les pittoresques danses du
pays; ou bien êtes-vous assis sous les beaux platanes des eaux
douces d'Asie, ayant sous les yeux une grave et patriarcale

famille turque : autant de sujets de tableaux dont vous sai-
sissez la réalité sur place en l'associant déjà à un idéal d'arrangement qui ressort de votre goût, qui est votre originalité,
et que complétera plus tard l'étude de l'atelier.

Le talent, comme la santé, a ses défaillances et ses excès;
l'artiste a des phases d'affadissement et de mollesse, des phases
aussi de force exubérante. Quand Raphaël peignait ses *Si-
bylles,* quand Ingres composa son *Saint Symphorien,* il y eut
chez ces grands hommes comme une illumination plus puissante que leur pensée, comme une impulsion plus robuste
que leur force moyenne. Ces intermittences du talent sont
sans danger quand le style n'a rien à en souffrir, car c'est là
le palladium qu'il faut défendre à tout prix. On peut se laisser
atteindre par des tendances et des sentiments variés, excepté
par ceux qui abaissent, qui jettent dans la vulgarité, le pathos ou la manière.

Le style est un peu comme l'élégance, un ensemble de
justes proportions en délicat rapport avec ce qu'il y a de plus
épuré dans nos goûts, au point qu'il n'est pas absolument
besoin de le bien définir ou de le comprendre clairement
pour le sentir et en être charmé. Je me figure le style comme
cette eau qui, jetée fangeuse dans la fontaine, sort de son
réservoir inférieur limpide et pure après avoir traversé le
filtre. La réalité, c'est l'eau fangeuse; le génie artiste, c'est le
filtre; l'œuvre de style, peinture, sculpture ou poésie, c'est
l'eau fangeuse devenue pure et limpide. Restent les gens qui
préfèrent boire l'eau sale, qui prétendent que le filtre lui ôte
de sa saveur, de ses fortes qualités naturelles; restent, en un
mot, ceux qui préfèrent la réalité grossière à une interprétation heureuse de la nature, qui est la nature même vue par
le génie et assimilée à lui.

Or, remarquez que ce goût du grand et du noble, qui est
le style, ne rend hostile qu'à la banalité. Girodet disait à ses
élèves : « Jetez-vous dans le bizarre plutôt que de tomber dans
« le commun. » C'était le cri d'un artiste et d'un homme de
goût. Le commun et le bête, c'est même chose; c'est le fléau

de l'art, c'est une maladie dont il est possible de ne pas mourir, mais dont on ne revient pas.

Si le style a en antipathie les tendances basses et vulgaires, il est très-compatible avec une admiration sincère pour toutes les beautés d'un rang inférieur, et particulièrement pour la grâce, son alliée naturelle. Comment définir la grâce, comment l'enseigner? Vous éviterez les longues définitions, les subtilités littéraires; l'enseignement des arts est quelque chose de positif qui doit traverser l'esprit et l'entraîner vers un but pratique. Je ne chercherais pas péniblement à caractériser la grâce et je ne l'enseignerais pas davantage, car elle n'a ni règle ni méthode; mais j'habituerais l'élève à voir la grâce là où elle est, et à la distinguer de la manière et de l'affectation, ces caricatures de la grâce. En obtenant ce simple résultat, vous aurez beaucoup fait. Ce ne serait pourtant pas assez; vous expliquerez encore à l'élève que la grâce n'est pas un accompagnement, une addition à l'action de l'être animé, mais cette action même assouplie. Un combattant, une danseuse, un cavalier, une bacchante, un coureur, ont tous de la grâce dans leur mouvement, mais une grâce propre à leur nature, non pas seulement à la nature d'homme et de femme, mais à la nature de combattant, de danseuse, de cavalier, de bacchante, de coureur; de même que l'enfance, la virilité et la vieillesse ont une grâce particulière à leur âge, en harmonie avec leurs sentiments; de même que le lion, le cheval, le tigre ou le chien ont une grâce propre à leurs espèces, en rapport avec leurs instincts et leurs habitudes. Ainsi donc la grâce ne réside pas dans un canon précis applicable à tout, mais dans l'assouplissement de tous les gestes, poses et mouvements. Par cette raison, l'étude du modèle ne saurait suppléer l'étude de la nature dans sa pleine liberté, et voilà pourquoi tout est sujet d'étude, pourquoi l'artiste doit vivre au dehors et saisir partout cette nature qui est la grâce même, aux champs ou à la ville, dans la mêlée ou dans le repos, partout enfin, et non pas *dans le joli* ou *dans la mollesse des contours,* ainsi que le professait Voltaire.

L'artiste distinguera de la grâce naturelle, sa seule préoccupation dans les compositions tirées de son imagination,
une grâce de convention qui est inhérente à la société de
chaque époque, et qu'il faut rendre fidèlement, quand on a le
malheur d'être appelé à représenter des sujets d'histoire, à
singer un fait connu qui a eu son jour, qui a sa date. Pour
s'acquitter de cette tâche, il est indispensable de prendre en
sérieuse considération les modes, les gestes et les attitudes,
reconnues en ce temps pour être de bon ton, les uniformes,
les harnachements et la tenue dite d'ordonnance. Chaque
époque ayant eu son bon ton particulier et ses règlements
militaires, vous devez tenir un compte sévère de ces exigences que modifient profondément la démarche, les gestes
et les attitudes, suivant la nature des équipements : armures
en fer ou cottes de maille, étoffes pesantes, légères, souples
ou empesées. L'archéologie joue un grand rôle dans la composition de ces tableaux, et l'étude des miniatures, aussi bien
que des monuments sculptés, fait connaître la grâce conventionnelle de mode à chaque époque. Reste à savoir si cette
exactitude, cet esclavage d'imitation et de couleur locale, sont
de l'art.

En dehors de ses préoccupations archéologiques, le jeune
artiste s'abandonnera à la nature et à sa propre nature; il ne
suivra que les grands modèles, il ne pactisera avec aucune
déviation. Depuis que l'Académie française couronne les patois, on est assez mal venu à leur faire la guerre; mais, en fermant les yeux sur sa complaisance, peut-être aussi exceptionnelle qu'elle a été inattendue, nous dirons qu'il en est de
certains talents dans les arts comme des patois en poésie : on
les admire, on les étudie même, pour ne perdre aucune des
beautés cachées sous leur enveloppe imparfaite, mais on ne
les donne à personne en modèle. David d'Angers dans la
sculpture, Eugène Delacroix en peinture, Visconti pour l'architecture, me semblent des Jasmins qui ne diffèrent que par
l'instrument; ce sont des artistes doués de qualités supérieures
qui s'expriment en patois, patois de réalisme, de couleur,

d'ornementation, patois original, brillant, séducteur, qu'on admire, mais qu'on n'imite pas, et que personne ne songera jamais à donner en modèle à l'école.

Dites aux jeunes artistes : Pensez, et vous ferez penser; si votre inspiration est haute, votre œuvre peut ne pas l'atteindre, mais elle en donnera l'idée; si votre conception est basse et terre à terre, l'œuvre, tout en la dépassant, se ressentira encore de son origine. Le sujet que vous traitez a-t-il frappé vos yeux plus que votre âme, vous n'irez qu'aux yeux, vous n'atteindrez pas l'âme. Ingres pouvait faire du Saint Symphorien marchant au martyre la plus prosaïque des processions; en donnant son âme au saint qui s'avance au milieu de cette foule, il a trouvé de l'écho dans les âmes de tous les spectateurs.

La tâche est difficile, mais la lutte ennoblit et fortifie l'artiste, la lutte avec les grandes choses. Si même le but est hors de notre portée, si du combat résulte une défaite, il n'y a de perdu que de trop hautes espérances, de blessé que l'amour-propre; l'art a progressé, le talent a fait un pas en avant, et, comme l'aigle qui a le courage de voler droit au soleil et se voit obligé de redescendre à terre, l'artiste, après avoir plané avec l'esprit dans les hautes régions, se sent plus fort quand il est ramené au prosaïque de la réalité.

C'est pourquoi on ne saurait donner aux jeunes artistes une trop haute idée de leur mission. S'ils savent qu'ils participent à l'éducation de l'humanité, à son perfectionnement moral, ils éviteront de s'adresser aux sens; ils ambitionneront de frapper les esprits, de retentir dans l'âme, d'aller au cœur. Ne craignez pas de donner à cette jeunesse les aspirations grandioses, les penchants élevés jusqu'au vertige, les ambitions d'une réalisation impossible; fiez-vous à l'apaisement graduel que l'âge apporte à ces bruyantes clameurs. Il leur en restera toujours les féconds enseignements; ils auront compris quel oubli de mort plane sur ceux qui ont laissé la vie s'enfuir sans réaliser dans des inspirations heureuses, dans des œuvres consciencieuses, le meilleur de soi-même et comme

une lueur éternelle. La gloire, ainsi que l'argent, se place à
fonds perdus et rapporte les succès du jour, la vogue des salons, le bruit des journaux : cela dure ce que l'homme dure,
bienheureux s'il ne vit pas assez longtemps pour voir cette
gloire viagère lui faire banqueroute. Il y a un autre placement
plus solide, en biens-fonds assis sur l'avenir, au bord fleuri
des admirations réfléchies, au milieu d'un public restreint,
paisible quoique enthousiaste, et constant dans ses adoptions,
parce qu'il est difficile dans ses choix.

Dans cet ordre d'idées, l'artiste fera une large part au respect des convictions religieuses, aux scrupules de la morale,
aux délicatesses du goût. L'amour de l'art autorise toutes les
études, toutes les curiosités; mais les œuvres de l'artiste n'en
doivent refléter que le côté noble. Comme les étudiants en
médecine qui taillent le cadavre pour connaître le corps vivant, qui étudient le mort pour sauver le malade, ainsi l'artiste puise dans des études positives et des admirations matérielles les inspirations les plus élevées, s'il sait faire planer son
esprit au-dessus des réalités de l'atelier. Les grands traits du
génie sont bien moins les fruits d'une nature supérieure que
le résultat d'un éloignement instinctif pour le prosaïsme des
choses, d'un dégagement radical de toute vulgarité. On va au
cœur de l'homme par la route que d'autres prennent pour
enflammer ses sens. La beauté de la nature, suivant qu'elle
est comprise par l'artiste bassement ou noblement, s'adresse
à l'âme ou aux passions brutales; la laideur elle-même est
une ressource de l'art quand elle échappe à la vulgarité. Une
femme aux proportions grossières, à l'expression commune,
est laide parce qu'elle rappelle ce qu'il y a de plus ordinaire
dans la vie de chaque jour : mais les *Parques* de Michel-Ange
sont affreuses et d'un grand style; le *Possédé* de Raphaël est
horrible, et il ne messied pas dans la *Transfiguration,* dont il
occupe le premier plan; le *Teigneux* de Murillo lui-même
évite la répugnance en excitant par sa profonde vérité plus
de compassion que de dégoût. Quand Louis XIV, mis en
présence des scènes bourgeoises et communes des tableaux

hollandais et flamands, de leurs personnages avinés, de leurs physionomies grossières, s'écriait : *Ôtez-moi ces magots,* le roi de France marquait ce qu'un souverain doit aux arts, ce qu'ils se doivent à eux-mêmes. On aura beau couvrir d'or ces tableaux et pousser les artistes dans cette voie terre à terre, on ne fera pas que l'art soit là, pas plus que la gaudriole ne sera la haute poésie.

Sur ce point, un scrupule m'a quelquefois mis en hésitation. Je me disais : La mission de l'artiste bornée au simple rôle d'un Teniers, aux bas horizons d'un Jean Steen, est à la portée du grand nombre, et les protecteurs ne lui manquent pas; sur vingt jeunes gens, certains de réussir dans cette voie, suis-je bien sûr de créer un talent supérieur en les poussant tous dans la sphère élevée de l'art idéal? Non certes. Ne suis-je pas sûr, au contraire, de compromettre leurs petits talents de réalisme, leur originalité vraie quoique de bas aloi, sans leur donner en échange les hautes qualités qui font l'artiste supérieur? Oui certes. Je sacrifie donc vingt peintres de talents secondaires à la chance incertaine de produire un peintre hors ligne. Tel est en effet le résultat, et il n'effrayera aucun des lecteurs qui auront envisagé les arts et leur avenir à mon point de vue.

Avec l'éducation vraiment artiste, avec la conquête de cette seconde nature épurée, il importe peu quelle direction prend le caprice de l'imagination, et les professeurs de l'école se garderont bien d'intervenir, car là gît, avec la liberté, la vocation et l'avenir de l'artiste. Chacun porte en soi un don de nature qui décide la vocation quand il est puissant, qui dirige seulement les goûts quand l'impulsion en est modérée. On devient poëte, peintre ou musicien, selon que cet instinct vous porte d'une manière décidée à exprimer vos idées, à rendre vos sensations, littérairement, graphiquement ou musicalement. Mais ces dispositions, pour tourner à la vocation puissante, doivent être tranchées; autrement elles constituent chez l'amateur une tendance générale vers tous les arts, avec un penchant plus marqué pour l'un ou pour l'autre. Même dans ce cas particulier, les arts n'en restent pas moins très-distincts, et quand, dans un musée, un spectateur sent en lui l'impression d'un tableau tourner en mélodie harmonieuse et chaque qualité de cette peinture s'associer dans son âme aux qualités analogues de quelque musicien célèbre, il peut se dire musicien, il n'est ni poëte, ni peintre; si, d'un autre côté, un amateur cherche dans les accords d'un concert un côté pittoresque, s'il est ramené par les mélodies aux grandes scènes de la nature, il doit sentir poindre en lui le poëte, le peintre ou le sculpteur. Il y a la vocation générale et la vocation spéciale. Celle-ci est, pour l'ordinaire, le symptôme d'une imagination bornée, de talents vifs et spirituels auxquels manquent le grand souffle, l'inspiration élevée et la vue étendue aux vastes horizons. Mais ces vocations limitées peuvent être inspirées aussi par des tendances particulières et des goûts décidés; alors la vie comme le caractère s'harmonise avec le talent, ce qui forme l'accord le plus heureux. Overbeck avait abjuré le protestantisme pour rentrer dans l'Église catholique, et il est devenu à Rome un modèle de piété. A le voir seulement, on dirait un moine sortant de sa cellule. Overbeck était instinctivement un peintre religieux. Grant est chasseur comme Dedreux, comme Jadin; pour peindre ainsi les piqueurs, les chevaux de chasse et les chiens, il faut vivre avec eux. Horace Vernet est militaire par la volonté d'en haut : nous l'avons vu suivre les armées à la guerre, caracoler aux parades, faire partie de tous les états-majors; il peint ce qu'il aime. Gudin suivait sa carrière dans la marine royale, lorsque la spécialité de son talent s'est dessinée; Isabey et Morel-Fatio ont vécu dans les canots de Paris et du Havre avant de naviguer, avant de peindre, et ils sont devenus supérieurs dans leur genre parce qu'ils s'y sont mis tout entiers, âme et main, cœur et talent.

L'art est un pays montueux : celui qui s'élève le plus haut voit le plus loin, tandis que des hommes tout dévoués s'arrêtent faute de souffle, faute de hardiesse; heureusement que ce pays difficile a mille vallées plus gracieuses les unes que

les autres, étagées successivement à la portée de toutes les
forces, de tous les goûts. Avez-vous atteint le faîte, ne contestez pas le charme d'en bas; êtes-vous resté aux étages inférieurs, jouissez de ce que vous y avez trouvé, sans nier que
les autres, parvenus plus haut, aient découvert autre chose et
plus de choses.

Il en est des vocations spéciales comme des carrières spéciales : on n'en doit pas détourner les jeunes gens, car en s'y
appliquant avec suite ils deviennent des hommes utiles et par-
courent honorablement la vie; mais là n'est pas l'homme supérieur, celui qui envahit les carrières par les hauts emplois,
sans égard pour la hiérarchie, celui qui, comme le Poussin,
se fait paysagiste à ses heures, comme Cuyp peint la marine,
les animaux, les intérieurs et tout ce qui lui sourit avec la
même finesse. Ils ne se vouent pas à des genres spéciaux, ces
hommes d'élite, mais ils traitent en maîtres chaque spécialité.
Il en est de même de la peinture religieuse : par son caractère
élevé, elle appartient à tous les talents distingués. Je ne nie
pas qu'un artiste qui s'est pénétré, dans la lecture des litanies
de Marie, de toutes les qualités mystiques que l'Église et sa tradition accordent à la Mère de Dieu, fera de la Vierge autre
chose qu'une belle femme. Habitué à vivre dans un milieu
religieux, inaccessible aux préoccupations mondaines, il a
acquis un sentiment des convenances qui le dirige dans le
choix des natures, des poses, des mouvements, des gestes, des
expressions, des ajustements, et il parvient ainsi à inspirer
à tous pour sa Vierge le sentiment de respect qu'il porte dans
son cœur à la Reine des anges. Toutes ces choses, le peintre
profane les ignore et les néglige. S'il rencontre un visage doux,
naïf, modeste, il le copiera avec talent; son tableau de la
Vierge sera une belle peinture, mais, au point de vue des convenances religieuses, de l'onction et de l'idéal chrétien, il sera
battu par un artiste moins habile et plus convaincu; non que
je veuille accorder à certains artistes la prétention de suffire aux sujets religieux par la conviction et la piété. Il ne
saurait y avoir d'exception pour aucun genre de peinture : le

peintre doit connaître son métier. Au moyen âge, des ignorants
pleins de foi ont donné des expressions mystiques à des personnages difformes : Fra Angelico de Fiesole a traduit en petites poupées disproportionnées son pieux sentiment; tout
cela prouve seulement qu'une pratique habile, unie à cette
même conviction, eût produit des chefs-d'œuvre.

Ceux qui ont la prétention d'inventer un art religieux n'ont
rien trouvé de mieux pour la chrétienté qu'une soumission
hiératique, aveugle, semblable à l'esclavage de l'Église grecque
à laquelle on fabrique depuis des siècles, dans les couvents
du mont Athos et de la Russie, ses images d'après un type
consacré. Telle n'est pas la plus haute mission de l'art, celle
qui émeut l'âme et lui vient en aide pour concevoir l'idée de
la divinité la plus favorable à la prière, à la consolation, au
retour. Un grand peintre est le plus actif des propagateurs
religieux, à la condition que vous n'enchaînerez pas son influence dans de sempiternelles redites, dans la copie aveuglément fidèle de vieilles images des époques barbares de l'art.
Déshériter l'art religieux de l'idéal du génie, de la passion
individuelle qui donne à chaque œuvre son originalité et sa
vitalité, c'est remonter le courant des siècles, c'est aller contre
les plus nobles efforts. Une autre erreur est celle qui n'accepte
d'inspirations religieuses que lorsqu'elles émanent de peintres
convaincus, vivant dans la dévotion. Accordons à l'imagination un essor plus libre, un plus vaste cadre, une puissance
créatrice moins bornée; admettons que le beau religieux et
le beau moral soient au pouvoir de l'artiste, abstraction faite
de ses dispositions religieuses et morales. A ceux qui refu-
seraient de souscrire à cette libérale théorie, donnons en
exemple le Pérugin athée, Léonard de Vinci très-incrédule,
Raphaël assez mondain, Michel-Ange passablement brutal,
et permettons-nous de rire de cette petite mode qui fit, un
beau jour, de Fra Angelico le premier des peintres, le peintre
unique.

Dans un autre ordre d'idées, mais dans des dispositions
aussi mesquines, on a créé la spécialité du portrait, c'est-à-

dire qu'on a amoindri, ravalé une des études les plus intéressantes, et certainement la plus difficile de toutes. Suffit-il qu'un portrait soit ressemblant pour prétendre au titre de bon portrait? Mais la ressemblance est une affaire de tour de main, un talent de rapin d'atelier ou de Raphaël de corps de garde. Saisir du premier coup la physionomie d'une personne et l'exprimer en exagérant le trait caractéristique, c'en est assez pour faire crier au miracle; ce sera bientôt insuffisant aux yeux d'un public autrement difficile, pour une génération mieux préparée à juger des arts. Un portrait n'est pas un visage plus ou moins fidèlement copié, c'est l'ensemble d'une personne exprimée, dans sa nature, par les lignes; dans sa distinction, par l'ovale ou la pose de la tête, par l'élégance des mains ou la courbe des épaules; dans son caractère, par l'attitude. Quand tout cela est bien étudié, partant bien rendu, les traits du visage, l'expression caractéristique de la physionomie, la réalité de la vie, ajoutent sans doute à la ressemblance, mais ils sont, comme l'effet et la couleur, des préoccupations successivement subordonnées à cette première étude de l'ensemble qu'on ne saurait trop recommander, parce qu'elle fait voir en grand et d'un portrait vrai fait une œuvre d'art. Tous les maîtres comptent quelque portrait ainsi traité, et dans lequel les contemporains ont dû retrouver le personnage tout entier. Il en a été de même de nos jours, quand Paul Delaroche a découpé sur une plaque de marbre le profil arrêté et la pose résolue de M. Guizot, quand Ingres a présenté de face la tête énergique de M. Bertin et sa corpulence impérieuse; l'un et l'autre de ces artistes avaient saisi leur modèle dans l'ensemble, et les lignes générales auraient suffi à elles seules pour marquer le caractère.

Il y a deux genres de portraits : les portraits vrais et les portraits de convention. On n'avait peint que des portraits vrais jusqu'au milieu du xviᵉ siècle, c'est à-dire de naïves et sérieuses études d'un modèle donné, lorsque les artistes italiens intronisèrent le portrait de convention, j'entends un tableau à propos d'un visage. Depuis lors, tous les artistes ont fait un ou deux portraits vrais, d'abord le leur, puis celui de la femme aimée, les deux personnes qu'ils ont regardées, connues, analysées, qu'ils ont soumises à cette étude patiente et consciencieuse qui, tout en saisissant les traits ou la forme extérieure, se rend maîtresse de l'âme de l'individu, de son moral, et l'exprime par le jeu fin, mobile, imperceptible et puissant de la physionomie. Le modèle se trouve, dans de rares circonstances, en rapport assez continu avec l'artiste pour lui permettre d'obtenir ce résultat. Quelques hommes consciencieux, comme Ingres, Cogniet, Flandrin, Paul Delaroche, Amaury Duval, ont remplacé cette connaissance intime par la multiplicité des séances, par la lutte et la patience, mais le modèle n'a répondu le plus souvent à leur forte volonté que par la somnolence et l'ennui : aussi ces véritables artistes refusent-ils de faire des portraits, et ceux qui acceptent ce métier s'en acquittent avec le genre de conscience qu'on apporte dans un métier. Un modèle, qu'ils n'ont jamais vu, vient poser devant eux, et en trois ou quatre séances le portrait, fût-il en pied, est terminé à jour fixe et au prix convenu. Van-Dyck, dans les dernières années de sa vie et pendant tout son séjour en Angleterre, n'a pas travaillé autrement, et ses mauvais portraits, qu'on admire sur la réputation des bons, proclament à tous les yeux clairvoyants cette façon expéditive des portraits de fabrique; nous avons de nos jours des faiseurs du même genre, qui n'ont pas les qualités d'un Van-Dyck pour excuser cette dégradation de l'art.

D'ailleurs, qu'importent les sujets et les spécialités, si en toute création l'imagination se fait un cortége de ses souvenirs, de son idéal et de ces mille réminiscences involontaires qui sont comme les étais du monument et qui forment ce que nous nommons le style ? Le style, c'est l'accompagnement qui donne à chaque chose un ton élevé de noblesse, de vérité, et plus encore de sincérité. Ajoutez les perfections du métier, j'entends une étude acharnée, consciencieuse, naïve, un dessin sûr de lui-même, un coloris local pour chaque chose et soumis dans l'ensemble à une harmonie générale; avec ce style et cette pratique consommée, il n'y a pas de sujet banal, ni de sujet insignifiant : l'œuvre d'art existe par ses seules qualités.

Et cependant il faut tenir compte des dispositions individuelles, prévenir celles qui sont fâcheuses, encourager celles qui sont bonnes, laisser le champ libre à celles qui sont l'expression naturelle du talent. Il y a des artistes allemands qui, sans avoir passé le Rhin, sont devenus Français : c'était dans leur nature, et certainement Schadow a pu le voir avec regret, mais il ne les a pas détournés de leur voie; de même, parmi nous, Chenavard et Janmot sont Allemands, sans avoir vu l'Allemagne, par l'impulsion et la pente naturelle de leurs idées et de leurs sentiments. Irez-vous leur imposer une autre manière? Non, vous respecterez l'originalité, quelle qu'elle soit; vous ne combattrez que les singeries, car vous ne voulez pas plus le pastiche des Grecs que le pastiche du gothique, vous voulez que les élèves vivent avec les grands modèles de l'antiquité, et, comme en lisant Homère, Virgile et Cicéron, ils apprennent à parler français, qu'ils se fassent un style moderne dans des études antiques. C'est si peu difficile, que dans d'autres voies, et de moins naturelles, cela se reproduit involontairement, que dis-je, contre la volonté même des gens : M. Viollet le Duc ne peut plus dessiner que des figures gothiques, et j'ai vu une scène de famille dessinée par Belzoni, c'étaient des hiéroglyphes.

De tout temps on a imité les époques, les styles, les individus. On composait chez les Grecs des poëmes prétendus orphiques, comme on nous a fait de l'Ossian; on imitait le style éginétique sous l'empereur Adrien, comme nous recherchons le vieux style gothique. Qu'est-il resté, que restera-t-il de tout cela? Quand les artistes n'ont que du goût, ils contrefont ce qu'ils aiment; quand ils ont le talent puisé aux fortes études, ils s'incorporent le style de leur affection et le maître de leur choix pour en faire un style particulier et un homme nouveau. Barye, étudiant Phidias, fait du Phidias, faute de pouvoir faire du Barye; Ingres, inspiré par Raphaël, reste lui-même.

C'est dans la nature humaine de copier, l'invention étant le don exceptionnel; mais c'est aussi dans les devoirs de l'enseignement d'inspirer aux élèves un profond dégoût pour cette abdication de toute initiative. Vous direz aux élèves : Écoutez le maître, regardez-le, surprenez ses procédés, mais évitez de le suivre. *Rarevolte passa innanzi chi camina sempre dietro,* disait et répétait Michel-Ange aux imitateurs serviles. Ne soyez pas copiste. Il y a dans l'homme du singe qui contrefait tout ce qu'il voit, c'est la nature animale; il y a aussi un génie qui trace sa voie indépendante, c'est la mission divine. Quand le génie fait défaut, le singe reste, et, s'il s'est formé dans l'étude des bons modèles, ses grimaces s'en ressentent, il fera de bons pastiches; mais s'il perce seulement une lueur de génie, ne laissez pas le singe l'étouffer : combattez ses instincts, éloignez ses séductions, inspirez à l'âme de l'artiste un éloignement décidé pour les gambades de la bête, comme vous excitez l'horreur du vice dans un cœur honnête. Chacun doit lutter contre sa disposition imitative, car, de même que certaines personnes rendent si bien les physionomies et les grimaces des autres, qu'elles perdent toute physionomie et ne font plus qu'une grimace, de même aussi des artistes d'un immense talent, comme Dietrich, ont perdu toute originalité et ne conservent de valeur qu'en n'étant plus euxmêmes.

Mais tel défaut est réel chez l'un, et n'est qu'apparent chez l'autre, ou plutôt ce qui est un défaut dans celui-ci est une qualité dans celui-là. Sachez discerner. La facilité de main, comme la facilité d'élocution, cache l'absence de pensée, sert à dissimuler le vide du cœur. Dans la seconde moitié de sa carrière, le Bernin, pour ne citer qu'un ancien, avait sacrifié toutes ses qualités à ce misérable défaut; vous le proscrirez à tout prix. Mais il est une facilité apparente qui a droit à notre respect. Rien n'est plus travaillé, étudié, vingt fois recommencé, rien, en un mot, n'est plus péniblement difficile dans

les arts que la facilité de bon aloi. Impressionner fortement
son spectateur, dominer son attention, s'imposer à son souvenir par une œuvre qui lui fera dire : Mais ce peintre a fait
cela avec rien, en se jouant et du premier coup ; produire cet
effet, c'est un programme ardu. J'ai vu Decamps travailler des
tableaux qui créaient cette impression et qui faisaient dire ces
sottises. Après avoir longuement médité son sujet, il l'avait
peint de verve avec une facilité étrange, qui enthousiasmait
tous ses admirateurs. A quelques jours de là, ceux qui revenaient dans son atelier étaient fort surpris et bien attristés de
voir la grande peinture grattée jusqu'au tissu, ne laissant plus
distinguer que vaguement la première inspiration, et cette
charmante toile accrochée au mur parmi les esquisses aban-
données. Plus tard Decamps la remettait sur son chevalet et
peignait sur ce nuage d'une première pensée un nouveau
tableau, mieux conçu, plus saisissant, plus fort que le précédent : on criait à la merveille, l'artiste seul n'était pas satisfait, et, malgré nos supplications, nouveau grattage, nouvelle
étude du même sujet avec toutes les modifications d'expression plus vraie, de mouvement mieux senti, de couleur
appropriée, d'effet saisissant. Alors ce tableau paraissait en
public, et le public de s'extasier sur cette facilité, sur cette
peinture de premier jet. Il est, en effet, nombre de bonnes
gens qui croient qu'on peint de sentiment, qu'on parle d'a-
bondance et qu'on chante naturellement. A ces heureux
aveugles n'ouvrez pas les yeux, car l'art et ses chefs-d'œuvre
perdraient beaucoup dans leur esprit, s'ils savaient ce qu'il
faut d'étude pour modeler des têtes, dessiner des extrémités,
donner le mouvement et la réalité à des corps, s'ils connaissaient toutes les préparations de l'orateur, toutes les répétitions du chanteur. L'art facile n'est pas de l'art. Dieu ne se
laisse pas arracher une part de sa création, sans qu'il en
coûte au ravisseur.

Après avoir vanté le style, je voudrais déprécier les bouffonneries. Je souffre de voir l'art mis en caricature par
M. Biard et en charges avilissantes par nos vaudevillistes,

mais je sympathise avec les trivialités de Rembrandt, les gueux
de Callot et les farces de Molière. C'est que le comique est de
deux sortes : il en est un que certaines gens possèdent sans
s'en rendre compte, qu'ils absorbent en eux-mêmes et qui les
égaye sans se communiquer ; celui-là est de courte portée, le
plus grand nombre y est accessible, et les plus gais, les plus
heureux, y excellent : c'est le comique de la bonne humeur et
de la bonne santé ; il est bruyant, mais ceux qui en jouissent
ne le communiquent qu'à leurs pareils, aux gens de bonne humeur et de bonne santé, aux convives un peu avinés qui rient
sans savoir pourquoi et chantent les refrains sans avoir écouté
la chanson. Le comique communicatif est tout autre : ceux
qui en sont doués, la plupart maladifs et hypocondres, sont
observateurs sérieux et moroses. Ils souffrent de leurs infirmités, et, du milieu de leurs souffrances, cette faculté particulière de saisir le comique leur permet d'observer les ridicules et de les reproduire avec un tour tellement saisissant,
avec une si poignante moquerie, qu'on est impressionné au
fond du cœur en même temps qu'amusé à la surface de l'esprit, amusé de ce qu'on voit ou de ce qu'on entend, étonné
de ne l'avoir pas observé et saisi soi-même. Molière, Hogarth,
Hoffmann, Heine, Bouffé, Decamps, sont des exemples de
ce contraste de douleur intime et de reflet comique.

Si, quittant ces préoccupations générales, l'enseignement
aborde les parties essentielles de chaque art, il se trouve tout
d'abord en face de la couleur et se demande dans quelle mesure il lui est permis ici d'intervenir. Je suis convaincu que le
temps n'est pas loin où la couleur et l'effet auront leur théorie
précise et leur enseignement pratique, comme aujourd'hui le
dessin ; en attendant, il faut se ranger à l'opinion commune,
qui veut qu'on ne fasse pas plus de coloristes qu'on ne fait de
musiciens ; mais cette opinion n'empêchera pas qu'on ne forme
les yeux comme les oreilles à des harmonies de tous (et combien je sais gré à la pénurie de notre langue de ne me fournir
qu'un seul mot pour ces deux idées), harmonies qui rendent
les yeux comme les oreilles répulsifs à toute association de

couleurs ou de notes qui se heurtent, crient entre elles et s'offensent. Au reste, il ne s'agit pas de rechercher si l'on apprend à être coloriste, à être passionné, à être poétique : Raphaël, qui n'était rien de tout cela, a rencontré chacune de ces qualités quand le sujet dont il s'inspirait les réclamait; il les a dédaignées ou négligées quand il pouvait s'en passer, quand son dessin magistral et des indications de couleur lui suffisaient pour atteindre son but. Apprenez donc aux jeunes gens à bien voir la nature et les maîtres : vienne le moment de l'inspiration, et la couleur ne fera pas défaut au dessin. La *Messe de Bolsène* et la *Fuite de saint Pierre* ont été des inspirations; elles ont servi à rabaisser l'orgueil de Venise et de Parme, mais ce n'était ni la préoccupation du divin maître, ni son but, ni ses tendances naturelles.

Il est des coloristes d'instinct et de nature, cela n'est pas douteux. Leurs yeux, faits d'une certaine manière, reflètent en toutes choses la couleur, et leur esprit ne s'occupe que de ces apparences, sans grand souci de la forme. A ceux-là il faudrait une éducation plus sévère, plus sérieuse qu'à tous les autres, car cette qualité native ils ne la perdront jamais, et, associée à l'étude consciencieuse, elle leur assure une supériorité immense. Ils ont particulièrement besoin d'étudier, vu que le charme de la couleur fait illusion sur leurs yeux plus encore que sur les yeux des autres, et les dispose à se pardonner des fautes de dessin et des négligences de composition pour lesquelles le public d'élite a moins d'indulgence.

Un élève qui peint les fleurs dans le sentiment de la nature est un coloriste *pour tout faire*. Si des lois de caste comme chez les Égyptiens, ou le hasard des choses comme aujourd'hui, le retiennent dans le genre des fleurs, il les peindra tous les jours plus exactement sans les peindre mieux; mais s'il quitte les fleurs, il peindra le genre comme Diaz, Ziem, Isabey et autres; des paysages, des sujets historiques, des scènes de la campagne et des bords de la mer qui, au premier aspect, font l'effet d'un fourré de roses, d'œillets ou de pivoines. Ce sont là des dons du ciel, lui seul les départit; mais l'enseignement

et les bons conseils apprennent à bien placer et à exploiter
habilement ce legs précieux, qui, au contraire, dépensé folle-
ment, dure un jour et laisse pour le lendemain mille prétentions impuissantes. Il y a d'ailleurs deux choses bien distinctes
dans les qualités du coloriste : en premier lieu, la couleur vraie
de chaque objet en lui-même et le ton général qu'elle prend
dans l'ensemble, en harmonisant toutes ses parties, avec une
intervention limitée, mais caractéristique, du sentiment particulier que l'artiste exprime : ainsi, par exemple, les scènes de
douleur sur lesquelles un pinceau convaincu étend comme un
voile de deuil, les douces scènes d'intérieur que l'aube argente comme pour exprimer la fraîcheur des sentiments, les
scènes passionnées de la vie que les derniers rayons d'un soleil
couchant viennent dorer comme à la fin d'un beau jour.
Quand on ne comprend pas cette teinte poétique mariée à
la couleur vraie et locale, on cherche autre chose, et alors
on trouve cette seconde catégorie de la couleur : un coloris
particulier que chaque artiste crée à son usage, qu'il ne prend
pas dans la nature, mais qu'il a bientôt dans les yeux et dans
la main, au point de s'en faire un système, une règle et comme
un procédé. Rubens s'est égaré souvent dans cette routine,
Jordaens y reste empêtré, et, si vous examinez attentivement
les tableaux des fougueux coloristes, vous verrez que leur
entente de l'harmonie et de l'effet est dominée par cette teinte
conventionnelle. Bien plus, des écoles entières, comme celles
de Venise, de Parme, de l'Espagne, des Flandres, se mettent
au pas ; elles ont une couleur et représentent la nature et
toute la création avec cette couleur, comme d'un kiosque on
voit le paysage bleu, rouge ou jaune, suivant qu'on se place
derrière une vitre de cette teinte. La couleur ainsi comprise,
c'est une harmonie générale dans une gamme conventionnelle, qui ne se soucie ni de l'exactitude dans le détail ni de
la vérité dans l'ensemble, mais qui séduit les yeux et distrait
la réflexion.

Quand on a étudié la couleur, en résistant à sa séduction,
on admet plus facilement la supériorité de l'idéal et de la pen-

sée exprimée par la sévérité du dessin et se contentant de revêtir une teinte harmonieuse de couleurs plus ou moins vives; on s'explique comment le Pérugin, Raphaël, Poussin, Le Sueur, Ingres, Cogniet, satisfont les plus délicats et ramènent à eux tous les fervents amis de l'art, ceux-là même qu'une fougue de jeunesse et une première séduction avaient entraînés à la couleur pour la couleur. En effet, tous ces artifices se distinguent de l'art véritable, comme l'hypocrisie de la modestie, par une nuance, un détail : la vérité. Les élèves doivent apprendre à sentir que l'intensité de la couleur et la reproduction de certains détails microscopiques sont des exagérations et des contre-sens; si même les couleurs étaient le ton vrai des choses, elles devraient calmer leur vivacité et se mettre en harmonie avec l'ensemble, en rapport de proportion avec la réduction des objets.

On ne confondra pas l'effet et la couleur, ce sont choses distinctes, et cependant la couleur ne vit que par la lumière, c'est son âme. Un peintre ne peut être coloriste que s'il conçoit son effet en même temps que ses tons : quand l'une de ces conditions de l'art domine l'autre, le tableau peut être coloré comme certaines peintures lâchées de Rubens et comme les meilleurs tableaux de Turner, sans avoir ni corps, ni relief, ni réalité; il peut être aussi d'un grand effet, comme les toiles de Martins, et n'avoir pas la couleur vivante.

La conquête ou la possession de ces belles qualités de couleur et d'effet seraient quasi inutiles, si elles ne devenaient pas l'accompagnement d'une noble composition, si elles devaient servir à refléter les objets naturels qui s'offrent chaque jour à notre vue ou les vulgarités de la vie dont nous voudrions pouvoir détourner les yeux. Le choix du sujet est donc d'une grande importance. Un sujet réellement pittoresque est celui qui fait le plus penser en frappant le plus au premier aspect. Être compris tout d'abord, sans que le cœur dédaigne aussitôt ce que l'esprit a saisi, être compris d'une façon saisissante, à première vue, et cependant attacher l'esprit, émouvoir le cœur, c'est là un sujet qui aide l'artiste et le public, l'un à entourer son œuvre de toutes les qualités, l'autre à les sentir, à les apprécier.

Les élèves éviteront les sujets pris dans les ouvrages dramatiques. La scène est redoutable, n'entrez pas en concurrence avec elle, non pas qu'elle soit difficile à rendre, plus difficile à observer que la nature; mais c'est une fiction dont le public s'est fait une réalité, c'est une traduction de la nature dans une langue conventionnelle que vous êtes obligé de traduire vous-même par les artifices de l'illusion. Si vous n'avez pas été au théâtre, si vous avez cherché votre sujet dans la nature, vous êtes au niveau de l'acteur, du décorateur et du metteur en scène pour l'exactitude et pour la vérité, et vous les surpasserez en noblesse et en beauté si votre idéal vous est venu en aide; si, au contraire, vous empruntez votre composition à la scène, comme les acteurs ont des moyens d'illusion et d'effet, des ressources d'émotion électrique que vous n'avez pas, votre tableau, qui sera vu, apprécié, jugé par les habitués du théâtre, n'aura leur approbation que s'il est aussi pathétique, aussi dramatique que leurs souvenirs, et alors, une fois entré dans cette lutte, vous cherchez votre succès en violant toutes les conditions du naturel. Vous serez forcément ou au-dessous de l'attente du spectateur ou en dehors de la réalité, vous ne serez jamais dans le vrai.

En cherchant vos sujets dans la nature, vous ne donnerez à vos compositions d'autre signification, d'autre titre, que ceux qu'ils ont eus dans la conception première. Rien n'est plus aisé, quand le modèle ou les groupes saisis au passage du hasard vous ont donné une mère et son enfant dans un mouvement de tendresse, d'intituler ce sujet *Vénus et l'Amour, la Vierge et l'enfant Jésus;* un bout d'étoffe en fait la différence, mais le caractère et le sentiment créateur manquent à cet intitulé. Toute pensée doit naître dans l'esprit de l'artiste avec sa forme indiquée et l'expression qui la complète : architecte ou peintre, sculpteur ou écrivain, chacun enfante son idée revêtue de sa forme; autrement elle n'est pas née viable.

Soyez donc saisissant par l'impression communicative de ce qui vous a ému, mais surtout soyez clair. Quand on n'a rien à dire, il y aurait du luxe à être obscur; mais, quand la pensée est profonde, l'obscurité s'en empare. Le beau mérite d'être clair en peignant des veaux et des vaches, en représentant des faits historiques connus ou des anecdotes qui courent les rues! Le mérite commencera là où s'élève une inspiration poétique, une pensée philosophique, un élan du cœur; leur trouver la forme la plus vraie, l'expression la plus noble et en même temps la disposition pittoresque qui les rend clairement à la foule, c'est là le cachet d'un grand artiste. Quand un peintre veut m'expliquer son tableau, je sais d'avance que j'ai affaire à un littérateur artiste, mais non pas à un artiste créateur. Le peintre a tout dit quand il a peint. Le reste doit se comprendre sans explication. L'art n'est qu'à ce prix ; autrement la littérature vaut mieux. Un sujet qui a besoin d'un interprète n'est pas dans les conditions de l'art, c'est une vignette à placer au milieu d'un texte. Irez-vous louer à la journée un mercenaire qui expliquera à la foule ébahie vos histoires universelles de l'humanité, comme l'invalide qui montre la *Bataille des Pyramides,* au Diorama, en disant : « J'y étais; nous comptions sur Murat, nous vîmes passer le « général Bonaparte. » Alors, faites du diorama ou de l'art en plein vent, comme les théâtres de la foire; ne prétendez pas atteindre aux sommets sublimes.

Pour vous maintenir dans ces hautes régions, soutenez dans la peinture le choix des temps héroïques, des sujets mythologiques et de toute cette belle antiquité qui autorise le développement des conditions les plus difficiles et les plus fécondes de l'art. Rappelez-vous que vous n'écrivez, que vous ne pensez, que vous ne possédez un petit coin poétique, un petit refuge d'idées élevées, qu'à l'abri des souvenirs bien vagues de vos études classiques. L'État maintient ces études; on lira toujours Homère et Virgile pour faire des vers ou des tableaux, c'est la source commune de l'inspiration, c'est la vraie et la bonne. Que nous font ces fables puériles de la

Grèce racontées par d'ignorants païens? diront quelques sots. Vous leur répondrez : Que vous fait l'histoire des palpitations du cœur humain, ce cœur toujours le même, qu'il batte en Grèce aux cris de victoire de Marathon ou dans nos poitrines aux chants patriotiques des défenseurs de la patrie?

L'abandon des sujets mythologiques et héroïques ne peut être que momentané, c'est une mode; et, de même qu'il faut passer aux enfants et aux jeunes chevaux quelques fantaisies pour pouvoir leur mieux faire sentir ensuite l'autorité ou le caveçon, de même aussi on suivra le courant qui dévie jusqu'à ce qu'on puisse le remettre dans sa véritable voie. La création du musée de Versailles a suffisamment enseigné à notre école la science du costumier de toutes les époques et le secret de paqueter un soldat suivant l'ordonnance; on a passé de ce fastidieux exercice à l'imitation des scènes les plus ordinaires de la campagne; mais n'ayons aucun souci, *les Casseurs de pierre* et *les Demoiselles de village* passeront à leur tour, et *le Massacre des Innocents, Vénus sortant des eaux, la Justice poursuivant le crime,* reprendront leur empire. Et soyez persuadé que l'artiste dont l'éducation s'est faite aux sommités de l'art sera encore le mieux préparé à remplir vos programmes inférieurs de sujets contemporains affublés de costumes modernes. Le plus habile peintre du meilleur journal de modes ne sera pas celui qui représentera le plus noblement le frac et le paletot, c'est l'homme exercé à toutes les grandeurs du style antique; celui-là, comme l'a montré Ingres dans le portrait de M. Bertin l'aîné, relève les misères de nos vêtements étriqués par une manière large et fidèle à la fois, par la pose et par le style.

L'allégorie a été une des plus précieuses ressources de l'art, c'est sa plus noble expression. Les ingénieuses inventions de l'antiquité sont de tous les temps, car, comme une langue universelle, elles seront toujours comprises, toujours goûtées par un public d'élite. Faites donc un large usage de l'allégorie, tentez même parfois l'association de l'allégorie et de la réalité. Rubens y a souvent réussi; Ingres dans son portrait

de Cherubini, Paul Delaroche dans sa figure distribuant les couronnes au milieu des grands artistes de toutes les époques, n'ont
pas échoué dans leur tentative. En 1674, Martin des Jardins
eut l'idée de représenter sur l'arc de triomphe de Bullet, à la
porte Saint-Martin, le roi Louis XIV en Hercule triomphateur
de Geryon, mais en Hercule coiffé de la vaste perruque royale,
et qui a meilleur air, plus de grandeur, de pittoresque et de
véritable majesté que tous les rois, maréchaux et généraux qu'on
nous fait depuis cinquante ans. Toutefois, il est impossible
dans le domaine de l'imagination de rester stationnaire, et l'allégorie, comme toutes choses, doit se féconder par de nouvelles
idées. Dans l'antiquité tout était pour les artistes motifs à créations, et il semble aujourd'hui qu'on craigne l'invention, qu'on
l'évite. Pourquoi les conquêtes nouvelles de la science, les
transformations de la société, les idées modernes, ne seraient-
elles pas traduites en allégories pittoresques et saisissantes?

L'École des beaux-arts ne développe peut-être pas assez
l'esprit de ses élèves vers la composition ; elle se complaît dans
la science des détails, elle n'envisage pas simultanément leur
mise en œuvre, en action, en réalité. Sans doute, et avant
tout, les élèves doivent savoir bien rendre une jambe, un
bras, un torse, mais avec la préoccupation de mettre debout
et en mouvement l'homme entier. Ainsi, quand vos élèves
dessinent la figure, que ce soit avec l'idée de la place qu'elle
prend dans l'ensemble d'une composition arrêtée dans leur
esprit et déjà essayée sur le papier.

Toutes ces questions que j'aborde ici bien sommairement
préoccuperont les professeurs; elles les conduiront à discuter
devant leurs élèves la théorie insensée de l'art pour l'art. Le
temps n'est pas loin où l'on soutenait gravement qu'un chou,
peint dans toutes les conditions de la perfection, devait être
considéré comme l'égal de la *Transfiguration* de Raphaël. Et
l'école entière de battre des mains. C'était le triomphe de la
bourgeoisie, des banalités du jour, de la réalité de la vie. Sans
doute une laie avec ses petits, grouillant dans le fumier de la
ferme, attirera un instant ma vue; mais irai-je m'asseoir des

journées entières en contemplation devant ce touchant tableau? Un journalier tire avec effort sa charrette, deux hommes avinés se battent à la porte d'un cabaret; je regarde et je passe, même lorsque le corps de l'homme transformé en bête de trait me frappe par son manque d'aplomb, même lorsque ces ivrognes portent sur leurs visages l'exaltation fébrile, l'aliénation mentale de l'enivrement; je le remarque, mais je ne dresse pas ma tente pour garder plus longtemps ce spectacle sous mes yeux; et vous voulez que je me plaise éternellement à ces ignobles scènes, parce que vous êtes parvenu à les peindre en *fac-simile* plus ou moins servile; que j'accroche ces tableaux sur mes murs pour m'en récréer à tout jamais la vue; que je les associe à ma vie de famille, à l'éducation de mes enfants, aux événements heureux, ou trop souvent malheureux, de mon intérieur? vous n'y pensez pas. Ces aberrations ont-elles fait leur temps? Cette théorie n'a-t-elle pas conservé des adhérents? Tous les peintres de genre, tous les amateurs de cette peinture, soutiennent encore que l'art a plusieurs points culminants, et que, la perfection étant une, elle est égale à toute autre, quelle que soit la nature de l'objet ou le choix du sujet auxquels on l'applique. Ils prétendent avoir des Raphaëls dans chacun de leurs genres de peinture, et cependant ils savent bien que le chou imité jusqu'à la perfection, le chien rendu avec sa physionomie intelligente, le cheval bondissant, le lion rugissant à faire peur, ne vaudront jamais une promenade au potager, cinq minutes passées à la chasse dans la prairie ou au désert; tandis que Françoise de Rimini traversant les airs dans son délire saignant, Tintoret peignant le portrait de sa fille, la nuit s'échappant mélancolique des clartés du jour, sont autant de poétiques rêves réalisés, que le génie enfante, que rien dans la nature ne peut remplacer. Laissons donc les genres infimes gonfler leur vanité pour atteindre ces colosses; ne leur souhaitons qu'un prompt retour sur eux-mêmes. La moralité de la fable est moins indulgente.

Le paysage portrait est supportable quand il me retrace un

souvenir personnel ou quand il rappelle à tous un fait historique; mais le paysage, imitation patiente d'un site comme la
nature m'en offre vingt dans chacune de mes promenades,
sans une idée qui s'y rattache, sans un effort d'imagination
pour associer, comme le fait Claude Gelée, la plus belle
heure du jour, les plus grandes beautés de plusieurs sites
avec les monuments de l'art, ce paysage, quand il sera traité
par des gens habiles, sera encore recherché comme décoration tant que le daguerréotype en couleur ne sera pas trouvé;
mais le jour où ce perfectionnement mécanique sera découvert, adieu messieurs les paysagistes : on gardera un Corot
près d'un Titien ou d'un Poussin, un Paul Flandrin près d'un
Dominiquin ou d'un Rubens; on se rira du reste.

Je ne demande pas qu'on revienne au paysage dont le
style a chassé la vie; je veux la nature, ainsi que l'homme,
prise sous ses beaux côtés, dans ses aspects les plus favorables,
aux heures du jour les mieux inspirées. Le paysage a de ces
phases comme l'homme, et comme lui il a ses vulgarités. Le
paysage historique est devenu impopulaire, parce que c'est
un mot vide de sens. S'il désigne le beau style que les maîtres ont adopté quand ils ont représenté la nature, c'est le
modèle éternel; s'il marque le paysage tel qu'on l'a peint pendant les trente premières années de ce siècle, sous l'influence
de David, c'est une froide convention dont personne ne veut.
Ne disputons donc pas sur la valeur du paysage historique, sur
le mérite de l'idéal dans la représentation de la nature, sur le
charme d'une pensée touchante animant un site enchanteur.
Les controverses sont stériles, et nous en avons assez. Demandez aux élèves eux-mêmes s'il serait naturel que deux Français, Claude Lorrain et le Poussin, se fussent rencontrés pour
créer le paysage historique, que deux siècles se fussent réunis
pour les admirer, si cette manière de voir la nature n'avait
pas été particulière à nos goûts nationaux et à notre entente
de la réalité dans l'art, si elle n'avait pas répondu en même
temps à la plus sage théorie; puis, ajournez les contradic-
teurs à l'année 1900 : ils sauront alors combien de mares et

des plus vraies, combien de chemins creux et des plus réels,
auront défilé devant le *Forum de Rome* et les *Bergers d'Arcadie*
sans arracher à la splendeur de l'un, à la mélancolique séduction de l'autre, un seul de leurs admirateurs. Mais non, ce
n'est pas assez et ce serait manquer à votre devoir. Vous avez
la conviction que le public va demander aux artistes de faire,
sinon mieux, au moins autre chose que la machine qui s'appelle le daguerréotype; vous dresserez vos élèves à penser, à
composer, à idéaliser. Vous les formerez aux conditions pratiques de leur métier, non pas pour lutter de fini avec la
machine, mais pour s'exprimer facilement, largement. Il n'y
en aura pas moins de copistes acharnés à l'imitation bête d'une
mare, d'un chou ou d'un poêlon, c'est une des faiblesses de la
nature humaine, et il faut l'admettre, comme toutes les faiblesses, mais vous aurez préparé une forte génération à de
plus nobles destinées.

Il en est de la peinture de paysage comme de la peinture
d'histoire : on vante ses progrès, mais on rapetisse l'une et
l'autre. Tous les maîtres ont interprété la nature, qu'elle soit
être animé ou paysage, suivant les règles d'un idéal qui a pu
exagérer un certain nombre de beautés, mais qui planait
certes au-dessus de l'insipide réalité. Nous sommes en train de
changer tout cela; mais, par une contradiction qui n'a rien de
surprenant, tant est grand le désordre qui ravage les têtes,
tandis que Courbet est applaudi lorsqu'il peint le paysage tel
qu'il le voit, grenouillère ou bouquet d'arbres, ravin étroit
formant rideau à cinquante pas ou masure isolée sur le grand
chemin, on l'accable de critiques, on le honnit, quand, fidèle
au même système d'art insouciant ou de réalisme systématique, il peint des hommes et des femmes tels qu'il les voit,
sans choix et sans fard. Les maîtres, je l'ai dit, comprenaient
autrement le paysage : ils savaient interpréter ses beautés et
trouver dans leur imagination une variété d'arrangement qui
n'est comparable qu'à la variété de la nature elle-même, et
cependant ils n'avaient pas comme nous la facilité des voyages,
ces bateaux à vapeur qui nous transportent au gré de notre

fantaisie au milieu des magnificences de l'Orient, ces chemins de fer qui nous portent, rapides comme le vent, en face des beautés grandioses de la nature inépuisable des Alpes ou des Pyrénées, avec toutes les aises de la vie et la tranquillité assurée aux études. Qu'importe? direz-vous; la grenouillère et le chemin creux, copiés exactement, nous plaisent plus que les paysages les mieux composés. N'y a-t-il pas quelque chose d'équivalent aux raisins verts de la fable dans votre prédilection? De même que l'*École d'Athènes* est un tableau froid, sans vie, où le sang ne circule pas, de même aussi les paysages du Poussin sont factices et manquent de vérité. A un effort d'imagination vous préférez des prodiges de patience, au noble exercice de cette faculté créatrice que Dieu vous a donnée vous substituez de gaieté de cœur, et qui plus est avec vanité, la servilité de l'imitation. Si le paysage composé et idéalisé n'est pas votre fait, choisissez au moins les grands aspects de la nature, l'immense développement de ses beautés, les prodigieux effets de sa lumière, qui semble, dans sa gamme changeante, correspondre avec la gamme des sentiments qui résonne au cœur de l'homme, depuis la joie du matin jusqu'à la tristesse du soir; allez au fond des montagnes, sur le bord des lacs, dans l'immensité de la mer ou du désert, au milieu de la campagne de Rome ou dans les vallées de la Grèce.

Mais c'est encore là aborder la lutte, poursuivre la perfection dans les hautes régions de l'art, suivre une route escarpée et pénible, longue et remplie de difficultés. Il est si commode de s'arrêter en route avec la conscience qu'on ne saurait atteindre plus haut! Et cependant persévérer en dépit des défaillances, surmonter la fatigue, et de ses pieds comme de ses mains ensanglantés défier les obstacles, ce peut être une malheureuse ambition, mais c'est un noble courage, et il est rare qu'il ne soit pas accompagné de succès, qu'il n'atteigne pas au but.

Quand on ne possède pas cette énergie, on peut choisir un genre : seulement le choix est périlleux, car il y a des temps pour la marine, d'autres pour le paysage. L'Arabe et son cour-

sier ont eu leur temps, la ruine gothique et sa châtelaine ont
eu leur vogue. Tel qui réussira aujourd'hui avec ses Bretons n'y gagnerait pas demain de l'eau à boire. On accuse le
peintre de baisser : c'est le public qui fait baisser les actions
de tel ou tel genre à la bourse fallacieuse de ses goûts chan-
geants, tellement que, si un peintre pouvait vivre plus qu'il
n'est donné à un peintre de vivre, il verrait la vogue revenir
au genre qu'il a senti déchoir de son vivant, et une nouvelle
faveur, également momentanée, entourer ses tableaux.

La conclusion de ceci, au moins à l'École des beaux-arts,
est de savoir tout peindre pour rendre tout sans effort, pour
donner la forme à sa pensée sans trahir sa fatigue, c'est de
ne s'attacher qu'à la vérité et de la placer le plus haut possible; plus elle est haute, plus elle défie ces petites brises de
la mode du jour. Si vous ne pouvez atteindre le grand et le
beau, au moins cherchez dans la nature ce qui correspond
à votre âme, ce qui s'associe et s'incorpore, pour ainsi dire,
à votre propre nature; n'imitez ni le joli, ni le coquet, ni
le gracieux des autres, quelque succès qu'il ait eu. Angelico
de Fiesole, Carpaccio, les Tiepolo, Watteau, Boucher,
Chardin, Greuze, Vidal, sont des peintres charmants, mais
leur mérite réside justement dans le naturel de leur affectation. Vous pouvez être affecté à votre tour et conquérir le
même succès par le tour caractéristique de votre propre affectation; mais, quant à celle des autres, c'est quelque chose
qu'on goûte si l'on y est porté, qu'on admet, quelque dégoût
qu'on en ait, et qu'on n'imite pas plus que l'originalité. Ces
genres ont même cela de particulier, qu'en les imitant parfaitement, qu'en faisant même mieux, on ferait plus mal. La
naïveté enfantine et angélique des têtes de Fiesole, mise sur
des corps capables de vivre, n'aurait pas ce mérite particulier, ce caractère primitif qui en fait le charme. Les imitateurs de Watteau étaient plus précis que lui, ceux de Boucher
plus chastes, moins monotones et moins blafards, et cependant
tous ces imitateurs sont restés bien au-dessous des modèles,
et, quand M. Pollet, se mettant à la suite de Vidal, le bat sur

tous les points, rectitude du dessin, variété d'expression, vérité et force de la couleur, il n'en est pas moins une imitation insuffisante, parce qu'à Vidal appartient quelque chose qui est la nature même de son talent, qui fait sa grâce et sa séduction.

Il est plus fâcheux de se sentir suivi par d'autres que de s'apercevoir qu'on suit quelqu'un : dans le premier cas, rien ne vous débarrasse de ces imitateurs à la suite ; dans le second, il dépend de vous de changer de voie. Eugène Delacroix donnerait la moitié de son talent pour n'avoir pas derrière lui, ou à droite ou à gauche, M. Chassériau, qui lui fait l'effet d'un miroir d'auberge, dans lequel on se voit blême et déformé ; mais à ce mal je ne sais pas de remède, et comme il n'atteint que les forts, il n'est pas dangereux.

Les dimensions d'un tableau ont leur importance ; il est raisonnable de consulter la proportion des choses et le diapason des célébrités. Tel fait, tel homme ne comporte pas plus que le croquis, tel autre ne doit pas dépasser le châssis de petite dimension ; il en est qui seraient à l'étroit sur la toile de la *Bataille de l'Isly,* laquelle, par parenthèse, est trop grande pour le sujet. Quand Biard composa son immense *Gulliver,* quand Courbet peignit ses *Tailleurs de pierre* et l'*Enterrement d'Ornans* de grandeur naturelle, ils se trompèrent l'un et l'autre au moins de moitié. Un autre genre d'harmonie est nécessaire aussi entre le choix du sujet et la nature du talent. Vous aurez beau faire la grosse voix, on vous reconnaît. Je possède un tableau de sainteté peint trèssérieusement par Boucher, et qui provoque le rire. Au reste, la manière de traiter un sujet le rapetisse bien plus que la dimension de la toile. La petite peinture n'est pas dans les plus petits cadres ; la *Mort du duc de Guise* est un bien plus grand tableau que le *Charlemagne traversant les Alpes,* quoiqu'il soit vingt fois plus petit. Qui se sent la patience, le goût du pointillé et de l'étude au microscope se jette dans cette manière, vers laquelle penchent instinctivement les peintres des décorations de théâtre, et cette remarque suffirait pour condamner la tendance à l'extrêmement petit. Les tableaux nains de MM. Cicéri et Thierry prouvent qu'habitués à rendre la nature autrement qu'ils ne la voient, il leur est impossible de s'arrêter à la juste proportion : ils vont d'un extrême à l'autre; leur vue a pris quelque chose de factice comme une lorgnette, qui ne montre les objets que par le petit ou par le gros bout. Au reste, même en ce genre, il y a, même après les Flamands, place pour de lucratifs succès. Messonnier y a réussi, vingt peintres le suivent, et parviendront à faire aussi bien que lui, si, à son exemple, ils se sont rendus maîtres de leur métier, je veux dire s'ils savent dessiner et peindre; s'ils ont comme lui la persévérance dans la minutie, la passion dans le fini : ils feront mieux que lui, si à ses qualités ils joignent le talent de choisir des sujets intéressants, de rendre des scènes gracieuses ou pathétiques, de mettre de l'âme au fond de ces daguerréotypes peints ; s'ils comprennent surtout que les tableaux infiniment petits, comme les plus grands, exigent une manière propre au sujet, une couleur particulière à la scène représentée, le tout découlant sans effort de l'inspiration de l'artiste et de l'observation du moment. Messonnier a trouvé un procédé et il l'exploite : touche du pinceau, gamme de couleur, maniement de l'effet, tout se ressemble et se répète à satiété. On dirait un procédé reproducteur, une façon d'imprimerie à l'huile. Évidemment l'artiste a cessé de regarder son sujet, il ne cherche plus dans la nature ce qu'il veut rendre. Comme un acteur bien seriné, qui récite en pensant à autre chose, Messonnier répète et reproduit ce qu'il a dix fois représenté, mettant seulement, pour faciliter le débit de la chose, un joueur de basse à la place d'un homme qui lit, un artiste qui cherche dans un portefeuille au lieu d'un chasseur qui démonte son fusil.

Il est bon qu'une porte soit ouverte à toutes les excentricités, aux bonnes qui sont les élans du génie, aux mauvaises qui sont le manége des prétentions. Si David avait enterré Prud'hon sous le linceul de sa stérile doctrine, si l'Académie, il y a vingt-cinq ans, avait étouffé Eug. Delacroix, si la critique

aveugle ou la direction des beaux-arts avaient pu, l'une par
ses dédains, l'autre par ses négligences, arrêter Ingres dans
sa marche droite et résolue, il y eût eu un chapitre à ajouter
au livre de M. Jozat sur les dangers des inhumations précipi-
tées. Il faut admettre toutes les fantaisies, c'est une disposition de l'imagination, et quand elles s'entourent de grâce et
de séduction, elles sont charmantes dans leur inattendu. Pru-
d'hon a eu de délicieuses fantaisies, mais, pour vivre dans la
postérité, il a eu d'autres mérites. Je n'admets pas que la fantaisie domine le talent et devienne une manière. On évitera
celle-là à tout prix : c'est un principe de stérilité et de mort.
La difficulté est de s'apercevoir soi-même de son envahissement. Comme ces élégants qui se dandinent dans une démarche affectée jusqu'au jour où ils rencontrent une glace
en pied, comme ces femmes qui adoptent un sourire banal
jusqu'au moment où il les offusque sur la figure d'une autre,
le peintre qui a pris une manière n'a pas la conscience de
son défaut, et, quand il ouvre les yeux, bienheureux si la
démarche n'a pas imposé son pli à la taille, si la grimace n'a
pas sillonné sa ride, si la manière n'est pas devenue un mal
invétéré et incurable. Dites aux élèves : Ne vous faites une
manière en quoi que ce soit, et, quand vous vous sentez atteint
de cette lèpre, employez contre elle tous les remèdes et jusqu'aux extrêmes contraires. Il y a des manières de dessin dans
les proportions du corps, dans les attitudes des personnages,
dans les physionomies et le choix des types; des manières
d'effet dans le brillanté des blancs et des noirs, dans le sombre
ou l'éclatant; des manières de couleur dans le ton général et
les oppositions, dans le choix de certaines dominantes et la
manière de suivre la gamme; il y a bien d'autres manières
encore, mais, quand j'en aurais énuméré un millier, il m'en
resterait encore autant à décrire. J'aime mieux dire à l'élève
de réagir contre elles toutes par l'étude naïve et consciencieuse de la nature, et, si ce moyen échoue, par l'imitation
d'un maître atteint du défaut opposé. Avec une manière se
perdent les plus belles qualités. Quand Decamps peint des

scènes turques d'après ses études faites en Orient, il a des
valeurs de tons et une distribution de lumière qui sont
vraies, parce qu'elles sont observées sur place et saisies avec
talent; seulement, et c'est ici que la maladie présente ses
symptômes, quand il peint nos campagnes, je retrouve les
oppositions et les effets de l'Orient : alors je me révolte contre
la manière, car c'est la nature de Decamps, ce n'est plus la
nature du bon Dieu sous le soleil de Paris. Je trouve tout
aussi condamnables les vues d'Orient peintes par nos Parisiens avec les effets voilés et les tons rompus de notre latitude septentrionale. L'Orient a son caractère en pleine lumière; ses temps gris eux-mêmes éclairent autrement la
nature que nos ciels nuageux. Tout étant harmonie, on ne
reconnaîtrait pas la campagne de Rome ou la vallée du
Méandre, si on les transportait dans la plaine de Saint-Denis,
pas plus que nous ne parvenons à nous rendre compte des
effets de couleur et de tons, du charme pittoresque dont nous
cherchons à rappeler le souvenir évanoui, en voyant dans les
rues de Paris, par un temps gris, trois pifferari crottés,
soufflant aigrement dans leur cornemuse enrouée. Ce sont les
mêmes hommes, les mêmes chapeaux couronnés de fleurs
fanées, les mêmes manteaux bleus râpés jusqu'à la corde,
les mêmes sandales : tout est original, venant de Rome en
ligne directe, et rien ne va au cœur, ne fait vibrer les mêmes
cordes, parce que rien n'a conservé son originalité, faute du
cadre et du rayon de lumière.

Parmi les genres secondaires est rangée la peinture des
animaux. Je ne blâme nullement la tendance qui pousse les
jeunes artistes vers cette étude : c'est une estimable tâche. Il
faut beaucoup d'esprit pour saisir le caractère de ces êtres si
mobiles et pour rendre leur physionomie dans les scènes qui
caractérisent le mieux leurs habitudes. Mais l'esprit ne suffit
pas, et les anciens l'ont prouvé en cherchant dans l'animal
comme dans l'homme un idéal de beauté monumentale.
Léonard de Vinci était en conformité de pensée avec l'antiquité. Sans avoir vu les chevaux de Phidias au Parthénon, il

a compris ce bel animal dans le même sentiment, et il **l'a**
dessiné dans ses albums avec autant de majesté. Les modernes
y ont mis moins de grandeur et plus d'esprit, trop d'esprit
peut-être. Sneyders était plus peintre que chercheur; Des-
portes n'a pas son pareil comme portraitiste de chiens; Oudry
et Riedinger copiaient assez superficiellement les allures caractéristiques des animaux; il n'a manqué à G. Jadin, pour
marquer, que les qualités fines du peintre : il avait l'observation, le talent rare de saisir la physionomie et de la rendre
de premier coup, et même l'esprit d'éviter l'esprit; Landseer
débuta comme un maître, mais il est devenu un Grandville
convenable. Mène et Cain cherchent la vérité, prise sur le
fait, vue en petit et daguerréotypée avec les doigts; Fremiet
s'élève davantage, et Barye touche quelquefois aux sommités
que l'antiquité avait atteintes. A Athènes, à Delphes, dans
les villes et dans les colonies grecques, les animaux avaient
leurs statues comme les dieux et les héros. Des traditions,
des mythes religieux, motivèrent leur admission dans le sanctuaire; mais il eût suffi de leur beauté pour maintenir leur
présence dans ces musées sacrés : c'est que l'artiste grec avait
étudié la nature dans ses plus beaux types, et s'était attaché à
conserver à chaque créature sa physionomie et ses lignes caractéristiques. Le point essentiel est donc, dans l'enseignement comme dans la pratique, de s'attacher à cette physionomie et à cette ligne. Chaque espèce a ses proportions, ses
attitudes, son caractère; chaque individu a sa physionomie;
soyez maître des conditions générales, et, quand vous aurez
une étude particulière à faire, ces premières notions vous seront d'un grand secours, elles formeront le canevas sur lequel
vous broderez l'individualité. Imiter la couleur lustrée du
cheval, les taches de la fourrure du tigre, rendre par la sculpture le pelage du lion, les anneaux du serpent ou les écailles
du crocodile, tout cela est bien secondaire, si l'on n'a pas
compris le mécanisme qui compose la charpente de l'animal,
et sa musculature qui forme les lignes dans lesquelles la race
se dessine avec ses mouvements instinctifs. Il va sans dire

qu'on ne prendra pour modèles que les animaux qui ont conservé, les uns dans l'état domestique, les autres dans l'état sauvage, le type originel et primitif, ce type que les uns et les
autres, quelque appauvris qu'ils soient par la civilisation ou
l'emprisonnement, rendraient à de futures générations, s'ils
étaient transportés dans les conditions de leur vrai développement. Si l'élève, au contraire, va étudier le taureau difforme
de Durham, propagé en France à grands frais par l'État, le
bélier obèse du Hampshire, le cochon dégoûtant de graisse,
l'âne appauvri de nos rues, le cheval caricature de nos
courses, le chameau d'Algérie, le lion dégradé et le tigre
adouci de nos cages de ménagerie, il est évident qu'il trouvera tous les modèles donnés par les anciens, tous les principes émis par les maîtres, contrariés, contredits par ce qu'il
appellera la nature.

Le choix des sujets d'étude, les procédés de peinture, les
dimensions des tableaux, pas plus que les instruments, les
ustensiles et les matières, n'exemptent des exigences éternelles
de l'art. Tout est bon pour rendre sa pensée, et tout doit
tendre à la même perfection ; mais, les moyens employés ayant
une portée de puissance et une limite de perfection, il ne
faut pas chercher à les étendre, à les augmenter, en imitant,
en recherchant le degré de perfection obtenu par d'autres
moyens. Je m'explique : l'aquarelle est un procédé de peinture, l'huile, la cire, la fresque et le pastel sont d'autres procédés de peinture ; tous ont le même but, car ils ont à rendre un
même modèle, mais tous, s'appliquant différemment, ont des
limites de perfection différentes. Si vous prétendez donner à
l'aquarelle l'empâtement de la peinture à l'huile, pour ajouter
aux qualités de celle-là les qualités de celle-ci, vous contra-
riez l'aquarelle, vous lui faites perdre de sa transparence, et
vous ne lui donnez qu'incomplétement le corps et la solidité
de la peinture à l'huile. Au reste, je n'insiste pas sur ces distinctions : le moyen est indifférent, l'art marche librement.
Le peintre peint plus avec ses yeux qu'avec sa main ; la main
obéit, le sentiment perce à travers tous les moyens matériels

et leur impose sa domination. Il y a des mélanges de plusieurs genres de peinture qui font merveille quand c'est le pouvoir créateur du génie qui les inspire et qui les découvre; ces mélanges deviennent détestables quand la médiocrité, la routine, les talents mécaniques, en retrouvent le secret et formulent des recettes pour en user.

Il est un point toutefois sur lequel j'appuierai davantage, c'est sur la perfection de l'exécution matérielle, qui ne compense aucun défaut, mais qui complète toutes les qualités. Cette question du moyen, de la pratique, en un mot du métier, est une des plus graves à agiter dans l'enseignement des élèves; il ne doit, à cet égard, rester dans leur esprit aucun doute, aucune incertitude. Faisons d'abord une distinction. L'auditoire du poëte, du musicien, de l'orateur, s'impressionne d'une pensée qui, allant directement à l'âme, s'évanouit et laisse au souvenir personnel de chacun le soin de la mûrir et de la compléter. Les arts graphiques et plastiques produiraient le même effet, et pourraient accepter des conditions semblables d'improvisation, s'il leur était donné de dérouler sous les yeux du public et d'enlever subitement leurs créations, qui ne laisseraient après elles que l'impression causée par la pensée de l'artiste mise à l'effet du premier coup; mais, parce que le monument d'architecture, la statue, le tableau, restent sous nos yeux, deviennent le commensal de notre sentiment et lui servent de contrôle, il leur faut d'autres conditions d'exécution : à la pensée il faut le corps, au corps la perfection de la réalité, comme dans l'architecture et la sculpture, ou bien les plus habiles combinaisons de l'illusion par la couleur et l'effet, comme dans la peinture. De là un programme bien autrement compliqué.

Au point de perfection où en est arrivé le matériel de l'art, avec les modèles que fournit le daguerréotype, certains principes qui avaient leur sens et leur raison d'être ne l'ont plus. Quand l'art était le langage de l'âme, une sorte de réalisation conventionnelle de la pensée, on prétendait avec raison que les différentes parties d'un tableau devaient être traitées avec plus ou moins de soin, suivant qu'elles avaient plus d'importance dans la composition. Si je vous parle, disait-on, je vois votre visage, je suis votre expression, j'interprète les gestes de vos bras, mais j'ignore comment est fait votre habit et si vos bottes sont vernies. Ainsi, dans la peinture, je laisse dans l'ombre et dans l'indécision certains plans, certaines parties qui, exécutées avec trop de soin, viendraient troubler l'attention du spectateur et l'effet que je veux produire sur lui. Ainsi parlaient les artistes qui avaient plus exercé leur pensée que leur main, qui comptaient plus sur leur imagination que sur leurs pinceaux. Mais le daguerréotype vint au monde et prouva, après les Flamands et les Hollandais, après la réaction dont La Berge fut l'expression première, Messonnier l'interprète adroit, et Ingres, dans la *Stratonice,* le réalisateur inattendu, que la perfection des détails ne nuit en rien à l'ensemble, que ces détails ont tous une même importance, demandent le même soin et le même fini, si même une intensité de ton relative laisse dans la composition toute son importance au personnage principal. Dans cette peinture plus rapprochée de la perfection réelle, des hommes en chair et en os ne se promèneront pas dans des paysages faits de brouillards et de vapeurs.

Dès lors il fut impossible d'échapper à cette nouvelle exigence de l'art, et l'artiste, pour être complet aujourd'hui, doit posséder, avec les plus riches dons de l'imagination, l'habileté la plus consommée du métier. Votre pensée, quelque haute qu'elle soit, ne s'élève pas au-dessus de cette condition de l'art, vous n'êtes plus compris avec l'aide de quelques abstractions et des traits fugitifs d'une esquisse; il faut être clair, précis; cette pensée doit avoir le corps et la réalité que la nature lui prêterait, si, au lieu de la concevoir dans le ciel de votre imagination, vous l'aviez surprise sur cette terre. Ici-bas rien de vague, rien de négligé, rien de sacrifié; chaque chose a un même degré de réalité, quoiqu'à des plans différents.

Entre la réalité minutieuse et puissante du daguerréotype

et le travail de la main humaine, doit-il rester un abîme? Je
ne le crois pas. Faut-il, parce que le pinceau ne peut atteindre
à ce réalisme saisissant, qu'il se contente d'un à peu près fugitif pour tous les détails, et d'un effort de concentration de
tous ses moyens sur le visage, dont il rendra, mieux que la
machine, l'esprit, la physionomie et le caractère? La peinture,
en un mot, doit-elle devenir un croquis spirituel, et laisser au
daguerréotype tout le domaine de l'étude sérieuse et de l'illusion puissante? Je ne le crois pas. Faut-il donc engager la
lutte? Faut-il porter cette lutte sur le terrain même de la
perfection des détails? Ne risquons-nous pas d'accabler l'esprit créateur sous les fatigues de l'exécution matérielle? A
toutes ces questions je répondrai par une définition : la perfection de la peinture est une pensée haute, un sentiment
profond ou passionné, exprimés dans une forme idéale, par
l'exécution la plus minutieuse et la plus parfaite. Raphaël,
Michel-Ange, Jean Van-Eyck et Terburg associés, martelés,
passés au laminoir de manière à ne faire qu'un corps et qu'une
pensée, voilà ce que j'attends de l'avenir, et c'est ainsi que je
me représente Zeuxis et Apelles. Ce n'est pas sans raison que
la tradition avait conservé jusqu'à notre ère, et que Pline a
soigneusement recueilli ces souvenirs d'imitation minutieuse,
de trompe-l'œil, d'illusion parfaite, qui rendirent célèbres les
deux grands artistes, parce que ces rares et précieuses qualités accompagnaient chez eux toutes les supériorités de la
pensée, toutes les distinctions du talent. Faire hennir des
chevaux, attirer les oiseaux qui viennent becqueter des fruits
peints sur une toile, tromper jusqu'à son rival qui cherche
à écarter le voile qu'on a peint sur son tableau, c'était le
triomphe de l'art chez la nation la plus artiste, au milieu des
créations sublimes dont l'architecture et la sculpture nous ont
conservé les témoignages évidents. C'est qu'aux temps primitifs la pensée domine, parce que le pouvoir de l'exprimer
fait défaut, tandis qu'aux grandes époques de l'art une balance exacte s'établit entre toutes les facultés de l'artiste.

Le fini de l'exécution, quand il est un but, tient du métier;

quand il est un moyen, il devient une des ressources de l'artiste et sa plus haute satisfaction. Certes, si un caractère devait être hostile aux soins de l'exécution, c'était Michel-Ange, et cependant qui a soigné sa peinture plus que lui, qui a poli son marbre avec plus d'amour et de patience? Il était heurté, brusque, emporté, dans les esquisses qui cherchaient sa pensée; mais, quand il l'avait trouvée, cette esquisse, qui portait encore les traces de ce rude labeur de la création, devenait, dans l'exécution définitive, douce, finie, parfaite. Déduisons de cet exemple un principe d'enseignement. La fougue, la liberté, le laisser-aller dans les ébauches, un long travail de réflexion avant de saisir le crayon, de patientes recherches, des essais multipliés en esquisses; mais, une fois que l'artiste se croit maître de sa création, toutes les ressources d'exécution parfaite et perfectionnée mises en œuvre, jusqu'à la minutie, jusqu'au fini de la loupe, jusqu'à la perfection des moindres détails.

Le génie a mille manières de se manifester; il n'en a qu'une pour être complet, et c'est celle-là que j'indique ici. Il se rendra maître d'une pensée, d'un sentiment, d'une passion; pensée, sentiment, passion, qui est dans le cœur de tous et que tous les artistes ont ébauchée, mais que lui seul a rendue complète par la hauteur de l'inspiration, la puissance de la science et la perfection de l'exécution.

Je ne repousserai donc aucun moyen d'atteindre à la réalité dans l'imitation, tant que ces moyens seront soumis à ce sens supérieur que j'appellerai la dignité de l'art; sens subtil, délicat, qui ne se méprend jamais, ni sur la fin générale de l'art, ni sur ses convenances accidentelles. Que la chair palpite sous le marbre; que le sang circule par la magie du pinceau; que ces étoffes sculptées à coup de maillet soient aussi souples, aussi variées de souplesse que l'industrie elle-même les crée; que la magie de l'effet et du clair-obscur fasse d'un tableau une illusion de diorama, que les oiseaux s'y prennent, que les chiens et les chevaux s'y heurtent, que les gens de la campagne s'y trompent; j'irai plus loin, que la couleur harmo-

nise toute l'architecture et rende aux ornements quelque chose
de la réalité du modèle, que les statues se colorent, sinon de la
carnation naturelle, au moins d'une teinte discrète qui leur
rende la vie; tout cela me va, me séduit et me semble la véritable donnée de l'art : mais, je le répète, à la condition d'être
dirigé, contenu et toujours ramené au grand style par l'idéal
le plus élevé et le sentiment de l'art le plus pur. Est-ce à dire
que je veuille des statues moulées sur nature, des tableaux qui
ressemblent à l'étal d'un boucher, des étoffes minutieusement
rendues jusqu'au dernier fil, des trompe-l'œil de diorama, des
arlequinades d'édifices et des figures de cire de Curtius? Personne ne se méprendra sur ce besoin de réalité qui se fait
sentir à toute âme éprise de la nature, besoin qu'un instinct
délicat ramène par les voies de la raison aux principes sages,
puissants, féconds, de l'imitation conventionnelle.

Savoir imiter et n'imiter point, être maître de la réalité et
de son métier, et n'y pas plus songer en créant que vous ne
pensez, vous avocat ou orateur, aux règles de la grammaire,
quand vous enlevez votre auditoire; vous, promeneur, au mouvement de vos jambes, à la pose de vos pieds, quand vous courez,
quand vous marchez; vous, grand écrivain, à l'orthographe et à
la grammaire, quand vous cédez à l'impulsion de votre inspiration : telle doit être la fin, tel le but que l'enseignement se propose. Savoir imiter et n'imiter point, c'est connaître la réalité
et son métier, c'est les posséder et les dominer avec assez de
puissance pour les maintenir dans les limites justes de l'art
et de chaque application de l'art. L'homme qui sait à moitié
les choses montre tout ce qu'il sait : c'est un pédant, et, dans
les arts, un artiste prétentieux. L'homme qui sait à fond s'applique à donner à la science la forme la plus séduisante,
comme la nature qui cache partout sous l'éclat des fleurs ou
du teint, de l'écorce luisante ou de la peau veloutée, la structure admirable des plantes et le mécanisme merveilleux des
nerfs et des os. Ainsi fait l'artiste fort, il voile sa science sous
le charme de son imagination. La destination a, sous ce rapport, une véritable importance, puisqu'elle trace les règles et

donne la loi : or, comme l'antiquité ne produisait pas sans avoir en vue cette destination, elle ne s'est point exposée aux contre-sens, aux disparates qui déparent si souvent l'art moderne. L'art antique était plus ou moins monumental, suivant que la statue ou la peinture se liaient plus intimement à l'architecture ; il se rapprochait plus de la nature, quand il s'éloignait davantage du monument qui lui imposait des conventions : ainsi, dans l'art asiatique et égyptien, les animaux qui décoraient les parois des temples étaient plus conventionnels que ceux qui en formaient les avenues, jusqu'à ce qu'on arrivât à des imitations presque réelles, destinées sans doute à orner des jardins et à s'associer à la nature elle-même. Dans les temples grecs, la frise encastrée dans le temple était plus conventionnelle que la statue placée dans la cella ; cette figure avait moins de réalité que celle qui ornait les portiques ; enfin le gladiateur ou la nymphe, exposés au dehors, se rapprochaient parfaitement de l'imitation naturelle.

Pour l'œuvre d'art telle que nous la concevons aujourd'hui, telle que la réclament la galerie du musée ou nos réduits qui s'appellent des salons, pour cette production, la perfection n'a de limite que dans les forces de l'artiste. Il ira aussi loin qu'il se sent capable d'aller, la tête fraîche, la main ferme et le jarret tendu ; mais, au premier indice de lassitude, qu'il sache s'arrêter, qu'il comprenne que la puissance créatrice l'abandonne. A ce moment commence, en effet, l'exécution pénible, froide, monotone, le fini de métier, le précieux de routine et toutes les tristes qualités des miniaturistes de fabrique. Savoir quitter à point une œuvre presque achevée, reconnaître le moment où la main cesse d'être inspirée, c'est une part du talent, c'est presque un secret et comme une inspiration dernière. C'était l'art dont Apelles se vantait et par lequel il prétendait vaincre Protogènes, qui le surpassait d'ailleurs en tout. C'est dire assez que nous déclarons la guerre aux ébauches, aux pochades, aux tableaux qu'on promet de finir en ajoutant traîtreusement qu'ils ont beaucoup à gagner. L'art a ses coulisses, on peut y aller, mais à la condition d'oublier à la porte du théâtre les pauvretés qui s'y voient et les propos qui s'y tiennent; le public ne doit être initié qu'à la représentation de l'œuvre elle-même, amenée à la dernière limite de la perfection qu'elle est susceptible d'atteindre. Que d'esquisses admirables j'ai vu se perdre à un certain moment où le tableau commençait! que de dessous charmants j'ai vu couvrir avec un modelé dans lequel s'évanouissaient tous les rêves qu'ils avaient inspirés! C'est que penser et réaliser la pensée sont les deux extrêmes d'une difficulté entre lesquels se trouve l'esquisse, c'est-à-dire la pensée confuse et cependant assez claire pour que l'artiste-poëte et les cœurs sympathiques à ce même accent de poésie y trouvent tout ce qu'ils rêvent, et plus encore. Ne pas pousser plus avant, s'arrêter en chemin à ce point où chacun arrive du premier bond, où commencent les grosses difficultés, c'est bien tentant, et les applaudissements du public, les encouragements de l'État, seraient désastreux, s'ils favorisaient, parce qu'elle est commode, une tendance naturelle qui deviendrait la perte de l'art.

On se fait une réputation d'esprit pour avoir le droit d'être bête à ses heures, quand l'envie prend de s'abandonner à la distraction, quand quelque préoccupation dispose au silence. Dans les arts aussi, il est bon d'acquérir les perfections du métier, toute la science du détail, pour négliger les uns et les autres et se permettre, selon que le vent y porte, des fantaisies de simplicité, des caprices de vérité, des dévergondages de lignes froides et précises qui d'une composition ne donnent que le sens poétique, d'un animal qu'une silhouette caractéristique, de l'homme que sa physionomie et le trait passionné traduits en quelques coups de crayon. Ces temps de repos sont sublimes, mais ils n'appartiennent qu'à l'homme dégagé des entraves de la règle et sûr de lui-même.

En exigeant des élèves la perfection de l'exécution, vous la leur présenterez comme la sauvegarde de leurs œuvres, comme le passe-port à l'immortalité. A tous vous direz : Ne devancez pas le temps, chargez-le de vous apporter sa patine, que lui

seul appose avec art, comme la caresse d'une mère sur les
joues de son enfant. Si vous teintez vos pierres, si vous colo-
rez votre bronze, si vous bronzez votre peinture, le temps
s'écartera d'une œuvre qui se sera faite sans lui, et, au bout de
quelques années, pierres, bronzes et peintures seront vieillis
d'une fausse vieillesse, tandis que la pierre, le bronze et la
couleur dans la franchise de leur nature auraient emprunté
au temps cette teinte délicieuse qui rend le monument harmonieux, le bronze vivant, qui donne au tableau une physionomie particulière, un repos, une sorte de pacification générale, dans lesquels, comme par un redoublement de toutes
les qualités, ce qui était pieusement senti devient gravement
religieux, ce qui était passionné atteint le pathétique, ce qui
n'était que légèrement senti tourne au poétique.

En tout cela l'enseignement ne doit rien imposer aux élèves,
pas même une qualité, car l'élève est une terre que Dieu en-
semence : vous n'êtes appelés qu'à la préparer; vous la remuez,
vous jetez l'engrais fécondant, la semence de Dieu germe et
l'originalité se montre. Liberté, crie l'élève; qui m'aime me
suive, crie le maître: tout est dans ces deux mots. Quand règne
le sérieux enseignement, il n'enchaîne ni la fantaisie, ni la
rêverie, ni l'archéologie qui regarde trop en arrière, ni le pan-
théisme qui regarde trop en avant, ni les idéalistes qui s'inspirent de leur pensée, ni les réalistes qui copient la nature
telle quelle; non, l'enseignement sévère, profond, sert à chaque
disposition naturelle et donne des armes à toutes, quels que
soient le champ de bataille et l'arène qu'elles choisissent. Alors
Chenavard dessine ses compositions au lieu de les dicter; Hamon donne des corps à ses idées; Glaize, de la noblesse à ses
pensées; tous enfin, au lieu de lutter contre leur propre impuissance, marchent en avant forts de leur conviction, bien
équipés, bien approvisionnés. Loin de détruire l'originalité
et d'arrêter l'essor de l'invention, l'étude nourrit l'une et
fortifie l'autre. De même qu'une idée réveille dans l'esprit du
lecteur une idée nouvelle et parfaitement indépendante, qui
sans cette commotion électrique et sympathique ne serait pas

venue au monde, de même aussi l'intimité avec les maîtres de toutes les époques n'altère en rien l'originalité. C'est une langue nouvelle dont on se rend maître. On a dit qu'un homme se doublait d'un autre homme à chaque nouvelle langue dans laquelle il parvenait à s'exprimer : ainsi l'artiste qui possède l'art antique, l'art des plus grands maîtres, aura pour rendre sa pensée des ressources infinies. Otez à quelques jeunes peintres de nos jours leurs réminiscences antiques, ce charme tranquille qui est comme un reflet vaporeux de la Grèce, que leur reste-t-il? du gris, du terne, de l'effacé, étendus avec monotonie sur de l'afféterie. Que n'auriez-vous pas ajouté de valeur à Français, si un voyage en Orient lui avait donné un peu de la poésie de Corot et de la rigidité d'Aligny? de valeur à Diaz, si vous lui aviez inspiré l'élégance conquise par Prud'hon dans les œuvres des anciens?

L'imagination, cette richesse d'idées qui puise dans son propre fonds et ne demande aide qu'à la nature, est chose rare qui mérite protection. C'est un don du ciel qui doit être entouré de toutes les prévenances, car la richesse d'un seul artiste fait la richesse nationale. On se fatigue vite des prétentions vides, on revient toujours avec plaisir à l'originalité inspirée. Nous nous faisons souvent illusion en France, et nous sommes trop disposés à prendre pour originales des idées pillées de côté et d'autre, mais arrangées avec un art et une séduction que dans leur donnée première elles n'avaient pas. Les professeurs de l'École des beaux-arts feront effort pour discerner l'originalité vraie, l'imagination native, de cette originalité de contrefaçon, de cette imagination de seconde main, dont le succès usurpé tombe dans le discrédit aussitôt qu'on a découvert la source où elle est puisée. Pour cela il faut encourager non pas seulement la grande, la haute originalité, celle qui conçoit les œuvres éclatantes, dont la nouveauté est accompagnée de mille autres solides qualités, mais aussi l'originalité craintive, celle qui s'exprime dans une idylle, dans les rinceaux d'une frise, dans les enroulements des marges d'un livre, dans l'entourage d'un titre.

Il est chez les jeunes artistes des défauts à ménager, à choyer, et presque à entretenir : ce sont ceux sur lesquels s'appuient leurs qualités ; plus les premiers sont violents, plus les secondes sont puissantes ; plus celles-ci sont élevées, plus ceux-là paraissent grossiers. Il en est ainsi de ces aériennes voûtes d'église qui ne s'élancent au ciel qu'appuyées sur de lourds et déplaisants contre-forts. Supprimez les uns et les autres, les défauts et les contre-forts, et vous verrez s'amoindrir, s'aplatir et s'annihiler voûtes élancées et qualités supérieures. Ce n'est pas faire notre éloge, c'est constater la faiblesse de notre nature et de nos œuvres ; mais puisqu'il s'agit ici uniquement de la pratique de l'art, et non pas du perfectionnement de notre nature morale, je répéterai : Respectez les défauts à l'égal des qualités. L'originalité, le sentiment, la passion et ce souffle poétique qui les anime vivent de nos qualités et de nos défauts. Vous pouvez enlever le membre qui vous déplaît ; l'homme supportera l'amputation, il vivra, mais mutilé, boiteux, et sa marche incertaine s'appuiera sur des béquilles : ainsi du talent. Jugez bien vos élèves, apprenez-leur à se juger eux-mêmes ; qu'ils voient leur vraie tendance, leur qualité dominante, et qu'ils y abondent. Le vaisseau qui flotte à l'aventure est le jouet des vents ; celui qui porte droit à son but peut rencontrer des récifs, mais il a le plus de chances d'arriver à bon port. Tel élève est né coloriste, qu'il pousse à la couleur ; tel autre est naturellement dessinateur, qu'il étudie et toujours étudie. En général, conseillez-leur de laisser venir à eux les qualités d'emprunt, une supériorité comme un aimant les attire ; si, au contraire, ils veulent égaliser toutes les dispositions et faire marcher de front les qualités naturelles et les qualités acquises, ils ne trouveront l'équilibre qu'aux dépens de la vraie force. De même que les femmes, dans le choix des fleurs qu'elles mettent sur leurs têtes et des étoffes qui les habillent, doivent abonder dans leur couleur pour aborder franchement et faire valoir leur beauté, de même aussi le jeune artiste doit pousser droit à sa qualité dominante, qui est son talent futur dans sa franchise.

Cette voie conduit au succès. Pour les uns, c'est un but atteint, pour les autres une récompense inattendue, pour tous un
moment d'épreuve. Christophe Colomb a découvert les richesses
du Nouveau-Monde aux Européens et aux Indiens à la fois; il
en est ainsi des succès de quelques artistes modestes : les applaudissements les font connaître au public et à eux-mêmes,
et le plus étonné n'est pas le public. De quelque manière
qu'il soit acquis, le succès est le glas funèbre qui convoque
l'envie, la jalousie et toutes les petites passions à l'enterrement
de celui qui s'en est rendu coupable. Le mortel qui se réjouit
du succès de son concurrent, c'est l'homme tant cherché par
Diogène, et il ne se trouve pas plus facilement dans les arts
et dans l'industrie que dans les autres carrières. Peu importe,
le succès véritable ne se mendie pas, il s'impose. Cependant
je dirai aux jeunes gens : Défiez-vous de vos succès, comme
Rogers, le chantre des plaisirs de la mémoire, disait aux
jeunes poëtes : *Effacez de vos ouvrages ce qui vous en plaît.* En
effet, le succès est rarement dû au fond même du talent, à
ses qualités essentielles, à sa partie sérieuse; le succès est dû
à un hasard, à un accident, à un détail. Ce qui a sollicité de
bruyants applaudissements dans le bas-relief du *Départ,* c'est
cette figure de la Liberté, oiseau de proie, Mégère effrayante
qui ouvre une énorme bouche pour appeler les citoyens aux
armes. Rude s'est laissé prendre à ce succès, et cette exagération ainsi applaudie l'a conduit à son maréchal Ney, violent,
emporté, la bouche ouverte aussi. Oh! méfiez-vous de vos
succès.

Un péril plus grand, c'est la manie de se faire remarquer,
le besoin de percer coûte que coûte. Je ferais sortir à toute
force des têtes de nos jeunes gens cette opinion malsaine, contagieuse et trop répandue, que, pour prendre rang parmi les
hommes de talent et pour marquer dans l'histoire de l'art, il
faut marcher isolé, à part, afin de se créer une originalité tranchée, bien distincte, bien évidente. Aujourd'hui un artiste veut
non-seulement être lui-même, mais il croit qu'en suivant la trace
de son maître il ne comptera pas aux yeux du public et dans

l'opinion des critiques; or, comme il n'y a pas six mille originalités tranchées pour Paris seulement, il y a bien des efforts impuissants, bien des vocations naïves et consciencieuses détournées par là de la bonne voie. La perfection de l'art n'est nullement dans le renouvellement continuel des idées; loin de là, elle réside dans l'élaboration patiente, mille fois répétée et modérément modifiée, d'un petit nombre de principes sages, d'idées justes et de passions véritables. On n'invente ni des sentiments nouveaux, ni d'autres moyens pour les exprimer; mais on trouve en soi et dans l'observation des autres l'expression sentie qui les rend le mieux, j'entends le plus sympathiquement avec le spectateur. On crie beaucoup contre la pauvreté des inventions de nos artistes : là n'est pas le mal; on ne prépare pas les véritables progrès en innovant. Il y a dans la nature vue, observée et étudiée avec le sentiment qui dirigea les anciens, une mine inépuisable d'inspirations qui répondent à toutes les fibres du cœur, à toutes les cordes de l'âme. L'architecture, la sculpture et la peinture ont ainsi grandi chez les Grecs, sont arrivées avec ce mince cortége au sublime de la perfection, et, si l'on cherche dans les grandes époques de l'art comme dans la vie des véritables artistes, on voit la même sobriété d'idées, les mêmes répétitions de pensées naturelles et de passions du cœur, la même lutte persévérante pour atteindre la perfection par l'arrangement toujours nouveau, plus pur et plus noble, de ces mêmes idées répétées à l'infini. La nature, pas plus que l'art, ne s'est sentie tourmentée par l'abondance des idées; elle répète aussi, avec des modifications infinies et charmantes, un thème immuable; et quoi de plus varié cependant que la nature? Les anciens et nos pères semblaient l'avoir compris. L'*Iliade* a défrayé la Grèce pendant des siècles; *la farce de Patelin*, ingénieuse comédie qui, selon Estienne Pasquier, *fait contrecarre aux comédies des Grecs et des Romains*, a égayé pendant deux siècles le peuple le plus jovial, et ces œuvres grandirent même dans cette vogue persistante. En ces temps privilégiés, on se reprenait les idées les uns aux autres, comme un bagage commun auquel on donnait sa marque par la forme et son empreinte par l'expression. Bien rendre est de l'art, beaucoup imaginer est une faculté moins importante, quoique estimable. Lorsque les moines franciscains de Citta di Castello demandèrent à Raphaël, en 1504, un *Sposalizio* pour rivaliser avec celui que le Pérugin avait peint dix ans auparavant pour la cathédrale de Pérouse, l'élève répéta le tableau de son maître, il le répéta presque sans changements, mais avec son intonation particulière. Granet, qui était de vieille roche, refit seize fois son tableau du *Couvent des capucins de Rome*, chaque fois le perfectionnant et y entrant, pour ainsi dire, plus avant. Mozart et Beethoven n'ont pas d'autres secrets : ils trouvent une idée musicale, une phrase harmonieuse, et, loin de l'abandonner aussitôt pour courir à une autre, ils la choient. Ce qui vous plaît en elle, c'est, plus encore qu'elle-même, ses joyeux retours, ses rentrées prévues autant que désirées, et ses absences qui ne sont jamais définitives. Ainsi, dans cette fièvre d'incessantes nouveautés, le retour, la rentrée de certaines formes connues, de certains types longtemps admirés, sont dans le cœur avant qu'ils soient dans la mode. La nouveauté haletante altère; elle donne comme une soif de l'ancien, et aux vieilleries elle imprime une seconde jeunesse. Vouloir toujours du changement, c'est tirer à une loterie où il y a plus de numéros perdants que de gagnants. Considérez la marche de l'art dans nos temps modernes : vit-on jamais galérien plus tourmenté dans son bagne de travaux forcés? Mettez donc un frein à cette manie d'originalité, et je le dis aux poëtes et aux musiciens, aux peintres et aux fabricants. Tous sont dans le même courant. Voyez Ingres : il n'est pas fécond, et ses œuvres seront immortelles; songez à ce qu'il restera de Chenavard, ce moulin à idées qui ne chôme pas.

Tout en proscrivant l'abus qui consiste à ne voir le beau, à n'espérer le succès que dans la nouveauté, le professeur prémunira les jeunes gens contre l'excès contraire, qui s'appelle *archéologie*. Dans l'art, la nouveauté est une fièvre, l'archéologie est la mort. Tenez vos élèves également éloignés de l'un et de l'autre. Il y a entre l'art et l'archéologie toute la différence d'une langue vivante à une langue morte. Sans doute, M. V. Le Clerc, le savant traducteur de Cicéron, est parvenu, en y consacrant sa vie et une rare intelligence, à savoir le latin et à pouvoir le parler; mais quelle langue parle-t-il? demandez-le-lui à lui-même : une langue correcte, formée de lambeaux recueillis par une mémoire exercée, de réminiscences cousues ensemble avec d'infatigables labeurs, une langue qui a cessé de vivre et qui ne peut renaître. Ainsi des styles qui, dans les arts, ont fait leur temps. Peindre comme Giotto ou comme Fiesole, sculpter comme au moyen âge, reconstruire du gothique, tout cela est possible. Un artiste de grand talent se confinant, de parti pris, dans une époque, un maître ou une école, s'identifie tellement avec leur manière, parvient à meubler sa tête de tant de bons exemples, qu'il construit de pièces et de morceaux une singerie, des trompe-l'œil; mais c'est une langue morte, et elle aussi n'exprimera rien de vivant.

L'archéologie entrera donc dans l'art pratique à dose modérée. Qui crée doit tout tirer de ses entrailles, comme la nature le fait elle-même. L'artiste nourri, élevé au milieu des modèles les plus beaux, aidé d'ailleurs par des instincts distingués que ces modèles ont développés, ne peut concevoir une pensée que dans le domaine du beau par excellence, dans le domaine de ce qui vit et palpite autour de lui : aussi met-il au jour une création vivante, dont il peut hautement revendiquer la paternité.

On est trop porté à croire que les costumes et les styles d'architecture sont seuls soumis à la loi du changement, à la puissance de la mode; les sentiments et les passions, ce fonds commun à l'humanité, quant à la manière de les exprimer dans les arts et dans la littérature, changent aussi radicalement que le style de l'architecture. C'est pourquoi il est sage de vivre avec ses contemporains, d'écrire et de peindre avec son temps, ce qui n'implique ni une soumission dégradante aux fantaisies de la mode ni un divorce absolu avec l'archéologie.

Au contraire, il faut faire sa part à cette science rétrospective, mais ne pas s'en exagérer l'importance. On nous a dit, il y a quelque vingt ans, que la couleur locale, la fidélité historique, ces branches de l'archéologie, étaient la question vitale, et nous pouvons calculer aujourd'hui la portée et la durée de ce pouvoir de vie. Je ne conseillerais nulle part l'imitation des costumes, des temps, des styles, si ce genre de respect devait être poussé jusqu'à la servitude, jusqu'à une préoccupation si exclusive qu'elle dût étouffer l'art sous les longues recherches et les études préliminaires énervantes; mais, quand l'élève a reçu les notions archéologiques comme une part de son éducation, c'est une langue qui lui est naturelle, et il est bon de lui offrir les moyens de la parler plus facilement. A l'École des beaux-arts, à l'École de Rome, au Conservatoire de musique, dans les théâtres, je voudrais que professeurs et directeurs se chargeassent de ce soin; que l'artiste trouvât les éléments archéologiques tout prêts, afin de réunir et d'associer sans effort la passion et l'inspiration, qui sont l'essence même de l'art, avec l'illusion matérielle, qui en est l'enveloppe obligée. Dans les sensations que les arts font éprouver, l'esprit et l'âme sont en jeu : si l'esprit est satisfait par l'illusion de la forme, l'âme s'abandonne à toutes les impressions que vous avez voulu produire sur elle; si, au contraire, l'esprit est préoccupé de quelque désaccord, s'il est choqué d'un anachronisme ou de quelque faute matérielle, le génie aura beau exercer sur l'âme son empire de fascination, l'esprit la troublera, distraira, gênera, et l'impression sera incomplète.

Je crois et j'espère qu'en se formant le goût le public laissera chaque jour moins de pouvoir à l'esprit dans le jugement des questions d'art; il saura le faire taire pour donner à l'âme la toute-puissance; mais, comme ce beau résultat pourrait bien se faire attendre, comme aussi jamais, en France, l'esprit de critique n'abdique, je conseille de le satisfaire par l'illusion des accessoires étudiés dans les conditions respectueuses de l'archéologie. Pour atteindre ce but, il ne me semble pas abso-

lument nécessaire d'être un Winckelmann, un Creutzer, un
Raoul Rochette, un Gerhard; il n'est pas indispensable non
plus d'avoir traversé l'Orient et vécu sous la tente au désert.
Draper une figure, c'est créer la vie de ses vêtements; les anciens ont excellé dans cet art, en reproduisant le costume de
leur propre temps, ce beau costume dans lequel toute la
nation, artiste elle-même, se drapait naturellement; les modernes ont dû faire un effort rétrospectif d'imagination pour
retrouver artificiellement ce qui n'existait plus matérielle-
ment sous leurs yeux. Déjà le Pérugin, puis Raphaël, et par-
dessus tout Fra Bartholoméo et André del Sarto, ont su draper
leurs figures avec une noblesse d'ajustement, une ampleur,
une souplesse qui tient le juste milieu entre la dignité de la
statuaire antique et le laisser-aller de vêtements portés, animés par la vie réelle. Or, je ne sache pas que ces grands artistes aient étudié en Orient le type du Christ et les tournures
simples autant que majestueuses de ses apôtres, qu'ils aient
été chercher les Israélites sous la tente de l'Arabe, et se soient
rencontrés avec la Samaritaine dans la Jérusalem moderne.

De ces observations il découle la nécessité évidente de faire
de l'archéologie à l'école comme on fait de l'anatomie, pour en
savoir assez, ni trop ni trop peu. La vocation archéologique est
autre chose, c'est une spécialité, et en général elle se dessine
assez tard. Comme ces jolies femmes qui, à la première ride,
se font dévotes, il est des peintres qui, en se jetant dans
l'archéologie, marquent leur épuisement et font aveu d'impuissance. Ne se sentant pas créateurs, ils s'accrochent à l'imitation patiente d'une époque bornée qu'ils étudient jusqu'à la
minutie, d'un peintre qu'ils imitent et copient à satiété, d'une
modification de style, byzantin ou gothique, qu'ils s'incorporent si bien, qu'ils pensent, s'habillent et se coiffent à cette
mode. A ces artistes n'étendez pas la mission, ne forcez pas le
talent, bornez les horizons. Il est des hommes qui restent enfants, qui toute leur vie sont occupés à repasser leurs auteurs,
qui du grec, qui du latin, qui du gothique, et ils parvien-
nent à en réciter de bons passages, sinon les meilleurs. A

ceux-là laissez liberté entière. Quand on se voue au pastiche, on n'en saurait trop faire ; il faut alors, après les bonnes études qui se prêtent à tout, s'enfermer avec le fétiche qu'on adore, vivre avec lui, ne voir et ne rêver autre chose. Papety, au fort de son talent, avait tourné à l'archéologie. Déjà, à Rome, pendant ce séjour à la villa Médicis qui semble fait pour l'indépendance et l'inspiration, il copiait tout dans les églises et les collections, il calquait impitoyablement toutes les gravures disséminées dans les livres d'art. Si même il eût vécu davantage, il n'aurait pas trouvé en lui le ressort et dans son talent l'élasticité qui poussent hors de l'ornière. Decamps était aussi entré un moment dans une sorte d'archéologie, lorsqu'avec sa peinture il faisait de la maçonnerie, de la porcelaine, de l'émail ; mais, d'un bond, il se tira du précipice où d'autres sont restés. Il est plus sage de l'éviter que de se donner la peine d'en sortir.

Cette question d'intervention de l'archéologie dans l'art, qui n'est qu'une puérilité en peinture et en sculpture, a une importance grave et une influence fâcheuse dans l'étude de l'architecture et dans quelques applications à l'industrie. J'y ai fait allusion en exposant les modifications que les styles ont subies ; je suis obligé d'y revenir ; je le ferai le plus brièvement possible.

Depuis l'ère chrétienne jusqu'au milieu du dernier siècle, les modifications de l'architecture européenne et de toutes les industries de l'ameublement qui en dépendent s'étaient produites dans une même voie. On avait pris pour type l'art des Grecs, et ce type, altéré par les Romains, les Byzantins et les nations gauloises et germaines, qui le transformèrent en style roman, puis gothique, fut ramené plus ou moins à sa pureté primitive aux XVIe, XVIIe et XVIIIe siècles. C'est dans les premières années du XIXe siècle que, pour la première fois depuis l'antiquité, et à l'imitation des Romains de la décadence, qui firent des contrefaçons du vieux style grec et égyptien, on eut l'étrange idée de refaire du gothique. L'Angleterre, la première, s'éprit de cette fantaisie. Bien qu'elle

n'eût pas cessé, surtout en province, de construire en style
gothique, on peut dire que le mouvement produit à cette
époque eut le caractère d'une réaction. Horace Walpole
l'activa, par manière de passe-temps, gaiement, et sans y
mettre d'importance. Les ouvrages sérieux sur les antiquités gothiques composés par des Anglais, dans notre
Normandie et chez eux, prouvent que dès lors la grande et
belle architecture dérivée de l'antiquité ne satisfaisait plus les
goûts de la nation, qu'il lui fallait une diversion, une distraction : on lui servit le gothique comme un hochet national. C'est à un contre-coup de voisinage et à une réaction du
même genre que nous dûmes le *Génie du Christianisme,* le
retour aux antiquités françaises, le succès des publications
pittoresques de MM. Nodier et Taylor et des ouvrages élémentaires de M. de Caumont. Inutile de raconter longuement
le retour et la vogue du gothique neuf. Il a fait son temps
comme mode. Le prince Soltikoff a été le dernier à se bâtir
une demeure gothique, et il n'ose pas y entrer. Pas un café
qui voulût aujourd'hui d'une décoration à ogives, pas un fabricant de meubles qui osât faire une chaise à croisillons et
à lancettes; j'ai vu refuser à Paris, par le jury de l'Exposition
de Londres, la dernière pendule en cathédrale gothique; seul
j'ai voté pour son admission, comme ces vieux pécheurs qui
puisent de l'indulgence dans le souvenir de leurs fautes.

Mon erreur, cependant, n'avait pas été absolue, parce que
mes études et mes voyages m'avaient préservé de l'engouement aveugle. Dès mes premiers pas, j'avais fait au gothique
sa part, et elle me paraissait juste, bien qu'aujourd'hui je
sois disposé même à en rabattre quelque chose. Peu importe.
La part du gothique me semblait dès lors purement archéologique. J'avais admiré en Orient les plus belles églises byzantines; j'admirais l'abbaye aux Dames de Caen, qui n'a rien
de gothique, qui est toute romane; j'admirais aussi la cathédrale de Reims, qui est toute gothique; et je me disais que ces
trois modifications de l'architecture antique avaient, chacune
dans leur genre, produit des effets merveilleux, en dépit de

contre-sens flagrants et des défauts les plus choquants. La question restait celle-ci : Trouve-t-on dans ces modifications le style par excellence qu'on doit prendre pour modèle, qu'on doit adopter comme règle unique dans l'enseignement et appliquer exclusivement à toute l'architecture, aux arts qui se chargent de l'orner, et aux industries qui la desservent dans la décoration et dans l'ameublement? Prendre pour modèle une copie défectueuse, au lieu de recourir à l'original, est un non-sens; d'un autre côté, parce qu'on est convaincu qu'il existe un type architectural supérieur à ces phases passagères, dédaigner les monuments qu'elles ont élevés et les laisser crouler serait une barbarie; je m'arrêtai en conséquence à cette conclusion : on étudiera dans les classes de l'École des beaux-arts le byzantin, le roman et le gothique, dans la mesure qui sera nécessaire pour apprendre à restaurer les monuments construits dans ces styles, ainsi que pour leur accorder la place qui leur appartient dans l'histoire de l'art; mais on ne fera à aucun prix des pastiches de byzantin, de roman et de gothique.

Nous reprochera-t-on d'oublier que le style gothique est *l'architecture chrétienne?* Ceux qui répètent cette niaiserie veulent-ils exclure du christianisme tout ce qui a prié sous des nefs à plein cintre? Nous allons donc retrancher, en premier lieu, les dix siècles qui ont précédé le XIIe, et dont la ferveur religieuse a fait ses preuves sur les bûchers du martyre, sur les grandes routes des rudes pèlerinages, sur les sanglants champs de bataille des croisades, sous les nefs d'immenses et magnifiques églises et dans d'innombrables oratoires; en second lieu, Rome, Constantinople, Nicée, Éphèse, quatre villes qui ont un rôle dans l'histoire de l'Église, et qui ont toujours proscrit le gothique; l'Italie, l'Espagne, tout l'Orient, qui ne l'ont connu qu'au XVe siècle, accidentellement et par importation étrangère; enfin la Russie et l'Amérique, qui ont accepté l'une les influences byzantines et arabes, l'autre les styles à la mode en Europe, à l'époque récente de leur colonisation. Ainsi l'architecture chrétienne par excellence, née au XIIe siècle

seulement, et restreinte à la dixième partie de l'Europe, aurait
duré dans sa pureté environ cent ans, et se serait effacée haletante, épuisée, étayée, fardée et flamboyante au bout de trois
siècles.

Non, dit-on, nous n'excluons aucun style de l'architecture
chrétienne, mais nous demandons qu'on revienne en France
à notre *architecture nationale*. Ah! c'est un autre thème. Où
prend-on notre nationalité? Comme ancienneté, au xii° siècle,
ce n'est pas remonter bien haut ; comme territoire, dans l'ancien domaine royal, c'est-à-dire dans cinq ou six départements
autour de Paris, c'est bien modeste; et en effet, avant le
xii° siècle, il n'y a pas de gothique, et hors de ces limites c'est
un autre gothique, et au delà encore, de l'autre côté de la
Loire ou dans la moitié de la France, ce n'est plus du gothique.

Nous abandonnons ces prétentions, disent en fin de compte
les partisans du gothique neuf; mais nous demandons qu'on
revienne à l'architecture gothique, parce que, née sur notre
sol, de nos besoins, de nos matériaux, de notre manière de
comprendre l'art et ses ressources, c'est le produit original
d'une époque créatrice, comme il s'en rencontre rarement
dans l'histoire. Faute de pouvoir à votre tour créer un style,
adoptez celui-là, car c'est l'architecture forte par excellence,
et la seule architecture propre à nos climats.

Une architecture forte, qui s'étaye pour se tenir debout,
comme on prend des béquilles pour marcher; une architecture propre à notre climat, qui se mange à la pluie et ne
résiste aux vents qu'à force de ferrailles!

Mais, si l'architecture gothique est l'architecture chrétienne,
l'architecture nationale, l'architecture forte par excellence, il
faudrait l'enseigner dans les écoles de préférence à toute autre,
la donner en modèle comme le type unique de l'architecture,
et l'appliquer à tout, aux maisons comme aux églises. Le style
gothique redevient le style français du xix° siècle, et, comme
tout style véritable, il embrasse l'art entier : statuaires, qui
imitez la nature dans ses justes proportions, chassez vos mo-

dèles ; peintres, qui vous êtes formés, dans l'étude des plus beaux
types et des chefs-d'œuvre de l'art antique, l'idéal que vous
poursuivez, que vous réalisez parfois, effacez-le de votre mémoire ; industriels de toutes sortes, qui avez adopté dans l'a-
meublement ce qui s'harmonise le mieux avec les habitations
modernes, videz vos magasins : tout doit passer sous le niveau
du gothique, prendre ses longues proportions et accuser ses
profils grêles. Non, non, dira-t-on, vous exagérez notre pensée,
pour combattre plus à l'aise notre ambition. Suivant nous,
l'architecture gothique ne doit servir de type que pour la construction des édifices religieux ; on ne prie bien que dans des
églises gothiques, tout autre style employé pour les églises est
un sacrilége.

Ainsi nous allons avoir deux enseignements, puisque nous
aurons deux principes exclusifs, l'un pour le culte, l'autre
pour la vie civile ; deux corps d'architectes, de sculpteurs, de
peintres ; deux arts enfin, l'un civil, l'autre religieux. Que de
puérilités, bon Dieu ! Coupons court à ce bavardage. Je main-
tiens ma conclusion : on enseignera à l'École des beaux-arts
l'art grec d'après les données les plus exactes, fournies par les
monuments de la plus belle époque, à ce moment précis et
de courte durée où la pureté d'un art primitif et timide préside, sous Périclès, à un vaste développement de constructions. Puis on comprendra dans un cours d'archéologie toutes
les modifications de l'architecture grecque, qu'on appelle
des styles, modifications indiennes, chinoises, byzantines,
arabes, romanes, gothiques, et on les étudiera dans leurs
plus beaux monuments, suivant l'importance du rôle qu'elles
ont joué dans l'histoire de l'art. Les jeunes architectes, ainsi
formés, iront à l'École de Rome, à l'École d'Athènes, et continueront à donner une part de leur temps, la plus grande,
à l'étude des monuments de la belle époque ; une part aussi,
minime il est vrai, mais tout aussi consciencieuse, aux monuments des époques de décadence, de telle façon qu'ils
reviendront en France parfaitement capables de restaurer une
église gothique, comme Duban l'a prouvé à la Sainte-Cha-

pelle, ou d'en construire de nouvelles, comme l'ont fait MM. Gau et Ballu à Sainte-Clotilde. Quand il se rencontrera des hommes de la trempe de MM. Lassus et Viollet le Duc, qui auront consenti, après avoir fait une bonne étude de l'art antique, à consacrer leur vie et leur talent à l'architecture gothique, et qui se seront complétement rendus maîtres de cette modification admirable, alors, si la mode pousse à construire des églises gothiques aussi ressemblantes que possible aux plus beaux édifices de ce style, on leur en confiera de préférence l'exécution, c'est de toute justice. Mais là n'est pas l'enseignement de la jeunesse, ni l'avenir de l'architecture au xixᵉ siècle.

L'antiquité étudiée dans les monuments de l'Attique et appliquée aux constructions modernes, comme le firent Palladio et Balthazar Peruzzi, en appelant à un commun concours la sculpture et la peinture, c'est là tout le secret de l'architecture nouvelle tant désirée, si vivement attendue. Apprendre l'architecture des Grecs à l'école, l'étudier en Grèce, observer comment les grands artistes italiens et français ont appliqué cette même architecture aux besoins de leur époque dans les palais et les simples demeures, se former à travers cet enseignement un idéal, le suivre et le développer, puis, de retour dans sa patrie, quelle qu'elle soit, la Finlande ou le Mexique, Paris, New-York, Madrid ou Saint-Pétersbourg, étudier les besoins des populations, les conditions du climat, la nature des matériaux, puis enfin créer, tel est le seul moyen de retrouver certaines beautés dignes de l'antiquité, et dont on pourra faire un art nouveau.

On invoque, en effet, dans les revues et dans les journaux, une architecture nouvelle, comme sur les murs on demande un remplaçant et des apprentis; mais telle chose ne se trouve pas tous les jours, et ne s'est jamais trouvée. Les générations, depuis vingt siècles, ont modifié l'architecture mère qui est au haut de l'Acropole d'Athènes, suivant leurs besoins et les matériaux qu'elles avaient à leur disposition : elles n'en ont pas fait de nouvelle. Faire du nouveau en architecture res-

semble beaucoup aux efforts de ceux qui, avec tous les éléments de la langue française, forgent des mots et essayent des
constructions inusitées. N'y a-t-il donc pas dans les formes de
l'architecture antique, comme dans celles de la langue de
Bossuet, de quoi tout rendre et tout exprimer? Lorsqu'Ictinus,
assisté de Phidias, construisit le Parthénon, cinquante ans après
que le temple de Thésée s'était élevé dans la ville d'Athènes,
on ne se plaignit pas qu'il eût copié son devancier, qu'il n'eût
rien fait de bien nouveau, car dans l'architecture le nouveau
c'est l'impossible, c'est l'absurde, c'est le sculpteur cherchant
à former une figure humaine différente de l'homme créé par
Dieu; Ictinus n'avait point de ces vues folles, mais dans son
Parthénon il atteignit la perfection idéale de l'architecture, et
c'était là une nouveauté saluée par la Grèce d'un bruyant
applaudissement qui s'est prolongé jusqu'à nous.

Avons-nous d'autres besoins que l'antiquité grecque et romaine, qu'aux xvi, xvii et xviii siècles? Oui. Avons-nous à
notre disposition d'autres matériaux? Oui, et c'est là ce qui
doit modifier notre architecture, ce qui ouvre aux arts une ère
nouvelle. Le fer, le zinc, la tôle de fer émaillée, le verre et la
faïence en énormes et solides surfaces, sont des éléments
nouveaux d'architecture. Je dis nouveaux, parce qu'ils n'ont
jamais été employés avec la facilité et dans la proportion
qu'ils présentent aujourd'hui; et je ne compte que ceux-là,
divers matériaux et procédés en apparence excellents étant
encore à l'essai. Il est impossible de ne pas remarquer dans
la longue marche de l'humanité que les ressources ont crû
parallèlement avec les besoins dans toutes ses grandes innovations. Qu'exige aujourd'hui de l'architecture une démocratie bientôt universelle? de vastes espaces ouverts à tous
pour prier en commun, pour discuter en public sur les intérêts généraux, pour se divertir à bon marché en obtenant la
qualité par la cotisation de la quantité, pour faire des expositions et concours de tous genres, pour célébrer enfin les
fêtes nationales. Les villes sont mal à l'aise dans leurs murs,
elles débordent sur leurs enceintes, et les terrains acquièrent

une telle valeur au centre que les caves sont rendues habi-
tables, que les cours sont vitrées, et que les rues et places
seront bientôt couvertes pour faire appendice aux maisons.
Comment répondre à ces besoins? Est-ce avec des monceaux
de pierres de taille? Est-ce quand le bois de charpente à
grande portée devient tous les jours plus cher parce qu'il est
plus rare? Non, c'est avec le secours des industries de la mé-
tallurgie, de la céramique et des verreries; je dis avec le secours, avec la participation de ces matériaux, car Dieu nous
garde d'une architecture de palais de cristal et de cages à pou-
lets exécutée exclusivement en métal. Persuadons-nous bien
qu'après une première folie d'engouement l'architecture en fer
deviendra l'exception, et l'architecture en pierre associée au
métal, la règle. Neuf fois sur dix la pierre reprendra ses droits,
parce qu'elle est d'un emploi facile, constant, durable et à bon
marché, et c'est par cette raison que la véritable architecture
des architectes dominera toujours l'architecture d'expédients
des ingénieurs et des jardiniers. On ne fera pas de l'architecture en fer parce qu'elle est meilleure que l'architecture en
pierre, parce qu'elle dure plus, parce qu'elle coûte moins; on
emploiera le fer comme la pierre, comme le bois, comme la
brique, là où il est nécessaire d'en faire usage. Bien plus, je
conseille de résister à la tentation de s'en servir, dès qu'on peut
s'en passer. Le fer est un agent capricieux, fantasque; son caractère ne se soumet pas facilement au caractère de ses associés
obligés, la pierre, le bois, la brique. Cependant il est parfois
nécessaire de recourir au fer: l'architecte Louis en a rempli son
théâtre de la rue de Richelieu; Brebion, en l'année 1780, s'en
est servi au Louvre pour faire le comble du grand salon carré;
on y aura recours encore, et d'autant plus facilement aujour-
d'hui que des maîtres de forges habiles se prêtent avec adresse
à tous les besoins de l'art. Rédigez donc votre programme,
sachez ce que vous voulez et expliquez-vous; alors l'architecte combinera son œuvre suivant vos exigences, et il mettra
du fer partout où l'emploi de la pierre ne répondra pas
aussi bien aux grandes portées, aux vastes espaces que vous

réclamez. Pourquoi le véritable architecte serait-il atteint de sidérophobie? Les ingénieurs seuls ont pu répandre ce mauvais bruit. Loin de là, l'architecte emploiera le fer suivant les besoins de l'architecture; mais, du moment où il en fera usage, étant convaincu de la nécessité de son emploi, il ne s'en cachera pas, il n'ira pas le dissimuler sous la couleur du bois ou de la pierre, en affectant les formes propres au bois et à la pierre: non, il prendra résolûment le fer parce que c'est du fer, et il déduira ses formes de sa nature même, des outils qui le forgent, des qualités qui font sa force; bien plus, il l'accusera franchement partout où il en fera usage, et le fer deviendra dans ses mains une ressource pour l'ornementation. Sortira-t-il de ces exigences et de ces combinaisons une architecture nouvelle? Oui et non. Oui, si le romain de l'Empire, le byzantin des Grecs, le roman de Ravenne et de France, l'arabe de Damas, du Caire, de Grenade et de Konieh, le persan d'Ispahan, les gothiques français, anglais, allemand, l'italien du xiiie siècle, les renaissances de tous les pays au xvie siècle, le style de Louis XIV, de Louis XV, de Louis XVI, de la République et de l'Empire, sont comptés pour des architectures; non, si les changements introduits par nous dans l'architecture des Grecs ne sont que des modifications de ce style, déduit lui-même des architectures antérieures, mais arrivé dans l'Attique, dans les mains d'une nation divinement douée, à son apogée de pureté et de grandeur.

Modifier ainsi l'architecture, c'est connaître son origine et ses lois, la fermeté de son principe et l'élasticité de ses règles; c'est avoir étudié aussi les ressources offertes par les nouveaux matériaux, et les besoins indiqués par les nouvelles exigences de la civilisation; c'est, en un mot, être assez habile pour tirer également parti des éléments anciens et nouveaux; c'est le rôle de tout le monde, et plus particulièrement de quelques architectes d'élite, formés dans un enseignement raisonné, sérieux et exclusivement classique.

L'atelier du maître, les classes et les concours de l'école laissent dans la vie de l'élève, de sept heures du soir à dix, une lacune que l'estaminet, le bal de la Chaumière et pis encore remplissent régulièrement, tandis que ces trois heures précieuses pourraient recevoir un utile emploi. Léonard de Vinci, Michel-Ange, Dürer, Poussin, Rubens, étaient très-instruits des choses de la science, de l'histoire et des lettres, et nous offrent des exemples à suivre. Tout artiste qui ne voue pas son avenir, qui ne met pas son ambition à peindre des chenils, des singes habillés, des légumes et des chaudrons, devra donc se préparer par des études qui meublent la tête et fortifient le jugement. On a le temps à l'école, et quand le moment de créer et de produire est venu, on ne l'a plus. Il faut alors jeter bas toutes les entraves; comme un lutteur se dépouille du vêtement qui l'incommode, l'artiste créateur laisse de côté livres et lectures, il produit avec ce qu'il a appris, au risque de ne pouvoir plus produire s'il est obligé d'apprendre encore. L'école est la préparation de la carrière ou du voyage de l'artiste; une fois en route et le sac sur le dos, il vit des provisions faites avant le départ, il ne compte pas sur les auberges.

De même que vous remplissez la mémoire de vos enfants des vers de Virgile, d'Horace, de Corneille et de Racine, sans craindre d'étouffer leur originalité naturelle sous ces richesses d'emprunt, de même aussi vous meublerez la tête des jeunes artistes avec les inventions charmantes de l'antiquité, les compositions gracieuses de la poésie, les beaux faits de l'histoire, afin que leurs esprits nourris de bonne heure à ces sources fécondes alimentent naturellement leur inspiration. Je voudrais davantage. J'ai une si haute idée de l'artiste, de sa vocation, de sa mission, que j'ambitionnerais pour lui des recherches infinies. Rien ne me semblerait de trop : la pureté du langage, l'harmonie des mouvements, la poésie des idées, des délicatesses de femme, une propreté d'hermine, l'euphémisme en tout. Mais laissons ces rêves d'avenir, revenons à la réalité du présent. C'est à un manque presque complet de culture qu'il faut attribuer la pauvreté des idées de nos peintres et la médiocrité de nos statuaires. Cette infé-

riorité de l'éducation, cette ignorance humiliante, paralysent
les artistes les mieux doués dans toutes leurs manifestations
et dans les moindres circonstances de la vie; elle leur cause
cet embarras qui les rend sauvages, elle produit cette sauva-
gerie qui les rend inutiles à la cause de l'art quand ils devraient
au contraire, avec fierté et le verbe haut, défendre ses intérêts, quand il leur siérait si bien de lutter par la parole, ou
la plume à la main, avec ces faiseurs de phrases et ces barbouilleurs de papier qui tyrannisent les artistes, faussent les
idées du public et compromettent l'art lui-même. Le silence
des peintres et des sculpteurs sur la théorie de leur art est
un autre symptôme de l'imperfection de leur éducation. Depuis cinquante ans, quel ouvrage citer, historique, théorique
ou pratique, émanant d'un grand artiste? Quand un peintre
fait un article de revue qui a le sens commun et ne semble
pas écrit par un porte-faix, on crie au miracle, sans songer
que dans l'antiquité et à l'époque de la Renaissance c'était,
pour ainsi dire, l'exception quand un artiste n'avait pas publié, ne projetait pas au moins quelque ouvrage sur son art
depuis ses conditions pratiques, ses procédés matériels, jusqu'aux données les plus élevées de l'esthétique, jusqu'aux
problèmes les plus délicats de la théorie.

Ces trois heures du soir seraient remplies à l'école par des
cours et des lectures. Les élèves auraient la liberté de choisir
ceux qu'ils désireraient entendre, mais ils contracteraient l'obligation d'en faire des résumés, et ces rédactions concourraient
pour une part dans les examens, en même temps que les
meilleures seraient couronnées par des prix. Je mentionnerai
quelques-uns de ces cours.

En première ligne, un *cours d'anatomie*. Cette étude pourrait
être placée dans les classes mêmes, tant elle semble importante, tant elle doit être élémentaire; mais, en la reléguant
dans les cours du soir, mon intention est de lui ôter une
part de son importance et de la remettre à sa véritable place.
L'artiste doit avoir appris l'anatomie sur les bancs de l'école,
afin qu'arrivé à l'âge où l'on produit, où l'on crée, il puisse

l'oublier, n'en conserver que la conscience et n'être pas mordu de la prétention d'en faire montre. L'anatomie est aux sculpteurs et aux peintres ce que le latin et le grec sont aux poëtes, ce que l'instruction est aux gens du monde, quelque chose que l'on sait et qu'on se garde bien de laisser voir. Une femme qui ferait la révérence comme elle l'a apprise de son maître de danse exciterait le rire et passerait pour une provinciale; un écrivain qui cite du latin est tenu pour pédant; les artistes qui affichent leur science anatomique, comme Michel-Ange et son école, choquent et refroidissent les spectateurs. Il ne faut donc pas montrer ce qu'on sait d'anatomie, mais on doit l'apprendre afin de rendre les mouvements non pas seulement dans leur possibilité et leur vérité, mais avec la conscience du mécanisme qui les a produits.

Les anciens ont dessiné et modelé admirablement bien la figure humaine sans étudier l'anatomie; ils voyaient notre machine en mouvement chaque jour et à toute heure, et ils en devinèrent le mécanisme par l'observation attentive du jeu de chaque membre. L'art trouvait mieux son compte dans cette étude pratique et vivante que dans la sèche étude de l'ostéologie. Je ne voudrais pas que nos jeunes artistes devinssent, en ces choses, beaucoup plus savants que les artistes de l'antiquité. M. Gerdy a cru pouvoir prouver, je le sais, dans son *Anatomie des formes extérieures du corps humain*, que les anciens, dans leurs statues, et les maîtres de la Renaissance, dans leurs tableaux, ont commis les plus grossières fautes contre l'anatomie. C'est un peu avec cette science, ce n'est pas entièrement avec elle que nos artistes surpasseront ces grands devanciers. Trop étudier l'anatomie serait se jeter dans des curiosités inutiles, dans une science superflue. On ne doit pas perdre de vue, il est vrai, que les conditions de la société ont tellement changé, qu'aujourd'hui, sans avoir étudié notre construction par l'anatomie, la statuaire antique et le modèle, on ne connaît pas le corps humain. L'élève de l'école suivra donc un cours général d'anatomie, d'ostéologie et de myologie; mais, devenu maître de ces trois bran-

ches d'une même science, il regardera attentivement la nature, afin d'apprendre de Dieu, l'ouvrier modèle, le soin
qu'il a pris de cacher ce mécanisme admirable, qu'il avait
plus d'intérêt à montrer, lui, le créateur, que l'artiste, qui n'en
est que le copiste.

Il manque un ouvrage et un professeur à cet enseignement. En effet, il ne s'agit pas de la science anatomique de
l'École de médecine, mais de l'anatomie dans ses rapports
avec les formes extérieures du corps humain, et, bien que des
tentatives fort estimables aient été faites pour rattacher ce
côté de la science à l'art antique et à la pratique de l'art,
cependant un ouvrage méthodique, servant à l'enseignement
et pouvant toujours être consulté avec profit, devrait être
demandé à un artiste assez médecin ou à un médecin assez
artiste pour le composer et en suivre les déductions dans
l'enseignement.

Après cette étude, je placerais un *cours d'esthétique* dans les
conditions pratiques de l'art. Je lui donnerais pour professeur
l'esprit le plus ingénieux, la nature la plus délicate qu'on pût
trouver parmi les artistes les plus forts ou les amateurs les
mieux exercés.

Un *cours de l'histoire de l'architecture*. Savoir comment ce
grand art a répondu par ses transformations successives aux
besoins créés par les goûts de chaque époque, à ses moyens
d'exécution et à ses matériaux, c'est se préparer à répondre
aux besoins de notre temps et à trouver le grand problème
qu'appellent de nos jours l'esprit d'association, la réunion facile
d'immenses capitaux, les procédés rapides d'exécution et
l'emploi de matériaux parfaitement appropriés et mis par
leur bas prix à la portée de la spéculation. L'architecture
n'est pas indépendante du mouvement général de la civilisation; elle en est, au contraire, l'expression vivante, la traduction matérielle. Professer l'histoire de l'architecture, c'est
faire l'histoire des peuples par leurs monuments. Voyez à
quelle hauteur doivent se placer le maître et ses élèves, quels
horizons étendus, quelle carrière immense ouvre ce cours.

A qui confier cet enseignement? A un esprit distingué qui, après une forte éducation classique, aura remporté le grand prix d'architecture; qui, après un séjour à Rome et à Athènes, aura étudié les monuments de tous les peuples, depuis les pyramides d'Égypte jusqu'au pont tubulaire du détroit de Menai, depuis le Parthénon jusqu'aux grandes gares de chemins de fer. Comme Hérodote à Olympie, il dirait aussi à ses auditeurs : « Ce que je raconte, je l'ai vu. » Et soyez sûr qu'il serait écouté avec fruit par ses élèves.

Un *cours d'histoire générale*. Le peintre a été dans l'antiquité et au moyen âge le véritable historien; il pourra reprendre cette noble mission quand il aura appris à lire dans l'histoire le jeu des grandes passions, à saisir dans ses annales les scènes qui font vibrer les cordes du cœur, éclater la note humaine, quand il saura pénétrer les grands hommes et s'en pénétrer. Il nous faudrait ici un professeur éloquent, inspiré par la poésie de l'histoire, faisant revivre par la magie du langage les âges primitifs, les actions généreuses et les hauts faits, parvenant ainsi à détacher la jeunesse du prosaïque réalisme et à la transporter dans le monde pittoresque de l'héroïsme de tous les temps. Que n'apprendront-ils pas dans ce cours? Une chose surtout leur sera enseignée, démontrée à chaque pas: c'est que la ruine des empires entraîne tout, tout, jusqu'au souvenir des races disparues, tout, excepté les œuvres de l'imagination et les créations de l'art. On croit qu'elles sont perdues ou ruinées parce qu'elles sont délicates et fragiles; mais elles renaissent, sinon dans leur splendide intégrité, au moins dans des fragments dont la mutilation voile les défauts et laisse notre admiration deviner toutes leurs beautés. C'est que les chefs-d'œuvre sont animés d'une vie particulière. Tandis que tout ce qui vit doit mourir, les œuvres de l'imagination vivent et ne meurent pas. On les anéantit, et elles renaissent sous une forme différente, conservant jusque dans les reproductions les plus imparfaites la pensée créatrice.

Un *cours d'archéologie*. Je voudrais que les élèves prissent

de cette science ce qu'elle a de fécond, et qu'une fois hors
de l'école ils ne fussent plus tentés de l'étudier; comme ces
passions dont on est facilement désabusé à l'âge où on ne doit
plus les éprouver, quand on les a déjà ressenties dans sa jeunesse, et qui, au contraire, deviennent des entraînements
irrésistibles quand on en est atteint alors pour la première
fois : ainsi l'archéologie, apprise de bonne heure, devient une
ressource pour toute la vie de l'artiste; étudiée tardivement,
c'est une mer sans fond et sans rivages, où il se perd corps et
biens.

Un *cours de littérature*. Je ne veux pas sonder l'abîme d'ignorance dans lequel sont plongés et vivent les artistes. Qu'il suffise de dire que ce grand mot de littérature cachera, au moins
pour les élèves des premières années, des leçons d'orthographe, de grammaire et de style.

Je n'ai certainement pas épuisé la liste des cours que réclameront les développements de l'enseignement de la jeunesse
artiste; il en sera de même des lectures, dont j'indiquerai
sommairement quelques-unes. Je dis lectures, et non pas
cours, parce que leurs sujets ne comportent pas un grand
nombre de séances et qu'elles suffiront seulement à remplir
utilement quelques heures. Ainsi, un cours de chimie générale serait déplacé à l'École des beaux-arts, tandis que des
lectures sur la chimie appliquée aux arts peuvent donner aux
jeunes architectes et aux jeunes peintres des notions qui leur
seront utiles dans toute leur carrière, soit en les dirigeant
dans leurs manipulations, soit en leur permettant de juger
en connaissance de cause les matières qu'ils sont obligés
d'employer et qui assurent, par leur bonne ou mauvaise composition, la destruction rapide ou la conservation indéfinie
de leurs œuvres. Il en est de même d'un cours de physique,
dont l'étendue surchargerait inutilement la mémoire des
élèves; mais des lectures qui expliqueraient aux jeunes gens
d'une manière saisissante de difficiles problèmes d'effets de
lumière et de perspective, ainsi que la théorie si curieuse, si
intéressante aussi, du contraste des couleurs, seraient cer-

tainement les bienvenues. Quand on sait que le Parthénon et probablement tous les monuments grecs de la belle époque n'ont pas une seule ligne droite, soit horizontale, soit verticale, et que les déviations de chacune d'elles en courbes et en inclinaisons vers le centre sont un problème mathématique insensible à la vue et qui concourt à l'harmonie de l'impression générale, on apprend qu'il y a dans les arts, comme dans la nature, des principes cachés qui méritent d'être étudiés, et dont nous devons chercher la raison, bien qu'ils échappent à une perception superficielle. Le contraste des couleurs est de cette nature : il a ses règles, ses principes, et nous semblons l'ignorer. Aux architectes je dirais : Étudiez la loi des courbes et des inclinaisons, puisqu'on a pu sur l'Acropole d'Athènes en retrouver l'économie; aux peintres : Rendez-vous maîtres de la théorie du contraste des couleurs, puisque vous avez le bonheur de posséder l'homme de génie qui a arraché à la nature le secret de ses harmonies et vous a mis à même de tirer des conséquences, utiles dans l'application, de mille faits que vos prédécesseurs ont eus sous les yeux sans les voir. J'ai entendu des gens habiles se moquer des recherches de M. Chevreul, j'ai vu de grands artistes hausser les épaules en disant (et ils croyaient dire quelque chose de spirituel) que Titien, Corrége et Rubens n'avaient pas étudié les règles du contraste des couleurs. Tout cela n'empêcha pas M. Chevreul, avec une persévérance que Dieu donne à la conviction, de propager ses idées, et rien n'empêchera qu'avant peu sa théorie ne soit une part obligée de l'enseignement et une condition des examens, un système qu'il sera aussi nécessaire de connaître que les proportions de la figure et les règles de la perspective dans l'exercice des arts, que l'orthographe et l'arithmétique dans la vie privée. Vous croyez qu'on pourra devenir coloriste mathématiquement? me dira-t-on. Je n'en doute pas, comme on devient musicien en étudiant la musique; seulement, si l'étincelle sacrée manque, vous ne créerez rien en musique, rien en peinture. Mais n'abordons pas ce sujet, revenons à nos lectures. Il est bien entendu que l'enseignement suivi, l'étude approfondie a fait place à des aperçus ingénieux et rapides, à des expositions éloquentes mais restreintes. Ainsi au cours d'archéologie générale s'ajouteraient utilement des lectures sur des points particuliers de cette étude. MM. Viollet le Duc et Lassus seraient invités à présenter en quelques soirées leurs idées et le résultat de leurs recherches sur l'architecture gothique; M. Didron, sur l'iconographie chrétienne; M. Rio, sur l'art religieux; M. Beulé, sur ses fouilles à l'entrée de l'Acropole d'Athènes. MM. Ch. Blanc, Montaiglon, Jeanron, Dussieux, feraient l'histoire de quelques peintres. M. Vitet prendrait deux ou trois séances pour lire son étude charmante sur Le Sueur et pour raconter la vie du Poussin, qui, semblable à celle des grands philosophes de l'antiquité, peut être donnée en modèle aux jeunes gens. M. de Chennevières dirait ce qu'a été l'art en province. M. Ruprich Robert rendrait compte de ses observations sur la botanique dans son association avec l'ornementation peinte et sculptée. Horace Vernet, Ingres, Delacroix, Decamps, viendraient successivement exposer leur manière de voir la nature, de comprendre le beau, de rendre leurs idées; Courbet et Clesinger eux-mêmes seraient admis à expliquer, ou à excuser, leur brutal système de peinture et de sculpture. Un jour, un grand anatomiste exposera une lumineuse théorie sur les races humaines, d'après leur constitution et leurs types. Un autre jour, le père de Ravignan décrira dans son magnifique langage les beautés du christianisme et les ressources que les arts peuvent trouver encore dans son histoire. Après lui, M. Michelet montera en chaire et racontera, ou plutôt il peindra la guerre des Gaules au point de vue gaulois, et les croisades comme les raconterait un compagnon de Saladin, car, dans ces grandes émotions, il est une voix qu'on n'a pas entendue, celle du vaincu; Gaulois et Arabes peuvent dire, comme dans la fable : Si nos confrères savaient peindre! Quand on placardera à la porte de l'École des beaux-arts les lectures de la semaine, il y aura grand émoi dans le monde artiste, car on y apprendra des choses inattendues : MM. Saint-Marc Girardin ou Sainte-Beuve analysant les beautés pittoresques de notre théâtre dramatique, M. Thiers communiquant ses vues sur la renaissance des arts à Florence, M. Cousin développant ses idées philosophiques sur le beau; M. Mérimée racontant son tour de France, revue spirituelle et instructive de nos monuments; M. Botta discutant la priorité des Égyptiens dans la culture des arts; le duc de Luynes recherchant les origines asiatiques de l'art grec. Il est impossible qu'au contact de ces grands esprits, de ces voix éloquentes, la nouvelle génération artiste ne sente pas sa mission s'élever et sa responsabilité grandir.

Je n'ai point l'intention d'épuiser un programme qui aura pour caractère principal l'inattendu, et pour utilité première d'introduire dans l'enseignement l'intérêt, la passion, la vie en un mot, ce ressort si détendu de nos jours, et qui doit reprendre son énergie.

Une bibliothèque et une collection d'estampes seraient le complément de cette éducation. L'une et l'autre, assez restreintes et toutes spéciales, s'augmenteraient principalement de legs des artistes, assurés de la reconnaissance de leurs camarades par une estampille à leur nom qui éterniserait sur leurs gravures et sur leurs livres le souvenir de leur générosité. Une bibliothèque spéciale des arts comprend environ 1,000 bons ouvrages in-8°. Le reste est une insipide redite qui ferait prendre en dégoût les arts et l'érudition aux élèves auxquels on en imposerait la lecture. La bibliothèque admettra en outre environ 3,000 volumes d'ouvrages à figures qui présentent, dans leurs planches, l'histoire de l'art par ses monuments. Elle acquerra plusieurs exemplaires de quelques livres classiques et usuels pour les mettre à la disposition de tous ceux qui ne peuvent les acquérir. La collection d'estampes devra offrir, en belles épreuves, les œuvres complètes des maîtres, j'entends des peintres graveurs et des grands graveurs; tout le reste, y compris les doubles des gravures des maîtres, sera distribué en recueils archéologiques et classé méthodiquement par ordre chronologique, avec des catalogues spéciaux pour les différentes natures de recherches. Il

ne faut pas davantage aux artistes, aux élèves, aux apprentis et
aux ouvriers. Ils ne sont pas et ils ne doivent pas devenir des
bibliophiles et des érudits de profession, mais ils viennent
chercher commodément et rapidement, suivant leurs inspirations et mille directions différentes, qui les diverses représentations d'un sujet dont il est préoccupé, qui une pose, un type
particulier, une nature exceptionnelle, qui un détail de costume,
de coiffure, d'ameublement, — que sais-je? Souvent l'artiste y
viendra feuilleter au hasard et en rapportera plus qu'il n'était
venu chercher. Ce qui distinguera cette bibliothèque de toutes
les bibliothèques de Paris, c'est qu'elle restera ouverte le soir
quand ses sœurs fermeront, et qu'on l'ouvrira le matin quand
les conservateurs des autres bibliothèques dormiront profondément. J'entends tous les jours de l'année, sans une seule
exception, de cinq heures du matin à dix heures du soir[1].

DES MODIFICATIONS QUI DOIVENT ÊTRE APPORTÉES À LA DISTRIBUTION DES PRIX
DE L'ÉCOLE DES BEAUX-ARTS; DU DÉVELOPPEMENT DE L'ÉCOLE DE ROME, ET
DE L'ÉDUCATION ARTISTE PAR LES VOYAGES.

Quelques prix dus à de généreuses fondations et les grands
prix accordés par l'État sont la récompense des élèves et le
but de leur ambition. Ni les uns ni les autres ne répondent à
l'importance et au développement que les arts ont pris; ils
atteignent quelques sommités, ils laissent exposés aux séductions les plus compromettantes des talents naissants qu'il importe d'aider et de soutenir à ce moment difficile des premiers
pas dans la carrière.

MM. de Caylus, Latour-Landry, Leprince, Le Clère et Des-
chaumes ont été de généreux fondateurs de prix pour des

[1] Je ne crois pas nécessaire, si même l'espace ne me manquait pour de
longs développements, d'exposer les raisons qui rendraient cette bibliothèque si utile aux artistes et aux ouvriers artistes de la capitale, ni de
démontrer la facile exécution de ce service public, pendant toute l'année, de cinq heures du matin à dix heures du soir. Je dirai seulement
que cette bibliothèque artiste, publique pour tous, devrait être disposée
tout entière en pupitres, pour que les jeunes gens pussent dessiner,

études spéciales et des cas déterminés ; ils trouveront des imitateurs, et nous verrons un jour les prix si nombreux, que les élèves seront assurés, au bout de chacun de leurs efforts, d'une récompense honorable et d'un moyen d'alléger les sacrifices faits par leurs familles. Ce point est important, car une délicatesse propre aux natures distinguées ravit souvent aux études de l'art les sujets qui promettaient le plus. Ces jeunes gens voient le grand prix de Rome si éloigné, ils voient

copier et calquer à leur aise. Je dis calquer, quoique ce soit une dérogation aux règlements ordinaires, parce que, excepté les œuvres des maîtres qui doivent être scrupuleusement respectées, les autres gravures ont peu à souffrir de ce genre de reproduction, quand on exige l'emploi de crayons d'un certain numéro ; parce qu'en outre il importe de fournir aux jeunes artistes ce moyen de recueillir rapidement les nombreux détails, les analogies, les objets de comparaison qui forment comme les matériaux des études poursuivies dans l'atelier et à l'école. S'il doit en résulter pour quelques ouvrages élémentaires et classiques une ruine certaine au bout d'un petit nombre d'années, le grand mal ! on en rachètera de neufs, et le temps qu'on aura épargné aux artistes rachètera lui aussi avec usure ces quelques écus perdus.

On me permettra de citer dans cette note, sans y rien changer, ce que j'écrivais au mois de mai 1848. L'article était composé et il allait paraître lorsque *la Presse* fut suspendue. C'est dans ses premiers jours de retour à la liberté, le 16 août, qu'elle le publia. Les idées qu'il renferme sont aussi neuves et aussi applicables aujourd'hui qu'il y a trois ans, tant est grande l'ardeur à adopter les propositions fécondes.

« DES BIBLIOTHÈQUES DES OUVRIERS, ET DE L'ABUS DES VACANCES

« DANS LES BIBLIOTHÈQUES PUBLIQUES.

« On s'occupe beaucoup du peuple, et particulièrement de son instruc-
« tion, mais je ne vois pas qu'on ait encore institué pour lui quelque chose
« qui révèle une idée ou qui porte en soi un germe fécond d'avenir. Le peuple
« ne s'abuse pourtant pas, au moins il ne s'abuse pas longtemps, et quand
« il voit un général ou un palais prendre son nom, il sait tout d'abord ou il
« comprend bientôt la valeur de ces compliments ; il va au positif, il demande
« du réel, il cherche autour de lui les hommes vraiment dévoués à sa cause,
« car ceux-là font peu de phrases et beaucoup de bien.

« Ces idées me sont venues à propos de ce fatal écriteau que je vois ap-
« pendre si souvent à certaine grande porte de la rue de Richelieu. Je me
« rencontre là avec une foule désireuse comme moi d'utiliser sa journée, et
« nous lisons avec un sentiment commun d'amertume et de désappointement

de si près les charges qu'ils imposent à leurs parents, que
bientôt le découragement s'empare de leur âme, et ils vont demander aux ateliers d'ornemanistes et de dessinateurs industriels une assistance qui ne leur est donnée qu'en échange de
leurs qualités les plus précieuses et de tout leur avenir d'artiste.
D'un autre côté, autant il était naturel d'avoir pour chaque
art un seul grand prix tous les ans quand le nombre des
artistes était restreint, et quand la protection de l'État était

« l'arrêt que voici : *La Bibliothèque nationale est fermée depuis le. . . . . jus-*
« *qu'au. . . . . inclusivement.* La foule s'écoule : les uns rentrent chez eux en
« regrettant le temps perdu; les autres, ne sachant comment l'employer,
« l'emploient mal.

 « Pour moi, j'ai occupé ce loisir forcé à me demander pourquoi, après
« avoir réduit la journée de travail de deux heures, le Gouvernement n'avait
« pas donné aux ouvriers le moyen d'employer ces deux heures à cultiver
« leur intelligence. Ne disait-on pas dans le décret que tel était le but de
« cette diminution des heures de travail? On n'ignorait pas qu'un ouvrier
« ne peut lire et s'instruire qu'aux heures de repos qui précèdent ou suivent
« les heures de travail, ou bien aux jours des dimanches et des fêtes. Mais
« justement les bibliothèques sont fermées le matin, elles sont fermées le
« soir, le dimanche on les ferme à double tour; et quand des fêtes laissent
« chômer les ateliers plusieurs jours de suite, on placarde bien vite à la
« porte le grand écriteau des vacances.

 « A une époque où je m'occupais de l'organisation des bibliothèques pu-
« bliques, j'ai voyagé en Angleterre, en Allemagne et en Italie pour exa-
« miner la composition des collections publiques, leur personnel et leurs
« règlements. A Gênes, je poursuivais cet examen quand le dimanche ar-
« riva. Là, comme ailleurs, les bibliothèques publiques se ferment, et j'étais
« les bras croisés. Mon domestique de place, compatissant à mon désœu-
« vrement, me dit : — Vous pouvez employer votre journée; nous avons à
« Gênes une bibliothèque publique qu'on ne ferme jamais : c'est la biblio-
« thèque du peuple; elle ouvre au point du jour en été comme en hiver;
« elle ferme à minuit, et n'a de vacances ni le dimanche ni les jours de
« fête. — Je crus un instant que ce compatriote de Christophe Colomb vou-
« lait donner à sa ville natale tous les mérites à la fois, et ceux qui rendent
« célèbres au grand jour et ceux qui font bénir dans l'ombre.

 « J'allai à la bibliothèque du peuple; voici ce que je vis, ce que j'appris :
« vers 1750 vivait à Gênes un homme de bien, Paul-Jérôme-François Fran-
« zoni. Il dévoua sa vie à l'éducation des apprentis pauvres, au bien-être
« des ouvriers. Il avait vu, dans une longue et bienfaisante carrière, que le
« peuple va au cabaret faute de pouvoir aller ailleurs et lit de mauvais

réservée à des artistes qu'il adoptait, et dont il prenait, pour
ainsi dire, charge d'âme, autant, aujourd'hui que les conditions sont entièrement changées, ces prix sont-ils insuffisants.
Autrefois le grand prix donnait droit à une pension pendant
trois années pour continuer ses études à Paris et à un séjour
de trois années à l'école de Rome; autrefois aussi le nombre
de ces élèves de Rome n'était pas limité; le surintendant des
bâtiments désignait à la bienveillance royale, en dehors du
premier prix, les jeunes gens dont les efforts ou les qualités
exceptionnelles avaient mérité cette faveur. Avec une organisation aussi élastique, Barye n'aurait pas été privé, après
avoir obtenu deux fois le second prix, de ce moyen de développer ses qualités éminentes; il eût été envoyé à Rome hors

« livres parce qu'on ne lui en donne pas de bons. En mourant, vers 1778,
« il légua sa bibliothèque (10,000 ouvrages usuels) à ses amis les ouvriers,
« consacrant à cette œuvre pie, et sa maison pour la loger, et sa fortune pour
« assurer le rude service tel qu'il l'entendait. Voici son règlement : Nul prêt
« de livres au dehors; place pour tous les lecteurs qui se présentent; ouverture
« de la bibliothèque au point du jour, c'est-à-dire à cinq heures du matin en
« été, à six heures en hiver; fermeture à minuit; pas de vacances, pas de
« clôture un seul jour de l'année, sans excepter ni les dimanches ni les
« jours de fête.
« J'entrai dans cette bibliothèque : elle était remplie de lecteurs qui pa-
« raissaient être des ouvriers, la plupart associés deux à deux, lisant dans le
« même livre ou regardant ensemble des gravures; quelques érudits profi-
« taient, eux aussi, pendant la fermeture des autres bibliothèques, de la libé-
« ralité de Franzoni. L'ordre semblait se maintenir par la volonté de tous,
« le silence par le besoin de chacun. Je pris connaissance, au moyen d'un
« catalogue régulier, de la composition de cette collection : c'est bien ce qui
« convient : des livres usuels et des manuels, des encyclopédies et des traités
« de tous les arts, des livres d'histoire et de voyages. Je m'approchai de
« l'employé de service : il était simple et prévenant; je sus de lui que l'asso-
« ciation formée pour le service de la bibliothèque, et entretenue aux frais
« de la fondation, se compose d'un chef élu, seul chargé de l'administration,
« et d'un certain nombre de membres qui se succèdent les uns aux autres
« et à tour de rôle depuis le matin jusqu'au soir. On me dit en outre que la
« bibliothèque était visitée principalement le soir et le matin, le dimanche
« et les jours de fête. Aux autres jours, aux autres heures, elle voit arriver
« les ouvriers sans ouvrage ou convalescents, les gens désœuvrés ou les éru-
« dits, qui, pendant la fermeture des autres collections, ont recours à celle-

rang, aux frais du roi, et, au lieu d'un ornemaniste de talent, nous compterions, j'en ai la conviction, un grand sculpteur de plus dans notre école. Je voudrais reconquérir aux arts tous ces modes de protection, les augmenter, en imaginer d'autres.

Une loi exempterait du service militaire les dix plus forts élèves de l'école. Il faut se rappeler que nous sommes en pleine paix, et que cette exemption fut accordée au premier et au second prix de l'École des beaux-arts dans le plus fort de la guerre, en 1807. Quoi de plus naturel que de demander au pays une générosité proportionnée à sa quiétude, en affranchissant d'un lourd service et de dangers menaçants les hommes rares destinés à faire sa gloire et à lui procurer ses plus nobles jouissances?

« ci. Je m'informai si le service n'était pas trop fatigant : on y était fait; si « l'on observait le règlement dans toute sa rigueur : il n'y est jamais dérogé; « enfin s'il existait un fonds d'acquisition : on compte sur les dons, et on ne « compte pas en vain, puisque la bibliothèque possède aujourd'hui près « de 22,000 volumes. C'est donc bien une fondation utile, féconde, qui « fonctionne depuis près d'un siècle à Gènes, et qui, de nos jours, devrait « avoir des imitateurs partout.

« Sans doute, notre république ne prétend pas avoir la première toutes « les bonnes idées, mais elle voudra les adopter toutes quand l'expérience « de la pratique les aura sanctionnées. Qu'on décide donc dès à présent « qu'on suivra dans l'une de nos bibliothèques publiques le règlement de « Franzoni; le personnel sera doublé, triplé, s'il le faut, pour suffire au « service; les livres exclusivement scientifiques seront échangés contre des « livres de science pratique; et, quand une bibliothèque aura fonctionné « ainsi pendant une année, quand on aura vu si nos bons ouvriers ont vrai-« ment l'ambition de mettre leur instruction au niveau de leurs droits, alors « on étendra ce système dans Paris et dans nos grandes villes industrielles.

« Ces utiles fondations ne devront pas assurer aux autres bibliothèques « la continuation abusive de leurs vacances; mais soyons sans inquiétude, « l'exemple est une leçon, et, quand il y aura à Paris une bibliothèque tou-« jours ouverte, vous verrez qu'on n'osera pas si souvent fermer les autres.

« Franzoni ne comptait que sur la reconnaissance de ses amis, les ou-« vriers de Gènes : son nom sera connu, j'espère, et béni par les ouvriers « de Paris. Pour moi, de retour en France, j'envoyai en Sardaigne une caisse « de beaux et bons livres, et je reçus du chef de l'association une lettre tou-« chante dans laquelle on me promettait que mon nom serait placé parmi « les bienfaiteurs de l'œuvre. Je conserverai ce titre, car il m'est cher. »

Les prix des classes consisteraient en sommes d'argent équi-
valentes à une pension. Les prix des concours seraient de
quatre catégories. Le premier et le second assureraient le séjour
à Rome pendant trois ans, le séjour à Athènes et les moyens
de voyager pendant trois autres années; au troisième, au
quatrième et au cinquième prix reviendrait une pension de
mille francs pendant trois années; au sixième, au septième et
au huitième, une pension de cinq cents francs pendant le
même espace de temps, avec obligation de continuer les études
de l'École, sans préjudice de la possibilité de remporter les
premiers prix et d'échanger le séjour de Paris contre celui
de Rome. Mon intention est claire, je voudrais former
une nombreuse pépinière de jeunes artistes marqués dans
la foule par leurs dispositions heureuses, par ce germe de talent que tout conspire aujourd'hui à étouffer; les attacher aux
études sévères, les conserver aux poursuites ardues des plus
hautes données de l'art, en les plaçant dans une position indépendante, en les détachant des nécessités de la vie. Je ne
demande pour eux ni la richesse ni les loisirs : je sais que la
lutte est un stimulant, et les difficultés un aiguillon pour le
génie; je n'ignore pas que toute forte création doit être accompagnée de douleur, que rien ne vient au monde sans déchire-
ment et sans larmes; mais je ne crois pas que le talent ni le fruit
mûrissent bien sur la paille; ce n'est pas là qu'ils trouvent leur
maturité naturelle : ils y sentent le moisi. Un modeste bien-être
est l'accompagnement fortuné et comme le soleil enchanteur
de ces débuts pleins d'enthousiasme et d'illusion. Je le demande
pour cette élite, afin de la maintenir dans la bonne voie, afin
de l'empêcher de succomber aux séductions de la spéculation
qui lui assure la fortune rapide dans des travaux faciles.

L'Académie resterait chargée de donner le programme des
concours et d'en juger le résultat. Je ne lui fais pas l'injure
de discuter les accusations élevées contre elle. Quel est le tribunal infaillible? Quel est l'aréopage dont l'autorité séculaire
n'a pas été mise en cause? Qu'on essaye d'en composer un
autre qui réunisse aussi bien que l'Académie, élevée au nombre

de soixante membres, les conditions de haute impartialité, de compétence incontestable. Qu'on le trouve, et les artistes s'y soumettront : en attendant, ils s'honoreront d'être jugés par leurs pairs, et ne récuseront même pas les musiciens, les graveurs et les architectes qui apportent dans ces décisions un élément mitigé, une aptitude aussi bonne, un point de vue différent et des opinions moins engagées.

Je passe sous silence des questions de détail que soulèvent la rédaction des programmes, la brièveté des expositions, etc. Une administration vigilante donnera satisfaction à tous les intérêts lésés. Je pars avec les jeunes lauréats pour Rome.

Fontainebleau fut, depuis François I**er** jusqu'à Louis XIV, la Rome de nos jeunes artistes; Mignard y étudia encore pendant deux années. A partir de 1666, l'élite de la jeunesse artiste dut à un grand roi de posséder un palais dans la ville éternelle et de réaliser le plus doux des rêves. Le palais Mancini a été remplacé par la villa Médicis; c'est un autre palais et une situation admirable. Elle domine les plus hauts monuments de Rome, et elle est entourée d'un jardin délicieux où l'ombre des beaux arbres et la fraîcheur des eaux jaillissantes invitent l'âme à tous les épanchements. Au milieu de ces délices grandioses, l'artiste trouve une douce existence qui lui permet de vivre dans le passé sans souci du présent. Il reçoit les conseils bienveillants d'un directeur qui est un ami et trouve l'émulation entre artistes qui sont des camarades. Au dehors, la considération la plus flatteuse; au dedans, l'amour de l'art avec ses jouissances et ses aspirations infinies. Pouvoir s'adonner tout entier à ses études, aux projets qu'enfante l'imagination, aux rêves que crée le bonheur, et dans ses rêves placer avec sécurité son avenir, y eut-il jamais une plus noble récompense offerte par une nation à ses enfants les mieux doués, un stimulant plus intelligent donné au jeune talent? Pourquoi donc tous les élèves de Rome ne sont-ils pas à leur retour de grands peintres, de sublimes sculpteurs, des architectes incomparables, des musiciens inspirés? Cette question a été la source et le thème de bien des récrimi-

nations mal fondées. Comme toute vieille institution, comme
la monarchie, l'école de Rome a été attaquée violemment; elle
n'en est pas moins restée une des gloires du règne de Louis XIV
et la plus féconde des institutions créées en faveur des arts.
Quand on aura dit que Le Sueur, Gréuze, Géricault, Auber, Paul
Delaroche, Scheffer, Decamps, Johannot, Roqueplan, Delacroix et tant d'autres ont eu du talent sans avoir eu le grand
prix, on aura tout dit et on n'aura rien dit. Il y a des talents
en dehors de l'école, mais il en est bien peu qui n'eussent
pas gagné à placer sous sa direction les facultés natives qu'ils
ont exploitées seuls. On sent toujours par un petit coin,
quelque habileté qu'on ait mise à le cacher, la lacune et le déficit. D'un autre côté, il n'est pas dit, parce qu'on part pour
Rome praticien consommé, qu'on en reviendra peintre habile.
Être assis une seule soirée sur la terrasse de la villa Médicis,
cela vaut une vie d'études; mais vivre cinq années dans ce
séjour et n'en pas revenir un grand artiste, ce n'est pas prouver le vice de l'institution, c'est constater l'impuissance individuelle et les limites infranchissables assignées au talent par
une volonté supérieure. L'Académie de Paris ne délivre pas
des billets de génie payables à vue sur l'Académie de Rome,
mais elle assure à ses lauréats les conditions les plus favorables
au développement de leurs facultés. Charles Le Brun fut envoyé à Rome (1643-1646), avant la fondation de l'école, par
le chancelier Séguier, qui l'y entretenait à ses frais, après
l'avoir chaudement recommandé au Poussin. C'est là qu'en
étudiant la sculpture antique, et en méditant sur les compositions du peintre des Andelys, il forgea ces belles chaînes qui
ne le fixèrent pas au style le plus pur, mais qui arrêtèrent et
dominèrent toujours cette nature fongueuse et exubérante.
Supprimez Rome de l'éducation de Le Brun, et vous trouverez
au fond de son talent un Van Loo colossal. Pour ne citer que des
chefs, Rubens et Van-Dyck ont également rencontré en Italie
le complément de leurs qualités; ôtez cette bonne influence
de leur carrière artiste, et je ne sais plus quel dévergondage
de composition, quel tripotage de chairs vous découvrirez dans

leur œuvre. En somme, une grande part de la gloire et des espérances de l'école française n'est-elle pas dans les élèves de Rome : Ingres, Picot, Corot, David, Rude, Hérold, Pradier, Forster, Cogniet, Halévy, Duban, Labrouste, Vaudoyer, Berlioz, Flandrin, Simart, Maillard, Cavelier, Guillaume, Paccard, Barias, Hébert, Signol, Le Nepveu, Cabanel, Benouville, Gounod, Bouguereau, Diebolt? Au lieu de citer de mémoire, j'eusse dû prendre la liste entière de l'école; et il m'eût été facile de rattacher à chaque nom quelque œuvre remarquable.

Les rôles ne sont pas changés. La ville éternelle possède toujours, et dans ses monuments et dans ses collections, et dans ses admirables peintures murales et dans ses chefs-d'œuvre de sculpture monumentale, et dans les horizons de sa campagne et dans le type de ses habitants, et dans son ciel et dans sa lumière, un cachet de grandeur, une atmosphère de distinction, qui est la véritable école. Quand on sait s'écarter de la fourmilière des touristes, de la route banale tracée par des admirations de commande, quand on parvient à s'isoler, on vit à Rome dans le calme du penseur, dans le repos du sage, dans un milieu dégagé des choses de ce monde; les monuments grandissent à la hauteur de l'histoire, les créations de l'art parlent une langue à part. Sortez-vous dans la campagne, les grandes lignes du paysage sont traversées par des figures pleines de dignité qui semblent des statues à la recherche de leurs piédestaux et des monuments qu'elles doivent orner. Un commerce intime et prolongé dans cette retraite sévère crée en l'artiste une nouvelle vie.

Les bons résultats du séjour des élèves à la villa Médicis dépendent en grande partie des notions élémentaires et pratiques qu'ils ont acquises à Paris dans l'éducation de l'atelier et de l'école; ils dépendent aussi de la manière dont ils sont reçus, guidés et conseillés à Rome. Le choix du directeur est donc très-important. A l'origine, il était nommé à vie. Vien, pour la première fois, ne dut exercer ses fonctions que pendant six ans; mais son mandat pouvait être renouvelé. Cette modification au règlement primitif est bonne, puisqu'elle permet de rappeler celui dont l'influence s'est épuisée. En général, les choix ont été judicieux, et aujourd'hui encore l'Académie, composée en grande partie d'anciens élèves de Rome, comprend très-bien qu'un grand talent peut seul exercer une autorité prépondérante, et qu'entre les talents il faut encore choisir un homme, un caractère, une individualité.

Tout directeur de l'École sait que les élèves trouvent à Rome un maître qui lui est supérieur à lui-même en autorité et en influence : c'est Rome même. Il cède donc à ces grandes leçons que le jeune lauréat reçoit en face d'une fontaine publique, au milieu du Colysée, dans la campagne de Rome, qui semble un tableau du Poussin en action, et cependant il doit comprendre que ces jeunes gens, à peine arrivés, s'abandonnent à mille excès d'admiration, à mille débauches d'études entraînantes, et qu'une méthode pour voir, un plan pour étudier méthodiquement, pourraient être conseillés et utilement suivis. Il a sous sa direction des architectes, des sculpteurs, des peintres, des graveurs, des musiciens; il doit réserver à chacun d'eux des conseils appropriés à leurs études, une direction qui se préoccupe à l'avance de leur avenir. Ainsi, de même que les architectes ont partagé leur temps à Paris entre les études théoriques de la classe et les études pratiques du chantier, il leur ménagera à Rome ce même parallélisme d'occupations; mieux encore, il fera naître à leur profit des occasions de construction laissée à leur entière responsabilité, afin qu'en rentrant à Paris ils soient non plus seulement des dessinateurs habiles, mais des hommes complets. Quant aux sculpteurs... Mais vais-je me substituer au directeur de l'École de Rome? Faites un bon choix, et vous aurez une bonne direction.

Un autre soin me préoccupe : le séjour de Rome est-il le seul favorable aux études? Est-il également bon pour toutes les études? N'est-il pas, après un certain temps, plutôt nuisible pour certaines natures, tandis que pour d'autres il est comme leur élément unique et indispensable? Que de difficultés, bon Dieu! dans cette éducation artiste, par suite de la diversité des natures et des dispositions, par suite aussi d'un égal besoin de direction et d'indépendance ! J'ai pensé que des succursales de l'École de Rome établies à Athènes, à Damas, sur la limite du désert, et à Bagdad, aux confins du grand Orient; que trois années de voyage accordées à certains élèves, après trois années de séjour à Rome, concilieraient toutes les exigences, si le directeur de l'École, comme le médecin habile qui sait découvrir dans son malade et dans les eaux minérales de l'Europe entière des analogies intimes, savait deviner dans l'élève les secrètes correspondances de son génie avec le génie d'un peuple, de ses tendances naturelles avec les beautés particulières à une contrée.

Considérons les arts dans leur spécialité; nous examinerons ensuite les artistes eux-mêmes dans leurs diversités. Un architecte qui passe trois années consécutives à Rome, et deux à Athènes ou en Grèce, sans voir autre chose, sans s'inquiéter des cathédrales de la Sicile, des monuments arabes de l'Orient et de l'Espagne, des monuments gothiques de la France et de l'Allemagne, n'aura sans doute pas, du premier coup, réponse à tout, et l'esprit, comme la main, prêt à satisfaire toutes les fantaisies, mais il aura vécu au sein des grandes choses; au milieu du Colysée et du Forum, en face du temple de Thésée et au haut de l'Acropole, il aura pris les bonnes manières de ce grand monde, et, quelle que soit dorénavant sa destinée, il conservera la marque supérieure et la distinction puisées dans ce commerce intime. Ce ne sera pas un vernis d'emprunt, un costume de comédie; ce sera une habitude vraie, et comme une seconde nature avec laquelle il comprendra ensuite tous les styles, tous les goûts et la manière d'y satisfaire. Telle est l'éducation de l'architecte; mais il est aussi dans cette carrière une éducation pratique indispensable, et celle-ci, quand l'autre est ferme et assurée, peut se trouver bien d'une année de voyages qui permette à l'artiste d'étudier les constructions de chaque peuple, de chaque climat, et de connaître ainsi les usages et les procédés de chaque nation; il examine, il éprouve, il juge l'emploi des

matériaux propres aux diverses contrées, les inventions conseillées par les climats chauds ou froids, par la richesse de
telle matière, par la pénurie de telle autre : les briques dans
le Nord, le fer en Angleterre et en Amérique, le pisé en
Allemagne et en Afrique, la faïence émaillée en Espagne, le
bois en Suisse, dans le Tyrol et en Turquie, les moyens employés en Orient pour obtenir de l'ombre et une ventilation
continue, les moyens imaginés en Russie pour chauffer uniformément toute l'habitation; que sais-je encore et que n'ou-
blié-je pas? L'architecte, prenant de chaque chose ce qu'elle
a d'applicable à nos usages, de chaque expérience ce qu'elle
offre de concluant dans ces pays et ce qu'elle présentera
d'avantageux dans le nôtre, revient en France aussi instruit,
aussi spécial, sur chaque point de l'industrie, que pas un,
car il a tout vu et tout soumis à l'épreuve d'un esprit observateur, d'un goût exercé dans l'intimité des chefs-d'œuvre de
l'art, d'une science sûre d'elle-même, parce qu'elle a pour
fondement l'étude et la pratique.

Pour les peintres et les sculpteurs, l'Italie est un pays de
séductions; si l'on n'est pas équipé comme il faut, on n'arrive
pas au but, on s'en détourne, on s'arrête dans mille chemins
de traverse qui n'aboutissent à rien, et quelquefois on s'y perd.
C'est pourquoi j'ai demandé avec tant d'instance que l'élève
ne quittât l'école de Paris que sûr de son métier, sûr également, quoiqu'à un moindre degré, de son jugement et
de ses tendances. Cuirassé de la sorte, il verra les Vénitiens
sans se faire décorateur, Michel-Ange sans tourner à l'anatomiste, Corrége sans s'affadir, Pérugin et les vieux maîtres
sans devenir maigrelet, pauvret et pointu, Raphaël enfin sans
l'imiter, quoiqu'en le prenant pour guide et pour modèle.

Mais, si l'arrivée en Italie a ses dangers, un trop long séjour
à Rome peut aussi avoir ses inconvénients. Une étude prolongée des mêmes maîtres et de la même école entame l'indépendance que l'artiste doit conserver sous peine de perdre toute
originalité, toute initiative. Je crois que M. Ingres, associant
de bonne heure à l'étude de Raphaël la vue des chefs-d'œuvre

de l'art grec, et la contemplation, à Athènes même, de la belle nature et des nobles types qui ont inspiré les artistes de la Grèce, serait resté raphaélesque dans une mesure plus large, plus dégagée, et où sa propre originalité, si forte, si puissante, se serait révélée plus à l'aise; je crois qu'Overbeck, en suivant la même voie, aurait élargi son point de vue : Angelico de Fiesole serait resté son maître de prédilection, l'école de Pérugin son école, mais avec une liberté d'allures, une étendue d'horizons qui auraient donné jour à des développements tout autres de son rare talent.

Il faudra donc, après les trois années de séjour à l'École de Rome, faire voyager les jeunes artistes, peintres et sculpteurs, pour qu'ils voient la nature sous ses plus beaux aspects, l'homme dans ses types les plus distingués, dans ses mouvements les plus nobles, drapé naturellement dans des costumes pittoresques. J'ignore comment on est peintre sans avoir vu l'Orient, comment, dans nos tristes parages, on se crée, avec des peines infinies, cet idéal de beauté que la nature a prodigué là-bas avec son soleil. Sans doute le génie remplace tout : Raphaël et Le Sueur ont trouvé instinctivement ces mêmes types; ils ont vu dans leur âme cette race d'élite qui depuis l'enfant au maillot jusqu'au vieillard, depuis le simple chamelier jusqu'au chef de tribu, promènent à travers la vie un calme inaltérable, une majesté simple et comme une supériorité dédaigneuse. Mais là où Raphaël et Le Sueur, par une sorte de divination du génie, se rapprochent davantage des types orientaux, là justement ils ont élevé le plus haut leur art. Que serait-ce donc s'ils avaient vu l'Orient? L'enfant Jésus, sur les bras de sa mère, se rencontre de loin en loin dans les montagnes d'Albano, il se trouve au seuil de chaque cabane dans les villages orientaux; Salvator Rosa n'a jamais rêvé de paysages plus sauvages, plus mélancoliques, que la route de Jéricho où se passa la scène touchante du bon Samaritain : les Israélites sont encore dans le désert, et toute l'histoire du peuple de Dieu en action dans la Terre-Sainte. N'allez pas si loin. Arrêtez-vous en Grèce, c'est déjà l'Orient, et, qui mieux est, un Orient idéalisé. Là, tout est en de justes proportions; on ne trouverait pas un tambour-major dans toute la race hellénique, car, dans son association avec la nature, l'homme est toujours en harmonie avec elle. Rien de petit, rien de colossal. Les espaces sont proportionnés aux hauteurs; les arbres, d'un port élégant, revêtus d'un feuillage vigoureux, sont en harmonie avec l'atmosphère. En France la verdure est opaque et les masses de végétation en disproportion avec l'entour, en Italie le type est trop vigoureux, trop accentué, tandis qu'en Grèce tout semble enveloppé dans une simplicité élégante et distinguée. Cette qualité incomparable, la simplicité, rare vertu, déesse qui nous est inconnue, a régné despotiquement sur la nation grecque; elle l'a dominée à sa plus grande époque de développement intellectuel et de puissance créatrice; elle plane encore sur la contrée, dans les contours de ses montagnes; elle se montre dans la sobriété de sa végétation, la beauté mélancolique de ses ruines, la pureté de l'air, la coloration du terrain, la rigidité des horizons, la ligne précise et arrêtée de chaque objet. C'est tout un ensemble de simplicité qui parle éloquemment aux grandes âmes, au grand goût, qui les charme et les repose, en même temps qu'il attriste les esprits médiocres et les natures vulgaires, pour lesquels ces beautés ne sont que misères, cette richesse qu'un désert.

Je ne puis m'empêcher de penser que Prud'hon, ou de nos jours Meissonnier, Hamon, Vidal, eussent vivifié leur idéal chétif et monotone, en contemplant les races fortes des campagnes romaines, les races sveltes de nos Pyrénées, des montagnes de la Grèce, du Liban et du désert d'Arabie. Leur originalité native, quoi qu'ils eussent vu, aurait dominé leurs souvenirs, et elle aurait conservé, de ces impressions de jeunesse, une grandeur, une ampleur, une dignité, qui se serait associée, pendant leur carrière d'artiste, à la poursuite de leur idéal. Ainsi l'habitant du Midi, en venant vivre au milieu de nous, perd son accent natal, et conserve dans sa diction un nerf et une vigueur que nous lui envions. Schnetz aurait dû

sortir de l'Italie : l'Orient appelait celui qui a si bien dégagé
de la race italienne son type antique et primitif. Un séjour
plus long à Athènes aurait distrait et détourné Decamps
de ses caricatures de petits Turcs, en le faisant entrer plus
intimement dans le secret de l'antique noblesse des races
modernes de la Grèce; Courbet, passant six mois à Venise, en
compagnie de Giorgione et de Paul Véronèse, puis six autres
mois au désert, dans la société des fils d'Abraham, aurait
élevé son talent incontestable à toutes les grandeurs de la plus
belle nature interprétée de la plus noble manière. Cordier,
le sculpteur réaliste, et réaliste dans la bonne acception du
mot, aurait saisi, avec la précision rigoureuse qu'il a prodi-
guée dans son étude de nègre, les beautés naturelles de ces
races privilégiées.

A l'École de Rome, à l'École d'Athènes, aux voyages dans
les contrées étrangères, de bonnes gens opposeront des raisons de ce genre : « Il faut être avant tout de son pays. La nature est belle partout. Imitez ce que vous avez sous les yeux
et rendez-le bien. » A cela il n'y a qu'une réponse : Comparez
l'homme grossier à celui qui a reçu une bonne éducation,
et vous vous convaincrez que non-seulement celui-ci vaut
mieux par l'extérieur, mais que les sentiments du cœur ont
autant gagné que les dehors. Avoir vu la nature la plus belle
aide à mieux comprendre une nature inférieure et à trouver
ses plus beaux côtés. Quand vous revenez de Grèce, vous re-
trouvez dans la population d'Arles son ancienne colonie hellénique, vous découvrez sur les bords de la Loire des sites
comparables aux plus charmants aspects de l'Orient, vous
rapportez de la forêt de Fontainebleau des études qui semblent
faites au pied de l'Érymanthe. C'est que la fréquentation des
belles natures, loin d'inspirer de l'éloignement pour les natures
moins bien douées, aide à les étudier sous leur meilleur aspect, à les prendre par leur beau côté, pour les rapprocher
autant que possible de l'idéal qu'on s'est formé ailleurs : ainsi un
petit esprit ne trouvera que nullité chez des gens qu'un esprit
supérieur saura faire valoir en les plaçant sur le terrain de

leur expérience, en tirant profit de leurs connaissances spéciales.

J'ai dit que Rome était pour certains artistes un élément vital qu'ils ne quittaient que pour dépérir, ne pouvant prendre racine dans un autre sol. Poussin et Claude Lorrain ont passé leur vie à Rome; s'ils sont nés hors de son enceinte, c'est un pur caprice de la nature. Nicolas Poussin a tenté de vivre en France, il a senti presque aussitôt qu'il y dépérissait. Quand la *Mort de Jules César* fut saluée à Paris de ce bruyant applaudissement qui retentit encore à nos oreilles, un juge intelligent aurait pu deviner que le jeune peintre auteur de ce brillant coup d'essai avait besoin de Rome, de ses types, de ses monuments et de ses collections, pour alimenter et contenir son talent précoce, vigoureux, mais essentiellement influencé par l'extérieur et comme par le reflet de ses entours : Court est revenu en France, son talent est resté à Rome.

Ayant autant développé sa libérale protection, l'État a droit de demander aux élèves de ses écoles des preuves de leurs efforts, des témoignages de la sévérité de leurs études. Les architectes continueront ces belles restaurations des monuments antiques qui forment dans les archives de l'École le *corpus* glorieux de l'architecture classique, magnifiques matériaux d'un ouvrage qui devrait être immédiatement publié. Ce vœu a été souvent émis. Déjà M. Le Breton demandait cette publication au nom de la classe des beaux-arts dans la séance publique du 28 octobre 1815 : « Sans publicité, disait-il, ce « trésor d'excellentes études serait enfoui dans nos archives « presque sans aucune utilité, et il est susceptible d'en avoir « une très-grande. On ne peut pas communiquer les originaux « sans courir le risque de les altérer et bientôt de les détruire. « Un accident même pourrait les anéantir. Inconnus du pu« blic, inutiles à l'instruction, embarrassants par les grandes « dimensions des dessins, hasardeux par leur nature, ce se« rait ne pas mériter de les posséder que de les garder ainsi. » On ne peut mieux dire, et, après trente-cinq ans d'inutile attente, il est bien temps de satisfaire ce vœu légitime, et

d'entreprendre cette belle publication, en comblant l'arriéré,
en prévoyant l'augmentation annuelle de la collection. Les
élèves de Rome auront leur programme de travaux qui
laissera plus de part à l'imagination et développera davantage l'originalité native de chacun. Ce programme s'attachera à stimuler les études sérieuses des architectes et des
sculpteurs d'après l'antique, des peintres et des graveurs
d'après les maîtres, par la perspective flatteuse de la publication immédiate de leur dessin en scrupuleux *fac-simile*,
récompense qui tournera à leur gloire en même temps qu'à
l'avantage de l'enseignement public, auquel ces dessins serviront de modèles.

Je ne m'étendrai pas sur ces divers points, l'Administration
des beaux-arts devant puiser dans son expérience des besoins,
dans les indications fournies par l'opinion publique et qui lui
sont transmises par ses agents, enfin dans la discussion de
ces graves questions au sein d'une commission composée
d'hommes compétents, tous les éléments d'une réorganisation
générale de l'enseignement supérieur.

MAINTIEN DU GOÛT PUBLIC.

DES DEVOIRS DE L'ÉTAT ENVERS LA NATION DANS LES QUESTIONS D'ART ET DE GOÛT.

L'enseignement des arts serait insuffisant, si l'État ne con-
tinuait pas son influence en maintenant le bon goût par les
grandes créations de l'art, par les institutions publiques et
par une direction générale supérieure.

L'enseignement des arts[1], étendu à toute la nation, ne serait pas suffisant pour élever le goût public, si l'État ne pro-
longeait pendant un certain temps son influence au delà de

---

[1] J'ai cru devoir embrasser l'enseignement public des arts dans son vaste
ensemble, et cette partie de l'enseignement que j'appelle *le maintien du
goût public* m'avait vivement préoccupé; mais, mon travail s'étant étendu
outre mesure, j'ai retranché ce chapitre, et je n'en ai conservé qu'un résumé sommaire placé en appendice.

l'éducation des jeunes gens. Dans cette situation transitoire, la nation restera en quelque sorte sous la tutelle d'une direction supérieure, qui maintiendra le bon goût par les productions de nos premiers artistes et par de nouvelles institutions.

Depuis que le goût public a perdu son guide, qui longtemps a résidé au milieu d'une cour magnifique et dans une aristocratie brillante, un besoin insatiable de nouveautés, et des nouveautés les plus misérables, est devenu le principe de la mode, le tourment de l'industrie, la plaie des arts. Retourner à cet heureux temps où le dorique et ses quelques ornements suffisaient à quatre ou cinq siècles d'immense activité artiste, c'est impossible, car depuis deux mille ans cette fermeté de goût qui se contentait de perfectionner les plus pures données du beau ne s'est plus rencontrée ; revenir même à cette époque soumise où l'autorité religieuse et l'autorité royale prescrivaient à la mode une certaine fixité par la seule influence du respect qu'elles inspiraient, c'est également impossible, car ces grands ressorts sont à jamais détendus. Les modes se suivent, les styles se pourchassent les uns les autres; partout une soif de nouveautés, décorées du nom de progrès, a envahi le goût, et nous impose la loi du changement continu.

Tout observateur attentif reconnaîtra que le principe de cette maladie réside moins chez les artistes et chez les industriels que dans le public. En sortant de la Grèce, en se répandant dans le monde, l'art a changé de caractère : il a persévéré comme un luxe et comme un spectacle auquel était conviée la foule; il n'a plus été l'expression du goût national, l'éloquence du cœur de chacun, le cri parti des entrailles mêmes de la nation. Ce fut dès lors et c'est encore un théâtre sur lequel une confrérie d'artistes joue devant un public plus ou moins nombreux : si les acteurs élèvent l'art en épurant leur langage, en ennoblissant leurs gestes, la foule des spectateurs ne les comprend plus et n'applaudit pas; or, comme l'artiste est amoureux des bravos et l'entrepreneur avide de recettes, l'art descend vers la foule pour se mettre à sa portée,

et c'est ainsi qu'il se ravale. Il faut donc régénérer la foule
plus encore que les artistes.

Dans cette situation, l'État doit intervenir puissamment,
et il le fera sans s'imposer de lourdes charges. On sent le
besoin de son concours, on ira au-devant de son initiative; sa
volonté, ses indications, son encouragement moral, vaudront
des capitaux, car, à son appel, les capitaux se réuniront pour
créer des merveilles. Mais l'État ne sera pas à tout jamais
chargé de cette responsabilité; il s'en déchargera sur la nation, quand celle-ci se sentira capable, comme le peuple
l'était en Grèce, de redevenir le guide et le juge des arts et
de l'industrie.

La nation aura ce double rôle quand, d'un côté, elle dominera la mode, quand, de l'autre, elle aura retrouvé les émotions des grands enthousiasmes. Quelque espérance que nous
fondions sur la contagion du bon goût, nous n'espérons pas
ôter à la mode le droit d'être parfois absurde; ce sera déjà
beaucoup de gagné si elle ne l'est pas toujours, et si nos artistes, avec des principes fixes, sont capables de résister à ces
invasions du mauvais goût, de manière à les maintenir dans
certaines limites et à en abréger l'usurpation. La mode, désormais moins inconstante, aura de plus prompts retours.
Jusqu'à présent, quand elle a fait quelques pas en avant, elle
en a fait quelques-uns en arrière; le moyen de l'atteindre
n'a pas été de la suivre en s'efforçant de courir aussi vite
qu'elle, ç'a été de l'attendre: comme ces chasseurs qui,
au lieu de s'attacher à la piste du cerf et de le suivre dans
ses longs détours, vont sur son passage; comme Ingres,
nautonier expert, qui a attendu dans le port, choisi en
1804, que la bourrasque de l'antique à la David, du primitif à l'allemande, du romantisme et du réalisme fût passée: ainsi les artistes, formés dans les vrais principes et convaincus de la bonté de leur cause, attendront les retours de
la mode, ou plutôt ils la domineront aussitôt que les arts,
devenus une part de l'éducation, redeviendront une passion publique. Combien sera petite la puissance de la mode

à côté de cette puissance de conviction! Que valent argent, pensions, honneurs, à côté de cette commotion électrique qui s'appelle la sympathie publique? Donnez-moi l'auditoire intelligent d'un peuple enthousiaste, et je ne suis pas en peine des acteurs.

La mission de l'État sera facile, car son but est marqué. Il aura été le réformateur du goût public par l'enseignement général; il entreprendra de maintenir ce même goût public en provoquant les créations des artistes, en excitant par ses encouragements tout ce qui est de nature à épurer le goût.

Les arts attendent depuis trop longtemps l'homme qui doit les diriger, l'homme capable de réunir dans ses mains des attributions assez étendues pour leur donner l'unité, de disposer d'un budget assez puissant pour leur rendre la vie. Son programme sera simple, parce qu'il sera dominé par un idéal de perfection en toutes choses : prendre l'initiative de ce qui est grand, noble et pur, s'atteler à tout ce qui est distingué, avec la conviction que la médiocrité vulgaire progresse d'elle-même; telle est la tâche. *Louis XIV,* dit Voltaire, *en fait de beaux-arts, n'aimait que l'excellent.* Admirable éloge, qui s'applique encore mieux à d'autres souverains, dont les artistes ont conservé la mémoire, dont les monuments ne sont ni nombreux ni étendus, mais auxquels restera toujours attachée l'admiration des connaisseurs, parce qu'ils portent le cachet d'un goût distingué pour la perfection. C'est dans ce même sentiment que les arts devront être dirigés. Il y faut les vues générales d'un grand esprit et les inspirations de détail d'un cœur généreux. Récompenser le talent qui se manifeste par une œuvre éclatante, la belle affaire! instituer des concours et couronner le plus habile, le beau mérite! mais repousser les intrigants et les faiseurs; savoir qu'un homme de talent meurt de faim à la poursuite d'un grand projet, qu'un sculpteur bien inspiré ne peut exécuter son groupe faute de marbre, qu'un peintre grelotte sans ouvrage dans sa mansarde, parce qu'il aime mieux voir la nature à sa manière et suivre son idéal que de complaire à la mode du jour; connaître toutes ces misères et y compatir, ne pas attendre que le vrai mérite tende la main, mais lui tendre les bras, c'est là remplir dignement cette haute mission.

Quand une nation est formée dès l'enfance à l'étude et à l'appréciation des arts, elle est fortement impressionnée par leurs productions. Quand l'État ne conçoit les monuments publics et leur décoration que dans de hautes pensées de religion, de morale et de gloire nationale, les commandes de travaux ne sont plus des moyens factices de faire vivre les artistes, elles sont les ressorts puissants de l'art lui-même : car, si l'artiste n'y voit plus seulement son gagne-pain, s'il y sent sa gloire et son avenir, le public ne passe pas indifférent devant les œuvres du génie ; il comprend leur éloquence, il s'échauffe de leur passion, il s'électrise à cet enthousiasme. Il y a deux raisons pour que l'État commande des travaux d'art, et toutes les deux sont à l'avantage de l'homme de talent. L'État donne des travaux à l'artiste qui sait et qui est assez jeune pour apprendre encore, afin qu'en lui offrant les moyens de produire de grandes choses, il élève sa pensée et élargisse sa manière. L'État donne aussi des travaux à l'artiste qui a conquis tous les développements de son talent, afin qu'il laisse des œuvres magnifiques, honneur du pays, précieux modèles pour les générations à venir ; mais il reste sourd aux sollicitations des jeunes gens qui ne savent pas encore leur métier, des artistes qui n'ont que du métier, et des vieillards illustres dont la main trahirait la gloire. Aux premiers il continue l'enseignement, aux seconds il ouvre les voies fécondes de l'industrie ; pour les derniers, il a des honneurs, des pensions et des asiles. Le principe de l'égalité est applicable dans sa plus grande extension à l'éducation artiste. Un enseignement libéral et complet est offert à tous sans exception dans les écoles gratuites. L'égalité cesse où commence l'exercice du talent. Ici des droits s'établissent suivant certains degrés, et je ne sais pas dans l'histoire un peuple qui n'ait fait plier la démocratie de sa politique sous l'aristocratie du génie. A Athènes, où tous les citoyens prétendaient aux

charges publiques, où tous concouraient à la confection des
lois, où les destinées du pays étaient confiées à la popularité
passagère d'un nom, à la séduction capricieuse du hasard,
quand il s'agissait de choisir un artiste et d'élever un monument, on suivait la marche sûre de l'expérience. L'artiste
reconnu le plus digne par ses succès antérieurs était choisi
d'un commun accord, et toute compétition du charlatanisme
était écartée : car l'Athénien consentait à risquer un choix
douteux en politique, à essayer d'une loi mauvaise; mais,
pour une statue qui marque le goût d'une époque, pour un
monument définitif qui transporte aux âges futurs le témoignage de la distinction d'une génération entière, ils auraient
cru se manquer à eux-mêmes s'ils avaient laissé quelque chose
à la fantaisie ou au hasard.

Nous serons aussi difficiles dans nos choix, aussi exigeants
que les Grecs; nous ferons même davantage, car il ne suffit
pas de donner les travaux aux grands artistes, il faut créer des
occasions de produire pour les hommes de génie : c'est la manière de se montrer reconnaissants envers la Providence qui
nous les donne. Une administration qui laisse sans emploi les
vrais talents devrait être comptable envers la nation de la
perte qu'elle lui cause. Ces années précieuses de verve et de
force productives perdues sans retour sont, pour la gloire et
pour l'avenir artiste de la France, un vol qu'on lui fait. Des
millions pris dans les caisses de l'État lui font moins de tort
que ces chefs-d'œuvre étouffés en germe. On condamne l'employé infidèle aux galères, on sévira contre l'administrateur
incapable. Géricault a sollicité pendant trois ans, et il est
mort sans pouvoir obtenir que la liste civile achetât pour
6,000 francs son *Naufrage de la Méduse*. Léon Cogniet garde
depuis six ans dans son atelier et va peut-être vendre en Angleterre son tableau du *Tintoret au lit de mort de sa fille,* un
tableau digne d'être conservé à l'école pour lui servir de modèle. Prudhon, Decamps, Roqueplan, et combien d'autres
talents, demandaient à être pris à leur juste mesure, et n'ont
pu s'essayer dans la grande peinture; ils ont vu s'épuiser en

petite monnaie le trésor de leurs jeunes inspirations, se faner
la fleur de leur talent, pendant qu'on mettait murailles et
plafonds à la merci de l'incapacité notoire et avérée.

Une administration prévoyante a même quelque chose de
mieux à faire que de donner des travaux ; elle donnera aux
hommes de génie les moyens de ne rien faire, d'être oisifs à
leurs heures, improductifs selon leur nature, c'est-à-dire de
ne travailler, de ne créer, de ne produire que lorsque la saine
et vraie inspiration s'emparera d'eux et les poussera à l'enfantement vigoureux des œuvres radieuses.

Les commandes de l'État devraient être faites d'après un
plan général, de manière à associer tous les talents et à mettre
le public de moitié dans leurs efforts. Elles se combineraient
avec d'autres mesures qui, s'étendant à tous les détails importants, à tous les intérêts respectables, faciliteraient les études
des uns, les travaux des autres, encourageraient les progrès
des arts et de l'industrie, et feraient converger tous les efforts
généreux vers le même but, en couronnant tous les succès des
mêmes récompenses et des mêmes honneurs.

Les œuvres sublimes des artistes célèbres ont sur le goût
public une influence considérable ; mais, pour le maintenir
dans la bonne voie, il est d'autres moyens efficaces. L'État n'en
doit négliger aucun. Il demandera le concours des bibliothèques et des musées, des cours publics et des lectures du
soir ; il prendra l'initiative de magnifiques publications à bon
marché et de splendides théâtres où l'on entre presque gratuitement. Se rappelant l'axiome si juste : *Mens sana in corpore sano,*
il provoquera les exercices qui font les hommes forts, en leur
apprenant à apprécier les justes proportions et la beauté harmonieuse du corps humain ; il donnera des promenades aux
citadins pour leur faire connaître la belle nature, cette autre
bonne institutrice du goût. Partout il visera à la perfection
au profit de tous : s'il élève des monuments, il appellera les
premiers architectes, il mettra à leur disposition les plus
riches matières, il provoquera tous les essais de décorations
nouvelles qui peuvent allier la beauté la plus exquise à la

grandeur la plus majestueuse; s'il construit des édifices d'utilité publique, il leur donnera un grand caractère monumental; s'il perce des rues, s'il ouvre des places, les œuvres de la sculpture, les immenses décorations peintes, y entreront avec le flot de la population pour devenir, comme aux grandes époques, le musée en plein air et l'instruction du peuple. La nation tout entière, voyant les arts descendre ainsi dans la rue et se mêler à la vie publique, comprendra que la vie privée doit s'imprégner à son tour de leur douce influence, et l'atmosphère elle-même deviendra artiste, comme elle l'a été pendant des siècles en Grèce.

APPLICATION DE L'ART A L'INDUSTRIE.

L'INDUSTRIE A BESOIN D'UN GUIDE SÛR ET SES APPRENTIS DE PATRONS INSTRUITS.

Il a été pourvu avec soin à l'enseignement du dessin dans toutes les écoles, à l'enseignement du dessin aux apprentis et aux ouvriers, à l'enseignement supérieur des arts, et en donnant une direction élevée et un vigoureux essor aux talents divers qui surgissent de ce vaste enseignement, j'ai montré comment on continuerait l'éducation du peuple en maintenant le goût public[1]; il me reste à examiner de quelle manière on formera à la meilleure pratique des procédés les plus perfectionnés tous ceux qui, déjà préparés par le dessin, sont capables de faire progresser l'industrie, de façon à satisfaire par des productions toujours plus pures un public devenu délicat et exigeant, de manière aussi à conserver en face de la rivalité étrangère une supériorité qui fait notre vogue et assure l'avenir de nos exportations. L'étude de cet important sujet terminera ma tâche.

Si la France en était à ses débuts, je n'ajouterais rien aux conseils que j'ai donnés. Le dessin introduit dans l'enseignement public, l'apprentissage des ouvriers chez les maîtres et

---

[1] J'ai supprimé, faute d'espace, cette partie de mon travail; on en trouvera un résumé sommaire en appendice.

l'éducation des artistes dans des écoles spéciales entièrement réorganisées, le goût public devenu affaire d'État, suffiraient et au delà pour stimuler les progrès de son industrie; mais la France a conquis une position hors ligne difficile à conserver en présence de la concurrence éveillée par nos succès à l'Exposition universelle de Londres. Pour s'y maintenir, il lui faut à tout prix s'élever en innovant, s'épurer en secouant la routine; car, en fait de pastiches de tous les styles, on s'acquitte de cette sotte besogne à Marlborough-House aussi bien qu'à Paris. Or la routine trône en France plus qu'on ne croit : elle y trône en fermant les yeux sur tout ce qui se fait hors de nos frontières; elle y trône avec des airs de supériorité, des airs de novateur, autant d'airs connus qui n'empêcheraient pas la concurrence étrangère de nous supplanter dans l'opinion publique et surtout dans l'estime d'un public d'élite qui fait l'opinion.

La domination de cette routine pèsera sur l'industrie tant que l'État ne prendra pas l'initiative; sans lui les progrès se feront terre à terre, les entreprises seront timides, les innovations bornées, nos rivaux enhardis. Il ne faut pas se faire illusion : alors même qu'une grande réorganisation de l'enseignement des arts aura donné à nos industriels plus et de meilleures idées, des dessinateurs habiles, des ouvriers artistes, ils subiront encore une entrave qui arrêtera les tentatives, même celles dont le succès semble le mieux garanti. Cette entrave, chacun la connaît : c'est l'absence ou la cherté des capitaux. Quand les chemins de fer auront terminé le réseau des lignes fructueuses, quand les grandes affaires auront placé leurs actions, quand la rente ne donnera plus, comme en Angleterre, que des intérêts minimes, il est possible que les capitaux français entrent dans l'industrie; jusqu'à présent ils s'en sont écartés, et les chefs de fabrique, aussi bien que les chefs des petits ateliers, ne hasardent ni une idée neuve ni un projet nouveau qui entraîneraient des déboursés considérables ou dont la réalisation serait lente. L'État doit intervenir. Personne ne songe à demander au Gouvernement de se faire industriel, de se substituer au jeu naturel des affaires commerciales; il s'y ruinerait et ferait du tort à ceux qu'il prétendrait aider. Voici la portée et les limites que nous voudrions donner à son intervention.

De même que les arts auront une direction supérieure qui facilitera la réalisation grandiose des plus nobles inspirations par des commandes et par l'exécution de grands travaux aux frais de l'État, de même aussi l'industrie aura un chef de file assez puissant pour faire toutes les expériences coûteuses, les essais aventureux, les tentatives désespérées, pour exécuter les grands projets et les modèles exceptionnels, pour être, non pas l'hôpital, il n'en manque pas, mais l'asile désiré des inventeurs que leur sublime folie a chassés de tous lieux. L'ancienne monarchie avait apporté ce secours à l'industrie en transformant les Gobelins en une sorte de manufacture modèle qui fabriquait dans les limites restreintes de l'approvisionnement des palais et des résidences du roi, qui ne fabriquait, par conséquent, que des objets remarquables, d'une exécution hors ligne, mais qui fabriquait assez pour entretenir et développer les procédés les meilleurs et les données les plus heureuses de l'art appliqué, pour former dans son sein et renouveler incessamment des ouvriers supérieurs.

Je demande la restauration de cet utile établissement : rien de plus, trop heureux de pouvoir proposer une chose utile qui n'est point une innovation, qui a pour elle l'expérience et des résultats dont nous pouvons constater la portée féconde et la bonne influence.

CRÉATION D'UNE GRANDE MANUFACTURE-MODÈLE.

Tous les gouvernements qui se sont succédé en France depuis la chute de l'ancienne monarchie ont tenu à honneur, l'Empire de relever, la Restauration, le Gouvernement de Juillet et la République de maintenir et de développer les manufactures de Sèvres, des Gobelins et de Beauvais; mais, par les causes générales et particulières que j'ai développées plus

haut, ces établissements coûteux, bien que toujours supérieurs par la puissance des moyens de fabrication et l'excellence des traditions, n'ont plus exercé sur le goût public qu'une
influence secondaire, contestée et contestable. On a pu se demander si l'argent dépensé dans ces manufactures était bien
employé, s'il y avait utilité, s'il n'y avait pas inconvénient pour
l'industrie à fabriquer de la porcelaine et des tapis dans des
conditions anormales, c'est-à-dire avec un budget qui pouvait
dédaigner le prix de revient, de la porcelaine et des tapis qui,
par une voie ou par une autre, qu'on les vendît ou qu'on les
donnât, venaient sur le marché faire concurrence aux produits
créés par l'industrie dans des conditions commerciales bien
autrement difficiles.

Il en est de ces établissements comme de toutes les demi-
mesures, comme des palliatifs timides, comme des méthodes
de traitement hésitantes. Si, au lieu de faire un peu de porcelaine et quelques tapis, de disséminer ici et là ses moyens d'action, on se fût mis franchement à la tête de l'industrie pour la
régénérer par l'action fécondante de l'exemple, de modèles
supérieurs créés à grands frais par les artistes les plus habiles,
de procédés nouveaux ou retrouvés mis en œuvre par des
contre-maîtres consommés dans leur art, sous les yeux
d'apprentis et d'ouvriers avides de s'instruire, les objections,
justes en ce qui regarde l'état actuel, seraient tombées d'elles-
mêmes. Reprenons ces objections. Les manufactures de l'État
font concurrence à l'industrie dans des conditions qui ne sont
pas les conditions normales du commerce. Il est facile de
répondre. Oui, la concurrence faite à l'industrie par le travail
des maisons de détention est déloyale, parce qu'elle use de
conditions exceptionnelles pour ravaler l'industrie entière par
le bas prix et la mauvaise fabrication de ses produits; non, la
concurrence de la grande manufacture ne sera pas déloyale,
puisqu'elle ne mettra pas ses produits en vente à bas prix,
puisqu'elle fera connaître au contraire ses prix de revient si
coûteux, et qu'en même temps elle livrera généreusement ses
modèles, s'attachera à développer les ressources propres à

l'industrie privée, et par une organisation nouvelle la fera participer tout entière à sa fabrication, à ses progrès, à ses ·succès. Elle agira comme un pouvoir protecteur, comme un conducteur habile, qui, suivant les natures et les circonstances, use du frein ou de l'aiguillon. Quand une industrie se développera dans une bonne voie, elle lui viendra en aide en expérimentant à ses frais les matières nouvelles et les procédés qu'on disait perdus, en dessinant des formes pures et des compositions appropriées : c'est ainsi, pour ne citer qu'un exemple, qu'elle traitera les porcelaines dures ou le blanc de Limoges, excellents comme pâte et comme émail, mais auxquels manquent, pour atteindre la véritable perfection, les bons modèles de forme et de décoration ; quand, au contraire, une industrie se traînera pendant des années au fond d'une insipide routine, abusant des droits protecteurs et faisant payer à la consommation le tribut énorme de son impéritie, alors la grande manufacture prendra en main la fabrication, tout en stimulant la création d'établissements rivaux : c'est ainsi qu'elle traitera les faïenciers, depuis les grandes manufactures de Creil et de Montereau jusqu'aux modestes fabriques répandues partout pour la consommation usuelle, et qui sont toutes au-dessous de leur mission de propagateurs du bon goût.

Une autre objection, la vieille objection, est celle-ci : De quoi vous mêlez-vous ? Laissez donc faire l'industrie : elle en sait plus long que vous et sur ses intérêts et sur les vôtres ; quand on demandera des chefs-d'œuvre, l'industrie fera des chefs-d'œuvre. Je ne discuterai pas ces vieilles redites ; elles ont fait leur temps, et j'ai déjà eu l'occasion de prouver le néant de ces déclamations en suivant pas à pas, dans les temps anciens comme dans les temps modernes, en France comme chez les nations étrangères, la renaissance des arts et les retours de mauvais goût ou de barbarie (c'est même chose), qui concordent exactement avec l'extension ou l'abstention de générosités judicieusement prodiguées par le souverain ou par l'État. J'ai constaté, en outre, que jamais la chimie et la mécanique n'avaient fait autant de progrès que depuis cinquante

ans, n'avaient mis au jour et libéralement en circulation autant de découvertes, et j'ai établi cependant que l'industrie
avait médiocrement répondu à ces avances en n'appliquant
pas avec assez de perspicacité les grandes données de la science,
en ne développant pas les nouvelles ressources au profit des
arts et du goût dans leurs conditions les plus élevées.

Si les progrès des arts dépendent de la direction intelligente
et de la protection généreuse qui président à leur développement continu dans la saine voie d'une constante épuration,
les progrès de l'art appliqué, autrement dit de l'industrie, n'ont
pas d'autres conditions d'avenir. L'État ne meurt pas, sa protection puissante traverse les entraînements de la mode et les
crises du commerce. Abandonné à lui-même, l'art appliqué à
l'industrie devra quelques moments de prospérité, ici à l'intelligence supérieure d'un homme de talent qui se met à la
tête de l'une de ses branches, comme Wedgwood en Angleterre, là à un capitaliste hardi qui jettera dans un nouvel établissement l'argent qui jusqu'alors a fait défaut, comme Johnston
à Bordeaux; la mort enlève l'artiste, les grandes déroutes financières engloutissent les capitaux, et tout est entravé, les progrès sont arrêtés, les conquêtes compromises, les traditions
perdues. Il s'agit ici de grands pays industriels, comme l'Angleterre et la France; mais, à côté de ces colosses, voyez la
Toscane et Rome, entraînées avec toute l'Italie dans la décadence industrielle dont elles se tirent péniblement de nos jours.
Qu'ont-elles conservé qui respire encore un parfum de ce grand
goût et de cette rare perfection des œuvres d'un autre âge? Où
chercherez-vous les traces de leur vieille splendeur? Dans les
ateliers de mosaïque, entretenus à grands frais par leurs souverains, et qui, semblables au Colysée planant sur les édifices
de Rome moderne, restent au milieu de l'abaissement comme
des témoins éloquents d'une grandeur passée.

La France doit, à tout prix, maintenir dans sa capitale et
conserver à l'industrie un modèle permanent du bon goût,
qui sera comme une source limpide d'où s'échapperont sans
cesse des inventions charmantes, comme une cloche reten-

tissante qui tient les idées en éveil et chasse la somnolente routine. Au temps passé, les Gobelins et Sèvres ont suffi; il faut aujourd'hui centraliser dans une vaste manufacture, elle-même un modèle, toutes les industries qui se rattachent aux arts, les centraliser, pour de leur union, de l'unité résultant de tant de voies convergentes, de la perfection poussée à ses dernières limites, faire l'ensemble par excellence de l'art appliqué et comme le chef de file de l'industrie entière.

Sous le rapport commercial, l'industrie n'a rien à craindre de cette concurrence, car c'est une concurrence de perfection insatiable faite uniquement à son profit. La grande manufacture ne vend pas ses produits aux consommateurs au détriment des producteurs; elle les montre aux uns et aux autres : aux premiers, pour leur apprendre ce que peut l'art du meilleur goût quand il est assisté de l'exécution la plus parfaite, de telle sorte qu'ils n'estiment plus et n'achètent que des produits qui approchent de cette perfection; aux seconds, pour leur offrir tous les moyens de satisfaire à ces nouvelles exigences de leur clientèle : modèles, procédés, tours de main, artistes exercés aux programmes les plus difficiles, ouvriers, artistes aussi et consommés dans la pratique de leur métier. Mais pour quel usage l'État fabriquera-t-il? Pour meubler ses musées industriels. Ah! nous y voilà donc! dira la routine; vous en venez à ce que nous demandions, vous créez des musées industriels! Oui, certes; mais remarquez une nuance. Tandis que l'Angleterre réunit à grands frais dans son musée industriel de Marlborough-House les œuvres discordantes de notre industrie, nos meubles par ici, nos bronzes par là, la céramique et l'orfévrerie, les tentures de damas et les tapis, autant d'œuvres mortes du moment où elles n'ont plus l'emploi qui les explique et la destination qui fait valoir leurs qualités, la France, embrassant la mission complète de l'industrie, charge des artistes éminents de concevoir avec méthode, et dans des vues d'ensemble, ce qui convient le mieux à toutes les parties de notre ameublement et de nos parures; elle réunit les ouvriers les plus capables et les guide dans l'exécution de ces modèles raisonnés et beaux, parce qu'ils sont raisonnables. Chaque palais, chaque résidence du chef de l'État devient un programme complet, et depuis les revêtements du sol jusqu'aux plafonds, depuis les serrures des portes jusqu'aux espagnolettes des fenêtres, le modèle des plus heureuses applications. Dix ans, vingt ans, ne suffiront pas, je l'espère, pour renouveler ces ameublements; mais chaque année verra s'ouvrir quelques pièces et quelques galeries qui seront pour le public comme un nouvel enseignement, un sujet d'études, d'observations et de controverses. Toutes les résidences resteraient dans leur état à peu près décent et habitable; seulement on fermerait de temps à autre un certain nombre de pièces qui deviendraient le thème sérieusement étudié d'une décoration et d'un ameublement exécutés avec conscience, avec l'amour de la perfection, dans tout le calme de la réflexion et du temps. De cette sorte vous ne lutterez pas, il est vrai, de rapidité avec le palais de Sydenham, avec les cafés et les hôtels garnis de Paris; mais vous dépenserez les deniers de l'État pour votre plus grande gloire, pour l'utilité des générations présentes et à venir, pour l'utilité de toutes les classes de la société, car cette grande manufacture fera du luxe cher en enseignant à l'industrie à le faire à bon marché : elle aura en vue la diffusion de l'art par toutes les voies, en donnant à son action deux courants différents, non pas contraires, mais parallèles. Élever l'industrie ou l'art appliqué à son apogée, c'est-à-dire propager le grand luxe, afin qu'il descende de ces hauteurs toute une industrie privée imbue d'un même amour de perfection, telle est la première part de sa mission; faire descendre l'art jusque dans les produits les plus infimes de la fabrication la plus grossière, afin qu'il remonte de ces bas-fonds dans l'industrie modeste de nos villages, telle est la seconde part. C'est pourquoi, en même temps que les artistes composeront et exécuteront au repoussé le plateau splendide en or ou en argent, ces mêmes artistes prendront la feuille de cuivre rouge ou jaune et repousseront dans ce métal, tout aussi favorable à l'art, le chaudron de la cuisine, la poêle de la ménagère, la casserole du petit monde, pour en faire des ustensiles plus commodes qu'ils n'ont jamais été, bien que gracieux par les justes proportions et l'élégance appropriée à l'usage. Le chaudron, la poêle et la casserole fabriqués ensuite sur ces modèles par l'industrie privée ne seront pas plus chers que ceux qu'elle débite aujourd'hui, et l'œil du pauvre sera réjoui et son goût sera épuré, et nous retrouverons, comme aux grandes époques de l'art, la batterie bien fourbie, s'étalant avec orgueil sur le dressoir, véritable musée de la fermière.

Le Gouvernement qui répandra en France ce goût pur et ce talent d'exécution délicate restera aussi cher à la postérité que les règnes de saint Louis, de François Ier et de Louis XIV, car les souvenirs historiques se traduisent en monuments : la Sainte-Chapelle a autant de signification et un écho plus populaire que Taillebourg, Fontainebleau que Marignan, Versailles que Denain, et malheur aux souverains qui laissent peser sur leur mémoire des traditions de vulgarité et de mauvais goût !

C'est donc là le musée industriel, tel que je le conçois pour qu'il soit vivant, tel qu'il le faudrait à la France et à Paris, pour servir de modèle à nos fabricants et d'enseignement au public.

Cette grande manufacture coûtera des millions, dira-t-on. Oui, sans doute ; mais un bon placement, quelle que fût la somme, a-t-il été jamais considéré comme une dépense fâcheuse? Or, les frais de cet établissement, en les supposant considérables, seront pour la France le meilleur des placements financiers, à part même le lustre glorieux que de si beaux produits jetteront sur ses arts et la popularité qu'ils ajouteront à sa réputation de bon goût. L'Attique, au temps de Périclès, s'épuisait en achats de grains nécessaires à la nourriture de ses populations; les contributions amassées pour la défense commune allaient passer dans la Chersonèse, quand Périclès leur donna un emploi qui ne semblait devoir concourir ni à la nourriture du peuple ni aux fortifications du pays : il construisit des temples, fit exécuter par Phidias la

Minerve colossale en or et en ivoire, et répandit dans tout Athènes le luxe des arts. Les esprits moroses, les économistes déroutés dans leurs systèmes, les statisticiens trompés dans leurs calculs, n'eurent pas assez d'un vocabulaire d'injures violentes pour s'élever contre cet emploi de la fortune publique; mais à quelque temps de là le renom d'Athènes était tel dans tout l'ancien monde, que des vaisseaux chargés de statuettes en terre cuite, de vases peints et de mille productions du talent de ses artistes, qui n'avaient coûté que des frais d'imagination ou la peine de copier et de répéter les beaux modèles créés à la voix de Périclès, quittaient le Pirée, et allaient demander en échange le blé et tous les objets de consommation nécessaires au peuple grec. L'art avait créé l'industrie, l'industrie le commerce; le commerce enrichissait les Grecs et nourrissait la nation.

Où placer cette manufacture modèle, cette grande académie de l'industrie? Sèvres est trop loin, et ses bâtiments tombent en ruine; aux Gobelins, l'espace est insuffisant. Il s'agit de trouver un emplacement dans Paris, qui soit au centre des quartiers industriels et laborieux, en bon air pour la santé des ouvriers et en grand air pour que les hauts fourneaux n'incommodent personne, à portée de l'eau pour suffire aux besoins de tous les modes de fabrication et particulièrement aux teintures, près de la rivière et du chemin de fer de ceinture pour être en communication naturelle avec les canaux et les voies commerciales, qui lui apportent le combustible et les matières premières, avec les résidences du souverain qui lui demande les produits de sa fabrication. La Providence tient toujours en réserve aux grandes nécessités de l'humanité soit une invention, soit un homme, soit un lieu propice; elle a empêché de couvrir de maisons particulières le vaste terre-plein de l'ancienne île Louvier, afin de réserver une superficie de 3o,ooo mètres carrés, pour que la grande manufacture puisse s'y établir à l'aise et dans toutes les conditions convenables.

Inutile de faire le programme des constructions : l'Académie des beaux-arts serait chargée d'étudier, et l'architecte le plus habile d'élever ce vaste ensemble de bâtiments, qui pourrait devenir pour l'architecture elle-même, dans ses applications actuelles, un modèle magnifique et pratique. En effet, l'obligation de réunir les manufactures de Sèvres et des Gobelins, les laboratoires de chimie et de physique, les vastes ateliers, disposés pour diverses industries, sous la surveillance d'une administration centrale dont les bâtiments devraient contenir, outre les logements du personnel, les ateliers des dessinateurs, les salles et amphithéâtres des études, les galeries des collections, donnerait l'occasion de mettre en présence et en contraste les modes de construction les plus divers et d'apporter dans leur style les modifications que réclameront leurs différentes destinations, depuis la forge jusqu'au musée, depuis les fours à porcelaine jusqu'à la chapelle.

Rappelons le but de ce grand établissement : centraliser sous une direction supérieure toutes les industries qui peuvent recevoir des arts une utile impulsion, dans le but de former une école pratique des arts appliqués à l'industrie et de pourvoir à l'ameublement des résidences du chef de l'État et aux cadeaux qu'il peut faire aux étrangers comme aux nationaux. Quelle sera sa direction ? J'ai disséminé dans les pages qui précèdent les principes qui devront diriger le chef de ce vaste et puissant établissement, dont l'action est entièrement distincte de celle que doit continuer à exercer le Conservatoire des arts et métiers. Ici le mot PERFECTION pourrait être inscrit sur le drapeau qui flottera au plus haut de l'établissement; il devrait être gravé sur les portes d'entrée et de sortie, car c'est le mot d'ordre : la perfection obtenue par l'union la plus intime des arts et de l'industrie, la perfection de l'exécution en toutes choses, mais toujours soumise aux projets conçus et élaborés par l'artiste supérieur, toujours cherchée dans les matières les plus nobles, les plus pures, les plus belles. Cette exécution réalisant la pensée de l'artiste sera par elle-même une œuvre d'art, parce que la main de l'ouvrier, lui-même artiste, lui communiquera son sentiment, cette touche de l'inattendu et de l'inspiration qui est sa part dans l'œuvre et que l'ouvrier

mécanique est impuissant à donner. Quelle belle mission !
n'exécuter que des œuvres d'élite et cependant tout essayer,
tout tenter, avoir en vue à la fois le présent et l'avenir, l'habile
mise en œuvre des procédés conquis et la recherche incessante
de nouveaux procédés, sans faire cas des mécomptes, sans regarder aux dépenses, car l'inconnu est une mine dont les filons
rendent au centuple les sacrifices faits pour le découvrir !

Il ne sortira de la grande manufacture rien d'imparfait, il
n'entrera dans les résidences du souverain que des œuvres
ayant atteint toute la perfection dont elles sont susceptibles.
L'art gagne en toutes choses à s'entourer d'œuvres irrépro-
chables. Croire qu'on fait valoir un bon tableau en lui faisant une cour de médiocrités, c'est une erreur. Il s'établit une
lutte entre le laid et le beau, où le premier a toujours l'avantage, parce qu'il n'a rien à perdre. Quand vous entourez le
tableau de Raphaël d'ouvrages de Tiepolo, vous ne lui faites
pas tort si vous supposez un peuple de Raphaëls pour spectateurs ; mais c'est une population de Tiepolos qui vient faire
la comparaison, et, sans s'en rendre compte eux-mêmes, les
Tiepolos déteignent sur le Raphaël. Il en est ainsi de toutes
choses : ce n'est pas le laurier-rose qui étouffe la ronce ; c'est
toujours la beauté et la distinction qui succombent, si vous
ne les isolez pas de la médiocrité et du trivial.

Pour que cette perfection soit utile au pays et compense
les sacrifices qu'il aura faits pour l'obtenir, il faut la publicité
la plus large, les communications les plus libérales : des ateliers ouverts aux ouvriers qui viendront s'y former la main,
les résidences rendues publiques comme des musées pour que
le public s'y forme le goût, tous les produits aussitôt achevés,
aussitôt donnés en modèle à l'industrie et abandonnés sans
réserve. On nous objectera que ces modèles iront en pays
étrangers, que nous donnons des armes à nos rivaux pour
nous battre. C'est une erreur. L'art n'est pas un secret que
l'on cache et pour lequel on prend un brevet d'invention.
Dans ces essais tentés généreusement et portés au grand jour
par un gouvernement libéral, la France prendra le bon, les

étrangers choisiront le mauvais : ici ce sera le bon, parce que nos industriels sauront assimiler leurs choix à la nature de leur fabrication, de manière à harmoniser leurs emprunts avec leur fonds et à former un ensemble original; là ce sera le mauvais pour les étrangers, parce qu'ils pilleront sans discernement et amalgameront au hasard ce qu'ils prendront ici avec ce qu'ils auront pris ailleurs.

Quel homme placera-t-on à la tête de cette grande école, de cette belle institution? On évitera autant les spécialités restreintes que les universalités nuageuses, on écartera également un grand chimiste et un grand peintre : le chimiste aura sa place à la tête des ateliers de la céramique, de la teinture des laines ou du laboratoire des essais; le peintre sera le bienvenu dans l'atelier des modèles : mais à une direction supérieure il faut un esprit, un talent, une instruction et des vues également supérieurs. Je rêverais pour ce choix un artiste aussi profondément instruit en architecture que Duban, aussi excellent dessinateur, un peu plus sculpteur, ayant davantage parcouru le monde, s'étant enquis avec plus de curiosité de l'essentiel dans le vaste domaine de la science, non pas pour être physicien, chimiste ou mécanicien, mais pour comprendre l'avenir de certaines applications et sentir toute l'importance de l'union intime des sciences et des arts avec l'industrie; cet artiste ayant comme Duban des vues libéralement ouvertes sur le développement des arts, et comme lui instinctivement le goût de la distinction en toutes choses et une horreur également instinctive pour la banalité. Le choix du chef arrêté, le personnel est dans sa main : examinons quel essor il donnera aux diverses fabrications. L'activité industrielle de la grande manufacture se portant sur l'ameublement des palais, je diviserai mon examen en trois parties : 1° la décoration immeuble ou architectonique, comprenant les riches revêtements en belles matières, les mosaïques, les tapisseries et tentures, ainsi que certaines parties de l'ornementation; 2° la décoration meuble, qui embrasse tous les meubles meublants depuis le tabouret jusqu'au lustre, depuis le surtout jusqu'au bronze d'art; 3° enfin les ustensiles de la vie privée, tels que porcelaines, verreries, argenterie et batterie de cuisine. En donnant nos idées sur l'art appliqué à l'embellissement de nos habitations, nous supposons que les résidences ont déjà reçu toutes ces améliorations fondamentales qui rendent aujourd'hui une maison habitable : j'entends la chaleur d'un calorifère se répandant partout également, l'eau à la portée de tous les besoins, le gaz éclairant tous les abords, éclatant dans les foyers et servant à tous les usages, les sonnettes électriques et les conduits acoustiques facilitant le service en exigeant le moins possible la présence des domestiques, tout un ensemble de confortables et commodes aménagements qui sont de mise au palais, quoique déjà introduits dans le club, dans l'auberge et dans les restaurants.

La décoration de l'architecture dans l'intérieur d'une habitation est toute l'architecture. Il ne s'agit plus de justes proportions entre les largeurs et les hauteurs, de distribution de la lumière, d'abords grandioses et de dégagements faciles; il s'agit d'orner le plus avantageusement possible, et suivant la destination nouvelle, une ancienne demeure. Débarrassonsnous tout d'abord d'une préoccupation mesquine, j'entends de tous ces scrupules archéologiques qu'après cinq mille ans de libre exercice des arts on a été implanter de nos jours dans la tête de nos riches amateurs et dont on veut faire à nos artistes une règle absolue. Les rigoristes posent en principe, avec une bouffonne gravité, qu'il faut étudier l'époque précise de la construction d'une habitation quand il s'agit de la meubler, afin de se renfermer exactement dans son style, et, comme il est rare qu'un château ou un hôtel ne porte pas les traces de compléments que chaque époque y a apportés, et avec le bon sens d'autrefois dans le style de ces époques, ils prescrivent de faire un choix et de le suivre dans toute sa rigueur. On complimentait une femme sur sa toilette : elle avait une robe bleue, des fleurs bleues, des souliers bleus, des rubans bleus; elle répondit : Vous ne remarquez pas que j'en ai à la bague? c'était une turquoise. Nous demandons à nos artistes

plus d'imagination que cela. Nous n'irons pas chercher du gothique pour l'ameublement de Pau et de Blois, de la Renaissance pour le Louvre et Fontainebleau, du Louis XIII pour
Amboise, du Louis XIV pour Versailles, du Louis XV pour
Trianon, de l'Empire pour Saint-Cloud; les meubles, par
leur nom même, sont quelque chose de mobile qui dépend
du goût du jour, de l'imagination des artistes, et qui fait, pour
ainsi dire, partie de la vie. Or, de même que vous ne pouvez
astreindre les habitants de ces résidences à se charger de
l'armure du chevalier, à se mettre des perruques, à se pou-
drer, à prendre le costume des marquis de Louis XV ou des
incroyables du directoire, il faut aussi laisser aux meubles l'empreinte de l'époque de leur fabrication et de leur entrée dans
la demeure. L'archéologie doit avoir sa mesure comme toutes
choses, et l'industrie gagnera autant à lui faire sa juste part
qu'à s'opposer à ses empiétements. Il y aurait peut-être des
exceptions à admettre pour quelques salles historiques qui
pourraient devenir l'objet de recherches érudites et d'une attention spéciale, comme, par exemple, la salle de bal de Fontainebleau, qu'on meublerait à la mode de la première moitié
du xvie siècle; la salle des États de Blois, qu'on disposerait
suivant les usages de la fin de ce siècle, en rétablissant l'escalier de Henri III; une chambre dans les Tuileries, où l'on
transporterait les boiseries de Henri IV qui vont si mal dans
la partie des bâtiments du Louvre où on les a placées, bâtiments qui n'étaient pas même construits à l'époque où vivait
Henri IV : cette chambre serait meublée avec tous les anciens
meubles du temps; enfin le salon de l'Empereur à Saint-
Cloud. On ferait ainsi de ces diverses salles caractéristiques des
musées historiques et érudits à la fois.

Comme on le voit, deux parts distinctes dans l'ameublement : l'une, très-minime, faite à l'érudition archéologique;
l'autre, immense, donnée aux aises de la vie, à l'élégance du
jour, à l'empreinte de notre époque, qu'il importe seulement
de faire noble et distinguée, pour qu'elle marque d'une manière durable.

Un des signes les moins bruyants de la demeure d'un seigneur, mais une des conditions cependant les plus dignes d'une grande habitation, réside dans le choix des matières qui revêtent les murs, forment l'encadrement des portes, se lèvent en colonnes aux angles des pièces pour supporter une coupe précieuse ou une statuette, s'épanouissent en vases et en vasques ou diaprent les parquets de leurs riches couleurs. Que tout soit beau et rare, riche si l'on veut, mais surtout cossu par l'ampleur, le sentiment du confortable, la conscience de la solidité, d'une propreté inaltérable et de la durée. Les Grecs nous ont donné, en cela comme en toutes choses, l'exemple et le vrai modèle; tandis qu'en Asie et en Égypte, aussi bien qu'à Rome, on mit un prix exagéré à la recherche des riches matières, au point que leur rareté et leur valeur dépassaient, obscurcissaient même dans l'estime publique le mérite artiste, en Grèce, au siècle de Périclès et de Phidias, la juste mesure se trouve; les matériaux les plus purs sont recherchés avec ardeur : c'est le marbre blanc sans le moindre défaut, c'est l'ivoire, l'or, l'argent et les pierres précieuses, mais chaque chose subordonnée à l'emploi judicieux qu'en font l'architecte et le sculpteur. Ce grand goût, en dépit des altérations qu'il a subies, a eu ses retours, s'est transmis à travers les siècles, et il accompagne toutes les belles renaissances de l'art. François Ier faisait affluer sur Fontainebleau d'immenses envois de marbre; Henri II, son fils, en avait la passion, comme le prouvent les comptes royaux, comme le témoigne Scaliger, et, près d'un siècle plus tard, Henri IV écrivait au connétable de Lesdiguières, gouverneur du Dauphiné :

« Mon compère,

« Celui qui vous remettra la présente est un marbrier que j'ai fait venir expressément de Paris pour visiter les lieux où il y aura des marbres beaux et faciles à transporter, pour l'enrichissement de mes maisons des Thuileries, Saint-Germain-en-Laye et Fontainebleau, en mes provinces de Languedoc, Provence et Dauphiné; et parce qu'il pourra avoir be-

soin de votre assistance, tant pour visiter les marbres qui sont
en votre gouvernement que les faire transporter, comme je
lui ai commandé, je vous prie de le favoriser en ce qu'il aura
besoin de vous. Vous savez comme c'est chose que j'affectionne,
ce qui me fait croire que vous l'affectionnez aussi et qu'il y va
de mon contentement. Sur ce, Dieu vous ait, mon compère,
en sa garde. Le 3 octobre (1600), à Chambéry.

            « HENRY. »

Le dépôt des marbres pourrait être annexé à la grande manufacture : on ferait rechercher dans trente-quatre de nos
départements les deux cent cinquante espèces différentes qui
s'y rencontrent, et particulièrement dans le Maine, le Bour-
bonnais, les Pyrénées, la Corse, l'Algérie, les plus beaux échan-
tillons de leurs granits, de leurs marbres colorés, de leurs
albâtres veinés ; on demanderait à la Russie ses malachites brillantes et ses grès admirables ; à l'Égypte, ses granits roses, ses
porphyres rouges et ses basaltes verts. On réformerait en même
temps nos tarifs douaniers. La France, imposant à ses frontières le marbre de Paros, semble tombée dans une barbarie
aveugle. Les arts n'ont-ils donc pas droit à une protection ?
Quand le peuple vous demande son pain et son vêtement à bon
marché, vous écoutez sa plainte : resterez-vous sourd quand
un Pradier, quand un David vous demande le Paros à bon
marché ? Non ; vous taxerez les marbres étrangers dont nos carrières fournissent identiquement les similaires, et vous payerez
une prime d'importation aux industriels qui nous apporteront
le Paros scintillant pour remplacer le Carrare savonneux et le
marbre gris de nos Pyrénées, une prime aussi à ceux qui iront
exploiter à nouveau en Grèce et en Orient les carrières connues des anciens, et d'où ils tiraient le vert et le rouge antiques,
si beaux en coupes, vases et revêtements de murs.

Des vases en porcelaine, des coupes émaillées, tous les produits de la céramique, sont des expédients pour remplacer à bon
marché les riches matières qui, rehaussées par la pureté des
formes, faisaient les délices des anciens et le luxe de leur ameu-

blement. Bientôt, quand tout le monde aura du luxe à bon marché, du luxe d'expédient, il se formera une classe d'amateurs, ayant une fortune au service de leur bon goût, qui désireront en toutes choses les œuvres originales, créations de l'homme ou de la nature. A côté d'une terre cuite modelée par un grand artiste, ce qui sied le mieux, en effet, c'est une coupe délicatement taillée dans le porphyre, un vase sculpté dans le granit. La grande manufacture prendra en main cette renaissance d'un noble goût, en fournissant à l'industrie les formes les plus pures, en étudiant les moyens d'exécution les plus précis. Ce qu'elle fera à grands frais, au milieu de Paris et à force de chevaux de vapeur, l'industrie privée le transportera dans les Pyrénées, où les chutes d'eau se précipitent des rochers sans avoir la conscience de leur puissance et de leur valeur, et ainsi s'étendra à la portée de tous un luxe qui semblait réservé aux rois de ce monde.

L'emploi de toutes ces belles matières en larges surfaces sur les parois des murs, dans les escaliers et les vestibules, reçoit son complément par la mosaïque. Dans l'antiquité, l'harmonie a été la règle commune de tous les arts pris séparément ou combinés ensemble. Les parquets ont donc reçu, comme les plafonds, comme les murs, une ornementation qui, tout en répondant à leur nature, à leur usage, s'harmonisait avec la décoration de l'ensemble, dans le temple ou dans l'appartement. Les parquets furent faits en matières solides, parce qu'ils devaient être foulés aux pieds, et dans ces climats chauds on rechercha les matières les plus fraîches. De proche en proche on en vint à la mosaïque, dont les dessins variaient suivant les exigences de l'art. Il y eut la mosaïque monochrome, la mosaïque en cubes noirs et blancs, et enfin la mosaïque de couleur. Le moyen âge à Constantinople, en Orient et en Italie, hérita de ces traditions, et les plus belles mosaïques ont formé les parquets des palais, des églises chrétiennes et des mosquées.

La mosaïque est au marbre coloré, combinant en larges surfaces une décoration architectonique, ce qu'est l'impression en types mobiles à l'impression lente et difficile sur blocs de bois gravés. Maîtres de cette combinaison de cubes colorés mobiles, les anciens poussèrent son perfectionnement aussi loin que possible, et d'un revêtement du sol firent une peinture isolée dans le mur. On peut contester le bon sens de cette extension donnée au rôle de la mosaïque; elle a pour elle la condition majeure de durée inaltérable, qui fait que le tableau d'Apelle, bien copié, sortira peut-être un jour de terre dans sa fraîcheur première, ce que nous ne pouvons certes attendre d'aucune de ses peintures sur enduit et sur bois; aussi Ghirlandajo, plaçant cette qualité au-dessus de toutes les autres, pouvait-il dire : *La vera pittura per l'eternità è il musaico.* Associée à l'architecture, la mosaïque a plus de consistance que toute autre peinture et s'harmonise mieux dans le sentiment avec l'idée de construction ; enfin c'est une ornementation qui n'est pas à la portée de tous, c'est un régal de prince.

Depuis l'occupation des Gaules par les Romains, la mosaïque n'a jamais repris en France son essor. Souvent importée d'Italie, elle est venue parmi nous tenter quelques essais, mais elle n'a pas pris pied dans notre art. L'église de Germigny, près de Saint-Benoît-sur-Loire, est le seul spécimen que nous puissions offrir de ces tentatives; il est d'un très-beau caractère, et d'autant plus intéressant qu'il date de la première moitié du xi⁰ siècle. Plus tard, et à chaque renaissance de nos arts, la mosaïque fut reprise, mais sans vigueur et sans succès. L'empereur ne recula pas devant les sacrifices pour faire refleurir cet art parmi nous. Il appela d'Italie l'habile mosaïste Belloni, et lui donna le moyen d'exécuter, pour la décoration du Louvre, quelques grandes peintures en cubes de pierre. Le travail en est parfait, mais le goût, le charme et la vie leur manquent; or cette peinture artificielle a besoin de ces qualités pour échauffer sa froideur.

La grande manufacture s'appliquera aux divers genres de mosaïque qui peuvent être utilisés dans la décoration intérieure: j'entends la mosaïque antique, la mosaïque byzantine et la mosaïque de pierres dures, connue sous le nom de *musaico di pietra dura.* Chacun de ces genres a ses applications

particulières ; tous sont dignes d'être employés dans les résidences d'un souverain et d'être offerts en modèle à l'industrie
d'un grand pays.

La mosaïque romaine n'est pas seulement une industrie,
c'est un auxiliaire des arts. Quand elle a revêtu de sa large
décoration le sol des vestibules, des salles à manger et des
galeries, quand elle se fait peinture, et, sous cette forme,
monte aux murs et resplendit de ses couleurs inaltérables, la
mosaïque est un moyen reproducteur qui assure à la peinture
une fixité et une durée qu'on ne peut obtenir par aucun autre
moyen sur des surfaces aussi étendues. La grande manufacture demandera à ses fours de porcelaine et de verrerie
les cubes colorés qui composent la palette du mosaïste, et
les progrès de la chimie fourniront une gamme complète de
cubes alignés par des procédés mécaniques qui permettront
à l'ouvrier, artiste mosaïste, d'atteindre à la dernière limite
de l'exacte reproduction de toute peinture; bien plus, au
moyen du chalumeau, ce mosaïste coloriste modifiera ses
nuances lui-même et complétera sa palette, en fondant ensemble plusieurs tons, suivant ses inspirations, et quand un
dernier progrès aura permis de mettre toute la surface d'une
mosaïque en légère fusion, et de blairotter, pour ainsi dire,
au moyen de la flamme cet assemblage de cubes colorés, d'en
faire un tout uni et une masse compacte dans son cadre de
fer, nous aurons alors un moyen certain de conserver à tout
jamais les chefs-d'œuvre de la peinture dans la fraîcheur première de leur couleur, et tels que les a conçus le peintre.

La mosaïque byzantine en pâtes colorées se détachant sur
fond de cubes de verre paillonnés en or est d'un bon usage et
d'un grand effet dans les édifices religieux. On s'en rendra
maître pour orner quelques chapelles des résidences, et surtout pour former les ouvriers auxquels le clergé aura recours
dans la décoration de nos plus anciennes églises.

La mosaïque en pierres dures, dite de Florence, est un procédé admirable, si on le maintient dans ses justes limites, si
on lui donne toutes les applications convenables. Un archi-

27.

tecte habile peut l'employer en miniature ou en grand. En
miniature, et alors composée de pierres dures, la mosaïque
enrichira les parties les plus fines et les plus en vue de la décoration, et jamais on ne trouvera, pour former des dessus de
tables, de consoles, de meubles, un revêtement plus éclatant,
plus distingué, et dans lequel l'art se joue plus librement,
quoique les moyens d'exécution soient lents et pénibles, les
matériaux coûteux. Employé en grand, en matières moins précieuses, mais presque aussi variées, presque aussi brillantes,
ce genre de dallage ou de mosaïque à larges découpures étend
sur le sol ses magnifiques combinaisons, qui diffèrent des tapis, mais brillent davantage et conviennent mieux aux grands
vestibules, aux paliers des escaliers d'honneur, aux cours intérieures; il est susceptible de produire les plus beaux effets
quand il est exécuté sur les riches dessins qui lui siéent, et il
a sur la mosaïque romaine en petits cubes l'avantage de se
réparer plus facilement et de pouvoir se soulever pour le service des conduits de gaz, d'eau et de chaleur.

Les anciens mosaïstes italiens avaient incrusté, à l'imitation
des Byzantins et des Orientaux, dans les colonnes et les parois
de marbre un assemblage de petits cubes de lapis, de porphyre, de marbres précieux et des plus riches couleurs,
comme on enchâsse le rubis et l'émeraude dans l'or. C'est un
grand luxe, et l'architecture, dans ses caprices de polychromie, devrait y faire retour. Seulement, pas de fraude,
pas de verre à paillon, pas de pâtes colorées; la beauté des
matières, leur valeur, la cherté même de cette ornementation,
sont une des conditions de son succès.

Les arts décoratifs n'ont de signification que par le mérite
de leurs compositions, la pureté de leur dessin, l'accord heureux qui les lie à l'architecture et à la destination de chacune
de ses parties. Il faudrait donc parler ici du style qui convient à la mosaïque et des artistes qui seront chargés d'exécuter pour la grande manufacture ces compositions et ces
dessins; mais, d'un côté, l'ensemble de mon travail indique
mes idées à cet égard, et, de l'autre, étant obligé de passer en

revue la plupart des industries qui se rattachent aux arts, je
me réserve de parler des compositions et des modèles à la fin
et dans un paragraphe d'ensemble. Je pourrai ainsi mieux
caractériser le lien qui unit toutes ces industries, l'analogie
des principes qui s'y réfèrent et des études qui préparent les
jeunes artistes à s'acquitter de cette tâche délicate.

La magnificence n'a pas de limites dans le palais du chef
de l'État, mais elle se proportionne et s'échelonne, pour
ainsi dire, suivant les localités et leur destination. La grande
manufacture trouvera les moyens de substituer, dans les appartements qui suivent en rang ceux d'apparat et de réception, à la décoration en matières précieuses, exécutée minutieusement, une décoration en poteries émaillées, qui la
remplace comme éclat et la surpasse souvent par la libre
allure de l'inspiration artiste. Les essais tentés dans cette voie,
les succès obtenus à d'autres époques, ont d'autant plus d'importance que cette décoration secondaire est plus à portée de
l'industrie ; ils réveilleront sa torpeur, exciteront son émulation et lui fourniront de larges débouchés.

La porcelaine, la faïence émaillée, la lave et le fer également émaillé, toutes les variétés de ciment et de terre cuite,
enfin les bois teints par le procédé Boucherie ou parés de
leur coloration naturelle, offrent ici en foule les ressources
les plus abondantes, les combinaisons les plus variées, pour
tenir lieu de la mosaïque aussi bien comme revêtement des
murs que comme ornement des parquets. Les moyens matériels sont acquis ; on pourra en trouver d'autres et de meilleurs, mais la chose importante est d'imaginer les dessins
convenables, de créer l'ornementation appropriée, et de
combiner tous ces éléments avec ce goût d'arrangement qui
est si puissant par lui-même, qu'avec une poterie grossière et
l'exécution la moins châtiée nos pères et les Orientaux ont
produit les effets les plus saisissants.

L'Orient, l'Italie et les pays chauds recherchent la mosaïque
et tous les revêtements analogues qui unissent à leur magnificence une grande fraîcheur ; mais, dans les climats tempérés

ou froids, on est disposé à employer dans l'habitation les parquets cirés en été et les tapis en hiver, tout en exigeant du bois et de la laine la beauté des dessins et la vivacité des couleurs qu'ils comportent. Les scieries mécaniques ont atteint une telle précision, les bois, soit de leur couleur naturelle, soit teints dans leur fibre, ont fourni une si grande variété de nuances, que l'industrie des parquets a pu prendre à Paris et dans quelques localités de la France un heureux développement. Il n'est pas de dessins qu'elle ne puisse reproduire; mais, malheureusement, c'est par le dessin qu'elle pèche et qu'elle a compromis ses progrès manifestes. En suivant le mouvement naturel des bois, en évitant autant l'éternel échiquier que le canevas de tapisserie, en évitant surtout des erreurs semblables à celles que commettent les fabricants de tapis, dont les combinaisons de dessin font hésiter les pieds et donnent des vertiges à la tête, on arrivera à mettre cette industrie dans la bonne voie. Ce résultat est d'autant plus désirable que les riches parquets sont les tapis des fortunes moyennes et des habitations du peuple; tapis qui ne s'usent pas et auxquels une brosse, un balai et un peu de cire rendent tout leur brillant. La grande manufacture acceptera cette mission, en créant les modèles et en combinant les nuances des bois qu'elle fera débiter au dehors. Poussera-t-elle ce travail jusqu'à la mosaïque en cubes de bois, jusqu'à la peinture en découpures de bois teints? J'ai admiré à l'Exposition de Londres des tours de force de mosaïques en bois envoyées de Barcelone par Perez, de Venise par Pierre Bigaglia, de Paris par Marcellin, et les mosaïques de découpures faites par Cremer, par plusieurs autres fabricants de Paris, et par Joseph Ciaudo, de Venise; mais je ne puis désirer le développement de ces industries minutieuses. Quand l'éternité de la durée compense dans mon esprit la pénible longueur du travail, j'absous la mosaïque; mais quand je sais qu'un rayon de soleil, un peu d'humidité, le froid ou le chaud, peuvent altérer ces couleurs et détruire ces microscopiques jeux de patience, je me révolte.

Couvrir les parquets avec des nattes tissées en dessins de couleur, ou même remplacer ces parquets par des toiles imprimées qui imitent ces parquets, ce sont des précautions et une industrie qui conviennent partout, excepté dans les palais. La grande manufacture donnera à ces fabricants des dessins de mosaïques et de parquets, en leur conseillant de les imiter, non pas pour les contrefaire, mais pour les développer suivant leur mode de fabrication et ses ressources.

La ferronnerie a été, à toutes les grandes époques de l'art, un auxiliaire dévoué et utile de l'architecture. Depuis la dispersion des corps de métiers, l'art a fait divorce avec la ferronnerie, qui, abandonnée à elle-même et opprimée par la fonte de fer, est tombée dans les mains des plus misérables artisans. La grande manufacture doit relever cette industrie. J'ai dit plus haut que, sous Louis XIV, Lebrun donnait lui-même les dessins de tout l'ameublement de Versailles, et que l'on avait admiré dans cette royale résidence jusqu'aux serrures des portes, jusqu'aux espagnolettes des fenêtres; il nous reste, en fait de ferronnerie, les monuments les plus curieux de l'habileté de nos pères depuis le xiie siècle jusqu'au siècle dernier, et nos regrets de voir éteint un si bel art doivent devenir le stimulant de nouveaux efforts.

Faut-il exclure une matière parce qu'elle est inférieure à une autre, la fonte de fer, par exemple, parce qu'elle est moins propre à l'art que le fer forgé? ou bien est-il possible d'assigner au fer travaillé à la main son emploi et au fer fondu ses limites? Je le crois. La fonte de fer la mieux réussie n'a pas les qualités exigées par l'art: dans sa nouveauté, elle est poreuse, sombre et terne; en peu de temps elle se colore de rouille aux tons rougeâtres, dont l'inégalité ajoute encore à la fausseté. On remédie à ce défaut par la peinture, et on badigeonne d'une couleur de fer et d'une couleur de bronze ces malheureux produits d'une industrie de contrefaçon. Rien de plus affreux, de plus contraire à toutes les données de l'art que cette enveloppe gluante, que ce fard épais destiné à cacher les rugosités du métal, à dissimuler les rides de la fonte, à ranimer son teint

plombé. A côté d'elle se dresse le fer forgé, le front haut et
le visage découvert, accusant franchement ce qu'il est, du
fer, et s'en faisant gloire. Le forgeron procède suivant les
vraies lois de la nécessité; tout ce qu'il fait se traduisant en
pénibles coups de marteau, il va droit au but pour s'épargner
une peine, c'est-à-dire qu'il construit solidement son œuvre
et réserve les parties susceptibles d'ornementation; fait-il une
grille, ses montants et l'encadrement auront une force suffisante pour tourner sur les gonds, sans ces supports roulants
qui s'ajoutent de nos jours aux grilles fondues, vraies béquilles d'un art boiteux. Le cadre conçu en vue du dessin de
la grille se lie gracieusement aux ornements que le forgeron
tord, contourne, épanouit en rinceaux variés comme son
imagination, avec la souplesse que sa main imprime au marteau. Au fer, toutes les créations du génie; à la fonte de fer,
les usages domestiques les plus ordinaires. Les applications de
l'art à la forge du fer s'étendent bien loin, car, depuis la grille
magnifique qui ferme la galerie d'Apollon au Louvre jusqu'aux
énormes chenets des vastes cheminées de Fontainebleau, jusqu'à l'attirail de pelles, pinces et pincettes, il est nombre d'ustensiles que la ferronnerie doit exécuter dans les meilleures
conditions de bon usage et de bon goût, avec l'ampleur exigée
par la solidité et la liberté donnée à la main par le marteau du
forgeron. Un coup d'œil rétrospectif nous a montré combien
les anciens et nos pères avaient rempli ce programme d'une
manière conforme au goût de leur époque et à leurs besoins;
faisons comme eux, et que la grande manufacture donne
les bons modèles pour chasser cette ferronnerie de mauvais
aloi qui nous livre des pincettes en tire-bouchon, des pelles
contournées, et ne sait pas faire une poignée, un bouton, une
anse qui aille à la main. La condition élémentaire de tout
ustensile domestique est la solidité apparente et réelle, la
forme appropriée à l'usage et l'élégance mariant ensemble ces
éléments avec les données de l'art. Dans ces pelles et pincettes
rien de tout cela : une fragilité apparente, des formes qui contrarient l'emploi de la chose, et des poignées qui incrustent dans

les mains et dans les gants des ornements qu'on peut appeler stupides, puisqu'ils sont hors de place là où l'on a besoin d'une surface lisse pour presser et appuyer sans se blesser.

La ferronnerie s'étend aux pentures de portes, aux serrures, verrous, espagnolettes, rampes d'escalier, appuis de fenêtres et balcons intérieurs. Les pentures des portes et leurs gonds, les serrures brillantes et leurs clefs élégantes, prêtent à des compositions originales. La damasquinure, la gravure, les délicates ciselures, viendront creuser leurs surfaces sans altérer la forme, sans imposer des reliefs inutiles. L'espagnolette est-elle une légère colonne qui a son chapiteau, sa base et ses anneaux, ou bien une simple tige qui tourne sur ses gonds : dans les deux cas, proportionnez sa force à son usage. S'agit-il des portes ouvrant sur la rue, des fenêtres de rez-de-chaussée à portée des passants, des parties de l'habitation où la sécurité réclame la solidité, affichez franchement votre rôle de gardien fidèle et de gendarme résolu ; si, au contraire, nous sommes dans la demeure, dans les escaliers intérieurs, aux fenêtres des étages supérieurs, à quoi bon cet attirail de serrures qu'on ne ferme pas, de verrous qu'on ne pousse jamais ? C'est un mauvais héritage de ce bon vieux temps où les voleurs, en temps de paix, les pillards, en temps d'émeute, les routiers, en temps de guerre, changeaient de temps à autre la demeure en une forteresse, dont on défendait pied à pied les ouvrages extérieurs et intérieurs ; mais les mœurs de nos jours, plus encore qu'une bonne police, ont rendu ces précautions inutiles, et de même que nous avons comblé les fossés autour de nos châteaux, remplacé les ponts-levis par d'élégants perrons descendant sur des allées sablées, de même aussi il faut reléguer parmi les inutilités cet attirail suranné de barricades intérieures. Où sont les perfections de l'habitation ? Dans l'aisance alliée à l'élégance. Tout ce qui contribue à rendre la vie facile, à éloigner ce qui heurte les pieds ou les mains, l'ouïe, la vue ou l'odorat, est une heureuse conquête. Or, si vous aviez appelé un mauvais génie à votre aide pour rendre intolérable un intérieur, il aurait cherché dans

son cerveau malsain quelque détestable invention, et il serait
arrivé à ceci : chaque fois que vous irez de votre cabinet
d'étude à votre salon, ne fût-ce que pour chercher un mou-
choir oublié, je vous condamne à ouvrir et à fermer inutilement vingt portes, à les ouvrir avec difficulté, à les fermer
avec bruit, afin d'être aussi désagréable aux autres qu'à vous-
même. Supposez, au contraire, un bon génie intervenant, il
dira : La vie a bien assez d'ennuis, je vous épargnerai les
peines inutiles; poussez les portes, je les fermerai; touchez le
bouton de ces fenêtres, je les ouvrirai. Ainsi les portes intérieures seront presque toutes à glace et ballantes, de manière
à s'ouvrir par la simple impulsion et à se fermer par des ressorts cachés dans l'épaisseur du mur. Du feutre placé sur la
feuillure suffira pour intercepter les courants d'air, qui sont
d'ailleurs insensibles dans les appartements échauffés par des
calorifères. Au reste, nous ne sommes en ceci que des imitateurs : déjà ce bon génie avait secouru de cette manière, il y
a bien longtemps, le grand café de Padoue, qui ne ferme jamais, et les cafés de Venise, qui sont toujours ouverts; il
était intervenu dans les grands clubs de l'Angleterre, et partout où le bien-être parle en maître et sait se faire obéir.

Comme toute amélioration ou changement de ce genre fait
immédiatement appel à l'art pour combiner l'élégance avec
l'aisance, on cherchera la forme la mieux appropriée et l'ornementation qui convient aux poignées de ces portes. Autour
des poignées et des boutons, le long du montant de la porte,
il sera nécessaire d'ajuster des plaques de métal découpé pour
recevoir l'attouchement des mains, qui, par un reste d'habitude, saisiront ces portes pour les ouvrir ou pour les fermer.
Ces plaques doivent être mobiles, pour se prêter à un fourbis-
sage quotidien, et elles seront découpées en fer ou en cuivre,
argentées ou dorées à la pile, damasquinées ou émaillées.
Elles sont susceptibles de reproduire les dessins les plus gracieux, l'ornementation la plus variée : tout dépend de l'homme
de talent qui créera le modèle et de la souplesse des doigts
artistes qui conduiront la scie et la lime. Quant aux portes

d'entrée, elles doivent avoir des serrures, et celles-ci sont toutes à refaire aussi bien que leurs clefs dépourvues de signification et d'élégance. Je dis à refaire, car au moyen âge et à l'époque de la Renaissance, dans le siècle de Louis XIV et jusqu'à Louis XVI, le serrurier amateur, on a exécuté en fer des modèles charmants de serrures et de clefs. Il est facile d'imaginer de nouvelles formes qui, sans rien perdre des conditions de bon usage, montreront une nouvelle élégance et permettront de distinguer à première vue, rien que par le goût de l'ornementation, si telle clef ouvre la chambre à coucher ou l'antichambre, la cuisine ou l'écurie, la cave ou le grenier.

Aux fenêtres, même réforme sensée. Une fenêtre qui n'est pas une défense, qui se compose de deux glaces encadrées dans du bois, doit s'ouvrir et se fermer par la légère impulsion d'un bouton qui, au moyen de poids ou de ressorts ménagés dans l'épaisseur des murs, fera monter les glaces ou ouvrir les battants d'eux-mêmes. Voyez cette élégante et gracieuse maîtresse de maison qui, avec des mouvements de chatte, s'apprête à fermer cette fenêtre. L'espagnolette est rebelle et l'impatiente : elle s'irrite contre cette résistance, elle pousse des pieds et des mains, des genoux et du ventre ; elle n'est plus elle-même, c'est une mégère attachée aux barreaux de sa cage. Et il faudra qu'une espagnolette d'une force exagérée, d'une pesanteur absurde, compromette ainsi toutes les grâces de cette charmante femme ! Changeons vite ces dispositions surannées.

Le fer forgé produira des merveilles quand on lui demandera d'assouplir en larges rinceaux de fleurs et de feuillages les rampes des escaliers, les appuis des fenêtres et les balcons intérieurs. Donnez à l'industrie des modèles qui rappellent l'ampleur des beaux ornements de l'antiquité, moins chargés quoique aussi riches, moins amples et plus majestueux que les productions du XVIIe siècle, et le marteau du forgeron artiste réalisera vos dessins dans le fer docile. Allez plus loin, associez la richesse de l'émail à cette beauté de formes, non pas partout, car il faut à tel escalier la sévérité grandiose du fer, à tel autre la richesse des dorures ; mais à cet escalier pratiqué à l'intérieur d'une salle et communiquant d'un étage à l'autre, il me semble qu'un rinceau de feuillages et de fleurs conçu dans les conditions de l'art le plus pur, quoique exécuté avec toutes les recherches d'une imitation éclatante et réelle, irait bien, puisqu'il s'associerait à la richesse des tentures et des costumes, à l'éclat des bougies.

La grande manufacture devra aussi rechercher les formes les mieux adaptées au fer étiré, car l'usine Tronchon et ses rivales n'ont pas le sentiment vrai de la matière qu'elles emploient, ni le tact qui indique ce qu'elle peut produire. Le fer étiré n'est ni du bambou, ni du bois rustique, ni de la vannerie : c'est du fer; il doit s'avouer du fer et se comporter comme tel.

Au point de vue de l'art, la fonte qui imite le fer forgé se place vis-à-vis de ce beau métal dans la position qu'occupe le strass à côté du diamant, le papier mâché à côté de la sculpture en pierre, le caoutchouc durci à côté du bois sculpté. La fonte de fer s'est réduite au rôle de contrefaçon. Qu'elle se couvre de peinture ou de dépôts de cuivre, qu'elle imite le fer forgé ou le bambou, peu importe; c'est toujours une contrefaçon, ce n'est pas franc. Or, l'art veut avant tout la franchise, et la fonte de fer et de zinc porte la peine de ses prétentions. Elle n'a pas osé être elle-même; elle a copié les autres et n'a pas su se faire considérer pour ses avantages propres et ses qualités particulières. Et cependant remplacer par ce moyen économique le fer forgé, qui est cher, le remplacer tant bien que mal, c'est une œuvre industrielle qui fera de remarquables progrès quand elle suivra de bons conseils, quand elle imitera les modèles bien appropriés à sa nature que lui composera la grande manufacture. Je n'ai pas ici à m'en occuper, mon intention étant seulement d'exposer les diverses branches de l'art appliqué à l'industrie qui constitueront, dans cet établissement, une fabrication d'un mérite hors ligne.

L'estampage porte aussi la peine de ses excès. Cette industrie a eu beau perfectionner ses moyens d'exécution, la vogue l'a délaissée, parce que le goût n'a pas présidé au choix de ses modèles, parce qu'elle s'est ingérée dans des imitations de toutes choses sans consentir à être elle-même.

Le fer battu étamé ou fer-blanc et le cuivre repoussé ou la chaudronnerie offrent des ressources à l'art appliqué qu'on ne saurait négliger. La grande manufacture ne laissera à personne le soin de fournir la batterie de cuisine et les ustensiles domestiques de toutes les résidences; elle trouvera dans ce devoir accompli, et dans les perfectionnements qu'elle inventera chaque année pour suffire aux besoins, une voie naturelle pour faire renaître l'ancienne et belle dinanderie. Entrez dans un atelier de chaudronnerie, l'aspect seul de ces étaux et de ces ouvriers armés de leur marteau fait plaisir à voir; c'est la franchise de l'outil aux prises avec une matière docile et excellente. On pense, même en face de la plus monotone casserole, aux ressources qu'ont trouvées les artistes de toutes les grandes époques dans le bel art du repoussé. Repousser le bouclier d'Achille ou repousser le plus vulgaire chaudron, c'est tout un, car c'est le même procédé, et il ne coûte rien de donner aux objets une forme élégante, de faire d'un chaudron un objet d'art. A l'œuvre donc, et que chaque batterie de cuisine redevienne, comme dans l'antiquité, au moyen âge, au siècle de la Renaissance, un musée *sui generis*.

Ceci nous amène sans transition à l'industrie de l'éclairage. Aucune peut-être n'a acquis autant de développement depuis un demi-siècle, aucune cependant n'a moins bien observé les conseils de la raison, les règles du goût, les modèles fournis par les monuments de l'art. L'éclairage, dans ses mille combinaisons, est l'un des plus intéressants programmes de l'art appliqué, et les anciens nous ont transmis de délicieuses productions, depuis la lampe la plus modeste jusqu'au candélabre le plus orné. Mais les anciens avaient imaginé la forme qui conciliait l'élégance avec les exigences de leur mode d'éclairage; nous avons d'autres obligations. Les lampes brûlant des matières grasses ont subi depuis l'origine du monde trois modifications capitales, qui trois fois ont dû en changer radicalement la forme. L'antiquité n'a connu que la lampe brûlant à air libre une huile que la capillarité attirait à l'extrémité d'une mèche. Pour ce mode primitif d'éclairage elle a trouvé des formes délicieuses, dont nous nous sommes finement emparés pour en faire d'assez incommodes saucières, ne pouvant plus les utiliser comme lampes, du moment où Argant découvrait les avantages du courant d'air qui, en passant par une mèche circulaire et en suivant une cheminée de verre, active la combustion et augmente la flamme. Quinquet donna son nom aux premières lampes créées d'après ce principe, qui obligeait de placer le réservoir d'huile à un niveau égal en hauteur au point où s'opère la combustion, soit dans un vase, soit dans une couronne circulaire dissimulée sous l'abat-jour. Les artistes ne furent point heureux dans les formes qu'ils adaptèrent à ce système, ce qui est peu regrettable, puisque Carcel imagina bientôt son mécanisme de pompe refoulante qui permet de dégager la lampe de tout appendice extérieur, en plaçant la pompe, le ressort et le réservoir d'huile dans la base. Si Dieu avait voulu que Carcel vînt au monde à Athènes, au siècle de Périclès, nous aurions sa lampe dans la forme la plus parfaite, avec son ornementation la plus sensée, et sur ses supports les plus commodes, quoique les plus élégants; mais, puisque cette tâche nous est restée, c'est à la grande manufacture à chercher cette forme, à trouver la solution de ce problème. Elle repoussera les vases de porcelaine de Chine et de Sèvres, qui ne sont que des expédients contraires à la raison. La lampe est quelque chose en soi-même qui ne doit pas entrer dans une autre chose pour prendre corps; elle aura sa forme et son support en harmonie avec les proportions que lui donnent son mécanisme et le réservoir d'huile. Il faut en outre créer pour l'ameublement des modèles de lustres, flambeaux et candélabres. A cet égard, la grande manufacture aidera l'industrie à sortir de ce fouillis de bronzes imités de tous les temps, excepté des bons, de lustres en rubans de cuivre enroulés, qui semblent sortir de quelque boutique de sucrerie ou de macaroni, de flambeaux supportés par des chevaliers en armure, qui font l'effet d'un buisson d'épines auquel s'accrochent tous les vêtements. Être élégant en étant vrai, produire des effets avec des motifs simples, c'est là une bonne part du progrès.

Au reste, la lampe brûlant de l'huile est encore un programme éphémère; à l'avenir il faudra étudier le gaz et l'électricité, et, si l'on apporte dans ce travail les deux qualités rares, mais indispensables, l'instinct de l'élégance avec l'intelligence de l'à-propos, on fera merveille, car je ne sache rien de plus favorable à l'invention, à la grâce, à la légèreté, que l'obligation d'associer l'art à ce gaz qui suit mystérieux ses longs tuyaux, court sous nos rues, transperce nos murs et vient éclater à nos yeux; à ce fluide électrique qui, sans tuyaux, se transmet au bout du monde, j'entends au bout d'un fil de laiton, et rend jaune, verte ou rouge toute autre lumière à côté de son éclat de soleil. Il importe de se dégager de toute tentative de fusion avec l'ancien éclairage, de toute réminiscence de lustres et de flambeaux; il faut être aussi neuf que le gaz, aussi inattendu que l'électricité.

L'appartement, parqueté, clos, éclairé, doit se vêtir avant de se meubler : quelles tentures conviennent le mieux aux salons d'apparat d'un palais, aux appartements d'un hôtel, aux chambres d'une simple habitation? Chacun répondra sans hésiter : celles qui réchauffent le mieux la vue. Je dis la vue, sans en exclure le corps; mais, en fait de décoration, l'apparence des choses domine leur réalité. C'est donc pour le palais la tapisserie et le cuir estampé, pour l'hôtel l'étoffe cossue, pour l'habitation le papier velouté imitant l'étoffe de laine. La grande manufacture fait des tapis et des tapisseries, elle fera des cuirs estampés, et elle fournira des dessins à nos fabriques d'étoffes de tentures et de papiers peints, de manière à imprimer une direction nouvelle à cette grande industrie de l'ameublement, une des plus importantes dans notre activité commerciale.

Chacun connaît les distinctions de tapis de haute et basse

lisse , ou bien les genres de tapis qu'on fabriquait à la Savonnerie et les tapisseries qu'on exécute aux Gobelins et à Beauvais; ce qu'on ne sait peut-être pas aussi bien, c'est qu'au moyen âge, après s'être longtemps contenté de joncher les salles des palais de paille et de verdure, on les revêtit de tapis turcs ou imités, sous le nom de tapis sarrazinois, de ceux qu'on fabriquait en Turquie. En même temps on tendait sur les murs les tapisseries à personnages, et on avait en outre, pour les meubles, les tapisseries de broderie, qui, faites sur toiles et non pas sur canevas, étaient de véritables peintures à l'aiguille. Il y eut ainsi, dès le moyen âge, une règle raisonnée pour chacune de ces fabrications. L'observe-t-on de nos jours, je ne dis pas dans l'industrie privée, où l'aberration est à son comble, mais dans les manufactures nationales? C'est ce que nous allons examiner, en commençant par les tapis dits de la Savonnerie, dont la fabrication est réunie, depuis 1826, à l'établissement des Gobelins.

En toutes choses cherchons le but. Qu'est-ce qu'un tapis? le revêtement du sol sur lequel portent les pieds. Il peut être fait de filaments de coco, de jute des Indes, enfin de laine, de telle sorte qu'on sente, dans l'antichambre, qu'il nettoie les pieds; dans la salle à manger, qu'il vient d'être lavé; dans le salon, qu'il tient chaud. Mais la fabrication n'est pas en entier dans la matière; il y a la couleur, il y a aussi le dessin. Dieu nous a donné pour modèles de nos tapis ses tapis de verdure : quand les pâquerettes et les boutons d'or sont répandus uniformément au milieu du gazon, la vue est doucement égayée; quand nous sentons sous nos pieds la douceur moelleuse et élastique de ce revêtement, nous marchons avec plaisir, nous bondissons presque. Comment cette impression sera-t-elle troublée? Par la terre qui perce de sa couleur grise une place qu'un accident aura dénudée, par quelque pierre anguleuse, par quelque chardon hérissé de piquants, enfin par un trou qui nous avertit de songer au danger caché sous ce tapis séducteur. Où trouverai-je tous ces défauts? dans le tapis oriental les uns, dans le tapis occidental les autres. Les Orientaux ont compris le tapis comme les Grecs et les Romains avaient conçu leur mosaïque, y apportant naturellement, suivant la différence de la matière, moins de régularité et plus de luxe de couleurs, mais conservant toujours en vue, même dans leurs dessins à combinaisons mathématiques, le semis de fleurs sur le tapis de verdure. Le tapis turc vient de là, et c'est le modèle qu'on doit suivre, qu'on peut modifier à l'infini, qu'on ne doit jamais perdre de vue. Comment, dans des salons où tout doit m'occuper, les devoirs de la politesse, la curiosité pour les tableaux qui pendent aux murs et les objets d'art qui ornent les tables, je marcherai sur des tapis qui solliciteront mon attention, avec les saillies et les creux de leurs dessins, plus vivement que le pavé de la rue avec ses égouts et ses ruisseaux! Et voyez quelle influence vos fautes exercent sur l'industrie privée, une industrie qui exporte pour trois millions de marchandises. M. Sallandrouze, pour citer un des plus habiles, expose à Londres un tapis qui transforme le sol en fondrières, où chaque cartouche, durement accusé en formes architecturales relevées en bosse, fait un trou qui me menace, et il va sans dire que les autres fabricants ne sont pas plus sensés. On marche sur ces tapis, comme lorsqu'on vous bande les yeux sur le tapis vert de Versailles, en levant les pieds, en faisant d'étranges enjambées : c'est qu'il n'est pas commode de passer sur des précipices et des rochers, de traverser les eaux du déluge et les forêts vierges de l'Amérique, en compagnie des requins, des tigres et des reptiles.

Un tapis a son vrai rôle quand, formé d'un fond vert ou bleu, émaillé de fleurs et se prolongeant sans interruption, sans changements, depuis l'antichambre jusqu'au fond de l'appartement, il semble une douce prairie fraîchement fauchée. Il appartient à la grande manufacture de lui rendre ce rôle. Toutefois, en sortant des petits appartements, en entrant dans les salles d'apparat et de réception d'une grande dimension, je comprends la nécessité de vastes compositions; mais dans ces circonstances même je demanderais à la nature des inspirations, à la nature conventionnelle, comme les anciens et les Orientaux l'ont compris, quelque chose d'analogue à la décoration de nos anciens parterres, car je rêve une nature soumise à la régularité, dominée par les lignes mathématiques, prêtant en un mot ses charmes de naïveté à un art de convention. On ne prendrait donc aux traditions de la Savonnerie que ses admirables procédés de fabrication, et on rejetterait ses dessins et ses tons de couleurs, dessins de fleurs colossales, impossibles, absurdes, qui font des reliefs et des creux, tons rompus à l'excès qui jouent le vieux, le passé, le fané, tandis que ce qui est nouveau est jeune et doit être frais comme la jeunesse. La grande manufacture remontera ainsi le courant pour retrouver à sa source l'inspiration limpide et pure. Prenant pour base et point de départ le tapis de verdure et le tapis turc, elle appellera à elle les coloristes, ces artistes qui parlent la langue de la nature, Delacroix, Rousseau, Troyon, Diaz, Ziem, et elle leur dira : C'est là le tapis que je veux faire, et, comme la nature sait être variée en restant la même, peignez-moi des tapis de verdure en tons rompus et éclatants, doux et gais, parsemés de fleurs légèrement jetées, de couronnes gracieusement enlacées, comme Dieu les fait, comme vous savez les rendre, comme je puis les reproduire.

Il est des cas exceptionnels, comme pour meubler une salle de réception ou le centre d'une chambre des députés. Dans ce cas, le tapis peut associer ses dessins à l'architecture et devenir lui-même un modèle de symétrie mathématique. Demandez ces dessins à un architecte qui aura fait une étude spéciale des mosaïques de l'antiquité, des carrelages du moyen âge et de l'ornementation orientale, à la condition cependant d'éviter les combinaisons trop vastes et d'exclure les grands partis, rosaces du centre et rinceaux des angles que les sophas et les chaises cachent en partie. Ces grandes compositions auraient quelque mérite si elles pouvaient être vues d'ensemble; mais, comme il n'est donné d'en apercevoir à la fois qu'un fragment, elles deviennent incompréhensibles. Ces des-

sins seront tracés en noir par l'architecte; on confiera leur
enluminure à quelque ouvrier tapissier, artiste et coloriste,
dans les limites de sa spécialité.

Cette réforme du tapis appelle une réforme plus grave dans
les tapisseries des Gobelins et de Beauvais. On est engagé dans
la fausse voie de l'imitation servile des peintures anciennes,
altérées par le temps, et des peintures modernes, qui n'ont
point été faites spécialement pour la tapisserie; il faut sortir à
tout prix de cette ornière.

La tapisserie de haute lisse était un vieil art français, dont
les Flamands, stimulés par les ducs de Bourgogne, s'étaient
emparés avec une aptitude manufacturière, avec des perfectionnements de teinture, et surtout avec les ressources nouvelles de leur commerce étendu : conditions avantageuses qui
n'anéantirent pas complétement l'activité de nos tapissiers,
mais qui mirent dans l'ombre leur ancienne réputation. Arras,
Valenciennes, Tournay, Bruxelles et Audenarde furent les
centres actifs de cette fabrication; mais Arras prit la tête, au
point de fournir presque exclusivement les ducs de Bourgogne
pendant le xve siècle, et de donner, au xvie siècle, son nom
à toutes les tapisseries de haute lisse, qu'on nomme encore
aujourd'hui en Angleterre *arras,* et en Italie, *arazzi* ou *panni
di rassia.* Le moyen âge légua au règne de François Ier toutes
les habitudes de sa vie privée, qui se traduisent en deux mots :
luxe et misère; luxe des dehors et des jours de fêtes, misère
d'intérieur et de tous les jours. A la cour même, ce centre et
ce modèle de tous les raffinements, le luxe côtoyait le dénû-
ment. Pour ne parler que des tapisseries, voici comment elles
étaient encore, au xvie siècle, un meuble indispensable : on
ne possédait à la cour, comme chez les princes et les plus
riches seigneurs, qu'un ameublement, celui de la résidence,
qui, semblable à un garde du corps, suivait partout son
maître. Le roi quittait-il Paris pour s'établir dans l'un de ses
châteaux ou pour se mettre en voyage, aussitôt les tapissiers
allaient faire son logis, c'est-à-dire qu'ils emportaient de quoi
meubler des appartements dont les murs noircis n'avaient

reçu d'autre ornement que le crépissage du maçon; chambres vides, salles nues et désertes. Heureux encore quand ils n'étaient pas obligés de mettre des vitres aux fenêtres pour garantir du vent, des bourrelets aux cloisons pour lutter contre l'invasion des rats, et même des serrures aux portes pour arrêter les voleurs : or, comme après le séjour du roi on enlevait les tapisseries, les meubles, les bourrelets et même les serrures, c'était à recommencer à chaque voyage, et l'office du tapissier n'était pas plus une sinécure que le garde-meuble n'était un magasin de curiosités sans emploi. Si tel a été le rôle usuel, journalier, des tapisseries, leur rôle comme luxe exceptionnel dans les fêtes, les solennités et les entrées, eut plus d'importance, et on conçoit de quelle noble splendeur rayonnaient des murs décorés des *Actes des Apôtres,* de Raphaël, des *Faits de Scipion,* par Jules Romain, et de tant d'autres chefs-d'œuvre qui se déroulaient sous les yeux étonnés, éblouis, du spectateur. La simple tapisserie était un meuble ordinaire; mais de semblables tapisseries étaient un luxe royal, digne des goûts de magnificence de François Ier. A ce musée de tapisseries, si précieuses au point de vue de l'art, si coûteuses d'achat, il fallait des conservateurs; ils prenaient le titre de tapissiers et de gardes de la tapisserie, et les soins les plus minutieux leur étaient recommandés. En même temps qu'on travaillait en Flandre, pour le roi de France, d'après les compositions de Jules Romain, les peintres de Fontainebleau, le Primatice, Mattéo del Nasaro et toute la bande, mettaient leur surprenante fécondité au service des ateliers de haute lisse. Malheureusement les ouvriers tapissiers des Flandres et de Paris ne répondirent ni aux encouragements prodigués par François Ier, ni à ce qu'on était en droit d'attendre des admirables modèles qu'on leur donnait. Le roi imagina alors (peut-être le lui conseilla-t-on, mais, de la part d'un roi absolu, suivre un sage conseil a tout le mérite de l'invention), il imagina donc qu'une fabrique de tapisserie de haute lisse établie sous ses yeux, à ses frais, avec un personnel recruté parmi les ouvriers les plus habiles, travaillant sur les modèles les meil-

leurs et sous la direction immédiate de ses peintres, pourrait
porter à un plus haut degré de perfection cette traduction patiente de la pensée des maîtres de l'art. On voit, en effet, par
l'ensemble des tapisseries de cette époque, que l'imitation des
cartons rencontrait deux difficultés : en premier lieu, la gamme
des tons donnée par la teinture des laines et des soies était
trop limitée; en second lieu, les ouvriers n'étaient pas assez
artistes, pas assez bien dirigés, pour comprendre la finesse du
dessin et compléter le modelé que le maître indiquait à peine
sur ses cartons. François Ier voulait imposer à sa fabrique royale
ces nouvelles conditions de teinture perfectionnée et de dessin
plus châtié, mais rien au delà. Croire qu'il ait eu l'intention
de poursuivre l'imitation vraie de la nature, de demander des
trompe-l'œil de peintures, de tendre sur des châssis et d'encadrer ses tapisseries comme des tableaux, c'est supposer à ce
noble amateur un faux goût dont pas une de ses créations ne
donne le droit de l'accuser. En effet, le moyen âge hérita des
Grecs et des Orientaux l'art de la tapisserie et son usage en
tentures souples et flottantes; le xvie siècle continua ces traditions, car il comprit très-bien que des étoffes à personnages
n'étaient pas de la peinture, ou plutôt qu'elles étaient une
peinture particulière qui devait conserver, comme la peinture
héraldique, ses traditions et ses conventions, ayant comme
elle ses exigences et ses limites. Les tapissiers d'alors ne cherchaient pas le coloris vrai, et les peintres ne leur donnaient
pas pour modèles des tableaux; ils travaillaient suivant certaines règles prescrites par l'expérience qu'ils avaient de la
gamme des tons donnée par la teinture et de cette même
gamme impressionnée par la lumière. Les tapisseries dans
toute leur fraîcheur n'étaient jamais des peintures terminées
et poussées à l'effet, mais des tentures qui faisaient comprendre, *à leur manière,* la pensée du maître, et qui, sous les
altérations causées par la lumière et prévues par l'expérience,
conservaient une même harmonie générale en rapport avec
l'harmonie primitive. Raphaël, pour citer un exemple qui
doit faire règle, acceptait ces conditions industrielles, et il se

gardait si bien d'y rien changer, que ses magnifiques compositions, respectant ces limites, laissaient évidemment au travail du tisserand la latitude de la coloration propre à la laine et la liberté d'effets particuliers étrangers à la peinture et produits par l'intervention des fils de soie, d'argent et d'or.

La fabrique de Fontainebleau resta dans ces sages limites. Fondée en 1539, sa belle période s'étend jusqu'en 1560. Les comptes des bâtiments royaux témoignent des sacrifices que ses succès imposèrent à François Ier et à Henri II, et des efforts persévérants faits par la cour de France pour entretenir ce beau luxe; efforts si généreux, que chaque prince, en recevant la couronne, a reconnu l'obligation et s'est fait un point d'honneur de maintenir cette industrie française. Mais, après François Ier et son fils, la fabrique dévie : en premier lieu, en ne prenant pas pour modèles les maîtres hors ligne, les chefs de l'art, en échangeant Raphaël contre Henri Lerambert, et Jules Romain contre Antoine Caron; en second lieu, en changeant aussi le caractère du travail, en devenant copiste au lieu de rester elle-même, en cédant aux prétentions d'artistes médiocres qui voulaient retrouver leurs peintures tout entières dans les tapisseries, au lieu d'une interprétation dont Raphaël s'était contenté. Une fois le Poussin fut appelé par Louis XIII au secours de la manufacture des tapisseries, déjà transportée à Paris; et qui sait dans quelle voie l'eût poussée sa main puissante? Mais l'homme de génie ne pouvait déjà plus suivre le pas parisien; le repos de l'esprit, le calme de la réflexion, lui manquaient au milieu de ce tourbillon. Il nous quitta. Louis XIV et Le Brun, cet autre roi plus absolu que le roi, vinrent ensuite, et, de déviation en déviation, la manufacture des Gobelins en est arrivée à prendre l'entreprise de la copie des tableaux en concurrence avec la gravure en couleur, avec la lithochromie, avec les papiers peints, avec toutes les imitations serviles, pénibles et incomplètes, poussant l'aberration jusqu'à imiter sur une tapisserie destinée à être tendue les mouvements souples d'une tenture suspendue, oubliant assez sa propre nature pour s'épuiser à produire l'illusion d'encadrement de bois et de métal incrustés de pierres précieuses; des pierres précieuses en tapisserie! Singulier résultat de trois siècles de sacrifices et d'efforts : avoir pour but unique de reproduire, *à s'y méprendre,* un tableau moderne, en employant à ce labeur dix fois autant de temps que le peintre en a mis à produire son œuvre, en dépensant dix fois ce qu'il en coûterait pour obtenir une répétition de l'artiste lui-même, ou, ce qui vaudrait mieux, pour avoir de lui une production nouvelle! faire tous ces sacrifices pour reproduire ce tableau dans une matière qui se déchire plus facilement que la toile peinte, qui se mange aux vers et se ternit par la poussière, et pour obtenir cette reproduction employer trente mille nuances de laines, dont pas une n'a un jour d'inaltérabilité, qui toutes changent rapidement, non pas avec ensemble, de manière à conserver une sorte d'harmonie, mais par places qui font trou, par nuances qui font tache! C'est insensé. Que le mosaïste, le peintre sur porcelaine et sur faïence, le peintre en émail, s'efforcent d'imiter une belle et précieuse peinture, dont le coloris s'altère, avec des matières et des procédés qui en donnent une copie inaltérable, que ces reproductions des grands maîtres viennent sur la voie publique défier l'air ou le soleil et réjouir la vue de tout homme de goût, j'applaudis des deux mains; mais appliquer tant de peines, tant de dépenses, à cette ingrate mosaïque de brins de laine, dont les nuances sont tellement sensibles que l'altération de l'harmonie générale commence avant que le travail soit terminé, je le répète, c'est insensé.

La peinture a ses moyens et la tapisserie a les siens : faites des peintures pour les tapisseries, et composez-les de façon à laisser, en outre, à l'artiste tapissier chargé de l'interpréter en laines la liberté de s'inspirer de ses moyens de fabrication. Il manque à la laine teinte des tons assez foncés pour faire les ombres noires et les blancs éclatants des lumières : suivez cet avertissement, vos peintures y gagneront, et les tapissiers ne se fatigueront pas en efforts inutiles. Les couleurs franches des laines teintes sont les plus durables; elles sont aussi pour la décoration les plus heureuses : procédez en conformité avec ce besoin. Que l'effet de vos tapisseries se produise à la distance où l'œil ne saisit plus les cannelures du tissu et où les figures, en accusant franchement leurs formes, ressortent de l'harmonie particulière à la laine.

En résumé, revenez-en à l'artiste qui s'est associé le plus franchement à cette industrie, à Raphaël, en étudiant avec soin les cartons d'Hampton-Court et les tapisseries faites d'après eux, c'est-à-dire en vous rendant compte de ce que le grand artiste jugeait bon pour des tapisseries et ce que les tapissiers de cette grande époque jugeaient bon pour les cartons de Raphaël. Il est bien entendu que l'atelier des reproductions de tableaux anciens ne sera pas fermé : il y va de l'honneur de la France de continuer la routine des Gobelins, qui, toute surannée qu'elle est, rappelle un noble passé et manquerait à l'amour-propre national. Quelques ouvriers consommés dans cette pratique suffiront à ce labeur ingrat. Les autres seront peu à peu remplacés par des tapissiers artistes, par de véritables peintres en laines, qui sauront interpréter une composition dans la plus heureuse harmonie des couleurs et lui donneront leur accent de traducteur. Pour ces nouveaux interprètes, je ferais faire par des peintres habiles et scrupuleux les copies exactes des magnifiques cartons de Raphaël conservés à Hampton-Court, copies fidèles jusque dans les procédés d'exécution, jusque dans les dimensions, et ces cartons seraient reproduits de nouveau d'une manière digne des originaux, j'entends avec sévérité dans le contour, avec liberté dans la couleur, avec aisance surtout, puisque ces tapisseries ne seront plus clouées, tendues, encastrées dans les murailles et encadrées dans l'or, mais descendront sur les murs, souples et flottantes comme leur riche vêtement.

La manufacture de Beauvais, réunie aux Gobelins dans la grande manufacture, sera également dans le vrai quand elle délaissera les vieilles peintures enfumées, qui sont si tristes, ou les peintures fardées du dernier siècle, qui ont fait leur temps. Qu'elle se rende compte de l'influence qu'elle exerce dans cette voie. L'industrie privée, à son tour, se fait vieillotte : M. Requillard (je cite toujours des industriels qui ont assez de qualités pour mériter qu'on critique leurs défauts), à la suite de Beauvais, poudre ses amours, farde ses bergères et jette sur sa fabrication un ton de crême fouettée qui écœure. Dans la grande manufacture, on copiera les fleurs de la fraîche nature et les productions nouvellement écloses de nos meilleurs artistes, productions créées exprès pour faire valoir l'éclat moelleux de ses couleurs, le mat brillant de ses effets : des fleurs et toujours des fleurs, en se préoccupant de leur agencement, de la douceur veloutée qu'elles présentent et dans leurs tons et dans leurs contours. Quand vous détachez crûment par une gamme heurtée et par des contours trop durement arrêtés vos fleurs sur un bleu de ciel trop vif, vous faites un contraste qui n'est ni dans la nature des fleurs ni dans la nature des laines. Soyez vous-même, dirais-je à Beauvais, comme si je parlais à un artiste, car on est déjà artiste à Beauvais.

On ne pourra revêtir de tapisseries toutes les résidences; on aura recours aux étoffes pour les petits appartements. Je ne propose pas de transporter dans l'île Louvier les métiers des tissus de soie, de laine et de fil; mais je voudrais porter dans ces industries mêmes une bonne influence. Les artistes de la grande manufacture composeront les dessins et arrêteront les tons appropriés aux espaces, à la couleur des boiseries, aux tableaux qui ornent ces chambres, au caractère et au rang des personnes qui les habitent, et on fera exécuter les étoffes par les fabriques qui se sont acquis le plus grand renom dans chaque spécialité; en outre, on s'associera aux industriels pour tenter de nouveaux efforts dans des voies nouvelles, pour créer des effets séduisants par des moyens simples. Toutes les étoffes de tentures, damas ou brocatelles, satins, velours ou imitations en laine, destinées à couvrir les murs et à rester désormais légèrement flottantes dans leurs plis naturels, prendront pour modèles les dessins à combinaisons fines, déliées et multiples; les étoffes de nuances unies elles-mêmes retrouveront ce même principe d'ornementation dans les variétés du tissage en mailles, en carreaux ou autres dessins. Je

n'accepte l'étoffe tendue, clouée, encadrée, que lorsqu'elle doit
servir de fond aux légères mousselines qui se drapent sur des
couleurs qu'elles amortissent plus ou moins suivant le mouvement gracieux de leurs plis. On objectera la poussière. Le
luxe ne connaît pas cet inconvénient. Les étalages si riches,
si compliqués, de tous nos magasins sont bien autrement
exposés à la poussière; mais chaque soir ils la secouent, et le
lendemain ils renaissent plus brillants dans une parure nouvelle. Ayez pour laquais des tapissiers artistes qui sauront
ainsi chaque matin, ou chaque semaine, ou chaque mois, détacher, épousseter et suspendre dans le mouvement gracieux
de leurs plis vos tentures, tapisseries, étoffes de soie et
mousselines. De même que vous renvoyez le cuisinier qui
vous donne chaque jour le même menu, de même aussi vous
exigerez des arrangements nouveaux pour vos tentures, des
dispositions inspirées par les étoffes, par les lieux, la nature
des fêtes et des réceptions. La fresque du grand peintre, la
mosaïque ou la peinture en émail de l'artiste habile, ont
une beauté fixe et monumentale, et là est le grand luxe;
mais l'étoffe banale doit compenser sa mesquinerie relative
par cette mobilité, cette variété, ces renouvellements continus.

Le retour aux tapisseries suspendues, aux étoffes flottantes,
souplesse conforme à leur nature, le passage insensible de l'imitation mécanique et aveugle du tapissier de routine à l'interprétation artiste, aura une influence heureuse sur l'industrie si
importante des papiers peints. Quand on ne fera plus aux Gobelins, avec des milliers de laines, des trompe-l'œil de tableaux,
tendus et immobilisés dans des cadres dorés, les fabricants
de papiers peints ne se croiront pas autorisés à sortir de leur
sphère pour faire aussi, avec des milliers de planches gravées,
des imitations de tableaux platement collées sur les murs
avec leur illusion d'encadrement. La tapisserie revenant à son
origine de tenture suspendue, enveloppant avec souplesse ce
qu'elle est destinée à revêtir, le papier peint se souviendra,
à son tour, qu'il n'est qu'un expédient pour remplacer à bon

marché les étoffes tendues sur le mur, d'où il a pris le nom
de papier de tenture, et il puisera dans son origine même
les conditions sages et les ressources artistes de sa fabrication.

Je ne suis formaliste en rien, et je sais me plier à toutes les
convoitises de luxe qui traversent l'esprit des classes moyennes.
Ainsi, lorsque je propose de décorer de fresques les grands
appartements du chef de l'État, je ne sais pas de raisonnement
à opposer aux désirs bourgeois que l'industrie des Mader et
des Delicourt parvient à satisfaire, en produisant, en papiers
peints, des fresques à bon marché. Si le paysage de l'un, si la
chasse de l'autre, tous deux exposés à Londres avec tant de
succès, avaient été gravés d'après de meilleurs originaux, si,
par une meilleure entente de la combinaison des couleurs, on
était parvenu, même en diminuant beaucoup le nombre de
4,000 planches, à obtenir plus d'harmonie en même temps
que plus d'effet, je n'aurais à opposer à la fresque en papier
peint qu'un billet sur l'avenir. Oui, aujourd'hui, qui veut orner
ses murs, à l'imitation de toutes les grandes époques, de peintures décoratives, et les orner à bon marché, doit s'adresser à
l'industrie des papiers peints. Elle seule peut satisfaire ce
désir, et elle s'évertuera à trouver des combinaisons qui conviennent à nos ameublements, à l'exiguïté de nos demeures,
par conséquent au voisinage de l'œil, qui ne doit être choqué
ni par la trace du moyen mécanique de la reproduction ni
par la dureté des oppositions de couleurs. Mais les goûts de
décorations deviendront plus exigeants, le bon marché lui-
même paraîtra une dépense coûteuse, quand il ne donnera
que la répétition de ce qu'on trouve partout, et chez le voisin,
et au café, et à l'auberge; on consentira à payer davantage
pour posséder quelque chose d'original, fait pour soi, selon
ses goûts, dans les conditions d'espace, de hauteur et d'éclairage de son propre appartement. Cette extension de bon goût,
réservée à un avenir prochain, se combinant avec l'extension
du nombre des artistes, aura pour résultat de permettre à la
fresque, librement exécutée sur le mur, de battre le papier

peint toutes les fois que celui-ci sortira de son domaine de
tenture à bas prix.

La tapisserie et les étoffes d'ameublements quittèrent leur
voie naturelle, comme je l'ai dit, en se collant platement aux
murs, en se tendant durement entre les quatre ais d'un cadre ;
les papiers peints, ou papiers de tenture, les imitèrent, et ils
firent bien, puisqu'en cela ils suivaient leur propre nature,
tandis que c'étaient les tapisseries et les étoffes qui mentaient
à leurs qualités naturelles et perdaient de leurs avantages en
se rapprochant du papier peint ; mais maintenant que celles-
ci vont reprendre leur rôle vrai , vont se suspendre en draperie et flotter au gré de leurs plis, doit-on conseiller à l'industrie des papiers peints d'imiter l'étoffe , de contrefaire ses plis,
de simuler sa souplesse flottante? Ce serait elle, à son tour, qui
manquerait à sa mission ; peindre des plis, les graver sur bois
et les imprimer sur papier n'est pas plus raisonnable que de
les tisser aux Gobelins ou à Beauvais. Là n'est pas le rôle du
papier. Mais se rapprocher de l'étoffe par ces veloutés imprimés qui en donnent l'apparence moelleuse, les teintes rompues
et le ton mat, qui causent la même impression de chaleur
douce et confortable, c'est de bonne guerre, et c'est bien loin
encore d'avoir exercé sur le goût public l'influence salutaire,
d'avoir épuisé toutes les ressources qui appartiennent à cette
grande industrie. Il se fabrique annuellement environ vingt-
cinq millions de rouleaux de papiers peints dans le monde,
soit à peu près deux cent cinquante millions de mètres de ce
genre de peinture murale, et, sans m'occuper de la valeur
commerciale d'une si immense production (environ 35 millions), je considère l'art exerçant son empire dans cet immense
domaine de décorations renouvelées en entier tous les cinq
ans, et j'en prends grand souci, surtout lorsque je vois la
France en fabriquer le tiers et exporter le tiers de ce tiers.
Les droits protecteurs barrent aux frontières étrangères le chemin à nos papiers ordinaires ; je m'en réjouis : rien ne peut
mieux stimuler nos industriels à faire du bon goût et de
l'intelligence dans le progrès, leurs véritables armes. Mais ne

l'oublions pas, sur ce terrain, la meilleure machine, c'est un
bon artiste, c'est un homme de goût qui a étudié toutes les
ressources décoratives développées en d'autres temps, comme
dans l'antiquité et le moyen âge, en d'autres pays, comme en
Orient et à la Chine, et qui, unissant ces réminiscences à
une étude continue de la nature, dans le sentiment juste de
son imitation conventionnelle, trouvera des effets nouveaux
d'autant plus admirables qu'ils seront à la portée de l'industrie la plus riche de Lyon, à la portée aussi des tentures
modestes de papiers peints du faubourg Saint-Antoine de
Paris.

Tandis que le tapissier, devînt-il un artiste original, sera
obligé de se soumettre aux exigences de son métier mécanique, le brodeur a toute la liberté du peintre; son aiguille
est son pinceau, ses soies plates de nuances variées composent sa palette, et la toile sur laquelle il arrête son dessin,
dans laquelle il brode ses couleurs, ne lui impose pas d'autre
esclavage qu'au peintre sa toile préparée. La broderie est
donc un art excellent, c'est le triomphe de l'aiguille, et, après
avoir occupé anciennement un monde d'ouvriers et ouvrières
habiles, gens à la tâche ou grandes dames travaillant pour leur
plaisir, après avoir produit des merveilles, dont quelques fragments sont parvenus jusqu'à nous, ce travail distingué a été
détrôné par un parvenu sans esprit, sans âme et sans valeur,
par le canevas de tapisserie, une niaiserie à mailles régulières,
un travail de manœuvre, le labeur de la résignation distraite,
la galère de la vertu casanière. La grande manufacture fera renaître la broderie de tapisserie, et en même temps qu'elle aura
remplacé l'imitation servile des tapisseries de haute et basse
lisse par l'imitation libre et artiste, aussi libre, aussi artiste
que le permet un métier mécanique, elle poussera les ouvriers
et les ouvrières doués d'un sentiment élevé de l'art à s'exprimer
avec l'aiguille sur la toile comme ils l'auraient pu faire avec
le pinceau, et ces tapisseries de broderie, chefs-d'œuvre d'art,
iront sur les rideaux des lits et des fenêtres, sur les couvre-
pieds et les fauteuils, et, suivant leurs mérites, sur toutes les

parties de l'ameublement, porter témoignage de l'union la plus parfaite de l'art et de l'industrie. L'influence de cette renaissance de la broderie artiste pénétrera plus loin que dans l'industrie; elle ira rajeunir et ranimer les occupations féminines dans ces classes de la société où le travail peut être un passe-temps, où l'occupation au logis a besoin de puiser un nouvel intérêt dans ses résultats agréables et dans les succès qu'ils procurent.

Ces réformes dans les tapis, tapisseries de haute lisse et tapisseries au canevas, doivent pénétrer aussi dans la passementerie. La grande manufacture fera ses bordures, ses pentes, ses franges, toute sa passementerie pour l'harmoniser de style, de nuances et de goût avec ses tapisseries, ses tapis et ses meubles. Cette fabrication n'exige ni un outillage compliqué, ni un grand espace, ni un nombreux personnel, et il est urgent de tirer cette industrie charmante de la routine des faiseurs de meubles et du désordre aveugle dans lequel elle se perd. Il suffira de lui donner quelques principes sages, de lui imposer quelques règles sensées. Lorsque la passementerie franchit ses limites naturelles, elle dépasse en mauvais goût tout ce qu'on peut imaginer. Elle a la main trop facile.

Il est une autre industrie qui devrait rentrer à la grande manufacture pour retrouver un essor et des qualités qu'elle a eus pendant trois siècles, que le commerce poursuit vainement depuis vingt ans, et qu'il n'est pas impossible de reconquérir, je veux parler des cuirs estampés, dorés et peints. Nos pères avaient compris que le cuir repoussé en relief par l'estampage, peint ou enluminé par pièces rapportées, et enfin doré, pouvait, dans beaucoup de cas, remplacer les riches tapisseries, en communiquant aux murs une véritable chaleur et à l'œil une impression de confort. Ce fut donc dans l'origine, c'est-à-dire au xv\ :^{e} siècle, une décoration murale, moins coûteuse que les tapisseries qu'elle remplaçait à poste fixe, et qui durait plus. La cherté toujours plus grande des cuirs, le prix toujours plus modique des étoffes imprimées et l'invention des papiers peints firent renoncer aux cuirs estampés,

et cette industrie s'est affaissée. Il importe de la relever. La peau
tannée est une excellente matière, elle se prête complaisamment à tout ce que l'art exige d'elle : elle est souple, inaltérable, indestructible; son odeur même est saine et agréable.
Ajoutez les perfections nouvelles conquises par l'industrie des
cuirs. Les arts demandaient un cuir consistant et souple, des
teintes variées, brillantes et résistantes : la fabrication a répondu à toutes les exigences, en surpassant tout ce qui avait
été livré aux arts à des époques antérieures. Tannage rapide,
corroierie parfaite, teinture en toutes nuances, vernis élastique
et brillant. L'art a-t-il tiré parti de ces progrès? On peut ca-
tégoriquement répondre non, en comparant les cuirs estampés modernes aux monuments de cette industrie, et en se
rendant compte de ce que l'art peut réaliser. C'est pour
cela qu'il faut lui insuffler la vie qui lui manque. Il n'est pas
question de copier les anciens cuirs estampés, mais d'associer le goût et l'imagination, l'invention et l'esprit d'arrangement, aux ressources de cette belle matière, en tirant bon
parti des oppositions heureuses de ses mats et de ses luisants,
de ses revers et de ses surfaces chagrinées, de la douceur et
de la vivacité des couleurs, de la netteté et du brillant des
dessins dorés, en un mot de mettre l'art aux prises avec un
procédé qui tient le milieu entre la ciselure du cuivre, la sculpture du bois et le moelleux de l'étoffe tissée. La grande manufacture reprendra les coutures voyantes, servant d'ornement,
le foulage à la main, l'impression des ornements au petit fer,
le gaufrage et les dessins enlevés au canif, moyens variés qui
permettent à l'artiste d'agir avec la liberté de sa main, dans
l'indépendance de son inspiration. Ce qu'elle fera sans compter
avec la dépense, l'industrie l'exécutera ensuite avec ses moyens
économiques, et nous verrons bientôt les apprentis de la grande
manufacture, devenus maîtres, remplacer tous ces procédés
coûteux par l'estampage mécanique et les procédés reproducteurs, et parvenir à mettre les plus belles tentures en cuir
estampé à la portée des fortunes moyennes.

Le lien qui unit l'architecture à l'ameublement n'est pas

clairement marqué dans les vestibules, les galeries et les
salles à manger, où les meubles viennent se placer contre les
murs, que l'architecte a décorés seul dans son omnipotence;
mais ce lien marquera bientôt dans les appartements par le
style de l'ornementation et sa fusion naturelle dans l'encadrement. Déjà, à la fin du xv⁰ siècle, les Italiens avaient remplacé
dans l'intérieur de leurs demeures la sculpture de la pierre
par une ornementation légère, modelée à part, ou estampée
dans une composition molle qui s'appliquait après coup et
durcissait en place. François Ier appela en France des artistes
en ce genre, nommés pouppetiers, qui, sous la direction du
Primatice, du Rosso et de Philibert de Lorme, décorèrent avec
ce procédé les plafonds des plus beaux appartements de Fontainebleau. L'art n'a rien à reprocher à un procédé qui, avec
des garanties de durée suffisante, fournit une ornementation
facile, riche, abondante, qui tient un milieu raisonnable entre
la sévérité de la sculpture monumentale de l'extérieur et la
légèreté de la sculpture en bois qui orne les encadrements
des tableaux et les meubles. Seulement, et c'est là l'écueil, au
lieu de demander à cette matière docile de racheter son peu
de valeur par des qualités de souplesse et une imitation plus
fidèle des formes les plus pures, la facilité de produire et
de répéter les ornements dispose, non pas tant l'architecte
que les industriels qui se substituent à lui, à accumuler les
ornements, à introduire dans l'ornementation architectonique
tout un monde animal et végétal qui monte à un relief, arrive
à une importance tout à fait disproportionnée avec le rôle
qu'ils jouent dans l'architecture et la place qu'ils occupent dans
nos demeures exiguës. Ce n'est pas le seul inconvénient de
l'emploi déraisonnable du carton-pâte. Comme les ornements
ont perdu de leur prix par la matière dans laquelle ils sont
faits et la facilité avec laquelle on les produit, on s'est senti
naturellement poussé à surmouler les ornements en toute matière et à les reproduire en carton-pâte peint couleur de pierre,
couleur de marbre, couleur de fer, couleur de bois; mille
contrefaçons indignes de l'art, qui font la désolation de

l'homme de goût et la honte de nos habitations modernes. Ajoutez encore la manie de la dorure, qui projette dans les demeures les plus simples, dans les intérieurs les plus modestes, comme un reflet louche de Californie. Il est grand temps que les Cruchet, les Huber et toute leur industrie, sous le rapport matériel si perfectionnée, reçoivent une rude admonestation. En continuant ainsi, ils pervertiraient jusqu'aux derniers sentiments du bon goût. La grande manufacture leur donnera ce bon avis, non pas en proscrivant le carton-pâte, mais en l'employant dans les saines conditions de l'art, et de telle façon qu'après une visite dans les résidences chacun ressente un violent désir de s'affranchir de cette surcharge de dorure, de cette bave de sculpture, de ces embellissements qui enlaidissent tout. On appellera l'architecte de talent ou le modeleur sorti maître d'un apprentissage de trois ans dans la grande manufacture, et on lui demandera une ornementation dont la pureté des lignes, la délicatesse des formes, la raison et l'à-propos seront le caractère et le mérite.

Dans les questions d'ameublement et de décoration intérieure, les principes n'ont point une rigueur absolue, bien qu'ils doivent rester toujours présents à l'esprit comme un phare qui guide dans la vaste étendue des applications de l'art. Ainsi, pour la décoration architectonique, je repousse les sujets de peinture qui, en exprimant des plans successifs et des profondeurs, font des trous dans la muraille, et cependant je suis obligé de céder devant l'invasion des tableaux, qui sont devenus des objets d'ameublement très-appréciés et très-dignes de s'associer à notre vie intime. Qu'est-ce qui marquera la limite? Le cadre et sa mobilité indiquée par la suspension. Si vous encastrez votre peinture dans la muraille, ou si vous la tracez directement sur le mur, elle fait corps avec lui et doit participer de ses conditions de solidité; si vous suspendez vos tableaux, ils deviennent meubles, et la tenture de l'appartement n'étant plus la décoration principale, mais les tableaux, elle doit leur venir en aide, en leur servant de doux repoussoir qui n'arrête pas la vue. Cependant le profil et l'ornementation

de ces bordures de tableaux sont-ils arbitraires, doivent-ils être
banals et laissés au hasard? Je ne le pense pas. Les anciens
entouraient leurs tableaux d'une mince bordure, et leur fresque
d'un simple trait; il leur suffisait d'isoler la décoration particulière au milieu de la décoration générale, sans faire trou
ni saillie. Les frères Van Eyck mettaient à leurs délicieux tableaux des bordures plates assez larges et les peignaient eux-
mêmes dans le ton le plus en harmonie avec le ton dominant
du tableau. C'est peut-être entre ces extrêmes qu'est l'à-propos.
Quant aux temps modernes, nous avons vu toutes les modes
s'imposer aux cadres depuis soixante ans, et ce ne sont pas
les plus ridicules qui ont duré le moins longtemps. Ce qui a
été exposé à Londres, aussi bien par la France que par les
nations étrangères, ne se recommandait pas par les qualités
essentielles. Il existe des règles pour la largeur des cadres suivant les dimensions des peintures, mais chaque genre et
presque chaque tableau trouvent dans leur encadrement des
proportions qui les font valoir ou qui les tuent. C'est donc
comme une étude particulière à faire pour chaque œuvre, et
on la fera attentivement en songeant à l'importance que les
plus grands artistes attachaient à ce détail. Nicolas Poussin
écrit à M. de Chantelou : « Quand vous aurez reçu votre ta-
« bleau, je vous supplie, si vous le trouvez bien, de l'orner
« d'un peu de bordure, car il en a besoin, afin qu'en le con-
« sidérant en toutes ses parties, les rayons visuels soient rete-
« nus et non point épars au dehors, et que l'œil ne reçoive
« pas les images des autres objets voisins, qui, venant pêle-
« mêle avec les choses peintes, confondent le jour. Il seroit
« fort à propos que ladite bordure fût dorée d'or mat tout sim-
« plement, car il s'unit très-doucement avec les couleurs, sans
« les offenser. »

La grande manufacture, en se réservant l'exécution des cadres des collections publiques du Louvre et du Luxembourg,
des palais et des résidences, donnera les modèles en même
temps que les préceptes. Elle mettra la simplicité ou la richesse
à sa place, elle usera du cadre évasé ou du cadre enfoncé

suivant le besoin, et son atelier de blanc et de dorures deviendra la pépinière des bons doreurs, car les ouvriers de l'industrie viendront puiser dans leur apprentissage les notions du goût et la pratique d'un métier qui peut être un art et qui a une importance réelle. En effet, la dorure sur bois est une industrie parisienne de premier ordre, qui emploie près de deux mille ouvriers et fait un chiffre d'affaires de plus de six millions. Il n'en est aucune qui aurait plus besoin d'ouvriers exercés par de bonnes études de dessin et de moulage. La reprise de l'enduit de blanc de céruse, dont on empâte les sculptures, étant un travail de ciseleur, il faut absolument que nos doreurs deviennent de bons sculpteurs, ou qu'on cesse de dorer.

Mais les meubles, fussent-ils le mieux sculptés, le mieux dorés, n'en seraient pas plus recommandables; la beauté du meuble, je l'ai déjà dit, est dans sa construction : si elle est bien conçue, elle sortira victorieuse de tous les encombrements de l'ornementation; si, au contraire, elle n'accuse pas fermement ses proportions et sa destination, quelque soin que vous apportiez aux détails de la sculpture, des incrustations, des enjolivements de toutes sortes, vous y perdrez votre peine : c'est un meuble manqué; vous y engloutirez soins et dépenses, vous ne produirez pas d'effet. Le mot meuble jure avec les bibliothèques, buffets, chiffonnières, armoires, que l'on fait aujourd'hui. S'il y avait une bascule à la sortie du faubourg Saint-Antoine pour arrêter les excès de surcharge, bien peu de ces meubles recevraient leur laissez-passer. Une intervention subite, intempestive et mal raisonnée de l'art dans l'industrie a porté ce coup grave à la belle ébénisterie de Paris. Nos fabricants, très-peu artistes par eux-mêmes, acceptent de dessinateurs industriels, qui ne le sont pas du tout, des projets déraisonnables. Ils sont séduits par des dessins d'une exécution habile, par des dispositions coquettes sur le papier, et ils ne savent pas opposer à l'entraînement de la nouveauté le bon sens de leur expérience; ils adoptent ces monstres ivres d'ornementation, fascinés eux-mêmes par ce déploiement de

sculptures et d'ornements. Celui-ci veut faire une belle bibliothèque, et il entreprend une décoration d'opéra, où se trouvent
des figures, des colonnes, des arcades, tout, excepté la place
pour mettre les livres; celui-là espère se faire remarquer
par une armoire de chasseur, et il la huche sur des chiens
grands comme nature, il la flanque de divinités chasseresses,
il l'écrase sous un entassement d'amours, de hures de sanglier
et de trophées d'armes : un monde de sculptures pour enfermer
cinq fusils de chasse. Une fois que l'ébéniste abdique devant
le dessinateur industriel, tout lui semble possible, et le vertige
de l'ornementation l'entraîne dans tous les excès. Je m'assois
dans ce fauteuil, et mes cheveux s'accrochent à un nid d'oiseaux; je me révolte contre ce voisinage incommode, mais le
fabricant me fait remarquer que les oiseaux, la belette, le nid,
sont sculptés à merveille. Je ne tiens pas à amuser le lecteur
futile et je ne veux pas fatiguer l'attention du lecteur sérieux
par le récit de tous ces contre-sens bouffons; je dirai seulement qu'au milieu de ce débordement de sculptures hors de
propos, il semblerait que nos fabricants n'ont pas une parcelle de poussière chez eux, ou qu'ils sont suivis d'une nuée
d'esclaves toujours prêts à épousseter, à essuyer, à fourbir : car
ils n'ont pas le moindre égard à la peine qu'ils donnent aux
serviteurs, et semblent en toutes choses, même pour les plus
usuelles, s'évertuer à créer des nids de poussière et des récep-
tacles de saleté. A moins de tenir ces meubles cachés sous leur
enveloppe de toile et ces objets délicatement sculptés sous des
cloches de verre, il est impossible de s'en servir, car la poussière les couvre, et, pour les nettoyer, les gens les brisent.

Cette décadence de la menuiserie et de l'ébénisterie parisienne est d'autant plus attristante qu'elle survient au moment
même où ces deux métiers réunis avaient à satisfaire à un entraînement général pour les plus somptueux ameublements.
Les magnifiques clubs, les fastueux hôtels de nos grandes
compagnies industrielles, les vastes auberges enfin et surtout
les nouveaux riches qui surnagent aux désastres de la bourse,
assurent le placement facile de bibliothèques de 50,000 francs,

de buffets de 30,000, de cheminées de 20,000, et le reste à
l'avenant. Il importe donc de régénérer ces industries, de les
arrêter sur la mauvaise pente; la grande manufacture le fera.

Il est pour cette réforme un sens particulier, le sens de
l'ameublement, qui naît instinctivement en nous, comme
chez le castor la science de la construction, sens que développent l'étude de l'art et l'observation attentive de ses monuments. Fourdinois le possède naturellement; je sais des
peintres, des architectes, qui l'ont développé dans leurs
voyages, et pourront exceller, s'ils ont occasion de l'appliquer. Ce sens particulier nous enseigne qu'il est dans les
meubles d'une habitation, comme dans les diverses parties
d'une science ou dans les divisions d'une armée, un ordre
supérieur et une classification de détail, un chef, si l'on aime
mieux, et une hiérarchie. L'ordre supérieur ou le chef, c'est
une harmonie générale qui s'établit entre l'ameublement de
la demeure et l'existence de celui qui l'habite, sorte de complément de son costume, en rapport avec son âge, ses goûts
et ses habitudes. La classification ou la hiérarchie assigne aux
différentes distributions d'un appartement leur caractère et
leur style, aux meubles qui les occupent leur forme et leur
revêtement. Ces meubles vous diront, au premier aspect, où
vous êtes, et vous feront sentir comment vous devez vous
tenir. Est-ce dans le salon d'apparat? Ils sont droits, parce
que vous devez rester roide, et ils conserveront leur alignement commandé par l'étiquette. Est-ce dans le salon de cause-
rie? Ils se prêteront si bien à la conversation que, le salon
devenu désert, groupés encore, ou restés en tête-à-tête, ils
sembleront eux-mêmes causer ensemble et perpétuer quelque
chose de ces grâces enfuies, de cet esprit dispersé.

Le tort de David et de ses élèves a été de nous imposer un
style antique mal étudié, et, qui plus est, de nous l'imposer
en toutes choses, en toutes circonstances, aussi bien dans la
salle d'apparat que dans le cabinet de repos. La réaction s'est
faite violemment. A des chaises sur lesquelles on souffrait le
supplice, à des fauteuils dans lesquels on restait debout, ont

succédé des meubles où le bien-être et le laisser-aller sont devenus excessifs, des meubles rembourrés qui n'ont plus de forme, des matelas capitonnés à dossiers évasés sur lesquels on se vautre. L'art n'a rien à voir là dedans : il ne peut les proscrire, il n'a pas à les conseiller; le bon sens dictera ce qu'il doit réformer, et, pour cela, il se contentera de suivre les règles du bon goût. La principale beauté d'un meuble est sans doute de répondre à son usage. Est-il d'usage de se coucher assis, oui ou non? Oui dans un boudoir (il y a des personnes dont l'appartement entier est un boudoir), non dans un salon; oui peut-être au coin du feu, dans la bibliothèque, pour dormir sous prétexte de lire, non dans la salle à manger. Étudiez donc la forme des meubles suivant leur destination, étudiez-la afin que la forme réponde à tous les besoins, suivant les données de l'art, afin d'empêcher que les besoins n'imposent leur sans-gêne à la forme et à l'art. Ayez des chaises légères, des fauteuils commodes, des tabourets nomades; que la forme, même la plus élégante, donne facilement prise à la main, en même temps que des roulettes rendent faciles et prompts les mouvements de vos meubles.

Le premier soin de la grande manufacture sera donc l'étude des meubles à ce point de vue de leur destination variée, depuis la salle d'apparat et de réception jusqu'au vestibule d'entrée, en traversant les salles de bal, les galeries, les salons, la salle à manger et les petits appartements dans lesquels se traduisent toutes les exigences de la vie privée, depuis le boudoir jusqu'au galetas du valet de limier. Les modèles qu'elle exécutera, ceux qu'elle livrera à l'industrie, seront la traduction de ce compromis nécessaire et sensé entre l'art et l'usage, entre l'art et les moyens d'exécution, et ils devront atteindre cette harmonie, cette grâce, cette beauté même qui ressortent des justes proportions et peuvent se traduire en toutes choses.

Dans l'état actuel de la fabrication, un bon modèle est beaucoup, mais ce n'est pas tout. Les moyens d'exécution manquent, il faut les créer. Je ne veux pas que ma critique exigeante soit

la cause d'un malentendu et qu'on m'accuse d'être injuste
envers des industries très-recommandables. La menuiserie et
l'ébenisterie françaises possèdent encore toutes les traditions
du métier, je le reconnais, et je mets au défi la consciencieuse
Allemagne elle-même d'établir un corps de meuble mieux
ajusté et plus solide, d'y adapter des tiroirs coulant plus
facilement et des battants fermant mieux; mais ces traditions sont associées depuis trente ans à la puissance de la
vapeur, à la précision de la mécanique : la menuiserie et l'é-
bénisterie auraient dû chercher dans ce développement
nouveau et particulier les moyens d'exécution, les formes
rigides, les profils d'une excessive pureté, l'ornementation
sobre et d'un relief modéré qui leur sied, et non pas imiter
ou copier des meubles faits à une époque antérieure par des
moyens différents et avec tout le caprice de la main. Autrefois, un artiste ébéniste faisait sortir son meuble, son dressoir ou son bahut de sa matière, comme le sculpteur dégage
sa statue de son marbre, en coupant en plein bois moulures
et bas-reliefs, en taillant dans la masse son ornementation,
suivant un plan d'ensemble modifié au fur et à mesure de
l'exécution, donnant ainsi l'accent à sa touche et l'expression
de sa pensée à l'œuvre entière. Aujourd'hui, ce même meuble
se divise en parties et en spécialités : ici le corps, là son enveloppe. Les menuisiers établissent le corps du meuble avec
solidité, et les sculpteurs en bois, les ciseleurs en cuivre, les
ferronniers et autres ouvriers, y compris la machine, exécutent toutes les pièces de rapport, telles que figures, attri-
buts, frises et moulures courantes, panneaux, bases et chapiteaux de colonnes, corniches et couronnement. Tout cela
fait dans divers ateliers, souvent à de grandes distances, et
toujours sans qu'aucun des ouvriers ait la vraie conscience
de ce qu'il fait, modère ses reliefs ou accentue son travail
suivant le besoin et la donnée d'ensemble. Le maître ébéniste
ajuste ensuite cette enveloppe du meuble et réunit toutes
ces pièces de rapport, les colle, les cheville, les raccorde,
les polit, les lustre, et le meuble sort de son atelier comme

d'une mécanique habilement combinée : il est d'une exécution parfaite, chaque morceau de l'ornementation pourrait s'enlever et se conserver à part comme un chef-d'œuvre; il a, en un mot, tous les mérites, excepté la mesure et l'harmonie, tout ce qui fait une œuvre d'art, excepté l'âme et la vie.

Les meubles de nos demeures fournissent à l'artiste un programme charmant, varié, inépuisable, qui s'étend à tout l'ameublement de nos demeures, car il n'est rien qui ne réclame une réforme, qui ne soit susceptible d'améliorations, qui n'ait été abandonné aux erreurs grossières du métier après avoir joui, à toutes les grandes époques, des prérogatives de l'art. Commencerai-je la revue, depuis le soufflet, dont nos amateurs montrent des modèles charmants du moyen âge et de la Renaissance, jusqu'aux lits, qui ont varié de forme suivant les règles de l'étiquette, mais qui ont toujours trouvé dans cette soumission à l'étiquette la forme la mieux appropriée à la destination, c'est-à-dire la mieux proportionnée suivant l'usage avec l'ornementation la plus élégante? Je ne me livrerai pas à cet examen détaillé; les mêmes principes s'appliquent à toutes choses. Voyez ce piano droit, carré ou à queue : les uns en font un cercueil mélancolique, les autres une boîte coquette hérissée de sculptures auxquelles on ne comprend rien; cherchez-lui une forme qui réponde aux conditions du beau et de l'élégance, qui concoure aussi à la sonorité de l'instrument; que ce concours se fasse sentir et dans la forme et dans le choix des ornements. Ce billard construit en bois devait être massif, pour conserver son aplomb et empêcher sa table de gauchir : c'était l'hippopotame de l'ameublement; mais pourquoi lui maintenir ces formes massives, aujourd'hui qu'une table d'ardoise, un encadrement de fer et des bandes élastiques en font un *meuble?* Vous étudierez le profil le plus pur pour son encadrement extérieur, et vous donnerez cette table à soutenir à six balustres bien proportionnés ou à autant de cariatides enfantines.

La mission de la grande manufacture est marquée par
ce qui précède : inutile d'ajouter qu'elle recherchera avec
soin tous les anciens procédés pour en user avec réserve,
qu'elle s'entourera de tous les modèles des belles époques, non
pour les copier, mais pour en suivre l'esprit; enfin qu'elle
demandera à toute la terre les plus beaux bois connus, les
espèces nouvelles que l'étendue de notre conquête d'Afrique
et les communications faciles avec l'Asie font chaque jour
découvrir.

A l'ameublement se lient les produits de la céramique; ils
s'y lient plus qu'on ne croit, plus intimement qu'on n'a tenté
jusqu'à présent de les associer. La manufacture de Sèvres,
transportée à Paris, exercera par ce seul déplacement une influence qu'elle n'a plus, et, par une extension toute nouvelle
de sa fabrication, elle agira puissamment sur le goût public.

Depuis le commencement de ce siècle, ce grand établissement a eu deux malheurs, je veux dire qu'il a eu deux
directeurs pour le mener dans une fausse route : le public et
l'illustre M. Brongniart. Je ne répéterai pas ce que j'ai dit du
public, de ses faux engouements et de ses modes tyranniques;
je ne dirai pas de nouveau qu'il fallait à la tête de la manufacture de Sèvres un artiste de mérite pour donner une impulsion salutaire, et que le chimiste ne devait venir qu'en
second ordre. Je considère ceci comme reconnu et admis par
tous les bons esprits; mais, si je me permets de critiquer ce
magnifique établissement et son ancien directeur, j'ai besoin
de dire d'abord tout le bien que je pense de l'un et le respectueux souvenir que j'ai conservé à l'autre. Sèvres a maintenu,
par le soin apporté à toutes ses productions, la réputation
qu'il s'était acquise sous l'ancienne monarchie par des créations charmantes; M. Brongniart a sa place marquée parmi les
chimistes distingués de notre époque, et son rang à la tête de
ceux qui ont traversé une longue carrière sans manquer à un
devoir d'honneur, à une obligation de délicatesse, à un élan
du cœur. Mais Sèvres n'a pas exercé une bonne et active influence sur l'industrie; mais M. Brongniart, avec une brusque

franchise, professait que, forme, style et couleurs étant affaire
de mode, il était prêt à suivre toutes les modes qu'on voudrait, pourvu qu'on ne l'obligeât pas à faire un mauvais produit céramique, comme la fausse porcelaine à fritte, dite pâte
tendre; pourvu qu'on le laissât durcir sa porcelaine, unir sa
couverte, blanchir son émail, compléter la palette des couleurs vitrifiables et inventer de nouveaux perfectionnements,
tels que le coulage et la cuisson au charbon. Je n'ai pas besoin
de remettre en évidence les effets désastreux de cette indifférence en matière d'art, arborée comme un drapeau pendant
près d'un demi-siècle (1800-1847) dans une manufacture
qui aurait dû marquer surtout par les progrès artistes. En
succédant à M. Brongniart, M. Ebelmen, chimiste éminent, eut
le bon esprit de comprendre qu'il avait besoin, sous le rapport de l'art, d'une direction; il provoqua lui-même la nomination d'une commission d'artistes et d'amateurs, et il chargea
M. Dieterle, directeur des travaux d'art, de s'entendre avec
elle et de suivre ses indications. La manufacture de Sèvres se
ressent déjà de cette bonne impulsion, et elle l'a prouvé à
l'Exposition de Londres par mille gentillesses de détail; mais
on n'y remarquait pas encore le parti pris, le retour décidé
aux saines doctrines; on s'attendait à la voir secouer d'une
main plus résolue les fausses habitudes contractées depuis
près de cinquante ans.

En général, ce qui marque dans cette manufacture et ce
qu'il en faut chasser, c'est l'éclectisme. On y fait de l'étrusque,
du chinois, de l'arabe, du grec, de la renaissance, de tout un
peu, et avec une complaisance qui tient à la fois des goûts
erronés du public et des tendances de M. Dieterle, qui ne
trouve dans son talent facile et son caractère obligeant de
résistance à aucune exigence, de défense contre aucune séduction. De là cette exposition de Sèvres à Londres, semblable à
une exposition universelle, s'adressant à tous les goûts, satisfaisant toutes les modes, prenant à tous les styles et les amal-
gamant tous ensemble, mais ne montrant pas franchement à
l'industrie le but qu'elle doit poursuivre.

J'entre à contre-cœur dans une critique de détail qui demanderait plus de développements pour être comprise dans le caractère bienveillant que je voudrais lui conserver, et qui aurait un tort grave si elle faisait supposer que je ne rends pas justice aux efforts de tant d'artistes distingués, que je ne compatis pas aux difficultés inhérentes à la constitution même de Sèvres, et qu'enfin je n'apprécie pas quelques beaux résultats isolés. La dimension des vases, vasques et coupes semble constituer à Sèvres le plus grand triomphe de la fabrication, et cette dimension s'obtient en faisant des vases de cinq morceaux qui, vu le retrait et le gauchissement produits par la chaleur, exigent des anneaux de métal pour que les pièces se raccordent tant bien que mal. A ces anneaux on relie les anses, les cols et les bases faits également de métal ; des anses boulonnées dans de la porcelaine ! cela fait mal, cela crie, cela jure : aussi, au lieu d'un ustensile léger qui suppose un emploi possible, au lieu d'une pièce solide et résistante, vous avez un échafaudage en morceaux de matières fragiles, monté sur une armature écrasante de fer et de cuivre, qui perce ses tiges et ses boulons de part en part et ferait fuir de tous côtés le liquide qu'on voudrait garder. Où est l'utilité, l'à-propos de pareils progrès ? A côté de cette pénible fabrication, quel oubli des principes qui doivent présider à la forme ! Absence de proportions, aucune suite dans les parties d'un même tout, un amalgame de différentes données, bonnes en elles-mêmes, mais contrariées par un rapprochement forcé, des ornements transportés sans motifs et qui sentent le placage, d'autres ornements qui tombent on ne sait d'où, tels que ces chapelets de mauviettes étendues sur le dos, ces guirlandes de perdreaux morts, formant le bord supérieur des vasques et des coupes. Ces volatiles sont modelés, peints et imités avec autant de naturel que les enfants qui soutiennent le vase lui-même, et cependant mauviettes et perdrix sont aussi grosses que les enfants. Si des formes nous passons à la décoration, que d'abus à signaler ! Un oubli complet du point de départ, qui est dans la nature même de la céramique, et comme conséquence, une négligence préméditée de ses ressources variées, des beautés de sa pâte, des richesses de ses émaux. Notre biscuit est froid et plâtré, parce qu'on a négligé de lui donner la composition particulière et la teinte harmonieuse qu'il a acquises en Angleterre; nous proscrivons la porcelaine tendre, sous prétexte que le couteau la raye, et nous fabriquons de la porcelaine dure aux dépens de sa décoration colorée, bien que le soin donné à ces peintures les rende si précieuses, qu'on met sous verre les vases ainsi décorés et qu'on ne les touche pas. Les ornements eux-mêmes, au lieu de les ménager, car où le *ne quid nimis* est-il mieux à sa place? on les accuse en forts reliefs, que rend plus saillants encore l'épaisse dorure dont on les couvre. La peinture tombe dans des excès semblables. La décoration devient un art, et l'art, poussé trop avant, n'est plus de la décoration. Un beau vase de porcelaine, beau par lui-même, par sa forme et sa blancheur irréprochable, est fait pour recevoir une décoration; mais on ne doit pas l'écraser sous le poids d'une peinture dont les violents effets le pénètrent de trous ou font jaillir ici et là des reliefs qui contrarient son galbe. Sèvres a montré à Londres des vases à fonds bleus, décorés de grandes peintures foncées, dans le coloris du Valentin ou de Michel-Ange de Caravage, qui étaient tellement surchargés d'ornements peints en or et de bronzes dorés, qu'on n'aurait pu deviner qu'ils étaient en porcelaine, qu'on en doutait même quand on le savait.

Sans nous arrêter au tort que ce genre de décoration cause à la porcelaine et à ses formes, nous demanderons s'il est bien désirable de posséder sur une surface ronde, qui rejette en éclats les reflets de la lumière, une copie pénible des tableaux des maîtres. Ce genre de traduction, même lorsqu'il est exécuté sur plaque de porcelaine, même en considérant sa durée inaltérable, ne mérite pas d'encouragement, car il exige un travail si lent, qu'il endort la verve de l'artiste, des opérations si scabreuses, qu'il revient très-cher, une exécution si lisse, si unie, si proprette, qu'elle ne peut rendre la touche hardie et vigoureuse des originaux. On ne quitte à Sèvres ces jeux de patience que pour tomber dans l'afféterie d'une fausse imitation de la grâce antique, dans des bergeries de Watteau, dans des lascivetés de Boucher et autres redites. La vie, la jeunesse, l'inspiration heureuse, le souffle d'invention, manquent; l'art crie au secours.

A la grande manufacture reviendra l'honneur de répondre à ce cri. On a fait de la céramique un joujou, c'est un géant; on lui met des lisières comme à un enfant, et c'est le gars le plus robuste que je connaisse. Pas de plus noble industrie : voyez sa généalogie, ses artistes, son emploi; l'origine du monde pour berceau; les artistes les plus purs de la Grèce, les plus ingénieux chez les Arabes, les plus illustres dans les temps modernes, demandent à sa docilité, à son inaltérabilité, de transmettre aux races futures leurs conceptions originales, et, tandis que la terre s'ouvre sous la pioche de l'archéologue pour ne montrer que le néant de toutes choses, la poterie, semblable à l'or, se dégage des décombres, brillante comme à son premier jour. Parlerai-je de son emploi? Y a-t-il un besoin auquel la céramique ne réponde pas? Que la Providence de généreuse devienne avare et retire à l'homme tous ses dons en lui prescrivant de faire un choix, l'homme gardera la terre du bon Dieu, et, potier, il suffira à toutes ses nécessités.

Qui dit potier dit architecte. La moitié de la France, plus des tr ·· quarts du monde, construiraient des monuments en briques qui feraient honte aux monuments en pierre, si cette belle industrie avait pris, sous une protection intelligente, les développements qu'elle comporte. L'antiquité a bâti des villes féeriques, Babylone et Ninive, en briques et en faïence émaillée. Si la Grèce avait manqué de marbres et de pierres, elle les eût remplacés par les produits de la céramique, puisque, pourvue comme elle l'était de si beaux matériaux, elle a demandé à ses potiers toutes les parties délicates de son architecture, les antéfixes et les acrotères, les pilastres et les chapiteaux, les tuiles et les chéneaux, les bas-reliefs des métopes et jusqu'aux statues des frontons. Quelles

ressources admirables les artistes du moyen âge n'ont-ils pas
trouvées dans la céramique? Je ne parle pas seulement de nos
toits et de nos carrelages émaillés avec tant de goût et une si
grande variété de combinaisons; mais tous les voyageurs ont
vu dans le Nord, à Dobberan, à Lubeck et dans le Brande-
bourg, d'immenses et hardies cathédrales construites au
xive siècle entièrement en briques et sans l'addition d'une
seule pierre. L'Italie vit à son tour, au xve siècle, tout un
nouvel art décoratif surgir d'un four de potier. Luca della
Robbia avait mis le talent supérieur d'un artiste au service
d'un modeste métier, et il l'avait élevé, en association avec
ses neveux, au rang d'un art colossal. François Ier, en train
de protéger nos arts, fit venir de Toscane le dernier représentant de la famille, Jérôme della Robbia; il voulait donner
à la France un modèle de ces ingénieuses ressources qui re-
lient si bien la sculpture et la peinture à l'architecture. Le
château du bois de Boulogne, qu'on appela le château de Madrid, s'éleva au milieu des prairies émaillées de la Seine et
se détacha sur la sombre verdure du bois comme un bouquet.
Je ne connais, parmi les artistes modernes, que Schinckel qui
ait étudié sérieusement la brique et la faïence émaillée comme
matériaux de l'architecture, et Ziegler qui ait cherché à donner
un nouvel essor aux grès et aux poteries; mais ces tentatives
n'ont eu qu'un faible retentissement. Schinckel est mort au
moment où il allait trouver l'occasion d'appliquer en grand
ses études; Ziegler a succombé sous l'étreinte commerciale.
Une renaissance de la construction en briques s'est faite, de
nos jours, à Toulouse; mais les uns construisent en briques
leurs façades, et ils la sculptent ou la ravalent comme on travaille la pierre, les autres préparent leurs matériaux dans des
moules, et ils négligent d'émailler cette poterie : ce sont deux
contre-sens, deux genres de contrefaçon. On veut imiter la
pierre avec la brique, on ne sait pas ce que vaut la céramique : c'est faire injure à cet art.

La grande manufacture l'envisagera de ce nouveau point
de vue; en embrassant l'industrie du potier tout entière et

en lui donnant les prodigieux développements qu'elle comporte, elle réveillera la France, la tirera de sa torpeur, et, sans cesser de faire ces jolis petits vases de porcelaine tendre, couleur rose et céladon, comme les aimait la marquise de Pompadour, femme d'un goût exquis, elle fera des monuments peints pour l'éternité, et elle parlera au peuple, le long de ses rues, le grand langage de l'histoire.

L'émail coloré, que vous le mettiez en fusion sur la lave, la pierre, les plaques de cuivre ou de tôle et la terre cuite, devient l'auxiliaire docile, le compagnon secourable de la sculpture et de la peinture associées à l'architecture. Le seul fait de l'union des trois arts est un titre de gloire pour la céramique, car c'est un grand service rendu à l'art. Je dédaigne les subtilités, je sais aussi bien qu'un autre que l'émail est un verre, et que, fondu au feu sur la lave ou sur le fer, il n'appartient pas à la céramique; mais s'agit-il de classification scientifique? irez-vous détacher du mur l'immense peinture que j'y ai encastrée pour apprendre sur quelle matière on l'a exécutée? Qu'il vous suffise de savoir que la même main a tenu le pinceau, que le même feu a rendu inaltérables la simple brique et la pensée du génie; qu'importe ensuite que ce soient des émaux sur métal et sur lave, ou de la faïence émaillée?

L'architecture, dans ses imitations archéologiques comme dans la volonté de redevenir elle-même et de se régénérer par l'emploi de nouveaux matériaux, puisera un élément de vie dans un retour sensé à la polychromie. La peinture résiste à l'action de l'air après avoir passé par le feu. C'est donc aux couleurs vitrifiables, autant dire à la céramique, que nos architectes auront recours, tant à l'extérieur des monuments qu'à l'intérieur. Les grandes plaques seront offertes au génie de nos peintres, les combinaisons de carrelages au talent de nos dessinateurs. Les premiers peindront les frises courantes, les tympans, les pendentifs, et les grands espaces encadrés par l'architecture; les seconds formeront ces revêtements de carreaux émaillés dont l'antiquité a épuisé les ressources, dont les Arabes avaient hérité et qu'ils ont transportés dans tout le

domaine de leurs conquêtes, qui sont devenus chez les Per-
sans un art encore vivant, chez les Espagnols un art qui se
meurt et qui montrait à l'Exposition de Londres ses derniers
azulejos. Ici le génie d'un nouveau Josiah Wedgwood trouvera les plus ingénieuses combinaisons, la plus heureuse
fusion de la peinture et de la sculpture, pour créer tous les
ornements de l'architecture, surtout ces frises où se jouent
les grâces du style antique, rendues plus vivantes par la
perfection des procédés; là quelque Arabe ressuscité, quelque potier du moyen âge revenu en ce monde, un nouveau
Bernard Palissy ou un autre Pierre Courtois, imaginera des
décorations de faïence et d'émaux aussi riches, aussi gracieuses, aussi faciles que celles qui décorèrent le château du
bois de Boulogne aux regards enchantés de François Ier, de
Henri II et de leur cour; des combinaisons aussi heureuses
qu'à l'Alhambra pour renouveler les revêtements de nos murs;
des carrelages aussi variés que les tapis de l'Orient pour par-
queter nos salles; des toitures entières aussi éveillées de tons,
aussi harmonieuses de couleur qu'au moyen âge. Ce sera un
luxe princier et en même temps le luxe du pauvre monde,
une décoration hors ligne, quand Duban, Ingres, Flandrin,
Delaroche, Cogniet, s'en empareront; une décoration noble
encore et réjouissante, quand leurs élèves peindront des inspirations jeunes de premier coup et à l'effet sur émail cru, de
manière à ne subir qu'un feu et à éviter les dépenses; mais ce
sera principalement pour tous une décoration qui convient à
la demeure, car elle porte avec elle sa propreté inaltérable,
une propreté qui resplendit au soleil, reçoit la pluie comme
un bienfait et défie le temps.

Le programme à étudier et à remplir est immense. Je
l'entrevois si vaste, je le trouve si admirable, je le comprends
si magnifique, que je me ferais scrupule de l'ébaucher.

L'architecture, étendant son domaine jusqu'à la décoration
des abords de nos demeures, réclame des vases sculptés et
peints remplis de fleurs, des vasques émaillées qui reçoivent
l'eau jaillissante, des balustrades, des rampes d'escaliers, des

bancs et des tables qui aillent prolongeant l'action des arts
jusque dans les cours, les avenues, les jardins et les parcs,
unissant ainsi la nature à l'art par des liens insensibles, par
des ornements de formes souples ou capricieuses, et par une
fraîche coloration assez semblable à la riche floraison. Là encore
un programme délicieux, que nous ne faisons qu'indiquer.

Après ces vastes développements de la céramique, l'émail
réclame des applications plus restreintes pour la satisfaction
de nos besoins journaliers. Ici nous sommes dans l'intérieur
de l'habitation, nous prêtons l'oreille aux exigences de la vie
privée. C'est plus modeste, plus limité; mais que c'est vaste
encore! Poêles et foyers de cheminées, baignoires et objets
de toilette, vases de décors pour les appartements, services
pour la table, ustensiles de cuisine, quels usages domestiques
citerai-je auxquels ne puissent répondre les applications
variées de la céramique, depuis la belle porcelaine jusqu'à
la plus ordinaire poterie, depuis la simple terre de pipe qui
a donné à la France les quarante et une pièces de faïence
dite de Henri II, les innombrables productions de Bernard
Palissy et les charmants cruchons moulés de la Flandre,
jusqu'aux grès si variés et quelquefois si élégants dans leur
aspect un peu grave?

La mission de la céramique ne s'agrandit ainsi qu'en limi-
tant chacune de ses branches au rôle spécial qui lui convient.
Plus de mensonge, plus de fausse honte; un art franc, demandant à chaque matière, à chaque procédé, tout ce qu'il
peut rendre, et rien de plus. S'agit-il de grandes surfaces
peintes en émail, de vastes décorations et de grands vases, la
faïence et les terres de pipe; veut-on fabriquer les services
de table et les ustensiles de toilette, la porcelaine dure; ne
se préoccupe-t-on que de décors intérieurs, d'objets délicats
qui sont comme des bijoux mis sous verre et regardés de
près, la porcelaine tendre, le cuivre, l'argent et l'or, décorés
de peintures appropriées à l'émail, c'est-à-dire abordées franchement et mises à l'effet avec hardiesse; enfin, si l'on ne
songe qu'aux ustensiles de la vie privée, y compris ceux de

la cuisine, les grès à couverte plombée et tous les genres de
poteries communes rehaussées par la beauté des formes et le
bon goût de décorations simples.

Les formes sont plus de la moitié des mérites de la céramique; le décor vient ensuite. Je confierais leur étude aux
plus habiles de nos artistes, à des architectes assez sculpteurs
et assez peintres, à des sculpteurs et peintres assez architectes
pour comprendre la nécessité d'un mariage indissoluble de la
ligne et de la couleur, des proportions de toutes les parties et
de l'harmonie générale. Je viens de le dire, dans cet art la
forme est l'art lui-même, la décoration est un détail, et on
le comprend, la forme du vase, étant son architecture, doit
dominer sa décoration; si le contraire se produit, si l'ornement prend le dessus sur la forme, celle-ci disparaît, son
galbe et ses profils sont troublés par les plus inexplicables
contre-sens. Mais ici encore il faut dire à l'artiste : Restez vous-
même : inspiré du goût le plus pur par l'étude de la nature et
de l'antiquité, instruit de toutes les déviations fâcheuses que
l'art a souffertes, nourri de toutes les inspirations heureuses
qu'il a eues, vous puiserez dans les besoins que vous satisfaites, dans la matière dont vous vous servez et dans les ressources inépuisables qu'elle offre au talent, les indications de
ce que vous devez faire. Mais à l'artiste à qui la grande manufacture parlera ainsi, elle laissera une féconde liberté;
elle ne lui imposera pas l'insipide décorateur en chef, qui
compose pour toutes choses, intervient en maître à tout
propos, et traîne sur les créations de chacun le niveau monotone de sa manière, niveau qui étouffe l'initiative individuelle des artistes, niveau qui laisse le public froid. Elle re-
jettera ces formes administratives; elle reviendra aux grandes
traditions, en encourageant quelque artiste hors ligne à se
faire un potier complet, un potier qui, semblable à l'architecte
des bonnes époques, reste maître de son œuvre tout entière,
en combine le plan, les élévations et l'harmonie des proportions, en exécute lui-même la forme sur le tour, applique les
ornements dans la pâte, les sculpte dans le dégourdi, et dis-

tribue la peinture partout où elle répond à sa pensée en animant sa composition. Le potier, ainsi transformé, redevient le véritable artiste dans la plénitude de sa souveraineté.

J'ai dit que la décoration était un art, mais que l'art poussé trop avant n'était plus de la décoration. En effet, le fini, le rendu, dans les peintures céramiques, donne l'équivalent de la correction dans les tragédies ennuyeuses et du langage plein de convenance des personnes qui n'ont rien à dire; tous mérites dont on se soucie médiocrement là où il faut la passion et le souffle poétique, la grâce et l'esprit. Semblable à l'homme du monde qui jette sa verve dans la conversation et n'approfondit rien, la peinture céramique indique légèrement sa pensée et évite de s'appesantir; sa décoration doit être l'à peu près ou le simulacre de la chose qu'elle représente, ce qu'il en faut pour composer un ensemble gracieux, pour produire un effet saisissant et se comprendre à première vue. Faire de la décoration une œuvre par elle-même, c'est mettre les choses hors de place. Il n'est pas naturel de peindre une cuvette, qu'on remplira d'eau de savon, comme une assiette de dessert destinée à réjouir la vue, à distraire agréablement l'esprit dans les préoccupations de la digestion; mais il n'est pas nécessaire non plus de peindre cette assiette comme un tableau qu'on suspend en bon jour et qu'on examine à loisir : la peinture d'une assiette ne peut être appréciée qu'en écartant les débris d'une meringue ou le jus d'une compote, à moins toutefois qu'on en fasse une décoration d'appartement, comme dans la galerie des Assiettes de Fontainebleau; mais alors ce ne sont plus des assiettes, et c'est un décor ridicule. Non, mille fois non, une assiette ne sera jamais un tableau; et, de même que dans les livres vous ne permettez pas aux arabesques de la marge d'envahir le texte, de même dans les assiettes vous permettrez que leurs rebords ou leur marge soient couverts de vignettes gaies, jeunes, alertes; mais le fond, la place du texte, qui est le ragoût, restera blanc.

Je ne m'étendrai pas davantage sur ce point. Si j'avais un système de décoration arrêté, je n'en ferais confidence à per-

sonne, parce qu'en décoration céramique je ne connais que
liberté et inspiration. Trouvez des artistes à l'imagination féconde, à la fantaisie ingénieuse, demandez-leur des créations
hardies, faites de verve et touchées de premier coup, un peu
heurtées même, afin de bien conserver le caractère du décor,
et puis dites-leur : Vous avez une matière claire, fraîche et
gaie; pourquoi l'assombrir de tons foncés et de touches
lourdes, la rider d'ornements inutiles, l'attrister d'additions
parasites? La céramique est comme l'enfance : elle a sa beauté
propre, tout ce qu'on y ajoute la gâte. Avec ces fleurs vous
couvrez les joues roses de cet enfant, avec les bijoux d'or son
cou d'albâtre, avec les dentelles ses bras potelés, avec les falbalas ses jambes aux formes jeunes et charmantes; je maudis
les fleurs, les bijoux, les dentelles et les falbalas, car je regrette tout ce qu'ils couvrent, je cherche sous vos additions
ce que vous avez caché.

Ainsi comprise, la décoration céramique peut devenir l'expression personnelle des conceptions de chaque artiste ou l'interprétation vivante des chefs-d'œuvre de l'art : l'expression
personnelle, par une sorte d'incorporation de l'homme dans
son métier; l'interprétation vivante des anciens maîtres de
l'art, voici comment : sur des vases d'un galbe aussi élégant que ceux qui furent créés par les artistes athéniens et
acceptés par le monde antique, un peintre, dessinateur sévère, qu'inspirent les grands modèles (supposez Ingres à
vingt-cinq ans), tracera au pinceau, d'une touche ferme, sobre
et franche, des compositions tirées de son imagination. Ces
esquisses rapides prendront sur le mat du biscuit la tournure
noble et simple de ces scènes gracieuses qu'on admire sur
les vases blancs de l'Attique. Il ne s'agit pas de copier les vases
grecs et étrusques, cela ne se refait pas; il s'agit d'exprimer
des pensées du cœur et des idées modernes dans un langage
aussi sublime, de réjouir la vue et d'aller à l'âme par des
images belles et honnêtes, passionnées et chastes, d'élever la
pensée par des allégories à l'apparence légère, au sens profond, de s'associer dans chaque chambre d'un appartement

aux occupations des personnes qui s'y tiennent, dans chaque demeure à la position sociale de son maître, aux dispositions morales de ses habitants. Un autre artiste, confondant dans un même amour tout ce que Raphaël a aimé et Raphaël lui-même (pensez à Prud'hon à vingt-cinq ans), transportera sur une céramique de formes élégantes, mais légèrement capricieuses, les arabesques des thermes de Titus ou celles du Vatican, comme encadrement à l'œuvre de Raphaël; arabesques légères, légèrement rendues, copies de Raphaël où l'esprit du maître, sa pensée et ses grâces apparaîtront comme des souvenirs et des réminiscences. Un autre artiste encore (figurez-vous Eugène Delacroix à vingt-cinq ans), poussé par le génie de la couleur et familier avec ses maîtres, les grands Flamands, les grands Vénitiens, animera la céramique de la fougue de sa pensée et de la magie de son pinceau. Supposez en même temps nos meilleurs sculpteurs assouplissant leur art, comme les Athéniens l'ont fait pour composer leurs délicieuses terres cuites, et traduisant avec noblesse les saints objets de notre dévotion, les types de la mode, les passions de nos jours, soit en terre cuite mate ou colorée à froid, comme à Athènes, soit en porcelaine émaillée, comme on l'a fait à Meissen, en Saxe, dans un style maniéré. Supposez encore Ziegler, au fort de son talent, quand la délicatesse du dessin s'associait chez lui à la grâce de l'imagination, quand l'instinct décoratif dans sa fleur commençait à poindre, quand l'esprit était encore susceptible de recevoir les conseils du bon sens, s'emparant des grès pour les soumettre à toutes les exigences de l'art et poursuivant ses recherches sans aucun souci mercantile. Supposez enfin cet avenir si facile à réaliser qu'il me semble à la veille de se produire, et vous aurez le tableau d'une céramique puissante, parce qu'elle sera vivante.

Je ne comprends pas autrement l'imitation des vases peints, grecs et étrusques, que les Anglais copient si mal; je ne saurais admettre l'imitation des majolicas, dont MM. Freppa et Devers nous donnent une lourde caricature; je repousse de toutes mes forces l'imitation des ouvrages de Bernard Palissy, quand ils sont surpassés par Avisseau en stériles difficultés vaincues, sans avoir les belles qualités des originaux; je conçois la céramique tout entière comme un art sérieux, qui peut devenir le sujet d'études animées par l'idéal, soutenues par la science, dirigées par le bon sens de l'appropriation, et d'où doivent sortir, non pas seulement des chefs-d'œuvre d'exécution parfaite, mais une industrie radicalement régénérée, depuis les usines qui desservent de fine porcelaine la clientèle aristocratique de nos villes jusqu'aux fourneaux qui feront de charmants poêlons jaunes, d'élégants culs noirs, de majestueuses marmites, pour la vaste clientèle de nos campagnes.

Le Céramique d'Athènes devait son nom à l'industrie qui prospérait dans ce quartier; la céramique formera aussi tout un quartier dans la grande manufacture, et de ce centre rayonnera son influence sur l'industrie française. Et si, pour créer quelque chose, il est nécessaire de produire beaucoup, il sera facile de donner un grand essor à cette fabrication sans porter préjudice à nos industriels. On meublera les parcs des résidences, les jardins des Tuileries, du Luxembourg et du Muséum d'histoire naturelle, les grandes promenades parisiennes hors de Paris. La carrière est vaste, et en outre on multipliera les occasions de cadeaux, surtout aux villes départementales pour la décoration des préfectures, mairies, places et marchés, transportant ainsi au loin le goût des belles choses et l'habitude de voir de bons modèles.

L'émail qui couvre la porcelaine, et qui égaye de ses couleurs toute la céramique, est un verre : la transition n'est donc pas difficile à trouver pour parler des verreries. Sèvres n'a jamais entrepris cette exploitation, et ce qu'il a produit de vitraux n'est pas à son honneur. Je voudrais voir introduire dans la manufacture modèle la cristallerie et les vitraux; mais je me hâte d'expliquer comment. La France s'est placée à la tête des cristalleries de l'Europe : dans des conditions désavantageuses, elle a surpassé le blanc de la Bohême, et il n'est aucune nuance de couleur qu'elle ne puisse fournir. Il n'y a donc pas lieu à intervenir dans la fabrication de la matière première; c'est dans ses formes, dans sa taille, dans sa décoration, et, quant aux vitraux, dans leur application nouvelle, que la grande manufacture peut donner plus que des conseils, qu'elle doit offrir les modèles.

Il suffit d'être au monde depuis cinquante ans pour avoir été le témoin de toutes les évolutions en sens divers qu'une industrie peut exécuter. En fait de cristallerie, nous avons vu dans notre jeunesse, sur toutes les tables, des carafes et des verres légers qui n'avaient pour tout ornement que leur transparence, leur blancheur et un léger filet doré suivant l'extrémité de leurs bords, imitant en cela la fille du village, qui, confiante dans ses attraits naturels, n'y ajoute qu'une rose pour lutter de fraîcheur avec elle. Quelques années plus tard, nous enlevions avec effort les verres et les carafes qui leur succédaient, et dont les surfaces taillées en pointes de diamant, l'épaisseur et le poids, semblaient empruntés à une race de Titans. Aujourd'hui nous voyons avec regret la blancheur et la transparence limpide du cristal obscurcies, détruites par des couvertes colorées qui dissimulent ces qualités, comme s'il fallait en avoir honte, et leur substituent un bariolage de teintes criardes, une fausse apparence d'opale, de porcelaine et d'albâtre, contrariées elles-mêmes par une décoration servilement imitée des anciens modèles et gravée en creux mécaniquement. Toutes les qualités inestimables du cristal ont été ainsi compromises et sacrifiées par besoin de changement. Une raison plus saine semble disposée à provoquer un retour vers les anciennes données de légèreté, de transparence, de sobre et délicate ornementation; mais c'est ici qu'à la fin de ce cercle d'erreurs nous devons prévenir l'industrie d'un écueil vers lequel la mode la précipite.

La légèreté est un don charmant dans les ustensiles de la vie privée; mais cette légèreté, même lorsqu'elle a toute la force que peut prescrire l'usage, a encore ses règles et ses proportions. Boire un liquide parfumé dans une coupe si transparente et si légère qu'il semble planer dans l'air et s'approcher de lui-même des lèvres qui le savourent, c'est un plaisir d'épicurien qui ne doit pas servir de règle dans l'industrie. Pour que le cristal reste, parmi nos ustensiles, la plus charmante des matières, il gardera un juste milieu entre l'extrême légèreté et l'excès de solidité; il recevra peu d'ornements en relief et ce qu'il faut seulement d'ornements gravés en creux.

Je suis loin de vouloir proscrire de la fabrication du cristal les additions de couvertes colorées, mais j'exclus celles qui respirent le mauvais goût ou s'inspirent d'une insipide vulgarité. Je rêve le renouvellement des procédés mis en usage par les Grecs, à cette époque délicieuse où l'humanité semble avoir tout élevé à un niveau supérieur. Dans ce temps, les sculpteurs les plus éminents traduisaient leurs inspirations sur les agates à plusieurs couches et dans les pierres précieuses aux teintes éclatantes. Ces pierres naturelles étant rares, partant chères, le travail de la gravure en relief et en creux étant lent et rempli de difficultés, les artistes qui pullulaient en Grèce, artistes éminents, quoiqu'au second rang, cherchèrent des moyens moins coûteux et plus rapides de rendre les inventions charmantes qui peuplaient leur cerveau, ou de reproduire les créations de leurs maîtres. Ils comprirent quels avantages le verre offrait pour remplacer ces pierres précieuses, puisque, à la dureté près, un excès de dureté, il présentait les mêmes qualités et permettait de diriger les couches à volonté, de combiner les teintes à l'infini et même de s'aider du moulage pour faciliter le travail. Ils ont donc coloré, comme nous le faisons, le verre et la surface du verre, non pas dans le but de fausser les qualités du cristal, mais pour imiter les plus beaux produits de la nature, rehaussés par le travail de la gravure la plus exquise. Ils ne se sont pas arrêtés là : ils ont soumis le verre à mille combinaisons ingénieuses qu'il serait trop long de détailler, mais dont les résultats, parvenus jusqu'à nous par pièces isolées et par fragments, font tressaillir d'aise et excitent l'admiration. Voilà le champ qu'il faut de nouveau ouvrir. Ce que les grands peuples de l'Orient, les Phéniciens, les Égyp-

tiens, les Grecs, les artistes de toute l'Italie sous les Romains,
les Byzantins, les Arabes, et les héritiers de ces traditions, les
ingénieux Vénitiens, ont fait avec succès, il faut le refaire avec
la certitude d'atteindre aussi loin et de s'élever plus haut, si,
avec des procédés perfectionnés, nous donnons à cette fabrication des ouvriers aussi artistes que l'étaient les verriers de
l'antiquité.

De même que nous avons vu la cristallerie de la table passer
par des phases diverses, et les plus fâcheuses, de même aussi
les cristaux qui ornent les lustres ont éprouvé les effets les
plus violents de la mode. On a fait successivement des lustres
tout de bronze avec quelques pendants de cristal, ou tout de
cristal, sans qu'on pût comprendre comment cette ruche
s'était formée et comment elle se soutenait en l'air ; ensuite
l'industrie a flotté entre ces courants contraires ; aujourd'hui
elle semble reconnaître que chaque objet a sa raison d'être,
et qu'un lustre, même descendu des cieux, doit être suspendu
à quelque chose et montrer comment il tient au plafond, afin
qu'avec l'intelligence de sa construction, chacun en passant
dessous ait le sentiment de sa propre conservation.

Quand le cristal entre dans la construction des pièces
montées sur table, des vases à fleurs pour appartement, des
candélabres et des lustres, il faut que, semblable au diamant,
il se réserve et se fasse enchâsser. Un vase qui contient des
fleurs, une large coupe remplie d'une eau limpide qu'animent
des poissons de couleur par leur frétillement continu, doivent
être montés sur des pieds de métal et s'offrir comme un morceau rare richement encadré. Si le pied est aussi en cristal,
l'abondance de la matière diminue sa valeur, et ce qu'elle a
de diaphane, ne laissant pas aux supports l'apparence de force
qu'ils doivent avoir, trouble l'esprit et met le jugement en
défiance ; sans compter que des tiges de fer et des anneaux de
métal transperçant et cerclant ces pièces de cristal pour les
lier ensemble font mal à voir et révoltent le goût. Qu'un marchand de cristaux, qui soutient ses plafonds avec des colonnes
de verre et communique d'un étage à l'autre par des escaliers

de cristal, perde entièrement de vue ces conditions de l'art,
je le conçois; mais il importe que l'industrie entière ne s'engage pas dans cette fausse route : il est réservé à la grande
manufacture de lui montrer la vraie voie et de l'y maintenir.
Étudier les meilleures formes de la cristallerie usuelle, et
commander sur ces patrons le service des résidences; exécuter
la taille et la gravure dans un style et un goût aussi bien raisonnés qu'élégants; composer les ajustements des grandes
coupes montées, des candélabres, torchères et lustres; pousser
la fabrication dans les innovations fécondes qui permettent à
l'art de reprendre tous les errements de l'antiquité; ouvrir
un atelier spécial de verrerie doublée, moulée, filigranée,
soufflée, peinte en émail ou décorée d'or gravé entre deux
verres, et dans cet atelier donner aux créations les plus originales l'essor merveilleux de l'invention artiste unie aux ressources inattendues des perfectionnements chimiques; produire ainsi les plus délicieux camées, des frises dignes d'orner
des temples enchantés, des vases de Portland aux combinaisons élégantes de la plus ingénieuse polychromie : telle me
semble être la mission de la grande manufacture pour produire des œuvres hors ligne et pour créer des ouvriers artistes
hors de pair, qui, loin de porter ombrage ou de faire tort à
l'industrie, iront, après trois années d'apprentissage, lui communiquer les procédés ingénieux de cette nouvelle fabrication, si bien faite pour le grand débit, puisqu'elle ne dépasse
pas les petites dimensions, les faciles transports, puisqu'elle
se met à la portée de toutes les bourses, en se prêtant aussi bien
aux caprices de la mode qu'aux exigences les plus sévères du
style le plus châtié.

Les vitraux, les vrais vitraux, sont les vitraux du xiiie siècle;
ils portent en eux la raison même de leur existence et l'à-propos
de leur création. Le grand gothique leur va, et dans les vastes
églises de ce style ils font valoir leur cadre. Des verres de
petites dimensions, un petit nombre de couleurs, point de
modelé, un dessin ferme et vigoureusement accusé par les
plombs qui suivent le trait, tout cela formant à première

vue un effet de kaléidoscope harmonieux ou de mosaïque enflammée, tel est le programme. Hors ces vitraux, pas de salut.

On a dit que le secret du vitrail était perdu ; ce n'est malheureusement pas vrai : on possède toutes les nuances de verre, on connaît tous les procédés, et on fait d'affreuses peintures transparentes sur verre avec des moyens d'exécution qui surpassent de tous points l'industrie arriérée des anciens verriers de Chartres et de la Sainte-Chapelle de Paris. A quoi cela tient-il ? Le vitrail est né de l'architecture gothique ; il aurait dû mourir avec elle et ne ressusciter aussi qu'avec elle, si elle doit ressusciter. Le vitrail est religieux, il est grave, il a besoin de rester archéologique. Loin d'avoir perdu de ses couleurs, il en a davantage, il en a trop. Le mot de vitrail archéologique n'exclut pas l'intervention de l'art, mais il la subordonne à l'étude et à l'imitation des anciens modèles. Les artistes se conformeront pour chaque époque aux bons exemples qu'elle a laissés ; ils imiteront fidèlement la gamme de tons, les ornements, les entourages ; ils feront surtout des efforts pour retrouver l'harmonie des couleurs propres au vitrail et l'esprit religieux de ces peintures. Comme la musique d'église ne doit distraire l'esprit que pour l'élever, les vitraux d'église ne doivent attirer l'œil que pour le diriger vers le ciel. A cette tâche se sont consciencieusement préparés et suffisent parfaitement les Gerente, Didron, Lusson et une centaine d'autres peintres verriers qui travaillent tant à Paris qu'en province. On ne ferait pas mieux dans la grande manufacture ; il est inutile de faire de même.

Je ne discuterai pas de nouveau s'il est bon d'étendre l'application du vitrail aux églises des xvie, xviie et xviiie siècles, aux églises construites de nos jours d'après les modèles du temple antique, de la basilique romaine, de l'église byzantine, ou même des églises italiennes, tous ces édifices n'ayant qu'un petit nombre de grandes fenêtres, tous étant ornés de peintures murales ou mobiles, qui réclament une lumière pure et claire, et non pas des effets d'arc-en-ciel. Ces intérêts ont leurs protecteurs naturels et leurs défenseurs dans le clergé, parmi les archéologues et les fidèles. Mais de nouveaux besoins sollicitent un genre de décoration analogue dans des conditions et pour un but entièrement différents; il y a lieu de s'en préoccuper : ce sera la mission de la grande manufacture.

La société change de face, elle ouvre un avenir indéfini d'association démocratique et de centralisation populaire qui met les intérêts de la communauté et la jouissance des plaisirs à la portée de tous. En politique, les assemblées délibérantes et leur vaste auditoire; en industrie, les concours de tous genres et les expositions universelles; pour la science, les grands amphithéâtres des cours publics ouverts aux ouvriers, les salles immenses des musées et des bibliothèques; pour l'armée, des espaces couverts où l'on fait manœuvrer des régiments entiers d'infanterie et de cavalerie; pour la société, les grands clubs, les grands cafés; pour les plaisirs, les théâtres de jour, les cirques, les hippodromes; pour les besoins des villes, les gares de chemins de fer, les halles et marchés, les rues elles-mêmes couvertes et vitrées : tant le bien-être devient exigeant! Il est indispensable d'employer le fer pour suffire aux portées de ces voûtes gigantesques, et le verre pour inonder de lumière ces immenses vaisseaux; mais le fer n'est pas gai et le verre blanc est bien froid : n'est-il pas réservé un rôle important à la sculpture et à la peinture transparentes dans cette transformation de l'architecture? Étudier sérieusement les applications en grand de la lithophanie, cette sculpture transparente dont on n'a encore fait qu'un joujou; étudier à ce point de vue le vitrail en pleine lumière, cette peinture inaltérable qui emprunte à Dieu sa transparence et son vernis, me semble un programme aussi nouveau qu'intéressant, et dont le succès aurait des applications incommensurables. Cette étude sera-t-elle féconde? Une réunion d'artistes tels que les possédera la grande manufacture, ayant à sa disposition les moyens d'exécution et les occasions de s'essayer, nous l'apprendra.

L'enchaînement des sujets nous a séparé de la ferronnerie et de la fonte de fer par une barrière de meubles, de porcelaines et de cristaux; nous sommes obligé de revenir aux métaux pour parler des bronzes, de l'orfévrerie et de la bijouterie.

Il y a vingt-cinq ans, il ne se fondait de statues monumentales qu'à Paris; le monde artiste était tributaire de notre capitale. Depuis lors, Munich, Birmingham, et, en dernier lieu, Florence, nous ont supplantés. Aujourd'hui le Nord s'adresse à la Bavière, le Sud à la Toscane, l'Angleterre et l'Amérique aux grandes fonderies de Birmingham. Nous restons isolés, et nos grandes fonderies succombent successivement sous les étreintes d'une concurrence patronée par les gouvernements comme à la fonderie royale de Munich, soutenue par de vrais artistes comme à Florence, ou entretenue par un grand mouvement commercial comme à Birmingham. Il ne nous reste aujourd'hui, sauf l'atelier de MM. Eck et Durand, les doyens de nos fondeurs, qu'un diminutif de cette belle industrie, jadis prospère; et si, délaissant le champ des considérations économiques et des récriminations, nous examinons les produits d'après leur mérite, nous voyons dans notre fonte des qualités estimables, mais devenues ordinaires aujourd'hui, et qu'on rencontre partout chez nos rivaux. Il y a autre chose à conquérir dans la fonte des œuvres d'art, car le sable le mieux moulé ne rend à l'artiste qu'une statue de métal mise au point, et qu'il faut terminer par une ciselure. Là gît la difficulté, la lacune, l'écueil. Les artistes ciseleurs manquent entièrement à la fonte, tandis que l'antiquité, les Italiens de la Renaissance, la fonderie de Fontainebleau sous François Ier, les frères Keller sous Louis XIV; ont su trouver des artistes assez dévoués à leur œuvre pour la terminer eux-mêmes, d'autres artistes doués d'assez d'abnégation pour consacrer un vrai talent à mener à leur perfection soit des surmoulés de l'antique, soit des bronzes d'œuvres contemporaines. Que nous sommes loin de ces conditions excellentes d'une bonne industrie! Tandis que les fontes de ces époques

privilégiées, ainsi réparées par une main artiste et lentement
oxydées par l'influence de l'air, resplendissent sous une patine
qui semble un épiderme chaud sous lequel s'agite la vie,
nos bronzes sont récurés comme des chaudrons, limés par
des manœuvres sans cœur, fourbis par d'autres manœuvres
sans goût, et recouverts facticement de je ne sais quelle
sauce, qui est à l'ancienne patine ce qu'est le fard d'une
vieille coquette au velouté de la joue d'une jeune fille. Il n'y
a qu'un remède pour nous tirer de cette décadence, et il est
urgent de l'appliquer, car Florence met en circulation des
bronzes qui semblent sortis de quelque atelier ignoré de Ghiberti ou de Benvenuto Cellini. Ce remède dépend de l'enseignement général des arts et de l'initiative de la grande manufacture. Quand le nombre des artistes sera assez grand pour
que le talent qui n'est pas créateur mette une sourdine à ses
prétentions, nous verrons des sculpteurs estimables devenir
des ciseleurs parfaits, et alors la grande manufacture aura sa
fonderie pour surveiller la fonte du bronze, depuis son alliage
jusqu'à sa dernière reprise, depuis les petits bronzes à cire
perdue jusqu'aux statues colossales fondues dans le sable et d'un
seul jet. Nous relèverons notre réputation, nous attirerons de
nouveau à nous tous les dissidents. Cette fonderie sera placée
hors de l'enceinte des bâtiments de la grande manufacture,
en communication avec elle, mais assez loin pour que sa
fumée noire et sa poussière de charbon n'incommodent pas les
autres genres de fabrication; et elle sera abandonnée à l'industrie privée dès qu'on aura trouvé parmi les contre-maîtres
et les apprentis un personnel intelligent qui garantira la per-
sistance des bonnes traditions en échange de beaux ateliers
et d'un riche matériel prêtés gratuitement. La grande manufacture se contentera, à partir de ce moment, de composer ses
modèles de pendules, candélabres, flambeaux et surtouts de
tables; elle choisira les œuvres de l'antiquité utiles à reproduire ou les ouvrages modernes qu'elle jugera dignes de figurer
dans les résidences et leurs parcs : ces pièces lui reviendront
telles que la fonte les donne au sortir du sable, pour se faire

réparer et ciseler dans un nombreux atelier, sous la direction d'artistes comme Barye, Pascal, Gilbert et autres, qui peuvent appuyer leur autorité autant sur un rude apprentissage chez les bronziers que sur des œuvres originales et d'un vrai mérite. Ainsi la grande manufacture n'assurera pas seulement aux statues, vases et décorations de nos jardins publics, de nos rues et de nos places, la perfection de mise en œuvre qui devra être leur passe-port obligé, mais elle formera des ciseleurs qui iront, après leur apprentissage, travailler pour le compte de nos grands artistes, sous leurs yeux et dans des conditions aussi favorables. Nous verrons alors renaître des ateliers qui sembleront un héritage du bon temps, l'œuvre conçue et modelée par l'artiste, envoyée à des fondeurs habiles, et revenant chez l'artiste pour être achevée par ses élèves, sous ses yeux, sous sa direction, et comme dans la continuation naturelle de la pensée première, avec sentiment, avec amour, qu'elle soit en marbre, en bois, en céramique ou en métal.

L'art ne profitera pas seul de ces essaims d'artistes ciseleurs qui, chaque année, s'échapperont de la grande manufacture; quand toutes les positions seront prises et chez les artistes et chez les fabricants de bronzes, ils descendront à ces couches inférieures de l'industrie où l'on demande au zinc, à la fonte de fer, à l'étain, et à tous les métaux que la pile recouvre d'une couche de cuivre, de remplacer le bronze. Là, non-seulement ils ranimeront le goût de ces fournisseurs du peuple, mais ils contribueront encore au bas prix de la fabrication par les économies que fait un bon ciseleur en ciselant peu, en reprenant à propos; et ils se consoleront de travailler des matières moins nobles, en songeant que le maintien du goût public profite autant de cette propagande qui va transportant partout, avec les saines notions de l'art, une satisfaction au pauvre résigné, une pensée morale à l'ouvrier révolté.

L'orfévrerie a besoin d'être traitée de la même façon pour secouer son marasme, pour sortir de la routine et resplendir d'un éclat de bon aloi. Notre grande orfévrerie de table et d'ameublement, aussi bien que ses ramifications qui s'appellent bijouterie, peut paraître en progrès. Les gens superficiels en jugent ainsi. Pour ceux qui ne se contentent pas d'une apparence brillante, qui étudient, comparent et vont au fond des choses, cette industrie marche à une décadence imminente; elle n'a plus un seul artiste parmi ses ouvriers. La routine dira que nous déprécions une industrie dans laquelle nous sommes reconnus les maîtres; elle aura tort et elle aura raison, car, en même temps que nous croyons être dans le vrai, nous reconnaissons que nos productions sont supérieures à celles de nos rivaux. S'il s'agissait seulement d'un mérite comparatif, nous pourrions être satisfait; mais il s'agit du véritable progrès, qui défie la concurrence en prenant l'avance, et sous ce rapport, je le répète, nous sommes en décadence. Cet état fâcheux tient à deux causes qui dépendent du public, et non pas de l'industrie : c'est le prix élevé des ouvrages bien exécutés aux prises avec l'amour du bon marché qui s'est emparé des acheteurs; c'est aussi la disposition de ceux-ci à se contenter de redites, de banalités et d'une apparence de bonne exécution. Dans cette position, le fabricant recherche les bas prix, épargne sur les modèles, fait un usage immodéré des secours que lui offre la mécanique, et, au lieu d'une œuvre d'art exquise, produit des œuvres vulgaires. Par quels moyens arrêter cette décadence? En formant à la fois le goût du public et des ouvriers habiles, en montrant à l'amateur des productions dont la perfection, conduite jusqu'aux moindres détails, fait le vrai chef-d'œuvre; en mettant l'industrie en position de répondre aux exigences de l'amateur par la communication libérale des plus beaux modèles, par des essais de toutes sortes tentés à son profit, et qui lui seront communiqués quand ils auront réussi, enfin, et plus que tout, par l'émigration dans les ateliers privés, des ouvriers formés dans l'apprentissage de la grande manufacture.

Je ne reproduirai pas, à propos d'orfévrerie, les principes qui doivent diriger dans la création des formes, qui est la grande beauté, dans le choix des sujets et dans l'exécution. De même que l'art est un, ses principes sont partout les mêmes. En général, notre orfévrerie est trop légère, et par son poids et surtout par le poids que son apparence accuse. L'orfévrerie doit faire sentir à la vue qu'elle est un métal orné, et ne pas jouer avec l'argent ou l'or comme le passementier et le vannier peuvent le faire avec les matières souples mises par eux en œuvre. C'est dire assez que le genre pittoresque sera proscrit. Combien est ridicule cette futaie de métal, cette ménagerie et ces bonshommes, soldats, chasseurs, jockeys et autres, qui semblent venus en droite ligne de Nuremberg pour se faire galvaniser en argent à Paris ! Pour l'amour de Dieu et de l'art, proscrivons ces enfantillages et revenons au sérieux, au style, à tout ce qui est consacré dans l'ornementation des grands peuples.

En orfévrerie, la fonte et la ciselure sont des procédés bornés; le repoussé est l'art sans limites. Vous aurez tous les jours de meilleurs fondeurs, vous formerez facilement de plus habiles ciseleurs, car le progrès les porte en avant ; mais des artistes capables d'interpréter au repoussé une belle composition, ou d'exprimer par ce procédé ce qu'ils ont conçu et ce qu'ils conçoivent dans la chaleur même de ce travail intelligent, ces artistes sont rares, et une habile direction, d'intelligents encouragements, pourront seuls pousser les jeunes talents dans cette voie si féconde. Ma prédilection pour le repoussé ne me porte pas à conseiller d'abandonner la fonte et l'estampage, de renoncer aux excellentes facilités offertes par la pile. Chaque ouvrage d'art porte, indiqué par sa forme et sa destination, le procédé qui lui convient le mieux; et c'est ainsi que tout orfévre, artiste éminent, concevra ses œuvres avec le procédé même qui doit les réaliser. On ne doit conseiller qu'une chose, c'est de lutter contre la banalité des idées et contre la correcte précision de la machine.

L'or et l'argent tendent à devenir plus abondants et à diminuer de valeur : c'est une heureuse conquête, car ce sont d'admirables métaux pour la sculpture, quand on sait les sacrifier à l'avantage de l'art. Si l'on en fait parade, l'art est

perdu, ou bien c'est un autre art : l'orfévrerie devient bijouterie, elle brille, elle éblouit; et alors il faut lui associer les
pierres précieuses et les émaux pour la rendre plus éclatante
encore; mais l'orfévrerie digne de ce nom ne quitte sa sévérité que pour s'échauffer de ses propres couleurs, le bruni,
le mat et les différentes nuances d'or qui viennent en aide à
la sculpture la plus délicate, en en colorant les formes sans
leur infliger d'épaisseur.

La grande manufacture aura son exposition permanente
dans les résidences. Là les visiteurs trouveront dans les boudoirs tout l'attirail de la toilette, dans les salons les thés complets, et dans les immenses salles à manger les tables dressées ; car, en exposant ces objets conçus dans l'esprit de leur
destination, il faut aussi marquer cette destination aux yeux
des visiteurs, pour qu'ils comprennent la convenance et l'àpropos de chaque chose. Couverts, couteaux à découper et
couteaux de dessert, aiguillettes qui piquent la viande, plats
et assiettes, cloches et réchauds, casseroles et compotiers,
pièces de surtout et flambeaux, tous ces ustensiles, devenus
des objets d'art par la beauté des formes et la perfection des
sculptures, resteront des objets usuels et seront jugés à ce
double point de vue par les connaisseurs.

La grosserie, la petite orfévrerie et la fabrique des couverts
se partagent l'orfévrerie, qui est, en outre, distincte de la
bijouterie. Au point de vue de l'art, ce disséminement est
excessif et regrettable. Nous espérons que l'art se chargera de le
combattre et de réunir de nouveau dans un faisceau ce qui
a fait la force et la gloire de cette belle industrie des métaux
précieux. On appelle grosserie l'orfévrerie religieuse destinée
à l'ameublement des églises et qui comprend les châsses, reliquaires, flambeaux, calices, patènes, burettes, bassins, ostensoirs, bâton pastoral, etc., etc. La grosserie mérite son nom,
si on l'entend d'une orfévrerie grossière; et je ne saurais mieux
comparer le caractère général de ses défauts qu'à l'effet produit par ces sources chargées de calcaire qui en accumulent les
dépôts sur tous les objets qu'elles touchent et leur conservent

leurs formes, tout en les empâtant et en les alourdissant. C'est
à épurer et à alléger les formes de la grosserie qu'il faut travailler, en même temps qu'on ranimera l'ornementation. Je
n'entends pas parler de l'orfévrerie religieuse calquée servilement sur les anciens modèles : celle-là, comme les vitraux du
xiiie siècle, est facile à refaire, et des maisons recommandables
s'y appliquent avec succès; je comprends le programme de la
grande manufacture comme une œuvre vivante qui marquera
notre époque, parce qu'elle répondra aux convenances ecclésiastiques, aux sentiments religieux, en même temps qu'aux
conditions les plus élevées de l'art.

L'orfévrerie se lie à la bijouterie et à la joaillerie. Au moyen
âge en Occident, comme aujourd'hui en Orient, les souverains, les princes, les seigneurs, avaient ce qu'on appelait
alors un trésor, c'est-à-dire une collection d'objets précieux
qui s'accumulaient en temps prospère et s'écoulaient dans les
temps difficiles pour subvenir aux nécessités, sans compter
qu'on y puisait les subsides de guerre, la dot des enfants et
les cadeaux de toutes sortes, distribués à pleine main autour
de soi pour mériter le plus beau titre, celui d'homme généreux. Que nous reste-t-il de tout cela ? Le titre de trésor
donné à l'un des services du ministère des finances et les diamants de la couronne. Ces diamants et leur monture, qui
peut se renouveler de temps à autre, ainsi que l'usage de nouveau établi de distribuer des cadeaux, seront l'occasion de travaux incessants pour les ateliers de bijouterie et de joaillerie
établis dans la grande manufacture.

La bijouterie a toujours eu ses immunités, et les règles
prescrites en d'autres circonstances cèdent devant le débordement de toutes ces matières éclatantes qui constituent les éléments de la bijouterie. Toutefois, le goût oppose à cet entraînement des barrières nécessaires et d'utiles points d'arrêt. La
pureté des formes, l'harmonie des couleurs, l'association des
ornements d'un même style et une raison d'être dans les compositions restent des règles en bijouterie, comme en toutes
choses, quoique ces règles soient violées d'autant plus faci-

lement que les écarts croient pouvoir se dissimuler sous un éclat qui les voile.

La bijouterie française est malade, non pas de langueur, mais d'excès de changement et de caprices de nouveauté; elle succombe autant sous les engouements irréfléchis qu'elle excite que sous les abandons injustes qu'elle éprouve. Et cependant est-il un art, un métier, une industrie, qui ouvre un champ plus vaste à l'esprit inventif, au goût délicat, à l'élégance exquise? Si des artistes instinctivement portés à l'ornementation, après avoir étudié l'esprit et la grâce qui animent et rehaussent les bijoux antiques des collections de Naples, de Rome, de Florence, de Saint-Pétersbourg et de Paris, les bijoux du moyen âge conservés dans tant d'églises, les bijoux nationaux qui se fabriquent en tous pays, au fond des vallées, au haut des montagnes, depuis l'Orient jusqu'en Irlande, en Norwége et en Islande; si ces artistes, après avoir étudié à la fois la direction du goût qu'il faut ménager et les procédés du métier auquel ils font appel, rentraient en eux-mêmes, ne trouveraient-ils pas dans leur imagination, qui est la mine inépuisable, les filons les plus purs encore inexplorés? Alors reviendraient sur des têtes noblement portées, sur des fronts purs, sur des cheveux brillants comme le jais, ces fleurs d'or que l'antiquité ajustait avec tant de goût dans une moyenne d'imitation vraie et d'arrangement conventionnel. Alors la couronne de lierre et de pervenches, de lis et de lauriers, reprendrait sa simplicité brillante, sa rigidité gracieuse, sous l'impulsion d'un goût épuré, avec l'assistance des anciens procédés de repoussé, avec les facilités nouvelles de dorure et d'argenture que la pile nous donne, et qui permettent d'unir la perfection du travail à la légèreté, l'éclat du plus beau métal au bon marché. Alors aussi reparaîtraient les procédés du filigrane, c'est-à-dire le bijou par excellence, le bijou qu'on ne porte plus. Comment expliquer que le mode de travail le mieux approprié, par sa délicatesse, son éclat et sa légèreté, à la parure des femmes, ait dû céder la place à la fonte, à la ciselure, à mille procédés dont les produits massifs, lourds, écrasants, gênent les mouvements de la tête, étirent les oreilles, comme chez les sauvages, et marquent en rougeurs de sang la place qu'ils occupent sur le cou? Mais vous vous trompez, dira-t-on : voyez les ateliers de MM. Payen et Dafrique, on n'y fait que du filigrane; allez à Gênes, en Orient, aux Indes, vous trouverez une industrie très-développée de bijoux en filigrane. Il est vrai que les populations orientales ont conservé, avec leur bon goût en toutes choses, l'usage du filigrane, et il se fait encore en Asie des bijoux délicieux; il est vrai que les gens de la campagne, dans quelques parties de l'Italie, portent par tradition des bijoux de filigrane d'argent, qu'on exécute à Gênes tant bien que mal; il est encore vrai qu'à Paris des industriels intelligents se sont fait de ce procédé une spécialité, avec laquelle ils desservent les goûts persistants de nos colonies et des peuplades africaines et américaines les moins avancées dans la civilisation; mais ces faits corroborent plutôt qu'ils n'ébranlent mon opinion. Je le répète donc, il y a dans le filigrane uni au repoussé des ressources infinies, dont les bijoutiers orientaux exploitent par tradition quelques faibles parties, dont nos bijoutiers ne se doutent pas. Le bijou de filigrane composé par un artiste doit avoir sa signification; ce n'est pas un insipide ornement traité en toile d'araignée : il représente quelque chose. Supposons Mars pris dans les filets de Vulcain, la pêche miraculeuse, ou Vénus sortant des eaux; figurons-nous le Seigneur appelant à lui les petits enfants, une bacchanale d'Amours ou une Charité; admettons même les scènes de la campagne avec la blouse et la cotte moderne, ou des épisodes de chasses et de courses, avec les uniformes et costumes des chasseurs et des jockeys : toutes ces figures, conçues aussi noblement que les statues des monuments, ajustées avec une grâce plus aisée et modelées avec la plus délicate perfection, seront repoussées ou estampées en or, et le filigrane viendra comme un pinceau dessiner autour d'elles les détails les plus fins, la décoration des fonds et des supports, associant dans un charmant mélange l'ornement à la réalité, liant entre elles les différentes parties de la composition qui forme le bracelet, le collier ou le diadème. Je ne dois pas étendre davantage ce programme, mais j'affirme que l'avenir de la bijouterie est là, si elle a quelque souci de s'allier avec le bon goût.

Les anciens ne savaient point émailler les métaux; mais, au moyen de pâtes colorées adhérentes au métal, ils donnaient la couleur à leurs délicieuses compositions. Avec l'émaillerie, procédé plus facile à traiter, qui permet de donner aux masses de couleur un bien autre éclat et de leur assurer une durée indéfinie, lançons-nous dans ces données antiques, régénérées par une imitation plus vraie de la flore végétale. Sous ce rapport, notre bijouterie peut encore aller chercher en Orient la lumière. Les émaux en taille d'épargne et les émaux cloisonnés, avec lesquels on orne en Chine de magnifiques vases, les bijoux des Indes, sur lesquels l'émail s'allie à une ornementation du meilleur goût, sont des modèles, non pas à imiter, mais à prendre en exemple.

La damasquinure, dans ses quatre variétés, la niellure, dans sa marche grave, peuvent aussi se réveiller au contact de l'art et donner des résultats d'une rare élégance. Les procédés ne sont rien, ou plutôt ils sont connus; le succès est attaché aux compositions appropriées au genre de travail, dessinées avec facilité et creusées dans le métal avec une main assez artiste pour dissimuler la fermeté sous la grâce, la précision sous la souplesse.

La douleur est respectable, alors même qu'elle ne sait pas se respecter. Consacrer des cheveux, souvenir précieux d'une personne regrettée, à faire des paysages avec ruines et moulins à eau, c'est ridicule; tisser des cheveux, en faire des étoffes pour envelopper des portefeuilles, que dis-je? pour garnir des cravaches, c'est un procédé horrible. La grande manufacture laissera cette industrie, qui accuse un chiffre d'affaires considérable, à son trafic sentimental; mais elle interviendra utilement dans la fabrication des bijoux de deuil. La douleur a sa coquetterie : le deuil doit s'en ressentir. Les bijoux de deuil datent du jour où le noir fut adopté pour exprimer le

deuil ; cette convention n'est acceptée généralement que depuis
quatre ou cinq cents ans. Diane de Poitiers porta toute sa vie
le deuil de son époux ; elle en avait fait le serment, et elle le
tint d'autant plus fidèlement que le noir rehaussait mieux la
blancheur de sa peau, la teinte de ses cheveux, l'azur de ses
yeux. Ses bijoux étaient émaillés de noir, damasquinés et
niellés ; elle portait aussi des parures de jais. Un artiste de goût
trouverait dans le verre noir, le jais, la fonte dite de Berlin,
le cuivre déposé par la pile et émaillé de noir, la damasquine
et la nielle, ou bien, pour le demi-deuil, dans l'argent oxydé
et dans le platine, des combinaisons si variées, si heureuses,
qu'elles pourraient consoler ou au moins distraire plus d'une
veuve.

La bijouterie d'acier serait également reprise avec succès.
Elle a eu vers 1760 sa grande vogue ; mais la mode a dominé
cette industrie, parce que cette industrie n'a pas su dominer
les fantaisies de la mode, en s'imposant un programme dans
lequel l'élégance aurait été alliée au bon sens. M. Frichot se
vantait, à l'Exposition de 1827, des 91,000 morceaux d'acier
rivés dans la cheminée qu'il exposa : c'était une satisfaction
de métier et l'apogée de la décadence des bijoux d'acier.

Il est inutile d'entrer plus avant dans le détail. La bijouterie
française, régénérée par les bons modèles et par des artistes
qui associeraient le goût le plus pur à la pratique du métier la
plus consommée, pourrait s'élever si haut, se mettre si
bien hors ligne, qu'il ne s'offrirait pas dans les deux mondes
une épée d'honneur, qu'il ne se ferait pas un hommage
au patriotisme, qu'il ne se donnerait pas un prix à la
vertu, un bouclier au général heureux, un vase aux vainqueurs des courses ou des régates, qui ne vînt de France, car
on saurait partout que là, comme autrefois à Athènes, la matière la plus précieuse serait dépassée par la valeur artiste de
l'objet. Les bijoutiers de Hanau, de Francfort, de l'Angleterre,
de la Suisse et de l'Italie, ne fermeraient pas boutique devant
notre supériorité, mais ils tireraient de Paris, comme l'Occident
les a demandées à Constantinople pendant six siècles, toutes

les parties fines et délicates de la fabrication, pour les ajuster, monter, emboîter dans leurs gros bijoux, suivant les goûts particuliers de leur clientèle. La grande manufacture exercerait, en outre, avec sa magnifique bijouterie, une influence décidée sur la bijouterie doublée et fausse. Je ne connais pas de meilleure et de plus active propagande du bon goût; elle peut monter jusqu'à la mansarde, se colporter dans nos campagnes et pénétrer au fond de la chaumière. La bijouterie doublée et fausse occupe à Paris seulement 3,000 ouvriers, répartis chez 400 fabricants, et fait pour plus de 10 millions d'affaires. On voit quel champ ouvert à l'épuration du goût public par les perfectionnements introduits dans cette industrie.

La joaillerie s'associe à la bijouterie, quand ses pierres prennent des dimensions et des formes qui exigent la composition de supports ornés ou d'encadrements compliqués. Une coupe d'émeraude, de cristal de roche ou d'agate, bien montée sur un balustre en or décoré d'émaux, de lapis et de pierres précieuses, c'est une œuvre complexe qui confine à la bijouterie et à la joaillerie; mais la joaillerie proprement dite est celle qui s'efforce de dissimuler le métal pour faire valoir les pierreries par elles-mêmes. Chercher à augmenter la grosseur d'un diamant en lui faisant un cadre d'or, c'est écraser ce qu'on veut mettre en évidence; au contraire, imaginer des diamants intelligents, se groupant à volonté et sans aucun support, c'est la joaillerie idéale.

La monture des diamants et des pierres précieuses est affaire de goût. D'enseignement, peut-il y en avoir? De règles, en saurait-on fixer? De modèles anciens, en connaît-on? Ce vieil art de la joaillerie n'est-il pas depuis cinquante ans un nouvel art qui s'est formé en dehors de tout principe, par un va-et-vient du goût général et par les gens habiles qui surent le développer? Cependant il existe dans cette industrie, comme dans toute autre, des principes qui ressortent de ses succès mêmes et peuvent en être déduits; ils sont fondés sur la raison et sur le goût. Faire valoir la matière, c'est-à-dire montrer

tout son feu et accuser ses dimensions, tel est le programme ;
faire plus encore, telle est l'ambition, tel est aussi le résultat
obtenu, car on est arrivé, par mille combinaisons heureuses,
à augmenter ce feu, à amplifier ces dimensions. Aujourd'hui
le diamant, le rubis, le saphir, le diamant surtout, semblent
autant d'astres, anciennement voilés, qui, pour la première
fois, brillent de tout leur éclat dans un ciel pur. Pour faire cette
conquête, l'ouvrier monteur a dû déployer autant de goût
que le dessinateur dont il suivait le modèle ; si celui-ci s'est
préoccupé de disposer sur sa cire les pierres mises à sa disposition, dans l'ordre le plus avantageux, en prenant la nature
pour modèle, il a eu soin de se tenir à une distance raisonnable d'une imitation ou banale ou minutieuse. Ce n'est pas
telle ou telle fleur qu'il a voulu reproduire avec des pierres
éclatantes, avec des diamants étincelants ; c'est une végétation
enchantée, des bouquets en feux de Bengale solidifiés, c'est le
mouvement de la végétation, la forme caractéristique, l'en-
lacement particulier, c'est surtout l'effet général. Quant au
monteur, son plus grand mérite est de savoir se cacher et de
briller par son absence ; à lui revient l'honneur de si bien disparaître qu'on doute de sa participation, et cependant c'est
lui qui a enserré chaque pierre de ce bouquet léger dans des
griffes puissantes ; c'est lui qui a formé toute cette charpente
à peine visible, et si solide qu'elle porte tout l'échafaudage,
se décompose et se divise pour transformer ce bouquet ou
cette couronne en broches, en agrafes, en plaques de brace-
lets, en garniture de peigne, en pendants d'oreilles, offrant
ainsi à la coquetterie l'appât d'une conquête solennelle ou
l'occasion de mille escarmouches victorieuses.

La grande manufacture assistera la joaillerie, en renouvelant les montures des diamants de la couronne, qui lui permettront de chercher des combinaisons nouvelles dans le
champ que nous venons de limiter ; elle l'assistera plus encore,
en transportant en France et à Paris la taille des diamants,
qui est abandonnée à la Hollande, et la taille des matières
précieuses, qui a émigré dans l'Oldenbourg, on ne sait pour-

quoi. Il est possible de perfectionner et de rendre moins coûteuses l'une et l'autre, quand les moyens mécaniques les plus parfaits réuniront, sous une même direction intelligente, ce qui, chez nos voisins, est disséminé en petits ateliers et s'exécute à la main par les procédés des plus arriérés. Combiner la taille suivant la forme de la pierre brute, disposer ses facettes de manière à faire valoir les dimensions et la couleur, rechercher les formes les plus pures, en les adaptant aux matières suivant leur nature et leurs nuances, c'est affaire de science et d'art, de mathématiques et de goût.

Le strass, qui porte le nom de l'Allemand qui l'inventa, a été l'origine de l'imitation française des pierres fines, poussée, de nos jours, à un degré de perfection que l'antiquité et le moyen âge ont cherché sans l'atteindre. En outre, les perles fines du bon Dieu ont des sœurs cadettes d'une naissance illégitime dans les perles très-ressemblantes qu'on fabrique à Paris, tout cela au grand profit du commerce. Enfin nous sommes à la veille de trouver au bout de nos chalumeaux le diamant et les pierres fines dans toutes les conditions de dureté et d'éclat. Nous nous réjouissons sincèrement de ces progrès dans le présent et de ces perspectives dans l'avenir. Il en est des pierres imitées comme du cuivre doré, du maillechort argenté et de tous les métaux mis en œuvre par la pile, autant de conquêtes admirables auxquelles on fait vainement un mauvais accueil à leur entrée dans le monde. L'église de village peut être dotée par quelque paysan aisé d'une imitation parfaite de l'ostensoir que la cathédrale du chef-lieu a obtenu de la munificence de quelque richard. Ce que le Seigneur a dit du denier de la veuve, l'homme de goût peut bien l'appliquer à l'ostensoir du paysan, quand l'imitation est si parfaite que le plus fin connaisseur y serait trompé. Les autels des plus modestes églises ainsi décorés dans le meilleur style auront leur influence sur le goût public, et ce n'est pas manquer à l'esprit de la religion que d'épurer à la fois l'esprit et le cœur, le goût et les manières.

Les diamants de la couronne, souvent renouvelés dans leur

monture, les cadeaux, exécutés à l'avance comme autant de
degrés d'un programme raisonné, seront exposés en permanence et incessamment remplacés par des œuvres plus
parfaites. Tous les gens de goût, le public tout entier, et les
femmes par excellence, afflueront à cette exposition et viendront prendre des idées qu'ils imposeront à leurs bijoutiers. La
grande manufacture dominera de cette manière les fantaisies
des amateurs, et, sans violenter l'industrie, elle fera la mode.

Il est une industrie, en apparence assez modeste, qui exerce
sur le goût une certaine influence et qui doit avoir son atelier
en activité dans la grande manufacture : c'est la reliure. Les
conditions de cette industrie ont changé ou sont en train de
se modifier d'une manière radicale; il importe que l'art préside à cette transformation. La reliure est plus que l'habit du
livre, habit qui préserve de l'humidité et des accidents du
voyage; c'est aussi la cuirasse qui défend le chevalier contre
les coups de ses ennemis : la reliure doit donc être solide, et
elle peut être élégante; mais de même qu'un homme de nos
jours serait fort gênant pour lui et pour les autres, s'il se présentait au milieu de nos usages et de nos cercles de société tout
bardé de fer, comme l'était un seigneur féodal au moyen âge,
de même aussi le livre relié, comme on le reliait du vi^e au
xvie siècle, serait très-incommode, et même impraticable, dans
la nécessité où nous sommes, depuis l'invention de l'imprimerie, et en conséquence de la prodigieuse multiplication
des livres, de les juxtaposer sur les rayons de nos bibliothèques. Cette économie de place étant impérieuse, le frottement des volumes les uns contre les autres étant une cause
de détérioration, et cependant le luxe et les arts ne voulant pas
abandonner les bonnes traditions des belles reliures, qui asso-
ciaient toutes les perfections des arts à l'œuvre la plus parfaite
de l'imagination, on eut recours à des étuis, à des enveloppes,
puis même à un véritable contre-sens, à ce luxe d'ornement
des plats intérieurs qui n'est motivé par rien, qui constitue
un hors-d'œuvre en dedans, et exige des recherches pour être
découvert.

Au reste, si les besoins ne demandaient pas davantage, la grande manufacture se contenterait de faire quelques reliures archéologiques, j'entends de relier, pour les chapelles des résidences et les bureaux de la comptabilité de la liste civile, des antiphonaires et des registres à plats de bois, à fermoirs de métal, à boutons saillants aux quatre angles; elle exécuterait, pour les cadeaux destinés aux souverains étrangers, des reliures de bijouterie ornées d'émaux, de camées et de pierres précieuses; elle ferait pour les bibliothèques du Louvre et des résidences de bonnes et belles reliures, traitées avec le soin et l'art qu'y mettent les Bauzonnet, Cappé, Duru et autres, offrant tous les avantages de la solidité et tous les mérites de l'élégance. Cela suffirait, mais l'utilité de cette intervention dans la reliure pourrait être facilement contestée; voyons si dans sa carrière nouvelle, dans son extension, qui sera immense à l'avenir, la reliure ayant un rôle important à jouer dans la propagande du bon goût, la grande manufacture ne doit pas l'assister et la guider.

Il n'est pas raisonnable qu'un volume in-douze se vende broché un franc et qu'il en coûte deux pour le faire relier; il n'est pas naturel que le prix de la reliure la plus ordinaire dépasse le prix du livre, que la partie, une partie accessoire, ait plus de valeur que le tout. Non, il est évident que les libraires doivent de nouveau vendre leurs livres reliés et se faire entrepreneurs de reliures, comme l'étaient les Aldes à Venise, les Ph. Le Noir, G. Eustache et tous leurs confrères des xve, xvie et xviie siècles. Ils doivent faire profiter le public des avantages de l'entreprise en grand nombre, qui leur permet de supporter les dépenses de riches ornements, d'exécuter avec promptitude et à bas prix. Ainsi le relieur de Londres Leighton a pu relier en six semaines, avec luxe et à un prix modique, les 20,000 exemplaires du rapport de l'Exposition universelle, qui compte 868 pages in-4°. Le libraire affranchira de cette manière l'acheteur de mille soins, dont le moindre n'est pas de se priver indéfiniment du volume qu'il désire consulter. Je vois bien d'ici le reproche poindre sur les lèvres des amateurs : A votre tour, diront-ils, vous prônez la banalité, la vulgaire monotonie, après les avoir combattues partout. Non, j'indique une nécessité évidente, qui, après avoir dominé l'Angleterre et l'Amérique depuis vingt ans, va faire irruption en France, et, en la prévoyant, je cherche les moyens de l'obliger à pactiser avec les règles de l'art et les conditions du goût. Si donc la grande manufacture compose pour ses livres les dessins les plus purs, les fait exécuter aux petits fers par les relieurs artistes les plus éminents, en laissant un libre cours à leur esprit ingénieux, à leurs fantaisies charmantes, si elle perfectionne en même temps, par des sacrifices bien entendus, tout le matériel de la reliure, caractères, ornements, toile, cartons, papier peint et papier peigné, tranche ciselée, marbrée, dorée, tout en un mot, il est évident qu'en mettant ces moyens d'exécution perfectionnés à la disposition de l'industrie, elle l'empêchera de tomber dans la plate insignifiance d'un métier vulgaire, et les reliures des livres à 20 sous, qui se tirent à 10 et 20,000 exemplaires, exécutées en fabrique, par les moyens mécaniques, en imitation de ces beaux modèles, au lieu d'inonder le monde d'affreux produits, répandront comme un reflet de l'élégance et du bon goût dont la grande manufacture aura donné l'exemple.

La fabrication des fleurs artificielles doit trouver un asile dans ce même établissement, sous l'influence de préoccupations semblables. Cette jolie industrie représente un mouvement d'affaires de 20 millions, dont 15 pour l'exportation, et elle fait vivre honorablement une population intéressante de femmes laborieuses. Ce sont deux raisons de premier ordre pour assurer ses progrès et lui éviter des concurrences menaçantes. Au point où elle est arrivée, si cette industrie n'est pas soutenue par une étude plus artiste de la nature, elle se perd, car, divisée comme elle l'est en mille spécialités, livrée sans défense aux moyens mécaniques, elle ne songe plus aux progrès dans la perfection, elle n'a plus devant les yeux que le progrès dans le bon marché de la production. Il faut donc faire pour elle ce qu'elle ne peut plus faire elle-même. La grande

manufacture le fera; elle fondera un atelier de fleurs artificielles qui aura pour but l'imitation toujours plus heureuse
de la nature, avec la recherche des moyens mécaniques les
plus perfectionnés pour exécuter à bon marché ses modèles.
Les fers des nouvelles fleurs seront abandonnés comme récompense aux ateliers de l'industrie qui auront fait preuve des
plus grands efforts en maintenant l'honorabilité la mieux établie dans les affaires. Des procédés nouveaux seront essayés,
quand on aura conquis tous ceux que les contrées étrangères
emploient, et quoique le champ ait été mille fois parcouru, qui
peut assigner une limite au progrès, quand des intelligences
vives et une persévérance infatigable s'attacheront à cette spécialité? On restera fidèle à la reproduction des plus jolies
fleurs, quoiqu'elles soient les plus connues; on imitera les
nouvelles conquêtes de l'horticulture à mesure que leur culture plus répandue les aura popularisées. Mais la fleur la
mieux imitée peut être une lettre morte : comme la rose que
vous avez détachée de sa tige a perdu la grâce de son port, le
charme de son entourage et la moitié de sa séduction, ainsi
vous n'avez accompli que la moitié de votre tâche quand
vous avez reproduit la fleur; il vous reste à lui rendre la vie
en l'accouplant dans un bouquet à d'autres fleurs, en la tres-
sant dans une couronne, en la jetant sur un vase ou sur une
jardinière ainsi que la nature pourrait le faire elle-même.
C'est un art qu'enseignent le dessin, les études du paysage
et les promenades dans les bois, à celui que pousse dans ce
sens l'amour de la nature; c'est donc aux apprentis sortis les
premiers des écoles de dessin que reviendra cette tâche,
digne en tous points d'un véritable artiste.

En dehors de ces grandes industries, il en reste d'autres sur
lesquelles on exercera de l'influence sans les attirer complètement dans la grande manufacture. L'atelier des modèles peut
beaucoup sur chacune d'elles en les étudiant spécialement et
en leur fournissant des dessins; mais la direction peut aussi,
par ses conseils et de judicieuses commandes sur des modèles
préparés avec soin, pousser telle industrie dans une bonne voie,

arrêter telle autre sur une mauvaise pente. Citons quelques
exemples. Ni la marine ni l'artillerie n'entreront dans la
grande manufacture, et il ne serait pas davantage question
d'y introduire l'ancienne fabrique d'armes de Versailles; mais
croit-on que de bons modèles ne seraient point fournis avec
avantage à nos deux armées, quand ce ne serait qu'à titre de
conseil à méditer? Je sais qu'on reproche aux armes spéciales d'apporter dans les questions d'art et de goût un dédain
superbe très-déplacé; mais on ne fait pas assez d'attention à la
position embarrassante de ces esprits d'élite : savoir tant de
choses importantes, et ignorer une chose qu'on s'est habitué à
taxer de détail insignifiant, et qui devient importante à son
tour, cela révolte contre les autres et contre soi-même. Il arrivera un temps où MM. les ingénieurs de la marine, les officiers du génie et de l'artillerie, auront autant de goût que tout
autre, ayant appris à l'École polytechnique même les avantages immenses d'une union plus intime des arts de l'imagination avec les sciences exactes. En attendant ce bienheureux
temps, l'intervention officieuse et bienveillante dont nous par-
lons sera reçue avec reconnaissance. Aux époques antérieures,
le vaisseau a pu se surcharger d'une décoration d'opéra, qui
devint une œuvre d'art quand Pierre Pujet donna ce programme à son génie et se mit bravement à l'œuvre pour sculpter dans une forêt d'arbres ses magnifiques compositions;
mais le vaisseau avait alors du temps à perdre : aujourd'hui la
vapeur lui impose pour première condition la vitesse de la
marche et la rapidité des évolutions, partant une simplicité
rigoureuse et la coupe la plus régulière. Reste à savoir si l'art
ne répond pas mieux à ces exigences par le sentiment des
formes élégantes que le métier par les combinaisons mathématiques. Pour moi, je crois qu'un ingénieur qui sera artiste
tirera de l'ensemble de ses études d'après nature et d'après
l'antique un sentiment des formes et une habitude de les
interpréter qui lui fera trouver dans la grande famille des
poissons, dans les monuments antiques et dans les constructions nautiques des peuplades primitives, certaines propor-

tions, certains rapports aussi avantageux qu'inattendus. Et d'ailleurs il y a dans les ports des embarcations de luxe, il y a dans les flottes le vaisseau amiral, et au Havre la frégate réservée aux promenades du chef de l'État; si vous ne voulez pas que l'art pénètre dans vos escadres, permettez-lui au moins de participer au luxe qui distingue ces bâtiments. Je ne dirai rien de notre matériel de guerre, si ce n'est qu'il m'est impossible d'admettre que les Grecs de Xénophon et d'Alexandre, les Romains de Scipion et de César, les Croisés de saint Louis et la noblesse de France combattant sous les yeux de ses rois dans vingt brillantes batailles, aient manqué d'esprit et de science militaire, parce qu'ils mettaient la beauté des formes et l'élégance de la décoration dans leurs armes de combat et leurs engins de guerre; je ne puis croire non plus qu'un canon porte davantage parce que sa forme contrarie toutes les notions de proportion et ses profils toutes les règles du goût, qu'un casque préserve mieux la tête qu'il enlaidit, qu'un sabre aille mieux à la main parce que sa forme est incorrecte, qu'un uniforme, enfin, soit plus chevaleresque ou plus imposant parce que la coupe en est disgracieuse et l'association des nuances aussi fausse que déplaisante. Non, il y a là certainement quelque chose et beaucoup à faire. La réforme entière de nos armes et de l'équipement militaire sera confiée à une commission mixte, prise parmi les officiers du génie, de l'artillerie et des autres armes, assistés de quelques artistes de la grande manufacture.

La richesse variée des armes de guerre a disparu devant les exigences de l'uniforme militaire; le service exige-t-il aussi cette uniformité pour les chefs? Exceptionnellement pour eux, une bonne arme ne saurait-elle être belle? Le beau est-il donc incommode? Je voudrais qu'un jeune officier qui se distingue des hommes qu'il mène au combat par plus d'éducation, plus d'intelligence, et par le privilége de se faire tuer à leur tête, eût aussi le droit de se distinguer par son bon goût dans le choix de ses armes. J'ambitionnerais pour lui un beau sabre de combat, une belle épée de gala; car j'ai toujours souffert de voir

à la parade et à la cour les produits honteux de nos insipides
fourbisseurs, associés à l'élégance des tournures et à la noble
beauté des uniformes. Pourquoi ne pas établir l'usage de
sabres d'honneur, et en donner la fabrication à la grande
manufacture? Il est impossible d'accorder la croix à tous ceux
qui la méritent : une arme d'honneur serait un acheminement
à cette distinction, une honorable pierre d'attente, et ces armes,
composées et exécutées pour chaque circonstance, faisant
allusion dans leur décoration à la campagne, à l'action d'éclat
ou au service éminent qui l'a value à l'officier, recevraient par
là un intérêt d'individualité qui en ferait un monument de
gloire dans les familles, et pour le régiment une initiation
insensible aux arts et à l'élégance.

Les armes de luxe et de chasse se ressentiraient de cette
réforme. Si nous nous reportons à une belle époque de l'art, par
exemple au temps où vivait Benvenuto Cellini, nous sommes
conduits à penser qu'un Médicis chasseur devait posséder,
soigneusement enfermée dans une belle armoire d'ébène,
quelque arme montée par cet habile orfévre; puis avoir, suspendu à son chevet, un fusil de chasse plus simple, non pas
plus commode, car l'habile artiste, en composant l'arme de
luxe, lui aura donné toutes les conditions d'un bon usage, mais
une arme moins précieuse. Je prônerais aujourd'hui cette
sage distinction entre deux choses semblables et distinctes, et
je proscrirais à tout prix ces ménageries entières, cette végétation parasite et la mythologie au complet qu'on entasse sur
un fusil. C'est un peu beaucoup, il faut en convenir, pour
l'ornementation d'un instrument qui n'a rien de pastoral ni
de bouffon. Une arme de guerre (la chasse est une guerre
meurtrière pour l'un des combattants quand le fusil est bon,
et pour les deux quand il est mauvais), une arme qui fait répandre le sang, doit être sévère, il lui sied d'être simple dans
son extérieur. Voulez-vous ajouter des ornements, faites-le
avec mesure. Comme le lierre enlaçant la ruine du temple
antique laisse deviner sous le mouvement de son feuillage la
forme de l'architecture, ainsi l'artiste doit presser ses sujets

contre la crosse, le canon et la batterie du fusil, contre la poignée du couteau de chasse; il doit choisir, dans les genres de relief et les procédés de travail, ceux qui permettent de créer le plus d'effet en produisant le moins de saillie, qui souffrent le moins du frottement, qui ne retiennent pas la saleté. Provoquer le goût des armes riches et applaudir partout au luxe qui parvient à parer de toutes les séductions de l'art l'objet de sa passion, femme ou carabine, c'est d'un grand goût; favoriser en même temps la bonne exécution d'armes usuelles, élégantes de formes et riches de simplicité, c'est aussi de bon goût.

Il est indispensable que cette même sollicitude, partagée entre les inspirations de l'art et les exigences pratiques, intervienne dans une industrie abandonnée à la routine. Notre carrosserie est inférieure à celle de nos pères, en ce sens qu'ils ont donné à leurs voitures les formes compatibles avec les moyens de locomotion et le matériel de fabrication de leur époque, en même temps qu'ils les ornaient avec art, tandis que nous ne profitons pas des progrès faits par la forge du fer, par l'industrie des grandes glaces et les procédés mécaniques pour renouveler les formes de nos véhicules, qui doivent allier la légèreté à la solidité. Nous renonçons à donner à l'art sa part légitime dans cette fabrication. On dira sans doute que la carrosserie de nos pères, dorée et ornée de paysages, allait bien à leurs habits brodés de toutes les couleurs, et ne conviendrait plus à la sévérité de nos habits noirs : je l'admets, quoique les femmes, qui n'ont pas accepté pour leur costume la même simplicité lugubre, puissent être d'un autre avis; mais n'est-il pas possible de ramener la carrosserie à la véritable élégance sans refaire ce qui n'a plus sa raison d'être? Je ne demande pas que l'on copie des carrosses peints et dorés, qui seraient trop beaux pour nous; mais je ne vois pas pourquoi, depuis un demi-siècle que la capote en cuir est abandonnée, on l'impose à la partie supérieure de toute voiture, en la contrefaisant en bois noirci, pourquoi la partie inférieure subit d'anciennes formes qui étaient la conséquence de ressorts à suspension aujourd'hui

réformés. Cette pénurie d'idées est si complète, que la carrosserie des chemins de fer elle-même, ce programme tout nouveau,
a dû plier sous le niveau de la monotonie. Évidemment la
carrosserie est en décadence; elle appelle l'art à son secours,
l'art qui régénère toutes les industries. Avant la dispersion
des corps de métier, la carrosserie était un art, et, quand les
selliers artistes alliaient l'élégance au bon goût, les cours de
Louis XIV, Louis XV et Louis XVI, qui n'étaient pas dépourvues de quelque élégance, acceptaient leurs inventions et ne
s'effrayaient nullement de leurs éclatantes nouveautés. Les
tableaux de Van der Meulen et quelques vieux carrosses du
temps sont là pour prouver s'ils avaient tort. Depuis lors, des
selliers ignorants de toutes les notions de l'art, étrangers à tout
principe de bon goût, se sont abattus sur la carrosserie, et leurs
inventions ont été si malheureuses, si ridicules, que la frac-
tion du grand monde qui donne la mode à cette branche du
luxe leur a imposé, faute de meilleur programme, une simplicité absolue. C'était, avec d'aussi mauvais instruments, bien
agir; mais la carrosserie aura bientôt ses ouvriers artistes, et
est-il chimérique de penser qu'alors, avec plus d'imagination,
et une imagination alliée au bon goût, on trouvera moyen de
faire des voitures moins insipides? Elles seront embellies par
la forme et par la couleur. La mode permettra d'associer aux
sempiternelles variantes de jaune serin, de vert olive ou de
bleu de roi, aux armoiries et à leurs supports héraldiques,
quelques ornements de bon goût, peut-être même des figures
et toute une élégance variée que feront excuser et admettre
des talents de premier ordre. Les particuliers ne rouleront
plus dans les sabots que les carrossiers leur imposent; le chef
de l'État cessera d'exhiber ces châsses roulantes, ces cages
dorées, imitées, et mal imitées, des voitures de Louis XV;
une sage réforme donnera à chacun le luxe et la magnificence qui lui convient.

Une réforme de ce genre peut utilement partir de la grande
manufacture; il en pourrait venir bien d'autres, mais le temps
me manque pour parcourir ce vaste domaine. Dans l'ameu-

blement des palais et des résidences, dans l'existence en vue
et en représentation du chef de l'État, toute l'industrie humaine
a droit d'entrée, et tout entière elle recevra une heureuse
impulsion, si, en même temps qu'on impose la perfection à
tous les objets fabriqués dans la grande manufacture, on exige
une perfection égale des fournisseurs, en leur imposant des
modèles et des conditions d'exécution qui changeraient leur
fabrication à l'avantage de tous. Prenons en exemple la vannerie : c'est une industrie charmante en elle-même, et par la
blancheur de son tissu et par sa souplesse, mais à la condition de rester dans son domaine, l'empiétement sur ses voisins
lui étant fatal. L'art ne lui vient en aide que d'une seule manière, en lui prescrivant les formes les plus élégantes parmi
celles qui sont commodes et usuelles; si le vannier se préoccupe de plus nobles soins, s'il veut associer à ses joncs la
couleur, le clinquant, les perles, la chenille, la laine ou la
soie, il se perd et ravale son industrie; si, d'un autre côté, il
prétend l'élever à la hauteur d'un art plastique, il la précipite dans le ridicule.

Mille objets peuvent trouver dans la grande manufacture
des développements heureux, qu'ils attendraient indéfiniment
de l'initiative industrielle : cannes et ombrelles, cravaches et
éventails, peignes d'écaille et pipes d'écume de mer, brosses
à cheveux, tabatières et bonbonnières. Dans tous ces objets,
futiles en apparence, l'art peut s'introduire et faire merveille, quand on aura habitué des artistes de premier ordre à
lancer dans le monde sous cette forme éphémère les idées
gracieuses qui débordent de leur cerveau. Alors on ne sentira
pas dans ces objets usuels seulement l'intervention d'un habitué raffiné et sybarite, de l'homme de la chose, qui souvent
manque de goût; mais on devinera l'artiste qui s'est inspiré
de son sujet et l'amateur de goût qui a assigné à l'inspiration
ses limites.

Si je ne me trompe, c'est là une grande école pratique des
arts appliqués à l'industrie; ce sera aussi une réorganisation de
l'apprentissage, et la conquête, par une voie détournée, des

garanties qu'offrait à l'industrie l'ancienne constitution des corps de métiers. Respecter la liberté des ouvriers, tout en rétablissant l'autorité des maîtres, laisser à l'ignorance son indépendance, tout en donnant aux études sérieuses et à l'expérience pratique un diplôme qui permet au grand industriel comme au petit public de distinguer l'incapacité suffisante du savoir consommé et modeste, c'est, je crois, un difficile problème résolu à la satisfaction de tous.

Voyons donc comment s'organise le personnel de la grande manufacture et comment il fonctionne. À la tête de ce vaste établissement nous avons placé un directeur artiste, qui domine l'ensemble autant par l'autorité de ses talents que par la puissance qui lui est laissée sur tous les employés; au-dessous de lui, les chefs de chacune des branches spéciales, qui peuvent être indifféremment des savants ou des artistes, le directeur étant là pour arrêter les empiétements de la science sur l'art et de l'art sur la science. Si j'ai blâmé la direction donnée à un chimiste dans la manufacture de porcelaines de Sèvres, si j'ai vanté la hiérarchie établie aux Gobelins, je ne vois aucun inconvénient à laisser dans la grande manufacture toute l'autorité sur la céramique à M. Ebelmen, ou sur les tapisseries à M. Chevreul, quand je sais qu'une direction artiste domine le tout et donne une même impulsion à chaque branche de service. Il y a même des avantages à accorder ses franches coudées à la science pour stimuler ses progrès, du moment où les arts sont véritablement maîtres de la place et forment comme l'atmosphère même qui plane sur toutes choses, depuis l'ensemble jusqu'aux moindres détails. Il va sans dire que le chef des ateliers de dessins et modèles sera un artiste, et le plus renommé, comme le chef de la bibliothèque sera un érudit, et le plus méthodique. Au-dessous des chefs de service est placé le corps des contre-maîtres, composé d'artistes ouvriers consommés dans leur spécialité : c'est là le nerf et l'âme de ce grand corps. Nous aurons Barye, l'ancien ciseleur des Biennais et des Fauconnier, à la tête de l'atelier de fonte et de ciselure; Mayer dirigera l'émaillerie; Vechte,

l'orfévrerie; Morel, la bijouterie; Grohé, les meubles, et ainsi,
dans chaque branche de l'industrie, sa sommité; enfin, dans
les ateliers de dessins et modèles nous trouverons une réunion
d'artistes de premier ordre. Tel sera le personnel fixe et
comme le cadre des officiers de la grande manufacture. Quelle
troupe allons-nous donner à ce directeur général, à ces chefs
de services et à ces contre-maîtres? Une armée d'apprentis.
N'oublions pas, en effet, que nous organisons une école des
arts appliqués, et qu'elle a beau être une manufacture modèle
d'un ordre supérieur et appelée à produire seulement des
chefs-d'œuvre, elle n'en est pas moins une école.

Nous supposons que l'apprenti intelligent et studieux est
devenu artiste dans toutes les branches de l'industrie, en
fréquentant les écoles de dessin des villes et de l'État, en
se perfectionnant par l'apprentissage dans la pratique du
métier. Nous admettons que les plus habiles d'entre eux ont
conquis dans des concours, et à la suite d'examens sérieux,
un diplôme officiel qui constate leur aptitude comme ouvriers
et leur progrès comme artistes. Munis de ces témoignages,
qu'ils peuvent aussi bien obtenir dans les écoles de province
que dans celles de Paris, ils se présentent aux concours de
places de la grande manufacture, qui s'ouvriront chaque année.
Deux cents emplois répartis entre les diverses industries exploitées dans l'établissement supposent un millier de candidats stimulés par la perspective de recevoir cet avantageux
développement de leur éducation et luttant d'efforts pour
conquérir leur admission. Le concours exigera la lecture,
l'écriture, le calcul, les éléments de la géométrie et de la
construction, le dessin et la preuve d'un apprentissage sérieux
dans une branche spéciale de l'industrie. Cette preuve se donnera en exécutant, sous les yeux du contre-maître, une pièce
du métier. Les épreuves terminées, les candidats seront
classés en admissibles et en rejetés. Les deux cents noms placés
les premiers sur la liste seront admis; mais tous les admissibles recevront un diplôme qui constatera le rang obtenu dans
le concours, titre suffisant, vu la difficulté des épreuves, pour

se présenter dans les ateliers de l'industrie et s'y placer avantageusement. On ne sera admis à concourir ni plus de deux années de suite, ni passé vingt-cinq ans. Les candidats admis recevront, outre l'instruction qui assure leur carrière à venir, une indemnité de 3 francs par jour. Ils seront logés près de l'établissement dans de vastes bâtiments chauffés, éclairés et fournis d'eau, de telle façon qu'ils n'auront à leur charge que le mobilier, le linge et la nourriture. L'instruction durera trois années. Il y aura des examens tous les ans, et le dernier classera les sortants, qui recevront un diplôme de capacité, je n'ose pas dire de maîtrise, avec indication du rang obtenu en entrant aussi bien que dans les divers examens et à la sortie, avec des observations et des recommandations particulières, s'il y a lieu.

L'instruction se répartit en six heures de travail manuel et pratique, deux heures de dessin et une heure de cours. On a vu, par l'exposé sommaire donné plus haut, quel vaste domaine embrasse la grande manufacture, et comment cependant les produits de chacune de ces branches d'industrie ont leur emploi immédiat ou leur écoulement naturel en dehors des voies industrielles. Le programme de ces études pratiques, qui sont la continuation et comme le développement de l'apprentissage, peut se résumer ainsi : Prendre l'industrie au point où elle est, et, au moyen d'une alliance plus intime avec l'art, l'élever par des degrés d'épuration jusqu'au sublime qu'elle n'a pas atteint depuis l'antiquité. Pour remplir ce programme, un chef habile, des artistes de premier mérite, des contre-maîtres consommés dans leur art, et un personnel d'ouvriers composé des plus habiles apprentis de la France, qui se renouvelle tous les ans, par tiers seulement, laissant à la grande manufacture non pas seulement quatre cents ouvriers déjà exercés, mais les plus habiles d'entre eux, qu'elle s'attache, suivant ses besoins, avec le titre de contre-maîtres, de manière à ne jamais rompre la chaîne continue des traditions et de l'expérience, de manière aussi à exécuter les œuvres les plus parfaites et à pouvoir donner l'élan aux nouveaux arrivants.

Le dessin a ouvert aux candidats l'entrée de la grande manufacture, le dessin est destiné également à leur faciliter une brillante sortie : car tout est là. En effet, on pourrait supposer l'existence d'un semblable établissement, reposant uniquement sur des études de dessin, occupé exclusivement à former des dessinateurs et à composer des modèles. Son influence pourrait être grande encore, tandis que des manufactures entretenues par l'État et produisant industriellement, sans marcher aux progrès par l'étude de l'art, sans répandre au dehors les ouvriers qu'elle a formés, me semblent une dépense coûteuse, parce qu'elle est stérile. Dans la grande manufacture les deux actions ne se divisent pas : les études d'art devront se combiner avec l'apprentissage manuel, les projets étant immédiatement suivis de l'exécution, la théorie donnant la main à la pratique. Le dessin reste donc encore là une partie de l'enseignement, la partie la plus importante, toujours placée sous la direction immédiate, active, persévérante, du chef de l'établissement. Les ateliers de dessin se diviseront en deux classes, les modèles et l'enseignement. Tous les artistes attachés à l'établissement travailleront ensemble sous la direction de son chef, dans une fusion pour ainsi dire fraternelle; mais chacun sera lié plus intimement, par ses instincts naturels et ses goûts, soit à la céramique, soit à l'orfévrerie, celui-ci aux meubles, celui-là aux étoffes et tapisseries. On favorisera les tendances naturelles en les rapprochant de l'industrie vers laquelle elles se sentent portées. Tel artiste dont les projets pour la céramique auront montré une vocation spéciale et un talent hors ligne sera d'abord attaché aux ateliers de porcelaine et de faïence, et, lorsqu'il aura acquis la connaissance approfondie des exigences et des ressources de la céramique, il sera nommé inspecteur des travaux et dirigera l'exécution de ses propres compositions. Mais la grande manufacture étant plutôt une arène d'essai qu'une fabrique industrielle, il lui suffirait d'un petit nombre d'artistes, s'ils ne devaient composer et dessiner que pour les besoins de la fabrication; il n'en est pas ainsi. L'atelier des modèles produira immensément d'après

les mêmes principes, mais dans une variété incessante, depuis
la composition la plus riche jusqu'à la plus simple. La direction fera son choix, soit pour fabriquer elle-même tel modèle,
soit pour le commander au faubourg Saint-Antoine, à Lyon,
à Tarare, à Jouy, à Limoges ou à Mulhouse; le reste sera mis
libéralement à la disposition de l'industrie dans la bibliothèque publique, où chacun pourra venir s'inspirer de ses
fraîches inventions.

Le choix des artistes est chose délicate. Le directeur en aura
l'embarras. Distinguer dans la grande famille des arts quels
sont, parmi ses enfants les mieux doués, ceux qui, même sans
s'en rendre compte, ont des instincts industriels et des tendances décoratives; voir dans les détails d'un projet d'architecture un artiste décorateur, dans tel paysage de Diaz une
tenture, dans telle vue de Venise de Ziem une tapisserie,
deviner dans le *Nègre* de Cordier, dans les *Enfants à la vigne* de
Pascal, des éléments d'ornementation, c'est d'un directeur clairvoyant. Séduire ces artistes, les attirer à soi et les pousser dans la
route la plus favorable à leur talent, en même temps que la
plus utile à la grande manufacture, c'est d'un directeur habile.
Ces artistes seront largement rétribués; mais un tiers de leurs
appointements sera retenu à titre de réserve qui leur sera comptée, avec les intérêts, quand ils quitteront l'établissement. Il
importe d'assurer leur avenir, s'ils prolongent leur activité
jusqu'à un âge avancé; il importe aussi de donner au directeur
les moyens de concilier l'humanité avec les intérêts de l'établissement, quand il faut se séparer des hommes que l'imagination a désertés, que la routine a envahis. La vie, une vie
incessamment renouvelée dans des créations de plus en plus
épurées, est la condition d'existence de la grande manufacture,
et les artistes qu'elle remerciera parce qu'elle aura cueilli
comme la fleur de leur imagination seront encore des
artistes supérieurs, et l'industrie tirera le meilleur profit
de leur verve d'invention, associée désormais aux plus sages
principes.

La création des modèles sera donc la moitié de la tâche des

artistes; l'enseignement des apprentis formera l'autre moitié.
Cet enseignement sera divisé en deux parts : l'une continuera
l'enseignement des écoles, l'étude de la figure humaine et de
la végétation, l'architecture et son ornementation, le dessin
de mémoire et la composition. Je dis la composition, et je
devrais dire l'arrangement. En effet, il s'agit bien moins de
combiner les différents groupes d'une scène historique que
d'ajuster le mouvement d'une figure dans une place donnée,
que de remplir un espace prescrit, que de se plier aux proportions d'une frise ou d'un pendentif. Le modèle vivant
peut servir à cette étude, mais les œuvres antiques développent encore mieux dans ce sens l'esprit et le goût. Les
plâtres du Parthénon, des Niobides, des temples d'Égine et
d'Olympie, peuvent devenir le thème inépuisable d'ingénieuses restaurations. Les apprentis feront des ensembles en
petites maquettes, et restaureront les plâtres eux-mêmes en
cherchant à les compléter; rien ne forme plus au grand style
et n'ouvre mieux l'esprit aux heureux arrangements que ces
raccords difficiles et bien un peu décourageants. L'autre part
des études constituera le dessin appliqué à nos besoins, c'est-à-
dire tous les éléments de l'art, tous les principes du style, toutes
les règles du goût transformés par l'étude de nos besoins et
ramenés des théories idéales à l'application, soit pour composer un meuble, décorer un vase de porcelaine, imprimer une
étoffe, tisser une tapisserie. De même que l'artiste assez fort
par ses études, assez habile par son talent pour rendre ce qu'il
voit dans toutes les conditions de la réalité, s'impose certaines
données supérieures et conventionnelles qu'on appelle le style,
confondues dans sa pensée avec l'idéal de beauté qu'il rêve,
de même cet artiste, quand il appliquera son art, tout en
prenant la nature pour guide, la soumettra à certaines conventions. Ainsi, après avoir dessiné les animaux, la fleur et
toute la végétation dans leur imitation vraie et réelle, l'apprenti
devra chercher leur physionomie monumentale et leurs conditions architectoniques. L'historiette de Callimaque, sculpteur et architecte de Corinthe, est la leçon qu'il faut suivre,

car cette invention poétique était si bien dans l'esprit de l'art appliqué, qu'elle a été acceptée par toute l'antiquité comme vraie, et elle a pour moi toute la réalité d'un fait. J'aime à la donner en exemple. Une jeune fiancée vint à mourir; sa nourrice déposa sur sa tombe un panier rempli des jouets de son enfance et de quelques objets qui avaient fait le charme de sa vie. Pour défendre cette pieuse offrande contre la pluie, elle la couvrit avec une large tuile. Une racine d'achante était à cette place. Au printemps, elle pousse sa tige hors de terre et soulève le panier sur ses feuilles, dont les unes l'enlacent, dont les autres se courbent et s'arrondissent en volutes. Callimaque vint à passer; il étudiait la nature comme nous voulons que l'apprenti l'étudie, en admirant ses formes incomparables et en cherchant dans ses gracieux ajustements les motifs de l'art appliqué. La corbeille de la nourrice soulevée et gracieusement embrassée par la plante frappa ses yeux, et, dans son élégante association, lui parut propre, non pas, comme se l'imaginerait un réaliste, à se transporter, servilement copiée, dans l'architecture, mais à se transformer en un élégant développement du chapiteau corinthien. Tel est, au fond, tout l'enseignement de l'art appliqué. Quand l'apprenti aura soumis et plié son intelligence et son goût à ces exigences qui dominent tout, quand il sera maître de cette transformation caractéristique, quand en même temps il comprendra l'archéologie, c'est-à-dire l'étude des monuments, comme une interprétation raisonnée, et jamais comme une source de pastiches, alors il abordera la composition.

La meilleure manière de faire admettre la nécessité de ce principe sera de placer sous les yeux des apprentis et de mettre en présence les abus du naturalisme, poussé à l'excès dans nos produits industriels, et la majesté, la grâce d'un naturalisme conventionnel, tel qu'il a été pratiqué à toutes les grandes époques et s'est un peu conservé dans l'industrie orientale. Voici un damas de Lyon, représentant des morceaux d'architecture de grandeur naturelle, poussés jusqu'à l'effet de la réalité et ondulant sur les plis de la draperie, ou bien une végétation, non pas seulement naturelle, mais colossale et tellement amplifiée, qu'on met ses pieds sur des tabourets qui offrent le quart d'un dahlia, qu'on s'assied dans des fauteuils dont le plus vaste ne peut contenir plus de la moitié d'une rose, qu'on aperçoit dans des plis de rideaux, et entre les cadres des tableaux sur les tentures, des fragments incompréhensibles de cette végétation gigantesque; opposez à cette étoffe un damas oriental dont le dessin, tiré d'une flore imaginaire aux nuances harmonieuses, se répète dans une combinaison mathématique, et semble, par ses traits déliés et sa souplesse, suivre, accompagner et enlacer chaque pli de la tenture. Voilà une mousseline à rideaux qui, au lieu de faire voltiger la légèreté de son dessin avec la légèreté du tissu lui-même, entasse rochers sur montagnes, monuments sur chalets, qui, au lieu de recourir à la flore inépuisable de la nature, copie servilement la flore obèse et maladive de nos serres chaudes; placez-la en regard des mousselines orientales, qui semblent dans leur légèreté, leur souplesse et la délicatesse de dessins peu variés, un emprunt fait aux fournisseurs d'Aspasie et de Phryné. Nous opposerons encore, sous les yeux des apprentis, un cadre ébouriffé de toute une végétation sculptée d'après nature à un cadre dont les proportions et les purs profils sont tout l'ornement; une table soutenue par des chiens exprimés si bien au naturel, qu'on s'inquiète de les voir oublier leur fonction pour vaquer à leurs instincts, à côté d'une table dont les supports représentent des animaux fantastiques ou des animaux féroces, ou même des animaux domestiques, mais dans une convention monumentale qui leur donne en échange d'une vie réelle, et en apparence remuante, un caractère de calme grandeur. De cette juxtaposition, de cette comparaison facile, nous attendons le redressement de bien des idées fausses.

De même que dans les collèges les bons devoirs sont mis au cahier d'honneur, les projets des apprentis qui se distingueront par quelques qualités originales seront déposés aux archives, où ils formeront une seconde série à côté des modèles créés par les artistes-maîtres. Ces archives et la bibliothèque sont une même chose. Les livres à figures et les estampes donneront toutes les applications de l'art ancien; les collections de dessin de la manufacture, toutes les applications modernes. Cette bibliothèque sera publique; elle devra être composée et constituée comme celle de l'École des beaux-arts. Il importe que les deux rives de la Seine jouissent de la même libéralité.

La grande manufacture aura, en outre, un musée spécial, distinct des collections du Conservatoire des arts et métiers, qui présentent la marche des progrès scientifiques; distinct aussi des collections du Louvre et de l'hôtel de Cluny, qui réunissent et classent les monuments de l'art. Le musée de la grande manufacture sera le tableau de sa production. Les ateliers de la céramique, des tapisseries, des meubles et des armes de luxe, remonteront à leur origine et réuniront, autant qu'il est possible, les beaux spécimens de leur ancienne fabrication, qui sont leur noblesse et des titres glorieux; mais, en général, ce musée sera un musée vivant, qui montrera les progrès de chaque jour et marquera chaque pas fait avec bonheur ou insuccès vers une perfection idéale. Les productions de la grande manufacture ayant leur destination dans l'ameublement des palais et des résidences, désormais devenus un musée public, on devra souvent se contenter pour le musée de modèles ou de pièces défectueuses, qui donneront toutefois une idée satisfaisante de l'œuvre aux fabricants et aux ouvriers, ses véritables visiteurs.

La grande manufacture aura aussi ses cours et ses lectures du soir. Il importe que l'intelligence des apprentis soit nourrie à la fois de ce qui sert à la développer et de ce qui est de nature à la tirer, par moments, des préoccupations spéciales, pour la faire déborder dans le domaine de l'histoire et de la poésie. L'esprit devient plus inventif sur un point spécial quand il s'est exercé sur un vaste espace : l'artiste acquiert ainsi une supériorité qui marque, par une certaine grandeur, jusque dans les productions les plus minimes. Il n'est pas besoin de détailler le programme de ces cours; chacun comprend quelles en doivent être l'étendue et les limites pour se tenir à distance égale des cours et lectures de l'École des beaux-arts et du Conservatoire des arts et métiers. Un bulletin hebdomadaire en donnerait le résumé, en même temps qu'il exposerait tous les principes enseignés comme règles, tous les procédés mis en pratique par la grande manufacture, en même temps qu'il tiendrait ses lecteurs au courant des progrès faits en tous pays par l'union des sciences, des arts et de l'industrie. Les artistes de l'atelier des modèles, et les apprentis eux-mêmes, dessineraient sur bois leurs projets choisis pour être exécutés, ou ceux qui auraient reçu, comme récompense de leur mérite, cette autorisation de publicité; l'amour-propre d'auteur et l'esprit de corps feraient de ces dessins des merveilles d'exécution, et le bulletin hebdomadaire de la grande manufacture deviendrait ainsi le journal scientifique, artiste et industriel le plus pratique, le plus utile, en même temps que par son extrême bon marché il serait le plus populaire. Il en coûtera quelque chose à l'État, c'est vrai; mais recule-t-il devant des sacrifices bien plus lourds, quand le ministre de la marine publie les cartes dressées à grand'peine et à grands frais par nos marins? Il ne croit pas mal employer les deniers publics en donnant ainsi à la navigation commerçante le moyen d'éviter les écueils, de choisir les meilleures directions et d'arriver à bon port : pourquoi ne prendrait-il pas le même soin de l'industrie? Elle aussi a ses écueils et les fausses directions dans lesquelles la mode l'engage; donnez-lui ce guide.

La grande manufacture, ainsi fortement organisée au dedans, manquerait à l'un de ses devoirs, si elle ne tendait pas généreusement la main au dehors. On ne sent pas, ou on veut ignorer les difficultés que les inventeurs trouvent à produire les idées les meilleures. Chaque invention doit faire sa trouée dans le bataillon carré des positions prises et des industries en exercice; toutes ensemble elles s'opposent à sa venue : de là ces combats acharnés et tant de morts. Cependant l'ennemi, j'en-

tends l'innovation, est quelquefois plus fort que la résistance,
et il pénètre dans le sanctuaire; alors on lui serre les mains, on
l'embrasse, et le nouvel initié se coalise immédiatement avec
les anciens contre tout nouvel arrivant. Lithographie, vapeur,
électricité, métiers et faucheuses mécaniques, quelle invention, même la plus féconde, ne porte pas les cicatrices profondes de ces combats déloyaux? N'en citons qu'une seule.
Le Bon, ingénieur des ponts et chaussées, invente l'éclairage
au gaz en 1785; il prend un brevet en septembre 1800, il
publie sa découverte en 1801. Or, en 1818, les ateliers de
Birmingham, toutes les fabriques anglaises, les réverbères de
Londres et ses théâtres avaient déjà adopté cet éclairage, qu'il
n'y avait pas un bec de gaz allumé dans toute la France, pas
une usine à Paris pour fabriquer le gaz. Il est vrai que Le Bon
mourait ruiné à l'hôpital.

Pour la première fois, l'inventeur, cet être exceptionnel
à qui Dieu semble avoir dit, comme à Ève : Tu enfanteras
avec douleur; cet être malheureux, inquiet, soupçonneux,
rencontrera quelqu'un dont l'abord ne lui semblera pas sus-
pect, dont la protection ne pourra lui paraître intéressée,
quelqu'un qui lui inspirera confiance, et à qui il communiquera, sans réticences, ses découvertes et ses projets. Ce
quelqu'un, c'est la grande manufacture et son laboratoire
d'essai de chimie, de physique et de mécanique appliquées.
Là viendront s'éprouver et les nouvelles substances créées par
la science et les matières inconnues rapportées des contrées
lointaines pour être mises en œuvre par les arts unis à l'industrie; là viendront se donner à l'essai tant d'idées excellentes
qui enrichiront leurs inventeurs par la mise en évidence de
leur avenir, tant d'idées détestables qui enrichiront aussi leurs
inventeurs par la conviction qu'ils acquerront de leur néant,
et par le courage qu'ils puiseront dans cette certitude pour les
abandonner et en chercher d'autres. L'Académie des sciences,
vaste mer où se jettent bruyamment tant de projets et de
propositions qu'elle se contente d'enregistrer, tant de secrets
cachetés qu'elle n'a pas le temps d'examiner quand le temps

serait venu de les décacheter, l'Académie des sciences se
mettrait en communication avec ce laboratoire, qui lui offrirait
des moyens d'expérimentation et des garanties qu'elle ne trouvera pas ailleurs, pas même au Conservatoire des arts et métiers, dont la mission et la constitution ne sont pas les mêmes.
En effet, ces deux établissements peuvent être utiles à l'industrie de manières différentes. Dans l'un, on éprouvera la
substance pour dire ce qu'elle est, la machine pour constater
ce qu'elle peut; dans l'autre, on se rendra compte des plus
utiles applications de l'une, des résultats obtenus par l'autre.
Un nouveau métal est-il découvert, qu'en dira le Conservatoire des arts et métiers? Rien que ne sache l'Académie, ou que
ne puisse lui apprendre son inventeur, tandis que la grande
manufacture répondra quelles sont ses qualités et de quelle
manière il se comporte dans toutes les applications dont elle
l'a cru susceptible.

Cet exemple suffit pour bien marquer ce qui associe et
ce qui divise les deux établissements, ce qui les rend utiles
l'un et l'autre, en leur permettant de courir au même but
par des chemins différents. Ce laboratoire des essais aura des
moyens d'investigation d'autant plus puissants, qu'il sera un
laboratoire actif. Ce n'est pas seulement la teinture des laines
qu'on y pratiquera en grand pour suffire aux tapis et tapisseries, la teinture des bois pour les meubles, la fabrication
des couleurs vitrifiables ou émaux pour la céramique; ce ne
sont pas seulement toutes les combinaisons des dépôts galva-
niques et des effets de l'électricité qui seront chaque jour
mis en pratique dans des voies nouvelles; ce sont encore des
recherches poursuivies pour la première fois dans cette
immensité qui s'appelle l'application des sciences et des arts,
non plus isolément et par spécialités, mais avec ensemble,
dans une association et un enchaînement qui promettent les
plus féconds résultats.

L'avenir de notre industrie est dans cette grande manufacture modèle, qui sera comme un miroir de perfection dans
lequel chacun pourra se regarder et se comparer. Elle rem-

placera les seigneurs d'autrefois, qui protégeaient l'industrie
en lui faisant exécuter dans leurs magnifiques demeures des
programmes de luxe élégant qui devenaient des engouements
pour toutes les classes de la société, et des modèles d'une
application facile suivant les circonstances, les fortunes et les
caprices de chacun. La grande manufacture crée le grand
luxe qui ruinerait les fabricants, et elle leur démontre par
quels moyens, par quelles ressources de l'art associé à l'action des machines et aux procédés reproducteurs ils peuvent
s'enrichir, en produisant l'équivalent, un luxe à bon marché ;
elle crée dans le vaste domaine de l'industrie des modèles qui
sont comme l'idéal de chaque chose, et elle les offre libéralement aux fabricants, ne les refusant qu'à ceux qui ne se
montrent pas dignes de les exécuter, soit parce qu'ils les altè-
rent par des additions de mauvais goût, soit parce qu'ils ne
savent pas les rendre populaires par le bon marché. Le carton-
pâte, la fonte de fer, de zinc, d'étain, tout lui sera bon, à la
condition d'être bien exécuté. L'art est dans la pureté de la
forme, il n'a jamais été dans la valeur de la matière. Il y a
des progrès à attendre aussi bien du zinc galvanisé que du
bronze dans sa noble pureté.

La grande manufacture en même temps recueille de tous
côtés, ou recherche, pour les faire renaître, les traditions, les
procédés, les tours de main particuliers aux anciens métiers.
Morel se fait vieux; il ne laissera à son élève Clavier qu'une
faible part de sa riche expérience; d'autres ouvriers artistes
menacent d'emporter avec eux dans la tombe de précieuses
traditions de métier. La grande manufacture leur donnera
l'hospitalité; ils viendront déposer leur savoir dans ses mains
libérales, en formant des élèves, en exécutant de nouvelles
œuvres dans les conditions les plus difficiles de leur art.

Enfin, la grande manufacture fera sortir la routine de l'industrie, comme le loup du bois, par la famine. En montrant
au public ses productions distinguées, elle le dégoûtera des
produits de métier qui n'ont ni vie ni âme, et il repoussera
du pied les ouvrages misérables de fabricants sans goût et d'ou-

vriers sans talent; mais en même temps chacune des œuvres
de la grande manufacture portera son prix de revient estimé
d'après les règles de la comptabilité, en tenant compte des
frais généraux; l'industrie alors n'ayant pas de frais de modèles, puisqu'elle peut copier ceux de la grande manufacture,
recevant de celle-ci des conseils pour employer judicieusement les procédés mécaniques, n'ayant à tenir compte ni des
essais coûteux, ni des pièces fautives mises au rebut, ni de
frais généraux écrasants, pourra donner à 500 francs ce qui
sera coté 5,000 dans les galeries de la grande manufacture,
sans compter qu'en apportant des changements heureux à ses
modèles, qu'en créant elle-même des modèles nouveaux sur
des données et dans un goût semblables, elle pourra tenter
l'amateur par la modération de ses prix et par l'avantage de
posséder une œuvre originale.

Les manufactures de l'État luttent aujourd'hui avec les industriels, elles exposent avec eux et partagent les récompenses;
elles leur montrent des productions conçues dans des conditions qu'ils ne peuvent atteindre, sans leur communiquer
les procédés qu'ils pourraient employer et les modèles qu'ils
devraient suivre; elles forment un petit nombre d'ouvriers,
les gardent, les exploitent jusqu'à leur vieillesse, et les en-
terrent avec leur talent et leur expérience, sans que l'industrie en ait profité. Bien différente, la grande manufacture ne
paraîtra dans aucune exposition; elle exposera ses ouvrages
dans les palais et les résidences, ses modèles dans son musée, ses procédés d'exécution dans son bulletin hebdomadaire; elle n'aura d'autres ouvriers que ceux qu'elle prendra
à l'industrie parmi ses apprentis, et qu'elle lui rendra au bout
de trois ans contre-maîtres consommés dans leur partie; elle
aura, en un mot, le grand caractère protecteur et initiateur
qui convient à l'État intervenant au profit de la nation.

CONCLUSION.

Il ne m'est pas difficile de conclure[1]. Les vertes algues qui vinrent flotter au devant de Christophe Colomb, ces précurseurs infaillibles de sa conquête qui illuminèrent sa face et laissèrent ses compagnons dans l'abattement, n'avaient point une signification plus positive que les symptômes de l'union des arts et de l'industrie qui s'élèvent de toutes parts, quoiqu'ils ne frappent pas tous les esprits à la fois. Tel les méconnaît aujourd'hui qui les reconnaîtra demain, mais à tous revient la tâche de préparer la réalisation de cet avenir.

J'ai établi dans les pages qui précèdent quelques points de fait, j'ai fixé des règles de conduite, j'ai proposé un plan d'organisation nouvelle de l'enseignement des arts, qui est la base du perfectionnement de l'industrie. Je les résumerai en peu de mots.

La France est artiste. Elle l'est par instinct naturel, elle l'est plus encore par cette grande éducation de bon goût et de noble élégance qu'elle doit à ses rois dans une succession non interrompue de quatorze siècles; mais, depuis près de soixante ans, les arts, le goût, les manières, ont reçu en France un rude échec et présentent des symptômes d'affaiblissement d'autant plus menaçants que les nations rivales, ayant compris tout ce que nous devions à une protection libérale, s'efforcent de créer chez elles ces encouragements et de faire mieux en faisant de même. De là une concurrence terrible qui s'élève de tous côtés. Comment lutter pour maintenir notre suprématie, incontestable encore sur tous les points? Par une régénération de l'enseignement des arts, par le maintien du goût public, par des garanties qui viennent

---

[1] On se reportera pour cette conclusion, comme pour tout mon travail, à la fin de l'année 1851. J'expliquerai, en tête de l'appendice, pourquoi j'ai conservé ma rédaction primitive, sans prendre en considération l'influence des changements survenus dans l'État, et les espérances qu'ils font naître.

se substituer à celles qu'offrait l'ancienne organisation des
corps de métiers.

L'enseignement du dessin, placé désormais dans l'éducation à égalité avec l'enseignement de l'écriture, fait renaître
dans la nation entière l'unité de goût et de jugement qui est
la base de l'art.

L'enseignement supérieur des arts, réorganisé au sein de
générations nouvelles devenues artistes, construit l'édifice
majestueux, la pyramide immense dont le sommet s'élève
d'autant plus que la base est plus large.

L'État, comprenant ses devoirs envers la nation, dans les
questions d'art et de goût, s'impose pour programme la perfection en toutes choses, et il la poursuit depuis les détails
les plus infimes des petite et grande voirie jusqu'à l'exécution
magnifique du monument national.

Enfin, la grande manufacture modèle, en même temps
qu'elle aide l'industrie à épurer toutes ses créations, recons-
titue dans les métiers l'apprentissage soumis et studieux, le
patronage dévoué et instruit, tout en respectant la liberté
de la paresse et les franchises de l'ignorance.

Pour dominer cet ensemble, une direction forte et paternelle est créée, qui fait des sciences, des lettres, des arts et de
l'industrie sa besogne et sa chose, et qui puise dans une admirable mission et dans sa grave responsabilité le stimulant
et l'autorité nécessaires pour animer et contenir.

L'urgence de ces grandes mesures sera facilement reconnue
par tous les esprits observateurs et réfléchis. On peut contester la nécessité de vulgariser les arts en se plaçant au point
de vue très-borné d'une vieille routine; mais on ne peut mé-
connaître la voix qui nous commande de porter dans les
masses, avec le bien-être matériel, les jouissances élevées de
l'intelligence. Ouvrir l'esprit, former le goût de la nation,
c'est donner à chacun sans bourse délier, car je n'appelle pas
une dépense la part légère réclamée par les arts dans les sacrifices que s'impose la France. Notre attitude en sera-t-elle
moins imposante sur le continent et sur la mer quand nous

aurons largement pourvu à l'enseignement public des beaux-
arts? Quelle a été leur part dans le budget depuis dix ans :

Armée de terre [1].	Armée de mer [2].	Armée de la paix [3].
Ministère de la guerre.	Ministère de la marine.	Lettres et beaux-arts.
328,558,042[f]	119,458,961[f]	3,966,443[f]

Si le budget des lettres et des beaux-arts était porté en
moyenne à 10 millions, qui oserait prétendre que c'est payer
trop cher notre supériorité intellectuelle et notre prospérité
commerciale? Prenez-y garde, il y va de notre renom dans le
monde et de notre rang à la tête des nations. Se laisserait-on
arrêter par des craintes chimériques? Mais ce que vous ne
voulez pas faire dans notre intérêt se fera malgré vous et
contre vous. Les chevaux emportent le char, emparez-vous
des rênes. Il est trop tard pour revenir en arrière. Une voix
retentit d'un bout du monde à l'autre; l'humanité crie : En
avant !

C'est qu'aussi les conditions humaines ont changé radicalement. L'esclavage inhumain, la plaie de l'antiquité, pourchassé
par le christianisme dans les deux mondes, est remplacé par
un esclavage sans cruauté que bénit la religion. L'homme a

[1] La moyenne des dix années du budget de la guerre, de 1842 à 1851, est
de 298,562,372 francs pour les crédits ordinaires, et de 29,995,669 francs
pour les crédits extraordinaires.

[2] La moyenne des dix années du budget de la marine, de 1842 à 1851, est
de 109,113,657 francs pour les crédits ordinaires, et de 10,345,304 francs
pour les crédits extraordinaires.

[3] J'ai relevé dans nos budgets de 1842 à 1851 tous les articles qui, de
près ou de loin, touchent aux intérêts des beaux-arts. J'ai même compris
dans cette récapitulation les chapitres entiers des indemnités, encouragements et souscriptions qui sont applicables à la fois aux lettres et aux arts. Je
donne ce tableau en appendice. J'arrive à une moyenne de 3,966,443 francs.
Si l'on y ajoute le chapitre de l'Institut et de quelques autres établissements
scientifiques, si l'on y fait entrer les dépenses affectées spécialement aux
arts par la ville et par l'ancienne liste civile (une partie de ces dépenses est
comprise dans les budgets de 1848 à 1851), on atteindra péniblement le
chiffre de 6 millions pour cette immense *armée de la paix* aussi méritante
et non moins glorieuse que les deux autres.

pris à son service une bête de somme et de trait qu'il surcharge et malmène sans s'inquiéter des rigueurs de la loi protectrice des animaux. C'est un esclave qui travaille sans se
fatiguer, qui gémit sans souffrir, qui ne sait ni s'arrêter ni
faire un faux pas de lui-même, qui n'éclate ni par colère ni
par esprit de révolte, mais par notre seule faute, et qui ne
demande, pour se calmer et se soumettre, que l'ouverture
d'une soupape dont il annonce lui-même le besoin.

En employant la machine, l'homme évite le danger d'en
devenir une lui-même. Chaque coup de piston affranchit ses
bras d'un coup de pioche, d'un lancé de navette, et dégage son
intelligence de la monotonie du travail. L'hélice a fait tomber la rame des mains du galérien. La locomotive a donné le
repos au postillon et au cheval, au laboureur et au bœuf, qui
luttaient grossièrement ensemble de coups de fouet et de coups
de pied. L'engrenage sur la courroie de la roue donne sa
liberté à l'homme qui tournait dans le manége, qui s'essouf-
flait dans la farine, qui hannait dans la grange; l'homme,
aujourd'hui, conduit, dirige, surveille, et son labeur allégé
donne des loisirs à sa pensée, à son esprit, à son âme.

La destinée de l'homme s'est donc améliorée; je veux
qu'elle s'embellisse. La Bruyère pouvait écrire, sans qu'on se
révoltât alors des sombres couleurs de son tableau : « L'on
« voit certains animaux farouches, des mâles et des femelles,
« répandus par la campagne, noirs, livides et tout brûlés du
« soleil, attachés à la terre qu'ils fouillent et qu'ils remuent
« avec une opiniâtreté invincible ; ils ont comme une voix
« articulée; et quand ils s'élèvent sur leurs pieds, ils montrent
« une face humaine, et en effet ils sont des hommes. Ils se
« retirent la nuit dans des tanières, où ils vivent de pain noir,
« d'eau et de racines; ils épargnent aux autres hommes la
« peine de semer, de labourer et de recueillir pour vivre, et
« méritent ainsi de ne pas manquer de ce pain qu'ils ont semé. »
Voilà le paysan, tel qu'un homme de 80 ans, après l'avoir
vu, aurait pu le décrire à des hommes qui nous parlent
aujourd'hui des réformes libérales de Louis XVI au jour de

son royal avénement, des magnifiques découvertes de la science
à l'aurore aussi de son populaire avénement. Tout cela n'est
donc pas bien éloigné, et cependant combien peu nos paysans
ressemblent aux paysans du moraliste! Bien nourris, bien
vêtus, partout recherchés, tant les bras manquent à l'ouvrage,
vous les verrez assis à l'ombre du hêtre, lisant le journal
agricole, pendant que la locomotive, au loin dans les champs,
laboure, herse, fauche et moissonne. N'est-ce pas l'ancienne
poésie bucolique, pour la première fois réalisée? Quand ce
paysan, au lieu de revenir avec des chevaux harassés, harassé
lui-même, aura rendu à l'air la vapeur qui pendant toute la
journée a travaillé pour lui, il rentrera à la ferme frais et
dispos, content d'un labeur qui lui a coûté quelques kilogrammes de charbon, sans un effort, n'étant pas abruti par
la fatigue, n'étant pas irrité par les disputes avec les uns, par
les négligences inutilement reprochées aux autres. Quelques
moments seront donnés au dîner et aux joies de la famille,
puis tous s'asseyeront à la grande table près du foyer, et la
soirée se passera à regarder les almanachs illustrés, les gravures qui représentent les événements du jour, à se tenir au
courant des nouveautés dans tous les règnes de la nature, dans
tous les arts créés par l'homme, car le facteur de la poste et
le colporteur du canton auront passé à la ferme pendant la
journée, à la ferme qui n'est plus une oasis d'ignorance au
milieu d'un désert de travailleurs hébétés. La machine a fait
des loisirs au laboureur, et il en donne une part aux plaisirs
des yeux et de l'intelligence.

L'industrie participe à cette grande amélioration morale,
depuis le fabricant chef d'entreprise jusqu'au dernier ouvrier.
Le travail mieux organisé marque à chacun ses devoirs et sa
part de responsabilité; l'œuvre en devient plus intelligente,
la pensée plus libre, la dignité personnelle plus haute, et,
quand l'industrie aura cette direction forte et habile, cette
grande réserve de l'enseignement général toujours prête à
suppléer par des ouvriers mieux préparés aux ouvriers que
l'âge ou la routine laisse en arrière, elle se sentira à l'abri de

la concurrence étrangère, car la France entière vivra dans une atmosphère fiévreuse d'idées charmantes et de goûts toujours élégants, atmosphère contagieuse qui s'emparera de tous et galvanisera les plus apathiques, atmosphère qui fait notre force, qui manquera à nos rivaux, qui fera même défaut aux Français transfuges, ne leur laissant qu'une influence passagère, une saison, pour ainsi dire, comme ces plantes dont les graines portées sur un sol étranger donnent pendant une année d'aussi beaux produits qu'au sol natal, mais à chaque nouvelle récolte s'appauvrissent et redeviennent semblables aux espèces particulières aux divers pays.

Mais alors l'artiste et l'ouvrier ne font plus qu'un; leurs mains, associées dans le même travail, se rencontrent pour s'unir. De cette association du travail naît l'union des sentiments, de cette union une calme influence et comme une harmonie insufflée dans la vie des peuples. Les arts nous font boire à leur coupe enivrante les sentiments doux, les passions calmes, le goût de la méditation, l'amour du repos. On les croit vagabonds, ils sont casaniers; on les dit fougueux, ils sont enfants; sauvages, ils donnent à la sociabilité son plus grand attrait. Et quel pouvoir régénérateur n'ont-ils pas? Voyez ce manant humble, rampant, bassement avide et grossièrement gourmand : il entre dans l'atelier, il devient artiste, et la recherche d'un extérieur élégant lui donne le sentiment de sa dignité d'homme; avec le goût des jouissances il a conquis l'insouciance de la fortune, avec l'amour du bien-être, la dureté d'un soldat.

Dans cette nouvelle ère embellie par les arts, qu'ils retentissent en musique populaire ou en poésie improvisée, en productions d'un art idéal ou en produits des arts appliqués, toute ligne de démarcation a disparu, et l'union, la fusion des arts et de l'industrie doit recevoir sa consécration dans de nouvelles expositions qui ne seront pas universelles par le titre seulement, mais à l'organisation desquelles présidera un esprit libéral, une âme fraternelle. Je me figure le palais de ces expositions comme un monument splendide de l'archi-

tecture, et non pas comme la volière dans laquelle s'est abattue
l'Exposition universelle de Londres, je me le représente
distribué de manière à conduire le visiteur par la route que
la marche d'un esprit distingué voudrait suivre, et non pas
fractionnée en tranches, divisée en cases comme un échiquier ou un colombier.

J'ai proposé autrefois un édifice permanent pour les Expositions quinquennales de la France; l'expérience des années
et l'Exposition universelle de Londres m'ont fait changer
d'opinion. A des solennités passagères, dont le programme
change suivant les circonstances, il faut des bâtiments de
circonstance. Seuls ils peuvent répondre à des besoins signalés
au dernier moment, et permettent à l'architecte de talent de
déployer dans ces constructions provisoires de fer, de bois,
de plâtre et de toile, des efforts de génie qui, bien qu'ils ne
donnent de la conception artiste que l'illusion ou l'apparence,
ont plus tard des applications fécondes. Les rampes de Chaillot
et 100,000 mètres carrés de terrains vagues qui s'étendent
sur les côtés et derrière, en communication avec le monde
entier par la Seine et le chemin de fer de ceinture, seront
l'emplacement futur de ces grandes solennités. Cette position
à elle seule est un rêve d'architecte, et le plus habile sera
appelé tous les quinze ans à déployer sur cette Acropole parisienne, en vue des quais et du Champ-de-Mars, son monumental escalier, ses Propylées, son Parthénon gigantesque. Il
ne serait pas raisonnable de croire que les progrès de tous
les genres de fabrication et la facilité des communications, qui
permettront à un plus grand nombre de nations de paraître
aux expositions, exigeront une étendue de bâtiments d'un
colossal indéfini. Il se produira tout le contraire. L'usage
prolongé de ces Expositions universelles et l'amélioration générale du goût public auront pour première conséquence de
restreindre le nombre des objets mis sous les yeux de visiteurs éclairés. L'Exposition de Londres a été et doit rester la
dernière de ces foires commerciales, renouvelées du moyen
âge, où l'on apporte sa marchandise comme à la halle et où

l'on tient boutique ouverte. Il faut à l'avenir des préoccupations plus nobles, des sentiments plus élevés. On rêvera
le progrès, on ambitionnera la gloire, et on comprendra
qu'aux yeux d'un public mieux préparé à juger les efforts des
arts et de l'industrie, le succès est assuré à la perfection et à
la qualité sur l'apparence et la quantité. La transformation
se fera d'elle-même. Aux magasins déjà si vastes qui réunissent dans nos villes la grande spécialité des tissus dits de
nouveautés vont succéder d'immenses marchés couverts semblables aux anciens quartiers industriels du moyen âge et
aux bazars de l'Orient, magasins-bazars qui permettront à
l'Exposition universelle de ne pas faire double emploi avec
ces expositions permanentes, et de ne mettre en évidence
que des produits exceptionnels, par conséquent peu nombreux.

Deux ans avant chaque Exposition universelle, un concours sera ouvert entre les architectes de tous les pays. Les
États qui exposent auront chacun le droit de désigner des
candidats pour ce concours, en nombre proportionné à leur
importance, choisissant suivant leurs vues, prenant ou non
en considération la nationalité, désignant directement un
artiste de premier ordre ou le faisant sortir d'un concours
préparatoire. Le concours définitif aurait lieu entre ces candidats; tous recevront une indemnité honorable; celui qui
remportera le premier prix sera appelé à Paris pour exécuter
l'œuvre qu'il aura conçue. Nous posséderons ainsi parmi
nous, nous verrons à la tâche un grand artiste qui payera
sa bienvenue en nous initiant à ses idées, à son expérience,
à sa manière. Cette perspective compense à elle seule tous
les inconvénients des concours. Cinq millions et le terrain
seront mis à la disposition de l'architecte lauréat pour cette
construction provisoire. On dira que c'est une grosse dépense; comparée à celle qu'imposerait un bâtiment définitif,
ce sera une immense économie. Un palais monumental des
Expositions universelles coûterait 25 millions et des frais
d'entretien continuels. Dès la seconde Exposition, il serait en

contradiction avec des besoins imprévus, avec les goûts nouveaux, avec les moyens de décoration qu'on aura inventés, avec la fraîcheur des objets exposés, avec les innovations de toutes sortes que le progrès amène avec lui, et dont un semblable palais doit être le cadre contemporain. Le plus grave des inconvénients d'un édifice définitif serait d'ôter à l'architecture, le premier et le plus important des arts, les moyens de se produire dignement dans ces grandes solennités avec le concours des mille industries associées à elle, et qui toutes perdent leur signification quand elles ne mettent pas en œuvre ce qu'elles exposent.

Ce monument provisoire sera donc un modèle d'architecture idéale par la grandeur des proportions, la hardiesse des dispositions et la richesse des matières imitées, mais en même temps un modèle dont tous les détails seront applicables. Les distributions intelligentes et grandioses faciliteront pour la première fois une répartition vraiment méthodique des productions de l'activité humaine.

Le système de division adopté à Londres n'était pas logique, car il était contraire à l'esprit des Expositions universelles et incompatible avec des études comparatives vraiment sérieuses. Qu'est-ce que ces spécialités hachées en mille morceaux et dispersées en autant d'expositions nationales qu'il y a sur la carte du monde, non pas de nationalités, mais d'États constitués? Charmant système qui nous a obligé de chercher la sculpture de Milan et la peinture de Venise en Autriche, le Cap africain, le Canada américain et les Indes en Angleterre, l'Algérie en France, Cuba en Espagne et la Pologne en Russie, sans compter qu'il nous a fallu parcourir le monde entier de l'Exposition pour comparer entre elles des productions similaires, telles que les soies, les cotons, les meubles, les dessins et les statues, envoyées par le monde entier de la terre! Une Exposition universelle n'est rien, si elle n'est pas l'expression de la fraternité des peuples, si elle n'a pas pour conséquence d'unir et de fusionner leurs arts et leurs industries.

Dans le palais des futures expositions, où tous les arts sans exception et toutes les branches de l'industrie seront représentés, la distribution sera arrêtée, sans égard pour la provenance, suivant l'enchaînement rationnel de l'origine et de la destination des objets, suivant la disposition la plus favorable à l'étalage des étoffes, à l'éclairage des tableaux, à l'action des machines, au bon effet des statues et des bronzes. Je conçois les œuvres de l'art s'associant aux produits de l'industrie dans une progression raisonnée en rapport avec la part de soin, de talent, de génie, que les œuvres comportent. De l'exposition des matières premières qui servent également aux arts et à l'industrie, le public passerait à celles des machines et aux instruments de précision, dont les galeries seraient tapissées de beaux dessins représentant les grands engins mécaniques qu'on ne peut déplacer. On passerait des machines aux tissus qu'elles fabriquent. Ils seraient répartis dans une suite de galeries convergentes sur une vaste salle consacrée aux tableaux, aquarelles et dessins de fleurs, et dont le centre serait occupé en commun par l'exposition des fleurs artificielles de nos plus habiles fabricants et des fleurs naturelles de nos plus passionnés horticulteurs. Association féconde en enseignements pour tout le monde, et pour l'artiste qui imite la nature, et pour le fabricant qui imprime et tisse sur ces toiles des imitations fidèles de ces productions, et pour le public enfin qui comparera. Une galerie voisine, disposée pour l'exposition des tableaux et statues représentant les animaux, les paysages et la nature morte, conduirait à l'exposition des animaux vivants, choisis non pas dans les races déformées par l'obésité jusqu'à la monstruosité, mais parmi les types qui se rapprochent le plus de la création, et qui, par conséquent, sont les plus utiles reproducteurs. Par d'autres salles le public pénétrerait dans les galeries de la papeterie et de l'imprimerie rayonnant sur une salle centrale qui réunirait les chefs-d'œuvre de l'esprit humain, entourés de tous les produits de l'art qui viennent leur faire cortége : gravures, photographies, lithographies, dessins originaux et reliures. Là peut-être un jour,

sous une forme ou sous l'autre, la littérature vivante et inspirée serait admise, soit qu'elle s'exprimât par la bouche des
poëtes chéris, accourus de tous les points du monde, soit que
les meilleurs acteurs fissent valoir les scènes dramatiques du
théâtre universel. Aux jeux de la Grèce, Pindare chantait la
gloire des vainqueurs et Hérodote racontait ses voyages; aux
foires d'Ocadh, avant Mahomet, les poëtes de chaque tribu
arabe récitaient leurs vers; aux grandes convocations pieuses
qui décidaient les croisades, aux jubilés, dans les tournois,
dans les foires, la poésie et la littérature dramatique avaient
leur place. Pourquoi les expositions universelles, héritières de
ces divers modes de réunions populaires, seraient-elles déshéritées du noble concours de la pensée? Parallèlement à cette
salle de la littérature, et comme en pendant, se trouverait
la musique : non plus cet affreux charivari d'orgues et de
pianos hurlant les uns contre les autres, mais une exposition
restreinte d'instruments hors ligne, donnant lieu à des concerts réguliers, où les compositeurs de tous les pays, heureux
mortels qui parlent la langue universelle, viendraient tour
à tour faire entendre les créations nouvelles de leur génie,
avec l'assistance des chanteurs les plus renommés, les plus
populaires. La céramique et la verrerie disposeraient leurs
éclatants produits dans des galeries qui réserveraient à leur
centre une salle où seraient mis en évidence les productions
les plus belles, celles que les artistes considèrent comme
leur œuvre de prédilection, et toutes les peintures, tous les
dessins originaux qui ont servi à la fabrication. Sur cette salle
s'ouvriraient les galeries de l'ameublement, qui offriraient,
par des dispositions élégantes, une image de la vie privée dans
ses innovations les plus raffinées. Mais déjà ici l'art entre plus
avant et comme à pleines voiles. Les tableaux de genre et la
petite sculpture se font valoir dans leur association avec les
meubles. Viennent enfin les productions de l'orfévrerie, qui
couvrent et la table de la salle à manger et la table de l'autel,
qui servent à la décoration du salon de bal et du sanctuaire
de l'église; la bijouterie, qui, depuis la boucle d'oreille jusqu'à

la statue de Minerve de Phidias, englobe tout le domaine de
l'art; les bronzes enfin, petites statuettes de pendules et statues colossales. Mais ici je voudrais que les salles suivissent
une progression de beauté idéale. Comme dans l'ancienne
église le narthex, la nef, le sanctuaire, présentaient au caté-
chumène les différents degrés de son initiation, je placerais
d'abord l'art courant, l'art d'imitation mêlé aux statues qui
rendent la chair humaine dans sa prosaïque vérité; au-dessus,
les tableaux qui sont la reproduction, sans inspiration, de la
nature dans sa beauté matérielle, sortes de photographies vivantes; plus loin, les productions de l'orfévrerie et de la bijouterie inspirées par l'âme de l'artiste et les statues qui expriment
un sentiment élevé; aux murs, des tableaux qui s'inspirent des
grands faits de l'histoire et semblent respirer quelque chose de
sa grandeur; puis enfin, comme dans un sanctuaire, où l'on pénétrerait par une mystérieuse galerie de vitraux d'église, tout ce
qui exprime poétiquement des sujets poétiques, tout ce qui
rend avec onction cette autre inspiration poétique, la religion :
d'un côté, l'élan de l'imagination passionnée dans tout son
abandon; de l'autre, le sentiment religieux dans les formes
voilées de sa retenue; l'art mettant à un même niveau de
supériorité, sans les confondre dans les mêmes enceintes,
l'Évangile et la Mythologie, la vierge Marie et Léda, un calvaire et une bacchanale. Mais ici l'art règne presque seul; à
grand'peine l'industrie pourra l'atteindre dans cette région
élevée avec quelque œuvre isolée, exceptionnelle, hors ligne:
la couronne d'or du poëte ou le calice divin.

Un public intelligent, guidé par cette marche des productions de l'art et de l'industrie confondues aussi longtemps
que chacune d'elles comporte l'association, élèvera ses sentiments en même temps que ses sensations, dégagera peu à peu
son admiration des œuvres d'imitation et s'épurera lui-même
en comprenant l'estime et le rang que méritent les œuvres
selon le sentiment qui les a fait naître et le genre auquel
elles appartiennent.

Ce public sortant de l'Exposition sous l'impression que lui

laisse cette progression montée jusqu'au sublime, épurée jusqu'à l'idéal, ce public rentrera dans la vie privée autrement
préparé, instruit, formé, que par le grand bazar de l'Exposition de Londres. Artiste en peinture ou en meubles, artiste
par des œuvres distinguées, il comprendra mieux la grandeur
de sa mission, il verra où devront désormais tendre ses inspirations; amateur jusqu'alors indécis, il achètera et com-
mandera avec l'intelligence de l'art; simple spectateur, c'est
un juge, un juge enthousiaste pour le beau, un juge sévère
pour la banalité, cette sœur placide de la vulgarité.

FIN.

APPENDICE A.

(Voyez page 393.)

J'ai supprimé, faute d'espace, le chapitre intitulé : *Maintien du goût public*, dans lequel je présentais un ensemble de mesures propres à développer dans les masses l'intelligence des beautés de l'art. Quelques lecteurs pourront trouver intérêt à connaître les différents points de cette grave question, que j'avais traités avec les développements qu'ils comportent. J'ai fait ce résumé sommaire pour eux. J'en ai élagué toutes les considérations générales, j'ai réduit à quelques pages la première partie, la plus importante, celle dans laquelle j'exposais mes idées sur la direction des arts; mais j'ai laissé un peu plus d'étendue à la seconde partie, où se trouvent plusieurs propositions qui peuvent recevoir dès à présent une application utile.

Les retards apportés par diverses circonstances à la publication de ce rapport m'imposent l'obligation de retrancher de cet appendice un chapitre entier : celui des percements de nouvelles voies publiques dans Paris, et d'ajouter en même temps un chapitre entier : celui du maintien du goût public par les influences de la cour. D'un côté, une main puissante va réaliser ce qu'on osait à peine rêver; de l'autre, une main gracieuse va prendre la direction du goût et des manières. Ces nouvelles perspectives de l'avenir ne pouvaient être indiquées que de cette manière : autrement j'aurais changé la physionomie d'un travail qui s'arrête à la fin de 1851.

MAINTIEN DU GOÛT PUBLIC PAR LES CRÉATIONS DES ARTISTES.

DIRECTION SUPÉRIEURE DES ARTS. Après avoir formé des artistes nombreux dans le vaste ensemble de l'activité humaine, après avoir en même temps créé un public artiste, l'État doit aux premiers, il doit au second de les maintenir dans la voie la meilleure. Le maintien du bon goût, chez tous et en toutes choses, sera confié à une direction unique, ministère, intendance ou conservatoire, à une direction puissante par l'autorité morale du chef,

par l'étendue des attributions et par l'importance des crédits mis à sa disposition. Sa mission se divisera en deux parts : 1° celle des artistes, à qui il
donne l'occasion de produire dans les conditions les plus favorables au développement de leurs talents; 2° celle du public, auquel il donne l'occasion de
se familiariser avec le bon goût, par les yeux, par les oreilles, par chaque
acte de la vie, par chaque sens, et comme par tous les pores. — *Considérations générales. — Historique applicable à la France. — La liberté dans les arts,
c'est l'inspiration, l'invention, l'originalité; c'est aussi l'instabilité. La règle, c'est
la mesure, la tradition, l'autorité des maîtres, c'est-à-dire la stabilité. Unir et confondre ces deux principes qu'on croit à tort inconciliables, c'est fonder quelque
chose de durable. — L'idéal de la perfection.* — Les œuvres châtiées, les créations sévères, la poésie dans le style, l'idéal associé à la forme, sont les problèmes dont les tentatives heureuses doivent être exclusivement encoura-
gées, dont les chefs-d'œuvre seront mis sous les yeux de tous. Quant aux
productions faciles de la grâce, de l'afféterie, du sensualisme, qui empruntent, pour mieux réussir, toutes les petites séductions des types à la mode,
des couleurs à la mode, des attitudes et des vêtements à la mode, il n'y a pas
lieu de les proscrire ni de les encourager : ce sera toujours goûté, applaudi
et apprécié en France. Il n'y a pas lieu non plus de prendre souci de l'esprit
dans la littérature; mais on s'inquiétera du bon sens, de la rectitude des
idées et du point de vue, qui ne saurait être trop élevé. — *Les principes de
l'enseignement continués et développés par la direction des arts.* — Les meilleures institutions ne détruiront pas le mauvais goût : comme l'ivraie, il
faut l'arracher une fois et le combattre toujours; mais, unies au bon goût,
les bonnes institutions dominent les mauvaises tendances. — *Exemples tirés
de l'histoire des arts.* — Pas de camaraderie; ne pas souffrir qu'il se forme
dans les régions du pouvoir une petite église, absolue, tranchante, et en
même temps bien close, bien impénétrable à tout ce qui ne jure pas par tel
maître et ne se soumet pas à une tyrannie subalterne. — *Des bonnes intentions et des mauvais effets dans le passé. — Une balance égale entre les arts et
l'industrie. — Une seule règle : la poursuite d'un idéal de perfection, et cet idéal
placé haut. —* ATTRIBUTIONS. *Plus elles sont étendues, plus l'unité est grande et
l'ensemble complet. — Tiraillements et disparates, conséquence du morcellement
de l'action. — Faits nombreux. — Monuments et ouvrages d'art qui se ressentent
de ce désaccord. —* BUDGET. Les grandes dépenses sont : l'enseignement du
dessin et de la musique dans toutes les écoles, l'organisation des écoles spéciales des beaux-arts, les publications de modèles, l'exécution des grands
travaux. — *Toutes ces dépenses développées progressivement, avec une sage lenteur, sur un plan d'ensemble arrêté en principe et consciencieusement suivi. —
Dépenses sous l'ancienne monarchie, sous l'Empire, la Restauration et le gouvernement du roi Louis-Philippe. — Détails sur la construction des résidences et de
chacun de nos grands monuments. — Les dépenses imposées par les arts sont minimes, comparées aux autres services. — Ces dépenses sont inaperçues, si on les met
en parallèle avec le mouvement d'exportation qu'elles assurent à notre commerce,*

tandis que des économies sur ce point menacent de fermer partout nos débouchés.
— CHOIX D'UN CHEF. Sans une tête qui dirige les efforts, sans une âme qui inspire les réformes, sans un homme qui fait de la direction des arts et de l'industrie son affaire parce qu'elle est sa passion et qu'elle sera son devoir, nous resterons dans une situation dangereuse. Un homme considérable et considéré, puissant par le nom, l'éducation et la fortune, ami des arts et leur protecteur naturel, en rapport de longue date avec les artistes et avec l'industrie, connu par ses écrits, de manière à faire autorité par ses décisions, estimé par son impartialité comme étant étranger aux préventions d'école, aux camaraderies d'artistes, aux influences académiques. *Un simple caporal est, dans cette position, préférable à un demi-savant, à un à peu près d'artiste : l'un suit la lettre et maintient l'ordre, l'autre fausse l'esprit et introduit l'anarchie.* — PERSONNEL. *Des hommes capables, donnant la garantie d'un esprit supérieur par leurs études spéciales.* — Cinq divisions : 1° l'enseignement; 2° les commandes ou l'art militant; 3° la littérature et les théâtres; 4° la musique; 5° l'industrie. *Les chefs de division forment près du directeur ou du ministre un conseil qui donne à toutes les mesures la force de l'unité et le caractère imposant de l'ensemble.* — *Les inspecteurs des beaux-arts.* — *Leur influence.* — *Qualités qu'on devra exiger pour ces fonctions.* — LES COMMISSIONS. Laissez les artistes à leurs travaux, ne les traînez pas dans vos commissions et dans vos jurys. L'enseignement général des arts, en multipliant les artistes de talent dans toutes les classes de la société, formera bientôt une phalange d'amateurs qui, après s'être exercés avec ardeur et s'être retirés de la lice avec modestie, abandonneront la pratique des arts pour s'en faire les juges, les critiques et les historiens. C'est là un personnel excellent pour former les commissions, les jurys, les conseils. — LES CONCOURS. Les arts, placés sous la direction d'un ministre politique, ont été soumis à des concours qui devaient *concilier l'intérêt de l'art avec les garanties administratives,* mais qui n'ont jamais concilié que l'avénement des médiocrités avec l'abaissement de l'art. — *Les concours seront maintenus dans les classes de l'école; les concours ne seront appliqués ni aux travaux des artistes ni aux commandes du Gouvernement.* — *Cruelles déceptions des concours depuis le temple de la Gloire en 1807 jusqu'au tombeau de l'Empereur aux Invalides en 1842.* Les Grecs mettaient tout au concours, parce que la lutte avait pour juge un peuple entier de fins connaisseurs. Les combats des athlètes, la poésie, la musique, la danse, les compositions dramatiques de la scène, étaient les sujets de concours incessamment renouvelés; on n'accordait même pas la gravure d'une inscription, l'emploi d'un héraut ou d'un trompette, sans un concours de calligraphie, de voix et d'instrument. Toutefois, ces concours étaient toujours dominés par la venue d'un artiste hors ligne; les concurrents s'effaçaient, ou bien le peuple grec renonçait au concours, aussitôt que le talent incontesté entrait en lice. — *Les concours ont été abandonnés du moment où le public n'a plus été un bon juge.* — Après la lutte solennelle de cinq grands artistes pour faire les portes de bronze du baptis-

tère de Florence, les protecteurs des arts et les artistes se réunirent d'un
commun accord pour renoncer aux concours et pour revenir à l'autorité
des hommes de goût, chefs de républiques ou de royaumes, guidés par leur
amour de l'art, les travaux antérieurs de l'artiste et la faveur de l'opinion
publique. — *En 1727, un essai de concours entre douze peintres; Lemoine et
de Troy partagèrent le prix, Coypel eut un accessit. — Inutilité de cette tentative
isolée.* — Aux grandes époques, du temps de Périclès et de Léon X, quand
les princes, médiocrement occupés des détails administratifs de leurs États,
consacraient la meilleure part de leur journée à leurs goûts pour les œuvres
de l'art et de l'esprit, s'ils concevaient l'idée de se bâtir un château de plai-
sance, de décorer une chapelle ou d'orner un palais, Michel-Ange, Raphaël
ou le Primatice entraient dans leur tête en même temps que le projet.
Alors ils disaient à ces artistes : Faites, et ils laissaient faire, au risque d'être
brutalisés quand ils venaient se mêler de ce qui, jusqu'à complet achèvement, ne les regardait plus. — Les formes administratives exigent-elles
qu'on mette une statue au concours, comme on met une fourniture de bois
en adjudication? Oui, aussi longtemps que le ministre politique chargé de
la direction des beaux-arts sera préoccupé de soins plus importants, et
sentira la nécessité de mettre sa responsabilité à l'abri derrière ce genre de
contrôle; mais, quand il connaîtra son personnel artiste comme le ministre
de l'instruction publique connaît ses professeurs, le ministre de la guerre
ses officiers, le général d'armée ses soldats, il saura les hommes qui conviennent à telle œuvre, comme ses confrères savent ceux qui peuvent occuper une chaire de faculté, un emploi de colonel, ou s'acquitter d'une expédition difficile. — Je ne voudrais pas de concours, mais j'aimerais à appeler
en toutes choses le public à juger des œuvres de nos artistes, à les mettre
en communication et en rapport, les uns et les autres s'instruisant dans ce
contact, se polissant dans ce frottement. — *Donner à la peinture un mur
de 600 mètres de long, à la sculpture une avenue de deux kilomètres, en plein
air et sur le passage de la ville entière. — Économie de ces deux projets.* —
Contre la sale muraille qui, sur les bords de la Seine, déshonore par
son délabrement le jardin des Tuileries, on élèverait un revêtement de
briques enduit de ciment et de plâtre qui serait divisé en 100 cadres de
5 mètres de large sur 3 de haut. Un vitrage élégant descendrait du couronnement du mur jusqu'aux réverbères et formerait pour les promeneurs
un abri assuré, en été contre le soleil, en hiver contre la pluie et la neige.
Ne pensons qu'à l'intérêt de l'art. Tous ces espaces, encadrés entre des
pilastres ornés, seraient peints ou stuqués en imitation de marbre, de
manière à présenter une simple et riche ordonnance; mais d'avance on
aurait arrêté les sujets historiques qui devraient les remplir, et le programme serait porté à la connaissance de toutes nos écoles. Chaque année,
après l'exposition des envois de Rome, après que l'opinion publique se
serait prononcée, et soit sur la proposition de l'École ou de l'Académie,
soit sur le rapport d'une commission renouvelée tous les ans, l'Administra-

tion déciderait si un des élèves s'est montré digne de remplir un des encadrements avec le sujet qui a souri à son imagination, qu'il a choisi librement, qu'il a longuement préparé. Il n'y a pas là, comme on voit, un concours dans sa rigueur; c'est plutôt une source d'émulation. La sculpture aurait aussi sa carrière ouverte à l'imagination des jeunes gens. L'avenue des Champs-Élysées appelle une décoration monumentale. L'essai fait en 1840 a été satisfaisant. On construirait les piédestaux d'abord dans la partie qui s'étend de la place Louis XV au rond-point, et on les ornerait avec les plâtres des chefs-d'œuvre de la statuaire antique et moderne, et chaque année, après l'exposition des envois de Rome, un ou plusieurs des élèves seraient chargés de remplacer les plâtres par les groupes en marbre des personnages inscrits au programme. Je dis groupes et non pas figures, parce que l'espace permet de renoncer à l'alignement monotone de figures isolées et autorise à composer pour ces piédestaux des groupes de figures qui associent un personnage et une idée, un guerrier avec l'action d'éclat qui l'illustre, un citoyen avec le grand acte de sa vie, un savant avec les figures qui expriment allégoriquement ses découvertes. Ayant eu la liberté dans leur choix, ayant conçu leur figure en vue de la destination projetée, ces jeunes artistes se trouveraient dans les vraies conditions de l'art. La routine aura bien des objections, bien des quolibets contre des propositions de ce genre; mais, loin de se laisser étourdir par cette tour de Babel, qui s'appelle aujourd'hui l'opinion, dans les questions d'art, les hommes qui ont réfléchi sur l'avenir de nos artistes savent ce que valent les premiers élans d'une jeunesse aguerrie, les tendances naïves d'un talent à ses débuts : ils seraient heureux que ces galeries de la peinture et de la sculpture monumentales eussent été ouvertes quand David, Gros et Ingres revenaient de Rome; leurs tableaux à cette date auraient valu ce que valent les *juvenilia* des hommes de génie, et, de même qu'on s'attache davantage aux premiers ouvrages de Raphaël, on regarderait avec une bienveillance particulière les tentatives de jeunes gens devenus de grands artistes, et dont les vingt-cinq ans sont à la fois l'excuse du présent et la promesse de l'avenir. Ces œuvres, exposées au jugement du public, comme les tableaux qu'Apelle offrait à la critique des passants, auront le double avantage d'éclairer l'artiste et d'entretenir la foule dans l'amour de l'art. Associer la population à ces discussions, donner une part de responsabilité à l'opinion, faire de l'art un intérêt public, c'est avancer l'éducation de la nation de front avec celle des artistes. Un jour on se dira dans tout Paris qu'on a placé la statue d'un tel, un jeune artiste de vingt-deux ans, sur un des piédestaux des Champs-Élysées, ou qu'on a découvert la peinture de tel autre élève le long du jardin des Tuileries, et la foule de se mettre en route, de jaser pendant huit jours et de discuter sur le mérite des œuvres; cela vaut bien les conversations sur la rente et ne les empêche pas. — *Les travaux d'art.* — *Leur importance doublée par un plan arrêté d'avance et suivi lentement, de manière à proportionner les commandes au talent des artistes.* — *La hâte sera proscrite.* — *Pas de débordement, pas de stagnation de travaux. — Trop de commandes dépassent la puissance productive, trop peu l'énervent.* — LES ARTISTES. Comme les enfants, ils n'ont reçu de Dieu que des qualités; leurs défauts viennent de nous. — Les artistes, disent les Anglais, ont double collection de nerfs et pas de peau pour les recouvrir. Ménagez donc ces natures susceptibles et irritables. Un saint a ses erreurs, la femme la plus pure a ses faiblesses, et vous ne voulez pas que le génie ait ses infirmités! Prenez garde de vous tromper. Vous vous offusquez du désordre de l'artiste, son assurance vous est insupportable, vous appelez orgueil le sentiment qu'il a de sa force, et entêtement, caprices, lubies, ce qui est en lui un principe arrêté après bien des combats, une conviction formée au milieu de mille incertitudes. — Un jour, dans une commission, on se plaignait d'un artiste de talent qui ne savait pas se soumettre aux formes administratives; un chef de bureau alla même jusqu'à dire qu'il serait dorénavant impossible de l'employer, que c'était un fou. A ce mot, Duban releva la tête, et, comme un lion qui secoue sa crinière, rejetant sa forêt de cheveux en arrière, il s'écria : «Oui, Monsieur, c'est un fou, car c'est un artiste; s'il n'avait pas été fou, il aurait évité la misère qui est au bout de sa carrière, et avec son intelligence, que vous ne contestez pas, il se serait enrichi à faire du sucre ou de la chandelle. » Les membres de la commission sentirent couler dans la moelle de leurs os quelque chose comme un courant électrique, divin et douloureux : l'artiste conserva ses travaux. Imitons la commission. — On me reprochera de ne pas connaître les artistes, leur fol amour-propre, leurs sentiments haineux les uns pour les autres. — Les artistes sont un sol généreux qui rend selon qu'on y sème, qui donne au centuple à celui qui sait remuer et traiter cette terre légère et féconde, à celui surtout qui ne se laisse rebuter ni par une mauvaise récolte, ni par les mille accidents, contre-temps et espérances déçues qui sont le fait de toute culture ; et combien ces contrariétés sont vite oubliées quand par un beau rayon de soleil la plante rare lève et fleurit! Vous avez cru qu'il suffisait d'acheter de la semence, de signer une commande ou une traite sur la banque pour faire surgir le chef-d'œuvre, vous vous étiez trompé; il faut des soins de plus d'un genre, mais tous sont largement compensés par le succès. — *Des égards dus au talent; des rapports avec les artistes.* — Avant tout, donnez une interprétation neuve au mot de commande, qui résonne trop comme à la caserne. Ne commandez qu'une chose à l'artiste, c'est le respect de lui-même. Si vous lui laissez pleine liberté, dira la routine, vous verrez ce que vous obtiendrez de lui; il se moquera de vous, vous serez trompé et volé. Je ne vois pas qu'un artiste ait jamais trompé un camarade, et je suis certain qu'en lui inspirant autant d'intérêt, on sera traité de même. Suivez donc attentivement les artistes dans leur carrière, depuis les débuts dans l'école jusqu'au succès populaire des grandes expositions, connaissez le fort et le faible de leur talent, puis faites votre choix, et, après avoir apparenté les dispositions de chaque artiste avec chacun de vos projets, confiez-leur ces travaux avec deux lignes de commentaire pour toute prescription. Si pour vous décider il vous faut des esquisses, soyez persuadé que l'homme de talent, puissant pour exécuter une grande œuvre, sera malhabile à ce jeu de maquettes et de pochades; sachez aussi que le charlatan de peinture qui vous séduira par une esquisse ne sera capable que d'une grande esquisse et incapable d'exécuter un grand tableau. Soyez mieux préparé pour choisir l'homme éminent, et, le choix fait, soyez plus confiant. Appelez l'artiste près de vous, non pas comme on fait venir un tailleur pour se commander un habit à sa taille, de la forme de son goût et de la couleur de son choix, mais comme un ami avec lequel on veut discuter un intérêt commun. Vous lui direz vos projets, votre but, le sens moral ou politique que vous attachez à cette œuvre; puis, comme le Créateur, vous prononcez le *fiat lux*, et, si vous avez bien choisi, l'artiste doit avoir en lui une lumière dont il vous enverra un reflet pur et éclatant, car son inspiration sera libre; elle n'aura été obscurcie, voilée, par aucune gêne intermédiaire. Ainsi vous sortirez des vieilles routines, ainsi vous rajeunirez l'art par la liberté. Trop longtemps, comme des enfants en lisières, les artistes les plus forts dans leur métier, et qui avaient déjà donné des garanties de leur talent, ont été retenus par vos programmes; il est temps de leur donner l'essor. Qu'ils jettent leurs bourrelets par-dessus les moulins, qu'ils courent, qu'ils gambadent dans le vaste champ de l'imagination; plus d'un roulera à terre, se fera des bosses et des noirs, mais les habiles développeront leurs grâces naturelles ou leur puissante originalité. — DE L'ASSOCIATION DANS LES TRA-VAUX D'ART. L'unité dans la décoration d'un monument est une qualité indispensable qu'il faut sauvegarder à tout prix; c'est une nécessité de force majeure à laquelle on sacrifiera tout, et les artistes eux-mêmes. Mais est-il nécessaire de les sacrifier, de blesser leur amour-propre, de détruire les plus nobles stimulants de l'ambition? Je ne le pense pas. — *Des écoles et des maîtres.* — *Historique des grandes œuvres.* — *Antiquité, moyen âge, renaissance, siècle de Louis XIV.* — *Avantages et abus.* — *L'association des artistes entre eux peut être féconde, mais elle ne se prescrit pas.* — *Deux talents s'associent quand deux caractères s'entendent.* — *Exemples nombreux pris dans l'histoire des arts.* — Joseph et Carle Vernet avaient projeté de peindre en-semble la vaste scène du passage de la mer Rouge. La mort eut peur de cette vie ranimée par deux talents réunis : Joseph avait terminé sa carrière avant que le tableau fût commencé. — *Talents associés de nos jours.* TRAVAUX D'ARCHITECTURE. L'État ne doit pas employer seulement ses élèves; mais comme il donnera aux plus habiles parmi eux les occasions de se produire, comme aussi il ne confiera l'exécution de ses monuments qu'aux architectes qui ont fait leurs preuves, il y a toutes chances pour l'artiste consciencieux qui aura préféré des études sérieuses et arides aux travaux faciles et lucratifs. — Aux grands architectes on donnera non pas seulement les monuments à exécuter, mais les moindres travaux d'utilité publique : il y a pour le goût public autant d'enseignement utile comme autant de fâcheuse influence dans une guérite, un poste de la ligne bien ou mal faits, que dans le plus grand édifice. — *Un habile architecte fait grandement une petite construction ; un malhabile fait petitement un grand monument.* — On ne souffrira plus ou du moins on entravera, par tous les moyens qu'un gouvernement possède, le goût vulgaire et les prétentions ridicules des constructions que les compagnies de chemins de fer exécutent aujourd'hui sans contrôle. — *Avantages accordés à celles qui s'attacheront des architectes de talent et de goût, au lieu de laisser faire des ingénieurs incapables et dépourvus de tout sentiment de l'art.* — *Influence bienfaisante qu'auraient de bons modèles d'architecture mis ainsi sous les yeux de la France entière dans ces gares de voyageurs, où l'attente aiguise l'observation et fixe les objets dans la mémoire.* — *Des architectes.* — *Lacunes de leur éducation.* — *Les habituer aux devis précis, aux comptes exacts, à l'exécution consciencieuse.* — *Les architectes vivant davantage dans le monde pour être mieux dans l'intimité de leurs clients et connaître leurs goûts et leurs besoins.* — *Des architectes tapissiers.* DU CORPS DES ARCHITECTES. *Suppression de l'ancienne Académie royale d'architecture.* — *Position actuelle des architectes entre les ingénieurs et les entrepreneurs maçons.* — Sur 350 maisons construites en moyenne chaque année à Paris, 60 sont l'œuvre d'architectes consommés dans leur art, et 290 la besogne courante d'entrepreneurs maçons et d'ingénieurs qui ont fait des études incomplètes. — *Le remède.* — *Éducation du public.* — Donnez aux maçons un meilleur enseignement, et n'accordez aux ingénieurs leur diplôme qu'après des examens sérieux, dans lesquels ils prouveront qu'ils savent de l'architecture plus qu'on n'en apprend en trente leçons. — *Affreuse architecture urbaine de ces cinquante années.* — *Mal fait à nos monuments par les ingénieurs.* — *Le pont Neuf à Paris.* — *Autres exemples désespérants.* — DU DIPLÔME IMPOSÉ AUX ARCHITECTES. La raison sérieuse pour demander le diplôme est la sécurité des citoyens ; mais il est facile de prouver, en premier lieu, que les entrepreneurs maçons et les ingénieurs qui manquent de talent et de goût sont des constructeurs aussi bons, sinon meilleurs, que le plus grand nombre de nos architectes ; en second lieu, que des commissaires-voyers sont institués pour sauvegarder cet intérêt. Le style et le goût, compromis par les entrepreneurs maçons et par les ingénieurs, est un autre argument en faveur du diplôme ; mais il est évident que, le goût public une fois réformé, il réformera lui-même ces mauvais ouvriers. — A ce compte, on devrait imposer le diplôme aux peintres et aux sculpteurs pour s'assurer contre les laids tableaux et les vilaines sculptures ; j'aime mieux m'en remettre au goût public désormais épuré, et qui empêchera de construire une désagréable maison, comme il s'offense quand on expose en public une peinture immorale.—Prendre garde, sous prétexte de diplôme, d'anéantir à la fois les inspirations libres des artistes et les derniers droits de la propriété ; la loi d'expropriation qui abat notre maison est déjà bien assez arbitraire sans qu'une autre loi nous impose l'architecte qui la reconstruira. — *L'architecture restera une carrière libérale et ne se courbera pas sous l'esclavage du diplôme.* — L'enseignement nouveau de l'École des beaux-arts, embrassant tous les arts dans leur puissante association, nous réserve peut-être un grand peintre ou un grand sculpteur pour notre plus éminent architecte; ne coupons pas les ailes de l'avenir.—*La position est différente pour les architectes de province.—Ils sont en rivalité avec des agents-voyers ignorants, avec des ingénieurs dépourvus de goût, et les conseils municipaux donnent la préférence à ceux-ci. — Instituer un diplôme qui sera délivré aux élèves à leur sortie des écoles, et n'autoriser aucune construction entreprise aux frais de l'État, des départements et des communes, si elle n'est pas confiée à un architecte muni de ce titre.— Former des commissions qui délivreront le même diplôme à tous ceux qui, en dehors des écoles publiques, rempliront les conditions des mêmes examens. — Du reste, liberté pour tous de faire de l'architecture uniquement avec du goût, du talent et même avec du génie. —* SCULPTURE. *C'est le grand art, l'art vivant. — Causes qui l'ont énervé au point que des gens le croient mort. — L'habitude des artistes de travailler sans but et de créer sans destination arrêtée pour leurs œuvres leur a ravi le sentiment des proportions et des convenances. — Des œuvres de la statuaire aux grandes époques. — De nos médailles et de leur infériorité. — Des pierres gravées. — Des matières. — La statuaire d'un grand pays, d'une belle capitale, doit proscrire les matières qui n'offrent pas les conditions de durée et qui ne gagnent pas en beauté avec le temps. — De la fonte qui rougit, de la pierre qui verdit, des compositions qui se délitent. — Les belles matières sont le bronze et le marbre, à la condition de bien allier l'un, de bien choisir l'autre. —* PEINTURE. *Sa grande mission populaire à toutes les époques. Afin qu'elle réponde aux grands sacrifices faits pour l'enseignement général, on entourera les artistes de toutes les facilités qui élèvent d'autant plus le talent qu'il est moins enchaîné à terre. — Ressources offertes par les collections de l'État. — Musées d'objets d'art. — Bibliothèques d'ouvrages à figures et de livres historiques. — Musée de costumes à l'Opéra. — Le bon et le mauvais de ces arsenaux.* DES MODÈLES. J'ai dit comment la Grèce accourait aux jeux d'Olympie pour voir les plus beaux athlètes, comment, dans son enthousiasme, elle demandait leurs statues à ses sculpteurs les plus renommés; j'ai dit comment la beauté était un culte dans la contrée où il était le plus facile de la rencontrer. Je ne sais quand l'enthousiasme pour l'art remontera au degré où l'avaient porté les habitants de Crotone ou d'Héraclée, lorsqu'ils ordonnèrent, par un décret public, aux cinq plus belles vierges de la ville de poser pour la figure d'Hélène devant le peintre Zeuxis. Pouvons-nous espérer revoir cette passion? Devons-nous le désirer? Sans examiner cette question, reportons notre attention sur l'importance des modèles, question vitale pour l'avenir de notre école. Une des misères de l'art à Paris est dans l'absence de bons modèles, ou, ce qui est pis, dans l'espèce de modèles qui pose devant les artistes. Les hommes sont hideux et les femmes abjectes: ceux-là quittent les loges de portier et des ateliers de cordonniers pour poser en Achilles; celles-ci ne laissent que trop percer le métier qu'elles font dans les attitudes qu'elles fournissent aux artistes, dans les inspirations comme dans les distractions qu'elles leur donnent. Aux uns et aux autres manquent la distinction native, l'aisance naturelle; ils les remplacent par l'élégance du bal Mabille et la hardiesse de poses affectées. Si la race israélite apporte aux ateliers des formes moins dégradées et un type plus caractérisé, ces formes sont grêles, ce type est juif, et ces modèles jettent sur toute l'école un ton monotone auquel il faut la soustraire. Au reste, quels qu'ils soient, tous ces modèles de métier, ne faisant de la pose qu'un accessoire de leur vie vulgaire ou désordonnée, apportent à l'atelier de l'artiste le laisser-aller et l'indifférence; il y a absence complète de communauté entre eux et l'œuvre à laquelle ils prennent part. Loin de moi l'idée de moraliser la classe des modèles, de tenter même sa réforme, c'est du ressort de la préfecture de police; mais j'ai à cœur la régénération de l'art, et malheureusement celle-là dépend en partie des modèles que nos artistes ont sous les yeux. On peut faire des phrases sur l'idéal, échafauder des systèmes sur l'alliance de l'inspiration et de l'étude de la nature : tout cela n'avance pas beaucoup la besogne, et, quand on a tenu un pinceau ou un ébauchoir, on sait qu'il faut revenir aux pratiques matérielles et aux instruments du métier; or, le modèle est un de ces instruments, et les productions de notre école prouvent assez qu'il est mauvais. Perfectionnons-le donc. Si nos élèves de Rome et d'Athènes, si nos élèves voyageurs, travaillant dans les succursales de Damas et de Bagdad, trouvent en surabondance les occasions de former leur goût au contact des belles races, à la vue et dans l'étude des mouvements libres et des poses naturelles de peuplades qui semblent n'avoir conservé de leur antique origine que cet héritage de noblesse qu'elles se transmettent sans avoir la conscience de sa valeur, nos jeunes artistes, revenus à Paris, sentent d'autant plus vivement la privation de ces ressources. En même temps, tous les artistes qui, sans avoir obtenu les grands prix, cultivent les arts avec succès, luttent contre des difficultés insurmontables et infligent à leurs œuvres les stigmates de ressemblances trop connues. L'État doit suppléer à ce grave déficit, et voici comment il serait possible d'organiser ce service. Le directeur de l'école de Rome embaucherait une dizaine d'Italiens, hommes et femmes, moyennant 1500 francs d'appointements, avec obligation de poser quatre fois par semaine, matin et soir, dans les écoles du Gouvernement ou chez les maîtres dont le professorat se montrerait digne de cet encouragement. Comme ces étrangers conserveraient pour eux, c'est-à-dire pour les artistes, le reste de leur temps, il leur serait facile de gagner 3,000 francs par an, perspective séduisante pour quitter sans difficulté le pays, surtout quand on ajoutera à ces avantages le voyage gratuit à l'aller et au retour. Je ne voudrais pas qu'on engageât ces modèles pour plus de trois années, parce qu'au bout de ce temps l'influence parisienne a pris le dessus sur les habitudes primitives; mais, tandis que la moitié d'entre eux, s'étant faits à la vie de Paris, renonceront à revoir leur patrie et continueront, bien que dégénérés, à être pour les artistes des modèles infiniment supérieurs à ceux qu'ils ont maintenant, le Gouvernement renouvellerait continuellement les siens et ne les demanderait pas seulement à l'Italie; ses directeurs à Athènes, ses élèves voyageurs et ses consuls en Orient, ses gou-

verneurs en Algérie, ses agents diplomatiques aux Indes, en Espagne, en
Autriche, ses préfets dans les Pyrénées et en Bretagne, seraient chargés de
faire des recherches et d'envoyer à Paris quelques-uns de ces types à fleur de
coins des nationalités les plus belles, et cette population nouvelle de modèles, choisis non pas au point de vue de l'étude des races, qui est un tout
autre ordre d'intérêt et d'étude, mais uniquement d'après la beauté des
traits, l'élégance des formes, la régularité des proportions ; cette population,
dis-je, sera l'un des éléments les plus curieux, les plus attrayants, les plus
féconds, de l'art moderne. — *Les mannequins Le Blond.* — *Genre de perfection dont ils sont susceptibles.* — *Réduction des prix.* — Il ne faut pas plus chercher son idée dans son écritoire que sa composition d'après son modèle ; il
faut l'avoir créée dans sa tête avant de la jeter sur le papier. Toutefois un
modèle d'une nature élégante, aux attitudes naturellement souples et gracieuses, aux poses toujours distinguées, peut aider l'artiste à trouver mieux
qu'il n'avait rêvé. Poser le modèle, c'est scabreux ; mais lui expliquer la pose
qu'on désire pour exprimer la situation que l'on cherche, la lui laisser
prendre de manière à ce qu'il y trouve l'aisance, cette mère de toute grâce
et de tout naturel, c'est une des ressources de l'atelier. — Du matériel des
arts. *La peinture à l'huile.* — *Son histoire.* — *Les Van Eych n'ont rien inventé,
mais ils ont perfectionné la peinture à l'huile en même temps qu'ils peignaient mer-
veilleusement.* — *De la préparation des couleurs aux xve et xvie siècles.* — *De leur
altération aux xviie et xviiie, mais plus particulièrement au xixe.* — *Assistance
cherchée dans les ateliers des chimistes de la grande manufacture.* — Des modes
de peinture. Tous les procédés sont bons dans les mains d'un homme de
talent, mais il en est qui grandissent l'homme et d'autres qui l'amoindrissent :
ainsi la fresque, ainsi le pastel. — La fresque n'est pas seulement une peinture
monumentale parce qu'elle résiste mieux que toute autre à l'influence de
l'air ; elle a ce caractère parce qu'elle exclut les perfections d'effet, de coloris
et de détails auxquelles les artistes sacrifient ou au moins subordonnent le
meilleur de leurs qualités. Quand il faut accuser des contours, on dessine ;
quand il faut colorer par masse, on est large ; quand la simplicité des tons
et l'impossibilité de revenir sur ses teintes obligent à renoncer à l'effet du
trompe-l'œil et à traiter ses sujets par larges partis pris, la manière grandit,
le dessin s'ennoblit, on presse sa pensée pour en exprimer l'âme, on est gagné
par le grand style. La fresque est un mentor sévère qui nous avertit et ne nous
passe rien ; la peinture à l'œuf, à l'huile, à la cire et le pastel sont des com-
plaisants qui encouragent toutes nos faiblesses, en nous aidant à les dissimuler.
— *N'autoriser dans les monuments que des peintures traitées sur le mur même.*
— *Défauts des peintures exécutées dans l'atelier et ensuite marouflées.* — *Des
tableaux transformés en plafonds.* — *Du désordre des idées à cet égard.* — *Plafonds plafonnant s'associant à l'idée d'air et de ciel.* — *Peintures extérieures en
lave et faïence émaillées.* — Des travaux. *Entretenir la grande peinture dans
l'école et le goût du grand dans le public.* — *Continuation du musée de Versailles.* — *Continuation paisible, réfléchie, bien différente de la furia, peut-être*

obligée, qui a présidé à l'exécution de sa première partie. — Caractère qui con-
vient à la seconde partie, consacrée aux gloires pacifiques, à l'histoire civile,
aux actes mémorables des grands citoyens. La France n'est pas seulement une
retentissante caserne, elle a exercé son influence sur d'autres terrains que
sur les champs de bataille; ses vertus, ses grandes actions, ses actes de dévouement, pour n'être pas tous éclairés par l'éclat de la poudre, n'en sont
pas moins brillants et dignes d'être représentés, n'en sont pas moins favorables à l'art qui les représentera. — Chaque monument de Paris aura son
caractère particulier de peinture. — Les nouvelles galeries des musées du
Louvre et du Luxembourg appellent l'antiquité dans sa poésie; le cloître des
Invalides, les manéges et les grandes salles d'exercice des casernes se tiendront au courant de l'histoire militaire, et la suivront au jour le jour; la
salle des Pas Perdus et les galeries du Palais de Justice montreront avec
orgueil les vertus sévères de la magistrature; les galeries du musée d'histoire
naturelle développeront les merveilles de la création; les salles des hôpitaux,
si tristes, si monotones, offriront aux malades et aux mourants les scènes
consolantes de la religion; les églises se prêtent au développement de la
pensée religieuse; la galerie des Tuileries sur le bord de l'eau et les
grandes gares des chemins de fer, les foyers, plafonds et rideaux des théâtres,
feront lire les grandes pages de l'histoire nationale et populaire. Voilà les
espaces et le livre ouverts au talent. Aussi, quand un grand artiste viendra
vous dire : Telle page m'inspire; répondez : Faites, et laissez faire, car s'il est
une chance d'obtenir une œuvre vraiment spontanée et vivante, c'est à ce
mode de liberté que vous la devrez; autrement vous aurez de la peinture
officielle, un moniteur en images. Il en est du génie dans les arts comme
de l'esprit dans le monde: annoncez à vos convives un homme d'esprit, il
se taira; à vous la faute, vous lui avez commandé d'avoir de l'esprit. Par
cette même raison vous laisserez aux artistes la liberté de renoncer à tel
sujet choisi par eux et d'en prendre un autre; l'imagination est capricieuse;
l'homme de génie en souffre plus que ceux qui s'en plaignent. — *De la pein-*
ture topographique des batailles. — *Ce genre exact doit être encouragé pour laisser*
les artistes faire de l'art à propos de batailles. — Un secours du même genre
sera donné aux peintres qui représentent les faits de la vie civile. On leur
demandera d'associer la réalité des attitudes et la vérité des costumes à
l'allégorie qui ouvre au-dessus du prosaïque comme un coin de ciel poétique. L'erreur de David et de son école a été de copier l'antiquité au lieu
de chercher à la comprendre, de la faire entrer violemment dans les sujets
modernes au lieu de la leur associer, là où ils comportent le rapprochement.
La gravure du *Serment du jeu de paume* ne se comprend qu'en voyant le
tableau esquissé. On était étonné de ces gestes étranges, de ces poses inso-
lites, de ces allures d'athlètes, inconciliables avec des costumes étriqués,
des têtes poudrées et des jambes en culottes; mais en découvrant dans l'esquisse du tableau les modèles nus qui ont posé au lieu des représentants des
trois ordres, on s'explique comment leurs têtes ressemblantes sont placées

sur des corps qui ne pouvaient leur ressembler. LE CHOIX DES ARTISTES. Un général d'armée choisit pour chaque expédition les bataillons qui conviennent le mieux aux difficultés de l'entreprise, de même vous distribuerez les travaux suivant les aptitudes. S'agit-il des grandes pages populaires peintes en plein air sur la voie publique, vous appellerez à vous les hommes que leur talent porte à la largeur et à une certaine prestesse d'exécution ; vous vous adresserez à ces fortes imaginations qui rêvent les vastes emplacements et font craquer les plus grands cadres en débordant sur les limites de la toile. Quelles mains pour couvrir les immenses espaces que celles de Vernet, de Delacroix, de Laemlein, de Janet-Lange, d'Yvon? Je voudrais qu'on continuât la rue de Rivoli rien que pour fournir à ces hommes l'occasion magnifique d'enseigner l'histoire de France aux passants, depuis le ministère de la marine jusqu'à la barrière du Trône. — Telle imagination procède par enjambées, telle autre se replie sur elle-même ; sachez contenir les unes et obliger les autres à s'épandre. Orsel, Perrin, Tyr et toute une génération nouvelle de jeunes peintres convaincus sont délaissés par l'Administration, « parce qu'on n'en obtient rien. » En effet, des artistes de cette nature ne peuvent se faire aux exigences expéditives du jour : je les en félicite. Donnez-leur du temps, n'échafaudez les chapelles que lorsqu'ils seront prêts à peindre sur place. C'est la pensée qui est lente à prendre sa forme, parce qu'elle lutte avec un idéal difficile à atteindre et mille scrupules qui empêchent ces artistes de se satisfaire ; mais une fois la pensée conçue et la forme arrêtée, leur exécution est aussi rapide que celle d'aucun autre. — La peinture officielle des portraits du chef de l'État ne saurait être omise dans ce tableau des influences qui agissent sur le goût public. Depuis Louis XIV, la peinture et la sculpture ont répété le portrait du souverain dans son caractère officiel, en même temps que le balancier de la Monnaie frappait l'effigie royale ; mais comme, au temps du grand roi, les artistes les plus renommés étaient chargés de peindre et de modeler l'original d'après nature ; comme aussi on n'en confiait la reproduction qu'à d'autres artistes de mérite ; comme enfin le plus habile graveur était chargé de reproduire ces ouvrages par le burin, les portraits officiels furent, sous ce règne, très-satisfaisants, et ils n'ont pas peu contribué à donner, tant aux contemporains qu'à la postérité, une grande idée de la majesté royale. La peinture et la sculpture officielles furent plus lâchées sous Louis XV, et on peut suivre leur décadence en continuant l'examen des effigies royales jusqu'aux incroyables badigeonnages, jusqu'aux fabuleux bonshommes envoyés sous le titre de portraits du roi Louis-Philippe aux ministères, ambassades et préfectures. — *Alexandre ne voulait être peint que par Apelle. — Les papes et les princes à l'époque de la Renaissance. — François Ier et les Valois. — Henri III ne laisse passer ses portraits qu'approuvés par François Clouet. — Réforme nécessaire. — Intérêt pour le chef de l'État, intérêt pour l'art.* LA GRAVURE ET LA PHOTOGRAPHIE. *Leur action de propagande. — Encouragements donnés libéralement à la gravure dans les siècles précédents. — La chalcographie du Louvre.*

— Le prix de Rome. — Les commandes. — Rivalité de la photographie. — Progrès de cet art. — Son importance immense. — Son influence excellente. — Son utilité pour remplacer les médiocrités en tous genres par des chefs-d'œuvre, sans faire tort aux chefs-d'œuvre de l'art. — La photographie a donné des leçons à tout le monde, aux artistes et au public, et ce ne sont pas les artistes qui en profitent le moins. C'est à la photographie que les arts devront de rentrer dans les hautes régions de la pensée, leur vrai domaine. Quand on fera dès la première séance d'apprentissage ou quand on achètera pour quelques sous des imitations inimitables de toutes les scènes de la nature, les gens habiles, qui avaient du penchant pour le réalisme, renonceront à lutter avec la machine; ils ne lutteront plus qu'avec l'idéal. — Les procédés de la photographie sont imparfaits, ils se perfectionneront; on trouvera le moyen de transporter les épreuves sur pierre et sur métal, et ces dessins merveilleux, imprimés par les procédés ordinaires de la lithographie et de la gravure, n'étant grevés ni de droits d'auteur ni de frais de gravure, seront donnés pour presque rien et répandus dans toutes les mains. Allant au-devant de cet avenir prochain, on demandera aux grands interprètes des vieux maîtres, à Henriquel Dupont, à Calamatta, à Mercuri, à d'autres burinistes bien connus, non plus d'excellentes gravures qu'ils creusent péniblement dans le cuivre avec leurs outils d'acier (dix années de fers pour chaque gravure), mais d'admirables dessins d'après les chefs-d'œuvre des plus célèbres galeries; dessins aussi finis, aussi brillants, aussi harmonieux que leurs gravures, mais qu'ils mettront deux ou trois mois à faire en compagnie de la fraîcheur de l'inspiration. Ces dessins seront photographiés, transportés sur cuivre ou sur pierre et donnés pour un prix modique à des milliers d'amateurs, heureux de posséder ainsi cinquante Henriquel Dupont au lieu d'un, cinquante dessins qui auront toutes les qualités éminentes de ses gravures, et, en plus, des qualités d'initiative personnelle qui percent dans la liberté de la touche, en nous délivrant des pauvretés, des minuties de pointillé, des résilles de hachures et des difficultés mesquinement vaincues, autant de défauts inhérents à la gravure. Vous voulez donc tuer cet art admirable? Non pas, je demande seulement grâce pour quelques hommes supérieurs. — La gravure à l'eau-forte et la lithographie sont une utile propagande quand elles sont l'expression animée et spirituelle de la pensée, et elles n'ont pas besoin d'encouragement quand elles sont traitées par des peintres de talent; cependant, d'honorables distinctions doivent s'associer aux applaudissements des amateurs. La musique. *Son développement et son avenir* Les théâtres et la littérature. *Moyens d'associer leur prospérité à celle des arts.* L'industrie. *Formes diverses, générales et particulières pour lui distribuer des encouragements.* Expositions permanentes, périodiques, universelles. Elles donnent aux artistes l'occasion de se produire, au public le moyen de comparer, à l'État un contrôle de l'opinion et le diapason des progrès. Exposition permanente. L'inconvénient de tous les modes d'exposition est, pour le jeune artiste, d'exciter le désir naturel qui le pousse à se produire avant sa ma-

turité, et pour les talents faits, pour les artistes supérieurs, de compromettre leur œuvre au milieu d'un fouillis d'œuvres disparates, sous les
yeux de spectateurs distraits; mais ces inconvénients, inhérents à la chose,
sont la chose même. — La permanence d'une exposition me semble utile,
non pas par la raison qui fait qu'on la demande, qui fait qu'on l'accordera
un jour, raison mercantile, mais par des motifs supérieurs. — Ne craignant
rien de l'éclosion incessante et indéfinie des artistes, je sais cependant
quelle foule de précautions et de soins, quelle charge elle impose, non
pas charge d'âmes, mais charge de prétentions impuissantes, de luttes
désespérées, malheurs passagers, il est vrai, et qu'on prend en patience,
si l'on songe au refuge qu'offre l'industrie aux blessés des beaux-arts. —
Doué de quelque facilité qu'il prend pour du talent, un jeune homme veut
devenir artiste et il lutte avec les difficultés de l'art, ne pensant qu'à la difficulté de se produire, de se faire connaître, si bien qu'il croit n'avoir affaire,
pour réussir, qu'à un seul obstacle : la publicité. Rendez facile cette publicité. Ouvrez des salles d'exposition permanente pour les ouvrages nouveaux;
que chacun ait le droit d'exposer pendant deux mois ce qu'il a peint, dessiné,
gravé ou sculpté, et quand, sans bourse délier, l'élève aura montré au public, dans les belles salles du Louvre, ce qu'il sait faire, si les tableaux et
les statues lui sont renvoyés faute d'acheteur, il ne s'en prendra qu'à lui-
même, la leçon sera complète, et d'un médiocre artiste mourant de faim
vous aurez fait un excellent ouvrier à 20 francs par jour. Les marchands de
tableaux, de statues et d'objets d'art modernes, ceux qui font consciencieusement leur métier, n'ont rien à craindre de l'exposition permanente, car
les peintres et les sculpteurs dont les ouvrages se vendent couramment
chez ces marchands verront bientôt qu'il leur manque au Louvre un intermédiaire intéressé à prôner leur talent, à mettre leur œuvre dans le meilleur
jour et leur réputation sur le plus haut piédestal; ils verront bientôt que
leurs petits tableaux, confondus et compromis au milieu de mille tableaux,
sans un interprète, sans un protecteur, n'a aucune chance d'être remarqué
par l'amateur craintif, indécis, soupçonneux et incapable de se former une
opinion par lui-même, qu'il a même la mauvaise chance d'être fâcheusement
commenté par quelque critique autorisé; alors ils déserteront l'exposition
permanente, qui restera l'utile refuge des débutants, dont le nom est pour
le marchand une signature sans valeur, des talents consciencieux qui cherchent leur chemin dans le dédale des voies tracées, et enfin des artistes sérieux qui dédaignent les succès faciles et poursuivent l'idéal dans les sujets
poétiques ou religieux et dans l'histoire. EXPOSITION PÉRIODIQUE. Tous les
deux ans les artistes seront convoqués à une exposition de leurs œuvres, et
l'hospitalité la plus accueillante sera, comme par le passé, accordée aux
étrangers. Je suppose dans le Louvre, terminé d'après le plan proposé par
MM. Trélat et Visconti, les expositions se faisant dans une magnifique
salle parallèle à la galerie des tableaux anciens, et en communication facile
avec elle. Je vois alors le public des amateurs, et les artistes eux-mêmes,

allant d'un tableau d'Ingres à un tableau de Raphaël, de l'*Orgie romaine* de Couture aux *Noces de Cana* de Paul Véronèse, de l'*Entrée de Trajan* d'Eugène Delacroix à la galerie de Médicis de Rubens. Croit-on que le public et les artistes ne trouvent pas là le vrai critérium, la saine comparaison, un obstacle salutaire aux engouements insensés, un stimulant puissant aux efforts généreux? Est-il à craindre que cette comparaison serve l'envie, jalouse des succès contemporains, heureuse de tout ce qui déprime et décourage? Ce serait mal connaître le vrai talent que de croire qu'on l'abat ainsi; bien au contraire, en face d'une critique loyale il trouvera de nouvelles forces pour la lutte, et, quant à la médiocrité, bien habile celui qui la découragera. Non, cette comparaison sera salutaire pour tous, pour les hommes de talent qui marchent dans la bonne voie et auxquels elle montrera le vrai but, pour les hommes de talent envahis par le mauvais goût et auxquels elle signalera l'écueil, pour le public enfin qui aura toujours à sa disposition, et pour ainsi dire sous la main, la vraie base de la saine critique. Le choix même du local indique que l'exposition sera très-restreinte. Avec une exposition permanente pour le commerce des tableaux, on peut n'avoir en vue, dans les expositions périodiques, que les progrès sérieux de l'école, son honneur et la gloire du pays. Exposition universelle. Tous les cinq ans il y aura une exposition française des arts et de l'industrie; tous les dix ans, une exposition universelle. Dans ces solennités, et surtout dans la seconde, les arts seront associés à leur sœur l'industrie, et nous espérons voir se développer chaque jour davantage le rapprochement fraternel des arts entre eux et des nations entre elles. — *Classification nouvelle. — Distribution sur un plan différent. — Exposition de l'horticulture et des animaux, combinée avec les productions des arts et de l'industrie. — Intervention de la musique et de la littérature.* Du jury. Toutes assises réclament de la justice la même protection. — On veut être jugé par ses pairs, être jugé publiquement. — Condamner un artiste à l'exil ou proscrire son œuvre est tout aussi grave aux yeux de ceux qui connaissent la susceptibilité du génie. — Dans l'impossibilité de réunir tous les artistes sur la place Louis XV, et de faire défiler devant eux plusieurs milliers d'œuvres d'art pour qu'ils décident entre eux et en commun de l'admission ou du rejet, il faut un jury. D'un autre côté, une exposition publique n'est ni un bazar de marchandises ni le tour des enfants abandonnés sans nom; c'est le complément de l'éducation des artistes et un ressort puissant pour le maintien du goût public. Il est donc bon que les professeurs de l'École et la classe des beaux-arts de l'Institut suivent, dans les expositions, les tendances des élèves et y maintiennent l'autorité de leurs principes, les y maintiennent toutefois sans pouvoir être excessifs dans leurs prédilections, abusifs dans leurs exclusions. Ce sont, par conséquent, deux éléments à combiner : la participation des artistes aux opérations du jury par voie d'élection, et le corps enseignant siégeant de droit; un nombre de voix égal accordé aux deux influences. — La publicité des opérations, garantie par un jury de

184 membres; ce chiffre se décomposant ainsi : 60 membres titulaires de l'Institut, 20 membres honoraires, 12 professeurs de l'École, 92 jurés élus par les exposants. — Le président ayant voix prépondérante. — Un seul jury pour toutes les opérations, car il importe de maintenir l'unité de vue dans toutes les décisions. — Les galeries d'exposition donnant un espace limité, on procédera par admission et rejet sur l'ensemble des œuvres d'art présentées; puis, dans une révision de celles qui auront été admises, on comptera les voix d'admission pour chaque œuvre, et, suivant que l'espace le permettra, l'Administration placera tableaux, statues et dessins, en suivant l'ordre d'admission. A la suite du catalogue sera publiée la liste des ouvrages admis et non placés : c'est une satisfaction donnée aux artistes qui ont approché du but, et en même temps un procès-verbal des opérations du jury. Tout doit être public dans ces graves assises; on écartera ainsi ce qui sent le conciliabule, le mystère et la coterie. — *Difficultés matérielles de ces votes par boules, vaincues dans notre assemblée législative. — L'obligation d'un rejet brutal fausse l'esprit de justice, l'admission conditionnelle permet l'impartialité. — Combinaisons différentes essayées. — Autres combinaisons proposées. — Leurs inconvénients. — Les membres du jury auront droit d'exposer deux ouvrages; ils soumettront les autres au jury. — Une commission, prise dans le jury, surveillera le placement. — Le jury d'admission, à l'exception des membres exposants, sera chargé de décerner les récompenses, l'une des opérations étant la conséquence de l'autre.* Les expositions de l'industrie ont leur jury d'hommes spéciaux pour toutes les questions de pratique, mais les œuvres de l'industrie ressortissent au jury des beaux-arts quand leur perfection les fait entrer dans ce domaine. — On s'est habitué depuis longtemps à juger les expositions des arts sans laisser trace des motifs qui ont dirigé les juges, et il s'est trouvé ainsi que les artistes, de tous les producteurs les plus intéressés à recevoir la direction de l'expérience, à connaître les règles qu'observent des juges compétents et qu'ils suivent dans leurs décisions, n'ont eu du jugement que l'arrêt sans connaître les considérants ni les motifs. — De même que la marche de l'industrie est signalée dans un rapport imprimé, de même aussi les tendances heureuses de l'École, ses déviations coupables devront être consignées dans l'introduction du rapport qui proclamera les récompenses. C'est une occasion naturelle pour le Gouvernement, et pour le ministre qui dirige plus spécialement les beaux-arts, de motiver son action, de justifier ses mesures, de jeter le blâme, d'accorder les éloges, de donner en un mot une signification à ces rencontres d'œuvres, à ce concours d'hommes de talent. C'est délicat et difficile, sans doute; mais une voix, que je suppose autorisée par l'expérience et l'érudition, est toujours avidement écoutée et sérieusement étudiée, quand elle porte avec elle l'initiative de toute protection. SOCIÉTÉS DES ARTS ET DE L'INDUSTRIE. *Historique. — La société d'encouragement. Son origine. Ses travaux. Elle se complaît dans une somnolence qui l'empêche de s'apercevoir qu'elle compte dans le mouvement général du progrès moins par son activité présente que par son an*

cienne réputation, et il n'est pas sage de vivre trop longtemps sur ce fond. — Ranimer cette institution. — Reviser ses statuts. — Renouveler ses commissions. — Chercher une combinaison pour la fondre dans le Conservatoire des arts et métiers, tout en lui conservant son principe d'association indépendante. — Utilité des associations des arts. — Leur immense développement en Allemagne et en Belgique. — La société des arts de Paris, la plus ancienne en date, a perdu son influence : la faire revivre. — Local spécial pour ses expositions. — Encouragements aux associations formées en province. — Les ériger, par grandes régions de la France, en sociétés unies, de manière à répartir leurs expositions dans le cours de l'année et à faire circuler dans chacune d'elles les œuvres d'art qui n'ont pas trouvé leur placement. L'État confierait à ces agences régionales ses meilleures acquisitions, et ne placerait au Luxembourg, ainsi que dans les résidences, tableaux, statues, œuvres d'art et produits de l'industrie, qu'après leur avoir fait faire leur glorieux tour de France, au grand profit du goût public. — Ayant en vue cette marche triomphale de leurs œuvres, les artistes seront stimulés ; et qu'on n'oppose pas la crainte des accidents : la Transfiguration, le Laocoon et tant d'autres chefs-d'œuvre ont voyagé de Rome à Paris et de Paris à Rome sans souffrir aucune altération. Les intermédiaires du commerce. La facilité d'écouler les productions d'un art facile est un inconvénient pour les caractères faibles et pour les convictions hésitantes ; c'est un avantage pour les caractères de forte trempe, car, tandis qu'elle ôte à ceux-là le goût des études sérieuses, elle offre à ceux-ci des ressources pécuniaires qui leur permettent de poursuivre les travaux sérieux, les projets de longue haleine. — *Nécessité des intermédiaires pour sauvegarder la dignité de l'artiste et lui épargner des pertes de temps.* — Les branches de l'industrie qui s'occupent des œuvres de l'intelligence demanderont désormais des gens intelligents et bien préparés à ces délicates transactions. On ne verra plus des Auvergnats descendre de leurs montagnes et accaparer, en dépit de leur grossièreté, le commerce des objets d'art ; on ne verra plus des commerçants, quoique parfaitement illettrés, se mettre dans l'imprimerie ou trôner dans la librairie. Les artistes de talent qui ont cessé de produire entreprendront le commerce des tableaux et objets d'art, en même temps que des littérateurs émérites se mettront à la tête de l'imprimerie et de la librairie. Déjà une amélioration est sensible dans le commerce des objets d'art. Il manque encore à nos marchands le goût épuré qui exercera une bonne influence sur les artistes et sur leur clientèle ; il manque surtout la passion, qui compatit aux insouciances financières de l'artiste, et l'honnêteté, qui ne spécule pas sur les misères du talent. Tout cela se réformera avec le temps : nous aurons non-seulement des hommes de goût parmi les marchands de tableaux, mais aussi des hommes de cœur. — L'industrie a, de son côté, ses intermédiaires, et il y aurait utilité à relever ce corps dans l'estime publique et dans sa propre estime. — *Les maisons de commission et les commis-voyageurs.— Les huit cents apôtres des arts et de l'industrie parisienne vont au loin vanter notre supériorité en écoulant leurs produits, en provoquant la demande, en étudiant les goûts, les tendances et les besoins. Sont-ils préparés à cette mission? N'y a-t-il pas une organisation à donner à ces utiles intermédiaires? — Études obligées. — Brevet de capacité. — Titre officiel.* — Rentrés à Paris, ne pourrait-on pas leur donner un point de réunion, en facilitant l'ouverture d'un grand club du commerce où ils trouveraient, avec les avantages propres à ces établissements, une bibliothèque, des collections de modèles en tous genres, des assortiments industriels, des lectures sur l'économie politique, des cours d'histoire dans ses rapports avec les arts et avec l'industrie? — *Un certain ensemble s'établirait entre ces membres disséminés d'un même corps, notre influence s'en ressentirait au dehors, en même temps que les influences utiles du dehors réagiraient sur notre fabrique. — Des exportations de la France. — Système douanier. — Des prohibitions. — Primes d'exportation assurées à la perfection des produits qui empruntent aux arts leur principal mérite. — Les négociants qui propagent au loin le goût français méritent cet encouragement.* — MARQUE DE FABRIQUE, POINÇON DE GARANTIE; TIMBRE DES IMPRIMÉS. La marque de fabrique est pour chacun la responsabilité de ses œuvres, et pour la France en pays étranger une caution de son bon goût. — *Le poinçon de garantie. Son origine. — Le pour et le contre.* — On maintiendra la garantie. Qui dit bijouterie française dit, dans le monde entier, belle et bonne bijouterie. Pour ceux qui ne s'attachent qu'à l'apparence extérieure de nos modèles, faites des bijoux doublés ou en cuivre doré, et luttez ainsi loyalement contre une concurrence déloyale. — *Les timbres.* On n'appliquera pas aux objets d'orfévrerie ancienne de nouveaux timbres, aux journaux d'art et de littérature des timbres grossiers, aux livres destinés au colportage et aux voyageurs des timbres honteux qui les empêchent d'entrer dans toute honnête bibliothèque. — Les bonnes manières comme le bon goût s'étendent à tout : n'ayons en rien l'air d'un peuple de sauvages. — Quand le timbre est indispensable sur nos journaux ou sur nos livres, qu'il devienne un ornement. Un dessin d'Eug. Flandrin, gravé par Depaulis, et imprimé avec soin dans une place spécialement réservée, me semble plus digne du goût français que cette tache noire qui promène indifféremment sa marque graisseuse sur tout ce qu'elle rencontre, texte ou gravure. PROPRIÉTÉ DES ŒUVRES DE LA PENSÉE. LITTÉRATURE ET BEAUX-ARTS. *Histoire de cette nouvelle propriété. Elle a été inconnue à toutes les grandes époques de la civilisation.* — Digne fille de notre siècle, elle n'est pas née dans l'atelier d'un artiste, mais dans le cabinet d'un homme d'affaires : c'était une position à prendre. — Assimiler la propriété du génie sur ses œuvres à la propriété d'un paysan sur la récolte de son champ est une idée prosaïque qui n'avait encore traversé l'esprit de personne. L'artiste, qu'il soit poëte, peintre ou musicien, architecte, sculpteur ou mécanicien, a reçu du ciel son génie, dont vous faites une propriété; il ne l'a pas acquise, il n'en a pas hérité de son père, qui ne la possédait pas, et comment l'exploite-t-il? Au milieu des rêves de gloire les plus doux, dans une existence remplie d'illusions qui valent le bonheur, remplie aussi de luttes qui ne sont pas si pénibles, puisqu'elles restent dans les souvenirs du vieillard comme les plus heureux jours de la vie, il crée des chefs-d'œuvre. Il crée! Vous que le ciel a doués du génie, dites donc à ces gens d'affaires le bonheur qui s'attache à cette faculté émanée de Dieu, à cette puissance qui frappe du pied le néant et en fait jaillir la pensée réalisée. L'œuvre est créée, la foule admire et bat des mains, le nom de l'artiste passe de bouche en bouche, l'artiste lui-même est acclamé, porté en triomphe, salué avec étonnement et respect partout où il se présente, décoré à l'égal des guerriers qui ont donné leur sang à la patrie, élevé sur les chaises curules à côté des hommes que le peuple nomme ses bienfaiteurs, et, quand l'œuvre est ainsi magnifiquement rémunérée, vous voulez la comparer à la récolte du paysan, et permettre à l'artiste d'en disposer à son gré, au même titre que le paysan dispose de son blé; mais le malheureux cultivateur, quand il a arraché à la terre, au prix de ses sueurs, une récolte précaire, quand il l'a sauvée des atteintes de la grêle, de la pluie, des rats et des insectes, quand il l'a partagée avec le percepteur des impositions, qu'ajoutera-t-il à son gain? Rien au monde. C'est bien sa propriété, car c'est l'unique rémunération de son labeur; la moisson du génie est tout autre, et vous le savez bien. — Prenez-y garde, dirai-je aux artistes et aux poëtes, vous serez les premières victimes de votre mercantilisme. J'achète un tableau ou une partition, je fais faire une statue ou une maison, je souscris l'obligation de jouer sur la scène ou d'éditer, sous forme de volume, une œuvre littéraire : que l'auteur réfléchisse avant de conclure, car, puisque l'art est une marchandise, je ne veux pas qu'on me trompe sur la marchandise livrée; demain, je vous envoie un huissier, vous, le peintre, pour avoir mis dans un autre tableau un groupe de figures qui était dans le mien; vous, le musicien, pour avoir reproduit une mélodie qu'il est bien facile de retrouver dans ma partition, quelque soin que vous ayez mis à la dissimuler; vous, l'architecte, pour avoir placé dans l'entablement de mon voisin les ornements dont vous m'aviez vanté la nouveauté en décorant ma maison; vous, enfin, le sculpteur, qui savez ce que valent les idées, puisque vous en avez si peu, pour avoir donné à une autre statue la pose que vous m'avez vendue. Vous aurez beau prétendre que l'art est libre, qu'on ne peut enchaîner votre imagination, proscrire les réminiscences, assimiler des idées semblables qui diffèrent par le changement de la situation, j'établirai que vous tous vous m'avez trompé, et le tribunal vous condamnera comme des voleurs. — *La propriété intellectuelle est un fait admis. Son extension illimitée est abusive.* — *Combinaison d'une propriété intellectuelle avec facilité de rachat par l'État, après avis motivé du conseil d'État et pour cause d'utilité publique.* RÉCOMPENSES. *Comment les artistes ont été récompensés dans l'antiquité; — au moyen âge; — à l'époque de la Renaissance; — au siècle de Louis XIV. — L'artiste a besoin de la feuille de laurier: les uns la portent à la boutonnière, les autres devant leur nom, celui-ci la dore, celui-là la met dans son pot au feu; que tous puissent l'espérer, que les plus méritants l'obtiennent. — L'ordre de la Légion d'honneur associe les services civils aux services militaires, le talent de l'artiste à celui de l'administrateur et du général : c'est une grande pensée. — Une seule distinction honorifique ne suffit pas; en imaginer une autre qui l'égale sans l'amoindrir.* — On instituerait une croix du mérite à deux degrés: l'un, le second degré, sous forme de médaille; l'autre, le premier degré, sous forme de croix. La médaille serait donnée par le Gouvernement en nombre illimité aux artistes et aux industriels de tous les pays, soit directement, soit sur le rapport motivé des inspecteurs des beaux-arts, des agents diplomatiques et des consuls. La croix serait également distribuée par le Gouvernement, mais seulement jusqu'au nombre de deux cents. Ensuite, chaque extinction serait annoncée par la voie des journaux, et chaque porteur de la médaille déposerait à sa mairie, et en pays étranger chez l'agent français, un bulletin portant le nom de son candidat à la croix du mérite. L'espace de temps reconnu nécessaire pour parcourir les plus grandes distances étant écoulé, on proclamerait le résultat de ce concours universel. La croix du mérite ainsi obtenue par l'acclamation de plusieurs milliers de votants, représentant sur l'étendue du monde entier les juges compétents en matière d'art, serait certes la plus enviée des récompenses, et la seule qu'une femme pût honorablement accepter. Le ruban qui brille sur l'uniforme du soldat comme le signe de l'honneur serait trop souvent sur la robe de la femme la tache de son déshonneur; mais une faveur qu'on obtient de dix mille personnes dispersées dans le monde entier ne saurait effrayer la susceptibilité la plus ombrageuse, et honorerait aussi bien Rosa Bonheur qu'Horace Vernet. Si le caractère populaire de cette distinction en est le principal mérite, on cherchera dans ce même élément tout ce qui peut servir de stimulant pour nos artistes, tout ce qui peut rendre l'enthousiasme à nos populations et la vie à nos départements. — *Ovations faites aux grands artistes. — Récompenses votées par souscription. — Statues érigées par les villes aux artistes célèbres qui y sont nés. — L'État associera son concours moral aux manifestations publiques d'un sentiment généreux.* — C'est relever les arts et les artistes que de les prendre au sérieux jusque dans les jeux de leur imagination, jusque dans l'enfantillage de leurs enthousiasmes. On leur inspire une haute idée de leur mission, on leur donne l'ambition de bien faire en s'intéressant ou en paraissant s'intéresser à leurs projets, à leurs travaux. Mais où ils ont le plus besoin d'assistance, c'est dans leur vie privée. Comme tous les autres hommes, les artistes ont l'esprit et les tendances morales de leurs relations. L'instruction développée, les principes d'honneur et de moralité, les bonnes manières, sont le vrai cortége du talent. Ils font de la vie le miroir de l'art, ils mettent au même niveau la dignité du talent et la dignité de l'homme. — Dans les arts, comme dans les lettres, la vulgarité de la pensée produit la vulgarité du style. L'art est si chaste qu'il trahit lui-même ses intentions à première vue. Comme la jeune fille qui rougit sans le vouloir, l'art accuse ses mauvaises tendances en dépit de tout ce qu'il fait pour les dissimuler. Élevez vos pensées, maintenez votre cœur dans les hautes régions, comprenez toutes les passions nobles; autrement l'âne montrera les oreilles sous la peau du lion, la lasciveté percera sous la grâce, l'obscène sous la passion. L'histoire des peintres est remplie de ces exemples d'un art qui s'épure quand la conduite se limpidifie, d'une pensée qui s'élève quand le corps se redresse, du génie qui s'éveille quand les instincts et les passions d'en bas sommeillent. — *État social des artistes en Grèce.* — Socrate, Platon, Aristote, parcouraient les ateliers et jetaient dans l'âme des artistes les idées, les conseils, les critiques, selon que l'œuvre les comportait. Ces artistes vivaient dans la palestre et sur les places publiques, en familiarité avec la classe la plus distinguée. A l'époque de la Renaissance, ils furent traités avec des prévenances au moins égales. Raphaël a dû l'élégance de ses types à une noblesse native assistée d'une noblesse de relations sociales; Titien, Velasquez, Rubens, transmirent aux personnages de leurs tableaux une distinction qu'ils avaient adoptée eux-mêmes, qu'ils s'étaient incorporée en vivant avec les princes, les seigneurs et la haute société. Si j'ai placé au début de la carrière et dans l'École des cours de littérature et d'histoire, on ne s'étonnera pas que je réserve aux artistes, pendant leur carrière active, les heureux effets du contact avec les hommes d'élite dans tous les genres. Des allocations seront données comme frais de représentation aux secrétaires perpétuels de l'École et de l'Académie des beaux-arts à Paris, aux directeurs du musée du Louvre, du musée de Cluny, des conservatoires de musique et des arts et métiers, des archives générales, de nos grandes bibliothèques, du muséum d'histoire naturelle, du théâtre Français et de l'Opéra. Les hauts fonctionnaires qui dirigent ces établissements ou ces institutions appelleraient autour d'eux les artistes de talent dans ces heures du soir où ils ont besoin de repos et de distraction, et ils les mettraient en rapport avec les hommes remarquables dans les lettres et les sciences, avec les hommes les mieux placés dans la haute société, avec les fonctionnaires de tous rangs et le monde officiel; les acteurs et les actrices, les chanteurs et les cantatrices en renom, eux-mêmes invités, viendraient dans ces soirées réciter les plus beaux passages de nos auteurs, chanter les plus délicieux morceaux de leur répertoire; de temps à autre, un voyageur y ferait le récit de ses aventures; un poëte, la confidence de ses inspirations; un esprit ingénieux, la description de ses inventions. Les artistes étrangers se rencontreraient avec les nôtres, tous ensemble avec les artistes amateurs, gens du monde, dont les conseils ont du bon et qui servent d'intermédiaire avec les riches amateurs. PREMIÈRE ET SECONDE ACADÉMIE DES BEAUX-ARTS. Cet accueil fait à l'artiste dans le monde pendant la partie brillante et populaire de sa carrière nous conduit aux deux refuges offerts à sa vieillesse : dans l'un il trouve la gloire, dans l'autre une douce sociabilité et un abri. — *La quatrième classe de l'Institut ou première Académie des beaux-arts.* — *Son histoire depuis la Révolution.* — *Son influence modifiée.* — *Ses lacunes.* — Elle se compose de 40 membres titulaires et de 10 membres libres. Ces chiffres ne répondent pas à l'extension que les arts ont prise dans la vie civile, à l'importance qu'ils ont acquise dans la vie publique, à l'augmentation du nombre des artistes, au fractionnement des différents genres. L'Académie des sciences compte 63 membres titulaires et 10 membres libres ; l'Académie des beaux-arts a le droit de prendre plus d'extension encore. — *Répartition des 60 membres de l'Académie des beaux-arts.* — 1ʳᵉ section. Peinture. 20 membres au lieu de 14. — *Motifs de cette augmentation.* — 2ᵉ section. Sculpture. 12 membres au lieu de 8. — *Motifs.* — 3ᵉ section. Architecture. 14 membres au lieu de 8. — *Motifs.* — 4ᵉ section. Musique. 8 membres au lieu de 6. — *Les deux nouveaux membres choisis parmi les grands facteurs d'instruments et parmi les musiciens érudits et archéologues. — Motifs. — Académiciens amateurs.* — 20 membres libres au lieu de 10. — *Motifs.* — Deux secrétaires perpétuels : l'un représentant l'art vivant et militant ; l'autre, les traditions et l'érudition ; l'un comprenant dans ses attributions l'enseignement des arts et la direction de l'École, l'autre ayant sous sa direction les travaux d'érudition. — Alors le dictionnaire des beaux-arts ne restera plus un mythe, et d'autres ouvrages sur les arts émaneront de la compagnie qui a été instituée pour les produire et qui est composée des meilleurs éléments pour leur donner l'autorité. — *La chapelle du collége Mazarin rendue au culte. — Une nouvelle salle des séances dix fois plus grande. — La séance de la distribution des prix se tiendra en face des ouvrages qui les ont remportés. — La première Académie des beaux-arts est l'asile glorieux des grands talents.* — Seconde académie des beaux-arts. J'ai montré comment l'ancienne Académie royale de peinture et de sculpture s'était formée d'un compromis avec l'ancienne maîtrise, et conservait de la vieille institution des métiers un élément libéral et un excellent esprit de camaraderie. Après sa destruction par le haineux David, après un interrègne, la nouvelle Académie des beaux-arts a été composée en changeant radicalement le vieux règlement et en faussant le bon esprit de la confrérie. Les 40 académiciens sont désormais sans lien et en hostilité permanente avec le corps entier des artistes. La réputation des talents les moins contestés en souffre, leur influence y perd, leur enseignement est lui-même mis en suspicion. C'est que l'Académie des beaux-arts est trop isolée. Au lieu d'être le sommet d'une suite de degrés, c'est une forteresse que l'on regarde avec révolte et qu'on attaque pour en forcer l'entrée. Faisons-en un noble asile, et qu'on y accède, comme à l'Acropole d'Athènes, par un escalier large, majestueux, facile. Trouver un moyen de renouer le lien de camaraderie et de rétablir l'harmonie des bons sentiments. — Les médecins et chirurgiens ont leur classe à l'Institut et leur académie particulière ; les artistes useront du même droit. — *Création d'une seconde Académie des beaux-arts. — Composition, but et moyens d'action.* — Cette seconde académie serait en même temps une réunion sociale et une association fraternelle. — Les membres de l'Institut y entreraient de droit et se partageraient la moitié des places du conseil d'administration, qui serait l'équivalent du corps des officiers de l'ancienne académie ; l'autre moitié élue par les sociétaires. J'entrevois déjà dans ce rapprochement et dans les contacts fréquents qu'il produira une influence utile. Les femmes artistes, les amateurs et les artistes engagés dans l'industrie pourront être nommés membres de cette seconde académie, en fournissant, comme les autres membres, deux patrons garants de leur talent, et une œuvre d'art qui restera la propriété de l'Académie et formera son musée. — *La bibliothèque.* — *L'amphithéâtre des études.* — *Les salles des cours et lectures.* — *Les vastes salons pour les réunions.* — *La galerie des tableaux et statues.* — Cette seconde académie sera en outre une association charitable. Tout concourt à embellir la jeunesse de l'artiste, tout conspire contre sa vieillesse : au début de la vie, les rêves de l'ambition, l'amour de l'art et les distractions de l'étude; dans l'âge mûr, la fièvre de la production, les succès de l'amour-propre, la gloire même, qu'elle se traduise par des couronnes ou par des croix, par le murmure des journaux et de la foule ou par les attentions flatteuses du grand monde. Arrivent la vieillesse, la débilité, l'impuissance, les infirmités, et toutes ces charmantes illusions s'envolent comme autant d'oiseaux de passage qui partent à l'approche de la mauvaise saison; tout fuit, et l'artiste reste au milieu du silence et de l'abandon, sans famille, sans amis, en face d'une réputation contestée par les nouveaux venus et d'une misère incontestable, seul résultat de cette vie de poétique insouciance, de noble prodigalité, d'entraînements séduisants. Quand l'artiste est jeune, s'il dévie, vous le remettez dans la bonne voie; quand son talent est mûr, vous lui donnez les occasions de l'exercer; mais que faire pour l'homme de génie, dont les œuvres ornent les musées publics et les palais du chef de l'État, sont couverts d'or dans les ventes, et font la fortune de ceux qui les possèdent, tandis que lui-même meurt de faim dans la misère et dans l'oubli? Je lui donne de l'argent, répondra la routine. Est-ce assez? Est-ce tout? Et cet argent, comment le lui donnez-vous? Il faut que l'homme, fier de ses succès, consente à venir vingt fois attendre dans l'antichambre d'un chef de bureau une audience qui se résume par un arrogant : *Nous verrons.* Ce n'est ni digne de l'artiste ni digne de la France. Je ne veux rien ôter à la dotation des invalides, aux pensions militaires de la Légion d'honneur; mais je demande que tous ceux qui combattent pour l'honneur de la France aient part à ses sacrifices comme à sa reconnaissance. Je vous demande une dotation de 200,000 francs, et de ne pas vous immiscer dans sa répartition. Un gouvernement, un ministre, des bureaux, sont de mauvais conducteurs de cette chaleur du cœur qui est la charité; ils n'ont ni sa délicatesse ni ses hardiesses. Laissez faire les associations fraternelles, et la seconde académie des beaux-arts sera la meilleure de ces associations et la mieux placée pour faire le bien. Avec ce budget de charité et les legs généreux qui viendront le grossir, avec les cotisations personnelles, la seconde académie des beaux-arts donnera des secours, payera des pensions, escomptera aux artistes les billets du commerce, fera des prêts sans intérêt, manière noble de donner à des gens que le malheur empêchera de rendre, et plus encore elle sera pour la nombreuse classe des artistes sa chambre, son syndicat, son conseil de prud'hommes, et aussi son conseil de famille, portant à tous la

sollicitude d'une mère vigilante. PUBLICITÉ. Pour couronnement à cette
réorganisation des beaux-arts, la plus large publicité. — Un organe spécial.
— Une bonne protection des arts double son influence, quand elle fait connaître les principes qui la dirigent. On ne négligera aucune occasion de les
exposer dans des instructions adressées à tous les agents, dans les solennités, les concours et les distributions de prix. On publiera en détail les
commandes faites aux artistes, en expliquant le but de la décoration, en
motivant le choix de l'artiste, et aussitôt que ces travaux seront exécutés,
on publiera un rapport raisonné sur chacun d'eux, accompagné de gravures
et de photographies, signalant les œuvres supérieures en même temps que
celles qui accuseront la négligence des artistes. Il faut que le public soit
mis dans cette confidence pour comprendre les faveurs accordées aux uns,
l'exclusion qui frappera les autres. — Quand cette organisation fonction-
nera tout entière, quand les voiles, remplies de ce souffle protecteur et vivi-
fiant, auront poussé le navire en pleine mer, et qu'il pourra, sans autre
pilote, tendre aux régions bienheureuses qu'on voit poindre à l'horizon, il
sera temps alors de supprimer cette direction spéciale des beaux-arts et de
rattacher ce rouage, désormais peu compliqué, au ministère de l'instruction
publique, qui deviendra le ministère de l'intelligence. En effet, l'éducation
publique comprendra tout ensemble la formation de la morale, de l'esprit
et du goût : la morale par la religion, l'esprit par les lettres et par les sciences,
le goût par les arts. Comprendre l'Évangile, Virgile ou Newton et Raphaël,
devenir une des gloires de la France par l'éloquence de la chaire, par les
découvertes de la science, par les chefs-d'œuvre des lettres et des arts, c'est
puiser à la même source, c'est se ranger sous une même bannière.

MAINTIEN DU GOÛT PUBLIC PAR L'ÉLOIGNEMENT DE TOUT CE QUI OFFENSE LE BON GOÛT.

Les symptômes d'un abaissement du goût public se manifestent de toutes
parts et frappent les yeux les moins clairvoyants ; il est évident, pour tout
esprit réfléchi, que la génération actuelle s'entretient dans le mauvais goût,
parce que l'État et l'édilité des grandes villes ne s'occupent pas assez d'écarter
de ses yeux ce qui blesse le bon goût.— La foule ainsi pervertie est le plus
pitoyable des juges, tandis que la foule, préparée par la vue des chefs-
d'œuvre de l'art et par un commerce familier avec le beau, devient un juge
bienveillant, parce qu'il est enthousiaste, et sévère, parce qu'il a le droit
d'être exigeant. — On ne peut tout d'un coup détruire le laid et le mauvais,
mais il suffit de placer sous les yeux du public le beau à côté du laid, le
bon en regard du mauvais, pour épurer son goût. — Les orgues de Barbarie,
les temples des pâtissiers, les fleurs en coquille et les paysages en bouchons pervertissent le goût, quand la bonne musique ne se fait entendre
nulle part, quand il ne s'élève pas de monuments de l'art le plus pur,
quand le luxe des fleurs et les beautés de la campagne ne sont pas à la

portée du public; au contraire, quand il possède ces éléments du bon goût, non-seulement il dédaigne les imperfections de l'art, mais, s'il entend à l'Opéra un motif vulgaire traînant au milieu de fades fioritures, il s'écriera que cela ressemble à un air de pont-neuf joué sur un orgue de Barbarie; s'il voit un déplaisant édifice sortir de terre avec la rapide croissance d'un champignon malsain, il établira une différence entre l'architecture sensée, pure et distinguée, et une architecture qui semble un habit d'arlequin et une débauche de sculpteur; en voyant l'un, il pensera aux assiettes montées des pâtissiers et à leurs monuments en nougat, mais il ne fera cette différence que parce qu'il a vu les autres. — Les Français doivent vivre dans la bonne compagnie des grandes choses. Comme un père fait taire les conversations qui blesseraient les oreilles de ses enfants, comme une âme délicate recherche les sentiments distingués et s'effarouche des tendances basses, comme une personne bien élevée n'attire dans ses salons et dans son intimité que ses égaux en éducation et en bon ton, ainsi l'État doit agir pour la nation. Il l'entourera des chefs-d'œuvre de l'art, il écartera de sa vue les produits de la médiocrité, afin que le peuple s'imprègne, sans s'en apercevoir, par habitude et par imitation, de toutes les tendances élégantes qui lui ont fait cortége. — A la campagne, disait une femme d'esprit, on devient laid et bête. Le public français ne doit pas vivre dans ce sansgêne de la toilette et de l'esprit dont on prend l'habitude à la campagne; il doit être continuellement stimulé par le devoir de représenter un grand public.— Pourquoi l'Italie, si déchue, a-t-elle un grand goût; pourquoi, lorsqu'il s'agit d'ouvrir une place, de disposer un jardin public, d'organiser un musée, la conception ne sera-t-elle jamais mesquine, si même l'exécution pèche par le détail? C'est que le public a sous les yeux les grandes ruines, comme les Grecs avaient leurs grands morts, et il mesure chaque chose à leur taille. — L'État évitera le médiocre comme étant d'un mauvais exemple; il proscrira le mauvais comme immoral et attentatoire au goût public; il provoquera partout l'éclosion du beau, non pas mystérieusement, au fond du sanctuaire, mais à la portée de chacun, sur le passage de tous, gens d'affaires, de loisir ou d'étude. S'il faut choisir entre le médiocre et le laid, on acceptera le laid qui fait valoir le bon et le beau, qui y ramène les esprits trop amoureux de nouveauté et que la fatigue surprend; le médiocre, au contraire, séduit la foule; il affadit, émousse et amollit les sentiments les plus vifs et les plus décidés. Le laid, comme le beau, est un extrême et une aspérité; le médiocre est un niveau qui ramène tout à la même platitude. Avec le beau, avec le laid, on se sent, on s'explique, on se voit passer et l'on se juge; avec le médiocre, on s'engourdit, on s'endort et on s'hébète dans un sot contentement de soi-même. — Encore une fois, on écartera à tout prix le médiocre. — Pour maintenir le goût public, l'État a besoin de faire usage de tous ses moyens d'action, de tous les modes d'influence : 1° les musées, les bibliothèques et les cours publics; 2° les publications à bon marché; 3° les spectacles; 4° les exercices gymnastiques; 5° les promenades

dans les jardins et parcs; 6° l'érection de monuments; 7° l'embellissement
de la voie publique; 8° les solennités et les fêtes; 9° les splendeurs d'une
cour.

MAINTIEN DU GOÛT PUBLIC PAR LES MUSÉES, LES BIBLIOTHÈQUES ET LES COURS PUBLICS.

La grande majorité ne peut étudier qu'en regardant; les gens qui lisent
dans les livres, les gens qui écoutent les cours publics, sont la minorité et
l'exception. Les musées forment donc de puissants auxiliaires du goût. — Le
sculpteur Corot, apprenant à Rome, en 1815, qu'on dépouillait nos musées,
s'écria: Où donc irai-je me promener le dimanche? La population parisienne,
sans avoir fait le *Soldat de Marathon*, ne parlerait pas autrement. Les musées sont ses promenades. Embellissez-les, rendez-les-lui chaque jour plus
attrayants et plus instructifs. — Les musées sont les bibliothèques de
l'art et une part importante de son enseignement, mais ils ont les inconvénients des bibliothèques : amas écrasant pour l'esprit, décourageant au
cœur, produisant sur le goût le même effet qu'une surabondance d'aliments
sur l'estomac, et dépravant le sens de l'admiration, en raison directe du
nombre des chefs-d'œuvre rapprochés et juxtaposés. — Ordre méthodique
dans la classification des collections. — Les artistes, les gens d'imagination
et de goût, ont senti le froid, le vide, le monotone des classements érudits; ils ont réagi contre cette impression par le pittoresque factice, et le
musée de Cluny a conservé de son fondateur cette tendance très-marquée.
Elle peut être de mise dans une collection particulière; elle ne devrait pas
se faire sentir dans un musée public. — Si M. Naudet avait demandé à
feu Curtius les figures ressemblantes des savants illustres dans leur vrai
costume, et les avait entourées de leurs œuvres, ainsi que des livres de leurs
contemporains, au lieu d'aligner tous les volumes par matière et par format
dans les longues galeries du palais Mazarin, il aurait conjuré l'impression
lugubre que produit la vue de ces grandes nécropoles de l'esprit humain;
mais qui voudrait tolérer de semblables pasquinades?— Les collections sont
ce qu'elles sont et ce qu'elles doivent être : les ressources méthodiques et
commodes de l'érudition. — Il s'ensuit qu'un musée ne doit s'augmenter ni
outre mesure ni aux dépens des jouissances que les chefs-d'œuvre de l'art
nous réservent au lieu même de leur destination première. — Les Grecs
n'avaient pas de musées, leurs villes tout entières étaient des musées. Nous devons tendre à cette bienfaisante manière de goûter les arts et faire descendre
tous les jours davantage nos musées dans la rue. Qu'est-ce qui fait que Paris et
la France peuvent prendre en dédain les efforts de magnificence de Londres,
de Saint-Pétersbourg et de New-York, de l'Angleterre, de la Russie et des États-
Unis? C'est que l'art offre aux passants, dans les rues de Nîmes, la Maison carrée
et les Arènes; sur la grand'route, le pont du Gard et l'arc de triomphe d'Orange;
dans vingt villes, les cathédrales et les églises : partout disséminés, les châ-

teaux; et à Paris, la Sainte-Chapelle, le Louvre, la fontaine des Innocents, la porte Saint-Denis, les Invalides, la place Louis XV et la fontaine de Bouchardon. — Ce grand musée du dehors prescrit la modération au musée du dedans. — Réunir sans accaparer, composer savamment sans entasser. — Des œuvres mortes gagnent à être mises en évidence dans un musée : elles y trouvent une nouvelle vie et deviennent un enseignement public ; d'autres œuvres sont vivantes dans la pleine lumière du ciel et au grand air : elles s'attristeraient renfermées ; ne détruisez pas leur utile influence. — La capitale est riche en collections publiques ; elles devraient s'aider mutuellement, et elles se nuisent. — Répartition meilleure, échanges autorisés entre collections publiques ; vente, même celle des doubles, rigoureusement interdite. — Le cabinet des antiques transporté au Louvre. Vases grecs et étrusques, terres cuites, bronzes, intailles et camées répartis dans les collections ; les médailles formant, avec leur bibliothèque spéciale, un département distinct, quoique lié intimement avec tout l'ensemble des richesses du Louvre. — Le cabinet des estampes également transporté au Louvre pour mettre ses 15,000,000 de pièces en rapport avec les tableaux des maîtres, à proximité des objets d'art de tous les genres. Cette collection conservera aussi sa bibliothèque spéciale. — Autres déplacements moins importants, mais tout aussi logiques. — Le Luxembourg. Ce musée peut être placé en première ligne, parce que c'est moins une collection qu'un vestibule du Louvre, sorte de limbes où des âmes généreuses attendent que s'ouvrent pour elles les portes d'une gloire incontestée. — Combinaison excellente, tribune éloquente qui proclame l'illustration de chaque artiste au milieu de ses pairs et l'expose à la critique de ce grand juge qu'on appelle le public. Obtenir de placer son œuvre dans ce musée des contemporains, c'est l'ambition de la jeunesse et le plus noble stimulant ; dans la longue et triste vieillesse, c'est une consolation, car de temps à autre le public envoie à l'artiste, dans la retraite que lui impose son impuissance, un bruit flatteur d'approbation persévérante et comme le refrain des mélodies glorieuses de la jeunesse. Il jouit même quelquefois de retours inattendus de popularité ; aussi, de loin en loin, à l'heure la plus solitaire et bien timidement, va-t-il revoir l'œuvre exposée, et comme en lisant la correspondance d'une personne aimée, il se rajeunit à la vue de ce passé, au souvenir des anciennes émotions. — Classification par salles réservées à un maître, Ingres, par exemple, ou Picot, ou Cogniet, ou Rude, entourés de leurs élèves. — Le musée du Luxembourg n'est pas assez vaste. Il pourrait admettre, sans faire déchoir la récompense, un plus grand nombre d'artistes, et il devrait donner place aux œuvres d'artistes éminents de l'étranger. Qui n'aimerait à voir un Overbeck à côté d'un Orsel ; un Cornelius, un Kaulbach, en regard d'un Ingres ; un Lessing, un Gallait, un Bendemann, près d'un Paul Delaroche ; un Mulready en pendant d'un Decamps, un Grant dans le voisinage de Rosa Bonheur, et les Millais, Leys, Willems, Knaus, Stevens, mis en rapport fraternel avec nos artistes dans le même asile glorieux, sous le même toit hospitalier ?

— Rapprochement instructif et moral, en même temps qu'honorable pour tous. — LE LOUVRE. Notre musée est battu par toutes les collections publiques. Il est surpassé en tableaux de Raphaël par Rome, Madrid et Dresde; en œuvres du Corrége, par Parme; en Bellin, en Titien, en Giorgione, en Paul Véronèse, par Venise; en tableaux hollandais, par La Haye; en flamands, par Munich; en Albert Dürer, par l'Allemagne; en marbres antiques, par le musée Britannique; en bronzes, par Naples; en terres cuites, par Rome; en vases peints, par Berlin; en bijoux antiques, par Saint-Pétersbourg; et, malgré tout, le musée du Louvre est le plus riche musée du monde, parce qu'il est le mieux pondéré et le plus complet sur tous les points. — L'histoire de l'art y est tout entière. — Lui conserver ce caractère éminent et ce rare mérite. — DIRECTEUR DE MUSÉE. Qualités requises pour ces délicates fonctions — BUDGET. Un fonds fixe, pouvant se reporter d'une année sur l'autre, avec autorisation d'engager plusieurs exercices. — Occasions qui, faute d'un budget fixe et élastique, nous ont échappé depuis quarante ans. — Ces fautes font saigner le cœur, car elles ne sont pas de celles qu'on répare. Tous ces chefs-d'œuvre de l'art, tous ces monuments uniques de l'archéologie, qui auraient pu servir aux progrès des arts et des études érudites, sont désormais immobilisés dans les collections publiques de l'étranger. A elle seule, l'Angleterre a créé, dans ces dernières années, avec une dépense de cinq ou six millions sagement répartis sur quarante exercices, son admirable musée Britannique. — Acquisitions dans les ventes. — Acquisitions directes. — Missions d'agents experts. — Voyages au loin. — Fouilles en Italie, en Grèce, en Orient. — Collections entières qu'on peut acquérir immédiatement et payer par annuité : Campana, Gerhardini, etc. etc. — Balance à tenir entre les intérêts de l'art et ceux de l'archéologie, entre les jouissances du public et son instruction. — Lacunes à remplir. — Compléter les écoles qui ont exercé une grande influence. — Acquérir des tableaux qu'on doit trouver dans un musée, uniquement parce qu'on ne les trouve pas ailleurs, et qu'ils sont nécessaires autant pour étudier l'histoire de l'art que pour contrôler les œuvres qui se rencontrent dans le commerce. — PERSONNEL. Trois grandes divisions : 1° l'antiquité; 2° le moyen âge et les temps modernes; 3° la peinture et les dessins. Un conservateur à la tête de chacune d'elles, ayant sous son autorité autant de conservateurs adjoints que l'exigent les spécialités des collections et les travaux. — DISPOSITIONS ET CLASSEMENT. Les collections doublent de valeur et d'utilité par l'arrangement. — Tableaux. — Éclairage. — Juxtaposition des cadres. — Monotonie des ouvrages d'un même maitre quand ils sont réunis. — Classement chronologique des tableaux dans une même école. — Titien peut être réparti dans l'école vénitienne; depuis le commencement du XVIe siècle jusqu'à la fin (1477-1576), il participe de l'influence que sa manière subit et de celle qu'il exerce sur ses contemporains. — Sculpture. Les fragments laissés dans leur condition et avec le caractère de fragment. Les restaurations rejetées. L'artiste ne s'y trompe pas, mais le public est trompé : là est le mal. — Vases. — Bronzes. — Dispositions nouvelles. — Murs ornés de fresques représentant les pays mêmes d'où les objets proviennent. — Salles consacrées à des expositions accidentelles. Un jour, on y réunira toutes les œuvres de Prud'hon que les particuliers et le Louvre possèdent; un autre jour, on fera appel aux heureux possesseurs des Le Sueur, des Largillière, des Greuze. — Une fois, on fera une exposition de belles miniatures; une autre fois, ce sera le tour des brillants émaux, des charmants pastels, des dessins de vieux maîtres ou des aquarelles de grands artistes. — Les conservateurs feraient des lectures sur ces expositions. — Ce n'est pas d'une grande portée, mais c'est de la vie, un galvanisme innocent et actif, introduit dans ces froides galeries. — Les recherches érudites sont provoquées par ces rencontres; l'attention excitée par ces nouveautés, l'art redevient un sujet de préoccupation publique et de discussion. On en parle au salon, on en cause au foyer domestique. — Parfois aussi on exposerait dans ces salles une collection entière proposée à l'acquisition. Le Gouvernement puiserait dans l'assentiment public une force et une excuse pour demander à la Chambre les crédits nécessaires. — Enseignement des musées. Cet enseignement se produit de quatre manières : 1° en montrant les collections; 2° en les donnant à copier; 3° en les décrivant dans des catalogues et en les reproduisant par la gravure; 4° en les commentant dans des cours publics. — Catalogues. Pour chaque collection, un catalogue méthodique et détaillé; pour l'ensemble du musée, un catalogue général donnant l'aperçu de toutes les collections, sous la forme d'une histoire générale et populaire de l'art. Dans ce résumé, on ne décrirait qu'un millier d'objets, dont on donnerait la représentation habilement rendue et finement gravée. Ces perles du Louvre auraient un numérotage d'une couleur distincte et porteraient, en outre, une description tracée au bas du cadre ou sur le piédestal. On ne saurait donner trop de facilité à l'instruction de ceux qui ne trouvent pas, faute de savoir chercher, ou qui ne cherchent pas, faute de pouvoir trouver. — Les catalogues mis à plus bas prix. — La perte du Trésor est compensée par une plus-value d'instruction et de bon goût dans le public. — Atelier de photographie établi au Louvre pour la reproduction de tous les objets d'art des collections publiques. — Deux parts à faire. — L'État reproduit et vend au-dessous du prix de revient, c'est-à-dire pour presque rien, des photographies ou gravures photographiques des plus beaux objets de ses collections, de ceux qui peuvent servir à l'étude et propager le bon goût; il reproduit, à la demande des visiteurs, et en le faisant payer au moins autant que le commerce, tout ce qui est fantaisie et curiosité d'amateurs. — Plus une statue sera belle et célèbre, moins cher sera vendue sa parfaite reproduction. — Restaurations. La sculpture ne comporte aucune restauration. — On fera disparaître toutes les additions parasites. — Les tableaux vieillissent comme les femmes : les uns en augmentant de beauté, en ajoutant la majesté, une sérénité harmonieuse, à la grâce de la jeunesse; les autres, en se laissant im-

poser les rides de la décrépitude et les taches maladives. Je ne fais pas
la critique des restaurations nécessaires. On soigne les tableaux malades
comme les hommes infirmes, et on les mène, à force de soins, le plus loin
possible. Souvent, pour sauver la vie, il faudra la risquer, et c'est le devoir
du médecin de tenter le moyen suprême et de couper le membre qui compromet le corps. — Seulement choisissez le meilleur médecin. — Je sais des
restaurations fâcheuses, parce qu'elles étaient inutiles; fâcheuses, faute de
la surveillance qui calme les démangeaisons du restaurateur; mais j'en sais
aussi d'excellentes, dont on a fait un crime à l'Administration. Écoutez
David tonnant à la tribune en 1790 : «Vous ne reconnaîtrez plus l'An-
«tiope: les glacis, les demi-teintes, tout ce qui caractérise plus particu-
«lièrement le Corrége et le met si fort au-dessus des plus grands peintres, tout
«a disparu.» Allez voir l'*Antiope* au Louvre, et dites si ce n'est pas le Corrége le mieux conservé. Mais il fallait prouver la barbarie du roi Louis XVI
et de ses agents, comme, en 1848, on voulut exciter l'animadversion contre
le roi Louis-Philippe et son administration en exposant *la Charité* d'Andrea
del Sarto dans l'état incomplet de restauration où se trouvait ce tableau
au moment de la révolution. Mais M. Jeanron en a été pour sa peine; *la
Charité,* peinte à Paris même par le grand artiste, pour François Ier, reste
toujours l'un de ses plus parfaits ouvrages. — Entrées. Le public parisien
n'entre dans le Louvre que le dimanche, et seulement de jour. — Il devrait
avoir, trois jours la semaine, ses entrées dans les collections, et trouver tous les
soirs les salles de la sculpture ouvertes à son admiration.—Visite du Vatican
aux flambeaux.—Vous éclairez vos rues; éclairez aussi cette grande voie intérieure qui, comme l'ancienne voie des Trépieds à Athènes, est bordée de
chefs-d'œuvre, et donnez au peuple ce délassement instructif. — Les élèves,
les apprentis, les ouvriers munis d'une carte de leurs professeurs de dessin,
seraient autorisés à travailler le soir d'après l'antique. — Cours et lectures du soir. — Au directeur reviendra l'honneur de raconter l'histoire
du Louvre et de ses collections, de faire la description des collections
étrangères, et de discuter les mille questions qui touchent à son administration. Les conservateurs feront leur cours dans un amphithéâtre disposé à
cet effet; mais souvent ils transporteront leur auditoire de salle en salle, à
mesure que l'enseignement marchera de siècle en siècle, offrant la démonstration de chaque transformation d'école dans le chef-d'œuvre même qu'elle
a produit. — Le conservatoire du musée aura son journal, dans lequel
paraîtront les gravures des chefs-d'œuvre de toutes les collections, les dis-
sertations archéologiques ayant trait à l'art en général et aux richesses du
Louvre en particulier, des descriptions détaillées de toute acquisition récente
et les nouvelles des arts. — Musée de Cluny. Excellente création. — Historique.—M. Dusommerard.—Son but.—Le but du Gouvernement en se substituant à lui.—Tendance du musée à dévier de sa voie naturelle.—Sa mission
doit être de représenter, par les ustensiles de la vie privée, par les ornements et les bijoux, par l'ameublement de la demeure, l'état des arts appli-

qués, en France, depuis le v° siècle de notre ère jusqu'à la fin du xvi°, et exceptionnellement, pour quelques branches des arts appliqués, jusqu'à la mort de Louis XIII (1643). Tout ce qui est hors de ce cadre appartient au Louvre, n'est pas à sa place à l'hôtel de Cluny, occasionne des doubles emplois et cause dans les ventes et dans le commerce des rivalités préjudiciables aux intérêts de l'État. — Répartition à faire entre les deux collections pour rétablir l'équilibre. — Le classement pittoresque doit céder au classement méthodique par grandes spécialités de fabrication, céramique, verrerie, émaux, ivoires, etc. — Reléguer dans les magasins ou céder au musée archéologique du théâtre Français les meubles composés par M. Dusommerard et les objets sans mérite qui font du tort à l'époque même qu'ils représentent. — Le conservateur rédigera un catalogue qui sera scientifique et méthodique, bien qu'il présente l'attrayante histoire de la vie privée de nos pères par les objets et ustensiles qui furent à leur usage. — Il ouvrira des cours du soir, en les combinant avec ceux du Louvre, pour éviter les répétitions. — Son programme exclusivement historique. — Je n'admets pas qu'on donne à nos industriels pour règles et pour modèles toutes les misères de ce ramassis de productions de toutes les modes. Nous sommes heureusement sortis de ces limbes des recherches archéologiques. Le conservateur s'attachera à démontrer que l'art antique fut continuellement le guide des arts et de l'industrie en France, que toutes les déviations, appelées des styles, en découlent avec une part d'invention plus ou moins grande, suivant que l'originalité s'est plus librement développée à l'abri d'institutions protectrices. Il fera le tableau des corporations de métiers et dégagera de cette habile organisation la position de l'artiste, en la mettant en parallèle avec celle de l'homme de lettres. — Musée de l'École des beaux-arts. Il est composé, comme on l'a vu plus haut, de moulages en plâtre, et il représente l'histoire des arts à toutes les époques, par l'architecture et la sculpture. On y ajouterait un musée des matériaux employés par ces deux arts. Ce musée minéralogique n'existe encore nulle part. Il différerait entièrement de ceux qu'on a formés au Muséum d'histoire naturelle et à l'École des mines : en premier lieu, parce qu'il ne présenterait que des minéraux mis en usage ou susceptibles d'être employés; en second lieu, parce que la classification prendrait le milieu entre la minéralogie proprement dite, la chronologie des monuments et leur géographie. — Utilité de cette collection dans les questions d'origine des monuments, dans les discussions archéologiques, dans le choix des matériaux. — Musée sigillographique. Il y en a deux en œuvre: l'un, aux Archives générales, par les soins de l'Administration; l'autre, à l'École des beaux-arts, par l'initiative généreuse de M. Depaulis, le graveur de médailles. Ils seront d'une grande ressource, s'ils sont continués et complétés, si celui des beaux-arts est rendu public, si celui des archives a des fonds suffisants pour s'enrichir de quelques-uns des sceaux originaux qui lui manquent. Aux Archives, on atteindra facilement le chiffre de 25,000 empreintes. Leur classification sera historique, avec des subdivi-

sions chronologiques. A l'École des beaux-arts, deux mille de ces empreintes suffisent pour représenter l'histoire de l'art par la sigillographie et
l'histoire particulière de la gravure des sceaux. — MUSÉE D'ARTILLERIE. On
déversera dans ce musée les armes isolées que possèdent les autres collections publiques de la capitale. — Il faut éviter de disséminer les monuments. Dans les époques de grande prospérité, les armes ont été aussi
riches que les bijoux, d'un goût plus pur et plus sévère; dans les temps
malheureux des longues guerres, les armes ont accaparé l'art entier, qui
n'avait pas d'autre emploi. Remarquons d'ailleurs que les bijoux ne sont
que d'une espèce, parce que la coquetterie de la femme est toujours armée
en guerre, tandis qu'on peut distinguer, dans les armes, celles qui se portaient
au combat, et celles qui restaient dans la salle d'armes comme des monuments de l'art, réservées pour la parade, pour les entrées joyeuses et pour
les tournois. Une arme, dans une collection de bijoux, comme celle du
Louvre, dans une collection de meubles et d'ustensiles de la vie privée,
comme à l'hôtel de Cluny, perd toute valeur; placez-la au musée d'artillerie,
et aussitôt elle se montre dans un jour qui fait valoir la beauté de ses
formes, l'heureux ajustement des parties et le choix habile de l'ornementation; elle prend même son véritable caractère dans la disposition martiale
qui s'empare de tout visiteur en entrant dans ce musée spécial. Les armes
des souverains et princes du sang y trouveront dignement leur place; car
les épées de Poitiers, de Marignan et de Pavie, d'Arques et d'Arcole, n'é-
taient pas des joyaux de parade. On complétera le musée par les dessins d'un
artiste qui aura mission d'étudier les plus belles collections d'armes, et par
un catalogue aussi savamment composé que brillamment illustré. — MUSÉE
DU CONSERVATOIRE DES ARTS ET MÉTIERS. C'est la suite naturelle des musées
précédents. C'est le tableau de l'industrie moderne, destiné moins à offrir
des modèles qu'à donner d'utiles avertissements, qu'à servir parfois d'épouvantail. — Loi du dépôt appliquée à l'industrie. — Dans quelle mesure.
— Un jury préposé pour n'admettre que les produits dignes d'intérêt.
— Fonds d'acquisition pour les productions étrangères. — Salle des étoffes
primitives, étoffes orientales, genres écossais, bretons, rouennais, slaves, etc.
— Classification méthodique ayant pour base l'histoire des procédés tech-
niques et le tableau des progrès matériels. — MUSÉUM D'HISTOIRE NATURELLE.
Toutes ses collections sont utiles aux artistes; il en est une qui est susceptible de prendre un développement très-favorable aux arts. Je ne soupçon-
nais pas, il y a trente ans, lorsque j'écoutais avec curiosité les démonstrations
enthousiastes du bonhomme Blumenbach, que je viendrais un jour proposer en exemple son petit musée anthropologique de Gœttingue. C'était alors
si peu de chose, un si petit local, un si grand fouillis; mais l'idée même
y gisait. Tout serait dit pour cette science avec la création d'une collection
un peu complète de crânes humains, si la question des races pouvait être
tranchée par la détermination de l'angle facial; mais tant d'éléments différents doivent concourir à la solution du problème, qu'il n'est pas inutile de

faire appel aux arts. — Mission inutilement demandée aux ministres de la guerre et de l'intérieur, pour que le jeune Cordier étudie en Afrique le Berbère et le Kabyle, en Grèce les plus belles races, en Orient les types les plus purs. — Utilité d'une collection scientifique ainsi vivifiée par l'art. — Musées de province. Paris, cœur de la France, doit pousser sa sève artiste, toujours renouvelée, jusqu'aux limites extrêmes du pays, comme le sang incessamment vivifié va, par les artères, animer les extrémités du corps. Paris peut rester le cœur de la France; mais, tout en se rattachant à lui, les départements doivent vivre de leur vie propre. Là réside une part sérieuse de l'administration des beaux-arts, et ce qui doit être sa préoccupation permanente. Attirer à Paris les intelligences provinciales pour les former au bon goût, pour les élever davantage aux nobles aspirations, c'est bien agir, mais à la condition de les rendre à la province; autrement Paris devient une oasis de haute civilisation au milieu d'un désert de matérialisme. L'action absorbante de la capitale n'est pas un fait récent: elle s'est manifestée très-anciennement; et, dès 1767, Diderot pouvait écrire : « Il y a quelques savants, « quelques érudits et même quelques poëtes dans nos provinces, mais aucun « peintre, aucun sculpteur; ils sont tous dans la grande ville, le seul endroit « du royaume où ils naissent, où ils soient employés. » Cet état de choses n'a pas changé; il s'est même aggravé. — Les sociétés savantes, sociétés de littérature, arts et agriculture, sont bien nombreuses, il y en a dans chaque ville; mais je m'afflige depuis quelques années de leurs tendances pratiques et matérielles. Il s'agit, dans leurs mémoires, uniquement de drainage, d'oïdium, de cristallisation du sucre et de statistique; la littérature, l'art et l'archéologie en sont, pour ainsi dire, exclus. Il y a cependant deux exceptions éclatantes, deux villes qui développent la culture des arts et se font centre: Lyon et Metz. Deux artistes, Saint-Jean et Maréchal, ont fait école dans ces villes bien préparées d'ailleurs par leur passé. Comme ces percées dans la forêt qui montrent le ciel et indiquent l'issue, ces efforts déjà couronnés de succès montrent nos chances dans l'avenir. — Organisation générale des musées de province. — Classement et mode d'administration variable suivant les circonstances et les localités; règlement et catalogues uniformes. — Chaque chef-lieu de département et toute ville importante aura son musée comme auxiliaire de son école de dessin. — Édifice propre à un musée. — Le professeur de l'école de dessin est le conservateur naturel du musée. Une société des arts est chargée de son administration. — Elle se recrute par l'élection. — Sa mission est de stimuler les dons et donations des particuliers, de provoquer les allocations municipales et départementales, d'intéresser l'État aux efforts de la localité; elle cherche les moyens d'aviver et de toujours entretenir l'intérêt et la curiosité par diverses combinaisons prises dans les goûts du pays et dans ses ressources. — Expositions annuelles. — Expositions accidentelles d'objets d'art envoyés par le Gouvernement, prêtés par les particuliers, reçus en don des habitants et des artistes du pays, ou acquis sur les fonds du musée. — Ainsi organisé, administré, enrichi, le musée de province ne serait plus une catacombe ignorée des habitants, et que les voyageurs visitent de loin en loin quand on parvient à en trouver la clef; ce serait le Louvre de chaque ville, une gloire de la localité, et la plus instructive promenade du dimanche. — Règlement. — Catalogue. — L'inventaire général de la richesse des musées de province est un travail indispensable. Pour être fait d'une manière logique, méthodique et pratique à la fois, il devrait être exécuté par la même personne, ou par deux personnes procédant de concert. En trois années, cette entreprise peut être terminée, et il sera facile de trouver un érudit connaisseur en peinture et en sculpture, un archéologue versé dans l'étude des antiquités nationales et romaines, qui seront heureux de se charger d'un travail aussi utile et de nature à leur faire autant d'honneur. Charger les conservateurs des musées ou les érudits locaux de ce soin, c'est recommencer la tour de Babel; car rien ne serait plus disparate, plus incohérent, plus incompréhensible que ces inventaires, fussent-ils dressés tous sur le modèle le plus uniforme et le mieux préparé. Charger même plusieurs personnes d'exécuter ce travail par groupes de départements serait lui ôter sa valeur d'ensemble, le mérite des appréciations comparatives et le poids des jugements appuyés sur l'inspection générale. De cette étude approfondie de toutes nos richesses résulterait aussi, pour l'administration centrale, une connaissance exacte des besoins de chaque localité, du goût des arts qui s'y manifeste, des ressources que les collections offrent à l'étude du dessin, des efforts enfin que les administrations locales font pour se rendre dignes de la bienveillance et du concours du Gouvernement. Le catalogue serait imprimé dans la localité, et ces publications, toutes d'un même format, auraient l'avantage d'être pour leurs auteurs une satisfaction d'amour-propre et un stimulant pour la continuation de leur entreprise, d'être pour les conservateurs une constatation officielle de l'état de la collection, et de devenir pour le public, dans son ensemble, une collection d'une grande utilité, isolément, un guide, un sujet de discussion, de critique, toutes choses excellentes pour éveiller l'attention et ranimer le goût des arts. — Bibliothèques. Bienheureux les peuples qui n'ont pas connu de musées, bien enviables les âges qui n'ont pas eu de bibliothèques! La nature pour l'artiste, l'imagination pour le penseur et l'écrivain, voilà les vrais musées, les saines bibliothèques. Mais n'est pas pauvre qui veut. Si la richesse est un embarras, on doit aux siens de la bien administrer et d'en faire bon usage. — Les bibliothèques dans l'antiquité; — au moyen âge. — L'imprimerie. — Les bibliothèques ouvertes au public. — Les bibliothèques publiques de Paris se sont toutes formées indépendamment les unes des autres. — Quelque intention de spécialiser leur composition dans la manière dont les livres confisqués ont été répartis après la révolution. — Les bibliothèques de Paris n'ont aujourd'hui aucun lien entre elles, tandis qu'elles devraient avoir une organisation commune. — Considérer Paris comme un seul être. Consacrer chacune de ses bibliothèques à une spécialité. — Les bibliothèques de Paris

forment dès lors toutes ensemble une véritable bibliothèque universelle.
— Faire une répartition des richesses de toutes les bibliothèques de Paris
pour compléter réciproquement la spécialité qui aura été assignée à chacune
d'elles, suivant les intérêts qu'elles desservent ou le caractère de leur composition primitive. L'ensemble du budget des bibliothèques parisiennes balancera
la production littéraire du monde entier. Il s'imprime depuis vingt ans, et
il s'imprimera pendant longtemps encore, environ trente-cinq mille volumes
par an. Défalquez les réimpressions, la littérature légère, les pièces de
théâtre, les pamphlets politiques d'intérêt local, les livres de piété et les
livres de classe, il vous restera environ vingt mille volumes à acheter. Vu le
rabais qu'on obtiendra des éditeurs étrangers en prenant toutes leurs publications et en les faisant connaître, vu aussi la cherté des grandes publications, c'est une dépense annuelle de 150,000 francs. Ce budget sera centralisé
au ministère, qui ne rencontrera pas d'objection contre ses choix, puisqu'il
achètera tout ; qui pourrait seulement soulever quelque critique par la répartition de ses acquisitions entre les spécialités. Mais, dans ce genre d'appréciation, il faut imiter Salomon, et trancher dans le vif. D'ailleurs, les erreurs, si erreurs il y a, seront faciles à réparer, puisqu'il ne s'agira que d'un
déplacement. Quant aux quinze mille publications omises, les conservateurs, dans chaque spécialité, étudieront les recueils littéraires pour connaître et réclamer celles qui sont d'un intérêt général. Les bibliothèques de
Paris, ainsi organisées, offriraient à l'érudit, dans la capitale, toutes les
spécialités au complet, c'est-à-dire, pour ne prendre qu'un exemple, au lieu
de dix exemplaires du *Cosmos* de Humboldt que chaque bibliothèque s'em-
presse d'acheter, un exemplaire du *Cosmos* dans la bibliothèque du Muséum
d'histoire naturelle, et, en outre, tous les ouvrages du même genre, inférieurs sans doute, mais bons à consulter, et que ces bibliothèques auraient
été dans l'impossibilité d'acheter. Un catalogue général des acquisitions de
l'année serait publié, avec l'indication de la bibliothèque où chaque ouvrage
se trouve placé et du numéro qu'il porte. Tous les dix ans, une table générale résumerait les acquisitions, et ces catalogues seraient mis à la disposition des lecteurs. Chaque bibliothèque spéciale aurait, en outre, son catalogue alphabétique et méthodique, non pas une œuvre littéraire qu'on
n'achève jamais, mais un instrument usuel, un outil commode mis immédiatement dans la main de tous les lecteurs. Pas une bibliothèque de
l'Allemagne qui n'ait terminé cette besogne avec son personnel, et en satisfaisant aux besoins du service. La bibliothèque du musée Britannique, plus
riche en imprimés qu'aucune autre bibliothèque, a ses catalogues à jour et
au complet. — De la lecture dans les bibliothèques et du prêt des livres au
dehors. — Les places de bibliothécaires réservées à ceux qui connaissent
le mieux les livres, non pas à ceux qui font les meilleurs livres. — Quand les
deux qualités se réunissent, le bibliothécaire est bien près d'être parfait. —
Avancement se faisant, autant que possible, dans la bibliothèque spéciale,
ou au moins dans les spécialités avoisinantes. — Les employés ne seront

autorisés à publier que le moins possible, et seulement des travaux qui ont rapport à leur spécialité. — Heures d'ouverture. — Séances du matin et du soir pour les ouvriers, les employés et les personnes occupées. — Vacances (voir plus haut, p. 378). — Décorations intérieures. — Aménagements nouveaux. — Mécanisme du service. — En dehors des bibliothèques publiques, on encouragera les bibliothèques circulantes qui portent les bons livres à domicile. — Mais ce n'est pas assez de donner rapidement les livres qu'on demande et d'accorder de longues séances pour les lire; il faut utiliser la présence dans les bibliothèques publiques de conservateurs instruits, hommes spéciaux dans leurs études. Des cours publics seront institués dans la bibliothèque Nationale pour former la jeunesse à la bibliographie, qui comprend la connaissance des manuscrits, des livres et des estampes. Ces cours seront suivis par les amateurs qui se sentent, faute de cette éducation spéciale, à la merci des spéculateurs, et en même temps ils formeront la jeunesse destinée au commerce de la librairie et des estampes. — Ces industries sont dans une décadence inquiétante, si l'on considère le degré d'instruction et le goût de ses représentants. — Former des Étiennes pour la librairie, des Mariettes pour les estampes. — Ces cours de bibliographie se tiendront dans la bibliothèque même, à trois heures, après les séances publiques, ou bien le soir, après la fermeture des maisons de commerce, et leurs chaires seront occupées par des hommes spéciaux. — M. Charles Brunet pour les livres, M. de Wailly pour la paléographie, M. Alfred Darcel pour les miniatures, M. H. Delaborde pour les gravures. Il pourrait sortir de ces cours une jeunesse aussi instruite dans sa spécialité que les élèves de l'école des chartes le sont dans la leur, et qui, munie d'un diplôme, obtenu dans des examens publics, offrirait à l'imprimerie, à la librairie et au commerce des estampes un choix de protes, d'associés, de commis voyageurs, dont les connaissances de bon aloi auraient pour garants les savants les plus compétents. — BIBLIOTHÈQUES DES DÉPARTEMENTS. Service mis en rapport avec celui de Paris. — BIBLIOTHÈQUES DES COMMUNES. Faire pour elles, et sous une forme particulière, l'encyclopédie du XIXe siècle. — HÔTEL DES VENTES. Les collections sont devenues nomades, les bibliothèques errantes. Le temps n'est plus où les collections restaient dans les familles et faisaient partie d'un mobilier qu'on tenait à honneur de transmettre intact et plutôt augmenté aux héritiers de son sang et de son nom; aujourd'hui les tableaux sont affaire de caprice: on cite tel amateur qui a vendu deux et trois collections formées les unes après les autres; les livres ne sont pas mieux traités, même ceux qu'on a fait relier à ses armes. On n'est pas humilié de vendre sa bibliothèque: on a pour soi des exemples illustres, et l'idée de faire savoir en tous lieux qu'on s'est une fois passé la fantaisie de posséder une bibliothèque sourit à la vanité. Quant aux outils de profession, le jeune médecin vend les livres de droit de son père, avocat illustre, et l'amateur du sport la bibliothèque théologique de son oncle l'évêque. Inutile de déclamer contre cette insouciance; elle tient autant à la force des choses qu'aux travers du siècle. Le mieux est de vivre avec son temps et de tirer parti de ses défauts. Les habitudes que déplorent tous les vrais amis de l'art et des lettres peuvent tourner à leur avantage. Puisque les collections de toute l'Europe se dispersent, faites en sorte qu'elles ne se vendent qu'à Paris, qu'elles se vendent dans un local assez spacieux pour donner accès à un nombreux public, dans un local disposé de telle sorte qu'il deviendra une bourse digne de telles transactions. — Libre entrée en France des objets d'art et livres vendus à Paris. — Concessions de quelques avantages à la chambre des commissaires-priseurs, pour qu'ils construisent un édifice de noble apparence, ayant des dimensions suffisantes, offrant des aménagements convenables. L'hôtel des ventes est une bourse vulgaire, mal distribué pour tous les jours et impraticable dès qu'il se fait quelque vente importante. Un homme de goût, une femme qui se respecte, ne peuvent se risquer dans cet intérieur qui semble la continuation de la rue, tant il y a de boue sur les parquets, de poussière dans l'air, d'odeurs déplaisantes dans l'atmosphère, de laisser-aller dans la tenue et la conversation, de brutalité dans la manière de se fouler autour des tables. L'hôtel des ventes de l'avenir sera construit dans la rue de Grammont, en face de la Bourse, dans le prolongement de la rue qui porte son nom. Ce sera un monument, c'est-à-dire un édifice construit avec goût, révélant son caractère par son élégance et approprié dans l'intérieur à ses besoins : au rez-de-chaussée, les ventes courantes des marchandises ordinaires; au premier, dix vastes salles convergeant sur une salle centrale, et pouvant toutes se réunir au moyen de portes rentrantes, de manière à ne former qu'une seule salle au jour des grandes solennités, j'entends des ventes mémorables. Dans l'habitude journalière, la salle centrale sera disposée comme un salon et offrira un forum élégant et confortable où se réuniront les amateurs curieux, gens heureux, puisqu'ils ont une passion, gens sociaux, puisqu'ils ont besoin de se rencontrer, de se questionner, et, toutes les fois que leur intérêt n'est pas en jeu, de s'éclairer mutuellement. Là, les amateurs novices trouveraient les indications les plus désintéressées et les meilleures près des amateurs honoraires : je désigne ainsi les gens de goût trahis par la fortune, séparés violemment de leurs collections chéries, et qui restent attachés platoniquement aux anciens objets de leur amour. C'est parmi eux que la chambre des commissaires-priseurs choisirait son agent. Il lui sera facile de trouver un homme de savoir, de goût et de bonnes manières qui répondra aux mille questions qu'on lui fera, et qui aura une bibliothèque à sa disposition pour être plus précis, et pour fournir à chacun les moyens de s'éclairer lui-même; bibliothèque restreinte à l'archéologie et à l'histoire des arts, à la biographie et à la bibliographie, sciences représentées par des ouvrages usuels, tels que manuels, encyclopédies et dictionnaires, représentées surtout par la collection des catalogues de ventes que compléteraient chaque jour les commissaires-priseurs en léguant à cette bibliothèque leurs exemplaires annotés, avec les prix et les noms des acquéreurs. — Réorganisation du corps des commissaires-priseurs. — Ce que sont les experts et ce qu'ils devraient être. — A l'avenir, un baccalauréat ès lettres ou ès arts sera exigé pour remplir ces fonctions, selon qu'on se destine à la vente des livres, de la curiosité, des objets d'art ou des gravures. — Ainsi réorganisés, les commissaires-priseurs et les experts formeront, dans l'hôtel des ventes, une sorte de société mi-commerciale, mi-archéologique, qui aura son journal d'art, d'industrie et de bibliographie, dans lequel on abordera tous les sujets au point de vue commercial, dans lequel on discutera les contestations judiciaires, et où l'on annoncera les ventes prochaines avec des détails de nature à intéresser et à éclairer le monde des amateurs. — Cours pu-blics. Je ne puis m'occuper ici des intérêts de la littérature, et cependant ces intérêts confinent à ceux de l'art : tout ce qu'on fait pour les lettres profite aux arts. Les hommes d'imagination, quelle que soit leur manière de s'exprimer, sont d'une même famille ; il existe une communication élec-trique, mystérieuse, et cependant évidente, entre les lettres et les arts Encouragez donc les lettres. Si vous les élevez aux spéculations les plus hautes, aux inspirations les plus poétiques, vous verrez l'art s'élever avec elles dans cette sphère radieuse ; je n'ai aucune objection contre trois cours de philosophie au collége de France, contre vingt cours de langues mortes ou qui vont mourir. Je ne m'élèverais pas contre le cours de littérature étrangère et de grammaire comparée, si je les voyais escortés d'un cours d'esthétique ; mais, en l'absence de cet enseignement qui manque à la jeu-nesse, je me permettrai de remarquer que les arts ont aussi leur philoso-phie, qu'ils parlent une langue toujours vivante, qu'ils ont brillé chez les étrangers autant que leur littérature, et, puisqu'il s'agissait de comparer quelque chose, autant valait mettre en présence l'art antique et l'art mo-derne, comparer Phidias aux sculpteurs de l'empire romain, de la Renais-sance et des temps modernes. On m'objectera qu'il y a un cours d'archéolo-gie au collége de France. J'y entre, et je trouve cinq érudits qui apprennent de M. Lenormant à interpréter les hiéroglyphes. Je demande qu'on main-tienne ce cours, ne fût-ce que pour l'honneur du génie français qui a nom Champollion ; mais qui osera prétendre qu'un gouvernement s'est acquitté envers les arts quand il a pourvu aux études de cinq égyptologues ? Je ne conteste pas davantage l'utilité des cours de tibétain, de pali, d'hindoustani et autres langues étrangères, bien étrangères. Quand je visite leurs amphi-théâtres déserts, je me dis qu'un ou deux auditeurs tenaces, qui s'acharnent à ces études, conservent à la France l'honneur de la persévérance dans ces recherches et des découvertes qui s'y font ; mais je me dis aussi que, lorsque les arts étaient synonymes de luxe, on pouvait considérer l'enseignement de ces langues comme chose indispensable ; aujourd'hui la situation a changé : le pali et l'hindoustani sont du luxe ; la France est assez riche pour s'en passer la fantaisie, pourvu qu'elle songe à l'essentiel, à l'indispensable, à ce qui constitue la vie de l'intelligence : c'est aujourd'hui l'enseignement des arts. Le cours d'archéologie, devenu une chaire de philologie égyptienne, se fera dorénavant par les conservateurs des collections égyptiennes du Louvre et au milieu même des monuments, de manière à compléter l'épigraphie par l'archéologie, l'étude de la langue par l'histoire des croyances et des mœurs. La chaire vacante du collége de France sera remplie par un professeur d'esthétique. Il ne suffit pas que les jeunes gens aient suivi le cours de l'histoire de l'art à l'École des beaux-arts, qu'ils en aient retrouvé un autre d'un ordre supérieur dans les galeries du Louvre, un autre d'une nature spéciale dans les salles gothiques de l'hôtel de Cluny et sous les voûtes inspirées de la Sainte-Chapelle, chacun à des points de vue différents; il faut encore que l'esthétique couronne le tout, et que le professeur, regardant comme connue la marche de l'art à travers les contrées, à travers les temps, et son application pratique aux besoins des hommes, aborde une région plus élevée et fasse comprendre à un auditoire d'élite les conditions du beau et du sublime dans leurs rapports avec la création et avec notre intelligence. Et cependant un cours d'esthétique ne devra être professé qu'alors qu'un homme supérieur réunira les rares qualités qu'il requiert; car ces qualités seules rendront cet enseignement fécond, en enflammant par l'éloquence l'imagination de l'auditoire, en répandant surtout les idées sereines, les principes immuables qui dégagent des engouements passagers de la foule et n'attachent qu'aux vraies beautés de l'art. L'idéal du professeur d'esthétique, c'est le grand Léonard de Vinci; mais supposez un prédicateur célèbre, un philosophe aimé, un poëte populaire, ayant pratiqué les arts pour étudier à fond ces grandes questions: ne seraient-ils pas désignés d'une voix commune pour être les vrais professeurs d'esthétique? Un cours de ce genre, froid et monotone, est une perte de temps pour tous les auditeurs, et leur ferait prendre en dégoût le beau et le sublime: pas un artiste qui n'ait meilleur emploi de sa journée, pas un amateur qui n'apprenne plus dans la galerie du Louvre ou dans les champs du bon Dieu; mais un cours d'esthétique éloquent, enthousiaste, qui fait vibrer les grandes cordes du cœur et passionne tout un auditoire par la commotion électrique d'une sympathie puissante, un pareil cours est bon aux artistes, aux élèves, aux hommes du monde. Tous en sortiront avec des idées plus larges, plus élevées. De même qu'en voyage, après avoir gravi une montagne, on découvre tout à coup, du milieu d'une atmosphère plus pure, des horizons plus étendus, de même aussi, après avoir entendu les belles déductions du professeur d'esthétique, on juge des arts plus sainement, on apprécie mieux leur but, on comprend leur véritable portée, leur tendance future, leur avenir final. — L'intelligence doit-elle être parquée dans le coin de Paris dit le quartier latin? — Déplacement de la population depuis deux siècles. — Changement des habitudes. — Sur la rive droite de la Seine habitent aussi des hommes distingués, des femmes intelligentes, des jeunes gens qui ne demanderaient pas mieux que d'apprendre quelque chose, et qui se disent toute l'année, chaque fois qu'il est question des cours de quelque professeur de grand renom : « Ah ! mais ce doit être intéressant, je veux suivre cet enseignement. » Puis, quand vient le moment de mettre à exécution ces bonnes intentions, les distances, les heures, tout, en un mot, s'y oppose. Je crois qu'en empruntant une fois par semaine au collège de France, à la Sorbonne et au Conservatoire des arts et métiers leurs professeurs les plus agréables parmi les plus savants, en ouvrant les cours dans un local central, comme le serait le théâtre des essais, au milieu de la Chaussée-d'Antin, on attirerait à soi tout un monde qu'il importe d'arracher aux notions superficielles et aux préoccupations matérielles. Ces cours ne seraient pas plus mondains, pas moins graves que ceux du quartier latin et de la rue Saint-Martin; mais ils seraient offerts à la curiosité d'un autre public, dans son quartier et à ses heures. — Programme. — Les sciences, l'histoire, la littérature et les arts. — Enseignement populaire. — Je voudrais encore quelque chose. Quand les Morin, les Peligot, les Dupin, les Pouillet, descendent de leur chaire des arts et métiers aux applaudissements d'un millier d'ouvriers et de contre-maîtres, je demande que leur enseignement ait comme un appendice. Ils enseignent la chimie, la physique, la mécanique appliquées aux arts; pourquoi l'artiste ne viendrait-il pas occuper la chaire de l'homme spécial, ne fût-ce que pendant une demi-heure, pour clore la séance, comme le chœur qui, dans l'antiquité, servait de commentaire à la tragédie? Aucun enseignement ne s'adresse aussi bien à tous et à chacun que celui des arts : c'est le complément et le poli de l'éducation. — Mesures de même nature étendues aux départements. — Congrès scientifiques. — Tendre la main aux précurseurs de cette idée féconde, à des hommes dévoués comme l'est M. de Caumont. — LA CRITIQUE DANS LES ARTS. — Elle pouvait être salutaire, elle a été malfaisante. — Son histoire dans les temps passés. — Sa forme et ses allures depuis Diderot. — Elle devient l'alliée de la liberté de la presse, car chacun s'est dit, après avoir lu les Salons de Diderot: « Puisque la critique des arts n'est pas plus difficile que « cela, je vais en faire. »— Antécédents de nos critiques.—Revue des doctrines. — Nullité des études. — Limite bornée des investigations et des moyens de comparaison. — Exceptions honorables. — Tandis que les pamphlets publiés au xviiie siècle, à l'occasion des expositions, s'imprimaient à cent exemplaires et n'étaient pris au sérieux par aucun des membres de l'ancienne aristocratie qui protégeaient les arts, la presse alla dans toutes les mains, et exerça une domination d'autant plus grande que les artistes comprirent bientôt l'influence que ses jugements avaient sur le public, par suite sur leur réputation, et en définitive sur le débit de leurs ouvrages. Les uns allèrent au devant de ses caprices, les autres au rebours de leur voie naturelle, rien que pour contrecarrer ses décisions. Ah ! je ne suis pas coloriste; ah ! je suis trop calme, trop esclave de la ligne, tu vas voir. Et la palette de se jeter dans des excès de couleur, et l'ébauchoir d'oublier le respect que la terre glaise doit à son frère aîné le marbre. On ne sait pas assez la tyrannie que les écrivains ont fait peser depuis trente années sur les artistes, sur ceux-là mêmes qu'un talent élevé devait mettre plus complètement à l'abri de leurs coups. Ingres, Paul Delaroche, A. Scheffer, lui ont répondu en s'enfermant dans leur tente, l'illustre Gros en se jetant dans la rivière. Chez les anciens, le goût public étant formé, la critique se faisait tout haut et par tout le monde; un artiste consommé et de grand renom osait seul se faire l'interprète de l'opinion publique. Il en sera bientôt ainsi parmi nous; mais dès aujourd'hui la carrière de la critique devrait être fermée aux littérateurs, qui ne savent rien des arts, et aux artistes manqués, qui en savent trop; elle restera ouverte, non pas aux artistes de génie, qui s'en acquitteraient mieux que tous autres s'ils n'avaient pas un meilleur emploi de leur temps, mais aux hommes de savoir et de goût qui, après avoir pratiqué les arts avec passion, ont conservé assez de loisir pour longuement étudier, beaucoup voyager et recueillir, au contact de l'histoire de tous les temps, dans l'étude des productions de toutes les écoles et dans le commerce des artistes contemporains, cette expérience calme qui donne aux jugements une autorité sérieuse en affranchissant l'esprit du goût malsain des innovations, de la fantaisie des paradoxes et du besoin de briller aux dépens de la justice. Ces nouveaux critiques auront l'indulgence qui donne aux artistes la confiance; ils auront cet enthousiasme de bon aloi qui, dans l'examen de toute œuvre, va droit aux qualités sans se soucier des défauts. L'art est un rude labeur; le plus robuste athlète ne traîne son char, sur la montée rapide, qu'au prix des plus grands efforts. La critique doit-elle s'atteler devant ou derrière, activer ou ralentir la marche, ajouter aux difficultés ou les faire disparaître, tresser des couronnes enfin ou donner le coup de mort? La critique nouvelle viendra en aide aux arts, elle puisera dans leur histoire et dans sa propre expérience les principes immuables, supérieurs aux caprices du jour et aux entraînements de la mode. — LIBERTÉ ET GRATUITÉ DES ENTRÉES. Nos rois ont gâté la France, et la France est, sous certains rapports, trop vieille pour qu'on songe à refaire son éducation. — Le Français est habitué à entrer librement, gratuitement, dans les palais, collections et établissements appelés tantôt royaux, tantôt nationaux, dans les cours publics, dans les expositions de tous genres. Parce qu'il paye ses contributions, il croit que l'État doit lui donner des routes bien entretenues et des musées richement garnis, une police vigilante et des professeurs distingués. — Reste à savoir si l'État agit sagement en étant aussi libéral, si les générosités de la bourse commune sont compensées par le profit que trouve la nation entière dans cet enseignement quotidien mis à la portée de tous. — Le doute n'est pas possible. — Il y va de l'honneur de la France de continuer ces nobles traditions. — Les artistes ont été les premiers, je le sais, à faire marchandise de l'exposition de leurs œuvres. Zeuxis imposa un droit d'entrée à tous ceux qui vinrent voir dans son atelier le fameux tableau d'Hélène, et David recueillit 65,627 francs à montrer pendant cinq ans (de nivôse an VIII à prairial an XIII) l'*Enlèvement des Sabines* dans la salle du Louvre, qui se trouvait à côté de son atelier. — Ces faits ne doivent pas être donnés en exemple; on pourrait leur opposer plus d'un acte de désintéressement. L'État, d'ailleurs, ne songe pas seulement à gagner de l'argent; il sait qu'il est des dépenses fructueuses, et il a pour guide les hautes préoccupations.

MAINTIEN DU GOÛT PUBLIC PAR LES BELLES PUBLICATIONS À BON MARCHÉ.

L'État, ai-je dit plus haut, doit à l'enseignement public les meilleurs modèles de dessin; il les donnera gratuitement aux pauvres, il les vendra à bas prix aux riches, car sa spéculation est toujours bonne, quoiqu'il y perde, s'il améliore le goût public. — Faire pénétrer partout le goût délicat de la perfection, chasser de partout une tendance naturelle à la vulgarité. — Retirer son initiative aussitôt que le bon exemple est suivi par l'industrie. — Quels sont les besoins de la nation? Une publicité immense qui mettra, pour quelques centimes, dans les mains de tous les chefs-d'œuvre du génie que les gens de loisir et les riches pouvaient seuls posséder ou étudier dans les galeries étrangères. — Le peuple lit beaucoup, mais il lira davantage, et les images seront toujours sa lecture favorite. C'est par les yeux qu'on l'instruit, disait Horace, c'est par les yeux que le moyen âge lui enseignait sa religion et son histoire; nous lui apporterons de nouveau cette assistance. Un journal en images se prend et se quitte, c'est le véritable livre des moments perdus. L'ouvrier le regardera pendant les courts instants de ses loisirs, et si ses yeux s'arrêtent sur une belle œuvre, bien rendue, il fixera dans sa mémoire un souvenir plus durable que ne le serait une longue lecture, ou, comme il le dit, *de grands mots*. Aux jours de fête, ou quand la vieillesse conseille le repos, il prendra des livres illustrés. Ces livres n'ont fait leur temps que pour les esprits délicats qui interprètent le texte mieux que l'artiste. N'oublions pas que telles illustrations de la Bible satisfont les lecteurs qui la regardent, si même ils choquent ceux qui la lisent; ne perdons pas de vue non plus que nous sommes à l'aurore de la publicité populaire. Le papier est trop cher, et on trouvera quelque plante filamenteuse qui, cultivée en grand, donnera un papier excellent à 5o p. o/o meilleur marché; l'impression mécanique est lente; on trouvera moyen d'en décupler l'action, si bien que nos petits-enfants auront des in-8° de 5oo pages à 5o centimes et des in-12 à 25. — La librairie a-t-elle répondu à ces besoins? s'apprête-t-elle à y répondre? Elle a baissé ses prix, elle a multiplié les publications illustrées, et un nombre prodigieux d'acheteurs a répondu à sa hardiesse. Sont-ce les modèles de la littérature qu'elle répand ou des œuvres littéraires sans valeur? Sont-ce les chefs-d'œuvre de l'art qu'elle propage par la gravure sur bois, ou les misères et les vulgarités de talents faciles dépourvus de vraie originalité? Je le demande à tout homme de goût. —Exceptions honorables.— La bibliothèque Charpentier, le Magasin pittoresque, l'Illustration, etc. etc. —Ces publications s'adressent aux classes élevées et aux classes moyennes, ce n'est pas l'œuvre du peuple. A qui celle-ci est-elle confiée? — Allez à Épinal, à Metz, à Nancy, à Montbéliard, à Strasbourg, dans la rue Saint-Jacques à Paris, et vous verrez sortir de sales officines les ignominies qui remplissent la balle des colporteurs sous le titre d'Almanach liégeois, de Messager boiteux, de Vies des saints, de Stations de Jérusalem, de chansons, anecdotes et bons mots. Telle est la bibliothèque, telles sont les gravures qui depuis un demi-siècle salissent l'imagination et le goût des populations de nos campagnes, en ridiculisant par un langage grossier et des dessins sauvages, rehaussés d'un coloriage criard, toutes les légendes faites pour remuer le cœur, les hauts faits de l'histoire, les tableaux de nos glorieuses batailles, les images des vertus et des dévouements. Un gouvernement paternel et prudent étouffera cette librairie, si elle ne crie grâce en s'amendant, et, pour qu'elle s'amende, il fera fabriquer par des artistes et des écrivains, par les premiers graveurs et les meilleurs imprimeurs, des masses correspondantes de bons livres qui, avec les mêmes titres, la même apparence extérieure, feront passer à un prix plus modique la distinction de l'esprit et la perfection de l'art à la place de leurs contraires. Il y a là une œuvre grave à accomplir, et il faut profiter de cette grande extension de publicité pour sauvegarder le bon goût et faire avec le style une concurrence à mort à la vulgarité. — Bibliothèques communales de 30 résumés. — Bibliothèques cantonales de 300 volumes, offrant le tableau de nos connaissances et l'élite de notre littérature. — Appel aux lettres, aux sciences, aux arts et à l'industrie pour composer, avec le concours du clergé, cette encyclopédie populaire du XIXᵉ siècle. — Avec 37,040 communes pour souscripteurs, l'État n'a rien à donner que son adhésion. — Livres illustrés. Avec les prétendues illustrations mises en circulation par nos libraires depuis vingt ans, on a sali plus de livres qu'on n'en a orné, on a troublé l'esprit du lecteur plus qu'on ne l'a aidé à comprendre son auteur. — Demander à Hébert un Horace, à Gérome un Virgile, à Eug. Flandrin un Homère, à Decamps une Bible de Royaumont, puis abandonner ces coûteuses compositions à l'éditeur honorable qui consentira à faire avec elles de beaux livres à bon marché. — Beaux-arts. — Les modèles de dessin, j'en ai traité page 207. — Les publications populaires. — Le 7 nivôse an II, un décret de la Convention ordonne qu'une gravure représentant la mort du jeune Barra sera envoyée dans toutes les écoles primaires, pour apprendre aux enfants que le dévouement à la patrie est un devoir. — La Convention a fait de plus mauvais décrets que celui-là. — L'État fera parvenir aussi dans toutes les communes de la France les grands faits de nos guerres, les actions d'éclat de nos soldats, les actes de dévouement de tous les citoyens, les portraits des hommes chers à la patrie, tout ce qui va au cœur, tout ce qui est digne d'enflammer l'enthousiasme patriotique. Les Horace Vernet, Bellangé, Raffet, Yvon, Decamps, et tant d'autres dont le talent est devenu populaire parce qu'il est sympathique aux masses, dessineront ces grandes scènes sur bois, et les graveurs les rendront en fac-simile, ou bien ils les peindront, et leurs élèves les exé-

cuteront sur bois, à plusieurs rentrées, de manière à les reproduire en
couleur dans une vive harmonie de tons, qui donnera une idée juste des
originaux. Un million d'épreuves identiques, et plus encore s'il le faut, seront fournies en peu de jours par la typographie associée à la galvanoplastie,
et ces belles gravures se vendront dix centimes. On les affichera entre le
Moniteur des communes, qu'on devrait lire, et les annonces d'adjudication,
qu'on ne lit pas. Ces proclamations parlant aux yeux auront pour les
gens de la campagne l'éloquence qu'ils comprennent, et un second exemplaire, conservé à la mairie, formera tous les six mois un fascicule qu'on
prêtera aux habitants pour servir de distraction, à la veillée, dans les familles. Ce n'est pas assez : les plus beaux tableaux de toutes les écoles, anciennes et modernes, ainsi reproduits, iront jusqu'au fond des plus misérables hameaux égayer les murs nus des cabanes. La Cène de Léonard, la
Transfiguration de Raphaël, les Vierges de Murillo, les Pestiférés de Jaffa et
la Bataille d'Aboukir de Gros, l'Assaut de Constantine de Vernet et la Victoire de l'Isly, remplaceront d'effroyables caricatures bariolées.—Les travaux
d'art du Gouvernement, exécutés à Paris et dans les grandes villes, seront
ainsi représentés par les architectes mêmes chargés de ces travaux. — Des
chemins de la croix dessinés en Orient sur les lieux, et animés de scènes
évangéliques par Orsel et Perrin, des légendes, des contes populaires, des
calendriers illustrés par Gavarni, Daumier, de Noé, et tant d'autres que je
ne cite pas, mais auxquels chacun pense. — Pas un artiste qui ne se sentît
honoré d'une tâche aussi utile, pas un qui ne donnât un caractère plus
élevé à son talent en comprenant la part qu'il prend à cette grave mission
de l'enseignement public. — Autres influences. — Au lieu du type ridicule
consacré pour les cartes à jouer, en adopter un autre plus noble et aussi
fixe, afin de mettre sous les yeux du peuple, même au cabaret, d'élégantes
figures au lieu d'affreux magots, qui n'ont pas même pour eux le mérite
d'une haute antiquité et le style caractéristique d'une époque. — L'impulsion donnée, chacun se mettra au pas. — L'industrie d'Épinal et autres
lieux se réformera pour échapper à la ruine; les éditeurs d'estampes, de
livres, de publications illustrées, de gazettes de modes, seront stimulés et par
cet exemple et par le réveil du goût public. — L'art grandira sur une base
élargie et solide. — Les puissantes compagnies industrielles voudront
qu'on distingue leurs actions autant par la beauté du titre que par la valeur de l'affaire, et qu'un luxe distingué répandu en toutes choses annonce
leur prospérité. — Quelque Denière, un Taban futur, demandera aux Delaroche ou aux Messonnier de l'avenir l'entourage de leurs cartes d'adresse,
qu'ils feront graver par les Mercuri et les Calamatta de leur temps. Rien
qu'en voyant ces adresses, on saura qu'on a affaire à un homme de goût.
— Autres procédés reproducteurs qui peuvent également servir à la propagande. — Grands moulages en plâtre, légers comme le carton-pâte. — Les
ateliers de l'École des beaux-arts, en répandant presque gratuitement dans
toutes les écoles de la France d'excellents moulages d'après les chefs-d'œuvre

de l'art, obligeront les mouleurs italiens, détestables gâcheurs qui conservent la spécialité de ce colportage dans nos campagnes, à choisir mieux leurs modèles. On leur cédera à bas prix des exemplaires de choix de diverses réductions des chefs-d'œuvre de la sculpture; on fera pour eux des Vierges dignes d'adoration, des bon Dieu vénérables, et toute une série de saints qui éviteront au moins le ridicule. Ils surmouleront ces bons modèles, et iront les débiter jusqu'au fond des plus pauvres hameaux. — MONNAIES, MÉDAILLES ET JETONS. Ce sont les agents les plus actifs de la propagation du bon goût; ils circulent en tous lieux et pénètrent partout. — Les villes de la Grèce tenaient à honneur d'émettre la plus belle monnaie pour propager au loin, avec leurs noms, l'idée de haute civilisation, synonyme de puissance. — Les villes des colonies grecques rivalisaient avec les villes mères, la Sicile avec la Macédoine. — Les anciens avaient compris que la médaille allait plus droit et aussi sûrement à la postérité que le livre, car il y a toujours quelques exemplaires qui échappent au désastre, qui surnagent au naufrage, et, quand les nations qui ne savent plus lire succèdent, comme en Asie, aux nations qui ont écrit, quand elles ont brûlé les monuments de leurs ancêtres, brisé ou fondu leurs statues, les médailles se conservent, les unes en bronze dans la terre, les autres en or et en argent, enfilées en colliers ou suspendues en boucles d'oreilles et portées par les femmes. Les sculpteurs les plus renommés s'appliquaient à la gravure des médailles, des pierres gravées et des camées. La présence des mêmes noms sur les unes et sur les autres prouve que les mêmes artistes, en délaissant momentanément la grande sculpture, transportaient dans cette sculpture en miniature une hauteur de style et un savoir profond, qui semblent prendre plus de puissance en se condensant dans de si faibles proportions. Les Romains s'ingénièrent par tous les moyens à remplacer le procédé si simple de l'imprimerie, qu'ils ne purent trouver, quoiqu'ils en eussent dans les mains tous les éléments, quoiqu'ils le cherchassent certainement, car ils en avaient dans leur immense administration un impérieux besoin. A défaut d'imprimerie, ils reproduisirent à coups de marteau sur des médailles les événements dont ils croyaient utile de répandre et de perpétuer le souvenir : les victoires de la guerre et de la palestre, les grands travaux d'utilité publique, les monuments magnifiques de la ville éternelle, tous les faits, en un mot, qui constataient leur force, l'étendue de leur puissance et la vigilance de leur immense administration. — Le goût des médailles traverse les siècles. — Sceaux du moyen âge. — Grands médaillons des xv⁰ et xvi⁰ siècles. — On en fait à Lyon qui respirent le grand art et sont comme un reflet de l'atelier des Pisans. — Benvenuto Cellini grave la médaille de François Iᵉʳ. — Tous les Valois se préoccupent, autant qu'Alexandre le Grand, de leurs portraits et de la beauté de leurs médailles. — Henri III, Germain Pilon et François Clouet. — Médaillon de Marie de Médicis gravé par Dupré, en 1624, dernier témoignage de ce grand art. — Le goût de la perfection l'abandonne et la mécanique le tue. — En 1640, de Chambray.

qui comptait pourtant au nombre des gens de goût de son temps, vante les nouvelles qualités de précision obtenues par la machine, et qui sont devenues si fatales aux médailles. — L'empilage, condition rigoureuse de la monnaie. — La virole, perfectionnement mécanique. — L'art ne fut pas chassé des médailles, mais son champ a été tellement limité, qu'il y peut à peine faire preuve d'existence. — Étude des médailles commandées par l'État depuis 50 ans et des jetons faits pour les particuliers dans le même espace de temps. — Impression de profond découragement. — Le saint Georges de Pitrucci, supprimé de nos jours, et remplacé sur les souverains par d'insipides armoiries, a été le dernier exemple d'une monnaie artiste; la tête de la République d'Oudiné restera aussi comme le témoignage des ressources qu'un sentiment élevé et un burin délicat peuvent trouver dans les deux ou trois millimètres d'épaisseur laissés au talent par les exigences de l'empilage. — Le véritable art du sculpteur et du graveur en médailles est donc perdu, et je ne sais aucun symptôme plus affligeant, plus humiliant, de l'infériorité des modernes comparée sous ce rapport à la supériorité des anciens. Nous pouvons nous faire illusion en architecture, en sculpture, en peinture; mais, quand il s'agit de médailles, de camées et de pierres gravées, notre défaite est honteuse, car nos productions sont indignes de peuples civilisés. — Moyens de faire renaître ce grand art en remettant les camées et les pierres gravées à la mode, en donnant une large extension aux médailles et aux jetons de présence. — Le monde tend à l'unité de la monnaie la plus insignifiante, mais les médailles et les jetons peuvent rendre une libre carrière à l'imagination de nos artistes. — Rétablir l'usage de distribuer des médailles, ne pas souffrir qu'on les remplace par un ignoble sac d'écus ou par un chiffon de papier graisseux payable à la banque de France. — La médaille n'est pas seulement une rémunération, c'est aussi un titre d'honneur qui doit rester dans la famille. — Style qui convient aux médailles. — Faciliter la connaissance des médailles antiques par des imitations en soufre et par le procédé de M. Cavelier, de Caen. — Exclure le genre pittoresque adopté au xviie siècle. — Imiter les Grecs, qui évitaient les sujets compliqués. — S'agit-il de médailles de course? Que fait-on des tableaux de l'hippodrome? Je préférerais la tête du cheval vainqueur, accentuée comme Phidias nous en a donné le modèle. — S'agit-il de comices agricoles? Voyez comme les sculpteurs grecs rendaient sur leurs médailles les animaux les plus humbles. — Médailles de sauvetage, d'actes de dévouement, toutes inspirées par le fait même auquel elles se rapportent. — Les jetons de présence sont devenus si laids, leur effigie si banale, si vulgaire, qu'on a préféré une pièce de cinq francs. — Donnez un bon exemple. — Vos commissions gratuites deviennent désertes, ranimez l'exactitude par des jetons de présence. N'eussent-ils qu'une valeur minime, si vous la rehaussez par la beauté de l'exécution, si vous en renouvelez souvent les types qui peuvent trouver dans l'allégorie mille motifs pour exprimer le sujet de la réunion, on viendra les chercher assidûment.

— L'État ne se contentera pas de distribuer ses médailles et ses jetons dans les occasions déjà en usage, il en créera de nouvelles et de fréquentes. — Ses médailles, étant des objets d'art, vaudront plus que leur poids, et se conserveront comme des objets précieux; les grandes se placeront en évidence dans l'habitation, les petites se porteront au cou et dans la coiffure, comme des bijoux. — C'est ainsi qu'on marque une époque et qu'on donne une impulsion. — Les sociétés de sciences, d'industrie, de bienfaisance, des arts, sont innombrables; ajoutez-y les chambres et tribunaux de commerce de toutes les villes, les prud'hommes de toutes les catégories, les conseils d'hospice, de santé, de municipalités, de cercles et casinos, etc., tous ou presque tous ont leurs médailles et leurs jetons de présence. — Étude des médailles et jetons des sociétés privées. — Monotone et plate insignifiance de cette longue série depuis 50 ans. — Mais, quand l'État distribuera de belles médailles, des compagnies industrielles consacreront 20,000 francs pour que leurs jetons de présence répandent partout une grande idée de leur prospérité, et conservent par leur mérite d'exécution un prix plus élevé que leur valeur intrinsèque; les autres sociétés les imiteront, chacune dans la proportion de leurs moyens; le clergé aussi voudra que ses médailles commémoratives de jubilés, indulgences, communions, mariages, allient la beauté de l'art aux charmes des souvenirs. — On étendra cette bienheureuse réforme, ou plutôt, une fois entreprise, elle s'étendra d'elle-même, à la gravure des timbres, à l'ornementation des plombs de douane. — Petits moyens de propagande du bon goût. — Il n'en est aucun à dédaigner. — La terre de pipe est une admirable matière, la pipe un objet qu'on a continuellement sous les yeux. — Il se fabrique annuellement à Saint-Omer, dans les Ardennes, dans le Nord, dans l'Ille-et-Vilaine, 200 millions de pipes; celles qui sont ornées sont d'affreuses caricatures. Donnez ce thème à un artiste de talent, et il trouvera dans le petit espace laissé autour du foyer de la pipe une place suffisante pour des figures gracieusement posées, pour des types de têtes accentués dans un caractère noble et dans une expression vraie. — Différentes industries qui comportent ce genre d'intervention, différentes influences qui peuvent exercer une bonne propagande. — Les spectacles en plein vent, les musées forains et les colporteurs. — On fera copier par de jeunes artistes les meilleurs tableaux de nos peintres populaires, les batailles d'Horace Vernet par exemple, et on donnera ces bonnes répétitions aux entrepreneurs de spectacles ambulants qui courent les foires. Ils intéresseront le peuple à des faits mémorables dignement représentés, au lieu de lui laisser dans la mémoire des turpitudes, des crimes et toutes sortes de sauvageries qui semblent peintes par les sauvages eux-mêmes. — D'autres entrepreneurs de spectacles forains promènent dans nos campagnes des lions pelés, des éléphants galeux, et des monstruosités naturelles qui n'apprennent rien à personne; on leur donnera en dépôt et on renouvellera de loin en loin des séries de belles gravures, des objets d'art et d'excellents tableaux modernes, qu'ils transporteront et feront goûter jus-

qu'au fond des plus pauvres hameaux, jusqu'au haut de nos montagnes,
tous lieux qui échappent à la sollicitude la plus dévouée, à l'influence la
plus puissante. — Les colporteurs sont les intermédiaires entre l'éditeur et
l'acheteur, entre l'État et le paysan. — Chiffre des colporteurs. — Organisation. — Ils sont souvent plus immoraux dans leur conduite, plus grossiers
dans leurs propos, que les livres et gravures qu'ils vendent sous main ; mais,
du moment où toutes les carrières sont obstruées, du moment où, par l'impulsion donnée aux publications populaires, aux gravures et aux moulages
à bon marché, le métier de colporteur sera devenu lucratif, exigez de ceux
qui en exercent le privilége une certaine culture, un don d'éloquence naturel, quelque talent musical pour chanter la complainte; élevez l'homme
au niveau de l'importance nouvelle de sa mission. — Encouragements aux
plus intelligents, médaille d'honneur du colportage décernée par les
préfets.

MAINTIEN DU GOÛT PUBLIC PAR LES SPECTACLES.

Théâtres. Considérations générales. Le théâtre était envisagé chez les
Grecs comme un moyen d'enseignement, d'utile propagande, de civilisation
bienfaisante. L'accepter ainsi, et, pour répondre aux besoins démocratiques
de la société nouvelle, ouvrir d'immenses théâtres. — Les innovations
modernes semblent nées de cette participation du grand nombre à toutes
les jouissances. — Paquebots énormes, convois indéfinis de chemins de fer,
omnibus de cent voyageurs. — A leur tour, les théâtres renouvelés con-
tiendront 30,000 spectateurs commodément assis, voyant bien le spectacle
et entendant parfaitement les acteurs. Nous voulons plus encore, car le ve-
lamen de l'antiquité est un abri médiocre à côté des ressources de tous
genres offertes à nos architectes par les nouveaux matériaux de construction. 30,000 spectateurs préservés de la pluie et du vent, de la chaleur et
du froid, ventilés en été avec des courants d'air mêlés aux senteurs de toutes
les fleurs, échauffés en hiver par des courants de chaleur tiède et parfumée.
— Le public parisien, qui se compose de l'élite du monde, a droit à de
beaux et bons théâtres, car il leur jette chaque année 20 millions, et il
leur en donnera bientôt 50. Répondent-ils à ces générosités de grand seigneur? On pourra le croire, si l'on compte les théâtres, les acteurs, les
pièces représentées chaque année ; on protestera, si l'on a le moindre souci
de ses aises, le plus faible sentiment de la distinction et du style dans l'architecture, le goût de l'originalité dans les nouveautés et de la vraie gaieté
dans les bouffonneries, de l'esprit de bon aloi dans les comédies, de la grâce
inspirée par la nature dans les ballets, de l'âme, du talent, du génie, dans les
drames, opéras et tragédies.—Toutes les fois que le peuple a compté, on lui
a donné de magnifiques théâtres. Les Grecs lui construisaient des théâtres
en marbre de la plus belle architecture, où il venait entendre les chefs-
d'œuvre des poëtes, entouré des chefs-d'œuvre de la peinture et de la sculp-

ture. Les Romains lui offraient, dans des cirques et dans des hippodromes immenses, les combats d'animaux et les courses de chars. Tant que ces nations furent dignes d'elles-mêmes, ces spectacles excitèrent les plus nobles sentiments, le sentiment du beau dans les arts et l'enthousiasme guerrier. Pourquoi laisser se perdre ces moyens faciles d'une influence féconde? — La construction des grands théâtres ne devrait être confiée qu'à l'architecte le plus ingénieux et le plus artiste parmi les plus habiles (voir plus loin, p. 602). — Le théâtre est un enseignement qui développe la morale, l'esprit, le goût par les lettres, l'harmonie et le plaisir des yeux. Donnez au peuple le moyen de s'y distraire à bas prix, et souvent d'y entrer gratuitement. — Périclès payait sur la caisse publique l'entrée des citoyens pauvres dans les théâtres d'Athènes, et, à son imitation, toutes les municipalités de la Grèce prirent à leur charge cette utile distraction du peuple. Je ne parle pas des libéralités impériales chez les Romains, elles avaient un but plus politique que moral; je remarquerai seulement que nos dix théâtres contiennent 15,000 spectateurs, et que Rome en mit 87,000 à l'aise dans le Colisée seul. — Des directeurs. Placer à la tête de vos théâtres des hommes convaincus, celui-ci de l'autorité de la musique, celui-là des vrais principes de toute saine littérature, tous de la dignité de l'art, et, si l'on vous dit que tel directeur a fait de plus grosses recettes que son prédécesseur, cherchez, non pas au fond de sa caisse, mais dans son répertoire, ce qui restera de sa gestion.—Direction littéraire. — Mélange heureux qui satisfait le goût tenace des beautés éternelles et les goûts passagers des gentillesses de mode.—Théâtres Français. Premier, second et troisième théâtre Français.—Le théâtre Français reprendra sa mission. Il est la bibliothèque dramatique que la génération actuelle ne lit pas, et qu'il lui récite avec tout le charme, toute la séduction capables de faire accepter de vieux chefs-d'œuvre. Qui lit Rotrou? pour n'en citer qu'un parmi les bons. Faites en sorte qu'on vienne l'entendre dans votre théâtre.— Ainsi l'enfant accepte la boisson salutaire dont vous savez dissimuler l'amertume. — Mais, pour bien jouer les œuvres du génie, il faut être presque un génie soi-même : aussi, quand les Talma, les Mars, les Rachel, viennent au secours de Néron, de Célimène et de Phèdre, tuez le veau gras, fêtez la bonne venue et ne reculez devant aucun sacrifice pour conserver aux lettres ces divins interprètes. — On médit des caprices de Mlle Rachel, de sa tyrannie, de tous ses travers enfin; l'État ne doit se souvenir que d'une chose, c'est que Corneille, Racine, Voltaire et nos illustres écrivains revivent en elle, et en elle seulement. Quel artiste, un peu grand, ne porte pas ses défauts au niveau de ses succès, ses caprices à la hauteur de son génie? Jules II ne voyait dans Michel-Ange ques on talent, il oubliait sa brutalité; et, quand l'artiste parvenait à s'enfuir de Rome, il menaçait la ville de Florence de l'excommunier et de lui déclarer la guerre, si elle ne rendait pas son peintre à la chapelle Sixtine. L'histoire des arts est pleine des méfaits de ces grands artistes, et des preuves de mansuétude des papes, des souverains et d'un public non moins intelligent qu'enthousiaste, non moins épris du talent que sourd aux menées de l'envie. Mlle Rachel sert les lettres et elle protége aussi les arts. Inspirée par ce sentiment antique qui vit dans tous les chefs-d'œuvre de notre littérature, elle les interprète non pas seulement par sa savante diction, mais aussi par la noblesse de la pose, la grandeur du geste, la distinction des attitudes et les ajustements incomparables du costume. — A une autre époque, dans d'autres contrées, cette femme eût eu des statues sur la voie publique et dans les temples. — Utiliser ces rares intelligences en se tenant à l'affût des moindres tendances favorables au style et des jeunes talents qui, par une pente naturelle, sont disposés à s'y associer. — Sophocle et Euripide remis sur un piédestal digne de leur génie. — Aucun détail négligé dans ces résurrections de l'art antique, car il suffit d'un détail fautif pour faire trébucher ces essais. Mais, quand on saura que MM. Boissonade, Rossignol, Lebas, ont vérifié la traduction de MM. Ponsard et Augier; que MM. le duc de Luynes, de Saulcy, de Rougé, ont présidé à la mise en scène et au choix des costumes; que MM. Hittorf, Paccard, Maxime du Camp, ont dirigé les peintres décorateurs; que MM. Mérimée, Ampère et Patin ont surveillé les mille détails de la vie privée et des usages, alors l'attention sera confiante et respectueuse au milieu des étrangetés, et, à moins d'un obstacle imprévu, comme un Oreste nasillard ou une Électre grasseyante, le succès sera assuré et d'une véritable portée. Il n'y aura que vingt représentations, car il faut limiter ces plaisirs exceptionnels comme on enchâsse des pierres précieuses; mais, pendant la durée de ces représentations, on ne parle que de cela, la conversation des gens du monde s'en nourrit, l'imagination des artistes s'y échauffe, les modes elles-mêmes s'inspirent de la noblesse des ajustements et se plient à cette élégante simplicité. Cela fait, on abandonne décoration et poème, sans réserve de droits d'auteurs, à l'entrepreneur quelconque d'un théâtre de boulevard, qui tire alors parti d'un succès sanctionné par l'élite de la société, et rend populaire jusque dans les provinces ce qui, tenté par le premier venu, écrivain ou directeur de théâtre, n'eût inspiré que dédain et pitié pour cette sublime antiquité. — Mais après ce succès on ne se croise pas les bras, on recommence autre chose, marchant au même but. — Le problème ne change pas; combattre ce qui monte d'en bas, répandre et généraliser ce qui descend d'en haut. — Notre premier théâtre tragique ne doit pas être seulement le Louvre des vieux maîtres, il est encore le musée du Luxembourg des maîtres vivants. — Moyens de stimuler les auteurs en proportionnant les moyens d'exécution au talent. — Unité d'impulsion en embrassant les différents genres dramatiques dans une même action dirigeante. — Nous avons un second théâtre Français, l'Odéon, qui est trop indépendant du théâtre de la rue de Richelieu. — Public particulier, la jeunesse des écoles. — Que lui faudrait-il? l'ancien répertoire joué par des artistes de talent, et les pièces nouvelles dont le mérite aurait été consacré par un public d'élite. — Que lui donne-t-on à entendre? — Historique des vingt années dernières. — Des tragédies dont le théâtre Français n'accepte pas même la lecture

devant son comité ; des comédies tellement osées, qu'il n'ose pas les jouer.
On traite la jeunesse comme l'*anima vilis* sur laquelle on fait les essais. —
Toutes les excentricités de la littérature interprétées par des acteurs inex-
périmentés, partant exagérés. — Mauvais drames et mauvais acteurs, qui
faussent le goût de la génération nouvelle. — Il est vrai que, si un acteur
de l'Odéon marque quelque talent, si un drame joué à ce théâtre dévoile,
sous le faux brillant de la mode, quelques qualités réelles, on accapare
acteur et drame au premier théâtre Français, laissant son frère cadet recruter d'autres commençants, tenter d'autres essais. — C'est là un mauvais
jeu, qui, loin de maintenir le goût public, le corrompt à sa source. — Organisation nouvelle. — On associera, sous une direction générale et sous un
chef supérieur commun, le théâtre Français, l'Odéon et le Gymnase. —
Pour ces trois théâtres un seul comité de lecture, trois troupes distinctes
mais associées ; association qui permet d'assigner telle pièce à tel théâtre,
d'empêcher les auteurs d'écrire en vue d'un acteur ou d'un public, qui
permet aussi de distribuer les rôles non pas suivant les nécessités d'un
théâtre, mais conformément aux exigences de l'art. — Le théâtre Français
resterait le représentant de l'art dans sa pureté ; le second théâtre, partici-
pant de ses meilleurs éléments, aurait sans doute un caractère plus jeune,
mais serait une véritable école de goût pour la jeunesse ; le Gymnase enfin,
tout en conservant l'ensemble qui fait son principal mérite, donnerait parfois aux deux autres théâtres des acteurs qui leur font défaut, et recevrait, à
son tour, de ses associés des renforts pour ranimer sa verve, relever son
genre et l'empêcher de tomber dans la manière. — Le comité de lecture de
cette grande direction, composé d'hommes éminents, recevrait des jetons
de présence de 20 francs et disposerait de 30,000 francs pour les distribuer
chaque année en prix et en pensions, c'est-à-dire pour donner au succès
sa juste récompense, et au jeune talent, qu'on écarte afin qu'il mûrisse, les
moyens d'étudier sans produire, c'est-à-dire sans se fausser le goût dans les
bas-fonds littéraires. Cette grande troupe, ces trois théâtres unis, loin d'a-
baisser les autres, les relèveraient, car le directeur serait autorisé à faire
jouer sur les petits théâtres, en l'annonçant ou à l'improviste, entre deux
plats vaudevilles, quelques belles scènes de son répertoire. Mlle Rachel
venant dans sa solennelle simplicité aux Folies-Nouvelles, aux Délassements-
Comiques, parler au nom d'Athalie et de Pauline, ou réciter bonnement
les deux Pigeons, cette simple histoire, impressionnerait ce public d'une si
étrange façon, que le second acte de la pièce, qui faisait pleurer de rire,
ferait pleurer d'ennui et de dégoût. — LES ACTEURS. Les auteurs, depuis
Plaute jusqu'à Shakespeare et Molière, les auteurs dramatiques étaient
acteurs et jouaient dans leurs pièces, c'est-à-dire qu'ils composaient avec
l'expérience du métier, avec la pratique journalière des ressources et des obligations de la scène. Nous qui désirons revoir des orfévres travaillant sur des
modèles composés par eux, nous croyons que l'art ne perdrait rien à être
encouragé dans cette voie. — Iffland, Garrick, Baron, la Champmeslé, les

Poisson, Dancourt, Monvel, Pigault-Lebrun, Picard, Duval, Mlle Brohan, Samson et Régnier. — Se reporter à l'organisation du Conservatoire de musique et de déclamation (page 144). — Les costumes. L'archéologie la plus rigoureuse est de mise dans les trois théâtres Français. — La fantaisie peut se permettre à l'Opéra tous les écarts; aux théâtres associés, pour relever la tragédie et la comédie, l'étude doit imposer rigoureusement le résultat de ses recherches consciencieuses. Un anachronisme trouble l'attention en détruisant toute illusion. Quand Auguste dit : *Prends un siége, Cinna,* je ne veux pas voir le favori de l'empereur s'asseoir dans le voltaire de mon coin du feu; autrement je ris, et la belle scène de Corneille est perdue pour moi. Un musée scénique serait formé pour les trois théâtres, sous la direction de l'artiste distingué qui aura consacré sa vie à l'étude de la vie privée à toutes les époques. Les diverses collections publiques y déverseraient nombre d'objets qui, au milieu des œuvres de l'art, sentent le bric-à-brac, tandis qu'ils deviendraient ici des monuments intéressants et des outils utiles. Ce musée serait public à certains jours; tous les théâtres auraient le droit d'y faire copier leurs costumes et de s'entendre avec son atelier de confection. — Les petits théâtres. — Question des priviléges. — Les élèves du Conservatoire. — Théâtres lyriques. — Maintien du goût public par l'harmonie. — Grand Opéra. La voix du chanteur a une limite; le son de l'instrument n'en a pas. La voix du chanteur se fatigue, et, qui pis est, elle se fausse quand elle doit remplir une salle qui dépasse la puissance de ses moyens. L'instrument grandit en proportion de l'espace; l'orchestre s'étend dans de justes rapports avec la salle. — La salle de l'Opéra, telle qu'elle est, exige des chanteurs un excès d'efforts qui ruine leur voix; cependant il importe qu'il y ait dans Paris un théâtre qui associe la belle musique à l'effet dramatique, à la splendeur de la mise en scène, à l'illusion des décorations, aux surprises des machines, et il est nécessaire, autant pour exercer une saine influence sur un grand public, autant pour répondre aux goûts des jouissances qui s'étendent chaque jour davantage, que pour répartir sur un plus grand nombre de spectateurs les frais de ce théâtre, il est nécessaire de l'agrandir au quintuple. — Le moyen de concilier ces exigences, de conserver à l'art toutes ses perfections, en se prêtant à de si gigantesques développements. — L'Opéra, à en croire quelques enthousiastes, n'est pas seulement un spectacle, c'est aussi une institution, et la plus importante des institutions. Touchez-y délicatement, comme on restaure un pastel, si vous croyez ce théâtre parfait et digne de la France; tranchez dans le vif, au contraire, si la musique qu'on y fait vous semble destructive à la fois du goût musical et des voix les plus belles; si les ballets qu'on y danse, la pantomime qu'on y joue, vous paraissent insipides, conventionnels, guindés, apprêtés, fardés, et tellement contraires aux saines données de la grâce et de l'art que vous vous croyez transporté dans un monde de poupées, de pantins et d'automates. — L'Opéra est trop grand pour les chanteurs et pour la bonne musique, trop petit pour les ballets; il doit devenir le salon français où Paris reçoit les étrangers et les provinciaux, avec la recherche et l'élégance qui caractérisent la capitale. — Il faut trancher dans le vif. — Il y aura un Opéra dansant, qui donnera place à 10,000 spectateurs, et un Opéra chantant contenant tout au plus un millier d'amateurs exquis. — Opéra dansant. Remonter aux ballets des Valois et aux opéras de Louis XIV. — Ronsard et Baillif composaient des vers pour les ballets. — Association de Lulli, Molière, La Fontaine, Corneille, Quinault. — De la littérature en musique et des œuvres poétiques chantées. — Beethoven met en musique les plus belles inspirations des poëtes. — Drames en musique et à grand spectacle. — Les chanteurs de solo remplacés par les premiers mimiques, les chœurs décuplés de puissance, l'orchestre assisté de tous les progrès faits par Sax et ses confrères, retentissant de trombones, grosses caisses, timbales, cloches, ophicléides et orgues pour accompagner des chœurs de 1,000 chanteurs. — Gluck, Mozart, Spontini, Weber, Rossini, Meyerbeer, grandissant avec la grandeur simple des moyens d'exécution. — La danse. Nouveaux opérasballets. — La convention de la danse, réformée dans le sens de la grâce distinguée et d'une pantomime naturellement expressive. — On engagera des artistes comme Mmes Guyon, Stoltz et autres puissantes mimiques, chez qui la passion du geste et le jeu de la physionomie suppléent à la voix. — 10,000 spectateurs au lieu de 1,950, payant en moyenne 3 francs au lieu de 7, rémunéreront mieux qu'aucun théâtre du monde les danseuses parfaites, les pantomimes hors ligne. Ce ne serait pas assez : il faut que la France reprenne le sceptre de la danse, que l'Italie et la Russie lui ont enlevé. — Reconstituer un conservatoire de la danse, une maîtresse école qui imposera les lois, et des lois raisonnables, au lieu d'absurdes violations de la grâce naturelle. — La danse avait été l'art français par excellence, une école de bon maintien et un modèle de poses, d'attitudes et de mouvements gracieux dans un mélange d'élégance et de naturel. — Nous en avons encore la passion, nous n'en avons plus le talent. — Milan a son école, Naples a la sienne, Saint-Pétersbourg même forme ses danseuses; Paris seul n'a plus d'école, et se contente de payer cher ce que ses rivaux consentent à lui céder. — Décorations. Les tirer de leur cercle borné, les faire voguer sur une mer d'innovations heureuses. — Quels progrès restent à faire? — Maintenir une plus juste balance entre l'homme de pratique et l'artiste d'imagination, entre le métier et le génie. C'est, en tout ce qui touche aux arts, une même règle, un même principe. Le plus habile décorateur est incapable de faire un tableau d'un mètre de largeur; M. Ingres n'est pas capable de peindre une décoration. Ce genre de peinture est un procédé particulier, un métier à part. Faut-il en tirer la conséquence qu'il doit être abandonné aux hommes du métier; je ferais sortir de ces prémisses une déduction opposée. Le tort des hommes de métier est de se mouvoir dans un cercle et de se contenter de redites, faute d'idées puisées dans l'étude sérieuse de l'art et de la nature, cercle bien autrement vaste, fonds inépuisable. Par ces raisons, il faudrait rajeunir le corps des décorateurs par l'introduction de forces vives,

telles que celles d'architectes, de peintres, de sculpteurs de talent, dont
l'imagination excessive est continuellement en dehors des conditions de l'art.
Chacun de nous citerait un de ces artistes éminents qui, depuis les bancs de
l'école jusqu'à la fin de leur carrière, ont toujours dépassé les conditions du
programme, les exigences des règles, les désirs mêmes de leurs clients;
gens d'imagination, de talent, mais que la réalité gêne et qui se rendent
impossibles en toutes choses. J'attirerais ces grands artistes dans la peinture
de décoration, et vous verriez la scène de l'Opéra s'animer d'une vie nouvelle,
qui n'a été rêvée ni par Servandoni, un grand artiste, ni de nos jours par
Stanfield, à Londres, et Marcellini, à Naples. La nature, l'architecture, les
grandes perspectives monumentales, seraient conçues avec une grandeur inattendue, parce qu'elles ne seraient plus, comme à présent, la copie amoindrie
de la réalité ou le rêve impossible d'une imagination qui n'est pas guidée par
des études sérieuses. Sûrs d'eux-mêmes, ayant en souvenir les grands modèles
de toutes les créations de la nature et du génie, ils prendraient ces richesses
pour point de départ, et selon la scène, l'époque, la donnée de la pièce, ils
reproduiraient non pas seulement ce que ces situations leur inspirent, mais les
projets, les pensées que l'étude de la nature et des monuments avait créés dans
leur imagination. Ce sont bien toujours des rêves, mais d'une réalité possible, dans un avenir concevable. J'espère de ces hommes nouveaux la réforme des anciennes ficelles et des vieux oripeaux. — La décoration peut être
autre chose que l'illustration de la pièce, elle peut se faire spectacle elle-
même. Quand le public, satisfait qu'on ait inondé la salle de lumière pendant les entr'actes pour faire resplendir les toilettes et valoir la coquetterie,
se contentera d'un demi-jour une fois le rideau levé, la scène produira les
effets les plus extraordinaires. Ce que Daguerre a imaginé dans son petit
Diorama, avec ses faibles ressources, ne sera qu'un enfantillage à côté des
inventions magiques qu'on peut mettre aujourd'hui en œuvre sur un vaste
théâtre. On racontera, aux yeux des spectateurs, un voyage autour du
monde; on leur montrera les forêts vierges de l'Amérique, le simoun du
désert et la tempête en pleine mer, peints d'après nature, et se faisant
nature par la puissance et l'habileté des moyens; les monuments de l'art
avec l'encadrement des beautés de la nature qui les fait valoir sur les lieux,
les sept merveilles du monde restaurées par nos jeunes architectes voyageurs
dans les conditions les plus probables de leur beauté, de leur grandeur.
Toutes ces décorations animées par le mouvement de flots d'acteurs et
par les inventions surprenantes des machinistes. Celles-là agiront sur l'esprit par la vue, ceux-ci le domineront en imposant au corps lui-même des
sensations émouvantes. On aura froid aux chutes des avalanches, on aura
chaud à la vue des incendies; quand la tempête rugira, la bise traversera
la salle et soufflera dans les oreilles du spectateur; et, quand une machine
à vapeur de la force de deux cents chevaux fera mouvoir des trucs gigantesques, on imaginera des épisodes du déluge à faire tressaillir Noé dans
sa tombe, et des scènes de fin du monde à réveiller les morts dans la vallée

de Josaphat.— Opéra chantant. Cet Opéra différera entièrement de l'Opéra dansant. Si l'un est immense, l'autre est très-petit ; si dans le premier tout est donné aux grands effets des masses chantantes et d'une orchestration étourdissante, pour s'associer, dans l'esprit d'un public avide de violentes impressions, à la passion du drame, à la magie des décorations, à l'ensemble grandiose du spectacle, dans le second tout est poussé jusqu'à la plus délicate perfection : choix des chanteurs, composition des chœurs, constitution d'un orchestre d'artistes hors ligne, tout se réunit pour rendre les œuvres musicales les plus belles dans les conditions que pourraient désirer leurs auteurs. — Ici une mise en scène convenable, des costumes simples et ce qu'il faut de danseurs pour motiver la musique des ballets. — L'Opéra français et italien formant une seule troupe, jouant séparément et à tour de rôle, mais pouvant aussi s'unir et s'associer suivant les besoins de l'art. — Concerts publics. Voir plus haut, p. 152, ce que j'ai dit des sociétés chorales, orphéon, etc. — Théâtres populaires. Un grand théâtre national, construit sur le boulevard Mazas, exactement sur les mêmes dimensions que l'Opéra dansant, et devenant sa succursale. — Aménagements particuliers. — Mêmes décorations, mêmes machineries. — Le dialogue remplaçant la pantomime. — Les grands traits de l'histoire mis en évidence. — Les premières places à 1 franc, les autres à 50 centimes. — On se sent une chaleur d'enthousiasme, un frisson guerrier, en pensant à l'effet produit sur les masses par ce spectacle saisissant de la gloire nationale. — Le rideau, au lieu d'insipides affiches, montrerait au désœuvrement des entr'actes quelque grande scène historique, peinte par un artiste de talent. On les remplacerait à chaque entr'acte par un autre tableau, quelque fresque du Campo Santo de Pise ou du Vatican, le plafond d'Homère, l'assaut de Constantine ou l'hémicycle de l'École des beaux-arts, exactement reproduits sous l'éclairage habilement ménagé de la rampe. C'est un genre de musée mis sous les yeux d'une population qui ne va pas ou qui va trop rarement dans nos musées ; c'est aussi le diapason d'un art supérieur retentissant à côté de l'art quotidien pour le relever. — Théâtres des départements. — Réorganisation radicale. — La dignité de l'art l'exige aussi bien que le maintien du goût public. — Troupes fixes, largement subventionnées par les villes. — Troupes circulantes, subventionnées par plusieurs départements. — Élèves du Conservatoire envoyés pour les assister gratuitement. — Prix fondés par l'État pour récompenser les efforts des entrepreneurs. — Garanties données aux acteurs de l'exécution de leurs engagements. — Théâtre des essais. Ce théâtre des essais de tous genres serait lui-même un essai de théâtre nouveau dans sa construction, ses emménagements, ses effets d'acoustique, d'éclairage, de machinerie, de décoration. — Il y a tout à faire dans cette voie d'innovations, et ce théâtre étant de petite dimension, n'étant occupé que temporairement, se prêtera à des tentatives qu'il serait impossible d'entreprendre, d'étudier et de développer sur d'autres scènes. Cette salle serait offerte aux bonnes troupes étrangères de tous les pays, et le prix de location très-modique, prélevé uniquement sur les recettes. — Il y a intérêt pour le maintien du goût public à faire entendre les compositions dramatiques et lyriques dans la langue originale, avec les traditions et la manière d'être des acteurs et chanteurs pour lesquels elles ont été composées, et qui les ont étudiées sous l'impulsion de l'auteur. — Les meilleures troupes de comédiens nous arriveront de l'étranger quand elles seront assurées de trouver cette généreuse hospitalité qui profite de leurs succès sans spéculer sur leurs défaites, et qui leur donne, dans un bon quartier, une salle convenable. — Les samedis, dimanches et lundis, cette salle serait également secourable aux jeunes débutants. — Il y a utilité à ne laisser les élèves du Conservatoire aborder les grandes scènes et la critique qu'après avoir fait un stage intermédiaire, moitié sous l'œil trop sévère du public, moitié sous l'œil trop bienveillant des professeurs. La troupe serait composée d'acteurs que l'âge condamne à la retraite et que l'État pensionne. Ces illustres doyens du corps dramatique continueraient à attirer ici leurs anciens admirateurs, qui viendraient applaudir les bonnes traditions et encourager les jeunes gens qui les continuent. Ainsi soutenu par le talent d'acteurs émérites, par l'intérêt des débuts, par la curiosité des essais de divers genres tentés dans ces représentations, ce théâtre aurait un public assidu et couvrirait ses frais.

MAINTIEN DU GOÛT PUBLIC PAR LES EXERCICES GYMNASTIQUES.

Deux grands intérêts sont absolument négligés dans la civilisation moderne, et leur abandon fait sentir sa fâcheuse influence. — Faute d'initier la jeunesse aux exercices gymnastiques et d'en maintenir l'habitude dans l'âge mûr, l'hygiène publique a perdu son ressort le plus actif, la jeunesse s'appesantit, la race s'énerve; l'agilité, la souplesse, et la grâce, qui les accompagne naturellement, parce qu'elle en est le résultat, semblent réservées à des carrières spéciales. — L'homme du monde et l'homme d'affaires consentent à être obèses, lourds, embarrassés dans leur démarche, emboulés dans leur paletot; ils admettent cette déformation comme un attribut de leur position sociale; être moins complétement laids leur semblerait déroger. — Conséquences pour l'art. — Les formes humaines sont quelque chose de plus inconnu que les formes du mastodonte. — C'est un cercle vicieux, car dès lors le nu, au lieu d'être vu avec indifférence, impressionne, et de légitimes scrupules de moralité s'opposent à l'étude du corps humain. — Le jeune homme bondit, la jeune fille rougit à l'idée de nudité, et ce qui devrait ne pas causer plus d'effet que le cheval qui passe ou la vache qui paît devient un sujet d'émotion, de curiosité bizarre et de scandale étrange. — Le résultat le plus singulier de cette ignorance presque générale est de faire trouver laides les formes les plus belles et les proportions les plus harmonieuses, tant elles sont en choquante contradiction avec les formes et les proportions que les paletots et les jupons donnent à l'espèce humaine. — Il faut lutter contre un pareil désordre d'idées, sans tenter, dans une société chrétienne, de reprendre les errements de l'antiquité et le saint enthousiasme que les Grecs avaient pour la beauté. — Nous connaissons cet anathème de Joubert : « Il est une espèce d'hommes « que l'amour des arts possède tellement, qu'ils ne regardent plus l'art comme « une chose qui est faite pour le monde, mais le monde, les mœurs, les « hommes et la société comme des choses qui sont faites pour l'art; subor-« donnant tout, et la morale elle-même, à la statuaire, ils regrettent la « nudité, la gymnastique, les athlètes, par dévouement aux sculpteurs : « c'est qu'ils aiment les arts plus que les mœurs, et les statues plus que « leurs propres enfants. » — Nous avons des enfants, nous les aimons. Leur éducation se ressentira plus des préjugés de Joubert que de la libéralité de notre conviction, et cependant nous pensons fermement qu'étudier la nature, voir le nu et se connaître soi-même n'est contraire à aucun pré-cepte de la religion, à aucune règle de la bienséance. Les plus grands esprits ont partagé sur ce point une même opinion libérale. Goëthe a traité la question, sans s'y arrêter longtemps, mais il l'a fait avec la fer-meté de son jugement et le charme de son style. Il suppose que Julie, une jeune fille, est élevée par son oncle, grand collectionneur d'objets d'art, dans une familiarité continuelle avec les tableaux des maîtres, les statues des anciens, et toutes ces belles créations du génie qui peuplent la vie des jouissances sublimes de l'intelligence. Une femme du monde visite ce cabinet; Julie lui en montre les curiosités, et, comme elle s'aperçoit que les peintres flamands ne sont pas de son goût, elle place sous ses yeux la pièce capitale de la collection : une Vénus couchée, chef-d'œuvre du Titien. La dame détourne les yeux et s'étonne qu'une jeune fille ose regarder et montrer aux autres une nudité de ce genre. Julie répond ingénûment : « Cette femme couchée, je la vois tous les jours, elle m'est familière depuis « mon enfance. On m'a appris l'histoire naturelle, on m'a montré les oiseaux « dans leur riche plumage, les animaux dans leur belle fourrure, les poissons « sous leurs écailles argentées, et on m'aurait fait un mystère, à moi jeune « fille, de la forme humaine, à laquelle tout se rapporte, qui respire en « tout et embrasse tout; mais pourquoi cacher l'homme à l'homme ? N'est-ce « pas une bonne école de modestie et de réserve que celle qui nous fait con-« naître, à nous, qui sommes trop disposées à nous croire belles, ce qui est « la vraie beauté ? Mon oncle me l'a dit souvent, à partir du jour où j'ai « réfléchi moi-même : Habitue-toi à la contemplation familière de la nature, « elle éveillera toujours en toi des réflexions sérieuses, et puisse la beauté « de l'art sanctifier les sensations qu'elle fera naître! » — Contre des préjugés, contre nos habitudes, le meilleur remède est de remettre en vigueur les exercices gymnastiques et tous les spectacles qui font valoir la beauté hu-maine. — On s'expose peut-être, en proposant ces mesures, à un danger, le plus grand de tous en France, au danger du ridicule. — Il suffit de regarder le ridicule en face, il s'évanouit. — Pour les gens malpropres, le ridicule, c'est la propreté; pour les gens grossiers, l'éducation et les bonnes manières sont un ridicule; aux ignorants, la science; aux poltrons, l'héroïsme. — Évitez le ridicule qui se nourrit de vanités puériles, de prétentions sottes, d'appétits vulgaires; ne craignez pas le ridicule des nobles sentiments, des aspirations élevées, des dévouements au grand et au beau. — Les jeux gymnastiques dans l'antiquité. — Leur influence morale. — Les nobles esprits voulaient que l'âme eût un logement digne d'elle; que la forme, au lieu d'être en désaccord avec l'esprit, fût en parfait équilibre, n'estimant pas qu'un esprit solide, qu'un moral robuste, pût résider dans un corps débile. — Les exercices du corps au moyen âge étaient réservés aux carrières spéciales. — Tournois. — Joutes. — A l'école des clercs, l'*exercitium corporale* n'était pas admis, ou au moins il était si singulièrement compris, qu'il se composait de fonctions actives très-peu nobles, comme la cuisine, le service de la table, le balayage des salles. De gymnastique, de courses, de jeux de balles et d'ébats d'autres genres, il n'y a trace ni dans les statuts de Montaigu, ni dans les statuts des autres écoles calqués sur ceux-là, si ce n'est pour les prohiber comme *ludos violentos*. — La paume dans les hôtels. — Les étuves publiques et particulières. — Renaissance, idées de Rabelais. — Dans les deux derniers siècles, abandon complet des exercices gymnastiques. — Rollin, *Traité des études*. — Le règlement des études de 1789. — Les articles de la loi de l'instruction primaire qui prescrivent la gymnastique. — Opinion de Talleyrand, Condorcet, Lepelletier, Lakanal. — Renaissance de ces exercices sous l'influence d'un retour vers l'antiquité. — Courses à pied, dont les vainqueurs sont couronnés par des membres du Directoire. — Les grandes parties de barres du Ranelagh qui attiraient tout Paris. — Les jeux de courte et longue paume, encore très-nombreux au commencement de ce siècle. — Amoros en 1815. — Mon père, qui l'avait connu en Espagne, devient son protecteur à Paris, et je m'honore d'avoir été un de ses premiers élèves. La gymnastique prit place dès lors dans l'éducation publique, mais à titre de talent d'agrément, et non pas comme un exercice obligé, auquel tous doivent prendre part. — Entrez aujourd'hui dans les colléges, vous verrez les enfants se promener en se donnant le bras et en causant gravement de politique. La balle est proscrite, les barres exclues, la gymnastique délaissée. — La faire renaître comme un plaisir. — Importance de la gymnastique prolongée après l'enfance. — Établissements facilitant les exercices à toutes les heures de la journée, moyennant une faible rétribution. — Professeurs en tricot, les sandales aux pieds. — Les yeux et l'observation artiste profitant des exercices du corps dans ces nouvelles palestres. — LA NATATION. L'utilité de la natation dans l'eau froide est admise et proclamée par toute la faculté. Les nouveaux modes de traitement hydrothérapiques ne sont pas autre chose que des bains froids privés de l'exercice qui les rend salutaires. — Savoir nager est pour un homme une question d'honneur et de dignité humaine. — Un père dont l'enfant tombe dans l'eau, un mari dont la femme se noie, tous deux cloués au rivage par leur impuissance, sont bien malheureux ou bien ridicules. — J'ai vu un brave général trembler dans une barque où mon fils, encore enfant, mais bon nageur, riait de tout son cœur. — La natation devrait être exigée, comme la vaccine, pour entrer dans toutes les carrières, pour se marier, pour être remplaçant dans l'armée. — On apprend à nager à tout âge. Le célèbre baron Hammer de Purgstahl avait atteint sa soixantième année quand il prit sa première leçon, et, lorsqu'il eut traversé le Danube à la nage, on inscrivit sur le registre d'honneur la date de sa naissance. — Quand tout le monde nagera, quand les exercices du corps seront remis en honneur, de nouveaux établissements de natation s'ouvriront dans des conditions de luxe et de bien-être dont on n'a aucune idée. Le quai, transformé en jardins, et dissimulé, dans ces endroits, sous des rideaux de lierre et de vignes vierges, tendra la main aux riches estrades flottantes. — Nouveaux modèles d'architecture nautique; chaque établissement de blanchisseuses et de bains de natation formant dans la Seine comme un îlot monumental. — Les nageurs quitteraient le bassin de la rivière pour venir sur terre prendre du repos à l'ombre des arbres et assister aux joutes des lutteurs, aux jeux gymnastiques des athlètes, aux poses académiques des modèles. — Le public serait admis sur les estrades et dans des places réservées au milieu des jardins. Il stimulerait de ses applaudissements la souplesse unie à la force, la grâce associée au talent. — Des prix, depuis le caleçon d'honneur, réhabilitation de l'ancien caleçon rouge, jusqu'à des médailles d'or, seraient distribués par un représentant de l'autorité, et sur la décision de jurys compétents. — Exercices de la rame. — Canotiers. — Régates. — Est-ce se faire illusion que de penser à une régénération de l'hygiène publique devenant le ressort énergique d'une renaissance des arts? — Ces palestres en plein air, ouvertes au mois de juin, fermeraient au mois d'octobre. Alors professeurs et amateurs transporteraient, les uns leur enseignement, les autres leur activité, dans les palestres d'hiver, j'entends les jeux de paume, les écoles de gymnastique, les manéges d'équitation et les salles d'escrime. Partout, dans ces lieux consacrés aux exercices du corps, le public aurait ses places nombreuses, commodes et gratuites, car, s'il s'agit d'une utile hygiène pour ceux qui y prennent part, il en résulte un profitable enseignement pour tous les spectateurs. Y aura-t-il dans tout cela prise au ridicule? Je l'ignore, mais je sais que Platon, traitant le même sujet, disait déjà : « Moquons-nous de toutes les railleries que les beaux esprits ne manqueront pas de faire en voyant une pareille innovation. » — DES JEUX DE PAUME. Ancienneté de cet exercice. — On avait un jeu de paume dans son hôtel comme il y a aujourd'hui un billard. — Décadence de la paume. — Sa cherté en est la principale cause. — Facilités nouvelles offertes pour construire dans la ville de nouveaux jeux de paume, et ouvrir, dans les promenades parisiennes, des espaces pour la longue paume, le bâton, les boules, etc. — Écoles de gymnastique. Elles n'ont pas d'organisation. — Les placer sous la surveillance de l'État. — En faire une part de l'enseignement public. — Simplifier l'attirail gymnastique et l'exiger dans le mobilier obligatoire des écoles. — Gymnase normal à Paris. — Solennités annuelles réunissant les lauréats de tous les gymnases. — Exercices du patin en hiver; bassins de nos promenades publiques réservés aux patineurs. — MANÉGES D'ÉQUITATION. On sait monter à cheval, mais on ne l'apprend plus. — Historique de l'équitation. — Des manéges au dernier siècle. — De l'ancien manége de Versailles. — La France a dominé longtemps dans l'art de l'équitation, et jusqu'en 1830 elle en a conservé les bonnes traditions. — Fatale suppression du manége des écuries royales. — Décadence immédiate de l'équitation. — Ce bel art est livré aujourd'hui à d'honnêtes gens qui ignorent leur métier ou à des saltimbanques qui le déshonorent. — L'école de Saumur est toute militaire. Elle forme des officiers et des sous-officiers instructeurs, mais elle néglige ces connaissances hippiques d'un ordre supérieur qui ont fait la renommée du manége de Versailles, et qui étaient le résultat d'études sérieuses et d'une expérience traditionnelle. — Construire un vaste manége dans toutes les règles d'une belle architecture et dans les conditions exigées par la pratique, l'abandonner gratuitement à une société, à laquelle on imposera un personnel d'écuyers dont la science, à la fois théorique et pratique, s'appuiera sur l'histoire de l'équitation, sur des études anatomiques de l'homme et du cheval, sur la connaissance de tous les défauts de la race que nous fait la Société d'encouragement, sur la juste appréciation des qualités d'un cheval de fond bien proportionné. — Cours professés le soir. — Bibliothèque hippique. — Musée de pièces anatomiques : les dents et les os en nature, les maladies figurées en pièces plastiques, un squelette d'homme sur un squelette de cheval. Une collection historique de mors, d'éperons, de harnachements. — A des époques fixes, des tournois et carrousels. — Distributions de prix. — Vastes estrades pour le public. — SALLES D'ESCRIME. A quoi bon manier des armes? D'abord pour savoir se battre, et on en laisse par trop l'habitude se perdre; ensuite pour développer le corps, pour lui donner souplesse et agilité. — Assauts publics. — Espadon, bâton, pugilat. — COURSES. Courses à pied, en véhicules, à cheval. Elles sont la conséquence et le corollaire de ces exercices. Nouvelles arènes pour les unes et pour les autres. — Aux courses à pied, l'esplanade des Invalides, qui n'est pas assez vaste pour en amoindrir l'importance. — Les courses s'associent aux besoins comme aux souvenirs de la guerre. — Parties de barres organisées sur le même emplacement. Les barres tiennent aussi de la tactique militaire. — Grandes estrades construites magnifiquement pour recevoir de nombreux spectateurs, et, en leur absence, pour décorer l'esplanade. — Aux courses de chevaux, le Champ de Mars. — Dispositions nouvelles pour les spectateurs. — Conditions modifiées pour les courses. Tout ceci conservant un caractère sévère, en rapport avec une intention sérieuse. — Hippodrome, cirque. — Le théâtre est un reflet de la réalité. Les courses du Champ de Mars reproduites à l'hippodrome, la haute école du grand manége singée au cirque. Les poses naturelles des nageurs et

des athlètes devenues des poses plastiques arrangées pour l'effet de la rampe.
— Les facilités offertes au public pour voir des exercices sérieux le rendront
exigeant pour les contrefaçons. — Immenses arènes. Chasses d'animaux sauvages. Combats de taureaux. La mièvrerie hypocrite de notre époque défend
l'introduction en France, ou au moins à Paris, de ces nobles luttes de
l'homme courageux avec la bête furieuse; le costume prête au développement des formes et le caractère de la lutte au jeu des physionomies. Les
taureaux s'y montrent dans toute la beauté de leur colère et de leur liberté.
On dit, il est vrai, qu'il est cruel de répandre le sang de ces animaux. Nos
gastronomes ont des raffinements d'humanité; ils pleurent sur un taureau
tué noblement, et ils font bouillir des animaux vivants, et ils mettraient à
la broche la création entière. — On dit aussi qu'il ne faut pas habituer le
peuple à la vue du sang. Le xviii⁰ siècle n'avait montré sur ses théâtres
qu'amours poudrés, que bergères fardées, que marquises enrubannées dans
leurs robes à paniers, lorsque l'échafaud se dressa sur la place de Grève,
tandis qu'en Espagne, où les combats de taureaux existent depuis tant
d'années, où l'état révolutionnaire est l'état normal, le peuple n'a jamais
approché, dans ses plus grandes fureurs, des excès dont nous avons donné
l'exemple. Quant aux vengeances personnelles et à l'intervention du poi-
gnard dans les mœurs publiques, elles ne sont pas plus fréquentes en Espagne qu'en Italie et en Grèce, où les spectacles sanglants ne se sont pas
renouvelés depuis l'antiquité.

MAINTIEN DU GOÛT PUBLIC PAR L'INITIATION DES CITADINS
À LA BELLE NATURE.

Plantations et promenades parisiennes. Ce qu'est la nature pour le citadin.
— Il lui faut une nature mitigée, comme on fait boire au malade le lait
coupé. — Le désordre des plantations au milieu de la rectitude architectonique de nos constructions, les lignes serpentantes des allées sablées à côté
de nos rues alignées, forment un contre-sens choquant. — L'architecte
Le Nôtre fut le premier à comprendre qu'il était nécessaire de créer un
intermédiaire entre l'architecture aux lignes droites et la nature aux lignes
assouplies. De là ses dispositions admirables de jardins réguliers, échelonnés
sur des terrasses à balustrades ornées; ses parterres largement découpés et
parsemés de statues élevées sur de riches piédestaux; ses bassins de toutes
formes, animés de jets d'eau de toutes combinaisons, devenant la transition
naturelle entre l'œuvre de l'homme et l'œuvre de Dieu. Quelque chose,
d'une part, assez régulier, assez architectonique pour s'allier et se fondre
dans la construction d'un palais ou d'un château, d'autre part assez riche de
verdure et de fleurs, assez libre d'allure dans sa régularité pour s'unir
insensiblement aux grandes perspectives de la forêt, aux prairies émaillées
de fleurs, aux cascades naturelles des eaux. C'est ainsi qu'il comprit Versailles se prolongeant sur les bois de Satory. — L'Angleterre, après avoir

chargé Le Nôtre de disposer ses plus beaux parcs, tels que ceux de Saint-James et de Greenwich, dans le système régulier imaginé par lui, fut la première à s'engouer des jardins irréguliers repoussés par Louis XIV dans la personne de Duverny. Elle développa hardiment toutes les ressources de ce système, et lui donna son nom. Pour rester conséquente, elle tomba même dans l'exagération. En amenant jusqu'au perron du château les allées sinueuses, les eaux serpentantes et les arbres dans toute la liberté de leur végétation, elle rendit choquante la ligne droite de l'architecture, la roideur des pilastres, la rectitude et l'aplomb des colonnes; alors le lierre et la vigne vierge furent chargés de dissimuler l'architecture et de la transformer; on alla plus loin, on se réfugia dans le gothique, on se livra aux enfantillages du genre rustique. De ce moment, les grandes beautés de l'art furent remplacées par les fantaisies pittoresques et par la création coûteuse des beautés soi-disant naturelles, telles que cascades factices tombant du haut de rochers apportés à grands frais, grottes mystérieuses bâties de main d'homme et revêtues de coquillages. — Quel caractère doivent avoir les plantations dans une ville et les promenades des citadins hors de la ville? Je parlerai des plantations de Paris, en recherchant les embellissements propres aux voies publiques d'une grande ville. Voyons ici quelles promenades réclame la capitale. Pour la population parisienne, pressée entre les murs étroits de ses rues et de ses maisons, entassée par couches superposées d'étages peu élevés, la promenade, au moins au jour du repos, c'est la santé. La poule au pot rêvée par Henri IV pour toute la France ne vaudrait pas, pour Paris, les belles promenades que son édilité peut lui donner. Sur la rive droite : le bois de Boulogne; Monceaux, que M. Laffitte n'a pas transformé en un quartier tout bâti pour que la ville pût l'acheter aujourd'hui, et Vincennes. Sur la rive gauche : le jardin des Plantes; le Luxembourg, ne formant, avec sa pépinière, qu'un vaste parc, et une nouvelle promenade acquise par la ville dans les fonds boisés d'Aulnay et du Plessis-Piquet. On donnera à ces six grandes promenades tout le charme de la campagne dans sa liberté naturelle, l'art n'y ajoutant que les grandes allées nécessaires à la circulation, l'abondance des eaux, la richesse d'une végétation variée et de fleurs abondantes; partout des partis-pris larges, des dispositions simples, et, quand la main de l'homme doit se montrer, comme dans l'architecture et son ornementation sculptée, une exquise simplicité. Point d'enfantillages qui rappellent les puérilités bourgeoises, maisons rustiques, grottes mousseuses, chalets suisses, ou, ce qui est pire encore, kiosques en découpures, maisonnettes d'ébénistes, qui d'Enghien et de Trouville se répandent en tous lieux avec une contagieuse rapidité. Que partout la beauté de l'art soit en rapport avec la beauté de la nature, comme à Delphes, comme à Olympie, comme près de Paris, lorsque François Ier acceptait les plans et projets de Jérôme della Robbia pour associer, dans le château du bois de Boulogne, toutes les délicatesses de l'art aux délices de la campagne; comme autour de Rome, lorsque des nobles italiens dispo-

saient les parcs élégants des villas Médicis, Borghèse, Pamphili. — Chaque
promenade parisienne aura son architecte paysagiste, un artiste d'assez de
talent pour comprendre les libertés que l'art peut accepter dans ce milieu
particulier qui n'est plus la ville, qui n'est pas encore la campagne, et qui
participe de l'une et de l'autre, genre mixte qui constitue la promenade
d'une grande ville. Il composera, pour toutes les constructions, les projets
les mieux appropriés à chaque emplacement, et il sera fait des concessions
d'autant plus avantageuses aux entrepreneurs de cafés et de restaurants,
de concerts et de spectacles en plein air, qu'ils accepteront des projets
plus élégants, qu'ils les construiront en matériaux plus riches, qu'ils les
feront orner de fresques intérieures et extérieures par des artistes plus
capables. — Ces six promenades deviendront ainsi un programme pour
l'architecture dans ses créations les plus variées, les plus osées en même
temps; elles seront, en outre, un auxiliaire, un terrain d'expérimentation
et un déversoir pour le muséum d'histoire naturelle et le musée du Louvre.
Voici comment : la botanique et la culture scientifique ont prospéré et
rendu des services au jardin des Plantes aussi longtemps que le terrain a
offert à la végétation assez d'espace pour développer ses racines et ses branches, assez d'air sain pour respirer; mais, d'un côté, les besoins de la circulation des visiteurs, les bâtiments des serres et des collections, l'extension de
la ménagerie et l'abondance des richesses acquises ont singulièrement dimi-
nué l'espace consacré à la culture; de l'autre côté, les vignes qui entouraient
le jardin des Plantes à l'époque de sa fondation, et au milieu desquelles
Guy Patin venait boire avec Guy la Brosse le vin du cru, ont été remplacées par des usines, par la gare du chemin de fer d'Orléans, couverte de
locomotives toujours chauffées, et par les habitations d'une population serrée,
qui exhalent dans l'air des gaz meurtriers. Par ces raisons, les expériences
de culture, si utiles anciennement, deviennent impossibles de nos jours,
si l'on n'offre pas au Muséum de vastes terrains d'expérimentation. Les promenades de Paris les lui donneront dans des conditions d'autant meilleures
qu'elles permettront de répartir plantes et arbres suivant la nature du sol,
je dirais presque suivant le climat qui leur convient, la forêt de Vincennes
différant essentiellement des hauteurs du Plessis-Piquet. L'architecte
paysagiste resterait chargé de toutes les plantations, parce que, outre ses
connaissances pittoresques, il aura été reçu bachelier ès sciences naturelles
et aura suivi les cours du professeur de botanique et de celui de culture
pratique, pour pouvoir comprendre l'importance des expériences et suivre
les indications de la science. De cette façon, les plantations des promenades
parisiennes hors de Paris ne perdront rien sous le rapport pittoresque, et
elles gagneront singulièrement en intérêt, les essences rares portant sur
des cartels l'historique de leur origine, les plantes nouvelles étiquetées, les
unes et les autres devenant des occasions d'enseignement pour le public,
des sujets d'étude pour la science, des renouvellements d'idées pour les
artistes. Le public parisien ne respecte rien, dira-t-on; il coupera les fleurs

et taillera les arbres. — Le public est un enfant qui fait volontiers ce qu'on lui défend de faire. — Au lieu d'inscrire sur vos poteaux : Défense de...., sous peine d'amende, il est interdit de..., inscrivez, comme dans les jardins publics de l'Allemagne : Ces parterres et ces fleurs sont placés sous la protection des promeneurs. — A qui demande si peu et ne menace pas on accorde tout. — A cette flore agrandie du jardin des Plantes je voudrais associer une faune en liberté, qui serait plus nouvelle, et pourrait être aussi utile pour la science et pour les arts. L'État nourrit depuis bien des années, pour la plus grande joie des conscrits de la garnison et des bonnes d'enfants, quelques lions qui de l'immensité du désert passent sans transition dans une cage de quatre mètres carrés, et des ours qui descendent des Alpes majestueuses pour monter à un triste bâton au fond d'un cul de basse-fosse. Il serait temps de donner à ce chapitre du budget un emploi sérieux. — Des animaux sauvages mis en cage dans l'antiquité. Asie, Égypte, Grèce, Rome, Byzance, Orient et Occident du moyen âge. Lions et tigres des ménageries royales en France depuis le XIIIᵉ siècle. — Les animaux du jardin des Plantes. — Les riches crédits du jardin Zoologique de Londres. — Le pauvre budget du muséum d'histoire naturelle. — Les animaux devraient être disséminés par espèces dans nos promenades. — Emploi du fer pour fabriquer des enceintes que l'œil ne voit pas et qu'aucun lion, qu'aucune hyène ne sauraient ni franchir ni briser. — Vallons plantés d'arbres séculaires, qui dissimulent leurs enceintes de murailles et de grilles, au fond desquels se promènent les ours, les tigres et autres animaux grimpants. — Girafes, bisous, éléphants, zèbres et lamas ayant la liberté avec tous ses droits, moins celui de faire le mal. — Volières de 500 mètres d'étendue, englobant les grands arbres, et donnant à la population volatile une illusion de la liberté. — Chevaux, ânes, vaches et brebis ramenés le plus près possible de leur type primitif par les croisements avec les individus choisis en tous pays et par les libres allures. — Les pelouses émaillées de ces animaux se passent de fleurs et brillent harmonieusement au soleil, car la nature a donné au pelage de ses créatures, comme aux corolles des fleurs, les nuances qui se fondent le mieux avec la verdure ou qui tranchent le plus franchement sur elle. Cette girafe est de la couleur des feuilles mortes, cette vache de la nuance des fleurs de pêcher; qu'un beau taureau charollais, au manteau rose et blanc, traverse à gué la petite rivière qui serpente dans le pré, ne sentirez-vous pas venir à vous comme une senteur mythologique? Vous voyez Jupiter, vous cherchez Europe, vous comprenez mieux l'esprit poétique des Grecs, qui divinisa les impressions produites par les beautés de la nature. — La science étudiera pour la première fois les animaux sauvages dans des conditions favorables. — Reproduction assurée des races devenues rares. — Croisements faciles. — Caractères et mœurs remis en évidence. — Pour la première fois aussi les artistes se feront une idée de la beauté de ces créatures rendues à la liberté. — A quel point de vue améliore-t-on les races? La Société d'encouragement ou le Jockey-Club n'a qu'un but, la vitesse; qu'un succès en vue, la croissance rapide et la puissance donnée à certains muscles. Les formes résultant de cette éducation sont en contradiction directe avec celles des animaux créés par le bon Dieu. Cette tête fine, admirablement placée sur une encolure gracieusement arrondie, ces proportions si heureuses entre la hauteur et la longueur, entre le corps et les membres qui le supportent, tout cela est horriblement défiguré. — De leur côté, les sociétés d'agriculture, et à leur suite toute la France agricole, ne comprennent qu'un genre de progrès : l'engraissement. Ne parlez pas de formes proportionnées et de beauté naturelle, on vous rirait au nez; parlez viande. Faire de la viande aux dépens de tout respect de la créature de Dieu, c'est là le but avoué et poursuivi aveuglément. L'idéal de l'agronome est une table de chair sur ses quatre pieds, une masse de graisse ambulante. Les comices partagent cette manière de voir. Ils décernent leurs prix à des caricatures d'animaux dont l'État public complaisamment, dans des rapports officiels, les hideux portraits. — On vante ce progrès, on s'extasie sur la puissance de l'homme, qui transforme à son gré des créatures divines. On est dans l'erreur. — En quittant la voie prescrite par la nature, en faussant, en faisant dévier son cours, on n'obtient que de fâcheux résultats. Des parallélogrammes de chair ne sont pas seulement des monstres de vaches et de brebis, cela fait aussi peu de lait et de mauvaise viande; des chevaux qui, par croisements successifs, tiennent des espèces sautantes et bondissantes, comme les lièvres, les lévriers et les sauterelles, ne sont pas seulement des types de laideur, ce sont aussi des chevaux pleins de tares, défectueux pour tous les services, à l'exception d'un seul, celui d'une course momentanée, dont on exagère chaque jour la rapidité en en diminuant la durée, comme si le *nec plus ultra* devait être quelque bond prodigieux. — J'ai étudié longuement et pratiquement le système du pur sang en Angleterre, en Allemagne et en France; j'ai éprouvé, au désert même, le cheval arabe, et j'admets l'utilité du pur sang, à la condition de le contrôler par d'autres épreuves que celle de la vitesse. Si vous demandez des exercices plus en rapport avec les besoins, vous obtiendrez des animaux plus conformes au type primitif du vrai cheval. La vitesse seule, à faible poids et de courte durée, s'obtient au détriment de toutes les qualités qui font la force, la résistance et le fond, et ces qualités venant à manquer, au lieu de l'ampleur des formes, des justes proportions entre la hauteur des jambes et la largeur du flanc ou de la poitrine, vous avez des animaux à croupe haute, à flancs déprimés, à jambes grêles, à poitrine étroite. Si vous donniez des prix de courses de vitesse et des prix plus élevés pour des courses de fond à lourds poids, vous encourageriez les éleveurs à chercher dans les races orientales les qualités qui répondraient à ces exigences; si enfin vous fixiez des récompenses pour la beauté des formes obtenues par le pur sang, mais en dehors de toute autre condition, vous ajouteriez encore un stimulant à l'élève des chevaux selon la saine raison. — Les étalons de l'État auront leur écurie annexée à l'une des promenades parisiennes, et le public verra en liberté, bondissant sur les pelouses, le vrai type du cheval. — On ne domestique aucun animal, on n'acclimate aucune plante. Je ne me fais point d'illusion à cet égard. Le chat de Noé, au sortir de l'arche, n'était ni plus sauvage ni plus soumis que de nos jours. Le blé du paradis et le blé après le déluge était le blé qui nous nourrit. Le créateur de toutes choses a pourvu à tout, même à la vanité de ceux qui croient créer quelque chose. C'est lui qui a fait tous les animaux pour ce qu'ils sont, et toutes les plantes pour vivre dans la région climatérique qu'il leur a assignée. Mais la France et Paris ont, sous le rapport du climat, des analogies en Amérique, en Afrique et en Asie; les étudier, chercher les animaux qui y vivent en domesticité et les plantes que nous n'avons pas; installer les uns, planter les autres dans ces belles promenades parisiennes. — Ce n'est pas assez pour une population intelligente. — Trouver une nouvelle fleur et un bel arbre inconnu sur son chemin, apercevoir en toute sécurité le lion qui bondit dans la plaine, l'ours qui grimpe dans le chêne majestueux, la girafe dont la tête dépasse les plantations, c'est sans doute d'un effet pittoresque et saisissant; mais l'âme a besoin de passer d'une impression à l'autre, et les plus douces, les plus élevées, ne sont pas dans la contemplation de ces productions naturelles. — Il est en Grèce, et sur les territoires de ses anciennes colonies de l'Asie mineure, des rivages sans fin et des plaines immenses entièrement couvertes de temples en ruines, de tombeaux majestueux, de fragments de sculpture par monceaux. Le sultan les donne à qui veut les prendre; que nos bâtiments de guerre qui croisent dans ces parages ne rentrent pas en France sans en embarquer quelques morceaux, ne fût-ce que le dixième de leur chargement, et avant dix ans nous aurons dans nos promenades un musée en plein air, embelli de tous les charmes de la nature. — François Ier avait mis la Diane antique dans les jardins de Fontainebleau; Médicis, la Vénus qui porte son nom dans le parc de sa villa; Louis XIV, l'Andromède et le Milon du Puget dans les allées de Versailles. — Je ne demande pas cela. — Les marbres grecs qu'on nous rapportera n'ont pas cette finesse et cette perfection; mais, comme la frise de Magnésie, ils ont une grandeur de proportions, une hardiesse d'exécution, une beauté d'ensemble qui serait à l'étroit dans un musée, et qui s'arrange très-bien d'un encadrement de lierre et des libertés de la ronce. Quand une ville comme Reims menace de jeter bas la façade délicieuse de la maison des musiciens, quand les cloîtres romans sont transformés en pierre à chaux, quand les tourelles gothiques et les hôtels de la Trémouille sont vendus aux entrepreneurs de maçonnerie, j'irais les chercher pierre à pierre, et je les redresserais à l'ombre des beaux arbres, dans ces belles promenades, nouveaux Champs-Élysées de ces pieux souvenirs. On fera bien d'éviter la ruine factice, mais on peut accepter ces beaux fragments des ruines d'une grande civilisation, en les associant à la nature toujours jeune et à nos plaisirs renaissants. Les contrastes plaisent à l'esprit. Dans cette même direction d'idées, on donnera asile à un autre ordre de monuments, qui n'ont pas leur place dans un musée, car ils n'ont qu'une beauté morale : ce sont des reliques historiques. Un bloc détaché de la cime du Sinaï, du mont Calvaire, du rocher de Sainte-Hélène, et comme voilé par l'ombre des grands chênes et des sombres cyprès, offre une source d'émotions vives, d'impressions élevées, de retours religieux et philoso-phiques. — L'art moderne aura aussi sa place dans ces promenades. Des groupes d'animaux en marbre ou en bronze font bien au carrefour de plu-sieurs allées ; des édicules placées dans les fourrés peuvent garantir à la fois une jolie statue de nymphe sculptée par Simart et des promeneurs sur-pris par la pluie. — L'influence pittoresque de la capitale doit s'étendre au delà de ses promenades, elle ornera ses alentours. Huyot avait étudié la décoration du mont Valérien : il étageait les stations sur ses pentes ; il éle-vait le tombeau du Christ et son calvaire sur le plateau vers lequel s'éche-lonnaient des escaliers et des balustrades mêlés à une riche végétation. — Couronner la butte Montmartre par quelque chose d'analogue avant que d'insipides maisons ne gâtent cette perspective. — Le goût public se res-sentira de cet ensemble d'arrangements pittoresques. — Les artistes ne s'en contenteront pas ; ils préféreront étudier la végétation dans la forêt de Fon-tainebleau, et je leur construirais dans le bas Préau une auberge disposée en atelier pour les jours de pluie, une sorte de villa Médicis de la nature ; d'autres, plus hardis ou plus exigeants, iront chercher le beau dans les forêts de l'Amérique : ils étudieront les vaches dans les pâturages de la Normandie, les lions dans l'Atlas, les éléphants dans l'Inde, et ils auront raison ; mais à chacun son rôle, et le Parisien à qui le sort a rivé la chaîne au pied comprendra mieux l'artiste à son retour.

MAINTIEN DU GOÛT PUBLIC PAR L'EXCELLENCE DE L'ARCHITECTURE.

Paris doit être une ville monumentale et devenir le joyau de 1,500,000 âmes, en même temps qu'il est le point de mire de toute la France. — Chaque monument ancien, restauré, complété ou fini, chaque monument nouveau qui s'élève, chaque objet d'art acquis devient un sujet de préoccupation publique. — En toutes ces choses, l'État n'offre que des modèles exquis, il ne fait que des acquisitions utiles à l'étude ; comme un père de famille qui devant ses enfants observe son maintien et son langage, l'État ne doit pas se permettre une fantaisie de style con-testable, un caprice de décoration douteuse. — En tout il est l'exemple et fait autorité. — Percement de rues nouvelles. — Élargissement des rues anciennes. — Abus de la ligne droite, qui ne peut jamais être le mérite de Paris, puisqu'il sera toujours inférieur, sous ce rapport, aux villes en échiquier de l'Amérique. — Chercher le caractère du nouveau Paris dans la beauté monumentale des perspectives. Faire des coudes, créer des carrefours pour ménager des occasions de monuments charmants, de gra-cieuses fontaines, de lesches dignes de l'antiquité. — La perfection, le soin précieux et délicat, ne peuvent être partout; mais faites qu'ils se rencontrent de loin en loin, qu'ils soient d'agréables points d'arrêt, comme dans ces processions de la fête-Dieu où l'on traverse des rues entières, simplement tendues de linge blanc, pour arriver au reposoir orné avec magnificence de verdure et de fleurs. Il semble que la piété se réveille, que l'admiration grandisse, quand elle a ainsi ses alternatives d'abstention et d'exaltation. — Plan d'ensemble montrant l'état présent et les projets arrêtés. — Choix des architectes pour exécuter les travaux de l'État; j'entends ceux qui sont payés par le budget municipal de la ville de Paris et par le budget général de la France. — Un conseil des bâtiments civils, désormais le maître des travaux de Paris. — Monuments anciens du vieux Paris, souvenirs nationaux à conserver. — La destruction de l'hôtel de la Trémouille et d'autres malheurs de ce genre sont des taches sur l'administration municipale de Paris. — Destructions non moins graves en France. — LA COMMISSION DES MONUMENTS HISTORIQUES. Renforcer son autorité et réunir dans ses attributions les édifices diocésains. — Porter son crédit à 2,500,000 francs. — Les églises gothiques arrivent presque toutes en même temps de nos jours à leur âge critique. — Ce qu'on ajoute sans autorisation dans nos départements aux monuments de cette époque est plus fâcheux que ce qui tombe sans permission. — Les travaux dirigés par la commission des monuments historiques sont pour toute la France un enseignement qui maintient le bon goût dans les populations et forme les ouvriers sous la direction d'architectes, d'inspecteurs, de chefs de travaux, d'appareilleurs et de sculpteurs envoyés de Paris. — Mais la ville de Paris s'est soustraite à l'influence de la commission des monuments historiques; il faut l'y ramener. — HÔTELS HISTORIQUES. Assurer leur conservation en y plaçant les services publics, qui occupent dans Paris de vastes hôtels, insignifiants sous le rapport des arts, mais d'une grande valeur. — Hôtels de Sens, Zamet, Mayenne, Sully, Beauvais, Pimodan, Lambert, etc. — INSCRIPTIONS COMMÉMORATIVES. Placer des inscriptions françaises partout où un homme célèbre est né, où il est mort, où un événement digne de mémoire s'est passé. La France et Paris sont des musées historiques, il faut étiqueter leurs monuments et les expliquer aux passants. Pierre levée de Carnac, cathédrale de Chartres, champ de bataille de Taillebourg, façade du Louvre, colonne de la place Vendôme, l'homme du peuple lira votre histoire dans une inscription concise. — MONUMENTS À RESPECTER. Entre les monuments à restaurer et les monuments à compléter se placent les monuments à respecter, et la tour Saint-Jacques, que la rue de Rivoli prolongée isolera, est du nombre. C'est le fragment d'une église ruinée que le sort a enchâssé dans cette nouvelle voie, et de même que j'ai demandé au Louvre qu'on exposât les fragments antiques sans additions de restaurations, je voudrais qu'on montrât la tour Saint-Jacques avec ses abat-son et ses arrachements, qui diront clairement ce qu'elle fut: un clocher attenant à une église. Que le lierre et la vigne vierge montent mélancoliquement le long de ses parties ruinées, qu'un massif d'arbres enveloppe sa base, et puis laissez parler la ruine, elle a son éloquence. — Monuments à compléter. Saint-Eustache; son portail. — Saint Sulpice; sa tour. — La Madeleine; placer les acrotères au fronton de la façade principale, et compléter par un bas-relief le fronton du posticum. — La fontaine des Innocents; mettre à l'abri dans le musée du Louvre les bas-reliefs de Jean Goujon, et les remplacer par des copies exactes en pierre de même provenance, qu'un connaisseur ne distinguerait pas des originaux. Voilà dix ans que je sollicite cet acte d'humanité sans pouvoir l'obtenir, et je l'obtiendrai quand l'humidité et la gelée auront consommé leur œuvre de destruction. — Hôtel de ville; rétablir sur la partie neuve les toits élancés et les cheminées monumentales, au lieu de pavillons échancrés et de tuyaux de poêles. — Donner à la bibliothèque Nationale une façade sur la rue de Richelieu et une entrée monumentale sur la rue Neuve-des-Petits-Champs. — L'Institut, la Sorbonne, le Conservatoire des arts et métiers, réclament une salle des séances plus vaste, une salle des concours moins laide, un ensemble de bâtiments indispensables. — L'arc de triomphe de l'Étoile attend encore son couronnement. Repousser l'aigle monstrueux qui ferait du monument un serre-papier colossal; repousser également une figure assise de soixante pieds de haut, qui le réduirait à un piédestal, un piédestal à jour! Puisque vous avez pris votre donnée première dans l'antiquité, complétez-la avec un quadrige à l'antique. — L'obélisque; le surmonter d'un pyramidion en cuivre doré. Impossible d'associer l'idée de la perfection dans l'exécution, qui était la préoccupation et l'idéal des Égyptiens, avec cette pointe irrégulière, maculée, laissée incomplète. — Cour de l'ancien Louvre. Rapporter de Thèbes le second obélisque qui appartient à la France et le placer au centre de cette cour, dont il ne contrariera ni les lignes ni les perspectives. — Les Invalides. Terminer le tombeau de l'Empereur; dorer le dôme; la gloire militaire de la France n'est point ternie, ses revers ne l'ont rendue que plus brillante. — Monuments à construire. On change une mauvaise loi, on modifie un règlement vicieux, mais les monuments les plus laids, on les conserve. — Que les législateurs soient légers, les ministres malhabiles, peu importe; d'autres législateurs, d'autres ministres, répareront les fautes de leurs prédécesseurs; une erreur en pierres de taille ne se corrige pas, les siècles la subissent. — Choix d'un style pour les monuments nouveaux. — De quelle époque, de quel pays sera-t-on? — On sera de son temps, on sera soi-même. — Le beau dans l'architecture, c'est une harmonie de la forme et de la destination. — L'architecture n'est pas un art d'agrément, de fantaisie, de caprice; c'est par-dessus tout un art utile et sérieux. — Je comprends un architecte comme un orateur éloquent. Il a étudié toutes les difficultés de la langue, il en connaît toutes les beautés, il est maître de toutes ses ressources : quel sujet doit-il traiter? Quelle cause le charge-t-on de défendre? Cela seul désormais le préoccupe; car, pour la forme de sa harangue, pour le choix de ses expressions, pour l'agencement de ses périodes, il n'a pas besoin de revoir ses auteurs. L'éloquence est devenue en lui une seconde nature; ce qui l'occupe, c'est sa cause. Ainsi de l'architecte. Il est maître de son art, il a dans sa tête toutes les transformations que l'architecture a subies à travers les siècles; il a aussi dans le sanctuaire de son âme l'idéal qu'il s'est formé lui-même; vient le programme : prison, palais, collége, théâtre, bourse, caserne ou hôpital. Il étudie les besoins, l'emplacement, le chiffre des allocations; et, ce travail d'ensemble animant son imagination, sans remettre sous ses yeux les Propylées d'Athènes et le Parthénon, sans feuilleter ses portefeuilles pour s'assurer des précédents d'une moulure, des autorités d'une console, il compose son monument et produit à coup sûr, non pas peut-être un chef-d'œuvre, les chefs-d'œuvre sont rares et Dieu en est avare, mais une œuvre qui porte écrite au front son originalité. Dans ces conditions, vous n'aurez pas une caserne qui ressemble à un hôtel de ministre, un timbre qui fasse l'effet d'une caserne fortifiée, un hôtel-Dieu dont le portique semble l'entrée d'un tombeau, au lieu d'annoncer avec calme l'asile du repos et de la convalescence. — Une façade promet-elle plus que ne tient l'édifice, c'est un contre-sens; un escalier est-il plus majestueux que ne comportent les appartements où il conduits c'est une déception. Le roi de Bavière ne s'est refusé à Munich aucune de ces erreurs. Nous avons dit ce qui l'excuse, nous serions inexcusables de l'imiter. — Au commencement du siècle, nous avons vu nos rues inondées du sang qui s'écoulait des étaux de bouchers. L'Empereur nettoya ces étables en concevant l'idée des abattoirs publics. Ils furent construits simplement; ils manifestèrent à l'extérieur leur destination intérieure. C'était d'un bon exemple; il ne fut pas suivi, il faut y revenir. — Des églises de Paris. Avant la Révolution, la capitale avait 290 églises et 600,000 habitants; aujourd'hui elle compte 43 églises et plus d'un million d'habitants. La piété a suivi l'accroissement de la population; elle a grandi avec elle, et aujourd'hui elle demande aide et protection. L'archevêque a créé des cures pour montrer la nécessité de nouvelles paroisses; il sème des curés pour faire pousser des églises. L'édilité comprendra ses devoirs. Style des églises. Le reporter à ce que j'ai dit du caractère religieux dans l'architecture; ce caractère est dans tous les styles. Il dépend moins des formes et des matériaux que du sentiment et de l'inspiration de l'artiste. Emploi de nouveaux matériaux pour donner place au concours des fidèles qui affluent aux jours des dimanches et des fêtes. Le maître-autel et la chaire aperçus de toute l'assistance, l'office et le sermon entendus de tous. Maintenir le grand caractère d'un art pur et sévère comme le lieu même, et l'associer à des innovations de toutes sortes réclamées par les habitudes du siècle et les mœurs du jour. — Archevêché. Le pasteur réclame depuis vingt ans le droit de vivre et de mourir près de sa vraie maison, la cathédrale de Paris. Programme. Dans la Cité, à côté de Notre-Dame et de la Sainte-Chapelle, il est bien tentant de jouer au gothique neuf; je ne m'y opposerais pas si MM. Lassus et Viollet le Duc consen-

taient à relever cet enfantillage de tout le sérieux de leurs consciencieuses
études. — Monuments nationaux. La gloire est aussi une religion. —
Monuments qui la rappellent. — Donner les drapeaux conquis sur l'ennemi
à la garde des invalides, c'est une grande idée militaire; les mettre sous la
protection divine, c'est aussi militaire et peut-être plus grand. — Ajourner
mon projet à notre première victoire, ce n'est pas le faire attendre longtemps. — A notre première victoire donc, on prélèvera sur les indemnités
de la guerre dix millions pour acheter les bâtiments de la place Dauphine
et pour élever sur un grandiose soubassement, sous les regards de tout
Paris, le temple de Notre-Dame-des-Victoires. — Ce ne sera pas une reproduction du Parthénon, mais un monument inspiré par cette merveille,
dressé comme lui sous les yeux de la ville entière, construit ainsi que lui
en marbre, en marbre français, et renfermant comme le temple d'Ictinus
la statue en or et en ivoire de la Sainte Vierge, entourée des trophées de la
victoire et des autels où le sacrifice divin se répétera chaque jour en actions
de grâces. Les frontons, les frises, les peintures extérieures et intérieures,
représenteront les grandes luttes de la nation et associeront leur souvenir
aux sentiments de reconnaissance qu'inspire un dieu protecteur. L'emplacement convient à un monument du même caractère que le Parthénon, quoique de dimensions plus grandes. Il s'élèvera assez haut pour
dominer le Palais de justice, sans cacher la flèche de la Sainte-Chapelle
et les tours de Notre-Dame. Il sera un modèle de pureté de style, et tout
en fermant la longue et magnifique ligne de nos quais, il ouvrira aux
âmes une perspective indéfinie de beautés morales, d'inspirations élevées,
d'enthousiasme national.—Peut-être trouvera-t-on ce monument inutile : je
me réserve de proposer d'autres inutilités pour orner la voie publique.— Les
grandes nécropoles. La ville des morts menace d'envahir la ville des vivants,
car les habitants de l'une passent dans l'autre sans qu'il y ait réciprocité.
—Paris enterre chaque année 30,000 morts et dépense énormément dans
ses cimetières pour produire un fouillis inextricable de monuments ridicules, aux épitaphes prétentieuses. — La réforme ne consiste pas à introduire dans nos mœurs le columbarium de l'antiquité et l'incinération des
corps, les charniers du moyen âge et les champs des morts de l'Orient,
mais à élever à côté de chacun de nos trois cimetières une grande nécropole[1]. — Hôpitaux. Construction d'un hôtel-Dieu formant un ensemble
près de la cathédrale dont il est le protégé. — Caractère extérieur de cet
édifice, aménagements et décorations intérieurs. — Petits hôpitaux des premiers secours multipliés dans les quartiers d'ouvriers. — Grands hôpitaux
en proportion avec la population. Leur caractère bienfaisant traduit par l'art
de l'architecte.—Monuments d'utilité publique. Hôtel des postes. —Hôtel
des dépôts et consignations. — Casernes. — Collèges. — Prisons. — La-

---

[1] Cette proposition étant longuement développée dans un article que j'ai publié dans le *Cons-
titutionnel* du 22 avril 1848, j'y renvoie.

voirs. — Nouveaux abattoirs. — Halles centrales. — Marchés d'arrondissement. — Marché aux chevaux. — Marché aux bestiaux. — Portes monumentales construites sur la ligne des fortifications.—Autant de programmes
féconds, médiocrement étudiés jusqu'à présent, au point de vue d'une association heureuse des arts et de la destination. Tout ce qui est construit pour
le peuple doit atteindre son but philanthropique, et, en outre, par l'élégance
et la distinction du style, frapper son attention et former son goût. Il n'est
besoin pour cela ni de luxe ni de dorure; le beau suffit, et de toutes les
formes de l'architecture c'est le meilleur marché. — Vous êtes obligé de
reconstruire la morgue, qui est en contre-bas du nivellement de nos quais;
demandez à Constant Dubeux, à Paccard, à tous les élèves de Rome et
d'Athènes, le charme euphémique que les Grecs apportaient dans leur
architecture funèbre, et ce rendez-vous douloureux des cœurs désolés se
dépouillera de tout extérieur lugubre. — Que le pauvre entre dans tous vos
édifices d'utilité publique avec ce sentiment de douce satisfaction que fait
éprouver un bienfait rehaussé par la grâce qui le donne; qu'il en sorte pour
rentrer dans sa modeste demeure sans que la comparaison lui soit humiliante. Le beau a cela de bon qu'il fait accepter sa supériorité sans exciter
ces sentiments de convoitise, ces retours pénibles pour l'amour-propre,
cette admiration trempée d'envie, qui naissent à la vue des fausses magnificences et du faste de mauvais goût. Le beau, comme le soleil du bon
Dieu, éblouit, mais il étend ses rayons sur tous, et chacun en rapporte quelque chose, car il s'applique à tous les degrés de la fortune. — LES PONTS.
Paris a dix-neuf ponts et deux passerelles; il en réclame d'autres. Que la
science des ingénieurs ne soit utilisée que pour réaliser les inspirations de
l'artiste. Un pont est un monument. — LES FONTAINES. Elles peuvent servir
à maintenir à la fois la santé et le goût publics. C'est le plus délicieux des
motifs pour orner monumentalement une ville. — Les fontaines dans l'antiquité. — Aqueducs et fontaines chez les Romains. — Les Arabes. — Le
moyen âge. — La Renaissance. — Quand Paris n'avait pas d'eau, il se construisait de magnifiques fontaines; depuis qu'il a le canal de l'Ourcq et de
puissantes pompes à feu, il nous jette sournoisement de l'eau dans les jambes
avec des bornes-fontaines qui se cachent comme si elles avaient honte de ce
qu'elles font. Il prendra un jour à la capitale de telles envies de bien-être et
de magnificence, qu'elle ira au loin chercher les eaux les plus pures, et, comme
Rome, elle les fera entrer dans ses murs sur des arcs de triomphe. Alors
l'eau jaillira de belles vasques, elle tombera en cascades du milieu de grandes
dispositions architecturales. — Les fontaines de Neptune et de Vénus, élevées à Florence par notre Jean de Douay, sont la simplicité même, et c'est
la grâce, cela coûte une misère et réjouit tous les passants. — La fontaine
de Trévi, à Rome, est une décoration d'opéra; mais son mauvais goût est
racheté par l'abondance des eaux et leur mouvement.—C'est donc entre ces
extrêmes que l'art doit aujourd'hui se placer.—Jean Goujon associé à Pierre
Lescot nous a montré comment on peut tirer parti d'un carrefour de rue pour

élever une délicieuse fontaine. — Bouchardon, rue de Grenelle. — Visconti, carrefour Gaillon. — GARES DES CHEMINS DE FER. Le prosaïque des ingénieurs en regard de l'imagination des architectes. — La gare d'Orléans et la gare de Strasbourg. — Le vrai caractère monumental de ces grandes embouchures de fleuves vivants. — AMPHITHÉÂTRES DES COURS PUBLICS. Nous avons vu que la rive droite en réclamait un. — Étudier le théâtre antique dans ses dispositions aussi élégantes qu'ingénieuses, aussi favorables à l'acoustique qu'à l'art. — THÉÂTRES. Le théâtre compte en France un monument, l'architecte Louis l'a construit à Bordeaux. — Importance des théâtres dans l'antiquité. — Leur rôle. — Leur but. — C'est le programme le plus heureux pour les architectes. — Théâtres construits en marbre, pouvant contenir au delà de dix mille spectateurs, et qui subsistent presque intacts dans les villes ruinées de la Grèce et de l'Asie. — Leurs dispositions particulières, leur richesse, leur ornementation. — Du théâtre moderne. — Paris s'est laissé dépasser par d'autres capitales en conservant à sa première scène, à son Opéra, la baraque honteuse qu'il accepta, en 1821, à titre provisoire. A cette époque, on lui promettait un monument digne de la grande ville, et plus on le projetait magnifique, plus il était nécessaire de construire une scène provisoire sur laquelle on jouerait en attendant l'achèvement de cette merveille. De tous les beaux projets faits alors, il est resté la baraque de la rue Lepelletier, et j'ai prédit tout aussitôt qu'on ne construirait un Opéra définitif que lorsque l'incendie nous aurait délivrés du provisoire. Est-il raisonnable d'attendre ce malheur, qui trop souvent déjà a menacé tout ce quartier? N'y a-t-il d'autre moyen de faire le bien qu'en parvenant à l'excès du mal. La construction d'un Opéra monumental n'est d'ailleurs pas seulement un besoin, c'est aussi une occasion excellente de donner aux étrangers une grande idée de l'état où sont parvenus les arts en France. Ce théâtre est, à leurs yeux, comme la vraie pierre de touche, comme le diapason juste de notre goût et de notre élégance. Le dieu de la mode en a fait son temple; le temple doit être digne de son dieu. L'Opéra dansant de Paris, dont j'ai parlé plus haut, donnera place à dix mille spectateurs, et sera construit dans de telles conditions, que la Scala, la Pergola, San-Carlo, la Fenice et le théâtre de Saint-Pétersbourg y danseront à l'aise, et qu'ils auront l'air de baraques provisoires à côté du monument que nous fonderons. Ce théâtre modèle s'élèvera sur un vaste soubassement au niveau et dans l'axe de la rue de la Paix, ayant de larges abords autour de lui et de faciles débouchés par des percements nouveaux sur les rues des Mathurins et de la Chaussée-d'Antin. Si l'on supprime la rue Basse-du-Rempart, de magnifiques rampes permettront aux piétons d'arriver par le boulevard; si l'on conserve cette affreuse rue, la circulation des voitures pourra être maintenue au moyen d'une arcade sur laquelle s'appuiera l'escalier qui du péristyle descendra au boulevard. On sait qu'un théâtre a besoin, pour le jeu de ses décorations, d'une profondeur égale à sa hauteur; ces terrains en contre-bas de la rue de la Paix semblent donc faits exprès pour ce théâtre, qui aura ainsi son parterre au premier étage, c'est-à-dire de plain-pied avec le boulevard, sans que décorations et machineries descendent assez profondément pour souffrir des infiltrations de l'eau. En même temps tout l'étage au-dessous de la partie du théâtre occupée par les spectateurs, c'est-à-dire par la salle, les couloirs, le foyer et les vestibules, formera un immense espace voûté appuyé sur de majestueux piliers. Ce sera la salle d'attente pour les personnes qui sortent en voitures. Échauffée par les calorifères, munie de nattes et de tapis, plantée d'arbres et ornée de fleurs, elle s'ouvrira aux voitures qui s'écouleront sans se rencontrer.—Vastes escaliers. — Larges corridors. — Immense foyer. — Caractère à l'intérieur : une ornementation qui emprunte aux artistes les plus distingués leurs meilleures inspirations pour faire du théâtre, pendant les entr'actes, un musée qui fixe dans le souvenir d'excellents modèles de goût, et en même temps un confortable raffiné qui associe aux plaisirs de ce spectacle public toutes les aises de la vie privée. Mais ce caractère à l'intérieur peut être commun à tous les théâtres : ce qui distinguera le grand Opéra dansant, ce sera la libre circulation et l'indépendance pour entrer, rester, sortir. Il rappellera dans son ensemble les habitudes du forum antique, en offrant à tous un lieu de rendez-vous agréable pour continuer commodément les affaires de la journée. Ne perdons pas de vue que l'avenir nous réserve une existence fiévreuse par la participation de chacun aux intérêts publics, politiques, financiers, industriels. Il faudra donner aux hommes occupés le moyen d'être sociables sans négliger leurs affaires, et d'associer leurs femmes à leurs plaisirs en mettant leurs plaisirs au milieu même de leurs intérêts. — Fauteuils commodes à toutes les places. — Dispositions ingénieuses pour déposer chapeau, manteau, parapluie. — Des pupitres pour le libretto ou la partition. — Les places assez espacées pour que chacun entre et sorte sans déranger ses voisins.— Loges plus grandes que des boudoirs, et ayant des salons. La sociabilité au théâtre empruntée à l'Italie. — A chaque loge son petit escalier de sortie pour descendre directement dans le grand vestibule d'attente. — Le parterre divisé en deux sections, l'une assise et stable, l'autre debout et circulante. — Souvenirs des théâtres de notre jeunesse, où le parterre tout entier se tenait debout. — Dans toutes ses dispositions, l'Opéra dansant offrira les facilités et la liberté de l'ancien théâtre en plein vent et de la place publique. — Caractère extérieur. — Tout théâtre a deux aspects, et il montre le plus triste au jour. La nuit étend sur la ville son voile mélancolique, le théâtre semble l'avoir attendue pour s'éveiller et renaître à la vie. De ce moment il resplendit de lumières, la foule accourt et assiége ses alentours, une sorte de fièvre bruyante s'empare de lui. La nuit a parcouru sa carrière, le soleil se lève, et le théâtre apparaît sous un aspect noir et lugubre, ses abords sont déserts, les immondices en font un cloaque, et les passants se détournent comme pour l'éviter. — L'architecte composera son monument de manière à répondre à des circonstances si différentes; il appellera à lui toutes les ressources d'un art jeune, d'un style élégant jusqu'à la coquetterie, d'une ornementation gracieuse et riche jusqu'à la profusion. Rien de trop magnifique en belles matières et en précieux métaux, rien de trop voyant en couleurs brillantes pour ce temple de Terpsichore qui doit annoncer, le jour, les plaisirs qu'il tient en réserve pour la nuit; mais en même temps l'architecte se préoccupera , dans son plan général et dans ses lignes principales, de la silhouette que son théâtre projettera sur le fond du ciel quand la lumière diffuse, au lieu de l'inonder d'en haut, jaillira de tous côtés et procédera pour ainsi dire de lui-même. — LE THÉÂTRE DU PEUPLE. Il s'élèvera sur le boulevard Mazas. — Mêmes dimensions, distributions entièrement modifiées, style et ornementation différents. — THÉÂTRE DES ESSAIS. Petite salle contenant 1,000 personnes et disposée pour jouer à la lumière artificielle et au jour. — Plafonds en verre peints. — Combinaisons nouvelles d'éclairage, scène éclairée par reflet. — Essais de divers genres. — CONSTRUCTIONS CIVILES. Il ne suffirait pas d'offrir à la nation des modèles d'architecture dans ses grands monuments nationaux; l'État doit étendre sa sollicitude jusqu'à donner des modèles d'architecture usuelle et pratique. — La rue de Rambuteau, ouverte au milieu de quartiers affreux, a été construite tout d'une pièce et pouvait servir à développer un bon programme d'architecture civile; cette occasion a été perdue; cette rue sera dans l'avenir un témoignage de la vulgaire banalité de notre architecture en 1840, et rien de plus. — L'édilité parisienne doit prendre sa revanche en intervenant dans une juste mesure. — En bonne règle, et toutes les grandes époques en offrent des exemples, la maison doit recevoir l'empreinte et présenter le miroir des goûts et des habitudes de son propriétaire avec la même fidélité que la coquille des mollusques et la peau cornée des crustacés; mais au centre de nos grandes villes, la maison est une ruche dans laquelle chaque habitant choisit son alvéole, et dès lors l'architecture n'a plus qu'un langage de convention qui devient ce qu'on appelle le style architectonique d'une époque. Ce style est si mauvais de nos jours, si arbitraire, que l'État ou l'édilité ont entrepris depuis longtemps de le diriger. — L'idée de façades symétriques sur une cour ou sur une place est aussi ancienne que l'architecture elle-même, mais l'idée moderne a été d'astreindre tous les particuliers qui construisent dans une place, ou sur une rue, à suivre un plan et un style arrêtés par l'autorité et à employer les matériaux désignés par elle. Cette idée appartient, je crois, à Henri IV, qui l'a mise en pratique sur la place Royale et à l'extrémité de la Cité avoisinant le pont Neuf : les lettres patentes du mois de juillet 1605 sont formelles sur ce point. Une autre idée qui découle de la première a été d'imposer à tout jamais le respect de ce plan et de ce style. Le bureau de la ville condamne, le 17 juillet 1676, un marchand de drap qui s'était permis d'altérer un détail de cette architecture. — Louis XIV, fidèle aux errements de son aïeul, a laissé un bel exemple de la grandeur monumentale qu'une ville peut ainsi atteindre. J. Hardouin Mansard, architecte du roi, fut chargé de construire toutes les façades de la place

Louis-le-Grand, sur les terrains de l'hôtel de Vendôme, majestueux encadrement du monument qui s'éleva au centre. — Des façades ainsi bâties à l'avance attendent patiemment, volets et portes fermés, les acquéreurs des terrains. La ville ne s'en inquiète pas. Elle possède sa décoration monumentale, les habitants y installent leurs maisons à la longue et quand ils veulent. — De là, à une symétrie déplaisante telle qu'on l'a introduite dans la rue Mandar et dans la rue des Colonnes, il n'y a pas loin. — Éviter cet écueil. — Paris n'est pas menacé, Dieu merci, comme Londres, de cette exploitation de quartiers entiers par des spéculateurs qui élèvent des massifs réguliers de maisons et mettent l'ennui dans l'uniformité; mais Paris doit aller au-devant d'un inconvénient contraire, le morcellement par trop menu des terrains, qui permet d'élever des constructions étranglées, des maisons huchées sur des échasses, de l'architecture impossible. La municipalité ne devrait pas permettre ces façades étroites, et elle pourrait donner une indemnité aux propriétaires qui s'associeraient pour construire leurs maisons avec une façade commune, offrant un ensemble. Cette association ne s'étendrait pas à toute une rue ni à plus de vingt fenêtres de façade, de manière à simuler des monuments se succédant les uns aux autres. L'indemnité serait donnée en raison des dépenses imposées. Le propriétaire de la maison du centre qui devra exécuter soit le fronton, soit l'avant-corps architectonique, recevra plus que ses associés chargés de construire les bâtiments formant les ailes. Aux propriétaires qui construisent isolément, on imposerait l'obligation de s'encadrer, de manière à former un tout et un ensemble; ou plutôt on laissera faire, en se contentant de donner les modèles, non pas seulement des modèles qui restent dans les mains des architectes et ne sont compris que par eux, mais des modèles parlant, vivant, faisant l'illusion de la réalité et qui s'offrent sur la voie publique à la critique de tous. — Voici de quelle manière : devant des terrains non construits, l'édilité élèvera des échafauds couverts de toile, sur lesquels des architectes de talent seront chargés de faire peindre les façades d'hôtels somptueux, de maisons élégantes, d'habitations modestes, qu'ils auront composés dans toutes les conditions d'une bonne construction, et en prévision des aménagements intérieurs les plus commodes. Dans ces projets peints, toutes les améliorations seraient prévues, depuis le toit jusqu'au sous-sol; et, comme ils seraient renouvelés de temps à autre, ils suivraient et les progrès de l'industrie et les exigences des goûts de luxe et de bien-être. — En premier lieu, le toit n'offrira plus aux regards cette calotte de zinc blême qui enlaidit la rue de Rivoli; il ne se hérissera pas de cette forêt de tuyaux qui déshonorent les deux bâtiments de Gabriel sur la place Louis XV, les Tuileries et tous nos édifices publics; mais, comme une femme élégamment mise ne se montre pas avec une chevelure en désordre, de même la maison sera coquette depuis son faîte jusqu'à sa base. Les tuiles moulées de diverses formes et émaillées de plusieurs couleurs seront disposées par emboîtage ingénieux, de manière à combiner un double dessin de forme et de couleur. Les faîtières et les pignons des toits, les supports des paratonnerres, ainsi que le petit nombre des cheminées qui subsisteront quand le gaz sera employé partout comme combustible, deviendront des motifs charmants d'ornementation en faïence émaillée. — Pour toutes les saillies, l'édilité rapportera les articles de ses règlements qui entravent la liberté de l'artiste, et les architectes se laisseront aller à la fantaisie de leur imagination pour introduire dans l'habitation une foule de dispositions d'une physionomie aussi piquante au dehors qu'elles seront d'un usage commode au dedans. Sur ces saillies, on disposera des fleurs; sur ces balustrades et appuis de balcon, on imaginera des combinaisons mathématiques qui permettront d'introduire toutes les lettres de l'alphabet dans les ornements, de manière à annoncer les industries qui se logent aux divers étages et à changer avec le changement des locataires. Ces inscriptions rappelleront celles de l'Orient et du moyen âge pour la grâce, et rendront possible la défense absolue de cet affreux bariolage d'affiches dont on couvre les maisons des quartiers commerçants. — Décoration intérieure. — Devantures des boutiques. — Les marchands de Paris ont dans leurs mains la plus belle part de l'élégance de la capitale. Du style et du bon goût des boutiques dépend en grande partie la bonne impression causée sur les étrangers, impression qui se produit depuis le lever du soleil jusqu'à l'extinction du dernier bec de gaz, impression qui fait le renom de Paris. — Ornementation extérieure et intérieure des boutiques. — Grilles de marchands de vin et de bouchers. — Volets en tôle émaillée égayant les rues de leurs belles peintures, au lieu de les attrister pendant toute la journée du dimanche. — Emploi de glaces immenses et d'armatures délicatement travaillées d'après des modèles bien étudiés; une devanture de boutique est un motif d'architecture des plus féconds. — Place réservée pour l'enseigne de manière à faciliter un retour à cette vieille habitude si favorable aux arts. — Au bas des modèles peints de ces habitations en projets, se trouveraient des tableaux offrant les différents plans des aménagements intérieurs qui peuvent s'y adapter, les devis des dépenses et les prix des loyers, ceux-ci comprenant: 1° le gaz d'éclairage; 2° le gaz de chauffage; 3° la participation au calorifère; 4° l'eau froide et chaude; 5° l'heure et le cours de la bourse électriques; 6° les conduits acoustiques communiquant avec le parloir. Chacun de ces avantages destiné à compenser la pénurie d'espace dont on se plaint avec tant de raison dans nos demeures. — Ces modèles peints de projets d'architecture ne sont pas d'invention nouvelle. — Décoration figurant des monuments peinte par de grands artistes dans les fêtes italiennes du xvi siècle. — En 1809, Chalgrin monta le modèle peint de l'arc de triomphe de l'Étoile, et l'effet en fut immense. — Si l'association dans la demeure rend la vie possible en face de la cherté, l'association dans les constructions rendra la ville possible en face des marées montantes de voyageurs subitement produites par les chemins de fer et les bateaux à vapeur. — Les caravansérails de l'Orient. — Les clubs de Londres. — Les auberges de

Francfort. — Les hôtels garnis de Paris. — Déjà dans l'antiquité on construisait par association ; à Palmyre, à Aphrodisias du Méandre, chaque colonne des temples et des portiques porte le nom et quelquefois le buste de celui qui l'a donnée. — Paris ainsi complété en monuments et en maisons qui seront des monuments, ainsi épousseté comme un objet d'art, lavé et nettoyé comme une personne vivante, Paris ne deviendrait pas monumental, s'il devait maintenir les disparates que font dans ses rues les maisons de hauteurs différentes qui conservent la dentelure déplaisante de leurs inutiles pierres d'attente, et qui laissent en évidence ces grands pans de mur à l'état brut et inachevés que le temps noircit, que d'insipides enseignes bariolent. — Favoriser des arrangements à l'amiable entre propriétaires voisins pour qu'ils exhaussent leurs maisons ou pour qu'ils souffrent une servitude qui permettra l'ouverture de jours dans le mur mitoyen. Les propriétaires ainsi avantagés décoreront ces pignons dans un bon style d'architecture. Quand l'arrangement sera reconnu impossible, la ville chargera des artistes de peindre à fresque, sur ces murs, de grandes scènes historiques, ou elle fera tracer au milieu de riches encadrements des sentences morales qui se gravent dans le souvenir. — Quelle immense perspective d'admirables travaux, quelles données heureuses pour l'homme de talent, quelle excellente école pour les jeunes gens qui suivront, sous la direction des maîtres, l'exécution de ces grandes constructions! Ne serait-ce pas un crime de lèse-nation que de négliger ces magnifiques occasions, que de donner à Paris, à la France, à l'Europe, le spectacle de l'impuissance aux prises avec les plus séduisants programmes? Et j'appelle impuissance la nullité de l'invention, la platitude des idées, le ressassement des mêmes pauvretés, tout ce qui nous menace enfin, si une grande unité ne résulte pas d'une forte impulsion. — SCULPTURE. L'architecture appelle la sculpture et la peinture à son aide pour compléter l'ornementation de ses constructions ; mais les sculpteurs ont leur mission particulière, et il faut leur faciliter les occasions de se manifester. — Les œuvres de la statuaire maintiennent le goût public, parce qu'elles ne se produisent nulle part aussi bien qu'en plein air. — Dans nos rues, sur les places, au milieu des promenades et des jardins, sur nos ponts et sur nos quais, les statues parlent aux passants, et elles obligent les plus indifférents à arrêter un instant leurs pensées sur une œuvre d'art. — Dans les hommages rendus aux citoyens illustres, la mission du Gouvernement est allégée par le concours des particuliers. — L'État consacre les hauts faits de l'histoire, les grands principes de la morale, les douces scènes de la religion ; les citoyens, associés entre eux, rendent hommage au mérite individuel, retentissant ou méconnu. — Le culte des glorieux souvenirs, la reconnaissance pour les services rendus, sont des sentiments que les générations modernes partagent avec les générations antiques. — La sculpture possède là un programme noble, sérieux, élevé ; les artistes, une source d'inspirations, dans l'enthousiasme populaire le stimulant le plus vif, et dans la destination marquée sur

la voie publique les conditions les plus sages. — Depuis trente ans, le concours des citoyens a été chaque jour plus libéral, et de tous côtés s'élèvent
des statues par souscription nationale. — En dépit de cette générosité, ou
par suite d'une générosité qui tient du hasard et de ses caprices, il y a de
vrais grands hommes qui n'ont pas encore de statues, quand des hommes
qui n'ont rien eu de grand dans leur vie ont déjà les leurs. A celui-ci on accorde difficilement une inscription, à celui-là un buste, à un troisième une
statue colossale, et il se trouve que le mérite diminue à mesure que l'hommage grandit. — Il y a une justice pour les morts. — Instituer un jury
bienveillant, facile, indulgent, dont les avis motivés pourront provoquer
les générosités ou les modérer, et qui aura un crédit sur le budget pour
s'associer aux bonnes pensées. — Quel doit être le style de la statuaire
isolée et indépendante de l'architecture? — Du costume qui convient aux
illustrations modernes. — Statues dans les jardins. — Leur signification.
— Inscriptions qui les expliquent.— Catalogue qui les commente.— Heureuse association de la sculpture avec les perspectives de l'architecture et
l'encadrement des arbres. — Du nettoyage périodique des statues. — Les
vases de marbre, de bronze et de faïence émaillée, composés par des artistes
du premier mérite. — Modèles donnés par l'antiquité, renouvelés par
la Renaissance.— Vases de Balin, à Versailles.— Les vases de tout le jardin
du Luxembourg, du jardin des Tuileries sur la rue de Rivoli, et autres lieux
publics, sont des produits de tourneur, qui n'ont pas même l'élégance du
galbe pour excuser leur insipide monotonie. — Programme de grandes décorations sculpturales. — Emplacements qui peuvent être embellis par des
statues. — Les entrées de la ville. — Les grandes avenues. — Le Champ-
de-Mars. — L'esplanade des Invalides. — Les rampes de la Seine entre le
pont de la Concorde et le pont Neuf. — Les places et les carrefours de plusieurs rues devraient être ornés de grands groupes. — Conserver présent
à l'esprit le groupe du taureau Farnèse. — Aura-t-on des objections contre
cette population de statues mêlée à la population vivante ? — La nation qui a
le mieux compris l'influence heureuse des arts et l'élégance appliquée à
toutes choses nous a donné l'exemple. — Les Grecs avaient toutes sortes
d'indulgence pour les mérites du personnage, quand un grand artiste se
chargeait de le représenter. — Au IVe siècle avant J.-C., Démétrius de
Phalère vit dresser en son honneur, à Athènes seulement, 300 statues pendant son habile administration des intérêts de la ville et de l'Attique,
300 statues représentant un même homme, toutes érigées dans l'espace de
dix années, toutes détruites, il est vrai, dans un jour d'émeute, à l'exception d'une seule, que son rival heureux conserva comme échantillon des
299 autres. Ces libéralités pouvaient se concilier avec le maintien des principes de l'art, parce que le nombre des artistes était immense et leur soumission au chef d'école absolue. Qu'était-ce que 300 statues, quand Lysippe, l'un des plus grands sculpteurs de Sicyone et de la Grèce, a pu
dans sa courte carrière, et bien que réputé pour la perfection apportée à son

travail, en faire 1,500 à lui seul, j'entends assisté d'un monde d'élèves? —
Il n'est pas douteux cependant qu'avec la décadence de l'art cette production énorme ne dût précipiter l'altération du goût. — On en était venu à
s'ériger des statues à soi-même, et Lucius Sisenna Bassus léguait à Carthage
les fonds nécessaires pour qu'on lui refît tous les sept ans une nouvelle statue. — Il ne me semble pas impossible de profiter de l'exemple des Grecs
à la belle époque de leur civilisation et de leur art. — Une rue d'Athènes
avait pris son nom de tous les trépieds que chaque tribu victorieuse dans les
concours de chant et de danse y avait élevés sur de riches monuments d'architecture; pourquoi les sociétés chorales de la France, luttant dans des
réunions musicales, pourquoi les spectateurs qui applaudissent tel acteur
ou telle actrice, n'imiteraient-ils pas les Athéniens, en transformant les rues
qui aboutissent aux théâtres en avenues triomphales de tous les succès? —
Les anciens remplissaient les jardins d'Olympie, les cirques, les stades et les
hippodromes de statues et de groupes en l'honneur des vainqueurs dans
tous les genres de lutte; pourquoi ne pas demander au Jockey-Club, en
échange de quelques avantages, de réserver sur ses recettes les fonds nécessaires pour élever, sur les hippodromes de Paris et de Chantilly, les portraits de quelques-uns des vainqueurs, j'entends des chevaux, que Barye,
Fremiet ou Gayrard rendraient avec la vérité de la ressemblance et le style
d'un monument? — Dans les écoles de gymnastique, dans les jeux de paume,
salles d'escrime, manéges d'équitation, des talents éminents excitent l'admiration d'une foule de connaisseurs, motifs suffisants pour demander à
l'art de perpétuer le souvenir de leur supériorité. — Pourquoi concéder
aux sociétés de chasses à courre les forêts de l'État sans leur faire contracter
en même temps l'engagement de placer au lieu ordinaire des rendez-vous,
dans le quartier habituel des hallali, ou à l'endroit devenu célèbre par un
accident mémorable, quelque groupe rappelant ou la belle poursuite des
chiens, ou la noble résistance de l'animal, ou la mort d'un cheval, ou
la blessure d'un chasseur. Ces monuments de la sculpture deviendraient des
points de repère dans la forêt, et ils conserveraient, avec les noms des ve-
neurs et ceux des chiens de meute, le souvenir de nobles plaisirs trop vite
effacés. — Dans un ordre d'idées différent et plus élevé, la piété des populations serait réveillée et réveillerait l'art lui-même, si on s'associait à elle
pour élever les Notre-Dame colossales au haut des montagnes, pour tailler
les roches en figures de saints, pour renouveler ces calvaires et mises au
tombeau, qui furent l'enseignement des arts et le maintien du goût public
pendant le moyen âge, et qui reprendraient de nos jours leur énergique
influence, s'ils étaient confiés à des artistes assez sûrs d'eux-mêmes pour
aborder franchement le réalisme dans ses conditions de vérité naïve et de
style simple. L'occasion est excellente pour les tentatives hardies. L'artiste
ne refoule pas en lui les témérités de son imagination, quand il s'adresse aux
masses qui trouvent dans leur enthousiasme naïf des témérités de sympathie.
—Polychromie de la statuaire. De la sculpture peinte chez les Grecs et les

Étrusques. — Statuaire chryséléphantine. — Les statues des ancêtres chez les Romains. — Les statues peintes de l'architecture du moyen âge, toute la statuaire de cette époque coloriée. — L'ornementation peinte des Arabes. — Les rondes bosses émaillées composées de morceaux de faïence rapportés, œuvres saisissantes des admirables sculpteurs qui portent le nom de della Robbia. — Les tentatives généreuses de Bernard Palissy dans le même sentiment. — Les cires modelées et colorées par les plus grands artistes de la Renaissance. — Les cires du même genre de Montagnès et d'autres artistes espagnols du XVIIe siècle. — Les portraits en médaillon d'Antoine Benoist à la fin du XVIIe siècle, portraits modelés en cire et coloriés d'après nature, dont les contemporains, amateurs du meilleur goût, se sont épris, dont Abraham Bosse disait : « Et pour les beaux et surprenants portraits en cire de M. Benoist, je dis encore que, si ceux qui ont prétendu les mépriser en avaient vu comme moi, à qui il a donné l'air de vie par une gaieté souriante, ils n'auraient peut-être pas été si prompts à déclamer contre une si belle invention. » — Toutes ces tentatives difficiles ont été abordées timidement par des gens de goût et de talent, et presque aussitôt compromises avec impudence par des gens sans goût et sans talent; mais, en dépit de ces insuccès, ce sont des essais généreux et féconds qui devraient être renouvelés avec une conviction sérieuse, poursuivis avec l'aide de toutes les découvertes modernes, encouragés avec libéralité. — Cette polychromie de la sculpture surgira comme une conséquence nécessaire de la polychromie de l'architecture. Un artiste ne peut se figurer une Minerve d'ivoire, d'or de diverses couleurs, ayant les prunelles de pierres précieuses colorées, dans la cella d'un Parthénon éclatant de blancheur; et sans être artiste, en entrant dans la Sainte-Chapelle, chacun reculerait devant une sainte Vierge de marbre blanc qui semblerait, au milieu de ces murailles harmonieusement peintes, un spectre dans son linceul. — POLYCHROMIE DE L'ARCHITECTURE. Son usage général en Égypte et en Asie. — Son adoption modérée par les Grecs. — Sa continuation traditionnelle chez les Byzantins, les Orientaux et dans tout le moyen âge occidental. — Sa renaissance de nos jours. — Winckelmann. — Quatremère de Quincy. — Hittorf. — Semper. — Owen Johnes. — Toutes les renaissances ont en elles une séve printanière qui colore leurs produits. Si je voyais le goût public s'éprendre vivement de la polychromie, je pressentirais comme un symptôme du renouvellement de l'art. Malheureusement on fait de la polychromie un coloriage de l'architecture, c'est-à-dire un contre-sens de la vraie polychromie. De même que les enfants colorient des gravures qui ont déjà toute leur signification de couleur par l'intensité d'ombre et d'effet que le graveur a donnée à sa planche, de même aussi nos architectes construisent leurs monuments, et, une fois terminés, ils demandent à l'Administration si elle entend qu'ils restent blancs ou qu'ils deviennent polychromes. Les architectes de l'antiquité ne comprenaient pas ainsi l'association des arts. En concevant un monument, ils le faisaient sortir de leur cerveau tout armé comme

Minerve, c'est-à-dire sculpté et colorié. Telle surface avait sa valeur par la couleur qui devait la couvrir; tel chapiteau, telle architrave, telle frise, sa forme, son galbe et ses dimensions suivant les prévisions d'un complément par la peinture. Ainsi s'expliquent les fausses interprétations que nous faisons des monuments grecs : nous les imitons tels qu'ils sont, sans nous rendre compte de ce qu'ils étaient et de ce qu'ils devaient nécessairement être dans les idées de l'artiste créateur; ainsi s'explique l'heureuse harmonie des monuments du moyen âge. Les architectes de cette époque ont été leurs propres décorateurs, et la plupart de leurs grands partis, de leurs dispositions fondamentales, ne sont compréhensibles qu'en admettant ou en rétablissant les couleurs qu'ils s'étaient réservées en concevant le plan et les proportions de leurs monuments. — La peinture appliquée après coup aux édifices par des peintres, sans le concours des architectes, est encore plus étrangère à cette heureuse association qui a formé l'architecture polychrome. C'est un embellissement qui peut être heureux quand, par suite de certaines circonstances, comme l'exubérance des talents au xvi* siècle en Italie, des artistes éminents consentent à monter sur les échafauds et à peindre les maisons. L'admirable Giorgione couvrait ainsi de ses magnifiques peintures, vrai manteau royal, les palais de Venise, et la république, reconstruisant, en 1507, l'entrepôt des marchands de l'Allemagne, lui confia la décoration d'une des façades, en même temps qu'elle abandonnait l'autre au talent du Titien. Giorgione et son camarade savaient bien qu'ils livraient aux intempéries des saisons ces productions de leur génie, mais alors l'artiste de talent comme l'homme d'esprit n'avaient pas tant de soin de leurs ouvrages ou de leurs bons mots : à la prodigalité des créations ils joignaient l'insouciance pour leur destinée; ou peut-être savaient-ils qu'une parole éloquente ne se perd jamais, fût-elle prononcée dans le désert. Giorgione et le Titien peignaient donc les façades des maisons de Venise; Raphaël faisait de vastes compositions dans le même but à Rome, simultanément avec cinquante autres artistes qui, depuis le Mantegne jusqu'à Polydore de Caravage, se sont appliqués à ces travaux. Toutes les villes d'Italie avaient ainsi leur musée en plein soleil, et cette coutume pénétra en Allemagne avec les influences de ce pays. Augsbourg et Munich, par exemple, en ont prolongé la pratique jusqu'au siècle dernier, en dépit d'un climat humide, et on la retrouve encore dans la rivière de Gênes maintenue, mais bien altérée. Je voudrais que cette habitude revînt à la mode dans notre France, dans notre belle capitale. C'est un programme excellent pour l'artiste, parce que c'est de l'art à destination fixe. Il sait ce qu'il fait et pourquoi il le fait; c'est, en outre, une influence active, parce que cet art en plein vent va chercher celui qui ne le cherche pas, qui l'éviterait au besoin. Il forme le goût public et réalise la pensée des anciens : *Pictor res communis terrarum est.* C'est dans ce même but que j'ai demandé des vitraux ou plutôt des vitres peintes pour nos halles et nos casernes, nos gares de chemins de fer et nos rues couvertes. A la Halle, on reproduirait la *Pêche miraculeuse* de Raphaël et le tableau de Ma-

lines peint par Rubens pour la corporation des poissonniers ; on peindrait
des chasses et des scènes de la nature; à la caserne, les batailles; dans les
gares des chemins de fer, les costumes, les types et les monuments de tous
les pays. — L'art n'ose pas assez parmi nous. — L'État devrait tout tenter.
— Le public est défiant avec la médiocrité hésitante, il se soumettra aux
innovations et aux audaces du génie. — Dans cet ordre d'idées, on reviendra à l'architecture feinte, et elle aura les emplois les plus heureux dans nos
villes pour décorer les affreux pignons de mitoyenneté, pour prolonger les
perspectives de nos cours étroites, pour animer notre architecture.—Quand
on parle de cette extension de l'art, chacun pense aux ridicules badigeonnages qu'un vitrier du coin aura tracé sur le mur de quelque guinguette des
environs de Paris, comme, lorsqu'on vante la sculpture polychrome, l'imagination va d'un bond dans l'ancien musée Curtius et dans les salons de
nos coiffeurs. C'est faire preuve de beaucoup d'inexpérience des belles
choses et d'une imagination aussi bornée que lente. — Ayez une opinion sur
l'architecture feinte quand vous aurez admiré de vos yeux la Farnésine à
Rome, quand vous aurez lu dans Vasari quelle admiration excitèrent ces
peintures chez tous les hommes de goût et les éloges que le grand biographe
leur donne. Autrement, si l'on rit, on fait rire de soi-même.

MAINTIEN DU GOÛT PAR LES EMBELLISSEMENTS
DE LA VOIE PUBLIQUE.

Une ville n'est pas monumentale par ses monuments seuls, et le goût
public ne se maintient pas uniquement par la vue des édifices grandioses et
des productions artistes; il se maintient aussi par un ensemble de bonne
tenue qui est pour une cité sa décence, son élégance, son luxe. — Paris
n'est pas et ne doit pas être tout en France, mais il sera le modèle par
excellence. Ce qu'Athènes était dans la Grèce et au milieu des colonies
grecques, ce que Rome fut pendant cinq siècles, Paris peut le devenir par
la majesté de l'art. Comme Rome, dans toute l'étendue du monde antique
s'appelait *urbs*, la ville par excellence, comme le roi de France a été *le Roi*
au-dessus des rois, jusqu'à la mort de Louis XIV, ainsi Paris, comme centre
des sciences, des lettres et des arts, doit être toujours *la ville*, *la grand'ville*.
Paris ne surpassera pas Londres en étendue, ni Saint-Pétersbourg en
régularité de percements, ni Rome par la grandeur des monuments, ni les
villes de la Hollande par la propreté extérieure; mais Paris peut se distinguer entre toutes les villes par le goût pur de ses constructions, l'exécution
châtiée, le soin recherché, la perfection des moindres détails et cette préoccupation délicate qui ne souffre le mauvais nulle part et dissimule même
le médiocre. — LA PROPRETÉ. La propreté, premier degré de l'élégance,
est à elle seule une élégance. C'est une amélioration morale et un élément
d'hygiène privée quand elle se produit sur l'individu, c'est un embellissement public quand elle s'applique aux villes. La propreté prise en général est
moralisatrice, et ce qu'elle a de particulier et de singulièrement fécond,

c'est que son influence est contagieuse. Habituez les hommes à la propreté, et après avoir appris à se respecter eux-mêmes, ils apprendront à respecter tout ce qui est respectable; introduisez la propreté dans les monuments et dans les rues d'une ville, aussitôt cette propreté s'étendra d'elle-même aux maisons des particuliers et à leurs personnes. — L'État doit donner l'exemple et fournir les moyens: l'exemple, en raffinant de propreté par l'entretien de ses monuments, par la transformation des rues et leur balayage, par le maintien de la décence publique; les moyens, en répandant l'eau gratuitement et à profusion dans des fontaines nombreuses, dans des bains gratuits ou à bas prix, dans des buanderies accessibles au plus pauvre. — LES EAUX. La beauté et la grandeur d'une ville est dans la bonté et dans l'abondance de ses eaux. — L'antiquité. — L'Orient. — Rome. — Les Arabes d'Espagne. — Comparé au passé, comparé même à plusieurs villes modernes, Paris est, sous ce rapport, dans un état d'infériorité déplorable. — Des hommes, transformés en bêtes de somme, montent des seaux d'eau dans les maisons; d'autres hommes, et même des femmes, transformés en bêtes de trait, tirent péniblement des tonneaux d'eau dans les rues. — Projets d'avenir. — LE PAVAGE. Avant Philippe-Auguste, le sol des rues de Paris était composé de terre et de pierres formant, pendant la sécheresse de l'été, un sol friable que le vent enlevait en flots de poussière, et, pendant l'hiver, une mare de boue sale et infecte. Le roi fut choqué de cette barbarie, et il inventa le pavé. C'était pour son temps fort habile; mais le pavé le mieux fait forme une mosaïque de cubes de grès qui laisse suinter dans leurs intervalles la boue livide et puante sur laquelle elle repose. Qu'on se figure une écumoire pressée sur une marmite remplie. — Nécessité absolue de renouveler le revêtement du sol parisien. — On a fait en Angleterre, et particulièrement à Londres, des essais coûteux de chaussées en bois, en fer, en blocs de faïence, en pavés de granit de Cherbourg. — Rien n'a réussi. — Quel est le problème pour Paris? — Trouver une matière dure qui résiste aux pieds des chevaux, diminue la traction des roues et arrête le passage de l'eau qui tombe du ciel et va humecter la terre, et aussi le passage de la boue qui sort de terre et se transforme en poussière. — L'asphalte métallique, c'est-à-dire mélangé avec le minerai de fer étendu sur un fond empierré et maçonné en chaux hydraulique, comme les anciens construisaient leurs chaussées, répond à toutes les exigences du programme le plus exigeant et ne soulève qu'une seule objection. Les cochers se persuadent que leurs chevaux ont le pied moins sûr quand il porte toujours sur une surface égale que lorsqu'il est toujours à faux sur des pavés bossus et d'inégal niveau. Mais, si ces automédons attardés savaient que tout Florence et tout Naples, qui ne sont pourtant pas des villages, ont leurs rues tortueuses entièrement dallées et offrent une surface unie bien autrement glissante que l'asphalte, qui a de l'élasticité; s'ils avaient vu les cochers napolitains, qui ne sont pas plus adroits qu'eux, conduire sur cette glace, à bride abattue, des carrioles légères au triple galop de leurs chevaux fringants, ils se seraient fait ce

simple raisonnement : le cheval passant brusquement du pavé à l'asphalte,
et n'étant pas averti par son instinct, glisse et s'écarte au moment de la transition ; mais, si toute la ville était garnie de la même manière, il s'y ferait
le pied, et, rencontrant une traction moitié moindre, il enlèverait un
poids double avec une vitesse plus grande. Il y va de l'honneur municipal
de nous délivrer d'un pavé barbare, bruyant, cahotant et tellement crotté,
qu'en pertes de souliers, de bas, de robes et de pantalons, en altération par
la poussière de marchandises de luxe exposées dans les magasins, ce pavé
représente une dépréciation incalculable. Avec le revêtement d'asphalte,
plus de boue, plus de poussière, plus d'ébranlement sinistre et de bruit
assourdissant; la propreté dans la rue, la tranquillité au chevet et la conversation redevenue possible au foyer. — Les égouts. Ce mot résonne mal aux
oreilles, il est entaché de vingt siècles d'infection ; désormais l'architecture
le réhabilitera en en faisant la voie monumentale de l'utilité publique, au-
près de laquelle la Cloaca Maxima de Rome ne serait qu'une ruelle. Paris
n'a songé à se construire des égouts qu'après avoir bâti ses monuments.
Là est son tort et la difficulté. — Système général de grands égouts et
d'égouts ménagers desservant chaque maison. — L'enlèvement des boues.
Paris est aujourd'hui divisé en un nombre infini de petits cantonnements
reconnus suffisants pour la charge d'un tombereau, et concédés à un cultivateur qui vient, dans le plus simple appareil, accompagné de sa femme en
haillons, suivi d'une charrette démantibulée, attelée d'une rosse affreuse,
que précède un âne têtu, qui vient, dis-je, recueillir les ordures jetées devant les maisons, et dont il répand une partie sur sa route. L'édilité parisienne a droit de tirer profit de tout, excepté de ce qui choque les yeux et le
goût. Il se passera vingt-cinq ans avant la réalisation complète du système
général des égouts; jusque-là Paris continuera à vendre ses boues, mais en
imposant à l'adjudicataire la condition de les faire enlever par des tombereaux de modèles uniformes, peints et tenus proprement à l'extérieur, se
fermant à couvercle quand ils sont remplis, et ne laissant pas suinter leur
contenu à travers des planches mal jointes; ces tombereaux, attelés d'un
vigoureux cheval, n'encombreront pas les rues, et leurs conducteurs, vêtus
uniformément, seront à la fois convenables et reconnaissables. Si les riches,
qui ne laissent pénétrer le jour dans leur appartement que tard, ignorent
ce qui se passe dans la rue avant midi, il est une population estimable qui
se lève plus tôt, et qui a besoin en toutes circonstances de s'habituer à l'idée
de propreté par une sorte de dignité urbaine partout répandue. — Le balayage. De même que nous avons, depuis février 1848, deux genres de pro-
priétés, la propriété nationale et la propriété individuelle, l'une protégée
par des affiches, l'autre abandonnée aux hasards de la convoitise, de même
il s'est conservé deux balayages, l'un qui s'exécute par les soins de la municipalité et qui est la propreté officielle, l'autre qui incombe aux habitants et
qui est la malpropreté générale. Le jour où les égouts seront partout établis,
et où le sol sera revêtu de sa carapace d'asphalte, le balayage sera un service

municipal, exécuté non plus, comme aujourd'hui, par des pauvres engue-
nillés ou costumés comme au carnaval, mais par des employés uniformément vêtus, sous la conduite de caporaux et de sergents en uniforme. — La
propreté des monuments. La rue étant propre, la boue et par suite la poussière supprimée, la fumée des usines consumée dans leurs fourneaux, la
fumée des cheminées n'ayant plus de raison d'être par suite de l'emploi
général du gaz comme combustible, nos monuments seront facilement entretenus propres sans être soumis au grattage, qui est leur ruine. Le grattage
ne peut être exécuté que par des manœuvres, et il enlève aux sculptures
ces quelques millimètres d'épaisseur que l'artiste s'était réservés pour imprimer à son œuvre l'accent et la vie. — On peut calculer mathématiquement combien de fois le Palais-Royal, gratté pour la seconde ou troisième
fois en 1849, peut supporter encore d'opérations de ce genre. — Nous avons
une pierre admirable, d'un ton jaunâtre délicieux, que le temps rend gri-
sonnant dans une teinte harmonieuse. Elle n'a qu'un ennemi, c'est une
petite araignée qui cherche les pores du calcaire, s'y installe et tend sa
toile tout autour. Elles pullulent, et en moins de dix ans le monument est
peuplé de ces insectes et enveloppé dans leurs toiles. Alors la boue transformée en poussière et le charbon volatilisé par la fumée s'accrochent à
ces toiles et forment une croûte qui, humectée par la pluie, s'imprègne
dans la pierre. Si donc on appliquait à toutes les façades le procédé de
M. Rochas pour la silicatisation des pierres, procédé qui leur conserve leur
teinte naturelle et leur porosité indispensable, si en même temps on les
lavait et brossait à grande eau, pendant les journées de soleil, à l'entrée de
l'hiver et du printemps, tout grattage deviendrait inutile, et le monument
serait assuré d'une jeunesse éternelle. — En Hollande, vous voyez, tous les
samedis, la ménagère ou sa servante sortir de la maison avec un seau d'eau
et une pompe. En moins d'une demi-heure une pluie d'eau, lancée jusqu'au
faîte de la maison, a ruisselé contre les fenêtres et contre les murs, entraînant avec elle toute la poussière et rendant à la peinture à l'huile et au
vernis tout son éclat. Quand l'opération est terminée, le trottoir de la rue est
lavé avec autant de soin que le carrelage du vestibule. Cette propreté extérieure des maisons est devenue, par le fait de l'habitude, un trait de mœurs;
mais on n'a pas séjourné six mois dans le pays, qu'on l'adopte comme un
devoir social, tant le bien a son principe contagieux comme le mal. — Il
y aura dans Paris des compagnies chargées par quartier de faire la toilette
de ses maisons. Avec l'aide des puissantes conduites d'eau de la ville, elles
auront lavé les façades de toute une rue avant même que ses habitants soient
levés. — La décence publique. Ce que je viens de dire de la contagion de la
propreté s'applique à la contagion de la malpropreté. — Le maintien du
goût public est intéressé dans cette déplaisante question. — L'administration municipale, au lieu de pourvoir à un besoin public, comme c'était son
devoir, a eu la faiblesse de se prêter à une négligence coupable, à un laisser-
aller aussi indigne d'un peuple civilisé qu'il est contraire à toutes les

règles de la morale, de l'honnêteté et de la décence. Ce qu'elle devait entraver, elle le provoque; ce qu'elle devait cacher, elle l'étale dans nos plus belles rues et sur nos promenades, élevant une forêt de colonnes triomphales à cette victoire du sans-gêne. — N'aurait-elle pas d'autres obligations? — De même que les cochers de voitures de louage ont trouvé dans toutes les rues des boutiques qu'ils ont transformées en remises pour abriter leurs chevaux, de même la ville trouvera, à prix d'argent, un millier de boutiques qu'elle transformera à l'usage de ses habitants. Elle exigera en même temps des cafés, des restaurants, des marchands de vins et des théâtres, qu'ils ouvrent à leur clientèle, dans l'intérieur de leur établissement, de vastes et commodes dégagements; puis, lorsqu'elle aura inscrit au coin de toutes ses rues, et pour la nuit sur ses réverbères, l'adresse de la boutique la plus voisine consacrée à cet usage, quand elle aura écrit en gros caractères, aux endroits que le public avait pris en habitude : *Respectez vos filles, vos femmes et vous-même!* alors elle exigera de ses préposés, des sergents de ville et des sentinelles, la répression la plus rigoureuse de toute contravention, une répression qu'il suffit de faire humiliante pour la rendre immédiatement efficace, tant est naturel et comme inné le sentiment de pudeur qu'on a laissé se corrompre. Je n'accepte aucun autre palliatif à ce mal honteux. L'art, qui donne de l'élégance à toutes choses, comme je me suis efforcé de le démontrer, est impuissant dans ces circonstances. Vous transformeriez chacune de vos affreuses colonnes en édicules élégants et gracieux, comme le monument choragique de Lysicrate, que vous n'en dissimuleriez pas l'ignoble destination; on n'orne pas la boue, on n'embellit pas le vice, on le cache, et la ville est assez riche pour payer sa décence. — La circulation. Cette part de l'activité des cités intéresse les arts par les percements de rues et les constructions neuves qu'elle exige, par les idées nouvelles qu'elle suggère, par la part de luxe et d'élégance qu'elle sollicite. Je dirai à l'édilité parisienne : Agissez avec grandeur, ne vous laissez pas surprendre par la marée montante de cette population envahissante; admettez que Paris comptera trois millions d'habitants avant la fin de ce siècle, et que tous vos projets soient conçus dans cette prévision. Quand tout grandit autour de vous, ne laissez pas le goût s'amoindrir. — Les rues de Paris allégées du trop-plein des piétons et des voitures. — Le sous-sol. — Les grandes communications des chemins de fer souterrains vont s'établir; à d'immenses galeries succéderont de vastes salles de réunion pour les voyageurs et pour les marchandises; des escaliers et des rampes embelliront ces dispositions nouvelles de l'architecture, qui peuvent d'autant mieux prendre un caractère monumental qu'une lumière magnifique, bien qu'artificielle, les éclairera continuellement. Cette architecture souterraine doit porter l'empreinte d'une grande solidité, être sévère en évitant de devenir sépulcrale, être élégante en repoussant toute coquetterie; en résumé, elle doit naître d'elle-même et éclater, pour ainsi dire, dans les mains d'un homme imbu des grands enseignements de l'antiquité. — Nécessité de pourvoir à la circulation des piétons en créant des voies nouvelles, les unes aériennes, les autres souterraines. Les voies aériennes serviront à longer les grandes artères encombrées, comme les rues Saint-Martin, Saint-Denis, Richelieu et autres. Des entrepreneurs trouveront profit à percer la partie supérieure des maisons et à transformer des mansardes et des greniers en bazars continus, avec ponts de fer jetés sur les rues. La clientèle de ces nouveaux passages ne craindra pas de monter haut, quand on lui donnera, en compensation d'un peu de fatigue, un moyen d'aller à son but à l'abri du froid, de la pluie ou des rayons ardents du soleil, en étant garantie des chevaux et des voitures, en trouvant sur son passage une occasion de se fournir de toutes choses ou de se distraire en marchant. Des architectes de talent, chargés de construire les grands escaliers conduisant à ces passages et les ponts hardis jetés sur les rues, de disposer ces belles galeries inondées de jour et, le soir, de lumières, trouveraient, dans l'inattendu de ces dispositions, des inspirations du plus grand effet. Ces voies aériennes, qui sembleront des asiles de tranquillité à côté du bruit de la rue, devront s'arrêter devant les grandes rues, les boulevards et les places dont le caractère monumental ne comporte pas l'interruption de leurs lignes architectoniques ou de leurs perspectives pittoresques par des ponts couverts. Non que je désespère des ressources de l'art, qui sait, comme au pont du Rialto, à Venise, dissimuler par ses beautés le tort qu'il fait à la vue; mais je conçois qu'on réserve les effets grandioses de ces ponts jetés dans l'espace pour les rues de seconde grandeur, et qu'on ne les autorise pas dans les autres. Mais alors comment faire pour donner, dans un certain nombre de directions, une protection équitable à la femme âgée que des soins respectables appellent au dehors, et pour qui Paris devient, au milieu du jour, un antre de l'enfer, à la mère qui conduit ses petits enfans, et, comme une poule au milieu d'une meute, semble se multiplier par sa sollicitude, à l'homme enfin dont la gloire couronne les infirmités, mais qui n'a plus, pour éviter les dangers des voitures, les jambes qu'il a perdues en affrontant les charges de la cavalerie ennemie? A tant de faiblesses intéressantes, à tant de dangers réels, à tant de craintes imaginaires, il faut trouver un remède, au risque de rendre Paris inhabitable pour la moitié de ses habitants. Si vous avez le temps de vous arrêter au coin des rues Saint-Martin, Saint-Denis, Montmartre, Richelieu, là où elles débouchent sur les boulevards, au coin de la rue Saint-Honoré, là où elle se croise avec la rue de l'Échelle, aux coins des ponts et dans vingt endroits, vous verrez des êtres malheureux, se tenant sur le bord des trottoirs, comme les ombres au bord du Styx, attendant le moment favorable du passage, hésitant entre l'envie de s'élancer et la crainte de se heurter aux voitures, entre la nécessité d'avancer et la prudence qui conseille de reculer. Vous en aurez pitié, et vous demanderez avec moi qu'on pratique sous terre de grandes galeries qui déboucheront d'un côté du boulevard à l'autre, d'un trottoir d'une rue à l'autre trottoir. L'art uni à l'industrie trouvera moyen de rendre monumentales et productives ces voies souterraines.

—Ce que devrait être une rue dans une ville comme Paris [1]. L'asphalte, qui forme désormais sur le sol de toutes les rues de Paris une carapace impénétrable à la boue, qui n'engendre plus de poussière et conserve à l'eau qui s'écoule dans les ruisseaux son courant limpide, transforme la ville en une salle de bal incommensurable. Sous les dalles du trottoir sont pratiqués l'égout ménager, les conduits d'eau et de gaz, les fils électriques des télégraphes et des horloges. Mais on compte à Paris, année moyenne, cent quatre-vingts jours de brouillard et cent quarante jours de pluie; de 1689 à 1824, on a joui trois fois seulement d'un mois entier sans pluie : il faut donc se créer un abri contre ces variations de la température. Sur les gros murs des maisons, au-dessus des plus hautes fenêtres, s'élancent les cintres hardis d'une armature en fer, garnie d'un large vitrage; l'air pénétrera librement par les côtés, la pluie seule sera interceptée, le vent et le froid modérés. Ainsi abritée, la façade de la maison prend un caractère particulier. Au moyen des avances de balcons, de balustrades et d'escaliers extérieurs, elle participe des aménagements intérieurs. Le passant, se sentant garanti, est disposé à s'arrêter devant des boutiques que disposeront les marchands à tous les étages, avec des arrangements favorables à leur séduction. Le passage des voitures sera interdit depuis deux heures jusqu'à dix heures du soir, et, de ce moment, ces rues deviendront des salons. Les négociants auront, pour leur clientèle, des bancs de repos, des orangers parfumés et des corbeilles de fleurs. Il y aura des perruches et des colibris dans les arbres, des coquillages et des poissons rouges dans les ruisseaux. L'industriel qui vendra des nouveautés distribuera des rafraichissements ; il aura un cabinet de lecture, il charmera sa clientèle par une musique délicieuse, et il trouvera profit à retenir ainsi des chalands qui finiront, de guerre ou de plaisirs las, par acheter. La concurrence aidant, on ira plus loin sans doute, laissons faire l'avenir; mais j'entrevois avec joie tous les arts associés pour ajouter quelque belle peinture à ces murs abrités, quelque œuvre distinguée de sculpture se détachant sur la verdure des orangers et des lauriers au milieu de ces groupes assis. — Horloges électriques. Le temps, c'est de l'argent. Une horloge est un mentor, et, comme tout mentor, elle ne doit pas être prise en faute. — Déjà, avant l'ère chrétienne, la ville de Rome était remplie de cadrans solaires, qui réglaient, pour toutes les heures, les travaux et les repas. Plaute met dans la bouche d'un glouton des plaintes contre cet usage. — Nécessité plus grande d'horloges plus exactes. — Départs des chemins de fer, vie affairée. — Voitures publiques. Il y en a vingt mille qui circulent dans Paris, et elles sont aussi malpropres que dépourvues d'élégance. — On ne conçoit pas qu'on puisse montrer dans la capitale d'un pays

---

[1] J'ai annoncé en 1842, sous ce même titre, un volume que je n'ai pas publié, d'autres occupations m'ayant alors détourné de ces études. J'en ai extrait, pour les insérer dans ce chapitre, les idées qui ont encore de l'à-propos ; je suis obligé de les retrancher de ce résumé. Voyez *Projets pour l'amélioration et l'embellissement du Xe arrondissement.* Paris, in-4°, 1842, chez Jules Renouard.

civilisé des cochers de fiacre en perruques de laine et en carricks déchirés, traînant leurs pieds dans d'informes sabots hérissés de paille, des cochers d'omnibus en costumes et en accoutrements qui semblent venir en ligne directe du fond de la Laponie. — On ne se croirait pas dans la première ville du continent. — Dorénavant n'accorder aucune concession nouvelle sans imposer toutes les conditions de l'élégance. — Défense de circuler dans les rues de première classe et dans les promenades parisiennes sans en avoir reçu l'autorisation d'une commission, qui ne s'inquiétera ni de la qualité du propriétaire ni du caractère privé ou public de la voiture, mais de son élégance et de la bonté du cheval. — Les charrettes et les voitures à bras faisant leur service le matin. — PLANTATIONS. Ce que j'ai dit du caractère des plantations dans les jardins des résidences s'applique plus rigoureusement encore aux plantations de nos boulevards, de nos quais, de nos places et de quelques-unes de nos rues. — C'est un élément puissant de l'embellissement des villes et un secours apporté à l'architecture, à la condition qu'on choisira les arbres parmi les essences architectoniques, qui, comme le tilleul, le platane, le sycomore et le marronnier, ont une végétation touffue, compacte, arrondie en larges masses, et qui se prête par l'élagage à une certaine régularité. On proscrira par cette raison les vernis du Japon, les acacias et autres essences ébouriffées et désordonnées qui jouent à l'a-greste, au campagnard, à la forêt vierge. — Paris n'a rien de pastoral, rien de vierge. — On remplacera, sur la ligne des boulevards et des quais, ces arbres d'essences diverses alignés par le pied, mais dont la tête prend toutes les libertés, toutes les allures vagabondes propres à leur nature. — Les 35,000 arbres de Paris doivent éviter ces manières d'arbres du bal d'As-nières; ils forment l'association sérieuse de la végétation avec l'architecture par la rencontre d'une même harmonie des lignes, d'une même régularité des formes, d'une même continuité des tons. — Les boulevards peuvent, en changeant de nom, changer aussi de plantation; cette variété sera plaisante à la vue; ce changement de physionomie sera, pour les étrangers, un point de repère et un moyen de se reconnaître. — Les places plantées ne sont pas nombreuses. Les principales sont les Champs-Élysées, les Tuileries, les Invalides, le Champ-de-Mars et les rampes de Chaillot; toutes exigent dans leurs cadres de pierre des plantations régulières. — Paris étouffe, on lui donne de l'air et de plus larges rues : c'est bien quelque chose, ce n'est pas assez; il nous faut les jardins, la verdure, l'eau et l'ombre : ce sont pour les citadins comme des fenêtres ouvertes sur la campagne. On a dit de Londres que ses squares étaient ses organes respiratoires; nous n'en sommes pas encore à ce point d'asphyxie, qui rend absolument nécessaires ces ventilations factices, mais nous avons besoin, pour faire valoir la ville monumentale, des ressources incomparables de la végétation. Les anciens les connaissaient bien : les majestueux platanes reposaient la vue dans les rues d'Athènes; le luxe de la verdure était grand à Rome; les Grecs modernes et les Orientaux, qui ont conservé tant de traditions antiques, associent partout la végétation à leur architecture. — Acheter des îlots de maisons et en faire des jardins couverts comme de vastes serres. — Abattre tous les murs de clôture qui emprisonnent les jardins de l'État, au Luxembourg, au jardin des Plantes, au ministère de la guerre, et les remplacer par des grilles élégantes. — Accorder des primes ou des dégrèvements d'impôts aux particuliers qui feront jouir ainsi le public de la vue de leurs arbres et de leurs parterres. — Utiliser le parcours de la rivière. — La Seine n'est pas un fleuve sérieux, fait pour porter des vaisseaux et pour désaltérer des êtres vivants; c'est une élégante naïade, qui se console de son inutilité en regardant ses charmes. La Seine traverse Paris pour l'embellir et le rafraîchir, conservons-lui ce caractère. — Entre le pont Neuf et le pont de la Concorde, les quais de la Seine seront transformés en jardins, vers lesquels on descendra par des rampes monumentales et d'élégants escaliers, quelque chose des splendeurs de l'antiquité et des délices de Bénarès sur les bords du Gange. La végétation ne s'élèvera que de place en place, de manière à créer pour chaque grand édifice, tels que le Louvre et les Tuileries, la grande Chancellerie, le Conseil d'État, l'École des beaux-arts, l'Institut et la Monnaie, un soubassement et un encadrement de verdure. Voyez immédiatement la belle galerie du Louvre sortant du remblai humide qui ronge ses assises et renaissant dans ses proportions primitives, dont nous n'avons aucune idée; voyez en même temps chaque monument et cette longue suite de maisons s'égayer et prendre, pour ainsi dire, des habits de fête. Ces plantations du bord de l'eau se composeront d'arbres qui supportent l'inondation, car, à l'entrée de l'hiver, jardins et constructions en fer disparaîtront, pour s'épanouir de nouveau après les grandes eaux, avec les premières feuilles du printemps. — Les bouquinistes établis à l'ombre des arbres. — Cafés et cabinets de lecture. — Exercices des canotiers, joutes. — Le soir, musique sur le bord de l'eau. — Délices parisiennes. — Le commerce des carriers, des débardeurs et autres industries transportés en amont du pont Neuf et en aval du pont de la Concorde. — Les docks construits au Gros-Caillou et à la Villette. — Ces squares plantés, ces jardins sur le bord de l'eau, ne seront jamais au centre de la ville que de rares apparitions, et Paris continuerait à montrer sa tristesse crottée en hiver et son aridité poudreuse en été, si on ne cherchait à faire diversion par quelques heureuses innovations. Les villes de l'Orient offrent au voyageur, comme autrefois les villes de l'antiquité, des points de repos délicieux. C'était, chez les contemporains de Périclès, un lesché; c'est aujourd'hui, chez le musulman, une fontaine, motif charmant d'architecture à l'ombre d'un majestueux platane; ce serait, à Paris, l'emplacement d'une maison achetée dans une rue fréquentée et sur le terrain de laquelle on aurait planté quelques grands arbres, dont le bouquet verdoyant, dépassant l'alignement des maisons, couperait gracieusement leur monotonie. Au fond de cette petite retraite, un architecte d'un talent original aurait exécuté quelque rêve chéri de son imagination. — Un service municipal utile servant de motif à un bijou d'architecture. — Il manque aux rues de Paris de ces monuments qui se distinguent moins par le grandiose de leurs proportions que par la perfection de leur exécution dans un petit cadre. L'un des portiques d'Athènes, le Pœcile, réunissait les œuvres des plus grands sculpteurs, des peintres les plus renommés, et il était en outre un chef-d'œuvre d'architecture : et dans quel but avait-on réuni tant de soins, de luxe et de perfection? Simplement pour célébrer les grandes victoires du peuple grec, depuis la prise de Troie jusqu'à la bataille de Marathon. Pourquoi, dans un but semblable, ne pas élever des portiques aux carrefours de quelques rues, des portiques dans le genre de la Loggia de Florence? Un motif à statues et à peintures, toujours ouvert aux passants, leur offrant des bancs de repos, l'ombre et l'eau rafraîchissantes, et, pour la pensée, deux ou trois de nos combats d'Afrique, peints par un homme de talent, quelques généraux ou des citoyens populaires figurés en statues sous les arcades, et voilà une halte digne d'une grande ville et d'une nation artiste. Ne vous étonnez pas de ce luxe des arts et de ces générosités grandioses demandées à notre édilité; vous prétendez devenir l'Athènes moderne, rappelez-vous que dans l'Athènes ancienne le portique où l'on vendait la farine était décoré d'un tableau d'Hélène peint par Zeuxis, et la ville donnait 360 commodes leschès aux besoins de repos de ses habitants et à leur goût pour la conversation. A Delphes, le lesché des Cnidiens, population de pêcheurs, devait sa célébrité aux deux grands tableaux historiques de Polygnote. En multipliant ces reposoirs dans Paris, l'édilité trouverait souvent une compensation à ses dépenses, soit qu'on la cherchât dans les services que rendraient des hôpitaux de premiers secours, des bureaux gratuits d'information et de placement pour la classe ouvrière et les gens à gages, soit qu'on la demandât en prix de location à des cabinets de lecture, bureaux de tabacs, restaurants et cafés, à de grands marchands de nouveautés et d'objets de luxe, ou même à un loueur de voitures publiques, en composant ce reposoir dans la forme d'un hémicycle percé d'élégantes arcades. Souvent aussi ces portiques seraient un simple prétexte pour exposer un beau groupe de sculpture ou pour développer en peinture un souvenir national ou une parabole morale, assistée de ces bonnes sentences qui se fixent dans l'esprit comme un *memento*. Si la dévotion s'associait par un legs pieux à ce noble luxe, nous aurions aussi le reposoir religieux. La Mère de Dieu assise dans son édicule, au-dessus de la fontaine; à l'entour des bancs et pour cadre, la riche végétation d'un platane, d'un cèdre et d'un arbre de Judée; partout le but atteint: un bouquet de verdure pour les yeux des passants; la fraîcheur et le repos offerts à l'ouvrier qui rentre harassé, au commissionnaire chargé comme une bête de somme, à la femme souffrante, à l'homme infirme. Refuge hospitalier, annoncé de loin, même pendant la nuit, au moyen de la lumière électrique, éclatant au milieu de la sombre verdure. — LES FLEURS. Les belles plantations, cette riche végétation associée partout à l'architecture, étendront le goût des fleurs, et les fleurs sont des propagateurs du bon goût et du sentiment harmonique des couleurs. — Chez les anciens, et pendant tout le moyen âge, l'usage des fleurs accompagnait les actes les plus heureux et les plus tristes de la vie; on se couronnait de roses dans les fêtes nuptiales et dans les cérémonies funèbres. — A Paris, on compte deux ou trois marchés aux fleurs et quelques fleuristes enfouies au fond de leurs boutiques, tandis que monuments, places, encoignures de rues, égayeraient leur nudité ou dissimuleraient leur malpropreté avec des corbeilles remplies de fleurs. — Quelle dépense! dira-t-on. — Autorisez l'usine Tronchon, nos fondeurs, nos faïenciers, nos vanniers, à faire la décoration d'une place, et quelques fleuristes à déposer dans ces corbeilles et ces caisses, qui porteront le nom du fabricant, des fleurs qui donneront l'adresse du fleuriste, et confiez-vous à la puissance de ce moyen d'annonces. Si tous les six mois on donnait en outre quelques médailles à ceux de ces exposants qui auraient fait les plus grands efforts ou obtenu, du jugement de tous, les plus légitimes succès, serait-ce une bien lourde charge que quelques milliers de francs jetés chaque année sur ce sol fécond? — L'ÉCLAIRAGE. Quand en 1666 M. de la Reynie, lieutenant général de la police, établit dans Paris des lanternes éclairées avec des chandelles de suif, on cria merveille, on frappa des médailles, on composa des chansons; nous ferons moins de bruit en prolongeant le jour, en supprimant la nuit. Ce n'est plus un rêve, la lumière électrique a résolu le problème; ce n'est plus qu'une question de bon marché. Quand la science aura utilisé toute l'électricité qu'elle laisse se perdre ou qu'elle ne sait pas recueillir, la lumière provenant de la pile coûtera si peu, qu'on en usera partout. La nuit s'étend sur la ville: aussitôt l'astre qui se couche est remplacé par dix grands fanaux électriques qui s'enflamment au haut de grands phares, magnifiques motifs d'architecture. Cette lueur magique jette sur toute la ville un doux et argentin crépuscule qui est presque le jour, et qui est assez la nuit pour qu'on songe à rentrer et à se reposer.

MAINTIEN DU GOÛT PUBLIC PAR LA REPRÉSENTATION ET LES FÊTES.

Une ville a ses jours de représentation dans le courant quotidien et monotone de son existence, comme un particulier a ses habits de fête avec ses habits de tous les jours. Les anciens et nos pères avaient pensé qu'il était de leur devoir de faire partager au peuple le luxe et la splendeur réservés au petit nombre; ils formèrent ainsi son goût et firent son éducation, peut-être sans s'en douter, mais avec une efficacité qui ne peut être mise en doute. La religion a eu dans cette action le rôle le plus important, et à l'Église appartient l'initiative de cette influence dans les temps modernes. — Elle fut suivie, imitée, quelquefois même surpassée par les chevaliers dans leurs tournois, par les seigneurs dans les élégances de leurs fêtes, dans la pompe de leur deuil. — Cette action s'est continuée par l'Église dans les cérémonies du culte, par l'armée dans ses revues et ses parades, par l'État dans les fêtes publiques qu'il ordonne et les pompes funèbres qu'il régit. — L'Église. Son rôle pendant treize siècles de splendeur. — Elle a été dans cette longue suite d'années le musée de l'art. — Aujourd'hui le culte est en dehors des arts; il serait plus utile qu'il fût en dedans. — De l'archéologie dans le costume et le mobilier ecclésiastiques. — Ne pas exagérer ses droits comme les Grecs le font, et bien établir qu'on n'entretient pas, comme l'Église schismatique, des prétentions à une pureté primitive et conjecturale, mais que, sans y attacher aucune importance dogmatique, on fait retour à des usages français, à des formes nationales de culte, appuyé sur des preuves évidentes et matérielles, telles que les trésors et les mobiliers des églises, les vêtements conservés pieusement ou retirés des tombeaux, comme ceux de saint Thomas de Cantorbéry à Sens, ceux des abbés de Saint-Germain-des-Prés, telles enfin que les anciennes peintures et toute la statuaire du xɪᵉ au xɪɪɪᵉ siècle. — Maintenir les droits de l'archéologie avec cet esprit libéral toujours professé par l'Église catholique, et en faisant la part des droits de l'art vivant et créateur, comme l'Église latine et la cour de Rome en ont toujours donné l'exemple. — Réforme du costume ecclésiastique actuel. — On rétablira l'ancien costume, si noble, si souple dans son ampleur, si majestueux dans ses grands plis motivés, et qui s'est transformé peu à peu, par l'influence de chasubliers sans goût, en quelque chose de ridicule, ou, qui pis est, car le ridicule est facile à combattre, en un costume d'une roideur faussement traditionnelle. Outre les modifications de la forme, il y a encore à chercher la nature des étoffes neuves et les dessins convenables. — L'orfévrerie d'église à réformer dans le même sens, en conservant le champ libre aux créations de nos artistes. — Recherche des bons procédés anciens pour faire des œuvres rajeunies. — Mais ces réformes entreprises sans direction et sans ensemble par des fabricants dépourvus de notions sérieuses de l'archéologie ecclésiastique et du sentiment de l'art suscitent mille tentatives malheureuses qui entraînent les églises dans des dépenses regrettables. — De même que nous proposons une grande manufacture modèle pour l'art vivant, de même nous croyons utile que l'État encourage, stimule et subventionne un grand atelier d'objets d'art à l'usage de l'église. M. Viollet le Duc est indiqué pour diriger cet établissement. Il lui serait garanti une commande annuelle de 100,000 francs d'objets usuels pour le culte, à la condition de livrer ces objets au prix de revient et de renoncer à toute propriété sur ses modèles. — On voit où j'en veux venir : donner l'occasion de produire, mettre en évidence l'atelier recommandable, et cependant offrir à toute l'industrie les moyens de suivre la même voie. — L'État répartirait ses acquisitions entre les plus pauvres églises de nos misérables hameaux, et formerait, avec les productions hors ligne, un musée d'église, c'est-à-dire une exposition permanente à l'usage du clergé. Le musée de Cluny offrirait ce rapprochement des plus belles créations originales de l'art gothique disposées chronologiquement dans le musée et des meilleures productions de l'art moderne étalées par spécialités dans l'annexe publique; il provoquerait, au moyen de ce parallèle, une épuration dans le goût public et dans l'industrie qui dessert le clergé. — Autoriser les processions dans les rues, encourager les solennités religieuses qui unissent la pompe et l'éclat aux meilleurs sentiments de la piété. — Les fêtes civiles. En 1791, 92 et 93, on a fait beaucoup de projets de fêtes nationales, où en a exécuté quelques-uns; ceux de David peuvent être placés en tête pour le pathos et le ridicule, ceux de Lakanal pour l'affectation du champêtre, des vertus civiques et des joies domestiques. Ces fêtes ont changé de caractère suivant les circonstances et les temps, mais jusqu'aux cornes dorées des bœufs de 1848 elles n'ont eu aucune signification. L'explication d'un pareil avortement continu est dans ce fait, que l'art y a eu trop peu de part, tandis que l'entrepreneur des fêtes était tout-puissant. Quand on a beaucoup voyagé, quand on a vu les fêtes de tous les pays, on se rappelle l'illumination de Saint-Pierre de Rome et la girandole du château Saint-Ange, le reste flotte vaguement dans le souvenir; l'intervention de l'art donne la raison de cette différence. L'illumination de Saint-Pierre, c'est un majestueux monument dessiné en lignes de feu; la girandole, c'est un immense candélabre au haut duquel s'enflamme un volcan pour éclairer magnifiquement une ville monumentale. — On dépense chaque année à Paris 400,000 francs en fêtes publiques. Le dernier lampion éteint, la dernière fusée tirée, il ne reste de cette grosse dépense que des taches de graisse et de fumée sur nos édifices, des fondrières de pavés bouleversés et de laids échafauds, qui pendant deux mois entiers embarrassent la voie publique. Il serait possible d'employer cet argent d'une manière plus digne d'un peuple civilisé, en le faisant concourir au progrès des arts. — Prélevez sur ces crédits 50,000 francs pour les verres de couleur et autant pour les feux d'artifice, car dans une fête il faut faire la part de l'éclat et du bruit. Donnez aux 300,000 francs qui restent à votre disposition une noble destination. Qu'un architecte reçoive une année à l'avance la commission d'ordonnateur de la fête, qu'il prenne pour programme soit une vaste création nouvelle, soit la décoration d'une de nos places, soit enfin la restitution de quelque célèbre monument de l'antiquité. Il étudiera ses projets tranquillement dans le silence de l'atelier, il combinera l'ornementation avec les jeunes peintres et sculpteurs, dont l'imagination se prête volontiers à ces résurrections grandioses, et au dernier moment, quand tout sera bien combiné, bien mûri et exécuté par fragments, le rêve sera réalisé et se dressera en peu de jours sous les yeux de la foule ébahie. Ce seront des châteaux en Espagne, mais des châteaux réalisables, puisqu'ils seront conçus par un architecte, c'est-à-dire par un artiste, qui, tout en s'abandonnant aux rêves de son imagination, tout en construisant en toile et en carton, se rattachera à la réalité par les grands côtés de l'art. Féconde initiation de la foule aux inspirations du génie; aide puissante apportée aux imaginations lentes; barrière excellente opposée aux idées infimes, au petit art, au faux goût. Habituée à voir ces magnificences réalisables, la population entière sifflera les mesquineries réalisées. Elle ne voudra plus que la médiocrité, sous aucune forme, se prélasse sous ses yeux, et, quand il s'agira d'élever un monument national, elle demandera à grands cris l'homme qui aura fait preuve de grandeur dans la conception et de pureté dans le style. — Voyez par un beau soleil ou aux clartés magiques des lumières électriques les rampes de Chaillot surmontées d'un monument digne de cette belle position, la place Louis XV devenant la première place de la première ville du monde, le Parthénon reproduit sur le terre-plein de la place Dauphine et dominant les quais, la Madeleine enveloppée de toile et, d'un froid monument romain, devenant le plus noble temple grec dans toute la magnificence de la polychromie, c'est-à-dire des arts associés, le Champ-de-Mars disposé en arènes antiques, avec les courses de chars et les combats d'animaux imités dans toutes les règles; cette année, nous aurons une palestre animée par les lutteurs, embellie par ses portiques remplis de statues et de peintures; une autre année, nous assisterons, 50,000 spectateurs à la fois, à une tragédie grecque jouée dans toute sa simplicité, sur un théâtre qui reproduira les magnificences des arts que les Grecs répandaient dans les monuments publics de ce genre. Songez à des portiques aériens, à des jardins suspendus, à des ponts d'un caractère monumental, inconnu aux générations présentes, à des monuments commémoratifs que la nation attend, et qu'elle réclamerait si elle les voyait aussi grands que ses souvenirs. — La routine s'écriera : Le peuple se soucie peu de vos imitations antiques. Une fête n'est pas un lieu d'étude, et les chemins de fer montrent les monuments de la terre à ceux qui veulent les voir. Je ne ferai qu'une réponse : Si le peuple ne s'intéresse pas à ces grands spectacles, qui sont en même temps de magnifiques études, ajournez-les; c'est que le peuple est plus arriéré, moins artiste que je ne le suppose, c'est une affaire de temps. — Palais du chef de l'État, hôtel de ville, ministères, montrant dans les solennités autant d'éclat de lumières et plus de délicatesse de goût. — En toutes choses, s'adresser aux artistes, et mettre à la porte les tapissiers qui ne sont pas artistes. — ILLUMINATIONS. Sortir de la routine; les lampions vont être remplacés par des becs de gaz : c'est un mince avantage si l'art ne tire pas parti de ces cordons de lumière. — POMPES FUNÈBRES. Le 15 décembre 1840, les cendres de Napoléon, rapportées à Paris, furent entourées d'une pompe funèbre digne de la grande figure de l'Empereur et de la noble pensée du roi Louis-Philippe. Visconti s'acquitta dignement d'une tâche qui allait à son talent souple, à son imagination pleine de ressources. Cette belle cérémonie impressionna fortement la population; elle prouva le parti qu'on pouvait tirer, au point de vue de l'art, de la pompe funèbre. Mais de telles solennités ont lieu une fois tous les siècles, et le convoi funèbre se renouvelle à Paris 35,000 fois tous les ans. — Que fait la municipalité pour entourer ces cérémonies douloureuses de l'appareil digne et sévère qui convient à leur caractère ? Elle possède là un moyen facile de promener sous les yeux de la population. chaque jour et à toute heure, un spectacle qui attire son attention sympathique, car ces convois funèbres partent de tous les points de la ville, traversent lentement toutes ses rues, et recueillent partout les hommages respectueux qu'on n'accorde qu'à la mort, au redoutable représentant de l'incontestable égalité. La municipalité n'a qu'une préoccupation, celle de faire rendre le plus d'argent possible à ce service municipal. Dans ce but unique sont combinés avec une minutie de comptable les prescriptions, règlements, tarifs et adjudications. Je les ai tous lus attentivement, espérant trouver dans ces documents administratifs le chapitre du matériel, dans lequel il serait question des beautés de l'art, convoquées aussi à ce concours funèbre ; le chapitre du personnel, dans lequel on nommerait l'artiste chargé de présider au renouvellement du mobilier, des costumes, de la carrosserie : je n'ai rien trouvé dans quelques centaines d'articles, pas un mot qui indique que l'administration municipale ait songé à la protection de l'art, au maintien du goût public, ait cru que sa mission n'était pas complétement remplie, même après avoir obtenu, le 16 novembre 1842, une remise de 71 fr. 56 cent. p. o/o sur les objets fournis en location et de 15 p. o/o sur les fournitures réelles, soit environ 700,000 francs de bénéfice. Aussi, suivez les convois funèbres de cette grande capitale, dont le nom est synonyme, sur la terre, d'élégance et de noblesse, et voyez si cet attirail de deuil et ce cérémonial funèbre sont dignes d'une nation qui se respecte, d'une population qui comprend que la dignité sied à la douleur. Corbillards, voitures de deuil, harnachements, livrées, personnel ; et dans l'église, le catafalque, les chandeliers en bois argenté, les trépieds en carton peint, les ornements des tentures de deuil, le mobilier funèbre en un mot, et tout, sans exception, loin d'élever la tristesse dans une sphère supérieure aux misères de cette vie, provoque le rire des hommes de goût et les quolibets des artistes. — Réforme urgente. — Adjudication prochaine. — Rabais accordé à la condition d'un renouvellement entier du matériel et de l'enrôlement d'un personnel convenable. — Nomination d'un artiste de goût et de savoir pour présider à cette réforme générale, aux modifications successives et à l'entretien. — Aucune partie de l'archéologie n'est mieux connue, aucune partie de l'art n'a de plus beaux et de plus touchants modèles. — Nouvelles créations dans un mélange d'archéologie et d'art.

MAINTIEN DU GOÛT PUBLIC PAR LES ÉLÉGANCES DE LA COUR.

Chapitre à faire. — Circonstances nouvelles. — Les questions de costumes sont futiles, et cependant quels soins n'apporte-t-on pas à l'habillement des troupes pour les rendre élégantes et brillantes ! Ce n'est pas de la couleur des uniformes que dépendra leur courage ; à ces broderies d'or ne sont pas attachées les vertus militaires, mais on veut que la vue seule de l'armée donne une idée de sa force et de son intelligence. — Ayez autant d'amour-propre pour la nation entière. — Les grandes variations du costume sont la formule extérieure des changements introduits dans la constitution d'un État. La mode ne les fait pas, elle les subit et se contente, victime résignée, de les adopter, en les ornant de quelques fleurs ou de quelques rubans. — Au costume guerrier du xve siècle a succédé le costume élégant du xvie. Les guerres civiles et religieuses en ont fait, au commencement du xvie siècle, un costume militaire, élégant encore, mais qui sentait le camp. Louis XIV lui donne l'ampleur et la majesté de son règne; Louis XV lui laisse prendre toutes les mollesses, toutes les afféteries de ses goûts; mais la révolution rugit, et le frac noir et le pantalon deviennent l'expression de l'égalité, dont notre paletot est la plus manifeste consécration. Ce sont donc de graves événements, de grands courants qui changent les costumes; mais, pour les modifier, il ne faut que la mode. Un rien, moins que le vent qui fait tourner la girouette, un caprice de femme change la mode, et le gouvernement le plus fort n'y pourrait rien en mettant en mouvement son armée et sa police. — On sait quelle a été, en tous pays, l'influence de la cour sur la mode, quel empire a exercé sur elle la cour de France jusqu'à la Révolution; David prit sa place, et l'on sait aussi le costume étriqué, l'ameublement anguleux, la décoration froide qu'il substitua à toutes les élégances du bon goût. Depuis lors, la mode n'a su se fixer. L'ancienne aristocratie aurait pu la recueillir, mais elle a abdiqué toute influence, elle vit d'économie. De loin en loin elle fera retourner ses rideaux, redorer quelques bronzes ou de vieux meubles, rajuster d'anciens Boule; mais elle a cessé d'être militante, et il faut le dire, au grand détriment du bon goût, car c'est là que se conservent les vieilles traditions des manières distinguées, du bon langage et de la protection désintéressée des arts. — L'industrie ne s'alimente pas avec les regrets du passé, elle vit de ce qui est vivant, de ce qui facilite l'écoulement de ses produits. Elle a donc regardé autour d'elle, et voyant que l'ancienne aristocratie n'achetait rien, elle a été au-devant de sa vraie clientèle, l'aristocratie qui achète, le véritable Amphitryon, comme le dit Sosie; or, l'aristocratie chez qui l'on dîne, chez qui l'on danse, qui réunit autour d'elle les magnificences du luxe et les productions des arts, c'est l'industrie financière. — Tableau de ce monde. — Les qualités du cœur, la supériorité de l'intelligence, les délicatesses du goût, ne sont pas absolument nécessaires dans les affaires; elles sont plutôt nuisibles. — Origine des gens de finance. — Éducation de leur enfance. — Société de leur jeunesse. — Ils subissent les influences de femmes de bas étage qui ont recueilli dans les ateliers des artistes des notions incomplètes et qui associent à leurs goûts d'élégance et de luxe des tendances de clinquant. — Ils exercent, sous cette tutelle, une influence fâcheuse sur le goût public et sur les tendances des artistes. — Personne ne se méprendra sur mes critiques et ne les fera porter à faux sur les représentants de nos anciennes maisons de banque, sur d'honorables négociants qui, nés dans l'aisance et au milieu des chefs-d'œuvre de l'art acquis par leurs pères, ont développé leur goût, en même temps que leur intelligence, par les études classiques et les voyages. — On se rappelle ce que j'ai dit des marchands de l'antiquité, qui élevaient des villes monumentales; des marchands de poissons et de vins, des joailliers de Pompéi, une petite ville de province, qui chargeaient des peintres de talent de représenter sur leurs murs les particularités de leur industrie, ou des sujets tirés de l'*Iliade*, comme dans la maison du Poëte, ou la *Bataille d'Issus*, entre Alexandre et Darius, figurée en magnifique mosaïque, comme dans la maison du Faune; on n'a pas oublié non plus de quelle manière j'ai parlé des marchands du moyen âge, qui, comme Jacques Cœur, embellissaient leurs villes; des marchands de Venise et de Gênes, qui bordaient les canaux et les rues de leurs palais de marbre. L'équivoque n'est pas possible : on reconnaîtra que j'ai eu uniquement en vue les épaves de la Bourse, et je ne crois pas avoir mal jugé leur détestable influence. On ne me reprochera pas non plus de critiquer le vrai luxe; à mon avis, le bien-être est la moralisation la plus efficace des masses, comme le luxe est la propagande la plus active des arts. — L'influence d'une cour peut être toute-puissante dans les circonstances présentes.—Ce qu'a été la cour de France, ce qu'elle peut être de nos jours. — Du costume. Nous portons avec satisfaction, avec toutes sortes de recherches, des habits et des paletots que nous n'osons pas mettre à nos statues, que nous trouvons ridicules sur les épaules d'un grand homme. — Un artiste préférera représenter son personnage en robe de chambre, ou en manteau de voyage, plutôt que dans nos habits officiels. — Cela ne prouve-t-il pas que nos instincts naturels et nos besoins nous donneraient des vêtements plus raisonnables que la mode ? La blouse elle-même deviendrait un costume pittoresque, si, sans rien changer à sa forme, sans rien ajouter à son prix, un fabricant artiste introduisait dans le tissage de l'étoffe, à l'imitation des Maronites de Syrie, quelques dessins colorés descendant des épaules et du col sur la taille, s'il y ajoutait une ganse et deux glands pour relever gracieusement les manches, et une ceinture de laine de couleur pour ceindre la taille. — Nous verrons ces réformes. — Quant au costume actuel des femmes, je ne sais pas mauvais gré à la mode d'être ridicule, cela la regarde et c'est passager; son crime, à mes yeux, est de rendre la nature ridicule. Supposez, au milieu d'un salon rempli de femmes à la mode, Vénus en personne descendant sur des nuages; on la trouvera étriquée, mal proportionnée, indécente, non pas du trop, mais du trop peu. — Il y faut songer, le goût risque de se perdre au milieu de ces extravagances de la mode.— Il est si facile de la dominer. — Cette déesse capricieuse ne se laisse rien imposer par l'autorité des lois et par la force des baïonnettes, mais elle cède au bon exemple. — La grande manufacture donnera les bons, les vrais modèles pour toutes choses; en même temps, l'enseignement public des arts disposera la nation entière à les accepter; de ce moment, l'industrie, qui faisait indifféremment, et les yeux fermés, le bon ou le détestable, suivant que le requérait la mode, mettra ses puissants moyens d'action à reproduire seulement les bons modèles et à répandre partout, suivant les mêmes principes, les nouvelles créations des artistes; simultanément la cour exercera son influence sur le costume, parce que, aussi bien que la grande manufacture, elle saura ce qu'elle veut et où elle tend. — Son programme étant bien conçu et successivement développé, je ne crois pas qu'elle éprouve de résistance à le faire adopter, car il sera, à la fois, le plus gracieux et le plus noble, le moins choquant à la vue et le mieux approprié à nos besoins. Le succès dépend beaucoup de la manière de s'y prendre. Descendre dans la rue avec la chlamyde attachée à l'épaule, comme les primitifs de 1795, ou avec l'habit boutonné par derrière, comme les saint-simoniens de 1830, c'est faire rire de soi dans une question où le ridicule est armé jusqu'aux dents; mais procéder sans qu'on s'en doute, par l'influence des femmes à la mode et des jeunes gens les plus élégants; ne pousser ni à un costume historique ni à une réforme à la Bloomer, mais marcher dans la voie étroite qui longe le bon goût et les habitudes reçues, sans sortir trop abruptement du cercle restreint dans lequel se meut la mode, où elle a l'habitude de tourner et de revenir sur elle-même, c'est un moyen sûr d'atteindre le but.

En résumé, le maintien du goût public est un devoir de l'État, une mission facile, et, loin d'être la ruine des finances, ce sera une des sources les plus fécondes de la prospérité commerciale du pays. C'est un peu avec de l'argent, c'est beaucoup avec son initiative, c'es tsurtout avec ses conseils et ses encouragements que l'État obtiendra ces résultats considérables.

APPENDICE B.

(Voyez page 517.)

TABLEAU DES CRÉDITS ALLOUÉS PAR LES CHAMBRES POUR L'ENCOURAGEMENT DES ARTS.

(Budgets de 1842 à 1851.)

	1842.	1843.	1844.	1845.	1846.	1847.	1848.	1849.	1850.	1851.
Académie des beaux-arts..	87,000	87,000	87,000	87,000	87,000	87,000	84,500	83,792	83,500	83,500
Souscriptions..........	50,000	50,000	200,000	90,000	50,000	50,000	170,000	170,000	120,000	120,000
Personnel des beaux-arts..	101,500	108,100	115,100	119,900	120,800	121,100	70,200	51,300	51,300	79,800
Établissements des beaux-arts.............	443,500	443,500	445,050	454,000	456,000	472,000	472,000	447,000	454,000	454,500
Musées nationaux.......	"	"	"	"	"	"	338,000	310,400	310,400	310,400
Ouvrages d'art, etc......	400,000	400,000	400,000	400,000	500,000	500,000	500,000	900,000	900,000	900,000
Acquisitions de statues et de tableaux pour le Louvre.	"	"	"	"	"	"	"	50,000	50,000	50,000
Conservation des monuments historiques.....	600,000	600,000	600,000	600,000	600,000	600,000	800,000	745,000	745,000	745,000
Encouragements et souscriptions..........	311,000	311,000	311,000	311,000	211,000	211,000	211,000	186,000	211,000	211,000
Indemnités aux artistes, etc.	137,700	137,700	137,700	137,700	137,700	137,700	137,700	137,700	137,700	137,700
Subventions aux théâtres..	1,084,200	1,084,200	1,144,200	1,144,200	1,144,700	1,144,200	1,963,034	1,274,000	1,273,000	1,334,000
Subvention à la caisse des pensions de l'Académie de musique..........	185,000	185,000	185,000	197,059	213,000	213,000	210,000	210,000	210,000	210,000
	3,399,900	3,406,500	3,625,050	3,540,859	3,520,200	3,536,000	4,956,434	4,565,192	4,545,900	4,635,900

TABLE DES MATIÈRES.

TOME I.

Pages.

Avant-propos... i

INTRODUCTION.

Aperçu historique sur la marche des arts au milieu des nombreux
changements de style et des divers modes d'enseignement, de
contrôle et de protection............................... 5

HISTOIRE DES EXPOSITIONS DES ARTS ET DE L'INDUSTRIE.

Des expositions de tableaux, statues et gravures depuis l'avénement
de Louis XIV, et des expositions de l'industrie depuis 1798, en
France, jusqu'à l'exposition universelle des arts et de l'industrie
à Londres, en 1851............................... 212

EXPOSITION UNIVERSELLE DES ARTS ET DE L'INDUSTRIE, À LONDRES, EN 1851.

Travaux de la commission française à Paris et à Londres.......... 234
Travaux du jury international. Étude générale sur les beaux-arts à
l'exposition de Londres............................... 239

    Les nations primitives............................ 242
    Les nations industrielles............................ 269
    Russie............................ 270
    Danemark............................ 273
    Suède............................ 274
    Espagne............................ 275
    Grèce............................ 278
    Hollande............................ 280
    Italie............................ 282
    Allemagne............................ 290
    Amérique............................ 312
    Suisse............................ 319
    Belgique............................ 325
    Angleterre............................ 333

Pages.

Récompenses décernées aux exposants français par la xxxe classe du jury international, formant le groupe des beaux-arts............ 375

CONSÉQUENCES DE L'EXPOSITION UNIVERSELLE DE LONDRES.

L'importance des arts est généralement reconnue; efforts faits pour nous disputer notre supériorité.......................... 382

Nécessité de s'opposer à l'envahissement du mauvais goût en France, pour lutter contre la renaissance du bon goût à l'étranger...... 397

TOME II.

PRINCIPES QUI DOIVENT DIRIGER DANS UNE RÉORGANISATION DE L'ADMINISTRATION DES ARTS.

L'art est un : il est la source de tous les progrès............... 1

Quelles sont les conditions du progrès? Élever l'art, multiplier les artistes, former le public........................... 16

Habitude en France de compter sur le Gouvernement; nécessité de son intervention............................... 32

La prospérité des arts est une force pour l'État, une gloire pour le Prince... 37

La vulgarisation des arts est-elle la ruine de l'art?.............. 39

L'ART DANS L'ENSEIGNEMENT.

Pourquoi le dessin et la musique ne sont pas entrés dans les différentes lois de l'instruction publique....................... 98

De la culture des arts par les femmes et des ressources qu'elle leur offre.. 112

Tous les arts se lient, et la musique doit faire partie de l'enseignement comme le dessin................................ 121

Idée qu'on doit se faire du dessin.......................... 153

État actuel de l'enseignement du dessin...................... 159

L'enseignement du dessin doit commencer avec l'enfance........ 163

Des principes qui président à toute méthode d'enseignement...... 166

De l'organisation des études du dessin dans toutes les écoles...... 176

Soins donnés à la première enfance dans la famille et dans les asiles. 187

De la méthode d'enseignement dans les écoles : elle ne varie pas, mais elle se développe en progressant avec l'âge des élèves...... 192

Le choix des modèles est le nerf de l'enseignement des arts; l'État doit fournir les meilleurs modèles de dessin au plus bas prix possible.. 207

Pages.

On complétera l'enseignement des arts par l'embellissement des
    écoles et en rendant le dessin obligatoire dans tous les examens..   218

ENSEIGNEMENT DE L'ART DANS LES CARRIÈRES SPÉCIALES
DE L'INDUSTRIE.

Enseignement du dessin aux apprentis et aux ouvriers, l'industrie
    formant ses artistes elle-même..........................   229

ENSEIGNEMENT SUPÉRIEUR DES ARTS.

De l'enseignement supérieur des arts dans les carrières spéciales...   270
Des modifications qui doivent être apportées à la distribution des prix
    de l'École des beaux-arts; du développement de l'École de Rome,
    et de l'éducation artiste par les voyages....................   377

MAINTIEN DU GOÛT PUBLIC.

Des devoirs de l'État envers la nation dans les questions d'art et de
    goût...   393
Maintien du goût public par les créations des artistes.. (Appendice.)   529
——————————————— par l'éloignement de tout ce qui offense le
                           bon goût.........................   553
——————————————— par les musées, les bibliothèques et les cours
                           publics...........................   555
——————————————— par les belles publications à bon marché...   571
——————————————— par les spectacles.....................   577
——————————————— par les exercices gymnastiques..........   585
——————————————— par l'initiation des citadins à la belle nature.   590
——————————————— par l'excellence de l'architecture.........   596
——————————————— par les embellissements de la voie publique.   612
——————————————— par la représentation et les fêtes.........   622
——————————————— par les élégances d'une cour.............   626

APPLICATION DE L'ART À L'INDUSTRIE.

L'industrie a besoin d'un guide, et ses apprentis, de patrons plus
    instruits..   400
Création d'une grande manufacture-modèle...................   402
Conclusion...   515
Appendice A..   529
Appendice B..   631

www.ingramcontent.com/pod-product-compliance
Lightning Source LLC
Chambersburg PA
CBHW070713100726
47907CB00001B/154